HEYNE BÜCHER

Tip des Monats

D1849392

In derselben Reihe
erschienen außerdem als Heyne-Taschenbücher:

Victoria Holt · Band 23/6
Marie Louise Fischer · Band 23/33
Johanna Lindsey · Band 23/34
Robert Ludlum · Band 23/41
Johanna Lindsey · Band 23/43
Marie Louise Fischer · Band 23/45
John Saul · Band 23/50
Eric van Lustbader · Band 23/54
Barbara Cartland · Band 23/55
Mary Westmacott · Band 23/56
Pearl S. Buck · Band 23/58
Marie Louise Fischer · Band 23/63
Daphne Du Maurier · Band 23/64
Evelyn Sanders · Band 23/66
Philippa Carr · Band 23/67
Robert Ludlum · Band 23/68
Peter Straub · Band 23/70
Jackie Collins · Band 23/71
Marc Olden · Band 23/72
Mary Westmacott · Band 23/73
Dean Koontz · Band 23/76
Johanna Lindsey · Band 23/78
Marion Zimmer-Bradley · Band 23/79
Philippa Carr · Band 23/83
Evelyn Sanders · Band 23/84
Dean Koontz · Band 23/85
Marie Louise Fischer · Band 23/88
Eric van Lustbader · Band 23/89
Robert Ludlum · Band 23/90
Johanna Lindsey · Band 23/91
Ellis Peters · Band 23/92
Karen Robards · Band 23/93
Noel Barber · Band 23/94
Utta Danella · Band 23/95
Heinz G. Konsalik · Band 23/96
Ellen Tanner Marsh · Band 23/97
Marion Zimmer-Bradley · Band 23/98
Eric van Lustbader · Band 23/99
Catherine Coulter · Band 23/100
Dean Koontz · Band 23/101
Charlotte Link · Band 23/102
Johanna Lindsey · Band 23/103
Ellis Peters · Band 23/104
Philippa Carr · Band 23/105
Robert Ludlum · Band 23/106
Marie Louise Fischer · Band 23/107
Heinz G. Konsalik · Band 23/108
Jean Plaidy · Band 23/109

Ellis Peters

ZWEI MITTELALTERLICHE KRIMINALROMANE

CADFAEL, DER DETEKTIV

Der Hochzeitsmord

Die Jungfrau im Eis

WILHELM HEYNE VERLAG
MÜNCHEN

HEYNE TIP DES MONATS
Nr. 23/110

Aus dem Englischen übersetzt von Dirk van Gunsteren
(Der Titel erschien bereits in der Allgemeinen Reihe mit der
Band-Nr. 01/6908)

Aus dem Englischen übersetzt von Dirk van Gunsteren
(Der Titel erschien bereits in der Allgemeinen Reihe mit der
Band-Nr. 01/6629)

7. Auflage

Printed in Germany 2001
Umschlaggestaltung: Atelier Ingrid Schütz, München
Umschlagillustration: Andreas Reiner, Fischbachau
Autorenfoto: William Haddock
Gesamtherstellung: Elsnerdruck, Berlin

ISBN 3-453-08310-5

Der Hochzeitsmord

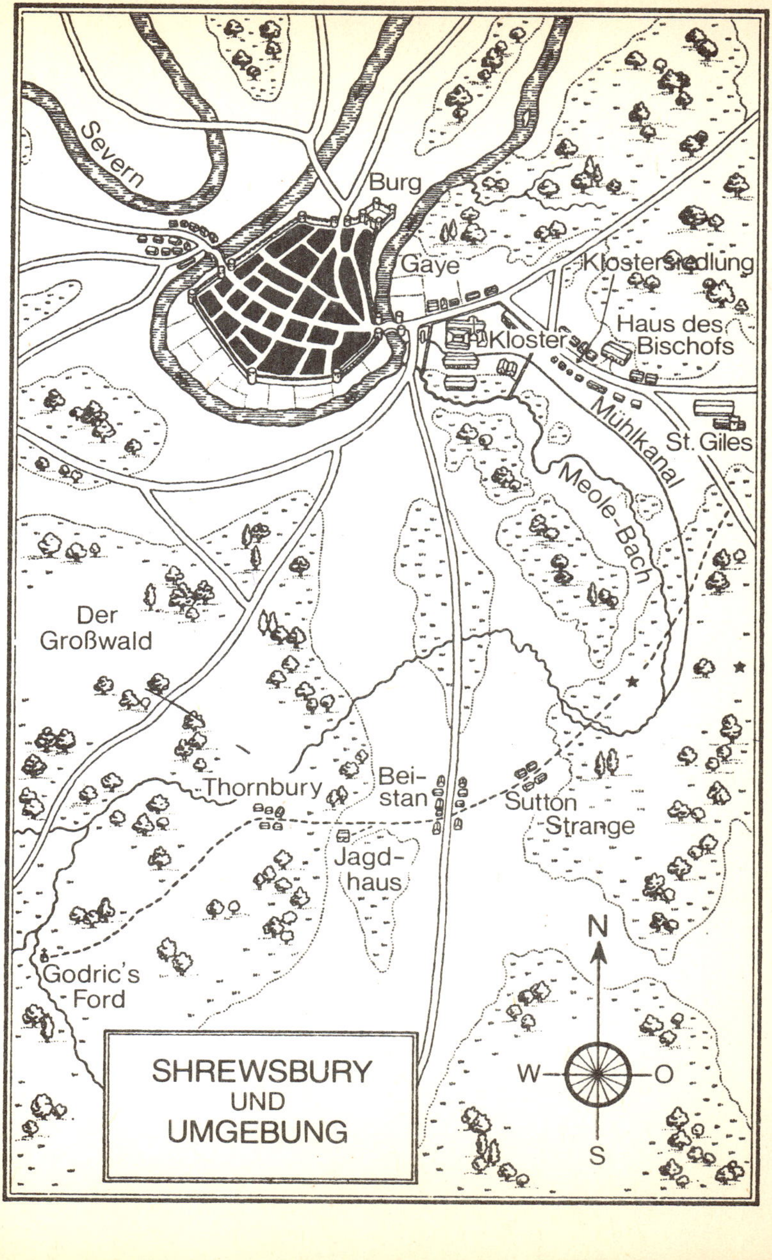
Severn
Burg
Gaye
Klostersiedlung
Haus des
Bischofs
Kloster
Mühlkanal
St. Giles
Meole-Bach
Der
Großwald
Thornbury
Bei-
stan
Sutton
Strange
Jagd-
haus
Godric's
Ford
SHREWSBURY
UND
UMGEBUNG
N
W
O
S

1

Voll dunkler Ahnungen durchschritt Bruder Cadfael an jenem Montagnachmittag im Oktober des Jahres 1139 das Torhaus. Er hatte das Gefühl, daß, noch bevor er seinen Fuß wieder in den großen Hof des Klosters setzte, etwas Schlimmes geschehen würde – und dabei würde er, so nahm er an, kaum länger als eine Stunde fort sein. Er wollte lediglich zum Hospital von Saint Giles gehen, das am Ende der Klostersiedlung, knapp eine halbe Meile vom Kloster entfernt, lag, und dort den Arzneienschrank mit frischen Ölen, Tinkturen und Salben auffüllen.

In Saint Giles brauchte man große Mengen von diesen Heilmitteln. Auch wenn nur wenige Aussätzige, für deren Unterkunft und Pflege das Hospiz errichtet worden war, dort waren, so versorgte man in Saint Giles doch Tag für Tag Arme und Bedürftige, und Cadfaels Kräuter linderten die Schmerzen der Seele ebenso wie die des Körpers. Er ging etwa alle drei Wochen einmal dorthin, um die Vorräte wieder zu ergänzen. Und in letzter Zeit machte er sich noch lieber als sonst auf den Weg, denn Bruder Mark, einst sein hochgeschätzter und jetzt schmerzlich vermißter Helfer im Kräutergarten, hatte es als seine Pflicht angesehen, sich ein Jahr lang der Pflege dieser unglücklichen Menschen zu widmen, und so empfand Cadfael einen Besuch in Saint Giles als eine angenehme Wiederauffrischung vergangener, friedlicher Zeiten.

Cadfaels Vorahnungen hatten jedoch nichts zu tun mit den folgenschweren Ereignissen, die schon bald über das Kloster von St. Peter und St. Paul hereinbrachen; sie bezogen sich nicht auf Eheschließungen und Eheverträge und waren keineswegs als Omen eines vorzeitigen und gewaltsamen Todes zu deuten. Cadfael rechnete vielmehr damit, daß während seiner Abwesenheit in seiner Kräuterküche im Klostergarten ein Gefäß mit einem kostbaren Öl zerbrechen, ein Sirup überkochen oder ein Topf durch zu große Hitze ruiniert werden würde. Möglicherweise würde aber auch das Feuer unter dem Rost, auf dem die Kräuter trockneten, zu sehr geschürt werden, so daß es die bereits getrockneten Kräuterbündel, die an der Decke hingen, erfaßte und, wenn es zum Schlimmsten kam, das ganze Gartenhaus niederbrannte.

Mark war still, pflichtbewußt und geschickt gewesen. Um ihn zu ersetzen, hatte man Cadfael, zweifellos als Strafe für seine Sünden, einen immer gutgelaunten und ebenso arg- und achtlosen wie ungeschickten Jüngling zur Seite gestellt, der stets guten Willens war, aber nie etwas zu lernen schien – einen frischgebackenen Novizen von neunzehn Jahren, der immer ein zwölfjähriges Kind bleiben würde. Er schien zwei linke Hände zu haben, aber sein Eifer und sein Selbstvertrauen kannten keine Grenzen. Er war, da er so guten Willens war, davon überzeugt, jede Aufgabe erfüllen zu können, und wenn er dann durch seine Stümperei den ersten Fehler gemacht hatte, war er jedesmal wieder erstaunt, ja schier entsetzt über das Resultat seiner Bemühungen. Um das Problem, vor das er Cadfael stellte, noch zu vergrößern, war er nicht nur das gutmütigste und liebevollste Menschenkind, das man sich vorstellen konnte, sondern auch – und das war weniger gut – das unverbesserlichste, denn für ihn währte die Hoffnung ewiglich. Wenn man ihn tadelte, nachdem er etwas zerbrochen, ruiniert, falsch behandelt oder verbrannt hatte, ließ er das Gewitter heiter über sich ergehen. Er war reumütig, rechnete fest mit der göttlichen Gnade und war davon überzeugt, daß er den jeweiligen Fehler in Zukunft vermeiden würde. So sehr er sich über ihn erregte, so sehr mochte Cadfael ihn auch und kalkulierte gottergeben die Verwüstungen ein, die der Bursche mit an Sicherheit grenzender Wahrscheinlichkeit anrichtete, wenn man ihm Anweisungen gab, ohne ihre Einhaltung zu überwachen. Dennoch hatte er, außer seiner Gutmütigkeit, noch andere Vorzüge. Beim Umgraben, dieser schweren Mühsal, die der Herbst bereithielt, tat es ihm keiner gleich: Mit einer Hingabe, die andere nur in der Kirche, beim Gebet, entwikkelten, stürzte er sich in die Arbeit, und über die Liebe und den Eifer, mit dem er den Spaten in den schweren Lehmboden stach, konnte Cadfael sich nur freuen. Man mußte nur dafür sorgen, daß er das Feld, das er umgegraben hatte, nicht auch bepflanzte, denn das konnte bei Bruder Oswin nur üble Folgen haben!

So hatte Bruder Cadfael keinen Gedanken für die große Hochzeit übrig, die in zwei Tagen in der Klosterkirche stattfinden sollte. Er hatte sie ganz vergessen, und sie fiel ihm erst wieder ein, als er bemerkte, daß sich entlang der Klostersiedlung große Trauben von Menschen gebildet hatten, die der Stadt den Rücken gekehrt hatten und erwartungsvolle Blicke auf die Straße richteten, die nach London führte. Es war ein kühler, bewölkter Tag, und ein feiner, kaum wahrnehmbarer Nieselregen hing in der Luft, aber wegen einer solchen Kleinigkeit würden sich die Frauen von Shrewsbury ein solches Spektakel nicht entgehen lassen. Die beiden Brautleute und ihr Gefolge würden auf dieser Straße nach Shrewsbury kommen, und offenbar hatte sich ihre baldige Ankunft bereits herumgesprochen. Da sie nicht in die Stadt selbst einziehen würden, hatte sich zu den Menschen, die in der Klostersiedlung wohnten, eine stattliche Anzahl von Bürgerinnen gesellt. Ein erregtes Stimmengemurmel erfüllte die Luft, und es herrschte ein Gedränge wie auf einem kleinen Jahrmarkt. Selbst die Bettler, die am Torhaus saßen, schienen so aufgeregt wie an einem Festtag. Wenn ein Herr über Ländereien, die über vier Grafschaften verstreut waren, eintraf, um die Erbin von Liegenschaften zu heiraten, die nicht kleiner waren als die seinen, durfte man wohl auf großzügige Almosen hoffen.

An der Wiese, auf der sonst der Pferdemarkt abgehalten wurde, bog Cadfael um die Ecke der Einfassungsmauer des

Klosters und setzte seinen Weg auf der Landstraße fort. Je weiter man sich von der Stadt entfernte, desto größer wurde der Abstand zwischen den Häusern, und Äcker und Wälder streckten ihre grünen Finger nach der Straße aus. Auch hier standen Frauen vor ihren Türen und warteten auf die Braut und den Bräutigam. Vor dem großen Haus auf halbem Wege nach Saint Giles hatte sich eine Anzahl Schaulustiger versammelt, um durch das große Tor einen Blick auf die hektische Betriebsamkeit im Hof zu erhaschen. Knechte und Diener, einige von ihnen in prächtigen Livreen, eilten zwischen dem Haus und den Ställen hin und her. Hier sollten der Bräutigam und seine Diener Quartier beziehen, während die Braut und ihr Gefolge im Gästehaus des Klosters wohnen würden. Eine leichte Neugierde erfaßte Cadfael – auch er war schließlich nur ein Mensch –, und er blieb für einen Augenblick stehen, um wie die anderen das Treiben im Hof zu betrachten.

Das große Haus besaß eine hohe Einfriedungsmauer, die auch einen Garten und eine Reihe von Obstbäumen umschloß, und gehörte Roger de Clinton, dem Bischof von Coventry, der sich allerdings nur selten dort aufhielt. Er hatte es nun Huon de Domville zur Verfügung gestellt, dem Herrenhäuser in Shropshire, Cheshire, Stafford und Leicester gehörten. Dies sollte eine freundliche Geste sowohl an die Adresse des Abtes Radulfus als auch an die des Bräutigams sein. Huon de Domville war ein mächtiger Mann, und in diesen Zeiten des Bürgerkriegs war es ratsam, sich seiner Gunst und seines Schutzes zu versichern. König Stephen mochte den größten Teil des Landes fest in seiner Hand haben, aber im Westen saß die Partei seiner Rivalin sicher im Sattel, und es gab viele Adlige, die nur zu bereit waren, die Seiten zu wechseln, wenn das Glück sich wenden sollte. Vor kaum drei Wochen war Kaiserin Maud mit ihrem Halbbruder Robert, dem Grafen von Gloucester, und hundertvierzig Rittern in Arundel gelandet, und es war ihr, begünstigt durch die unangebrachte Großzügigkeit des Königs oder durch den schlechten Rat einiger falscher Freunde, gelungen, Bristol zu erreichen, wo sie ihre Stellung bereits so gefestigt hatte, daß kaum noch Aussicht bestand, sie von dort zu vertreiben. Hier, in diesem Teil des Landes, schien man zwar die ruhigen Herbsttage in Frieden zu genießen, aber dennoch war man auf der Hut und hörte allen, die Neuigkeiten brachten, aufmerksam zu. Und bevor dieser Bürgerkrieg entschieden war, mochte selbst ein Bischof auf mächtige Freunde angewiesen sein.

Hinter dem Haus des Bischofs war die Straße von Bäumen gesäumt, und an ihrer Gabelung, einen Bogenschuß weit entfernt, sah man das lange, flache Dach des Hospizes, den aus Ruten geflochtenen Zaun, der es umgab, und hinter dem Hospiz das etwas höhere Dach der Kirche, über dem sich ein kleiner, gedrungener Turm erhob. Es war ein sehr bescheidenes Gotteshaus, das nur aus einem Hauptschiff, einem Chor und einem nördlichen Seitenschiff bestand. Dahinter befand sich ein Friedhof, in dessen Mitte ein verziertes Steinkreuz errichtet war. Die Gebäude standen in einiger Entfernung von den beiden Straßen, die sich zur Stadt hin vereinigten. Aussätzige hatten nicht nur die belebten Straßen der Städte zu meiden, sondern mußten auch auf dem Land beim Betteln auf Abstand achten. Der heilige Ägidius, ihr Schutzpatron, hatte sich freiwillig für ein Leben in der Wüste, fern von allen Menschen, entschieden, aber diesen bemitleidenswerten Menschen blieb gar nichts anderes übrig, als sich abzusondern.

Es war jedoch offensichtlich, daß sie ebenso neugierig waren wie alle anderen, denn auch sie standen am Zaun und beobachteten die Straße. Warum sollte diesen armen Menschen nicht wenigstens erlaubt sein, einen Blick auf ihre vom Glück mehr begünstigten Mitmenschen zu werfen, sie zu beneiden, wenn es zu mehr nicht reichte, oder ihnen, wenn ihre Großzügigkeit das zuließ, eine glückliche Ehe zu wünschen? Die Gestalten in den langen, dunklen Gewändern, die am Zaun standen, waren ebenso aufgeregt wie die

Gesunden, die in der Klostersiedlung warteten, wenn sie sich auch nicht so behende bewegten wie diese. Cadfael kannte manche von ihnen – sie hatten sich hier niedergelassen und versuchten, aus dem beengten Dasein, das sie hier mit ihren vertrauten Helfern fristeten, das Beste zu machen. Andere aber waren neu hier. Immer gab es Neuankömmlinge – Wanderer, die rastlos das Land durchzogen, von einem Hospital zum anderen, oder sich für eine Weile unter dem Schutz eines Heiligen in einer Einsiedelei niederließen. Manche, deren Füße durch die Fäulnis verkrüppelt oder von schmerzhaften Geschwüren bedeckt waren, gingen an Krücken oder stützten sich schwer auf einen Stock. Ein oder zwei knieten auf niedrigen Wägelchen. Ein anderer, dessen Körper mit Geschwüren übersät war und der die Kapuze tief über das entstellte Gesicht gezogen hatte, hockte zusammengesunken am Zaun, und einige, die noch in der Lage waren, ohne fremde Hilfe zu gehen, verbargen ihr Gesicht hinter einem Tuch, das nur die Augen freiließ.

Die Zahl der Kranken schwankte. Die rastlosen unter ihnen zogen weiter, machten einen Bogen um Städte und Dörfer und tauchten in einer anderen Gegend, in einem anderen Hospiz wieder auf. Alles in allem beherbergte dieses Hospital immer zwanzig bis dreißig Aussätzige. Zu ihrer Pflege bestimmte der Abt einen Klosterbruder. Auch andere Mönche oder Laienbrüder durften sich, wenn sie es wünschten, um die Kranken kümmern. Es kam vor, daß diese Pfleger sich ansteckten, und dennoch herrschte nie Mangel an Freiwilligen, die ihre Stelle einnahmen.

Auch Cadfael hatte ein Jahr oder länger diesen Dienst getan, und er empfand keine Abscheu und hielt sich mit Mitleid zurück, denn er hatte festgestellt, daß Achtung den Kranken am meisten half und sie mehr ermutigte als alles andere. Außerdem ging er hier so regelmäßig ein und aus, daß seine Besuche eine ebenso vertraute und ständige Routine geworden waren wie die Teilnahme am Gottesdienst. Er konnte sich nicht erinnern, wie viele schlimme Wunden er verbunden hatte, und bei vielen Aussätzigen, um die er sich gekümmert hatte, hatte er mitfühlende Herzen und wache Geister gefunden. Außerdem hatte er, bevor er das Mönchsgelübde abgelegt hatte, an Schlachten teilgenommen – das war während des ersten Kreuzzuges gewesen, als es ihn bis nach Akkon und Askalon und Jerusalem verschlagen hatte –, und dabei hatte er Todesarten gesehen, die schlimmer waren als jede Krankheit, und hatte Heiden kennengelernt, die weit barmherziger waren als Christen. Cadfael wußte, daß es Krankheiten des Herzens und Geschwüre der Seele gab, die bösartiger waren als jene, die er hier mit Breiumschlägen und Kräutern behandelte. Er war auch nicht über die Maßen überrascht gewesen, als Bruder Mark beschloß, in seine Fußstapfen zu treten. Er ahnte, daß Mark, auch ohne sein Beispiel, noch einen Schritt weiter gehen würde. Bruder Cadfael kannte sich selbst zu gut, um nicht nach dem Priesteramt zu streben, aber er erkannte einen zukünftigen Priester, wenn er ihn vor sich hatte.

Bruder Mark hatte ihn kommen sehen und schritt eilig auf ihn zu. Sein offenes Gesicht strahlte, und sein strohfarbenes Haar stand um die Tonsur nach allen Seiten ab. Er führte einen mageren kleinen Jungen an der Hand, der unter seinem dünnen blonden Haar einige alte, halb verheilte Wunden hatte. Vorsichtig legte Bruder Mark die einzige noch verbleibende wunde Stelle frei und betrachtete stolz sein Werk.

»Ich bin froh, daß du gekommen bist, Cadfael. Ich habe fast keine Mauerkrauttinktur mehr, und du siehst ja, wie gut sie ihm geholfen hat! Die letzte wunde Stelle ist fast verheilt. Und auch die Schwellung am Hals ist zurückgegangen. Nur zu, Bran, zeig Bruder Cadfael deinen Hals. Er ist unser Arzt und macht die Medizin für uns. Gut – und jetzt lauf zu deiner Mutter, sonst verpaßt du noch alles. Sie werden bald hier sein.«

Das Kind machte sich los und trabte hinüber zu der kleinen Gruppe bemitleidenswerter Menschen, die doch alles andere als traurig waren. Man unterhielt sich, einer sang vor sich hin, und einige lachten sogar. Mark sah seinem jüngsten Schützling nach, sah den schwerfälligen, x-beinigen Gang des Kindes, der eine Folge der Unterernährung war, und seufzte. Bran war erst seit einem Monat hier, und seine Haut war immer noch dünn wie Papier.

»Und doch ist er nicht unglücklich«, sagte er verwundert. »Wenn wir allein sind, plappert er in einem fort.«

Gedankenverloren betrachtete Cadfael den Jungen. »Kommt er aus Wales?« fragte er. Gewiß war er nach jenem Bran benannt worden, der als erster das Evangelium nach Wales gebracht hatte und dafür seliggesprochen worden war.

»Der Vater war Waliser.« Mark drehte sich um und sah seinen Freund ernst und voller Hoffnung an. »Glaubst du, daß er ganz geheilt werden kann? Wenigstens ist er hier wieder zu Kräften gekommen. Seine Mutter wird hier sterben. Sie ist zwar freundlich, aber teilnahmslos, und jedenfalls froh, daß wir ihr die Sorge um ihren Sohn abgenommen haben. Aber ich habe die Hoffnung, daß wir ihn gesund in die Welt werden entlassen können.«

Oder ins Kloster, dachte Cadfael, denn wenn er dir so eifrig folgt, wird er ganz von allein Geschmack am geistlichen Leben finden, und die Abtei ist nicht weit. »Ist er ein aufgewecktes Kind?« fragte er.

»Aufgeweckter als viele, die man in die Lateinschule steckt, und Rechnen und Lesen kann er auch. Aufgeweckter als viele, die fein gekleidet sind und Diener haben, die sie verwöhnen. Sooft ich Gelegenheit dazu habe, werde ich versuchen, ihm etwas beizubringen.«

Gemeinsam gingen sie zum Eingang des Hospitals. Das erregte Gemurmel war lauter geworden, und von der Landstraße her hörte man nun andere Geräusche, die langsam näher kamen: das Klirren von Rüstungen, Rufe von Falknern, Stimmen, die sich unterhielten, Gelächter, den dumpfen Hufschlag von Pferden, die nicht auf der harten Straße, sondern auf dem Gras zu ihren Seiten trabten. Offenbar näherte sich der erste Teil der Hochzeitsgesellschaft.

»Man sagt, der Bräutigam wird als erster kommen«, sagte Mark, trat von der Veranda ins Dunkel der Halle und ging voraus zu jenem Winkel, in dem der Medizinschrank stand. Zu diesem Schrank besaß Fulke Reynald, der Haushalter des Klosters und Superior des Hospitals, einen Schlüssel, den anderen hatte Bruder Cadfael. Er öffnete seine Tasche und begann, die Arzneimittel, die er mitgebracht hatte, in den Schrank zu stellen. »Weißt du irgend etwas über sie?« fragte Mark, bei dem die Neugier schließlich die Oberhand gewonnen hatte.

»Sie?« murmelte Cadfael, der ganz damit beschäftigt war, die Vorräte in dem Schrank zu ergänzen.

»Diese hohen Herrschaften, die hier heiraten wollen. Ich habe nur ihre Namen gehört. Ich weiß, ich hätte dieser ganzen Sache keine Beachtung schenken sollen«, sagte Mark und errötete, »aber diese armen Kranken und Verkrüppelten haben, weiß der Himmel wie, mehr darüber in Erfahrung gebracht als ich, und für sie ist das alles wie ein Feuer, an dem sie sich wärmen können. Es ist, als könnte jeder Widerschein eines Glanzes, der auf sie fällt, ihnen mehr helfen, als ich es vermag. Und dabei geht es doch um nichts weiter als eine Hochzeit!«

»Eine Hochzeit«, sagte Cadfael ernst, während er dabei war, Salben und Tinkturen aus Alkannawurzel, Anemone, Minze, Braunwurz, Hafer und Gerste – Pflanzen, die von Venus und Mond regiert wurden – in den Schrank zu stellen, »eine Hochzeit ist ein entscheidendes Ereignis im Leben zweier Menschen und daher keine Kleinigkeit.« Er holte einen Topf mit Senfkörnern hervor. Diese Pflanze wurde zwar eher dem Mars zugerechnet, eignete sich jedoch hervorragend für Salben und Breiumschläge zur Behandlung bösartiger Geschwüre. »Jeder, der sich für die Ehe entschieden hat«, fügte er nachdenklich hinzu, »kann die Bedeutung des Schrittes ermessen, zu dem sich die Brautleute entschlossen haben. Und auch diejenigen, die unverheiratet sind, mögen dieses Schauspiel zu Recht mit Anteilnahme verfolgen.«

So viele Erfahrungen er auch vor seinem Eintritt in das Kloster gesammelt hatte – die Ehe war ein Abenteuer, auf das er sich nie eingelassen hatte. Nur einmal wäre es fast dazu gekommen, und mehr als einmal hatte er es verstanden, diesem Schicksal aus dem Weg zu gehen. Bei der Erinnerung daran überkam ihn Verwunderung.

»Dieser Baron trägt einen berühmten Namen, aber sonst weiß ich nicht viel über ihn, außer daß er, wie man sagt, beim König in gutem Ruf steht. Ich glaube, ich bin einmal einem älteren Verwandten der Braut begegnet. Allerdings weiß ich nicht, ob sie aus derselben Linie ist wie er.«

»Ich hoffe, sie ist schön«, sagte Mark.

»Prior Robert wäre gewiß erstaunt, ein solches Wort aus deinem Mund zu hören«, bemerkte Cadfael trocken und schloß die Schranktür.

»Schönheit ist eine starke Medizin«, sagte Bruder Mark ernst und unbefangen. »Wenn sie jung und schön ist, wenn sie ihnen im Vorbereiten zulächelt und ihren Kopf neigt, wenn sie bei ihrem Anblick nicht zurückschreckt, wird sie für diese Aussätzigen mehr Gutes bewirken als ich mit meinen Salben und Breiumschlägen. Ich bekomme hier eine Ahnung davon, daß jedes Ereignis zum Segen gereichen kann und daß es einerlei ist, welcher Art dieses Ereignis ist.« Mißbilligend fügte er hinzu: »Natürlich muß es sich dabei nicht gerade um eine Hochzeit handeln. Aber sollten wir eine solche Gelegenheit auslassen, wenn sie sich schon bietet?«

Cadfael legte seinen Arm um Marks schmale, schmächtige Schultern und zog ihn aus dem düsteren Zwielicht der Halle hinaus ins helle Licht des Tages. Eine große Aufregung hatte sich der Aussätzigen bemächtigt. »Laß uns hoffen und beten«, sagte Cadfael frohgemut, »daß diese Hochzeit allen, sogar dem Brautpaar, zum Segen gereichen wird.

Es hört sich so an, als würde einer von beiden gleich hier sein. Komm – laß uns zusehen!«

Der Bräutigam und sein Gefolge näherten sich in prächtigen Farben, mit Fanfarenklägen und begleitet vom unablässigen leisen Klingen der Glöckchen, die am Geschirr der Pferde befestigt waren. Der Zug, zu dem auch von Dienern geführte Packpferde und zwei Paar Hetzhunde an Leinen gehörten, war fünfzig Meter lang. Um die herrlichen Stoffe, die für sie immer unerreichbar bleiben würden, besser bewundern zu können, traten die Aussätzigen so weit an die Straße heran, wie sie es wagten, und als der Zug sie erreicht hatte, erhob sich ein gedämpftes, erfürchtiges Gemurmel.

Auf einem großen Rappen an der Spitze ritt ein kräftiger, untersetzter Mann mit einem groben Gesicht. Er saß nicht elegant, aber sicher im Sattel. Wie die Satteldecke seines Pferdes war seine Kleidung in Scharlachrot und Gold gehalten, und seine Position so weit vor dem Gefolge war darauf angelegt, keinen Zweifel an seiner herausragenden Stellung aufkommen zu lassen. Hinter ihm ritten nebeneinander drei Knappen, die ihren Herrn vorsichtig und aufmerksam nicht aus den Augen ließen, so als fürchteten sie, er könne sich jeden Augenblick zu ihnen umwenden und ihnen irgendeine gefährliche Bewährungsprobe abverlangen. Dieselbe an Furcht grenzende Gespanntheit lag auch über dem Rest des Gefolges – angefangen beim Haushofmeister über die Kammerdiener, Stallknechte und Falkner bis zu den halbwüchsigen Jungen, die von den großen Hunden vorwärtsgezerrt wurden. Nur die Tiere – die Pferde, die Hunde, die Falken auf den Gestellen, die die Falkner trugen – sahen gepflegt und zufrieden aus und schienen keine Furcht vor ihrem Herrn zu haben.

Bruder Cadfael stand mit Mark am Tor des Zaunes und betrachtete den Zug mit wachsender Aufmerksamkeit. Jeder der drei Knappen hätte einen guten Bräutigam abgegeben, aber es war nur zu deutlich, daß keiner von ihnen

Huon de Domville war. Bis zu diesem Augenblick hatte Cadfael nicht daran gedacht, daß dieser Baron seine besten Jahre bereits hinter sich haben und kein junger Mann mehr sein könnte, der im richtigen Alter für eine Eheschließung war. Nun sah er, daß in Domvilles kurzem, vollen Bart das Grau überwog und daß an den Schläfen, wo die verwegen halb zurückgeschlagene, reich bestickte Kapuze den Kopf entblößte, nur kurze, graue Locken und darüber ein kahler Schädel zu sehen waren. Gewiß, er war noch immer kräftig und muskulös, aber deutlich über fünfzig, und wahrscheinlich eher sechzig Jahre alt. Cadfael vermutete, daß dieser Mann bereits mindestens eine, wenn nicht gar zwei Frauen überlebt hatte. Die Braut dagegen, so lautete das Gerücht, war knapp achtzehn, fast noch ein Kind. Nun ja, so etwas kam vor. Solche Ehen wurden arrangiert.

Als der Reiter näher kam, konnte Cadfael seine Augen nicht von dem Gesicht abwenden. Die breite, flache Stirn, die durch den fehlenden Haaransatz sehr hoch erschien, warf fast keinen Schatten über die kleinen, schwarzen, verschlagenen und fast wimpernlosen Augen, die leicht hervorstanden und ebenso böse wie intelligent funkelten. Der gestutzte Bart ließ einen schmalen, harten Mund frei. Es war ein rohes, brutales Gesicht, so grob und gewalttätig wie der Arm eines Ringers – ein Gesicht, hinter dem niemand den wachen, gerissenen Geist vermutet hätte, der diesen Mann jedem, der sich ihm entgegenstellte, zweifellos zu einem gefährlichen Gegner machte. Dies also war Huon de Domville.

Er war nun nahe genug, um erkennen zu können, was für eine Art von Menschen es war, die dort vor der kleinen Kirche und dem Friedhof die Straße säumten, aufgeregt murmelten und auf ihn zeigten. Der Anblick gefiel ihm nicht. Die schwarzen Augen, die aussahen, als habe man kleine Pflaumen in den harten Teig seines Gesichtes gedrückt, glommen rötlich auf wie glühende Kohlen. Er verließ den linken, breiteren Saum der Straße und lenkte sein Pferd zum rechten Rand, einzig und allein, um dieses Pack mit einer Geste in die Löcher zurückzutreiben, aus denen es gekrochen war. Und diese Geste bestand darin, daß er mit seiner Reitpeitsche ausholte. Es war zu bezweifeln, daß sein Pferd diese Peitsche je zu spüren bekommen hatte – dafür war ein so edles Tier einfach zu wertvoll –, aber offenbar fand der Baron, daß sie sich hervorragend dazu eignete, Aussätzige zu vertreiben. Er öffnete den kleinen Mund und herrschte die Gestalten in den dunklen Umhängen an: »Aus dem Weg, Ungeziefer! Geht mir aus den Augen!«

Demütig wichen sie eilig zurück, außer Reichweite der Peitsche, wenn auch nicht aus seinen Augen – alle bis auf einen. Es war ein schlanker Mann, der die anderen um einen halben Kopf überragte und wie sie in einen dunklen Umhang gekleidet war. Er rührte sich nicht. Vielleicht konnte er sich nicht schnell genug bewegen, vielleicht hatte er den Befehl nicht verstanden, vielleicht weigerte er sich aber auch einfach, ihm Folge zu leisten. Aufrecht blieb er stehen und sah Domville durch den Augenschlitz, den das Tuch vor seinem Gesicht freiließ, unverwandt an. Als er schließlich, ohne den Blick von ihm abzulassen, hinkend einen Schritt zurücktrat, bewegte er sich zu langsam, um dem Hieb der Peitsche zu entgehen – wenn dies überhaupt seine Absicht gewesen war. Der Schlag traf ihn auf Schulter und Brust. Sein verkrüppelter Fuß gab unter ihm nach, und er fiel schwer zu Boden.

Cadfael wollte ihm zu Hilfe eilen, aber Mark war schneller als er: Mit einem Schrei der Empörung sprang er vor, kniete neben dem gestürzten Mann nieder und warf sich mit ausgebreiteten Armen über ihn, um ihn mit seinem Körper vor dem nächsten Peischenhieb zu schützen. Aber Domville war bereits weitergeritten – es war unter seiner Würde, diesem Abschaum der Menschheit weitere Beachtung zu schenken. Ohne sein Tempo zu beschleunigen oder zu verlangsamen, ohne rechts oder links zu sehen, setzte er seinen Weg fort. Sein Gefolge hielt sich auf der anderen Seite der

Straße, und einige der Männer hielten ihren Blick abgewendet. Als die drei Knappen vorbeiritten, war ihnen ihr Unbehagen deutlich anzusehen. Der hochgewachsene, blonde Jüngling in der Mitte sah die beiden Männer am Boden aus tiefblauen Augen entsetzt an. Auch als die drei schon vorbei waren, blickte er immer wieder zurück, bis ihn seine Gefährten warnend anstießen, um ihn an seine Pflicht zu erinnern.

Während das Gefolge vorbeizog, half Mark dem hageren, alten Mann auf. Ohne eine Gefühlsregung zu zeigen, folgten die Diener ihrem Herrn – ihr Dienstverhältnis war ein Panzer gegen alle äußeren Einflüsse. Einige Reiter, die einen herrschaftlichen Eindruck machten – es mochte sich um Hochzeitsgäste oder weniger wichtige Verwandte des Bräutigams handeln –, ritten mit ausdruckslosem Gesicht vorüber, als sei nichts vorgefallen. Unter ihnen befand sich auch ein gesetzter Geistlicher, der seinen Rosenkranz durch die Finger gleiten ließ, kaum merklich in sich hineinlächelte und seine Umgebung nicht zur Kenntnis nahm. Es ging das Gerücht, ein Chorherr aus Salisbury namens Eudo de Domville werde die Trauung vornehmen, ein Mann, der in der Kirche und beim päpstlichen Legat wohlgelitten sei und dem eine baldige Beförderung bevorstehe. Vermutlich war er nicht geneigt, dies alles aufs Spiel zu setzen. Gleichmütig wie die anderen zog er am Hospiz der Aussätzigen vorbei. Die Stallburschen, die Pagen, die Jagdhunde folgten ihm, und als der Zug die ersten Häuser der Klostersiedlung erreichte, verklang langsam das Geläut der Glöckchen am Zaumzeug der Pferde.

Bruder Mark hatte den Arm um den alten Mann gelegt und half ihm die Böschung hinauf. Cadfael zog sich zurück, um die beiden nicht zu stören. Mark hatte keine Angst sich anzustecken, er dachte nie an die Gefahr, denn all sein Streben galt denen, die seiner Hilfe bedurften. Er würde auch nicht überrascht sein oder sich beklagen, wenn die Krankheit auch ihn erfassen und ihn so mit den Menschen, denen er diente, noch enger zusammenbringen sollte. Während die beiden näher kamen, wechselte er mit dem alten Mann einige freundliche Worte; beide waren sie ja gewöhnt, daß man sie mit Verachtung behandelte – es lohnte nicht, sich darüber zu erregen. Cadfael bemerkte den hinkenden, aber kräftigen Gang des alten Mannes und die ausladende Geste seiner linken Hand, die für einen Augenblick aus dem weiten Ärmel seines Gewandes zum Vorschein kam, als er sich von Marks fürsorglichem Griff losmachte und seinen Weg allein fortsetzte. Mark nahm diese Abweisung achtungsvoll hin und wandte sich Cadfael zu. Dieser hatte gesehen, daß an der linken Hand des Aussätzigen, die einst lang und wohlgeformt gewesen war, Zeige- und Mittelfinger fehlten und daß vom Ringfinger nur noch die ersten beiden Glieder vorhanden waren. Außerdem war ihm aufgefallen, daß die Haut an den Stümpfen faltig, trocken und fast weiß war.

»Kein sehr edles Betragen«, sagte Mark mit trauriger Resignation und schüttelte die trockenen Grashalme von seiner Kutte. »Aber Angst macht die Menschen grausam.«

Bruder Cadfael bezweifelte, daß Angst in diesem Fall eine Rolle gespielt hatte. Huon de Domville machte nicht den Eindruck eines Mannes, der vor irgend etwas Angst hatte, außer vielleicht vor der Hölle. Allerdings mußte man sagen, daß das Leben eines Aussätzigen schon fast die Hölle war.

»Ist er neu hier?« fragte er und sah dem hochgewachsenen Mann nach, der sich wieder am Straßenrand aufgestellt hatte. »Ich glaube nicht, daß ich ihn schon vorher einmal hier gesehen habe.«

»Nein, er ist erst vor etwa einer Woche zu uns gekommen. Er befindet sich auf einer ständigen Pilgerreise und zieht von einem Reliquienschrein zum nächsten, soweit sein Zustand dies erlaubt. Er sagt, er sei siebzig Jahre alt, und ich glaube ihm. Lange wird er wohl nicht bei uns sein – er ist nur hierher gekommen, weil die sterblichen Überreste der heiligen Winifred in dieser Kirche geruht haben, bevor man sie in die Abtei gebracht habt. Dorthin darf er nicht gehen, es ist zu nah an der Stadt. Hier jedoch ist er willkommen.«

Cadfael, der wußte, wo die Gebeine der Heiligen ruhten – ein Wissen, das er seinem arglosen Freund jedoch nicht anvertrauen konnte –, rieb sich gedankenverloren die knollige, sonnenverbrannte Nase. Er war davon überzeugt, daß die heilige Winifred selbst in ihrem weit entfernten Grab in Gwytherin die Gebete eines armen, von Krankheit gezeichneten Mannes vernehmen und erhören würde.

Seine Augen ruhten auf dem großen, hochaufgerichteten Mann. In ihren weiten Mänteln mit den Kapuzen und dem Stück Stoff, das die Gesichter derer verhüllte, die am schwersten entstellt waren, schienen Männer wie Frauen, Alte wie Junge, allein und vor den Blicken anderer Menschen verborgen die letzten Jahre ihres Lebens zu verbringen. Weder ihr Geschlecht noch ihr Alter, ihre Hautfarbe, ihre Herkunft, ihre Religionszugehörigkeit ließ sich erraten – sie alle waren lebende Geister, deren Gedanken und Gefühle nur ihr Schöpfer kannte. Nein, das stimmte nicht ganz: Jeder von ihnen unterschied sich von den anderen durch seinen Gang, seine Stimme, seine Gestalt, seine Verhaltensweisen. Dies alles konnte das Gewand nicht verbergen, dies alles machte jeden von ihnen zu einer unverwechselbaren Persönlichkeit. Dieser Mann dort, der schweigend am Straßenrand stand, besaß eine kraftvolle Ausstrahlung, und die Tatsache, daß er selbst angesichts der Drohung geschwiegen hatte, verlieh ihm eine seltene und beeindrukkende Würde.

»Hast du mit ihm gesprochen?«

»Ja, aber er ist sehr wortkarg«, antwortete Mark. »Aus seiner Sprechweise schließe ich, daß seine Lippen oder seine Zunge beschädigt sind. Er spricht langsam und etwas undeutlich, und er ermüdet schnell. Aber seine Stimme ist tief und ruhig.«

»Womit behandelst du ihn?«

»Er sagt, er habe eine eigene Salbe und brauche keine Behandlung. Er hat niemandem hier sein Gesicht gezeigt, und darum glaube ich, daß er stark entstellt ist. Hast du bemerkt, daß einer seiner Füße verkrüppelt ist? Er hat alle Zehen an diesem Fuß verloren, nur vom großen Zeh ist noch ein Stumpf geblieben. Er hat sich einen besonderen Schuh für diesen Fuß anfertigen lassen, mit einer steifen Sohle, die ihm das Gehen erleichtert. Der andere Fuß wird wohl auch in Mitleidenschaft gezogen sein, wenn auch nicht so schlimm.«

»Ich habe seine linke Hand bemerkt«, sagte Cadfael. Solche Hände hatte er früher schon gesehen: Die Finger faulten, bis sie abfielen wie dürres Laub, und meist fraß sich die Fäulnis langsam weiter, bis schließlich die ganze Hand verloren war. Doch hier schien es ihm, als sei die Krankheit an ihrer eigenen Gier zugrundegegangen. An den Stümpfen war kein Geschwür zu sehen gewesen; die weißen Narben waren trocken und verheilt, wenn auch unschön anzusehen. Und die Muskeln in der Hand des alten Mannes hatten den Eindruck gemacht, als könnten sie zupacken.

»Hat er gesagt, wie er heißt?«

»Er sagt, sein Name sei Lazarus.« Bruder Mark lächelte. »Ich glaube, diesen Namen hat er sich selbst gegeben – vielleicht, als er seine Familie und sein Haus verließ, wie das Gesetz es befiehlt. Das ist, so schrecklich es auch sein mag, eine Art zweiter Geburt. Er war sein eigener Pate bei seiner zweiten Taufe. Ich bin nicht weiter in ihn gedrungen, aber ich wollte, er würde unsere Hilfe annehmen und sich nicht nur auf seine eigenen Mittel verlassen. Er hat gewiß einige wunde Stellen oder Geschwüre, die wir mit deinen Salben behandeln könnten, bevor er wieder weiterzieht.«

Gedankenvoll betrachtete Cadfael die reglose Gestalt des Mannes, der an der Böschung stand. »Und dennoch kann er alles fühlen. Er kann doch alle Finger und Zehen bewegen, die ihm geblieben sind, nicht wahr? Spürt er Wärme, Kälte und Schmerz? Merkt er es, wenn er sich die Hand an einem Nagel oder einem Splitter aufreißt?«

Mark war sich nicht sicher; die Krankheit äußerte sich für ihn nur in den häßlichen, schwärenden Wunden, die er behandelte. »Den Peitschenhieb hat er, auch durch sein Gewand hindurch, gespürt – da bin ich sicher. Ja, gewiß spürt er so viel wie andere Menschen auch.«

Aber diejenigen, die vom echten Aussatz befallen waren, dachte Cadfael und rief sich den Anblick jener bedauernswerten Menschen ins Gedächtnis zurück, die er vor langer Zeit, während des Kreuzzugs, gesehen hatte, diejenigen, deren Haut jede Farbe verlor und sich an den grauen Stellen wie Puder auflöste, spürten, wenn die Krankheit sie fest im Griff hatte, Berührungen nicht wie andere Menschen. Sie verletzten sich, sie bluteten... und spürten doch nichts von ihrer Wunde. Sie streckten im Schlaf einen Fuß ins Feuer und wachten erst vom Gestank des verkohlenden Fleisches auf. Sie berührten etwas und merkten es nicht, sie griffen nach etwas und konnten es nicht aufheben. Sie fühlten nichts, sie konnten ihre Finger, Hände, Zehen nicht mehr gebrauchen, und ihre Gliedmaßen verfaulten und fielen ab. Auch Lazarus hatte Finger und Zehen verloren. Aber Aussätzige konnten nicht gehen, nicht einmal hinken – und doch konnte Lazarus auf eigenen Beinen stehen, er hatte sich vom Boden erhoben und mit der verkrüppelten Hand den Arm ergriffen, den Mark ihm hingehalten hatte. Zu all dem wäre ein Aussätziger nicht imstande gewesen – es sei denn, der Dämon, der von ihm Besitz ergriffen hatte, wäre an seiner eigenen Gier zugrunde gegangen.

»Glaubst du, es wäre möglich, daß Lazarus gar nicht an Aussatz leidet?« fragte Mark hoffnungsvoll.

»Nein«, antwortete Cadfael und schüttelte den Kopf. »Ganz bestimmt hat er seine Finger und Zehen durch Aussatz verloren.«

Er verschwieg jedoch, daß seiner Meinung nach viele der Kranken, die hier behandelt wurden, keine Aussätzigen waren, auch wenn man sie als solche bezeichnete. Jeder, der nässende Wunden und bleiche, schuppende Hautausschläge oder Knoten hatte, die zu bösartigen Geschwüren wurden, galt als Aussätziger, und doch hatte Cadfael den Verdacht, daß viele dieser Krankheiten auf mangelnde Reinlichkeit oder unzureichende Ernährung zurückzuführen waren. Es tat ihm leid, zu sehen, wie die Hoffnung wieder aus Bruder Marks Gesicht verschwand. Gewiß träumte er davon, alle zu heilen, die zu ihm kamen.

Von der Straße her ertönten die ersten entfernten Geräusche des zweiten Hochzeitszuges. Das Gemurmel der Schaulustigen, das nach Huon de Domvilles Ausfall gedämpft gewesen war, wurde wieder lauter und aufgeregter. Die Aussätzigen stiegen die Böschung hinunter und reckten die Hälse. Der Bräutigam hatte sich als unangenehmer, herzloser Mensch erwiesen – nun hofften sie auf die Braut.

Bruder Mark schüttelte die kleine Enttäuschung ab, die Cadfael ihm bereitet hatte, und zog seinen Freund am Ärmel. »Komm, du kannst jetzt ebensogut hierbleiben und dir den zweiten Zug ansehen. Auch ohne mich ist in deinem Garten alles in bester Ordnung, das weiß ich. Es gibt also gar keinen Grund zur Eile.«

Bei dem Gedanken an Bruder Oswins außergewöhnliche Begabung fielen Cadfael viele gute Gründe ein, seine Kräuterküche nicht allzu lange unbeaufsichtigt zu lassen. Andererseits gab es aber auch mindestens einen Grund, noch ein wenig zu bleiben. »Nun ja, ein halbes Stündchen wird wohl nicht schaden«, stimmte er zu. »Ich würde gern in Lazarus' Nähe stehen, damit ich ihn mir ansehen kann, ohne aufdringlich zu erscheinen.«

Der alte Mann rührte sich nicht, als er sie kommen hörte, und sie hielten sich etwas abseits, um seine stille Kontemplation nicht zu stören. Es umgab ihn die selbstgenügsame Ruhe eines Heiligen, der sich in die Wüste zurückgezogen hat, dachte Cadfael. Wie diese Männer die Einsamkeit suchten, so schuf auch er um sich, selbst in Gesellschaft anderer, einen Raum, in dem er allein war. Er überragte die beiden Klosterbrüder um einen Kopf und hielt sich so aufrecht und gerade wie eine Lanze. Seine Gestalt war hager, wenn man von den breiten Schultern absah, die sich unter dem Gewand abzeichneten. Erst als ein Windstoß ihnen plötzlich das Hufgetrappel des sich nähernden Zuges zutrug und der alte Mann seinen Kopf aufmerksam dem Geräusch zuwandte, konnte Cadfael einen Blick auf sein Gesicht werfen. Die Kapuze war tief in die Stirn gezogen, die eine edle Kopfform verriet, und das grobe blaue Tuch, das als Schleier diente, war bis über die Backenknochen gezogen. Durch diesen Schlitz waren nur die Augen zu erkennen, aber ihr Anblick war faszinierend genug: sie waren groß und von einem makellosen, hellen, aber leuchtenden Blaugrau. Ganz gleich, welche Mißgestaltungen dieser Mann zu verbergen hatte – seine Augen jedenfalls blickten klar und waren es gewöhnt, in die Weite zu sehen. Er schenkte den beiden Mönchen, die in seiner Nähe standen, keine Beachtung. Er hatte seinen Blick an ihnen vorbei auf den sich nähernden Hochzeitszug gerichtet, der jetzt in einem Flimmern von Farben und Licht zu erkennen war.

Hier ging es weniger zeremoniell zu als bei Huon de Domville und seinem Gefolge, und dieser Zug war auch kleiner als der erste. Außerdem wurde er nicht von einem einzelnen, alles beherrschenden Mann angeführt. Zuerst kamen mehrere berittene Diener, die einen Halbkreis bildeten. In ihrem Schutz folgten nebeneinander drei Reiter. Auf der einen Seite ritt ein etwa fünfundvierzigjähriger, dunkelhaariger, sehniger Mann, dessen Haut die Farbe von Oliven hatte. Er trug prächtige Kleider in dunklen, kräftigen Farben und saß auf einem feingliedrigen Grauschimmel, der gewiß sehr schnell und nach Cadfaels Meinung arabischer Abstammung war. Das Haar unter dem Federhut war dicht und lockig, und sein breiter Mund wurde von einem gestutzten schwarzen Bart eingerahmt. Das schmale, verschlossene Gesicht des Mannes verriet Mißtrauen und Schläue. Zur anderen Seite ritt eine Dame etwa desselben Alters. Sie hatte ein scharfgeschnittenes, nicht unattraktives

Gesicht und, wie ihr Mann, dunkles Haar Die Frau war schlank, kleidete sich mit schlichter Eleganz und ritt eine Rotschimmelstute. Ihr Mund mit den gespitzten Lippen hatte etwas Berechnendes, und aus den Augen unter den Brauen, die sie auch dann zusammenzuziehen schien, wenn ihr Mund lächelte, sprach Schläue. Ihr Hut entsprach der neuesten Mode, ihr Reitkleid war offenbar in London angefertigt worden, und die Grazie ihrer Haltung im Sattel war vollkommen – und dennoch strahlte ihre ganze Erscheinung Kälte aus.

Zwischen diesen beiden und, von ihnen gleichsam überschattet, ritt auf einem Zelter, der zu groß für sie schien, eine zierliche, fast kindliche junge Frau. Sie hielt die Zügel leicht in der Hand, aber trotz ihrer guten Haltung wirkte sie niedergeschlagen. Ihre reichen Gewänder aus goldenen und dunkelblauen Seidenstoffen schienen ihre zerbrechliche Gestalt fast zu erdrücken, denn sie wirkte verkrampft und eingeengt wie ein Toter in seinem Sarg. Durch den Schleier aus Goldgewebe, der von ihrem vollen, blonden Haar über ihr Gesicht hing, sah sie starr geradeaus. Sie hatte ein sanftes, fein geschnittenes Gesicht und große, blaugraue Augen, sah aber so blaß und eingeschüchtert aus, daß sie eher wie eine hübsche Puppe als wie ein lebendiger Mensch wirkte. Cadfael hörte, wie Mark scharf die Luft einzog. Es tat schon weh, die Jugend so stumm und aller Freude beraubt zu sehen.

Auch dieser hohe Herr bemerkte, welchem Zweck das Haus bei der kleinen Kirche diente und an welcher Krankheit die Menschen litten, die dort standen, um seine Nichte vorbeireiten zu sehen. Er ritt nicht, wie Huon de Domville, auf sie zu, um sie zu vertreiben, sondern wich zur anderen Seite der Straße aus, um seinen Abstand zu den Aussätzigen zu vergrößern, und wandte sogar den Kopf ab, damit sein Blick nicht auf die Kranken fiel. Das Mädchen war so tief in seine Traurigkeit versunken, daß es die Gestalten in ihren weiten Gewändern nicht bemerkt hätte, wenn Bran nicht halb die Böschung hinuntergelaufen wäre, um besser sehen und mit leuchtenden Augen zu den Reitern aufblikken zu können. Diese Bewegung, die sie aus dem Augenwinkel heraus wahrnahm, schreckte sie aus ihrer Versunkenheit auf, und als sie aufsah und den kleinen Jungen bemerkte, bedachte sie ihn mit einem Blick, aus dem Mitgefühl mit einem menschlichen Wesen sprach, das vom Schicksal noch härter geschlagen war als sie. Einen Augenblick lang lag in ihren Augen nichts als entsetztes Mitleid, doch als sie sah, daß sie sich getäuscht hatte, daß Bran sich nicht als bemitleidenswert empfand, sondern ihr selbstvergessen zulächelte, lächelte auch sie. Ihr Lächeln währte nur einen Augenblick, aber in diesem Augenblick strahlte sie eine warme, heitere und doch schmerzliche Güte aus, und bevor sich wieder die Wolken der Trauer über ihr Gesicht legten, beugte sie sich über den Sattelknauf ihrer Tante und warf eine Handvoll kleiner Münzen vor dem Jungen ins Gras. Bran war so verzaubert, daß er sich nicht bückte, um das Geld aufzusammeln, sondern ihr mit großen Augen und offenem Mund nachsah.

Sonst gab keiner aus dem Gefolge den Aussätzigen ein Almosen. Zweifellos würde das Geld erst am Torhaus des Klosters verteilt werden, wo sich gewiß schon eine große Anzahl erwartungsvoller Bettler versammelt hatte und die Gaben einen größeren Eindruck machen würden.

Ohne zu wissen warum, richtete Cadfael seinen Blick von dem Kind auf Lazarus. Bran mochte sich, ohne Neid oder Habgier zu empfinden, an den bunten, herrlichen Kleidern derer ergötzen, denen das Schicksal freundlicher gesonnen war als ihm, aber einer, der mehr Lebenserfahrung besaß, mochte beim Anblick dieser für ihn unerreichbaren Schätze einen bitteren Nachgeschmack verspüren. Ohne sich von der Stelle zu rühren, hatte der alte Mann nur den Kopf gedreht, um die drei Reiter nicht aus den Augen zu lassen – die Kammerzofen und Diener, die ihnen folgten, hatte er keines Blickes gewürdigt. Die Augen zwischen der Kapuze und dem Gesichtstuch leuchteten blaßblau wie Eis. Nicht eine Sekunde lang ließ Lazarus die junge Braut aus den Augen, und selbst als das letzte Packpferd hinter der Kurve an der Klostersiedlung verschwunden war, stand er reglos da, als könne sein Blick der Gesellschaft bis zum Torhaus des Klosters folgen und die Mauern durchdringen, um sie auch dort zu beobachten.

Mit einem tiefen Seufzer wandte sich Bruder Mark an Cadfael. »Und das ist die Braut?« fragte er verwundert. »Sie wollen sie wirklich mit diesem Mann verheiraten? Dabei könnte er ihr Großvater sein – und er sieht nicht so aus, als wäre er ein gütiger alter Mann. Wie kann man nur so etwas tun?« Wie Lazarus sah er die leere Straße hinunter zur Klostersiedlung. »Sie ist so jung, so verletzlich! Und hast du ihr Gesicht gesehen? Wie traurig es aussieht! Es ist gewiß nicht ihr Wille, mit Huon de Domville verheiratet zu werden!«

Cadfael antwortete nichts; es gab nichts Tröstendes, was er dazu hätte sagen können. Solche Ehen, bei denen es um Ländereien, Reichtum und Verbindungen ging, waren etwas ganz Alltägliches, und was die Braut – und oft genug auch der junge Bräutigam – zu dieser Heirat zu sagen hatte, besaß keinerlei Gewicht. Es mochte sogar so manche Frau geben, die die Vorteile erkannte, welche eine Ehe mit einem Mann barg, der alt genug war, um ihr Großvater zu sein: ihr würden weltliche Güter in den Schoß fallen, denn nur zu bald würde sie der Tod von ihrem Mann erlösen – und dann, als Witwe, die über ein Vermögen verfügen konnte, mochte es ihr mit ein wenig Glück und etwas Geschick gelingen, eine zweite Ehe zu schließen, diesmal mit einem Mann, der ihr mehr zusagte. Aber nach ihrem Gesicht zu urteilen schien Iveta de Massard vom Schicksal eher ihren eigenen Tod als den ihres Bräutigams zu erwarten.

»Ich werde zu Gott beten, er möge ihr beistehen!« sagte Mark mit Inbrunst.

»Es mag sein, daß er das tun wird«, sagte Bruder Cadfael, mehr zu sich selbst als zu seinem Freund. »Aber es mag auch sein, daß er dabei mit Fug und Recht etwas Hilfe von uns Menschen erwarten darf.«

Auf dem Hof des Hauses des Bischofs nahmen Huon de Domvilles Diener den Packpferden die Lasten ab und liefen geschäftig mit dem Bettzeug, den Vorhängen und dem ganzen Zierrat für die Hochzeitszeremonie und das Brautlager hin und her. Domvilles Kammerdiener hatte bereits Wein für seinen Herrn und Kanonikus Eudo, einen entfernten Verwandten von Huon, bereitgestellt, und der Haushofmeister hatte dafür gesorgt, daß seinen Herrn im besten Gemach ein brennendes Feuer, ein bequemes, warmes Gewand und pelzgefütterte Pantoffeln erwarteten, damit sich Domville, wenn er sein Reitkleid und seine hohen, eleganten Reitstiefel abgelegt hatte, entspannen konnte. Der Baron saß in einem behaglichen Sessel, hatte seine stämmigen Beine ausgestreckt und trank ein Glas warmen Wein. Er war zufrieden. Daß seine Braut mit ihrem Geleit sich von Saint Gilles her näherte, war ihm vollkommen gleichgülitg. Er hatte weder den Wunsch noch die Absicht, Zeit damit zu verschwenden, seine Neuerwerbung vorbeiziehen zu sehen; er war sich ihrer bereits völlig sicher, und nach der Hochzeit würde er sie noch oft genug sehen. Huon de Domville war gekommen, um ein Geschäft zum Abschluß zu bringen, das für ihn wie auch für den Onkel und Vormund des Mädchens äußerst gewinnbringend war, und daß das Mädchen zufällig jung, schön und reizvoll war, mochte zwar eine angenehme Zugabe sein, war letztlich jedoch von untergeordneter Bedeutung.

Joscelin Lucy übergab die Zügel seines Pferdes einem Knecht, stieß einen Ballen Leinen mit dem Fuß aus dem Weg und wollte gerade zum Tor gehen, um einen Blick auf die Straße zu werfen, als sein Freund Simon Aguilon, der älteste der drei Knappen in Domvilles Diensten, ihn am Arm faßte.

»Wohin so eilig? Du weißt doch so gut wie ich, daß er

nach dir rufen wird, kaum daß er sein erstes Glas geleert hat. Du bist heute an der Reihe, die hohen Herren zu bedienen!«

Joscelin strich sich eine blonde Strähne aus der Stirn und lachte bitter. »Von was für hohen Herren sprichst du? Du hast es doch auch gesehen: einen armen Teufel zu schlagen, der es nicht wagt, sich zu wehren, und ihn dann auch noch fast niederzureiten – und das ohne jeden Grund! Hol der Teufel einen solchen hohen Herrn und seinen Durst! Erst muß ich Iveta sehen!«

»Sei kein Dummkopf, Joss«, warnte ihn Simon. »Du solltest aufpassen, was du sagst. Wenn du ihm jetzt einen Anlaß gibst, wird er dich hinauswerfen, und du müßtest zurück zu deinem Vater und ihm alles erklären. Und was würde das Iveta nützen? Oder dir?« Er schüttelte gutmütig den Kopf und hielt seinen Freund fest. »Er wird dir die Hölle heiß machen, wenn du dich nicht bald bei ihm sehen läßt!«

Einige Schritte weiter war der jüngste der drei dabei, sein Pferd abzusatteln. Er grinste sie an. »Ach, laß ihn doch – wer weiß, wie oft er seine Liebste noch sehen kann?« Er schlug Joscelin freundschaftlich auf die Schulter. »Ich werde dich heute vertreten. Am besten sage ich ihm, du wärst damit beschäftigt, aufzupassen, daß die Weinfässer vorsichtig abgeladen werden. Das wird ihm gefallen. Geh nur und schau – obwohl ich nicht weiß, was du dir davon versprichst...«

»Ist das dein Ernst, Guy? Du bist ein echter Freund! Das nächste Mal werde ich dich vertreten, das verspreche ich dir. Du brauchst es mir nur zu sagen.« Und damit war er schon wieder auf dem Weg zum Tor. Aber Simon hatte ihn nach einigen Schritten eingeholt, legte ihm den Arm um die Schultern und begleitete ihn.

»Ich komme mit. Er wird eine Weile ohne mich auskommen. Aber hör mir zu, Joss«, fuhr er ernst fort, »du läßt dich bei ihm auf zu viele Risiken ein. Du weißt doch, daß er viel für dich tun kann, wenn er zufrieden mit dir ist. Und das ist es letztlich auch, was dein Vater sich wünscht und von dir erwartet. Es ist dumm von dir, deine Zukunft so aufs Spiel zu setzen. Du kannst ihn zufriedenstellen, wenn du nur willst – es ist ja gar nicht so viel, was er von uns erwartet.«

Sie gingen durch das Tor, lehnten sich an den steinernen Pfeiler und sahen erwartungsvoll die Straße hinunter. Sie waren beide hochgewachsene, kräftige junge Männer. Simon war drei Jahre älter und etwas kleiner als Joscelin. Neben ihm biß sich sein blonder Freund auf die Unterlippe und sah mürrisch zu Boden.

»Meine Zukunft! Was kann er schon groß für meine Zukunft tun, außer mich in Schimpf und Schande zu meinem Vater zurückzujagen! Meinst du im Ernst, das würde mir etwas ausmachen? Ich werde Ländereien und zwei schöne Herrenhäuser erben – das wird er mir nicht nehmen können. Und außerdem gibt es noch andere Herren, denen ich dienen kann. Ich bin stark genug, um es mit fast jedem aufzunehmen...«

Simon lachte und gab ihm einen leichten freundschaftlichen Stoß. »Das stimmt! Das habe ich am eigenen Leib gespürt!«

»Es gibt Herren genug, die gute Männer in Dienst nehmen würden, jetzt, da die Kaiserin wieder in England ist und der Kampf um die Krone aufs neue entbrannt ist. Ich weiß, wie man ein Schwert führt! Sieh dich doch selbst an, Simon – du hast ebensoviel zu verlieren wie ich. Mag sein, daß das sein Schwestersohn und Erbe bist, aber was« – er biß sich auf die Lippen; es fiel ihm schwer, es auszusprechen, aber es erfüllte ihn mit einer merkwürdigen Lust, das Messer tiefer in seine Wunde zu treiben und es herumzudrehen, um die Schmerzen zu verdoppeln – »was, wenn sich das ändert? Eine neue, junge Frau... wenn er nun einen Sohn bekommt? Dann bist du die längste Zeit sein Erbe gewesen.«

Simon legte seinen braunen Lockenkopf in den Nacken und brach in lautes Lachen aus. »Nach dreißigjähriger Ehe mit meiner Tante Isabel und Gott weiß wie vielen Seitensprüngen, ohne daß er je einen Nachkommen gezeugt hätte? Mein lieber Freund, mein Onkel Huon mag zwar ein Weiberheld sein, aber wenn er einen Sohn zeugen sollte, fress' ich einen Besen! Nein, nein – mein Erbe ist mir sicher, da kannst du ganz beruhigt sein! Ich bin fünfundzwanzig, und er geht auf die Sechzig zu. Ich kann warten!« Er richtete sich auf. »Sieh nur, sie kommen!«

Aber Joscelin hatte die leuchtenden Farben des Zuges, der sich auf der Straße auf sie zu bewegte, bereits bemerkt und sich gespannt aufgerichtet. Die Pferde waren in einen leichten Trab gefallen – Goldfrid Picard und seine Begleitung hatten es eilig, das Kloster zu erreichen. Joscelin trat einen Schritt vor, und Simon ließ den Arm, den er um die Schultern seines Freundes gelegt hatte, sinken.

»Du lieber Himmel, Joscelin, was soll das? Sie ist nicht für dich bestimmt!« Aber das sagte er mit einem hilflosen Seufzer, und Joscelin hatte ihm ohnehin nicht zugehört.

Sie kamen und ritten vorbei. Ihre beiden Bewacher saßen aufrecht im Sattel und sahen hochmütig geradeaus, aber ihre Stirnen waren gerunzelt und ihre Gesichter angespannt, als sei bereits etwas vorgefallen, das ihren Unmut erregt hatte. Und zwischen ihnen Iveta, eine blasse, verzweifelte junge Frau in einer goldenen Hülle. Sie hatte ein Gesicht, das nur aus Augen zu bestehen schien – Augen, die blind waren, die nichts sahen. Erst als sie nahe herangekommen war und irgend etwas – Joscelin war überzeugt, daß es seine Nähe und Liebe gewesen war – sie aufschreckte und erschauern ließ, richtete sie ihren Blick auf das Tor, neben dem er stand. Sie wagte es nicht, ihren Kopf zu wenden, aber er war sicher, daß ein Windhauch ihr seine Gegenwart zutrug, als sie, bewacht von ihrem Onkel und ihrer Tante, an ihm vorbeiritt. Sie beging nicht den Fehler, sich nach ihm umzusehen oder die starre Maske des Gehorsams abzulegen, aber sie hob die rechte Hand an ihre Wange, hielt sie einen Augenblick lang dort und ließ sie dann wieder fallen.

»Ich glaube wirklich«, seufzte Simon Aguilon, als er Arm in Arm mit seinem Freund wieder den Hof betrat, »daß du sie noch nicht einmal jetzt aufgegeben hast. Hoffst du vielleicht auf ein Wunder? Nimm doch Vernunft an – in zwei Tagen wird sie Lady Domville sein.«

Joscelin antwortete ihm nicht. Er dachte an die erhobene Hand, und tief in seinem Herzen wußte er, daß ihre Finger die Lippen berührt hatten. Und das war mehr, als sie vereinbart hatten.

Das ganze Gästehaus des Klosters, mit Ausnahme der Gemeinschaftsräume, war Sir Godfrid Picard und seiner Hochzeitsgesellschaft zur Verfügung gestellt worden. Als sie mit ihm allein war, wandte sich Agnes Picard mit angespanntem Gesicht an ihren Mann: »Ich traue ihrer Ruhe nicht. Sie führt irgend etwas im Schilde.«

Er zuckte geringschätzig die Schultern. »Ach, du machst dir zuviel Sorgen. Sie hat sich in ihr Schicksal gefügt, und sie wird uns in allem gehorchen. Was bleibt ihr auch anderes übrig? Daniel hat Anweisung, sie nicht durch das Tor zu lassen, und Walter bewacht den Seiteneingang der Kirche, der zur Straße führt. Und einen anderen Fluchtweg gibt es nicht, es sei denn, sie springt über die Mauer oder über den Meole-Bach. Gewiß, es kann nichts schaden, sie auch hier gut im Auge zu behalten, aber wir müssen auch jedes Aufsehen vermeiden. Trotzdem glaube ich, daß du dich täuschst. Sie ist so eingeschüchtert, daß sie nicht den Mut haben wird, bei der Trauung ihre Einwilligung zu verweigern.«

»Das möchte ich ihr auch nicht geraten haben!« sagte Lady Picard grimmig. »Man sagt, dieser Abt Radulfus bilde sich eine Menge auf seine Befugnisse ein und mache auch mit Adligen nicht viel Federlesens, wenn er das Gefühl hat, man wolle ihn zum Narren halten. Aber ich wollte, ich könnte mir ihres Gehorsams so sicher sein wie du.«

»Ich sage dir doch, Frau, du machst dir zu viele Sorgen. Wenn sie erst einmal vor dem Altar steht, wird sie brav das tun, was wir ihr eingeschärft haben, und zwar ohne jedes Wenn und Aber.«

Agnes biß sich gedankenvoll auf die Lippe. Sie war noch immer nicht ganz überzeugt. »Gut, so mag es den Anschein haben... Und trotzdem, ich wollte, wir hätten es hinter uns. Bis ich wirklich aufatmen kann, werden noch zwei Tage vergehen.«

In Bruder Cadfaels Kräuterküche im Gartenhaus trat Bruder Oswin von einem Fuß auf den anderen, knetete seine großen Hände, die nur zu oft alles zerstörten, was sie so bereitwillig anpackten, und machte ein schuldbewußtes Gesicht. Voller dunkler Ahnungen sah Cadfael sich um – er wußte, was jetzt kam, obwohl es für Oswin schon ein Fortschritt war, überhaupt zu merken, daß er etwas falsch gemacht hatte, ohne daß man es ihm unter die Nase rieb. Die meisten Gerätschaften schienen an ihrem Platz zu sein. Das Feuer, über dem die Kräuter trockneten, brannte nicht zu hoch, es lagen keine üblen Gerüche in der Luft, und der Wein in den großen Gärflaschen blubberte leise wie gewöhnlich.

Eifrig darauf bedacht, seine Verdienste herauszustreichen, bevor er seine Verfehlung bekannte, erstattete Bruder Oswin Bericht: »Der Bruder Krankenpfleger hat die Latwergen und Puder abgeholt. Und dem Bruder Prior habe ich das Magenmittel gebracht, das Ihr für ihn zusammengestellt habt. Die Pastillen, die Ihr zum Trocknen ausgelegt habt, müßten jetzt fertig sein, und die getrockneten Kräuter für den Absud, den Ihr morgen zubereiten sollt, habe ich zerrieben.«

Aber... jetzt kamen die schlechten Neuigkeiten. Auf seinem Gesicht lag ein Ausdruck vorwurfsvoller Verwunderung: Daß er bei etwas, das er so zuversichtlich und in so wohlmeinender Absicht in Angriff genommen hatte, ein solches Pech gehabt hatte...

»Aber denkt Euch nur, wie merkwürdig... Ich verstehe gar nicht, wie das passieren konnte – gewiß war der Topf schon vorher beschädigt, obwohl ich keinen Sprung entdekken konnte. Der Hustensaft, den Ihr auf dem Feuer gelassen hattet... Ich habe genau aufgepaßt und ihn bestimmt im rechten Augenblick vom Feuer genommen, als er genau die richtige Dicke hatte, und ich habe ihn die ganze Zeit gerührt, wie Ihr mir aufgetragen hattet. Ihr wißt, daß Ihr gesagt habt, der alte Bruder Francis benötige ihn dringend, wo er doch solche Schmerzen in der Brust hat... Ich wollte den Saft schneller abkühlen lassen, um ihn noch vor Eurer Rückkehr in Flaschen füllen zu können, und darum nahm ich den Topf vom Feuer und stellte ihn in eine Schüssel mit kaltem Wasser...«

»Und der Topf zerbrach«, sagte Cadfael resigniert.

»Ja, er fiel auseinander«, gab Oswin überrascht und zerknirscht zu. »In zwei Teile, und all der schöne Honig und die Kräuter ergossen sich ins Wasser. Findet Ihr das nicht seltsam? Wußtet Ihr, daß der Topf einen Sprung hatte?«

»Mein Sohn, der Topf war vollkommen unbeschädigt und obendrein einer meiner besten. Aber weder er noch irgendein anderer darf direkt vom Feuer in kaltes Wasser gestellt werden. Wenn man Ton einer so starken Temperaturschwankung aussetzt, bricht er. Und wo wir gerade davon sprechen: Beachte bitte, daß dasselbe auch für Glasflaschen gilt«, fügte Cadfael eilig hinzu. »Wenn man sie mit einer heißen Flüssigkeit füllt, müssen die Flaschen zuvor erwärmt worden sein. Du darfst nie irgend etwas vom Feuer in die Kälte oder von der Kälte ins Feuer bringen.«

»Ich habe alles aufgewischt«, sagte Oswin kleinlaut, »und auch die Topfscherben habe ich weggeworfen. Und trotzdem, ich bin sicher, daß er irgendwo einen Sprung gehabt haben muß... Es tut mir leid, daß der Sirup verdorben ist, und heute nach dem Abendmahl will ich einen frischen ansetzen.«

Alles, nur das nicht! dachte Cadfael, sprach seinen Gedanken aber nicht aus. »Nein, mein Sohn!« sagte er mit Nachdruck. »Du mußt dich an die Ordensregeln halten und dich dem Studium der Schrift widmen. Ich werde den Sirup selbst zubereiten.« Da ihm an seinen Töpfen lag, würde er sie fortan besser vor Bruder Oswins Elan schützen müssen. »Nun lauf und bereite dich auf den Vespergottesdienst vor.«

Und so war Bruder Oswins Tolpatschigkeit der Grund dafür, daß Cadfael nach dem Abendmahl noch einmal seine Kräuterküche aufsuchte und dadurch in die Ereignisse, die darauf folgten, verwickelt wurde.

2

In prächtigen Gewändern erschienen Sir Godfrid Picard und seine Gemahlin zum Vespergottesdienst. Mit niedergeschlagenen Augen ging Iveta de Massard zwischen ihnen wie ein Lamm, das zum Opferaltar geführt wird. Eine ältliche Zofe mit einem harten Gesicht trug Lady Picards Gebetsbuch, und Sir Godfrid folgte ein Diener. Das Mädchen hatte die schönen Kleider abgelegt und war in einfache, dunkle Farben gekleidet. Ein Schleier bedeckte ihr goldblondes Haar. Während des ganzen Gottesdienstes blieb sie blaß und stumm, und nicht ein einziges Mal sah sie auf. Von seinem Platz bei den anderen Klosterbrüdern aus beobachtete Cadfael Iveta mit Neugier und Sympathie, und je länger er sie betrachtete, desto mehr wunderte er sich. Welches Verwandtschaftsverhältnis mochte zwischen ihr und jenem Kreuzritter bestehen, der seinerzeit eine Legende gewesen war, wenn auch die heutige Generation ihn vergessen zu haben schien? Wenn ein Mann vierzig Jahre in seinem Grab liegt, ist er wirklich tot.

Als die Mönche am Ende des Gottesdienstes in einer Reihe hintereinander die Kirche verließen, um im Refektorium das Nachtmahl einzunehmen, stand Iveta auf, trat mit gefalteten Händen an den Marienaltar und kniete nieder. Es schien Cadfael, als habe Agnes Picard ihr folgen wollen, sei aber von ihrem Mann, der ihr eine Hand auf den Arm legte, zurückgehalten worden, denn eben kam Prior Robert Pennant auf sie zu. Er ließ es sich nie nehmen, Gäste, die wie er zum normannischen Adel gehörten, persönlich zu begrüßen, und seine hochgewachsene, weißhaarige Gestalt strahlte vornehme Würde aus, als er nun vermutlich eine höfliche Einladung aussprach, die man nicht würde ablehnen können. Die Lady warf ihrer Nichte, die tief ins Gebet versunken war, einen scharfen, prüfenden Blick zu, bevor sie der Einladung des Priors folgte und zwischen ihm und ihrem Mann die Kirche verließ.

Cadfael aß in aller Eile. Die unschönen Ereignisse, deren Zeuge er geworden war und gegen die all seine Kräuter nichts ausrichten konnten, beschäftigten ihn immer noch. Nur gut, daß – dank Bruder Oswins Eifer – eine Arbeit auf ihn wartete, die seine volle Aufmerksamkeit erforderte.

Iveta erhob sich erst, als es einige Minuten lang still um sie und die höfliche, zuvorkommende Stimme des Priors verklungen war. Sie schlich zum Südportal der Kirche und spähte vorsichtig hinaus. Robert hatte seine Gäste in den Klosterhof geführt, um ihnen die letzten Blüten der sorgfältig gepflegten Rosen zu zeigen. Sie kehrten ihr den Rücken zu, und der westliche Wandelgang des Klosters lag offen vor ihr. Iveta raffte ihre Röcke, nahm ihren ganzen Mut zusammen und lief wie eine verschreckte Maus hinaus in den großen Hof, wo sie kurz stehenblieb und sich verzweifelt umsah. Nur sie selbst wußte, wieviel Tapferkeit und wie wenig Hoffnung sie besaß.

Sie war zum erstenmal in diesem Kloster und mit den Örtlichkeiten nicht vertraut, aber zwischen dem Gästehaus und dem Haus des Abtes sah sie zwei grüne Hecken, die einen schmalen Pfad begrenzten, und dahinter die Wipfel einiger Bäume. Dort mußten die Klostergärten sein, in denen um diese Zeit gewiß niemand mehr war. Irgendwo dort, hatte er gesagt, werde er auf sie warten, und als sie an ihm vorbeigeritten war, hatte sie ihm das verabredete Zeichen gegeben, mit dem sie ihm bedeutete, daß sie kommen werde. Warum hatte sie das getan? Es konnte ja nur ein Abschied sein. Dennoch eilte sie weiter, mit jenem verzweifelten Mut, den sie lieber schon lange zuvor, als es noch nicht zu spät war, hätte aufbringen sollen. Das feierliche Verlöbnis war bekanntgegeben – ein Vertrag, der fast so bindend war wie die Hochzeit selbst. Es war weit einfacher, sich aus dem Leben zu stehlen als aus einer solchen Abmachung.

Die dicken grünen Wände umschlossen sie und verstärkten das Zwielicht der Abenddämmerung. Sie atmete tief durch und ging langsamer. Wohin sollte sie sich wenden? Der Weg zur Rechten führte zwischen der Rückseite des Gästehauses und den Fischteichen des Klosters hindurch, und hinter dem zweiten Teich überspannte eine kleine Brücke den Mühlkanal kurz vor seiner Einmündung in den Mühlweiher. Auf der anderen Seite der Brücke führte der Weg zu einem kleinen Tor in einer altersschwachen Mauer. Sie schlüpfte hindurch und fühlte sich gleich unendlich viel sicherer, und die würzigen Duftwolken, die aufstiegen, als ihr Gewand die Blätter der Pflanzen, die dort wuchsen, streifte, gaben ihr ein seltsames Gefühl der Ruhe und des Trostes. Der umfriedete Garten war erfüllt von den aromatischen Düften von Rosmarin und Lavendel, von Minze und Thymian, von allen möglichen Kräutern, die jetzt, im Herbst, schon etwas welk geworden waren und sich auf den Winter vorbereiteten. Die meisten Blüten, die der Sommer hervorgebracht hatte, waren bereits geerntet.

Eine Hand streckte sich aus einem Laubengang und ergriff ihren Arm, und eine hastige Stimme flüsterte: »Hier entlang, schnell! Dort hinten steht eine Hütte..., die Kräuterküche des Apothekers. Komm! Dort wird uns niemand suchen.«

Jedesmal, wenn es ihr gelungen war, ihm nahe zu sein – das war sehr selten und immer nur für kurze Zeit der Fall gewesen –, hatte schon allein seine Größe sie überrascht und beruhigt: zu seinem Kopf mußte sie aufsehen, seine Schultern waren breit, seine Arme lang und seine Hüften schmal und geschmeidig, und ihr war, als könne sein großer Schatten sie gegen alle Bedrohungen schützen wie ein gemauerter Turm. Aber sie wußte, daß das ein Wunschtraum war, daß er ebenso unglücklich und verletzbar war wie sie, und dieser Gedanke allein ließ sie mehr um ihn fürchten als um sich selbst. Wenn der Zorn hoher Herren erst einmal erregt war, waren sie sehr wohl imstande, junge Knappen zu vernichten, so groß und stark und waffenkundig diese auch sein mochten.

»Und wenn uns dort jemand findet?« flüsterte sie und klammerte sich an seinen Arm.

»Um diese Tageszeit? Kein Mensch wird uns dort suchen. Die Mönche sind jetzt beim Essen, und danach versammeln sie sich im Kapitelsaal.« Er führte sie zum Gartenhaus, unter dessen vorspringendem Dach Büschel getrockneter Kräuter hingen. Drinnen war es warm – das Holz hatte die Wärme des Tages gespeichert –, auf den Borden funkelten Gefäße aus Glas, und die schwache Glut unter dem Trockengestell glomm im Zwielicht wie ein weit entferntes, feuriges Auge. Er ließ die Tür offenstehen, so wie er sie vorgefunden hatte. Er wollte keine Spuren hinterlassen, die später auf das Eindringen von Fremden hindeuten könnten. »Iveta! Du bist wirklich gekommen! Ich fürchte...«

»Du wußtest, daß ich kommen würde!«

»Ich fürchtete, man würde dich keinen Moment aus den Augen lassen. Hör mir zu – vielleicht haben wir nicht viel Zeit. Du wirst diesem schrecklichen alten Mann nicht ausgeliefert werden. Wenn du mir vertraust, wenn du mit mir gehen willst, dann komm morgen, um diese Stunde, wieder hierher...«

»O Gott!« stöhnte sie leise. »Warum tun wir so, als könne es einen Ausweg geben?«

»Aber es gibt einen Ausweg, es muß einen geben!« rief er hitzig. »Wenn du wirklich willst..., wenn du mich liebst...«

»*Wenn* ich dich liebe, sagst du?«

Sie warf sich in seine Arme, und ihre eigenen Arme schlossen sich mit aller Kraft um seinen muskulösen jungen Körper, als Bruder Cadfael, dessen Schritte auf dem weichen Gras des gepflegten Gartenweges nicht zu hören gewesen waren, in aller Unschuld durch die Tür trat und sie aufschreckte. Er war weit verwunderter, als sie es waren, und machte, ihren Gesichtern nach zu urteilen, auf sie einen weit weniger furchteinflößenden Eindruck als die Person, für die sie ihn im ersten Augenblick gehalten hatten. Iveta wich zurück, bis ihre Schultern die Bretter der Schuppenwand berührten. Joscelin stand breitbeinig und beschützend vor ihr am Trockengestell. Beide hatten ihre Fassung rasch wiedergewonnen, aber ihre Beherztheit bestand zu mehr aus der Hälfte aus Verzweiflung.

»Ich bitte vielmals um Vergebung«, sagte Cadfael ruhig. »Ich hatte keine Ahnung, daß hier Patienten auf mich warten. Ich nehme an, der Bruder Krankenpfleger hat Euch hergeschickt. Er weiß ja, daß ich bis zur Komplet hier zu tun habe.«

Er hätte wohl ebensogut walisisch sprechen können, aber mit etwas Glück würden sie den Weg, den er ihnen zeigte, wohl sehen. Es kam ja vor, daß in scheinbar ausweglosen Situationen schlummernde Geistesgaben geweckt wurden. Und im Gegensatz zu ihnen hatte er vom Garten her das Rascheln eines Gewandes und die schnellen, gereizten Schritte einer Frau vernommen, die auf den Schuppen zukam. Cadfael stand am Trockengestell und schlug mit einem Feuerstein Funken, um sein Öllämpchen zu entzünden, als Agnes Picards hagere, furchteinflößende Gestalt in der Tür erschien. Sie hatte die Brauen zusammengezogen, so daß sie ihr Gesicht wie eine gerade Linie teilten.

Bruder Cadfael, der den Lampendocht entzündet und zurechtgestutzt hatte, füllte nun die Pastillen, die Bruder Oswin zum Trocknen ausgelegt hatte – sie bestanden aus pulverisierten Kräutern und Harz und halfen gegen Blähungen –, in ein Kästchen. Das erlaubte es ihm, seinen Rücken der Frau zuzukehren, die in der Tür stand, wenngleich ihr Erscheinen ihm keineswegs entgangen war. Da die beiden jungen Leute offensichtlich nicht imstande waren, ein vernünftiges Wort herauszubringen, fuhr er fort, für sie alle zu sprechen.

»Wahrscheinlich sind die Kopfschmerzen eine Folge der Strapazen der Reise«, sagte er beruhigend und legte den

Deckel auf das Kästchen mit den Pastillen. »Es war klug von Euch, damit zu Bruder Edmund zu gehen – Kopfschmerzen sollte man nicht auf die leichte Schulter nehmen, denn sie können Euch den nötigen Schlaf rauben. Aber ich habe ein gutes Mittel dagegen – der junge Herr hat sicher nichts dagegen, etwas warten zu müssen, bevor ich mich um die Wünsche seines Herrn kümmere...«

Joscelin, der sich endlich gefangen hatte und der drohenden Gestalt, die in der Tür stand, entschlossen den Rücken zukehrte, sagte eifrig, er werde mit dem größten Vergnügen warten, bis Lady Iveta alles erhalten habe, was sie brauche. Cadfael nahm eine kleine Schale von einem Bord und griff nach einer der Flaschen, die in einer Reihe in seinem Schrank standen. Er wollte gerade einschenken, als hinter ihm eine Stimme, so kalt und schneidend wie eine scharfe Klinge »Iveta!« rief.

Alle drei fuhren mit gut gespieltem unschuldigem Erstaunen herum. Mit mißtrauisch zusammengekniffenen Augen trat Agnes in das Gartenhaus.

»Was machst du hier? Ich habe dich überall gesucht. Wir warten mit dem Essen auf dich.«

»Eure Nichte, Mylady«, sagte Cadfael, um möglichen unbedachten Äußerungen des Mädchens zuvorzukommen, »leidet infolge der Anstrengungen der Reise an Kopfschmerzen, und der Bruder Krankenpfleger empfahl ihr, sich an mich zu wenden.« Er reichte das Schälchen Iveta, die es entgegennahm, als sei dies alles ein Traum. Sie war bleich und gefaßt – nur die Augen verrieten ihre Angst und Verzweiflung. »Trinkt es jetzt gleich, bevor Ihr etwas eßt. Nur zu – es wird Euch gut tun.«

Und das war die reine Wahrheit, ob sie nun Kopfschmerzen hatte oder nicht. Cadfael hatte ihr etwas von seinem besten Wein gegeben, den er, da er jedes Jahr nur wenig davon kelterte, für besondere Gelegenheiten aufbewahrte. Zufrieden bemerkte er das leise Erstaunen und die Andeutung eines Lächelns in ihren traurigen Augen, wenn auch beides im nächsten Augenblick schon wieder verschwunden war. Sie reichte ihm die Schale zurück und neigte kaum wahrnehmbar den Kopf. Joscelin anzusehen, wagte sie nicht.

Mit leiser Stimme sagte sie: »Ich danke Euch, Bruder. Ihr seid sehr freundlich.« Dann wandte sie sich der dunklen Gestalt zu, die sie nicht aus den Augen ließ und fuhr fort: »Es tut mir leid, daß ich Euch aufgehalten habe, Tante. Ich bin jetzt fertig.«

Agnes Picard sagte kein Wort. Sie trat lediglich kühl einen Schritt beiseite – eine stumme Aufforderung an Iveta, ihr vorauszugehen – und betrachtete ihre Nichte prüfend, als sie an ihr vorbeiging. Bevor sie sich zum Gehen wandte, warf sie dem jungen Mann einen langen, durchdringenden Blick zu, der wohl darauf abzielte, ihn von allen unbedachten Handlungen abzuhalten. Man mochte die Formen gewahrt haben, aber Agnes hatte sich nicht einen Augenblick lang täuschen lassen.

Sie waren fort, die Braut und ihre Aufpasserin, und nicht einmal das Rascheln der Gewänder war mehr zu vernehmen. In der langen Stille, die entstanden war, sahen sich die beiden Männer, die zurückgeblieben waren, hilflos an. Dann stöhnte Joscelin auf und ließ sich auf die Bank fallen, die an der Wand stand.

»Die alte Schachtel müßte noch in diesem Augenblick von der Brücke fallen und im Fischteich ertrinken! Aber es passiert eben nie das, was passieren sollte. Glaubt bitte nicht, Bruder, daß ich undankbar wäre, aber ich glaube, Eure Mühe und Kaltblütigkeit waren ganz umsonst. Sie hat mich schon seit einiger Zeit im Verdacht, und sie wird Mittel und Wege finden, mich für das, was hier vorgefallen ist, büßen zu lassen.«

»Ihr Verdacht scheint begründet zu sein«, sagte Cadfael freimütig. »Der Herr möge mir meine Lügen vergeben!«

»Aber Ihr habt nicht gelogen. Und wenn sie keine Kopfschmerzen hat, so leidet sie an etwas Schlimmerem: an

Schmerzen der Seele.« Er fuhr sich mit den Fingern durch sein blondes Haar und lehnte den Kopf an die Wand. »Was habt Ihr ihr gegeben?«

Einem Impuls folgend füllte Cadfael die Schale aufs neue und reichte sie ihm. »Hier! Ich glaube, auch Euch wird das gut tun. Der Herr mag wissen, ob Ihr es verdient habt, aber ich werde mein Urteil zurückstellen, bis ich mehr über Euch weiß.«

Joscelins geschwungene, ausdrucksvolle Augenbrauen, die wesentlich dunkler waren als sein Haar, hoben sich voll Bewunderung und Überraschung über die Qualität des Weines. Sein Gesicht war gebräunt, wie es bei blonden Menschen nur selten der Fall ist, und verriet, daß er sich oft draußen aufhielt. Die Augen, die sein Gegenüber jetzt über den Rand der Schale hinweg aufmerksam musterten, waren von jenem leuchtenden Kornblumenblau, das Cadfael von Saint Giles her in Erinnerung hatte. Er sah nicht aus wie ein Betrüger oder Verführer, sondern eher wie ein großer Junge – aufrichtig, ungeduldig, auf seine Weise schlau, aber wahrscheinlich unvernünftig. Schlauheit und Weisheit gehen nicht unbedingt Hand in Hand.

»Das ist die beste Medizin, die ich je probiert habe. Und Ihr seid nicht nur ungewöhnlich großzügig, sondern auch sehr geistesgegenwärtig gewesen«, sagte der Junge, entwaffnet von Cadfaels Offenheit, freundlich. »Dabei wißt Ihr nichts von uns – Ihr habt uns noch nie zuvor gesehen!«

»Ich habe Euch beide schon gesehen«, korrigierte ihn Cadfael. Er begann, verschiedene Kräuter abzumessen und in einen Mörser zu schütten, und schürte die Glut unter dem Trockengestell mit einem kleinen Blasebalg. »Ich muß bis zur Komplet noch einen Hustensirup bereiten. Ich hoffe, es stört Euch nicht, wenn ich jetzt gleich damit anfange.«

»Entschuldigt bitte, ich will Euch nicht im Weg sein! Ich habe Euch schon genug Unannehmlichkeiten bereitet.« Aber er wollte nicht gehen; viel lieber wollte er sein Herz ausschütten, und wem sollte er seine Sorgen anvertrauen, wenn nicht diesem liebenswürdigen Mönch, dessen Bekanntschaft er zufällig gemacht hatte und den er vielleicht nie wiedersehen würde? »Oder erlaubt Ihr mir zu bleiben?«

»Aber gerne, wenn Ihr so viel Zeit habt. Ihr steht ja im Dienst von Huon de Domville, und ich könnte mir vorstellen, daß er ein anspruchsvoller Herr ist. Ich sah Euch in Saint Giles vorbereiten. Und auch die Dame, die eben hier war, habe ich gesehen.«

»Ihr wart dort? Ich hoffe, der alte Mann ist nicht verletzt.« Er war ein guter Junge, und seine Anteilnahme war nicht gespielt. Und obwohl er bis zum Hals in Sorgen steckte, nahm er Anstoß daran, daß die Würde eines anderen verletzt worden war.

»Nein, es ist ihm nichts passiert. Menschen wie er besitzen eine solche Demut, daß man sie nicht erniedrigen kann. Der Schlag des Barons hat ihn nicht im mindesten verletzt.«

Joscelins Neugier war so geweckt, daß er für einen Augenblick seine eigenen Sorgen vergaß. »Und Ihr wart dort, bei... diesen Leuten? Ihr – verzeiht, es soll keine Beleidigung sein – habt keine Angst, zu ihnen zu gehen? Fürchtet Ihr nicht, Euch anzustecken? Ich habe mich oft gefragt, wer sich wohl um sie kümmert. Ich weiß, daß sie abseits leben müssen, aber das kann doch nicht bedeuten, daß sie ganz ausgestoßen sind.«

»Das Entscheidende an der Angst«, sagte Cadfael nach reiflicher Überlegung, »ist, daß sie sinnlos ist. In einer Notsituation ist alle Angst vergessen. Würdet Ihr Eure Hand von einem Aussätzigen zurückziehen, wenn er Euch oder Ihr ihn brauchtet, weil einer von euch in Gefahr ist? Ich bezweifle es. Manche würden das tun, gewiß – aber bei Euch bezweifle ich es. Ihr würdet zupacken und später nachdenken, und dann wäre die Angst eine reine Zeitverschwendung. Aber wenn Ihr Eurem Herrn heute abend nicht aufwarten müßt, dann bleibt und erzählt von Euch, wenn Ihr wollt. Ihr seid mir eine Erklärung, wenn nicht eine Widergutmachung schuldig für Euren unangemeldeten Besuch.«

Trotz dieser Worte war Cadfael keineswegs ungehalten über den Eindringling. Joscelin hatte ihm ganz automatisch den Blasebalg aus der Hand genommen und schürte nun das Feuer unter dem Trockengestell.

»Wir sind zu dritt«, sagte er gedankenverloren. »Simon bedient ihn heute abend bei Tisch – Simon Aguilon, der Sohn seiner Schwester –, und Guy FitzJohn, der dritte Knappe, ist heute abend auch bei ihm. Ich muß mich also nicht beeilen. Aber Ihr wißt nichts von mir, und ich glaube, Ihr habt Eure Zweifel, ob es richtig war, uns zu helfen. Ich möchte nicht, daß Ihr schlecht von mir denkt. Über Iveta könnt Ihr ohnehin nichts Schlechtes denken.« Als er ihren Namen aussprach, glitt wieder ein Schatten über sein Gesicht, und er sah schmerzerfüllt in die Glut, aus der jetzt kleine Flämmchen emporzüngelten. »Sie ist...« Er schien mit sich zu kämpfen, und schließlich brach es aus ihm heraus: »Nein, sie ist nicht vollkommen – wie könnte sie das sein? Seit ihrem zehnten Lebensjahr ist sie das Mündel der beiden! Wenn Ihr in Saint Giles wart, müßt Ihr sie gesehen haben. An jeder Seite einer, wie Drachen. Ivetas wahres Ich ist schon viel zu lange mit Füßen getreten worden. Aber wenn sie frei wäre, würde sie es wiederfinden, sie würde so tapfer und edel sein wie ihre Vorfahren. Und dann wäre es mir egal«, sagte er und sah Cadfael mit seinen strahlendblauen Augen an, »wenn sie das alles nicht mir, sondern einem anderen schenken würde. Nein, das stimmt nicht – es wäre mir überhaupt nicht gleichgültig, aber ich würde es ertragen und mich für sie freuen. Es ist diese... diese ekelhafte Geschäftemacherei, diese entwürdigende Bevormundung, die ich nicht ertragen kann!«

»Vorsicht mit dem Blasebalg! Legt ihn dort auf den Stein, das Feuer ist heiß genug. Ihr seid zu gebrauchen. Ich finde, es ist an der Zeit, daß wir uns einander vorstellen. Mein Name ist Cadfael, ich bin ein Mönch dieses Klosters und stamme aus Wales, aus Trefriw.« Cadfael goß Honig und einen Schuß Essig auf die zerstoßenen Kräuter und stellte den

Mörser ans Feuer. »Und wer seid Ihr, wenn ich fragen darf?«

»Mein Name ist Joscelin Lucy. Mein Vater ist Sir Alan Lucy, er besitzt zwei große Häuser in der Grafschaft Hereford. Wie es Sitte ist, schickte er mich mit vierzehn Jahren als Pagen zu Domville, damit ich in einem größeren Haushalt dienen lernte. Und ich will nicht behaupten, daß mein Herr schwer zufriedenzustellen ist. Ich für mein Teil kann mich nicht beklagen. Aber was die Pächter und Freisassen betrifft, die Menschen, die seiner Gerichtsbarkeit unterstehen...« Er hielt inne. »Ich kann lesen und schreiben, auch Lateinisch. Ich habe Unterricht von Klosterbrüdern bekommen und nichts davon vergessen. Ich will nicht sagen, daß mein Herr schlechter ist als andere Menschen, aber Gott weiß, daß er auch nicht besser ist. Ich hätte meinen Vater bitten sollen, mich zu einem anderen zu schicken, aber...«

Aber diese Brautwerbung, wenn sie diesen Namen überhaupt verdiente, war zwischen Domville und den Massards ausgehandelt worden, und der Junge hatte dieses zierliche, zerbrechliche, jungfräuliche Wesen zwischen den beiden Drachen, die es bewachten, gesehen und war in Liebe zu ihm entbrannt. Nur zusammen mit seinem Herrn hatte er Zugang zu ihr, wenn er sie auch nur aus der Entfernung betrachten konnte.

»Indem ich bei ihm blieb«, sagte er und stellte sich der Ausweglosigkeit seiner Situation, »konnte ich sie wenigstens sehen. Wenn ich meinen Dienst aufgekündigt hätte, wäre es mir nie gelungen, auch nur in ihre Nähe zu kommen. Also blieb ich. Und ich gebe mir Mühe, ein treuer Gefolgsmann zu sein, denn so habe ich es versprochen. Aber ist das recht, Bruder Cadfael? Ist das recht? Sie ist achtzehn Jahre alt, und ihr schaudert bei dem Gedanken an ihn, und doch scheint mir, daß er besser ist als das, was sie jetzt zu erdulden hat. Sie ist jetzt nicht glücklich, und sie wird es auch in ihrer Ehe nicht sein. Und ich liebe sie! Aber das ist ohne jede Bedeutung. Es ist nebensächlich – die Hauptsache ist, daß *sie* glücklich ist.«

»Hmmm!« brummte Cadfael mit leiser Skepsis und rührte in dem leise blubbernden Sirup. Ein süßer, aromatischer Duft erfüllte den Raum. »Das haben wahrscheinlich schon viele geschworen, wenn auch mit einem Auge auf ihren persönlichen Nutzen. Als nächstes, nehme ich an, werdet Ihr mir sagen, daß Ihr bereit seid, für sie zu sterben.«

Joscelin verzog das Gesicht zu einem jungenhaften Grinsen. »Na ja, ich würde mich nicht danach drängen! Ich würde lieber für sie *leben*, wenn sich das machen ließe. Aber wenn Ihr mich fragt, ob ich alles, was in meiner Macht steht, tun würde, um sie zu befreien, damit sie sich für einen anderen Mann ihrer Wahl entscheiden kann, dann sage ich: Ja, das würde ich! Denn nicht sie hat sich für diesen Mann entschieden – sie fürchtet sich vor dieser Ehe, und sie wird gegen ihren Willen dazu gezwungen.«

Es war nicht nötig, diese Frage weiter zu verfolgen; nichts anderes hatten ihr Gesicht und ihre Haltung ausgedrückt, als Cadfael sie zum erstenmal sah.

»Und die, denen ihr Wohlergehen mehr am Herzen liegen sollte als allen anderen, gebrauchen sie für ihre eigenen, selbstsüchtigen Zwecke. Ihre Mutter – Picards Schwester – starb, als Iveta geboren wurde, und ihr Vater, als sie zehn Jahre alt war. Ihr Onkel als nächster Verwandter wurde, wie es üblich ist, zu ihrem Vormund bestellt. Aber was heißt da Verwandter? Oh, glaubt nicht, ich sei so blind, daß ich nicht wüßte, daß es nichts Neues ist, wenn ein Vormund bei seinem Mündel nur auf den eigenen Vorteil bedacht ist, anstatt seine Mittel zu ihrem Wohl einzusetzen, und ihre Ländereien plündert, anstatt sie zu pflegen, damit sie auch in Zukunft ihren Wert behalten. Ich sage Euch, Bruder Cadfael: Iveta wird an meinen Herrn verkauft, weil sein Rat beim König Gehör findet und man durch ihn zu Ehren und Reichtümern kommen kann. Aber es geht noch um mehr. Iveta werden einmal große Ländereien gehören. Sie ist die einzige, die den Namen Massard trägt, und der ganze Besitz der Familie wird an sie übergehen. Und ich habe den Verdacht, daß Domville und die Picards ausgehandelt haben, dieses Land, das einmal der stattliche Besitz eines Kriegshelden war, unter sich aufzuteilen. Ein großes Stück davon wird gewiß bei Picard bleiben, und er wird einiges von dem, was Domville gehören wird, ordentlich ausbeuten, bevor er es überschreibt. Ein schlau eingefädeltes Geschäft – und ein schreiendes Unrecht, das man Iveta zufügt.«

Und jedes Wort, das er gesagt hatte, mochte stimmen. Derlei Dinge waren nichts Ungewöhnliches, wenn ein Kind verwaist und dadurch Erbe eines großen Besitzes geworden war, dachte Cadfael. Selbst wenn es sich um einen Jungen handelte, der noch klein war und niemanden zu seinem Schutz hatte, geschah es, daß man ihn ebenso skrupellos verheiratete wie ein Mädchen – und dies nur, weil seinem Vormund dadurch ein Vorteil erwuchs oder weil die Möglichkeit bestand, einen Rivalen zu demütigen oder Ländereien zu vereinigen, so daß man sie besser bewirtschaften konnte. Aber bei Mädchen kam das öfter vor als bei Jungen, und bei ihnen war man weniger geneigt, Zweifel an der Richtigkeit dieses Verfahrens zu äußern. Nein, kein Adliger würde auch nur einen Finger rühren, um Iveta ihr Schicksal zu ersparen. Auf diesen Gedanken würde vielleicht nur ein junger Hitzkopf wie dieser kommen, auf sein eigenes und auf ihr Risiko.

Cadfael fragte nicht, was sie miteinander zu flüstern gehabt hatten, als er sie überrascht hatte. So zornig und sorgenvoll Joscelin auch sein mochte – er hegte noch immer eine schwache Hoffnung, soviel war gewiß. Es war besser, nicht danach zu fragen und auch nicht zuzulassen, daß er diese Hoffnung aussprach, selbst wenn er es anbieten sollte. Aber eines wollte Cadfael noch wissen. ›Die einzige, die den Namen Massard trägt‹, hatte Joscelin gesagt.

»Wie hieß ihr Vater?« fragte Cadfael und rührte in dem Sirup, der langsam dicker wurde. Vor der Komplet würde er den Topf beiseite stellen, damit er langsam abkühlte.

»Hamon FitzGuimar de Massard.«

Er betonte den Vaternamen mit Stolz. Es gab anscheinend noch einige junge Leute, denen man den angemessenen Respekt vor den Namen großer Helden beigebracht hatte.

»Ihr Großvater war der Guimar de Massard, der bei der Eroberung von Jerusalem dabei war und der später in der Schlacht um Askalon gefangengenommen wurde und dort seinen Wunden erlag. Die Sarazenen haben seinen Helm und sein Schwert zurückgeschickt, und jetzt gehören sie Iveta. Sie hält sie in hohen Ehren.«

Ja, das hatten die Sarazenen getan, als Ehrung für einen tapferen Feind. Man hatte sie damals gebeten, den Kreuzritten auch den Leichnam Massards zu übergeben, und die Bitte war mit Wohlwollen aufgenommen worden, aber dann hatten die ständigen Streitigkeiten unter den Christen dazu geführt, daß diese den Hafen Askalon verloren, und so waren die Verhandlungen um den Leichnam des Ritters im Sande verlaufen und schließlich vergessen worden. Seine ritterlichen Feinde hatten ihn in allen Ehren bestattet, und nun ruhte er im Heiligen Land. All dies hatte sich vor langer Zeit zugetragen, lange bevor diese jungen Leute geboren worden waren.

»Ich erinnere mich daran«, sagte Cadfael.

»Es ist eine Schande, daß man der letzten, die diesen großen Namen trägt, so übel mitspielt und sie um ihr Glück betrügt.«

»Da habt Ihr recht«, sagte Cadfael, nahm dem Topf vom Feuer und stellte ihn auf den gestampften Lehmboden.

»Und das muß aufhören«, sagte Joscelin erregt. »Es *muß* aufhören!« Mit einem tiefen Seufzer erhob er sich. »Es hilft nichts – ich muß zurück.« Er ließ den Blick über die Flaschen, Töpfe und gebündelten Kräuter schweifen, aus denen sich zahllose Arzneien bereiten ließen. »Habt Ihr nicht etwas hier, das ich in seinen Wein mischen könnte? In seinen oder in Picards Wein – für Iveta würde es keinen Unterschied bedeuten. Wenn nur einer von beiden sterben würde, wäre sie frei. Und die Welt wäre ein Stück besser!«

»Wenn Ihr das ernst gemeint haben solltet«, sagte Cadfael mit Nachdruck, »dann setzt Ihr Eure Seele einer großen Gefahr aus, mein Sohn. Und wenn es nicht ernst gemeint war, dann hättet Ihr es verdient, daß man Euch die Ohren langzieht. Wenn Ihr nicht so groß wärt, würde ich es sogar versuchen.«

Ein kurzes, reumütiges Lächeln glitt über das Gesicht des Jungen. »Ich könnte mich ja zu Euch hinunterbeugen«, bot er Cadfael an.

»Ihr wißt ebensogut wie ich, daß Ihr niemals etwas so Heimtückisches wie einen Mord begehen könntet, und Ihr tut Euch großes Unrecht, wenn Ihr so etwas sagt.«

»Würde ich wirklich keinen Mord begehen?« sagte Joscelin leise. Auf seinem Gesicht war nicht die Spur eines Lächelns. »Ich glaube, Ihr wißt gar nicht, wie großen Gefahren ich meine Seele aussetzen würde, wenn ich Iveta dadurch helfen könnte.«

Während der Komplet und auch danach, während der letzten halben Stunde vor dem Zubettgehen, die die Mönche in der Wärmestube verbrachten, dachte Cadfael über Joscelins Worte nach. Natürlich war es richtig gewesen, den jungen Mann zur Ordnung zu rufen und ihm mit Nachdruck zu sagen, daß er solche schwarze Gedanken, aus denen nichts Gutes entstehen konnte, von sich zu weisen hatte. Da er sich darauf vorbereitete, ein Ritter zu werden, durfte er nur Maßnahmen in Erwägung ziehen, die diesem Stand angemessen waren, und mußte alle anderen Pläne verwerfen. Was Joscelin darauf erwidert hatte, war nicht allein nur zu wahr, sondern zeugte auch von einigem Verstand: Er wäre ein großer Dummkopf, wenn er seinen Herrn nach den Regeln der Ritterschaft zum offenen Zweikampf herausfordern würde, denn Domville würde eine solche Unverschämtheit gar nicht weiter ernst nehmen, sondern ihn hinauswerfen lassen, und damit wäre die Sache erledigt. Und wie sollte er dann Iveta helfen?

Aber mußte das heißen, daß er tatsächlich imstande war, einen Mord ernsthaft in Erwägung zu ziehen? Cadfael dachte an das aufrichtige, braungebrannte Gesicht, das so völlig ungeeignet war, irgend etwas zu verbergen, und an die hitzige Art des jungen Mannes, der es gewiß nicht gewohnt war, Umwege zu gehen. Nein, Cadfael konnte nicht glauben, daß Joscelin zu einem Mord fähig war. Und doch – da war dieses zierliche blonde Mädchen mit seinem verzweifelten, resignierten Gesicht und seinen traurigen Augen. In zwei Tagen sollte die Hochzeit sein, und ihr Schicksal war so bedauernswert, daß ein oder zwei Tode erforderlich zu sein schienen, auch wenn dies vor Gott nicht zu rechtfertigen war.

Die ganze Angelegenheit ging Cadfael ebenso ans Herz wie Joscelin Lucy, denn hier ging es um Guimar de Massards Enkelin, die bis auf diese beiden Drachen, die sie bewachten, aller Verwandtschaft beraubt war. Und wie konnten die, die ihren Großvater gekannt und sein Andenken in Ehren gehalten hatten, die letzte der Massards untätig ihrem Schicksal überlassen? Nein, das war ebenso undenkbar, wie einen Kameraden verwundet und von Feinden umzingelt im Stich zu lassen.

Schüchtern betrat Bruder Oswin die Wärmestube und ließ sich neben Cadfael nieder. »Habt Ihr den Sirup schon bereitet, Bruder? Es war mein Fehler, und ich möchte ihn wiedergutmachen. Ich werde morgen früh aufstehen und ihn in Flaschen füllen. Durch meine Dummheit habe ich Euch zusätzliche Arbeit aufgebürdet, und ich würde Euch gern etwas davon abnehmen.«

Oswins Dummheit hatte Cadfael mehr Unannehmlichkeiten und Sorgen bereitet, als ihm bewußt war, aber wenigstens hatte er Cadfael daran erinnert, daß er außer der Einhaltung der Ordensregeln auch noch andere Pflichten hatte.

»Nein, nein«, sagte Cadfael eilig. »Der Sirup ist sehr gut geraten. Er kühlt jetzt ab und dickt dabei ein. Nach der Prim wird Zeit genug sein, ihn in Flaschen zu füllen. Du wirst morgen vorlesen und darfst nur an deine Pflichten und an deine Textstelle denken.«

Und laß die Finger von meinem Sirup, setzte er in Gedanken hinzu, als er sich in seine Zelle zurückzog, um zu beten. Plötzlich wurde ihm bewußt, wieviel Ähnlichkeit Bruder Oswins große Hände mit denen von Joscelin Lucy hatten. Und doch richteten die des einen nur Unheil an, während die des anderen trotz ihrer Größe außerordentliches Geschick bewiesen, sei es an den Zügeln eines großen, gescheckten grauen Pferdes, sei es mit Schwert oder Lanze, sei es beim Umarmen eines zarten, unglücklichen Mädchens.

Ob sie wohl ebenso geschickt waren, wenn es darum ging, einen Mord zu verüben?

Cadfael erwachte geraume Zeit vor der Prim. Er füllte den abgekühlten Hustensirup in Flaschen und brachte eine davon dem Bruder Krankenpfleger. Bei Tagesanbruch war es neblig und mild, aber windstill. Alle Geräusche und Bewegungen waren weich und gedämpft, nichts Ungewöhnliches ereignete sich auf dem großen Klosterhof; man ging wie jeden Tag seiner Arbeit nach, die nur durch die Prim, das Frühstück, die erste Messe, an der auch die Diener und Laienbrüder teilnahmen, und die zweite Messe unterbrochen wurde. Danach fand die tägliche Kapitelversammlung statt, die diesmal kürzer ausfiel als sonst, da für die morgige Hochzeit noch viel vorzubereiten war. So entstand eine recht lange Pause bis zum Hochamt um zehn Uhr, und Cadfael nutzte die Gelegenheit, um in seinen Kräutergarten zu gehen und dort zu überlegen, bei welchen Arbeiten Bruder Oswins gutgemeinte Zerstörungswut heute nachmittag wohl am wenigsten Schaden anrichten könnte. Die meisten Beete waren bereits abgeerntet und mußten vor dem ersten Frost umgegraben werden.

Es war noch vor zehn Uhr, und die Klosterbrüder, Schüler, Gäste und Stadtbewohner versammelten sich zum Hochamt, als Cadfael zum Klosterhof zurückkehrte. Die Picards traten gerade aus dem Gästehaus. Iveta ging stumm und schüchtern zwischen ihrem Onkel und ihrer Tante, wirkte aber – oder jedenfalls kam es Cadfael so vor – gefaßt, als habe ein leiser, kühlender Wind die lastende Stille ihrer Verzweiflung vertrieben und sie mit der Hoffnung erfüllt, es könne vielleicht doch noch ein Wunder geschehen. Die ältliche Zofe, deren Gesicht ebenso streng und abweisend war wie das ihrer Herrin, ging dicht hinter ihr. Das Mädchen war nach allen Seiten abgeschirmt.

In Begleitung von Bruder Denis, dem Aufseher des Klosterhospitals, gingen sie gemächlich auf das Südportal der Kirche zu, als die feierliche Stille von wildem Hufgetrappel zerrissen wurde, das sich vom Torhaus her näherte. Ein Reiter auf einem gescheckten grauen Pferd galoppierte mit einer solchen Geschwindigkeit auf den Hof, daß er fast den Pförtner niedergeritten hätte und die Diener auseinanderstoben wie Hennen vor dem Fuchs. Er hielt sein Pferd so abrupt an, daß die Hufe ein kleines Stück über die feuchten Pflastersteine schlitterten, ließ die Zügel los und sprang aus dem Sattel. Die blonden Haare des Reiters standen in alle Himmelsrichtungen, und seine blauen Augen blitzten, als er sich breitbeinig und mit vorgerecktem Kinn Godfrid Picard in den Weg stellte – ein junger Mann mit einer unbezähmbaren Wut.

»Mylord, dies ist *Euer* Werk! Ich werde aus dem Dienst gejagt, hinausgeworfen ohne einen Grund, ohne daß ich mir etwas hätte zuschulden kommen lassen. Man hat mir befohlen, diese Stadt noch vor Einbruch der Dunkelheit zu verlassen, und ich darf nichts mitnehmen außer meinem Pferd und meinen Satteltaschen. Dies teilt man mir kurz und bündig mit und erlaubt mir nicht, auch nur ein einziges Wort zu meiner Verteidigung zu sagen! Und ich weiß nur zu gut, wem ich das verdanke! Ihr, Ihr habt bei meinem Herrn über mich Beschwerde geführt und dafür gesorgt, daß ich hinausgeworfen werde wie ein Hund, und dafür verlange ich Genugtuung von Euch, bevor ich Shrewsbury verlasse, und zwar in einem Kampf Mann gegen Mann!«

3

Wie ein Stein, der, in einen stillen Teich geworfen, in alle Richtungen Wellen aussendet, so rief dieser Auftritt Unruhe und Erregung auf dem ganzen Hof hervor. Bruder Denis wußte nicht, was er tun sollte, ja, er wußte nicht einmal, wer dieser hochgewachsene und sehr zornige Jüngling eigentlich war. In erster Linie war ihm daran gelegen, den Frieden wiederherzustellen, aber zu seinem Leidwesen hatte er nicht die leiseste Ahnung, wie er das bewerkstelligen sollte. Picard, der dem kräftigen jungen Mann mit dem grimmigen Gesicht direkt gegenüberstand, wurde erst rot und dann blaß vor Wut. Der Weg war ihm versperrt, ausweichen wollte er nicht, und selbst wenn die aufgeregten Diener sich nicht hinter ihm zusammengeschart hätten, wäre er nicht einen Fußbreit zurückgewichen. Auch Agnes' Augen funkelten, und sie packte blitzschnell Ivetas Arm, denn das Mädchen hatte einen leisen, verzweifelten Schrei ausgestoßen und wollte vortreten – für einen Augenblick war die Maske der Unterwürfigkeit verschwunden, und das Gesicht spiegelte heftige Gefühle wieder, so wie zersplittertes Eis das Licht in allen Farben des Regenbogens reflektiert. In diesem Moment war Iveta bereit, alles außer Joscelin zu vergessen, ihm vor aller Augen zur Seite zu stehen und ihn zu umarmen – aber ihre Tante hatte sie grob zurückgerissen und sorgte mit eisernem Griff dafür, daß Iveta nicht von ihrer Seite wich. Das Mädchen fügte sich und stand stumm da – sei es aus langer Gewöhnung an den Gehorsam, sei es aus Einsicht, daß Gegenwehr ihre schwache Hoffnung nur zunichte machen würde –, und das Licht, nicht aber der Schmerz, verschwand aus seinem Gesicht. Cadfael entging das nicht, und ihn überkam ein tiefes Mitleid mit ihr. Kein junges Mädchen, das kaum den Kinderschuhen entwachsen war, sollte so leiden müssen.

Später erinnerte er sich an Ivetas Gesicht. In jenem Augenblick aber, in dem dies alles stattfand, richtete er sein Augenmerk hauptsächlich auf Joscelin Lucys äußerst unkluges jugendliches Ungestüm und Godfrid Picards schlaue, erfahrene Reife. Es würde kein so unausgeglichener Kampf werden, wie man hätte erwarten können. Der junge Mann war kräftig, zweifellos waffengewandt und stammte aus einer distinguierten, wenn auch nicht sehr einflußreichen Familie.

»An diesem Ort darf ich nicht mein Schwert gegen Euch ziehen«, sagte er mit hoher, klarer Stimme, als wende er sich an den Herold auf einem Tunierplatz. »Daher fordere ich Euch auf, Ort und Zeit für einen Zweikampf zu bestimmen. Ihr habt mich beleidigt, aufgrund Eurer Machenschaften bin ich hinausgejagt worden. Jetzt gebt mir Genugtuung, und steht für das ein, was Ihr mir zugefügt habt!«

»Unverschämter Lümmel!« stieß Picard voller Verachtung hervor. »Ich werde eher meine Hunde auf dich hetzen, als dir die Ehre anzutun, mit dir die Klingen zu kreuzen. Wenn man dich hinausgeworfen hat, weil du ein nichtsnutziger, treuloser, ränkeschmiedender, boshafter Lump bist, so geschieht dir nur Recht – sei deinem Herrn dankbar, daß er dich nicht mit der Peitsche davongejagt hat. Du bist noch glimpflich davongekommen. Nimm dich in acht, daß du nicht noch schlimmere Behandlung erfährst. Und jetzt aus meinem Weg! Pack dich fort, wie es dir befohlen wurde!«

»Ich werde nicht von hier weichen!« schwor Joscelin mit zusammengebissenen Zähnen. »Nicht bevor ich hier, vor all diesen Zeugen, gesagt habe, was ich sagen will. Und ich werde nicht gehen, weil man es mir befohlen hat. Gehört denn Huon de Domville etwa der Boden, auf dem ich stehe, und die Luft, die ich atme? Ich dränge mich nicht danach, in seinen Diensten zu stehen – es gibt andere Haushalte, die mindestens ebenso angesehen sind wie der seine. Aber ich frage Euch: War es eines Edelmannes würdig, zu ihm zu gehen und ehrlose Intrigen gegen mich zu spinnen, so daß mein Name in den Schmutz gezogen wird?«

Picard stieß einen lauten Wutschrei aus und schnippte mit den Fingern nach seinen Dienern. Sechs von ihnen, kräftig gebaute Burschen, die, nach ihrem Alter zu schließen, über Erfahrung in handgreiflichen Auseinandersetzungen verfügten, sprangen, drei auf jeder Seite, vor und bildeten einen Halbkreis.

»Schafft mir diesen unverschämten Kerl aus den Augen! Der Fluß ist nicht weit – mag er sich im Schlamm abkühlen!«

Mit raschelnden Gewändern wichen die Frauen zurück. Agnes und die Zofe zerrten Iveta weg. Grinsend, aber wachsam gingen die Diener auf Joscelin zu, der gezwungen war, einige Schritte zurückzuweichen, um nicht eingekreist zu werden.

»Bleibt, wo ihr seid!« rief er erregt. »Laßt den Feigling selbst kämpfen. Wenn ihr Hand an mich legt, wird Blut fließen.«

Er war so außer sich, daß er sein Schwert packte und die Klinge einige Zentimeter aus der Scheide zog. Cadfael war der Meinung, daß es höchste Zeit war, einzugreifen, bevor der junge Mann sich hoffnungslos ins Unrecht setzte. Bruder Denis und er wollten gerade dazwischentreten, als sich vom Kloster her die hochgewachsene Gestalt von Prior Robert näherte, dem sein Mißfallen nur allzu deutlich anzusehen war. Vom Haus des Abtes her näherte sich rasch und lautlos – und daher bislang unbemerkt – die ebenso große, aber weit ehrfurchtgebietendere Gestalt von Abt Radulfus. Sein scharf geschnittenes Gesicht und seine klugen Augen verrieten kühlen, beherrschten Zorn.

»Hohe Herren!« Mit ausgebreiteten Armen trat Robert zwischen die Parteien. »Ihr tut Euch selbst und unserem Haus große Schmach an! Schande über den, der innerhalb dieser Mauern eine Waffe berührt oder Gewalt androht!«

Dankbar für diese Wendung der Dinge zogen sich Picards

Diener in die Menge zurück. Picard selbst kochte vor Wut, hatte sich aber in der Gewalt. Joscelin schob sein Schwert sehr hastig wieder in die Scheide. Er atmete schnell und dachte nicht daran, von seinem Zorn abzulassen. Es war schwer, ihn einzuschüchtern, und noch schwerer, ihn zum Schweigen zu bringen. Er wandte sich zur Seite und sah den Abt an, der hinzugetreten war – eine hochgewachsene, dunkle, schweigsame Gestalt, die die beiden Kontrahenten ruhig musterte. Es wurde still.

»In diesem Kloster«, sagte Radulfus endlich, ohne seine Stimme zu erheben, »wird nicht gestritten. Ich will nicht behaupten, daß wir hier nie ein Wort des Zornes hören. Auch wir sind nur Menschen. Haltet Eure Männer im Zaum, Sir Godfrid. Und wenn Ihr, junger Mann, auch nur die Hand an den Schwertgriff legt, werdet ihr die Nacht im Karzer verbringen.«

Wenn auch sein Widerwille nicht zu übersehen war, so beugte Joscelin doch das Knie und senkte den Kopf. »Ehrwürdiger Vater, ich bitte um Vergebung! Obwohl ich bedroht war, hätte ich mich nicht hinreißen lassen sollen.« Selbst jetzt, da er seinen Fehler eingestand, war seine Wut unvermindert. Ein aufmerksamer Beobachter hätte sogar den Eindruck haben können, daß Joscelin Lucy eine erneute Übertretung erwog, um, wie versprochen, in eine Zelle innerhalb dieser Klostermauern gesperrt zu werden. Schlösser ließen sich öffnen, Laienbrüder konnte man bestechen oder überlisten – ja, da gab es verschiedene Möglichkeiten! Sein Charakter verbot es ihm jedoch, jemanden zu kränken, der ihm kein Unrecht getan hatte. »Ich will tun, was Ihr befehlt«, sagte er.

»Gut, dann verstehen wir uns. Also – worum geht es in diesem Streit, der unseren Frieden stört?«

Joscelin und Picard begannen gleichzeitig zu reden, aber diesmal war Joscelin so klug, dem Älteren den Vortritt zu lassen. Er biß sich auf die Lippen und sah gespannt in das Gesicht des Abtes, während Picard, wie er es erwartet hatte, voller Verachtung seine Sicht der Dinge schilderte.

»Ehrwürdiger Vater, dieser unverschämte Knappe ist von seinem Herrn hinausgeworfen worden, weil er ein nachlässiger, nichtsnutziger Bursche ist, und nun beschuldigt er mich, ich hätte Lord Domville eben diesen Rat gegeben – und in der Tat hielt ich es für meine Pflicht, dies zu tun. Ich habe nämlich feststellen müssen, daß er in dreister Art versucht hat, meiner Nichte seine Gesellschaft aufzudrängen, und so den Frieden meines Hauses empfindlich gestört hat. Da er mit seiner verdienten Entlassung nicht einverstanden ist, kam er hierher, um mich zu beleidigen. Er hat nicht mehr bekommen, als er verdient hat, aber er will keine Lehre daraus ziehen. Das ist alles«, sagte er verächtlich.

Cadfael bewunderte die Selbstbeherrschung, mit der Joscelin sich schweigend diese Schmähungen anhörte. Voller Ehrfucht sah er Radulfus an und wartete, bis dieser ihn aufforderte zu reden. Er schien in diesen wenigen Momenten einen gesunden Respekt vor der Klugheit und der Gerechtigkeit des Abtes bekommen zu haben. Offenbar war er überzeugt, daß man kein Urteil über ihn sprechen würde, bevor man ihn nicht gehört hatte, und es war besser, sich zu beherrschen, denn seine Verteidigung würde um so glaubwürdiger sein.

»Nun, junger Herr?« sagte Radulfus. Man konnte nicht mit Bestimmtheit sagen, daß er lächelte – sein Gesicht blieb ruhig und ausdruckslos; aber in seiner Stimme schwang eine Spur von Nachsicht mit.

»Ehrwürdiger Vater«, sagte Joscelin, »alle Angehörigen und Diener unserer beiden Häuser sind hierhergekommen, um einer Hochzeit beizuwohnen. Die Braut habt Ihr gesehen.« Iveta war schon längst fortgezerrt und ins Gästehaus gebracht worden. »Sie ist achtzehn Jahre alt. Mein Herr – das heißt: mein *ehemaliger* Herr! – geht auf die Sechzig zu. Vor acht Jahren starben ihre Eltern, und man bestellte ihren Onkel zu ihrem Vormund. Sie ist die Erbin großer Ländereien, die seitdem von ihrem Onkel verwaltet werden.« Seine Aussage nahm eine Wendung, die niemand erwartet hatte, aber die Picards, die nur zu gut wußten, worauf er hinauswollte, kochten vor Wut und wollten ihm ins Wort fallen. Aber Radulfus runzelte die Stirn und gebot ihnen mit erhobener Hand Schweigen. Notgedrungen gehorchten sie.

»Ehrwürdiger Vater, ich bitte Euch: Helft Iveta de Massard!« Joscelin war nicht mehr aufzuhalten. »Das Land, das ihr gehört, umfaßt vier Grafschaften und fünfzig Herrenhäuser – es ist ein fürstliches Erbe. Ihr Onkel und ihr Bräutigam haben es unter sich aufgeteilt, man hat aus dieser Heirat ein Geschäft gemacht, ohne ihr Einverständnis, gegen ihren Willen! Sie hat gar keinen Willen mehr, man hat sie gezwungen sich zu unterwerfen! Mein Vergehen ist, daß ich sie liebe, und ich hätte sie aus diesem Gefängnis befreit...«

Cadfael war nahe herangetreten, um seine letzten Worte verstehen zu können, aber für die meisten anderen waren sie gewiß in dem schrillen Protestgeschrei untergegangen, in dem Agnes Picards Stimme am lautesten klang. Sie schrie lauter als alle anderen, und Joscelin konnte sie nicht übertönen. In diesem Durcheinander erklang plötzlich Hufschlag, und Reiter, deren Zahl aller Aufmerksamkeit auf sich zog, ritten mit jener Zielstrebigkeit, die das Kennzeichen eines amtlichen Auftrages ist, auf den Hof. Niemand hörte mehr auf Joscelins Anschuldigungen oder Picards Erwiderung; aller Augen waren auf das Tor gerichtet.

Zuerst kam Huon de Domville. Die Muskeln in seinem Gesicht waren angespannt wie der Bizeps eines Ringers, und seine kleinen, schwarzen bösen Augen blitzten. Dicht hinter ihm ritt Gilbert Prestcote, den König Stephen als Sheriff von Shropshire eingesetzt hatte – ein hagerer, harter Ritter mittleren Alters, der das scharfgeschnittene Gesicht eines Falken hatte und dessen schwarzer, gegabelter Bart von Grau durchzogen war. Ihm folgten ein Sergeant und sieben oder acht Bewaffnete – ein beeindruckendes Aufgebot. Nachdem Prestcote und seine Männer das Tor durchritten hatten, hielten sie an und stiegen ab.

»Da haben wir ihn ja!« rief Domville und zeigte triumphierend auf Joscelin, der sprachlos vor Verwunderung dastand. »Da ist der Übeltäter! Ich wußte doch, daß er Unruhe stiften würde, wo er nur kann, bevor er sich aus dem Staub macht. Packt ihn, Sheriff! Packt ihn, und nehmt ihn in Haft!«

Bis dahin hatte seine ganze Aufmerksamkeit Joscelin gegolten, und so war ihm entgangen, daß der Abt selbst unter den Anwesenden war. Jetzt fiel sein Blick auf die schmucklos gekleidete, schweigende Gestalt, und er stieg vom Pferd und zog mit brüskem Respekt seinen Hut. »Mit Eurer Erlaubnis, Ehrwürdiger Vater! Wir kommen in einer Sache, die keinen Aufschub duldet, und ich bin untröstlich, daß wir wegen dieses Übeltäters den Frieden Eures Hauses stören müssen.«

»Die Störung, die *er* bisher hervorgerufen hat«, erwiderte Radulfs kühl, »schien mir nicht von jener Art zu sein, die das Eingreifen eines Sheriffs und seiner bewaffneten Männer erfordert. Ich habe vernommen, daß er sich einer Übertretung schuldig gemacht hat und dafür zur Rechenschaft gezogen worden ist. Ihn aus Euren Diensten zu entlassen ist Euer Recht. Ihn darüber hinaus zu verfolgen scheint mir etwas übertrieben. Es sei denn, Ihr hättet weitere Beschuldigungen gegen ihn vorzubringen.« Er sah Prestcote fragend an.

»In der Tat liegt noch mehr gegen ihn vor«, sagte der Sheriff. »Lord Domville berichtete mir, daß, seit diesem Knappen befohlen wurde, seine Sachen zu packen und das Haus zu verlassen, ein Gegenstand von großem Wert verschwunden und unauffindbar geblieben ist. Es besteht ein begründeter Verdacht, daß dieser Mann ihn gestohlen haben könnte, um seinem Herrn Schaden zuzufügen und sich für seine Entlassung zu rächen. So lautet die Beschuldigung.«

Joscelin starrte ihn verblüfft an. Die Beschuldigung reizte ihn fast zum Lachen – er war nicht wütend darüber und hatte offensichtlich keine Angst. »Ich etwas stehlen?« stieß er voller Verachtung hervor. »Ich würde mich sogar weigern, das unbedeutendste Ding, das ihm gehört, auch nur anzurühren! Wenn ich könnte, würde ich nicht einmal den Staub, der auf seinem Hof liegt, an meinen Stiefeln davontragen. Er befahl mir zu gehen, und das tat ich. Ich bin nicht einmal lange genug geblieben, um alles einzupacken, was mir gehört. Alles, was ich mitgenommen habe, ist das, was ich am Körper trage und was in meinen Satteltaschen ist.«

Mit erhobener Hand gebot ihm der Abt zu schweigen. »Mylord, um was für einen wertvollen Gegenstand handelt es sich? Wie groß ist er? Seit wann wird er vermißt?«

»Es ist das Hochzeitsgeschenk für meine Braut«, antwortete der Baron, »ein goldenes, mit Perlen besetztes Kollier. Es hätte in der Hand eines Mannes Platz, wenn man es einmal aus seinem Kästchen genommen hat. Ich wollte es dem Mädchen heute, nach der Messe, geben, aber als ich es holen wollte, war das Kästchen leer. Das war vor knapp einer Stunde, glaube ich, denn wir verschwendeten noch Zeit damit, es zu suchen, obwohl das leere Kästchen uns hätte verraten müssen, daß das Kollier nicht verlorengegangen, sondern gestohlen worden war. Und außer diesem Nichtsnutz, den ich hinausgeworfen hatte und der mir bei seiner Entlassung noch kecke Widerworte gab, hat kein anderer mein Haus verlassen. Ich beschuldige ihn dieses Diebstahls, und ich will, daß ihn die ganze Härte des Gesetzes trifft.«

»Wußte denn dieser junge Mann von dem Kollier und wo es aufbewahrt wurde?« fragte der Abt.

»Ja, Ehrwürdiger Vater«, antwortete Joscelin bereitwillig. »Alle drei Knappen wußten es.«

Am Tor erschienen weitere Reiter. Sie gehörten zu Domvilles Gefolge, das seinem Herrn nicht so schnell hatte folgen können. Unter ihnen waren auch Simon und Guy, die, nach ihrem Gesichtsausdruck zu urteilen, keineswegs darauf bedacht waren, Aufmerksamkeit zu erregen oder irgendwie aktiven Anteil am Geschehen zu nehmen. Sie hielten sich im Hintergrund und wirkten unsicher und unglücklich – was sie wohl auch waren.

»Aber ich habe es nicht angerührt«, fuhr Joscelin mit Bestimmtheit fort. »So, wie ich das Haus verlassen habe, stehe ich vor Euch. Nehmt mich mit und durchsucht mich, wenn Ihr wollt – Ihr werdet nichts finden, das nicht mir gehört. Und dort steht mein Pferd mit den Satteltaschen – durchsucht auch sie. Der Abt soll Zeuge sein. Nein«, rief er, als er sah, daß Domville auf das graue Pferd zuging, »Ihr nicht, Mylord! Ich will nicht, daß die Hände meines Anklägers meine Sachen durchwühlen. Ein Unparteiischer soll die Durchsuchung vornehmen. Trefft Ihr die Wahl, Ehrwürdiger Vater.«

»Das ist nur gerecht«, sagte der Abt. »Robert, seid so gut und tut, was erforderlich ist.«

Prior Robert neigte würdig den Kopf und ging gemessenen Schrittes auf das Pferd zu, um die Aufgabe, die ihm zugewiesen worden war, zu erfüllen. Zwei von Prestcotes Männern machten die Satteltaschen los, und als das Pferd, das durch die vielen Menschen nervös geworden war, unruhig auf der Stelle trat, stieg Simon kurz entschlossen von seinem Pferd, nahm die Zügel des Grauschimmels und beruhigte ihn. Die Satteltaschen lagen offen auf den Pflastersteinen des Hofes. Prior Robert griff in die erste und zog die Kleidungsstücke hervor, die ihr wütender Besitzer kaum eine Stunde zuvor ohne viel Umstände hineingestopft hatte. Der Sergeant neben Prestcote nahm sie entgegen und prüfte sie: Leinenhemden, Umhänge, Schuhe, einige Lederbänder zum Ausbessern von Rüstungen, Handschuhe...

Noch einmal fuhr Prior Robert mit seiner Hand in die Tasche, um zu zeigen, daß sie leer war. Dann beugte er sich über die zweite. Joscelin stand breitbeinig da; er schenkte der Durchsuchung kaum Beachtung, und auf seinem stolzen, sonnengebräunten Gesicht lag ein hochmütiges Lächeln. Seine Mutter, dachte Cadfael, würde über die Art, wie er die Hemden behandelte, die sie für ihn genäht hatte, wohl harte Worte finden, wenn er nach Hause kam. *Wenn* er nach Hause kam...

Und was, wenn man ihn nach Hause gehen ließ? Was hatte dann das Mädchen zu erwarten, das von der Zofe, die offenbar als eine Art Gefängniswärterin diente, weggebracht und irgendwo eingeschlossen worden war? Bei all dem, was hier verhandelt wurde, war sie die abwesende Zeugin. Niemand fragte sie, was sie wußte oder was sie dachte. Sie war kein Mensch, sondern lediglich eine wertvolle Handelsware.

Aus der zweiten Satteltasche kamen ein kostbares, aber zerknittertes Festtagsgewand, verschiedene Gürtel und Schwertgehenke, ein blauer Umhang mit Kapuze, weitere Hemden, ein Paar Schuhe aus weichem Leder und ein ebenfalls blaues Paar Strümpfe zum Vorschein. Die Mutter, die ihm diese Kleidung genäht hatte, schien gut zu wissen, was ihrem blonden, blauäugigen Jungen stand. Unter den Kleidungsstücken lag ein in dünne, geschnitzte Holzdeckel gebundenes Buch, das Gebetbuch des jungen Mannes. Cadfael erinnerte sich, daß er gesagt hatte, er könne lesen.

Schließlich zog Prior Robert ein kleines Bündel aus feinem Leinen hervor und begann, es auf seiner Hand zu entfalten. Verwundert und anerkennend sah er auf.

»Es ist ein Medaillon aus einer silbernen Jakobsmuschelschale. Der Besitzer muß einmal zum Schrein des heiligen Jakob nach Compostella gepilgert sein.«

»Mein Vater hat es mir gegeben«, sagte Joscelin.

»Das wäre alles. Auch diese Tasche ist leer.«

Mit einem Triumphschrei trat Domville plötzlich vor. »Und was ist das? Da ist noch etwas in den Stoff eingewikkelt – ich habe etwas glitzern sehen...« Er zog an dem herabbaumelnden Ende des Tuches und riß es dem Prior fast aus der Hand. Das silberne Medaillon fiel zu Boden, das Tuch entfaltete sich, und etwas glitzerte und fiel, entrollte sich im Fallen wie eine kleine, goldene Schlange – und vor Joscelins Füßen lagen die golden glänzenden Glieder und die mattschimmernden Perlen des Kolliers.

Er war wie vor den Kopf geschlagen und starrte sprachlos auf das kleine, kostbare Ding, das ihn anklagte. Als er schließlich aufsah und die Blicke der Umstehenden bemerkte – die hämische Freude Domvilles, die grimmige Zufriedenheit des Sheriffs, die Trauer und Resignation des Abtes und die stumme Anklage aller anderen –, da schüttelte er sich und erwachte aus seiner Erstarrung. Laut schrie er, daß nicht er das Kollier gestohlen habe, daß nicht er es gewesen sei, der es in seinen Sachen versteckt habe. Aber er stritt es nur einmal ab, denn er erkannte sogleich, wie schlüssig dieser Beweis erscheinen mußte und wie zwecklos sein Leugnen war. Er dachte daran, den Degen zu ziehen und sich den Weg freizukämpfen, sah aber den strengen, enttäuschten Blick des Abtes und gab diesen Gedanken wieder auf. Nein, nicht hier! Er hatte geschworen, innerhalb dieser Mauern keine Waffe zu gebrauchen. Im Augenblick blieb ihm also nichts anderes übrig, als sich zu fügen. Draußen vor dem Kloster würde es etwas anderes sein, und je mehr er sie in Sicherheit wiegte, desto weniger Vorsichtsmaßnahmen würden sie treffen. Stumm und widerstandslos ließ er sich von dem Sergeant und seinen Mänern festnehmen.

Sie nahmen ihm sein Schwert und seinen Dolch ab und hielten ihn an beiden Armen fest, aber da sie so zahlreich waren und er nicht an Flucht zu denken schien, machten sie sich nicht die Mühe, ihn zu binden. Domville sah mit einem bösen Lächeln zu, ließ sich jedoch nicht herab, sich zu bükken und das Schmuckstück aufzuheben. Simon ließ die Zügel des Grauschimmels los, eilte herbei und hob das Kollier für seinen Herrn auf. Dabei warf er Joscelin einen unsicheren, ängstlichen Blick zu, sagte aber kein Wort. Die Picards betrachteten das Ganze mit offensichtlicher Genugtuung. Ein Hindernis war aus ihrem Weg geräumt, und zwar – wenn Domville darauf drängte – für immer. Ein solcher Diebstahl, der darüber hinaus auch noch mit einem Treuebruch verbunden war, auch wenn der Dieb zum Zeitpunkt seiner Tat bereits aus den Diensten seines Herrn entlassen war, konnte einen Mann das Leben kosten.

»Ich verlange, daß er die ganze Strenge des Gesetzes zu spüren bekommt«, sagte Domville und sah den Sheriff mit einem gebieterischen Blick an.

»Das Urteil wird Sache des Gerichts sein«, erwiderte Prestcote kurz und wandte sich seinem Sergeant zu. »Bringt ihn in die Burg. Ich muß noch mit Sir Godfrid Picard und dem Ehrwürdigen Abt sprechen – ich werde nachkommen.«

Willig und mit hängendem Kopf ließ der Gefangene sich abführen. Zwei stämmige Bewaffnete hielten seine Arme. Klosterbrüder, Gäste und Diener machten ihnen Platz, und beklommenes Schweigen begleitete den kleinen Zug.

Cadfael war ebenso sprachlos wie alle anderen. Es fiel ihm schwer, zu glauben, daß der nun als Verbrecher abgeführte Joscelin derselbe junge Mann war, der eben erst so streitlustig auf den Hof galoppiert war oder der sich als kühner Liebhaber ins Lager der Feinde geschlichen hatte, um mit einem Mädchen, das zu verängstigt war, sich das zu nehmen, wonach ihr Herz verlangte, eine Verzweiflungstat zu planen. Nach Cadfaels Überzeugung gab es so plötzliche Umwandlungen nicht. Einem Impuls folgend, ging er zum Tor, um die Männer des Sheriffs mit ihrem Gefangenen im Auge zu behalten. Als er sich auf den Weg machte, hörte er hinter sich Simon Aguilon fragen: »Soll ich den Grauschimmel wieder in unseren Stall bringen, Sir? Wir können ihn doch nicht hier lassen – er hat ja nichts getan.« Seinem Tonfall konnte man nicht entnehmen, ob er der Meinung war, der Besitzer dieses Pferdes habe sich etwas zuschulden kommen lassen, aber Cadfael glaubte es nicht. Gewiß war er nicht der einzige, der, was diesen Diebstahl betraf, seine Zweifel hatte.

Joscelin und seine Bewacher näherten sich dem Kopf der Brücke, als Cadfael durch das Tor trat und ihnen eilig folgte. Auf dem Hügel jenseits des Severn glänzten die feuchten Häuserdächer und Türme von Shrewsbury, die über die lange Stadtmauer hinausragten, im fahlen Sonnenlicht, und ganz rechts sah man die hochaufragende, massive Burg, das Gefängnis, in das der junge Mann nun gebracht wurde. Seit dem Ende des Sommers hatte es heftige Regenfälle gegeben, und von den Bergen in Wales hatten sich solche Wassermassen herabgewälzt, daß die Ufer der Flußinseln überspült waren. Die Zugbrücke auf der Klosterseite, die im Fall eines Angriffs aufgezogen werden konnte, war jetzt heruntergelassen, und es herrschte ein reges Kommen und Gehen, denn die letzte Ernte war gerade eingebracht worden. Obst und Viehfutter wurden in die Stadt gebracht, und wer Wintervorräte anlegen wollte, hatte nun Gelegenheit dazu. Drei Reiter bahnten dem Gefangenen und seinen Bewachern den Weg, drei weitere folgten ihnen, aber Joscelin und die beiden, die ihn festhielten, gingen zu Fuß – nicht gerade schnell, denn kein normaler Gefangener sehnt sich danach, in eine Zelle gesperrt zu werden, aber auch nicht langsam, denn wenn er gar zu gemächlich ging, wurde er derb von den Männern des Sheriffs angetrieben. Karren und Fußgänger machten ihnen Platz, und viele blieben stehen, um zu gaffen. Manche waren so neugierig, daß sie den Zug ein Stück begleiteten und den nachfolgenden Reitern den Weg versperrten.

Es hatte schon des öfteren Spannungen zwischen den Stadtbewohnern und dem Sheriff des Königs gegeben, und Prestcotes Sergeant hütete sich, den streitbaren Bürgern, die sich schon manches Mal zu wehren gewußt hatten, zu drohen oder die Peitsche gegen sie einzusetzen. Als der Gefangene das enge Tor im Turm der Zugbrücke durchschritten hatte und die Schaulustigen den Weg versperrten, begnügten sich die drei Reiter, die den Schluß des Zuges bildeten, daher damit, höflich zu bitten, man möge sie durchlassen. Zwischen ihnen und dem Gefangenen entstand eine größere Lücke. Cadfael, der sich an den Pferden vorbeigeschlängelt und zu den Schaulustigen in der Tordurchfahrt gesellt hatte, konnte sehen, was nun geschah.

Joscelin trottete noch immer mit gesenktem Kopf zwischen seinen Bewachern. Die Gruppe hatte jetzt die Mitte der Brücke erreicht, wo das Geländer nur hüfthoch war. Er schien zu stolpern, und die drei berittenen Bogenschützen vor ihm legten einige Meter zurück, bevor sie es merkten. Auf der linken Seite der Brücke stand ein Karren, so daß die ganze Gruppe nach rechts ausweichen mußte. Als er in der Nähe des Geländers war, spannte Joscelin plötzlich die Muskeln an, wirbelte die beiden Männer, die ihn festhielten, nach rechts, so daß sie das Gleichgewicht verloren, bevor sie noch recht wußten, was eigentlich geschehen war, riß sich los und sprang über einen der am Boden liegenden Männer hinweg auf das Brückengeländer. Einer der Männer versuchte, seinen Fuß zu packen, aber Joscelin versetzte ihm einen so kräftigen Fußtritt, daß er zurücktaumelte. Bevor ihn irgend jemand festhalten konnte, sprang er mit einem kühnen Satz in den Fluß und war verschwunden.

Er hatte mutig und überlegt gehandelt, und Bruder Cadfael, der alles gesehen hatte, konnte ihm dafür nur Bewunderung zollen. Obwohl er keinen Beweis hatte, war er plötzlich davon überzeugt, daß Joscelin Lucy nichts mit dem Verschwinden des Kolliers zu tun gehabt hatte. Wahrscheinlich hatte Agnes ihrem Mann von dem geheimen Treffen im Kräutergarten erzählt, und dieser wiederum hatte den Bräutigam von der Gefahr in Kenntnis gesetzt. Daraufhin hatte Domville den jungen Mann entlassen, und diese Entlassung hatte nur den Zweck gehabt, ihn mit einer falschen Anschuldigung verfolgen zu können, so daß man ihn ins Gefängnis werfen konnte, wo er den sorgfältig ausgearbeiteten Plänen nicht mehr im Weg sein würde. Sie konnten es sich nicht leisten, ihn frei herumlaufen zu lassen. Er mußte verschwinden.

Und nun war er verschwunden, aber auf *seine* Weise, durch einen wagemutigen Sprung in den Fluß. Wie Dutzende anderer beugte sich auch Cadfael über das Brückengeländer und hielt atemlos flußabwärts nach dem Flüchtigen

Ausschau. Einige von denen, die alles mitangesehen hatten, ergriffen für ihn Partei. Es würden sich immer zahlreiche gesetzestreue Bürger finden, die jeden Gefangenen bejubelten, dem es gelang, aus dem Gewahrsam des Sheriffs zu entkommen.

Der Sergeant, der für diese Flucht zur Verantwortung gezogen werden würde, stieß einen Wutschrei aus und brüllte seinen Männern Befehle zu. Zwei von ihnen sollten das linke, drei andere das rechte Flußufer hinabreiten, um den Flüchtigen, ganz gleich, wohin er sich wendete, abzufangen. Beide Verfolgungstrupps mußten jedoch einen kleinen Umweg machen, während der reißende Severn, der schneller floß, als sie reiten konnten, den flüchtigen Gefangenen mit sich trug. Unter den Bewaffneten, die auf der Brücke geblieben waren, befanden sich zwei Bogenschützen, und auf den Befehl des Sergeant spannten sie eilig ihre Bogen und traten an die Brüstung, wo sie sich unter den Schaulustigen Platz schafften, um ungehindert schießen zu können.

»Schießt, sobald er auftaucht!« rief der Sergeant. »Verwundet ihn, wenn es geht, aber wenn es sein muß, tötet ihn!«

Es vergingen einige Minuten. Die Reiter hatten das Ufer erreicht und ritten am Fluß entlang, und immer noch war der entflohene Gefangene nicht zu sehen.

»Er ist ertrunken!« meinte einer, und einige der Frauen, die stehengeblieben waren, stießen einen tiefen Seufzer aus.

»Ist er nicht!« rief ein Gassenjunge, der mit dem Bauch über dem Brückengeländer hing. »Seht doch, dort! Er kann schwimmen wie ein Otter!«

Weit flußabwärts war Joscelins hellblonder, nasser Kopf für einen Moment aufgetaucht. Eine kleine Fontäne spritzte auf, als ein Pfeil dicht neben ihm ins Wasser fuhr, aber da war er bereits wieder untergetaucht, und als er wieder zum Vorschein kam, um Luft zu holen, war er schon fast außer Schußweite. Ein zweiter Pfeil schlug weit hinter ihm ein, und er hielt sich, für alle sichtbar, in der Mitte des Stromes und ließ sich treiben. Er schien sich im Wasser ebenso gewandt zu bewegen wie an Land. Halbwüchsige Jungen machten aus sicherer Entfernung spöttische Bemerkungen über die Zielsicherheit der Bogenschützen, während der Anblick des hoch aus dem Wasser gereckten Armes, der den Zuschauern auf der Brücke zum Abschied zuwinkte, ein nur halb unterdrücktes Gelächter hervorrief.

Die Reiter an beiden Ufern waren hoffnungslos zurückgefallen. Zwei ritten auf dem Weg, der am Fuß der Stadtmauer und am Weinberg des Abtes entlangführte, drei galoppierten auf dem Weg bei den Obst- und Gemüsegärten des Klosters, die zwischen dem Fluß und jenen Feldern lagen, die seit alters die ›Gaye‹ hießen. Es bestand keine Aussicht mehr, daß sie Joscelin Lucy einholten – die Reiter waren nicht einmal so schnell wie die Blätter, die in der Mitte des Flusses trieben. Der Severn floß lautlos, aber sehr schnell.

Alles versuchte nun, noch einmal den Kopf des Flüchtigen auszumachen, der aus dieser Entfernung aussah wie eine Schaumblase über einer Untiefe. Er war jetzt kaum noch zu erkennen, und im nächsten Augenblick war er ganz verschwunden. Er war wieder getaucht, dachte Cadfael, der ebenfalls angestrengt Ausschau hielt, um sicherzugehen, daß niemand sah, welchem Ufer er sich zuwandte oder wo er an Land ging. Er hatte den Weinberg hinter sich gelassen, und die Mauern der Burg, an deren Fuß Gestrüpp und kleine Bäume wuchsen, ragten zu seiner Linken auf, während das rechte Ufer hinter den Obstgärten dicht bewaldet war. Es war ziemlich klar, für welches Ufer er sich entscheiden würde, aber er ließ sich nicht mehr sehen. Cadfaels Blick blieb an der Stelle hängen, die die beste Deckung bot – und richtig: Er nahm dort eine Bewegung wahr. Er hatte zwar nicht direkt eine menschliche Gestalt gesehen, aber die Blätter der Bäume, die über das Wasser hingen, hatten sich für einen Augenblick bewegt, und einige kleine Wellen verrieten, daß Joscelin sich dort an Land gezogen und in den Wald geschlagen hatte.

Für Bruder Cadfael gab es nichts mehr zu sehen oder zu tun. Er erinnerte sich an die Pflichten, die auf ihn warteten, kehrte den spottenden Gassenjungen und den fluchenden Männern des Sheriffs den Rücken und machte sich auf den Weg zurück zum Kloster. Es hatte wenig Sinn, sich jetzt mit der Frage zu beschäftigen, wie es nun mit Joscelin weitergehen würde – waffenlos, wie er war, ohne Pferd, Geld oder trockene Kleidung. Man würde sicherlich überall nach ihm suchen, und wenn er klug war, würde er, zu Fuß oder sonstwie, so schnell wie möglich aus der Gegend von Shrewsbury verschwinden. Und doch bezweifelte Cadfael stark, daß Joscelin Lucy etwas so Naheliegendes und Vernünftiges tun würde.

Bruder Cadfael war keineswegs überrascht, festzustellen, daß die Neuigkeiten ihm vorausgeeilt waren. Kurz vor dem Torhaus kam ihm Gilbert Prestcote mit finsterem Gesicht entgegen, dicht gefolgt von seinen restlichen Männern. Er hatte nichts gegen Joscelin Lucy, und sein Verhalten deutete darauf hin, daß Huon de Domville nicht gerade seine Sympathien genoß, aber die Unfähigkeit seines Sergeant war für ihn eine bittere Pille. Falls der Gefangene nicht bald wieder ergriffen wurde, standen den Pechvögeln, die ihn bewacht hatten, schwere Zeiten bevor.

Während der Staub, den ihre Stiefel aufwirbelten, sich legte, trat der Bruder Pförtner vorsichtig auf die Straße, sah ihnen nach und wiegte, als Cadfael auf ihn zuging, bedenklich den Kopf. »Also ist der Dieb ihnen doch noch entwischt! Jetzt wird die Hölle los sein – er wird die ganze Garnison nach ihm ausschicken. Und zu Fuß wird er den Reitern kaum entkommen können. Sein eigenes Pferd hat der andere junge Herr wieder zum Haus des Bischofs gebracht.«

Also waren Huon de Domville, Simon Aguilon, Guy FitzJohn und alle Knechte und Bedienstete wieder aufgebrochen, und wenn die Nachricht von der Flucht bis jetzt erst das Torhaus erreicht hatte, dann glaubten sie gewiß noch, der Dieb sei in sicherem Gewahrsam.

»Von wem hast du es erfahren?« fragte Cadfael. »Wer immer es war – er muß sofort losgelaufen sein, ohne abzuwarten, was weiter geschehen würde.«

»Zwei Laienbrüder kamen gerade mit den letzten Äpfeln von der Gaye. Sie sahen ihn springen und kamen sofort, um die Neuigkeit zu erzählen. Aber du bist nicht viel später dran als sie.«

Also hatte es sich noch nicht weiter als bis hier herumgesprochen. Es waren viele Menschen auf dem Hof – Klosterbrüder, Diener und Gäste, die aufgeregt miteinander redeten – und einige gingen zum Fluß, um zu sehen, ob sich dort etwas Neues tat. Wenn Huon de Domville von der Flucht erfuhr, würde er seiner Wut nicht hier Luft machen. Cadfael entging nicht, daß Godfrid und Agnes Picard im Eingang des Gästehauses standen und leise etwas erörterten. Ihre Gesichter waren wachsam und angespannt, und aus ihren Blicken sprachen Berechnung und Unruhe. Diese Entwicklung gefiel ihnen nicht; ihnen wäre es am liebsten gewesen, der Störenfried säße hinter Schloß und Riegel und wartete auf ein Gerichtsverfahren, bei dem er zum Tode verurteilt werden konnte, wenn Huon de Domville seinen Einfluß geltend machte.

Iveta war nirgends zu sehen. Ohne Zweifel hatte man sie drinnen eingesperrt, wo sie von Agnes' Zofe bewacht wurde. Dort blieb sie auch während der nächsten Stunden, obwohl ihr Onkel und ihre Tante geschäftig zwischen dem Haus des Abtes, dem Gästehaus und dem Torhaus hin und her gingen. Einmal ritt Picard aus und kehrte erst nach fast einer Stunde zurück. Gewiß war er im Haus des Bischofs gewesen, um sich mit Domville zu beraten. Während des frühen Nachmittages widmete sich Cadfael so halbherzig seinen Aufgaben, daß er sogar vergaß, Bruder Oswin im Auge zu behalten, und zu seinem großen Erstaunen stellte er fest, daß sein Gehilfe diesmal nichts verschüttet, zerbrochen oder verbrannt, ja nicht einmal irrtümlich wertvolle Pflanzen ausgerissen hatte. Das mochte natürlich ein gnädiges Walten der Vorsehung sein, die dadurch Verständnis zeigte für Cadfaels anderweitige Sorgen – es konnte jedoch ebensogut ein milder Tadel dafür sein, daß er seinem Schüler zu scharf auf die Finger sah.

Sein Problem war schnell dargelegt, aber schwer zu lösen. Sollte er zu Abt Radulfus gehen und ihm berichten, was er am vorangegangenen Abend gehört und gesehen hatte? Sich aufgrund so dürftiger Beweise in die Angelegenheiten wildfremder Menschen einzumischen war immer eine gefährliche Sache, auch wenn es in bester Absicht geschah. Der junge Mann mochte ebensogut ein Glücksritter sein, der aus niederen Beweggründen versucht hatte, Iveta zu überreden, mit ihm durchzubrennen; gewiß war er attraktiv genug, um ihr Herz zu gewinnen. Doch obwohl Cadfael sich jede erdenkliche Mühe gab, alle Beteiligten von allen möglichen Seiten und ohne Vorurteile zu betrachten, gelang es ihm nicht, in den Picards Gefühle von Wärme und Zärtlichkeit für das Mädchen zu entdecken.

Das Problem löste sich von selbst, als Abt Radulfus während des Nachmittages nach ihm schickte. Leicht verwundert, aber nicht sehr besorgt, machte Cadfael sich auf den Weg, denn er war zu dem Schluß gekommen, daß Lügen, auch wenn sie gut gemeint waren, nicht immer leicht vergeben wurden. Außerdem wäre es unklug, Agnes Picard zu unterschätzen, auch wenn er, abgesehen davon, daß er Öl auf sehr stürmische Wogen gegossen hatte, bis jetzt nichts unternommen hatte, was ihre Kreise hätte stören können.

»Man hat sich bei mir über Euch beschwert, Bruder Cadfael«, sagte der Abt und sah von seinem Schreibpult auf. Seine Stimme war wie immer kühl, klar und höflich, und auf seinem Gesicht lag eine unergründliche Ruhe. »Nein, Euer Name wurde nicht genannt, aber ich möchte vermuten, daß es sich bei dem Bruder, der gestern abend nach dem Essen noch im Kräutergarten zu tun hatte, um niemand anderen als Euch handeln kann.«

Cadfael zögerte nicht mit der Antwort. »Ja, ich war dort.« Bei Radulfus war es immer am besten, offen und direkt zu sein.

»In Gesellschaft von Lady Iveta und jenem jungen Mann, nach dem man jetzt den Wald am Fluß durchsucht? Vielleicht habt Ihr bei dieser gewiß etwas ungewöhnlichen Zusammenkunft gar Pläne geschmiedet?«

»Weder das eine noch das andere«, erwiderte Cadfael. »Ich überraschte sie in meinem Schuppen – zu meinem wie zu ihrem Bedauern. Und einige Augenblicke später kam Lady Picard hinzu. Daß ich mein Bestes getan habe, eine harte Auseinandersetzung zu verhindern, will ich nicht leugnen. Es zog ein schwerer Sturm herauf. Laßt es mich so sagen: Ich habe ein oder zwei Pfeile abgeschossen, damit die Wolken platzten.«

»Eine Version«, sagte der Abt gelassen, »habe ich von Sir Godfrid gehört, der sie zweifellos von seiner Gemahlin hatte. Jetzt laßt mich Eure hören.«

Cadfael erzählte ihm alles, an das er sich erinnern konnte, erwähnte jedoch nicht, daß Joscelin gedroht hatte, er werde auch vor einem Mord nicht zurückschrecken. Hitzköpfige junge Männer mochten so etwas sagen, auch wenn ihre Gesichter und ihr Verhalten sie Lügen straften. Als er geendet hatte, runzelte Radulfus die Stirn, sah ihn lange an und dachte nach.

»Was Euren Umgang mit der Wahrheit betrifft, Bruder Cadfael, so überlasse ich das Eurem Beichtvater. Aber glaubt Ihr tatsächlich, daß dieses Mädchen vor seinen Verwandten Angst hat? Daß sie zu einer Verbindung gezwungen wird, die sie selbst niemals eingehen würde? Ich habe selbst gehört, was der Beschuldigte gesagt hat. Aber er hätte großen Gewinn daraus ziehen können, wenn es ihm gelungen wäre, sie vor dieser Heirat zu entführen, und seine Motive mögen so schändlich sein, wie Gier eben immer ist. Ein schöner Mensch ist nicht unbedingt auch ein guter Mensch. Es kann sehr wohl sein, daß ihr Onkel nur das Beste für sie will, und dann wäre es eine Sünde, das verhindern zu wollen.«

»Und doch gibt es einen Umstand«, gab Cadfael zu bedenken, »der mich mit Sorge erfüllt: Die junge Frau ist nie allein – immer wird sie von ihrem Onkel und ihrer Tante abgeschirmt. Sie hat kaum etwas zu sagen, denn immer spricht ein anderer für sie. Ich wäre beruhigt, wenn Ihr, Ehrwürdiger Vater, nur ein einziges Mal unter vier Augen mit ihr sprechen könntet, so daß sie Gelegenheit hat, frei auszusprechen, was sie fühlt und denkt.«

Nach kurzem Nachdenken gab der Abt mit ernstem Gesicht zu: »Was Ihr sagt, hat einiges für sich. Vielleicht ist es nur übermäßige Fürsorge, die sie so einengt, aber nichtsdestoweniger sollte sie selbst gehört werden. Wie wäre es, wenn ich dem Gästehaus einen Besuch abstatten würde? Vielleicht ergäbe sich dann eine Gelegenheit, allein mit ihr zu sprechen. Auch mich würde das beruhigen. Ich will Euch nicht verschweigen, daß Sir Godfrid mir versichert hat, dieser junge Edelmann habe den freien Zutritt zum Haus, der ihm als Knappe seines Herrn gewährt wurde, dazu mißbraucht, dem bis dahin mit allem einverstandenen Mädchen den Hof zu machen und ihm mit Aufmerksamkeiten und Komplimenten den Kopf zu verdrehen. Wenn es sich so verhält, dann werden die Vorkommnisse des heutigen Morgens ihr die Augen geöffnet und Anlaß gegeben haben, ihr Verhältnis zu ihm zu überdenken.«

Den Worten und dem Verhalten des Abtes war nicht zu entnehmen, ob er dem, was seine Augen gesehen hatten, glaubte und den Diebstahl als erwiesen betrachtete. Radulfus war zu scharfsinnig, um nicht auch andere Möglichkeiten in Erwägung zu ziehen.

»Ich habe vor«, fuhr er fort, »den Bräutigam und seinen Neffen sowie Sir Godfrid Picard für heute abend zum Essen einzuladen, und ich könnte die Einladung selbst überbringen. Warum sollte ich es nicht gleich tun?«

Ja, warum nicht? Insgeheim zufrieden mit dem Verlauf des Gesprächs trat Cadfael gemeinsam mit dem Abt hinaus in den nebligen Herbstnachmittag. Radulfus war ein Aristokrat, dessen Stellung der eines Barons entsprach, und er hatte eine strenge Auffassung von der Pflicht junger Leute, sich von den Menschen leiten zu lassen, die als Autorität über sie eingesetzt waren. Er war jedoch keineswegs blind für die Tatsache, daß Eltern oder Erzieher, die mit diesem Privileg ausgestattet waren, oft nicht zum Besten der Kinder handelten. Wenn er Gelegenheit hatte, nur für einige Augenblicke mit Iveta unter vier Augen zu sprechen, würde er gewiß ihr Vertrauen gewinnen. Eine solche Gelegenheit würde sie nicht verstreichen lassen. In diesem Kloster war er der Herr, und wenn er seine Hand schützend über sie hielt, würde nicht einmal ein König es wagen, etwas zu unternehmen.

Sie gingen durch den Garten des Abtes auf den großen Hof und wandten sich dem Gästehaus zu. Cadfael hätte sich verabschiedet und wieder in seinen Garten begeben, aber sein Blick fiel auf Iveta, die auf einer Bank am Refektoriumsgebäude saß und in einem Gebetbuch las, das sie auf den Knien hielt. Ihr blondes Haar leuchtete im fahlen Licht der Sonne. Die Situation strafte alles, was Cadfael eben gesagt hatte, Lügen: sie war allein, und niemand vom Haushalt ihres Onkels war in der Nähe.

Radulfus ging auf sie zu. Vielleicht hatte sie das Rascheln seiner Kutte gehört – er bemühte sich nicht, sich ihr geräuschlos zu nähern –, denn sie sah auf, und ihr Gesicht war vollkommen ruhig. Ihre Haut war so blaß, daß es schwer zu sagen war, ob sie bleicher als gewöhnlich war, aber als sie den Abt auf sich zukommen sah, lächelte ihr Mund, und sie erhob sich, um ihn zu begrüßen. Cadfael hielt sich dicht hinter Radulfus. Er konnte kaum glauben, geschweige denn verstehen, was er sah.

»Es freut mich, Euch so ruhig und gefaßt zu sehen, meine Tochter«, sagte Radulfus sanft. »Ich fürchtete, die Aufregungen des heutigen Morgens hätten Euer Herz beschwert, und das ausgerechnet jetzt, da Ihr vor einem so wichtigen und feierlichen Schritt steht und Ruhe und Muße braucht, um Euch über Eure Zukunft klar zu werden. Ich glaube, Ihr hattet eine höhere Meinung von diesem jungen Mann, als er verdiente, und wart auf eine solche Entdeckung nicht vorbereitet. Gewiß bereitet Euch das Kummer.«

Sie sah ihn mit offenem Gesicht und ruhigen, aber leeren Augen an und sagte: »Ja, Ehrwürdiger Vater, ich habe nie schlecht über ihn gedacht. Aber ich habe meine Zweifel jetzt überwunden. Ich weiß, was meine Pflicht ist.« Ihre Stimme war sehr leise, aber fest und entschlossen.

»So macht Ihr Euch keine trüben Gedanken über die morgige Hochzeit? Auch ich, mein Kind, habe eine Pflicht gegenüber allen, die sich hier aufhalten. Ein jeder, der will, kann zu mir kommen. Wenn Ihr mir irgend etwas sagen wollt, so tut es unbesorgt – ich werde Euch anhören, und niemand wird Euch hindern oder Euch ins Wort fallen. Solange Ihr hier in diesem Kloster seid, gilt meine Sorge Eurem Seelenfrieden, Eurem Glück, und wenn Ihr wieder aufbrecht, werde ich für Euer Wohlergehen beten.«

»Ich glaube Euch«, sagte Iveta, »und danke Euch dafür. Aber ich habe meinen Entschluß gefaßt, Ehrwürdiger Vater. Ich sehe meinen Weg deutlich vor mir, und ich werde nicht mehr von ihm abweichen.«

Der Abt sah sie lange und ernst an. Ruhig begegnete sie seinem Blick, und um ihren Mund spielte ein leichtes, entschlossenes Lächeln. Da sich vielleicht keine andere Gelegenheit mehr ergeben würde, wollte Radulfus noch einmal bestätigt haben, was er gehört hatte. »Ich weiß, daß diese Heirat sehr im Sinne Eures Onkels und Eurer Tante ist und daß der Bräutigam Euch in Stellung und Vermögen ebenbürtig ist. Aber ist diese Heirat auch in Eurem Sinne, meine

Tochter? Ist es Euer freier Wille, Lord Domville zu heiraten?«

Ihre großen, irisblauen Augen wurden noch größer. Mit unschuldiger Verwunderung sah sie ihn an und sagte: »Ja, natürlich, Ehrwürdiger Vater. Natürlich ist das mein freier Wille. Ich tue, was ich als richtig und gut erkannt habe und tun sollte, und ich tue es aus ganzem Herzen.«

4

Als Domville nach dem Essen für eine Stunde schlafen ging, um seine Verdauung zu entlasten und seine Wut abzukühlen, nutzte Simon Aguilon die Gelegenheit und schlich sich davon. Er eilte durch den Garten, vorbei an den Scheunen und Obstgärten, schlüpfte durch die Tür in der Gartenmauer und verschwand im Wald, der zwischen der Klostersiedlung und dem Fluß lag. Irgendwo weit flußabwärts, so hatten die, die es gesehen hatten, gesagt, sei Joscelin ihren Blikken entschwunden, und ganz in der Nähe der Stelle, wo man ihn zuletzt gesehen hatte, mußte er an Land gegangen sein. Gewiß hatte er sich für das rechte Ufer entschieden, das der Burg gegenüberlag. Warum hätte er sich in die Höhle des Löwen begeben sollen, selbst wenn dort ebenfalls Büsche und Bäume Deckung boten? Nein, unterhalb der Gaye, auf dem rechten Ufer des Flusses, gab es weit bessere Verstecke.

Natürlich wurde nach ihm gesucht, aber methodisch und ohne Eile. Zunächst hatte man Wachen an allen Straßen postiert, die von der Stadt wegführten, und andere Bewaffnete patrouillierten zu Pferde zwischen diesen Punkten. Diesen Ring würde er kaum durchbrechen können, und so konnten sie es sich leisten, das Land innerhalb dieses Ringes langsam und gründlich abzusuchen. Er hatte weder Pferd noch Waffen und auch keine Möglichkeit, sich eins von beiden zu verschaffen. Als man Domville die Nachricht von der Flucht überbracht hatte, war ihm der Gedanke gekommen, Joscelin könne sich heimlich, bei Nacht, seinen Grauschimmel holen, um leichter fliehen zu können, und so hatte er das Pferd aus dem großen Stall, in den Simon es gebracht hatte, holen lassen und angeordnet, es solle getrennt von den anderen Tieren in einem verschließbaren Stall untergebracht werden. Joscelins Ergreifung schien nur noch eine Frage der Zeit.

Simon bahnte sich einen Weg tief in das Gestrüpp, das den Severn weiter flußabwärts säumte, bis er glaubte, in der Nähe der Stelle zu sein, an der Joscelin ans Ufer gekrochen war. Hier war das Unterholz sehr dicht, und er stieß auf zwei kleine Bäche, die in den Fluß mündeten. Da Joscelin ohnehin schon durchnäßt gewesen war, hatte er, für den Fall, daß man ihn mit Hunden suchte, wahrscheinlich eines dieser Bachbetten benutzt, um in den Wald vorzudringen. Simon folgte dem zweiten Bach aufwärts, tief in den Wald hinein. Als er stehenblieb, um zu lauschen, hörte er nichts als den Gesang der Vögel. Mit gespitzten Ohren stand er da und begann, ein Tanzlied zu pfeifen, das Domvilles Kaplan, der musikalisch begabt und in der Volksmusik ebenso bewandert war wie in der Liturgie, ihnen beigebracht hatte.

Leise vor sich hinpfeifend, hatte Simon etwa eine Viertelmeile zurückgelegt, als im dichten Gestrüpp zu seiner Rechten etwas raschelte. Eine Hand hatte die Zweige beiseite gebogen, und ein Augenpaar spähte vorsichtig hinaus.

»Joss?« flüsterte er. Auch wenn die Verfolger noch nicht in dieser Gegend waren, konnte es sein, daß ein Bauer, der hier Holz suchte, sie hörte und Alarm schlug. Doch nichts regte sich im Wald.

»Simon?« Er war mißtrauisch. »Bist du ihr Lockvogel? Ich habe dieses verdammte Kollier nie auch nur angerührt!«

»Das habe ich auch nicht einen Augenblick lang geglaubt. Leise, bleib in Deckung!« Simon trat näher an das Gebüsch heran, damit sie im Flüsterton sprechen konnten. »Ich bin allein, ich habe nach dir gesucht. So durchnäßt, wie du bist, kannst du heute nacht nicht hier draußen bleiben. Ich kann dir dein Pferd nicht bringen, der Stall ist abgesperrt. Und alle Straßen werden überwacht. Du mußt dich noch ein, zwei Tage verstecken, bis sich die ganze Aufregung etwas gelegt hat. Und nach der Hochzeit morgen wird *er* ohnehin nichts mehr von dir wollen.«

Die Blätter der Büsche bebten, als Joscelin voller Wut und Abscheu auf einen Ast schlug. Morgen war der Tag der Entscheidung. »Aber *ich* bin mit *ihm* noch lange nicht fertig«, stieß er mit zusammengebissenen Zähnen hervor. »Gott ist mein Zeuge: Wenn sie sie tatsächlich mit ihm verheiraten, kann ich sie immer noch zur Witwe machen.«

»Sei still, du Dummkopf! Paß auf, was du sagst! Wenn dich nun jemand hört! Ich werde dich nicht verraten, und ich werde dir helfen, wie ich nur kann, aber... Sei still und laß mich nachdenken!«

»Ich komme schon allein zurecht«, sagte Joscelin und kam vorsichtig aus seinem Versteck. Er war schmutzig und durchnäßt, und sein blondes Haar klebte an seinem Kopf. An den Schläfen war es schon getrocknet und stand in störrischen Wirbeln ab. »Du bist ein guter Freund, Simon, aber ich rate dir, wegen mir kein unnötiges Risiko auf dich zu nehmen.«

»Was soll ich denn tun?« Simon klang verzweifelt. »Soll ich etwa einfach warten, bis sie dich fangen? Paß auf: Im Augenblick ist der sicherste Schlupfwinkel, der einzige Ort, an dem sie dich nie vermuten werden, das Grundstück des Bischofs. Natürlich kannst du dich nicht im Haus oder in den Ställen verstecken, aber auch im Garten wärst du völlig sicher. Alle anderen Scheunen und Schuppen werden sie durchsuchen. Am Ende des Grundstücks, neben der Tür, durch die ich mich hinausgeschlichen habe, steht eine Hütte, in der das Heu von der hinteren Wiese gelagert wird. Dort hättest du es warm und trocken, und ich könnte dir etwas zu essen bringen. Die Tür kann man von innen verriegeln, so daß niemand von außen in den Garten kommen kann. Und irgendwann könnte ich dir dann auch Briar bringen... Was hältst du davon?«

Es war ein guter Plan, und Joscelin war seinem Freund dankbar und zeigte sich sofort einverstanden. Er sagte allerdings nicht, daß es im Augenblick kaum etwas gab, das er weniger brauchte als ein Pferd, denn er hatte nicht die Absicht, irgendwohin zu gehen, bevor es ihm nicht gelungen war, Iveta zu retten. Und wenn sich das als unmöglich erweisen sollte, dann wollte er lieber alle Hoffnung und auch sein Leben verlieren, als sich durch Flucht entziehen.

»Du bist ein echter Freund, und ich werde es dir nicht vergessen. Aber paß auf dich auf – es reicht, wenn einer von uns in Gefahr ist. Hör zu!« Er packte Simon am Arm und schüttelte ihn leicht. »Wenn es sich zum Schlechten wendet und man mich aufstöbert und gefangennimmt, dann weißt du nichts davon. Ich habe mich allein durchgeschlagen, hast du verstanden? Du kannst alles abstreiten – ich werde es dir nicht übel nehmen. Wenn du Essen für mich beiseite geschafft hast, werde ich sagen, daß ich es gestohlen habe und daß du nichts damit zu tun hast. Du wirst nichts auf dich nehmen, hast du gehört? Versprich mir das! Ich müßte mich schämen, wenn ich dich in diese Sache hineinziehen würde.«

»Aber man wird dich nicht finden«, sagte Simon mit Nachdruck.

»Ich weiß, aber du mußt es mir versprechen.«

»Na gut, wenn du darauf bestehst. Dann werde ich dich also schmoren lassen – oder wenigstens nur heimlich versuchen, dir zu helfen. Ich bin, wie die meisten, nicht gerade versessen darauf, meine Haut zu Markte zu tragen. Ich werde schon aufpassen, so oder so. Also komm jetzt, solange noch alles ruhig ist und man mein Fehlen nicht bemerkt hat.«

Da sie keine Umwege machen mußten, war der Rückweg zur Gartenmauer kürzer, und es gab überall Deckung. Ein- oder zweimal begann Simon, der voranging, leise zu pfeifen und Joscelin versteckte sich im Gebüsch. Aber jeder Alarm war schnell wieder vorbei, und die Geräusche, die ihn ausgelöst hatten, stammten von Vögeln oder kleinen Tieren, die im trockenen Unterholz raschelten. Die Tür in der Mauer war offen, wie Simon sie zurückgelassen hatte. Er trat als erster in den Garten, sah sich vorsichtig um und gab dann

Joscelin ein Zeichen, worauf dieser schnell hineinschlüpfte. Simon verriegelte hinter ihm die Tür und zeigte ihm den niedrigen Heuschober in der Nähe der Mauer. Drinnen roch es nach trockenem Gras, und der feine Staub, den ihre Füße aufwirbelten, kitzelte und stach in der Nase.

»Hierher wird niemand komen«, sagte Simon leise. »In den Ställen liegt noch genug Heu. Es ist warm und trokken hier. Sei leise und geh nicht hinaus! Mein Onkel ist heute beim Abt zum Abendessen eingeladen, und ich werde ihn begleiten, aber vorher bringe ich dir noch etwas zu essen und zu trinken. Du kannst dich mit dem Heu abtrocknen.«

»Mir kommt es vor wie ein Palast«, sagte Joscelin und drückte dankbar den Arm seines Freundes. »Ich werde dir das nicht vergessen. Was auch immer geschehen wird – ich werde immer wissen, daß ich einen Freund habe, auf den ich mich verlassen kann und der nicht glaubt, daß ich ein Dieb bin. Aber denk daran: Wenn es zum Schlimmsten kommt, werde ich lieber allein untergehen, als dich mit mir hinabziehen.«

»Überlaß Simons Wohlergehen getrost einem, der ihn liebt wie sich selbst, und kümmere du dich um das deinige. Ich komme schon zurecht«, sagte der junge Mann mit einem selbstbewußten Lächeln. »Aber jetzt muß ich gehen. Er wird bestimmt schon nach mir rufen, damit ich ihm helfe, sich für den Vespergottesdienst anzukleiden. Das ist der Preis, den er dafür zu zahlen hat, daß er mit dem Abt speist.«

Bruder Cadfael sah sie beim Vespergottesdienst: Huon de Domville trug ein kostbares, in Rot und Schwarz gehaltenes Gewand, der Kanonikus Eudo wirkte unerschütterlich zurückhaltend und asketisch, wie ein viel jüngerer Prior Robert, der nach Heiligkeit strebte, aber nichtsdestoweniger auch weltliche Dinge wohl im Auge behielt, und auf dem sonnengebräunten, offenen Gesicht unter den Locken des athletisch gebauten jungen Knappen Simon Aguilon, der sich diskret im Hintergrund hielt, lag – wohl infolge der ungewöhnlichen Ereignisse des Tages – ein ernster Schatten.

Auch die Picards nahmen am Gottesienst teil, aber Cadfael fiel auf, daß weder die Braut noch die Zofe gekommen war. Am späten Nachmittag hatte er Iveta zweimal gesehen, aber beide Male wieder in Begleitung ihres Onkels und ihrer Tante. Sie hatte ruhig und gefaßt gewirkt, ihr Gesicht war blaß, aber stolz und selbstbewußt gewesen, und immer schien jenes leichte Lächeln um ihre Lippen zu spielen; aber nur jenes eine Mal war sie wirklich allein und ohne Aufsicht gewesen und hatte Gelegenheit gehabt, frei auszusprechen, was sie dachte und empfand. Und das hatte sie getan und gesagt, was niemand erwartet hatte. Es führte kein Weg daran vorbei: sie war zutiefst enttäuscht von Joscelin Lucy und hatte mit einer Entschlossenheit, die man ihr auf den ersten Blick nicht zugetraut hätte, alle Gedanken an ihn aus ihrem Herzen verbannt. Sie hatte sich für die Heirat entschieden – möglicherweise mit bitteren Nachgedanken an einen weit angenehmeren Traum, der sich jedoch beim Erwachen als Illusion erwiesen hatte.

Aber wenn es so war, dann war sie viel zu arglos, viel zu leicht zu überzeugen, fand Cadfael. War nicht in Benjamins Sack ein Becher versteckt gewesen, der den Vorwand für seine Gefangennahme lieferte? Und war nicht seit biblischen Zeiten dieselbe List immer und immer wieder angewendet worden? Aber sie war noch sehr jung, und vielleicht war ihre Liebe so unschuldig gewesen, daß es keiner großen List bedurft hatte, ihre allzu schnell verschenkte Zuneigung ins Gegenteil zu verkehren. Das Schlimme an einem so offensichtlichen Verdacht, wie er gegen Joscelin Lucy bestand, war jedoch, daß er sich als begründet erweisen konnte.

Er sah die Gäste nach dem Vespergottesdienst zum Haus des Abtes gehen. Agnes Picard kehrte ins Gästehaus zurück. Für Cadfael gab es im Augenblick nichts zu tun. Er begab sich zum Abendessen der Mönche ins Refektorium und danach in den Kapitelsaal, wo aus der Heiligen Schrift vorgelesen wurde, aber aus irgendeinem Grund mangelte es ihm sowohl an Appetit als auch an Konzentration.

Das Essen beim Abt war zweifellos ausgezeichnet, aber danach blieben die Gäste nicht sehr lange bei ihm sitzen. Nach der Komplet hatte Cadfael noch seine Kräuterküche abgesperrt, bevor er sich zu Bett legte, und wollte gerade ins Dormitorium gehen, als er im Schein der Torlaterne sah, daß Domville und sein Knappe die Pferde bestiegen und sich von Picard verabschiedeten, um zum Haus des Bischofs zurückzukehren. Der Kanonikus Eudo verbrachte offenbar die Nacht im Haus des Abtes, um mit diesem noch alle Einzelheiten der morgigen Hochzeitszeremonie zu besprechen.

Der joviale Klang ihrer Stimmen verriet, daß sie Wein getrunken hatten, wenn auch gewiß nicht übermäßig viel, denn Radulfus schätzte Mäßigkeit und ließ nur so viel servieren, wie er für angemessen erachtete. Im gelben Licht der Laterne waren die drei Gestalten in allen Einzelheiten zu erkennen. Das Gesicht des Barons verriet seine ausschweifende Zügellosigkeit, aber dennoch zeugte seine Erscheinung von körperlicher und geistiger Kraft und von einem erheblichen Reichtum. Er war keineswegs ein kleiner, unbedeutender Mann. Picard dagegen war in jeder Hinsicht zierlicher – ein dunkler, listiger, fähiger Mann, dessen Verschlagenheit eine gute Ergänzung zu Domvilles brutaler Kraft bildete. Gemeinsam konnten diese beiden jedem Gegner die Stirn bieten. Der junge Mann besaß ein ausgeglichenes Temperament. Er wartete geduldig und beflissen und war anscheinend in eigene Gedanken versunken. Gewiß freute er sich schon auf sein Bett.

Cadfael sah ihn den Steigbügel seines Herrn halten und glaubte fast, sein unterdrücktes Gähnen zu hören, bevor Domville sein Pferd in Bewegung setzte. Dann bestieg auch Simon Aguilon behende sein Pferd und lenkte es, die Zügel in einer Hand haltend, neben das Domvilles. Der Knappe war gewiß stocknüchtern und war sich wahrscheinlich bewußt, daß es seine Aufgabe war, seinen Herrn sicher nach Hause und ins Bett zu bringen. Picard hob eine Hand und winkte ihnen nach. Die beiden Pferde trabten gemächlich zum Tor hinaus, und dann verklang das Trappeln der Hufe auf der Straße, die durch die Klostersiedlung führte, langsam in der Ferne.

In der Klostersiedlung herrschte Dunkelheit. Nach mehreren nebligen Nächten hatte der mondlose Himmel, an dem die Sterne funkelten, aufgeklart. Die Luft war klar und kalt. In ein oder zwei Fenstern leuchtete Kerzenschein. Am Tor zum Haus des Bischofs warfen die Bäume zu beiden Seiten der Straße tiefe, dunkle Schatten.

Die beiden Reiter hielten auf der Straße vor dem Tor an. Obwohl sie leise sprachen, trugen ihre Stimmen weit in der Stille der Nacht. »Geh schon hinein, Simon«, sagte Domville. »Mir steht der Sinn nach etwas frischer Luft. Die Knechte sollen sich schlafen legen.«

»Und Eure Kammerdiener, Sir?«

»Sie sollen sich auch schlafen legen. Sag ihnen, ich brauche sie erst wieder morgen früh, eine Stunde nach der Prim, es sei denn, ich rufe nach ihnen. Das sind meine Anweisungen, und ich erwarte, daß sie befolgt werden.«

Der junge Mann antwortete nichts und neigte den Kopf. In der Dunkelheit war die Bewegung kaum wahrzunehmen. Der Mann, der sich hier, so gefährlich nahe der Stadt, im Schatten verborgen hielt, hörte das leise Rascheln eines Umhangs und das Klirren des Geschirrs, als ein Pferd sich bewegte. Gehorsam lenkte Simon sein Pferd auf den Hof, und Domville schüttelte die Zügel und ritt, zunächst im Schritt, dann aber in einem leichten, zielstrebigen Trab, in Richtung Saint Giles.

Auf der grasbewachsenen Böschung folgte ihm der Schatten mit langen, geräuschlosen, unregelmäßigen Schritten. Für einen Lahmen, dessen Fuß die Krankheit zerfressen hatte, war er überraschend schnell, doch er konnte nicht lange

Schritt halten. Aber solange er das stete Hufgetrappel hören konnte, folgte er dem Reiter durch die Klostersiedlung, an dem Hospital und der Kirche vorbei, und dann weiter auf der Landstraße, die nach Worcester führte. Plötzlich erstarb das Geräusch, das sich stetig entfernt hatte, und der Mann hielt kurz inne, um zu bestimmen, nach welcher Seite der Reiter von der Straße auf einen grasbewachsenen Nebenweg abgebogen war. Bis zu dieser Stelle setzte er seinen Weg, langsamer als zuvor, fort.

Rechts der Straße fiel das Gelände zu jenem Tal ab, das vom Meole-Bach und dem Mühlkanal, der von diesem abzweigte, durchflossen wurde. Auf der Böschung standen in größeren Abständen Bäume und Büsche, während der Baumbestand unten im Tal dichter war. Ein grasbewachsener Weg führte hinunter. Er war so breit und eben, daß man auch nachts bequem auf ihm reiten konnte, besonders jetzt, da die Sterne funkelten und gut die Hälfte der Blätter bereits gefallen waren. Diesen Weg war Huon de Domville geritten – aber die Nacht war still, und es war nichts zu hören oder zu sehen.

Langsam ging der alte Mann nach Saint Giles zurück, wo seine Leidensgenossen schliefen und er der einzige war, der die Nacht durchwachte. Er ging nicht ins Haus, obwohl die Vordertür nie verriegelt war, für den Fall, daß ein Unglücklicher in der Kälte der Nacht eine Zuflucht suchte. Vor Morgengrauen mochte es recht kühl werden, aber die Nacht war ruhig und von süßen Düften erfüllt. In solch einer stillen Nacht ließ sich gut nachdenken, und Kälte machte dem Mann nichts aus. Draußen vor dem Zaun, an der Friedhofsmauer, lag ein großer Haufen getrocknetes Gras, das von der Böschung zwischen dem Hospital und der Straße stammte. In ein oder zwei Tagen würde es in die Scheune gebracht werden und dort als Futter und Streu für die Tiere Verwendung finden. Der alte Mann wickelte sich in seinen Umhang und setze sich mit dem Rücken zum weichen, wärmenden Heuhaufen auf den Boden. Die Klapper, die in seinem Gürtel steckte, legte er neben sich. Weit und breit war kein Mensch, den er vor einem Aussätzigen hätte warnen müssen.

Er schlief nicht. Er saß hochaufgerichtet mit im Schoß gefalteten Händen da, die verstümmelte Linke in der unversehrten Rechten. Nichts in dieser Nacht war so still und reglos wie er.

Joscelin hatte eine Weile im Heu geschlafen. Simon hatte ihm, wie versprochen, Brot, Fleisch und Wein gebracht, und auch seine Kleider waren inzwischen getrocknet; er hatte oftmals unbequemer geschlafen. Nur seine Gedanken ließen ihm keine Ruhe. Simon hatte natürlich leicht reden, als er ihm versprach, ihm in ein oder zwei Tagen, unter dem Vorwand, der Grauschimmel brauche Bewegung, sein Pferd zu bringen. Er würde zwar so seinem Freund zur Flucht verhelfen, wenn der Eifer der Männer des Sheriffs nachgelassen hatte, wie es ja zwangsläufig der Fall sein würde. Aber was hatte er, Joscelin, davon? Morgen schon sollte Iveta geopfert werden, und eine Flucht ohne sie kam für ihn nicht in Frage. Er war Simon dankbar, daß er ihn zu diesem Schlupfwinkel geführt hatte, und zweifellos war es auch nur vernünftig, sich nicht von hier fortzurühren, bis sich alles beruhigt hatte. Das war ein gutgemeinter Rat, aber Joscelin hatte nicht die Absicht, ihn anzunehmen. Gegen eine Atempause hatte er nichts einzuwenden, aber er mußte etwas unternehmen, um die Trauung morgen früh um zehn Uhr zu verhindern, sonst war alles verloren.

Hier war er nun – mutterseelenallein. Er wurde verfolgt, man würde auf ihn schießen, wenn er sich zeigte, er hatte weder eine Waffe noch einen Plan, und es blieb ihm nur eine Galgenfrist von einigen Stunden.

Er kam schnell zu dem Schluß, daß er hier, in diesem Heuschober, nichts unternehmen konnte und daß er dieses Versteck nur im Schutz der Dunkelheit würde verlassen können. Selbst wenn er sich einen Dolch hätte verschaffen und unbemerkt ins Haus, in Domvilles Schlafgemach, hätte schleichen können, wäre ihm das kaum von Nutzen gewesen. Über einen Mord ließ sich leicht reden, aber Bruder Cadfael hatte vollkommen recht gehabt: Er war nicht fähig, einen Menschen zu töten – jedenfalls nicht heimlich und hinterrücks. Und wenn er Domville offen zum Zweikampf herausforderte, würde der ihm nur ins Gesicht lachen, bevor er ihn dem Sheriff übergab – und zwar nicht aus Feigheit, das mußte man ihm lassen. Es gab auf dieser Welt kaum etwas, vor dem Domville Angst hatte, und auf dem Turnierplatz gab es nicht viele, die ihm gleichkamen. Ich bin zwar kein schlechter Schwertkämpfer, dachte Joscelin, aber obwohl er so viel älter ist als ich, würde er mich ohne große Schwierigkeiten besiegen. Nein, nicht aus Angst, sondern aus Verachtung würde er meine Herausforderung ablehnen.

Es sei denn…, es sei denn, ich würde ihn vor dem Abt und dem Kanonikus und den Gästen und allen anderen beleidigen, ihm ins Gesicht schlagen, irgend etwas tun, das seine Würde verletzt und ihm eine Schmach zufügt, die nur durch einen öffentlichen Zweikampf ausgelöscht werden kann. Dafür würde er nicht mehr den Sheriff und das Gesetz bemühen, dafür würde er davon absehen, mich auf langsamere Art zu vernichten, und nur noch danach trachten, mein Herz mit seinem Schwert zu durchbohren. Dafür würde er Iveta und die Hochzeit und alles andere vergessen – jedenfalls so lange, bis er die Beleidigung gerächt hätte. Und was noch mehr ist: Wenn ich ihn so weit bringen könnte, wäre er gezwungen, sich an alle Regeln zu halten, mir Atempausen zu lassen, mir ein Schwert zu geben, das ebenso lang ist wie das seine, und mich ehrenhaft zu töten. Denn das muß man ihm lassen – mit Waffen kämpft er fair, auch wenn er anscheinend keine Bedenken hat, mich mit erfundenen Beschuldigungen und falschen Beweisen zu vernichten.

Und wer weiß…, wer weiß? Vielleicht geben mir Ivetas

Gebete und mein Zorn – denn schließlich hat er mich übel behandelt! – so viel Kraft, daß ich ihn doch besiegen kann. Dann wäre wenigstens sie frei, selbst wenn ich aufgrund seiner falschen Anschuldigungen aufgehängt werde.

Wenn er die Sache ehrlich betrachtete, war er mit diesem Schluß allerdings nicht sehr zufrieden, und das nicht einmal nur deshalb, weil er diesem Schicksal nur zu gern entgangen wäre. Nein, Iveta mußte nicht nur von ihrem verabscheuungswürdigen Bräutigam, sondern auch von ihrem Vormund befreit werden, dem ausschließlich an ihrem Erbe, nicht aber an ihr selbst gelegen war, und der sie dem nächsten passenden Brautwerber ebenso schnell verkaufen würde, wie er sie Domville verkauft hatte. Aber selbst ein Aufschub war ein Lichtblick. Alles konnte sich ändern. Vielleicht starb Picard bald. Es kam jetzt nur darauf an, die Hochzeit zu verhindern!

Wenn er etwas erreichen wollte, mußte er sich irgendwie in die Nähe des Klosters schleichen und dort seinen Plan in die Tat umsetzen. Der Weg über die Klostersiedlung kam nicht in Frage, denn auf der Straße würde man ihn sehen, und das Torhaus und die Seitentür, durch die die Gemeinde Zutritt zur Kirche hatte, würden bewacht werden, soviel war sicher. Das Kloster war von hohen Mauern umgeben, ausgenommen die Seite, an der der Meole-Bach entlangfloß, und den konnte er durchwaten oder durchschwimmen. Wasser stellte für Joscelin kein Hindernis dar. Wenn es ihm gelang, die Straße zu überqueren, war der Weg in das Tal frei, und er würde sich auf der anderen Seite des Baches bis zum Kloster schleichen können. Dort gab es Büsche und Baumgruppen, die ihm Deckung gewähren würden. Und der Sheriff würde ihn ohnehin zunächst flußabwärts suchen.

Raschelnd erhob er sich von seinem Heulager. Der trockene Staub stieg ihm in die Nase, und er unterdrückte ein Niesen. Für einen Mann, der drauf und dran war, sich einem Baron in den Weg zu stellen und ihn zum Zweikampf herauszufordern, bot er gewiß einen lächerlichen Anblick, aber darin lag seine einzige Hoffnung. Und um diese Hoffnung am Leben zu erhalten, mußte er über die Straße und in die Bachniederung gelangen, solange es noch dunkel war. Schuldbewußt dachte er an Simon, der es gut mit ihm meinte und ihn hierher gebracht hatte, damit er wie ein Hase in der Sasse wartete, bis die Gefahr vorüber war.

Er hatte keine Ahnung, wie lange die Nacht noch dauern würde, aber als er vorsichtig die Tür des Heuschobers öffnete und in den Garten sah, war es noch immer beruhigend dunkel. Die Stille paßte nicht so gut in seinen Plan; das Rascheln einer leichten Brise in Büschen und Bäumen hätte das Geräusch seiner Schritte besser verdeckt. Und sobald er aus dem Schatten der hohen Mauer getreten war, kam ihm die Dunkelheit nicht mehr so undurchdringlich vor wie zuvor. Aber dies war seine einzige Chance, und es war kein Laut zu hören. Er schob den Riegel des Gartentors zurück, öffnete es, schlüpfte hindurch und tastete sich an der Garteneinfriedung entlang. Einige Bäume und ein Fußweg trennten das Grundstück vom Nachbarhaus, und auf diesem Weg kam er zur Straße. Er hielt inne und lauschte. Hier, über der Straße, hing ein schwacher Lichtschimmer – die Nacht mußte doch schon weiter vorgerückt sein, als ihm lieb sein konnte. Er mußte sich beeilen.

Leichtfüßig rannte er über die Straße und hatte schon fast das Gras auf der anderen Seite erreicht, als sein Fuß an einen Stein stieß, der mit einem kratzenden Geräusch beiseite rollte. Irgendwo in der Klostersiedlung rief jemand etwas, ein anderer antwortete leiser, und er hörte das Geräusch rennender Füße auf sich zukommen. Das mußten die Wächter sein, die auf den Straßen außerhalb der Stadt patrouillierten. Joscelin rannte weiter, den steilen, grasbewachsenen Abhang hinunter, an dessen Fuß der Mühlkanal floß, blieb jedoch stehen und ging hinter einem Busch in Dekkung, als er von unten Rufe von Männern hörte, die den anderen oben auf der Straße antworteten. Auch dieser Weg war ihm also versperrt. Dort unten waren zwei der Männer, die das Gelände zwischen den Straßen absuchten, und sie kletterten jetzt eilig den Abhang hinauf auf ihn zu.

Noch hatte ihn keiner von ihnen gesehen, aber ihm blieb nur eine Hoffnung: Er mußte in kürzester Zeit einen möglichst großen Vorsprung vor seinen Verfolgern gewinnen, und das bedeutete, daß er auf der Straße fliehen mußte. Nur dort konnte er hoffen, schneller zu sein als die Männer des Sheriffs. So schnell er konnte, kletterte er den Abhang hinauf und rannte auf dem grasbewachsenen Seitenstreifen der Straße in Richtung Saint Giles. Hinter sich vernahm er die Rufe der Männer unten im Tal und hörte, was die anderen oben auf der Straße antworteten: »Der Dieb! Schnell, kommt herauf!«

Die beiden auf der Straße rannten ihm nach, aber er hatte einen guten Vorsprung und war zuversichtlich, daß er ihnen entkommen und ein gutes Versteck kurz vor dem Wachtposten finden würde, der gewiß an jeder Straße aufgestellt worden war. Aber im nächsten Augenblick hörte er ein Geräusch, das ihm das Blut in den Adern gefrieren ließ: Hinter ihm ertönte Hufgetrappel, das gerade vom weichen, grasbewachsenen Boden auf die harte Straße überwechselte. Die beiden Wachen aus der Bachniederung waren beritten.

»Hinterher! Er ist auf der Straße – ihr könnt ihn leicht einholen!« schrie einer von denen, die ihn zu Fuß verfolgten.

Sie jagten im Galopp heran, und jetzt bestand keine Hoffnung mehr, ihnen zu entkommen. Es hatte auch keinen Zweck, die Straße zu verlassen, denn zu viert würden sie ihn bestimmt finden. Er rannte, so schnell er konnte, erreichte Saint Giles und sah sich verzweifelt nach einem Versteck um, konnte jedoch keines entdecken. Zu seiner Linken erhob sich auf der Böschung der aus Weidenruten geflochtene Zaun des Hospitals, an den sich die Friedhofsmauer anschloß. Hinter ihm stießen seine Verfolger, obwohl sie ihm noch nicht allzu nahe gekommen waren, Triumphschreie aus. Die Kurve, die die Straße hier machte, hatte ihn ihren Blicken entzogen.

Aus der Dunkelheit an der Friedhofsmauer rief ihn plötzlich eine leise, aber energische Stimme an: »Hierher! Schnell!«

Instinktiv schlug Joscelin die Richtung ein, aus der die Stimme gekommen war. Keuchend stolperte er die Böschung hinauf und wurde von einem langen Arm gepackt. Eine schlanke, große Gestalt in einem weiten, dunklen Umhang hatte sich vom Boden erhoben und grub hastig eine Höhlung in einem Heuhaufen, der an der Mauer aufgeschichtet war. »Hier!« sagte die Stimme, die ebensowenig zu erkennen war wie das Gesicht. »Versteck dich hier!«

Kopfüber wühlte Joscelin sich in den Heuhaufen. Er fühlte, wie der alte Mann sich wieder auf den Boden setzte, seinen Umhang um sich zog und sich gegen den Heuhaufen lehnte, fühlte durch die Kleidung und das Heu hindurch das gerade, knochige Rückgrat. Bestimmt war es ein Mann, und bestimmt war er alt. Die leise Stimme, wenn sie auch klang, als sei sie durch irgend etwas gedämpft, hatte sich angehört wie die eines alten Mannes, aber die Schultern, die sich jetzt gegen ihn preßten, waren ebenso breit wie die Joscelins. Eine Hand streckte sich durch das raschelnde Heu nach hinten und packte sein Knie, um ihn daran zu erinnern, daß er sich keinesfalls bewegen durfte, und Joscelin erstarrte sofort. Den Mann, der ihn versteckt hatte, umgab eine eigenartige Stille – er strahlte eine Ruhe aus, die sich durch die Berührung auf Joscelin zu übertragen schien.

Sie kamen. Das Hufgetrappel wurde immer lauter, und dann hörte er, wie das erste Pferd so abrupt gezügelt wurde, daß die Hufe auf dem Kies der Straße rutschten. Joscelin war sicher, daß seine Verfolger den Mann an der Mauer bemerkt hatten; es war jetzt schon etwas heller geworden, und sie konnten die menschenleere Straße, die vor ihnen lag, weit übersehen. Er hörte einen Mann absteigen und hielt, in der Gewißheit, daß er jetzt gleich die Böschung hinaufsteigen würde, den Atem an.

»Unrein!« rief der alte Mann warnend und schlug laut die Klapper. Es wurde wieder still. Der Mann hatte innegehalten.

Der zweite Mann auf der Straße lachte. »Er müßte ja verrückt sein, wenn er sich bei den Aussätzigen verstecken würde, um nicht ins Gefängnis zu kommen.« Dann erhob er seine Stimme – wer alt und krank war, war gewiß auch schwerhörig. »Heh, du da! Wir verfolgen einen Burschen, der wegen Diebstahls gesucht wird. Er ist in diese Richtung geflohen. Hast du ihn gesehen?«

»Nein«, sagte der alte Mann. Seine Worte, die durch das Gesichtstuch gedämpft waren, kamen langsam heraus, als habe er Mühe, sie zu formen, aber mit Geduld und Konzentration gelang es ihm, deutlich zu sprechen. »Ich habe keinen Dieb gesehen.«

»Wie lange sitzt du schon hier? Hast du irgend jemanden vorbeikommen sehen?«

»Ich war die ganze Nacht hier«, antwortete der Mann langsam. »Hier ist niemand vorbeigekommen.«

Inzwischen hatten die beiden anderen, die ganz außer Atem waren, die Reiter eingeholt. Leise beratschlagten die vier Männer. »Er muß sich in die Büsche geschlagen haben und zurückgelaufen sein«, sagte einer. »Ihr geht zurück und sucht rechts der Straße. Wir reiten weiter bis zum Posten, um sicherzugehen, daß er uns nicht durch die Finger geschlüpft ist. Dort kehren wir um und suchen das Gelände links der Straße ab.«

Die Pferde setzten sich wieder in Bewegung, und langsam entfernte sich das Getrappel der Hufe. Die beiden Unberittenen schienen umgekehrt zu sein und suchten jetzt unter den Bäumen, wobei sie mit Stöcken in den Büschen stocherten, um ihr Opfer aufzuscheuchen. Es entstand eine lange Stille, und Joscelin hatte Angst, etwas zu sagen.

»Du kannst beruhigt sein, sie sind fort«, sagte der alte

Mann schließlich, ohne den Kopf zu wenden. »Aber vorerst müssen wir bleiben, wo wir sind.«

»Aber ich habe etwas zu erledigen«, sagte Joscelin leise und beugte sich vor, um seinen Mund möglichst dicht an das Ohr des Mannes zu bringen. »Ich danke Euch von ganzem Herzen, daß Ihr mich versteckt habt, aber ich muß es noch vor Tagesanbruch irgendwie schaffen, ins Kloster zu kommen, sonst ist die Freiheit, die ihr mir bewahrt habt, nichts wert. Ich habe dort etwas zu erledigen, um jemand anderem zu helfen.«

»Und was könnte das sein?« fragte der alte Mann ruhig.

»Ich muß, wenn es irgendwie möglich ist, die Hochzeit verhindern, die heute stattfinden soll.«

»Ah!« sagte die geduldige, bedächtige Stimme. »Warum? Und wie willst du das anstellen? Nein, du darfst dich jetzt noch nicht bewegen – sie werden zurückkommen, und hier muß alles genauso aussehen wie vorher: ein alter Aussätziger, der die Nacht draußen verbracht hat, weil er lieber Sterne als ein Dach über dem Kopf hat.« Das Heu raschelte; es klang, als habe der Mann einen tiefen Seufzer getan. »Hast du verstanden, warum sie weitergeritten sind? Hast du Angst vor Aussätzigen, mein Junge?«

»Nein«, antwortete Joscelin, überlegte kurz und verbesserte sich: »Ja! Ich hatte Angst, zumindest dachte ich es. Ich weiß nicht. Ich weiß nur, daß ich noch mehr Angst davor habe, bei dem, was ich tun muß, zu versagen.«

»Wir haben viel Zeit«, sagte der alte Mann. »Wenn du mir etwas erzählen willst – nur zu, ich höre.«

Nur einem wie diesem, dem er durch eine Fügung des Schicksals begegnet war und dem er sofort vertraute, konnte Joscelin sein Herz ausschütten. Plötzlich schien es das natürlichste Ding der Welt zu sein, sich diesem alten Mann vorbehaltlos anzuvertrauen und nichts von seiner verbotenen Liebe, dem Unrecht, das ihm geschehen war, und dem noch größeren Unrecht, das man Iveta zufügen wolle, zu verschweigen. Mitten in der Erzählung drückte die Hand wieder warnend auf sein Knie, und wenig später ritten die beiden Männer des Sheriffs wieder vorbei in Richtung Shrewsbury. Als der Hufschlag verklungen war, fuhr Joscelin fort, wo er innegehalten hatte.

»Und darum wolltest du dich irgendwo im Kloster verstecken«, sagte der Alte, als Joscelin geendet hatte, »um dann plötzlich vorzutreten und deinen ehemaligen Herrn so zu beleidigen, daß er keinen Zweikampf würde ablehnen können, ohne sein Gesicht zu verlieren?«

»Ich sehe keinen anderen Ausweg«, seufzte Joscelin. Insgeheim mußte er aber zugeben, daß sein Plan, so formuliert, nicht besonders erfolgversprechend klang.

»Dann laß dir nur Zeit bis zum Tagesanbruch«, sagte Lazarus. »Eine Klapper, ein Umhang und ein Gesichtstuch können dich ebenso gesichtslos und namenlos machen wie jeden anderen. Aber eines kann ich dir sagen: Huon de Domville hat heute nacht nicht in seinem Bett geschlafen. Er ist hier vorbei ausgeritten und ein Stück weiter die Straße hinunter nach rechts abgebogen. Ich habe die ganze Nacht hier verbracht, und wenn er keinen anderen Weg genommen hat, ist er noch nicht zurückgekehrt. Ich nehme an, daß er auf demselben Weg zurückreiten wird, und bevor er hier vorbeigekommen ist, wird kein Bräutigam vor dem Altar erschecken. Wir können ja abwechselnd nach ihm Ausschau halten, damit wir seine Rückkehr nicht verpassen. Aber was, wenn er nicht kommt?«

Es war die seltsamste Nacht, die Joscelin je erlebt hatte, und auch der seltsamste Tagesanbruch. Die Strahlen der aufgehenden Sonne durchbrachen den leichten Nebel, der mit dem ersten Licht des Tages aufgekommen war, aber unten, in der Niederung, auf der anderen Seite der Straße, lag er in dichten Schwaden. Von Huon de Domville jedoch war weit und breit nichts zu sehen.

»Bleib in deinem Versteck«, sagte Lazarus schließlich, »bis ich wieder da bin.« Er erhob sich und ging in das Hospital, um gleich darauf mit einem Mantel, wie er ihn trug, und einem blauen Gesichtstuch aus Leinen zurückzukehren. »Du kannst jetzt herauskommen und das anziehen. Oder fürchtest du dich, das Gewand eines Toten zu tragen? Er liegt auf dem Friedhof dort drüben. Wenn einer hier stirbt, bleiben seine Kleider im Hospital – es sind genug davon da. Das Unterkleid wird verbrannt, aber den Mantel wäscht man aus, damit ein anderer ihn tragen kann. Der, dem dies gehört hat, muß ziemlich groß gewesen sein. Du wirst sehen, daß dir dieser Mantel paßt.«

Wie ein Kind oder wie einer, der einen so seltsamen Traum erlebt, daß er seinem Führer bedingungslos vertrauen muß, tat Joscelin alles, was der Alte ihm sagte. In diesem Zustand kam es ihm nicht merkwürdig vor, einem Aussätzigen von seinen Sorgen zu erzählen, eine Kutte anzuziehen, die auch ihn zu einem Aussätzigen machte und dadurch schützte, und sich, ohne Furcht oder Abscheu zu empfinden, in das Hospital führen zu lassen, in dem diese Unglücklichen lebten. Er hatte die Hand, die sich ihm hingestreckt hatte, mit Dankbarkeit ergriffen. Er fragte nicht einmal, wie seine Anwesenheit unter den anderen Aussätzigen unentdeckt bleiben sollte. Gewiß war ihre Zahl bekannt, und er war zu groß, um übersehen zu werden. Vielleicht hatte Lazarus bereits dem einen oder anderen Bescheid gegeben, vielleicht aber merken es Menschen, die überall ausgeschlossen sind, auch instinktiv, wenn einer der Ihren in Not ist, und tun alles, um ihm zu helfen – jedenfalls nahmen die Aussätzigen Joscelin in ihre Mitte und verbargen ihn, als sie sich zur Prim in der Kirche versammelten.

Rings um sich her sah er alle möglichen Verstümmelungen und Entstellungen, und er stellte fest, daß ihn eine große, bis dahin nicht gekannte Demut überkam. Es war lange her, daß er dem Gottesdienst mit einer solchen Ergriffenheit gelauscht und sich wirklich als Mitglied einer Gemeinde gefühlt hatte.

Lazarus hatte dem kleinen Bran die Aufgabe übertragen, die Straße draußen im Auge zu behalten. Der Junge kannte den Mann, nach dem er Ausschau halten sollte, ja nur zu gut. Alles wurde Joscelin von anderen abgenommen, und da er ihre Hilfe im Augenblick nicht ablehnen und auch keine Gegenleistungen anbieten konnte, blieb ihm nichts anderes übrig, als wie die anderen demütig den Kopf zu neigen und Gott von ganzem Herzen für die Gnade zu danken, die er ihm heute erwies. Und das tat er auch.

5

Sie hatten Iveta schon früh geweckt, denn schließlich mußte sie sorgfältig zurechtgemacht werden. Agnes und Madlen badeten sie, kleideten sie an und schmückten sie. Sie flochten ihr blondes Haar zu einem Dutzend schimmernder Zöpfe, die von einem feingesponnenen Netz zusammengehalten wurden, und setzten ihr ein goldenes, mit Edelsteinen besetztes Diadem auf. Ein Schleier aus gesponnenem Gold hing über ihren Nacken und ihre Schultern und floß wie ein glänzender Wasserfall über die Goldstickerei ihres Kleides. Stumm, mit ausdruckslosem Gesicht, ließ sie alles über sich ergehen, und ihr Gesicht war so bleich, daß ihr Elfenbeinschmuck dagegen stumpf wirkte. Gehorsam drehte und wendete sie sich, neigte den Kopf, wenn man sie dazu aufforderte, und tat alles, was man ihr sagte. Als sie fertig war, stellte man sie in die Mitte des Zimmers, wo sie dastand wie eine Heiligenfigur, an deren Gewand jedes Fältchen dort saß, wo es hingehörte, und befahl ihr, sich nicht zu bewegen, damit die Pracht keinen Schaden nahm. Sie rührte sich nicht vom Fleck und beklagte sich mit keinem Wort, während Agnes und Madlen sich in nicht weniger kostbare Gewänder kleideten.

Ihr Onkel kam, ging mit kritisch zusammengekniffenen Augen um sie herum, zupfte an den Falten ihres Schleiers, damit er noch symmetrischer über ihre Schultern fiel, und gab seiner Zufriedenheit Ausdruck. Wenig später kam der Kanonikus Eudo, heuchlerisch und scheinheilig wie immer, beglückwünschte sie nicht so sehr zu ihrer Schönheit und ihrem herrlichen Gewand als vielmehr zu dem großen Glück, das ihr zuteil wurde, und ermahnte sie, sie müsse ihrem Onkel und ihrer Tante dankbar dafür sein, daß sie diesem Glück den Weg bereitet hätten. Die Gäste trafen ein, bewunderten und beneideten sie und gingen, um ihre Plätze in der Kirche einzunehmen.

Um zehn Uhr – sonst begann um diese Zeit das Hochamt – nahmen die Diener hinter ihr Aufstellung, und sie ging an Picards Arm zum Hauptportal des Gästehauses, um von dort ihrem Bräutigam zugeführt zu werden, sobald dieser erschien.

Nur ein Umstand störte den perfekt geplanten und bis zu diesem Augenblick reibungslosen Ablauf der Feierlichkeiten: Der Bräutigam kam nicht.

Während der ersten zehn Minuten wagte niemand, nicht einmal Picard, einen Seitenblick oder ein Murmeln. Huon de Domville war ein Mann, der sich nicht nach den Regeln anderer richtete, sondern selbst Regeln aufstellte, und obwohl diese Heirat für ihn zweifellos gewinnbringend war, empfand er sie doch als unter seinem Stand. Diese Verspätung war äußerst unhöflich, aber niemand zweifelte daran, daß er kommen würde. Als jedoch weitere zehn Minuten verstrichen waren und noch immer kein Hochzeitszug im Tor erschienen oder von der Straße her das Trappeln vieler Hufe zu vernehmen war, wurde man langsam unruhig. Iveta stand in der großen Tür des Gästehauses, bemerkte die Verwirrung, die alle in ihrer Umgebung ergriffen hatte, und begann aufzuatmen. Sie ließ sich nichts anmerken – aber ihr Gesicht bekam wieder etwas Farbe, und ihr Mund entspannte sich, so daß ihre Lippen aussahen wie Rosenblätter.

Gemessenen Schrittes trat Kanonikus Eudo aus der Kirche, aber seine eleganten Bewegungen konnten seine Aufregung nicht verbergen. Er sprach leise mit Picard, der die Stirn in ärgerliche Falten gelegt hatte. Bruder Cadfael, der sich verspätet hatte und aus dem Garten herbeieilte, um seinen Platz unter den Klosterbrüdern einzunehmen, sah nur die Braut und konnte seine Augen nicht von diesem kleinen, goldenen Püppchen abwenden, das sie aus ihr gemacht hatten. Unter all dem Brokat und den Goldfäden schienen nur ihr kleines Gesicht und der Hoffnungsfunke echt zu sein, der sich aus den Tiefen ihrer leuchtenden, irisblauen Augen emporarbeitete.

Sie war eine der ersten, die das eilige Hufgetrappel auf der Straße hörte, und wenn sie es auch nicht wagte, den Kopf zu wenden, so richtete sie doch ihre Augen auf Simon Aguilon, der in Festkleidung auf den Hof ritt, dem Bruder Pförtner die Zügel seines Pferdes zuwarf und mit großen Schritten und offenbar sehr aufgeregt auf das Portal des Gästehauses zuging.

»Mylord, ich bitte um Vergebung! Ich weiß auch nicht…, etwas ist nicht in Ordnung.« Er zog den Kanonikus Eudo hinzu, und die drei steckten die Köpfe zusammen, während Agnes mit gerunzelter Stirn die Ohren spitzte. Was gesagt wurde, war allerdings ohne große Mühe zu verstehen. Auch der Abt und der Prior waren aus der Kirche getreten und warteten in einiger Entfernung mit beherrschten, aber ungehaltenen Gesichtern. Man würde ihnen sehr bald eine Erklärung geben müssen.

»Gestern nacht, als wir von hier zum Haus des Bischofs zurückritten… Natürlich tat ich, was er mir befahl. Ich stelle seine Anordnungen nie in Frage – wie könnte ich das? Er sagte, ihm stehe der Sinn danach, ein wenig auszureiten, und ich solle den Dienern sagen, sie sollten zu Bett gehen, denn er brauche ihre Dienste heute nacht nicht mehr, sondern erst, wenn er heute morgen nach ihnen riefe. Also tat ich, wie er mir befohlen hatte. Ich dachte, er würde in seinem Bett liegen, wenn sein Kammerdiener ihn weckte. Ich selbst hatte verschlafen. Die anderen weckten mich eine gute halbe Stunde nach der Prim und sagten, er sei nicht da und sein Bett unberührt.« Der junge Mann hatte seine Stimme erhoben, so daß alle Umstehenden ihn hören konnten. Niemand unterbrach ihn – aller Aufmerksamkeit war auf Simon Aguilon gerichtet.

»Ehrwürdiger Vater«, wandte sich Simon mit einer hastigen Verbeugung an den Abt, »wir fürchten, daß meinem

Herrn etwas zugestoßen ist. Seit er mir befahl, mich zu Bett zu begeben, hat ihn niemand mehr gesehen. Und gewiß wäre er ohne Verspätung hier eingetroffen, wenn er gekonnt hätte. Er muß sich irgendwie verletzt haben – vielleicht durch einen Sturz vom Pferd... Es ist gefährlich, nachts auszureiten, aber er hatte eine Vorliebe dafür. Ein loser Stein oder der Eingang zu einem Fuchsbau...«

»Er ließ Euch also am Haus des Bischofs zurück«, fragte Radulfus, »und ritt allein weiter?«

»Ja, in Richtung Saint Giles. Aber ich weiß nicht, welchen Weg er danach eingeschlagen hat oder wo er hin wollte, wenn er überhaupt ein Ziel hatte. Er hat mir nichts gesagt.«

»Zunächst wäre es vielleicht das beste, man würde diese Straße absuchen und sich erkundigen, ob ihn jemand gesehen hat«, bemerkte Radulfus trocken.

»Das haben wir getan, Ehrwürdiger Vater, jedoch ohne Erfolg. Der Superior des Hospitals hat ihn nicht gesehen, und wir haben die Straße noch weiter abgesucht, ohne ihn zu finden. Bevor wir die Suche weiter ausdehnen, wollte ich Euch, aus Höflichkeit, Bescheid geben. Aber ich habe mit einem der Unteroffiziere des Sheriffs gesprochen, der mit einer Patrouillie den Wald nach dem Gefangenen durchsuchte, der ihnen entkommen ist, und er und seine Männer werden auch nach meinem Herrn Ausschau halten. Er hat einen Mann ausgeschickt, dem Sheriff zu berichten, was vorgefallen ist. Ihr werdet verstehen, Ehrwürdiger Vater, daß ich nicht wagte, zu früh Alarm zu schlagen oder irgend etwas in Zweifel zu ziehen, das mein Herr tut, aber ich glaube, es ist jetzt an der Zeit, eine gründliche Suche nach ihm zu beginnen. Vielleicht liegt er irgendwo verletzt und kann sich nicht aus eigener Kraft erheben.«

»Das ist auch meine Meinung«, sagte der Abt und wandte sich höflich Agnes Picard zu, die aufmerksam neben ihrem Mann stand und eine Hand besitzergreifend auf Ivetas brokatdurchwirkten Ärmel gelegt hatte. »Ich bin sicher, daß unsere Sorgen sich als grundlos erweisen und wir Mylord

Domville unversehrt finden werden. Es war gewiß nur eine Kleinigkeit, die ihn aufgehalten hat. Dennoch wäre es gut, wenn Ihr mit Eurer Nichte wieder hineingehen und Euch in Euren Gemächern ausruhen würdet, während diese Herren – und die Mönche unseres Klosters, wenn sie es wollen – ausziehen und nach dem Bräutigam suchen.«

Agnes nickte kurz und besorgt und verschwand mit ihrer Nichte im Haus. Die Türen ihrer Gemächer schlossen sich hinter ihnen. Die ganze Zeit hatte Iveta nicht ein Wort gesagt.

Sie sattelten ihre Pferde, stiegen auf und ritten zum Tor hinaus. An der Suche beteiligten sich alle Männer, die als Gäste an den Hochzeitsfeierlichkeiten teilnehmen wollten, die Knechte und Pagen, die zum Haus des Bischofs gehörten, eine Abteilung bewaffneter Männer von der Burg, viele der jüngeren Klosterbrüder und Novizen und einer der Klosterschüler, der die Neuigkeiten gehört und sich versteckt hatte, bevor irgend jemand ihn sehen und in die Schule schikken konnte. Natürlich würde er später wahrscheinlich dafür büßen müssen, aber im Augenblick war er bereit, dieses Risiko auf sich zu nehmen.

Die Berittenen begaben sich zu der Stelle, wo Domville sich von seinem Knappen verabschiedet hatte, um dann in Richtung Saint Giles weiterzureiten. Da sich die Straße gabelte, teilten sie sich in zwei Gruppen und begannen, das Gelände rechts und links der beiden Straßen zu durchkämmen. Diejenigen, die zu Fuß gingen, suchten auf den Nebenwegen, die sich durch den Wald am Fluß oder am Mühlkanal vorbei in das Tal des Meole-Baches und dann weiter durch Gras- und Baumland zogen.

Dieser Gruppe schloß Cadfael sich an. Die Männer schwärmten aus, um so viel Gelände wie möglich abzusuchen, und gingen vom Klostergelände zu beiden Seiten des Baches in südlicher Richtung. In dieser mit vielen Bäumen bestandenen Gegend würde ein Reiter offenes Gelände oder gute Wege bevorzugen, und obendrein war Domville vom Haus des Abtes aufgebrochen, und daher war es sinnlos, das Gelände in unmittelbarer Nähe des Klosters genau abzusuchen. Also beeilten sie sich, das Kloster hinter sich zu lassen und befanden sich bald unterhalb des Hospitals. Hinter den Büschen, die die Straße säumten, war der kleine Turm der Kirche gerade noch zu erkennen.

Ab hier setzten sie ihren Weg langsamer fort und zogen die Kette weiter auseinander, um einen möglichst großen Teil des Geländes zu durchkämmen. Sie kannten hier jeden noch so kleinen Weg und folgten jedem ein Stück weit. Sicher waren die Männer auf der anderen Seite der Straße ebenso weit vorgedrungen und setzten ihren Weg in derselben Richtung fort, aber bis jetzt war noch kein Ruf erklungen, der die anderen herbeirief oder die Suche für beendet erklärte.

Inzwischen waren sie etwa eine halbe Meile hinter Saint Giles, und das mit kleinen Baumgruppen bestandene Gras- und Weideland ging langsam in Wald über. Die hohe Böschung der Straße war hier ziemlich steil, und erst ein gutes Stück weiter, wo der Abhang flacher wurde, führten Wege quer zu der Richtung, die die Männer eingeschlagen hatten, in die Niederung hinunter. Bald kamen sie an einen breiten, grasbewachsenen Weg, der in südwestlicher Richtung von der Straße abzweigte und sich dort, wo der Wald dichter wurde, etwas verengte. Er querte die beiden Bäche, die hier schmal und steinig waren, und führte, wie Cadfael jetzt einfiel, in den Großen Wald, der einige Meilen entfernt war.

Sie hatten diesen Weg gerade erreicht, als der Junge, der ihnen in seinem Eifer vorausgeeilt war, aufgeregt den Weg entlang gerannt kam und mit dem Arm hinter sich deutete.

»Da hinten steht ein Pferd auf einer Lichtung, mit Sattel und Zaumzeug, aber ohne Reiter!«

Er jagte wieder zurück, die Männer ihm dicht auf den Fersen. Der Weg führte gut sichtbar weiter durch den dichten Wald und verbreiterte sich plötzlich zu einer kleinen, grasbewachsenen Lichtung. Und hier stand, friedlich weidend, Huon de Domvilles großer schwarzer Hengst, der jetzt, angesichts der vielen Männer, die auf ihn zukamen, verwundert den Kopf hob. Das Geschirr war in Ordnung, und der Hengst zeigte keine Verletzung, aber von seinem Reiter fehlte jede Spur.

»Wenn er in der Nähe seines vertrauten Stalls gewesen wäre«, sagte der Junge aufgeregt und nahm stolz die Zügel, »wäre er nach Hause gelaufen, und man hätte gemerkt, daß irgend etwas nicht in Ordnung ist. Aber er kennt sich hier nicht aus, und darum ist er einfach stehengeblieben, als er keine Angst mehr hatte.«

Das klang vernünftig, und der Junge brannte darauf, die Suche fortzusetzen. Es konnte jedoch gut sein, daß das, was sie finden würden, nichts für die Augen eines Kindes war. Cadfael warf Bruder Edmund, der neben ihm stand, einen Blick zu und sah, daß dieser denselben Gedanken hatte. Wenn Pferd und Reiter durch ein Mißgeschick getrennt worden waren und sie das Pferd als erstes gefunden hatten, war Huon de Domville wahrscheinlich auf dem Rückweg gewesen, als das Unglück sich ereignete; und wenn er die ganze Nacht dort gelegen hatte, wo das Pferd ihn abgeworfen hatte, war sein Zustand ernst. Er war ein zäher, entschlossener Mann, der sich durch eine geringfügige Verletzung nicht aufhalten lassen würde.

»Ein Pferd, das sich erschreckt, dreht sich nicht um, sondern rennt geradeaus weiter«, fuhr der Junge fort. »Das stimmt doch, oder? Sollen wir weitergehen?«

»Du«, sagte Cadfael, »darfst das Pferd zum Haus des Bischofs bringen und den Leuten dort sagen, wo wir es gefunden haben. Und danach gehst du auf dem schnellsten Weg zum Unterricht. Wenn du dir eine gute Geschichte einfallen läßt, bekommst du vielleicht nicht einmal eine Strafe.«

Der Junge machte ein enttäuschtes Gesicht und begann zu widersprechen.

»Los!« befahl Cadfael kurz und schnitt alle Einwände ab.

»Du darfst ihn reiten. Hier, gib deinen Fuß her... so!« Er verschränkte die Hände und hob den Jungen in den Sattel, bevor dieser Zeit hatte, sich zu entscheiden, ob er sich freuen oder entrüstet sein sollte. Das Gefühl, auf einem guten Pferd zu sitzen, gab schließlich den Ausschlag: Mit zufriedener, wichtiger Miene nahm er die Zügel, ignorierte die Steigbügel, die viel zu lang für ihn waren, grub dem Hengst die Fersen in die Seiten und schnalzte so lässig mit der Zunge, als reite er alle Tage ein so gutes Pferd.

Als sie ihm lange genug nachgesehen hatten, um sicher zu sein, daß er tun würde, wie man ihn geheißen hatte, und nicht gleich wieder vom Pferd fiel, setzten sie ihren Weg fort. Am Ende der Lichtung verschwand der Weg wieder zwischen Bäumen. Wo das Gras nicht so dicht wuchs und der Boden weich war, sahen sie hier und da einen Hufabdruck. Sie hatten etwa eine Viertelmeile zurückgelegt, als Bruder Edmund, der an der Spitze ging, plötzlich anhielt.

»Da ist er.«

Huon de Domvilles muskulöser, schwerer Körper lag mit ausgebreiteten Armen auf dem Rücken. Der Kopf ruhte auf den Wurzeln einer großen Eiche. Die Bäume standen hier dicht, und die tiefen Schatten verschluckten die bunten Farben seiner Kleider, so daß das gerötete Gesicht mit den weit aufgerissenen, blutunterlaufenen Augen auf einem Meer grüner Dunkelheit zu schwimmen schien. Die brutale Kraft, die es ausgestrahlt hatte, schien geschmolzen zu sein wie das Wachs einer Kerze. Es war gut gewesen, das Kind zurückzuschicken, bevor es ihnen vorauseilen und in seiner Unschuld diesen Fund machen konnte, der ihm zu früh eine Ahnung vom Bösen in der Welt gegeben hätte.

Cadfael schob Edmund beiseite, trat vor und kniete neben dem reglosen Körper nieder, und einen Augenblick später folgte Edmund ihm und kniete auf der anderen Seite. Er war es gewöhnt, alten Menschen beim Sterben Beistand zu leisten, aber dabei handelte es sich um einen Tod, der durch hingebungsvolle Pflege und die Anwesenheit vertrauter, geliebter Menschen so sanft wie möglich sein sollte. Dieses abrupte Ende eines Mannes in der Blüte seiner Jahre aber erschreckte und entsetzte ihn. Die beiden Novizen und der Laienbruder, die ihnen gefolgt waren, traten näher heran und blieben schweigend stehen.

»Ist er tot?« fragte Bruder Edmund und im selben Moment wurde ihm bewußt, wie töricht diese Frage war.

»Seit einigen Stunden schon, wahrscheinlich seit dem Morgengrauen. Er fühlt sich kühl an, aber noch nicht kalt.« Cadfael fuhr mit der Hand unter den schweren Kopf, um ihn anzuheben, und spürte klebriges, geronnenes Blut. Hoch auf dem Hinterkopf, hinter dem linken Ohr und über dem Haarkranz, der den kahlen Schädel umgab, fand er eine Platzwunde, aus der das jetzt langsam trocknende Blut geflossen war. Dort, wo der Kopf gelegen hatte, und noch eine Handbreit darüber, fanden sich auf der Rinde der Eiche blutverschmierte Spuren des Aufschlags. Vorsichtig tastete Cadfael die Wunde ab, konnte aber keine Stelle entdecken, die einem Druck nachgab – der Schädelknochen schien unverletzt geblieben zu sein.

»Er hat einen schweren Sturz vom Pferd getan«, vermutete Edmund, der ihm zusah, »und ist mit dem Kopf gegen diese Wurzel geschlagen. Könnte ein solcher Sturz ihn getötet haben?«

»Das wäre möglich«, sagte Cadfael geistesabwesend, hielt es aber für verfrüht, zu sagen, daß Domvilles Tod nicht auf den Sturz zurückzuführen war.

»Und dann hat er hier bewußtlos in der Kälte gelegen ...«

»Nein, er war nicht die ganze Nacht hier«, sagte Cadfael. »Das Gras unter ihm ist feucht vom Tau. Und wenn er gestürzt ist, dann rückwärts, und nicht nach vorn. Sein Pferd ist nicht gestrauchelt.« Der Leichnam lag nämlich schräg über dem Pfad, der Kopf ruhte an einem Baum rechts davon, und die Beine waren in Richtung des Baches ausgestreckt. »Es ist am frühen Morgen geschehen, und er wurde nach hinten aus dem Sattel geschleudert. Gewiß war er auf dem Rückweg zum Haus des Bischofs. Der Weg ist gut, jedenfalls für einen, der ihn kennt, aber ich vermute, daß es schon begann, hell zu werden, denn der schwere Sturz deutet darauf hin, daß er schnell geritten ist.«

»Sein Pferd wird sich aufgebäumt haben«, sagte Bruder Edmund. »Vielleicht hat irgendein kleines Tier es erschreckt...«

»Schon möglich.« Cadfael ließ Domvilles Kopf sinken, so daß er wieder dort ruhte, wo die Rinde des Baumes vom Blut verkrustet war. »Seit dem Sturz hat er sich nicht mehr bewegt«, sagte er mit Bestimmtheit. »Nur die Absätze seiner Stiefel haben sich hier im Todeskampf tief in den Boden gegraben.«

Ohne den Leichnam weiter zu untersuchen, erhob er sich, schritt auf dem Weg auf und ab und musterte die Bäume, die den Weg säumten. Einer der Novizen war umgekehrt und ging den Männern des Sheriffs entgegen, die gewiß vom Haus des Bischofs aufgebrochen waren, sobald der Junge mit Domvilles Pferd dort eingetroffen war. Man würde eine Bahre oder eine ausgehängte Tür brauchen, um den Leichnam zu transportieren. Cadfael entfernte sich einige Meter weit auf dem Weg und ging dann langsam auf die große Eiche zu, wobei er alle Bäume rechts und links des Weges ein gutes Stück über seinem Kopf eingehend untersuchte. Edmund sah ihm verständnislos zu.

»Wonach suchst du, Cadfael?«

Aber was immer es auch gewesen war – er hatte es bereits gefunden. Etwa vier Schritte von den Füßen des Toten entfernt blieb er stehen und betrachtete zwei Bäume, die einander gegenüber standen.

»Kommt her und seht euch das an, damit ihr es später bezeugen könnt.«

An jedem der Bäume war in derselben Höhe ein dünner Einschnitt in der Rinde zu erkennen.

»Zwischen diesen Bäumen war ein Seil gespannt – genau in Höhe der Kehle eines mittelgroßen Mannes auf einem großen Pferd, obwohl es ihn auch hätte stürzen lassen, wenn es in Brusthöhe angebracht gewesen wäre. Der Weg ist gut, und es war hell genug – also ritt er wahrscheinlich in einem leichten Galopp, denn sonst wäre er nicht mit solcher Wucht vom Pferd geschleudert worden. Ihr seht ja, wie weit er durch die Luft geflogen ist. Wahrscheinlich werden wir den Abdruck des Seils auf seiner Kehle finden.«

Schweigend folgten sie ihm zum Leichnam und sahen entsetzt zu, als er den Kragen des Mantels aufschlug und Domvilles Kehle freilegte. Unter dem Bart am fleischigen, muskulösen Hals war nicht nur der dunkelrote Einschnitt zu sehen, den das Seil hinterlassen hatte, sondern auch der dunkel angelaufene Abdruck zweier Hände. Die beiden Daumen hatten übereinander auf dem Adamsapfel gelegen, und, wie der Bluterguß, der sich dort gebildet hatte, bewies, den Kehlkopf eingedrückt.

Sie starrten noch in entsetztem Schweigen auf den Toten, als sich verschiedene Stimmen, von denen die des Sheriffs die lauteste war, auf dem Weg näherten. Die vier auf der Lichtung hatten einen grausigen Fund gemacht, aber bisher wußten nur sie, wie ungeheuerlich dieses Verbrechen war.

Cadfael schloß den Kragen über dem Hals des Toten und wandte sich mit seinen Gefährten Gilbert Prestcote und seinen Männern zu.

Nachdem der Sheriff alles in Augenschein genommen hatte, was Cadfael ihm zu zeigen hatte, hob man Huon de Domville auf eine Tragbahre und bedeckte sein Gesicht mit einem Zipfel des Mantels. Wo er gelegen hatte, steckte man ein aus zwei Stöcken gefertigtes Kreuz in den Boden, um die Stelle später besser wiederzufinden und noch einmal absuchen zu können. Dann trug man ihn zurück, allerdings nicht zum Haus des Bischofs, sondern zum Kloster, wo er von den Mönchen, die eigentlich Zeugen seiner Trauung hätten sein sollen, hergerichtet und in der Einsegnungskapelle aufgebahrt werden würde.

Bran, der, wenn er seine Kutte ablegte, zumindest auf den ersten Blick nicht von den anderen Kindern aus der Klostersiedlung zu unterscheiden war, kehrte von einem Erkundungsgang auf der Straße zurück, um den beiden großen, verschleierten Männern, die, ihre Klappern im Gürtel, an der Friedhofsmauer saßen, Bericht zu erstatten: »Sie haben ihn gefunden. Ich habe gesehen, wie sie ihn zurücktrugen. Sie haben ihn am Haus des Bischofs vorbeigetragen, und ich habe mich nicht getraut, ihnen weiter zu folgen.«

»Tot oder lebendig?« fragte Lazarus in seiner bedächtigen, durch das verwaschene blaue Gesichtstuch gedämpften Stimme. Der Junge hatte bereits Bekanntschaft mit dem Tod gemacht – es war nicht nötig, vorsichtige Umschreibungen zu gebrauchen.

»Sein Gesicht war zugedeckt«, sagte Bran und setzte sich neben die Männer auf den Boden. Er spürte das angespannte Schweigen des anderen, neuen Mannes, von dem man nur wußte, daß er jung und gesund war, und fragte sich, warum er zitterte.

»Sprich nicht«, sagte Lazarus ruhig. »Du hast eine Atempause und sie ebenfalls.«

Die Männer des Sheriffs setzten die Bahre im großen Hof des Klosters ab, und alle, die Huon de Domville gekannt hatten, eilten aufgeregt herbei und bildeten mit entsetzt geweiteten Augen einen stummen Kreis um den Leichnam. Keiner außer dem Sheriff, seinen Männern und Abt Radulfus, der sich energisch einen Weg durch die Menge bahnte, wagte es, näher heranzutreten. Picard kam mit einem wider alle Vernunft hoffnungsvollen Gesicht aus dem Gästehaus gestürzt und erstarrte beim Anblick der verhüllten Gestalt. Zögernd folgten ihm die beiden Frauen. Iveta sah aus, als werde sie im nächsten Augenblick unter dem Gewicht ihrer golddurchwirkten Gewänder zusammenbrechen, trat aber an die Bahre, ohne die Augen abzuwenden. Sie wollte Gewißheit haben. Dieser Tod mochte entsetzlich sein, aber für sie bedeutete er Leben. Warum hatte sie gestern ihre wahren Gefühle verborgen?

»Ehrwürdiger Vater«, sagte Prestcote, »wir bringen traurige Nachrichten. Mylord Domville ist tot. Diese Brüder Eures Klosters haben ihn gefunden. Er ist auf dem Waldweg, der nach Beistan führt, vom Pferd gestürzt. Sein Pferd graste unversehrt ein Stück weiter – es steht jetzt wieder in seinem Stall. Huon de Domville wurde abgeworfen und schlug mit dem Kopf gegen eine Baumwurzel. Es scheint, als sei er auf dem Heimweg gewesen, als das geschah. Ich bitte Euch, für seine Seele zu beten und Euch seines Leichnams anzunehmen, bis alles weitere geklärt ist. Unter den Hochzeitsgästen ist sein Neffe, und auch der Kanonikus ist ein Verwandter von ihm ...«

Simon stand stumm neben der Bahre. Er sah die reglose Gestalt zu seinen Füßen an, neigte den Kopf und schluckte hart.

»Die Ereignisse dieses Tages haben eine schlimme Wendung genommen«, sagte Radulfus ernst. »Unser Beileid gilt allen, die von diesem tragischen Verlust betroffen sind, und ich möchte sie bitten, unsere Gastfreundschaft, den geistlichen Beistand unseres Ordens und die Ungestörtheit unseres Gästehauses so lange in Anspruch zu nehmen, wie es ihnen beliebt. Dies ist eine Zeit der inneren Einkehr und des Gebets. Der Tod begleitet uns jeden Tag unseres Lebens, und wir sollten ihn nicht als Drohung, sondern als das Tor betrachten, das wir alle auf unserem Weg zur Gnade Gottes durchschreiten werden. Es gibt nicht mehr dazu zu sagen. Es ist besser, sich schweigend dem Willen Gottes zu beugen.«

»Mit Verlaub, Ehrwürdiger Vater«, sagte Picard mit einer Stimme, die zwar sehr höflich und respektvoll, aber auch kühl wie eine Klinge aus feinem Stahl klang. Cadfael hatte, allerdings mit wenig Erfolg, versucht, in seinem Gesicht zu lesen – er fand Entsetzen, Wut und Enttäuschung darin, gewiß, aber auch Berechnung. »Sollen wir hinter diesem

Schicksalschlag wirklich den Willen Gottes vermuten? Huon de Domville kennt diese Gegend, er besitzt ein Jagdhaus in der Nähe, nicht weit vom Großen Wald. Sein Leben lang hat er weder bei Tag noch bei Nacht einen Reitunfall gehabt. Sollen wir etwa glauben, daß er ausgerechnet am Vorabend seiner Hochzeit weniger vorsichtig gewesen ist als sonst, da Ihr doch ebensogut wie ich wißt, daß er nüchtern und noch keineswegs müde war, als er von hier aufbrach? Er sagte seinem Knappen, er wolle vor dem Zubettgehen noch etwas ausreiten – gewiß kein großes oder gefährliches Unternehmen. Und jetzt wird sein Leichnam gefunden, der Leichnam eines gesunden, kräftigen Mannes im besten Alter! Nein, ich kann nicht glauben, daß es ein Unfall war! Hier ist etwas Böses im Spiel, und ich werde nicht ruhen, bevor ich herausgefunden habe, was dahinter steckt!«

Es schien, als habe Prestcote absichtlich nicht die ganze Wahrheit erzählt, um zu sehen, ob einer der Zuhörer sich erleichtert darüber zeigte, daß Domvilles Tod einem Unfall zugeschrieben wurde. Wenn er solche Anzeichen entdeckte, als er seinen Blick mit zusammengekniffenen Augen über die Gesichter der Umstehenden schweifen ließ, so hatte er darin mehr Erfolg als Bruder Cadfael, der sich in der gleichen Absicht umsah. Nirgends bemerkte er auch nur einen Hauch von Schuld oder Angst in einem Gesicht, sondern nur – wie nicht anders zu erwarten – Trauer und Bestürzung.

»Ich habe mit keinem Wort gesagt, daß es ein Unglück war«, sagte der Sheriff unverblümt. »Nicht einmal daß er vom Pferd fiel, war ein Zufall. In Höhe seines Halses war zwischen zwei Bäumen ein Seil über den Weg gespannt. Aber er wurde nicht durch den Sturz getötet. Wer immer diesen Hinterhalt vorbereitet hatte, war dort, um sein Werk zu vollenden, solange Mylord Domville noch bewußtlos war. Er wurde von den Händen eines Mannes erwürgt.«

Die Menge schwankte, als werde sie von einem heftigen

Wind geschüttelt, und einige schnappten hörbar nach Luft. Der Abt sah auf und starrte Prestcote an.

»Wollt Ihr damit sagen, daß es Mord war?«

»Ja, es war ein kaltblütig geplanter und ausgeführter Mord.«

»Und wir wissen auch, wer der Mörder ist!« Picard beugte sich vor und erhob triumphierend seine Stimme. »Habe ich es nicht gesagt? Dies ist das Werk des Diebes, den Domville aus seinen Diensten entlassen hatte. Mit diesem Mord hat er sich rächen wollen. Wer sonst käme in Frage? Niemand anders hegte einen Groll gegen Domville. Joscelin Lucy ist der Mörder!«

In seinem Rücken leuchtete plötzlich ein golddurchwirktes Gewand auf. Hinter ihm stand Iveta und sah ihn zornig an. Sie, die gestern noch ein Opferlamm gewesen war, hatte sich in eine Wildkatze verwandelt. Ihre irisblauen Augen funkelten wie Amethyste. Ihre Stimme klang hoch und herausfordernd, ja sogar triumphierend und verächtlich, als sie rief:

»Das ist eine Lüge! Ihr wißt, Ihr alle wißt, daß das nicht stimmen kann! Habt Ihr vergessen? Wenn einer unschuldig ist, dann er, denn er sitzt seit zwei Tagen in der Burg von Shrewsbury im Gefängnis, und die Anschuldigung, die ihn dorthin gebracht hat, ist ebenso falsch wie die, die jetzt gegen ihn vorgebracht wird! Aber Gott sei Dank wird der Gefängnisschließer bezeugen können, daß Joscelin dieses Verbrechen nicht begangen haben kann.«

Im ersten Augenblick war Bruder Cadfael so benommen, als habe er einen Schlag auf den Kopf erhalten. Dann begann er langsam zu verstehen. Jetzt begriff er, warum sie die Fragen des Abts mit solch ruhiger Entschlossenheit beantwortet hatte. Man hatte sie abgeschirmt und ihr nichts von Joscelins Flucht erzählt, obwohl ihr dies eine Freude und ein Trost gewesen wäre. Und jetzt, da sie aus der vermeintlichen Gewißheit, daß Joscelin im Gefängnis saß, Trost schöpfte, würden sie ihr die Wahrheit ins Gesicht schleudern. Und sie waren schon dabei, Agnes wie immer schriller und bösartiger als ihr Mann.

»Dumme Gans, er ist *nicht* gefangen. Er ist geflohen, noch bevor sie ihn über die Brücke gebracht hatten, und er hat nur auf eine Gelegenheit gewartet, Rache zu üben...«

»Ein Dieb war er, und jetzt wird man ihn hetzen wie einen Wolf, denn er hat deinen Bräutigam ermordet! *Dafür wird er hängen*!«

Alle Lebenskraft, alle Zuversicht verschwand aus ihrem Gesicht. Einen Augenblick lang stand sie ganz still, und nur ein einziges Mal formten ihre Lippen ein lautloses »Nein!« Dann färbten sich ihre Wangen weißer als Schnee. Sie legte eine Hand auf ihr Herz und fiel zu Boden wie ein von einem Pfeil durchbohrter Vogel – ein kleines Häufchen zerknitterter Brokatstoff.

Die Zofe Madlen kam eilig herbei, und alle Frauen beugten sich über den kleinen, zerbrechlich wirkenden Körper. Picard stieß einen Schrei aus, der eher wütend als besorgt klang, beugte sich hinab, packte sie am Handgelenk und wollte sie hochzerren. Der Vorfall war ihm peinlich – er wollte das Mädchen aus seinen Augen und aus seinem Sinn haben. Cadfael fühlte sich verpflichtet, einzugreifen, bevor sie Iveta zwischen all diesen Röcken erstickten oder ihr einen Arm ausrenkten. Er drängte sich durch die Umstehenden hindurch und schob sie mit ausgebreiteten Armen zurück.

»Gebt ihr doch Luft! Sie ist in Ohnmacht gefallen, man darf sie jetzt nicht aufrichten!«

Bruder Edmund, der mit solchen Anfällen Erfahrung hatte, assistierte ihm, und da Abt Radulfus anwesend war, konnten die Gäste die tatkräftige Hilfe derer, die sich in diesem Kloster um die Kranken kümmerten, kaum zurückweisen. Selbst Agnes hielt sich, wenn auch mit kühlem, reserviertem Gesicht, zurück, als Cadfael sich neben Iveta kniete, ihren Kopf mit den Armen stützte und sie möglichst bequem bettete. »Gebt mir einen Mantel, damit ich etwas unter ihren Kopf legen kann. Und wo ist Bruder Oswin?«

Sogleich zog Simon seinen Mantel aus und rollte ihn zu einem Kissen zusammen, und Oswin löste sich aus der Gruppe von Novizen, die das Schauspiel mit großen Augen betrachteten, und eilte herbei.

»Geh und hol mir das Fläschchen mit Minz- und Klee-Essig, von dem Bord neben der Tür, und eine Flasche Bitterkräuterwasser! Und beeil dich!«

Vorsichtig bettete er ihren Kopf auf Simons zusammengerollten Mantel und begann, ihre Handgelenke zu reiben. Ihr kleines, spitzes Gesicht war so durchscheinend und weiß wie Eis. Oswin kam in einem beflissenen Trab herbeigeeilt und hatte darüber hinaus die richtigen Arzneimittel geholt. Es bestand also doch noch Hoffnung für ihn. Bruder Cadfael hielt das Fläschchen mit Essig, der beißend nach Minze und Sauerklee roch, unter Ivetas Nase und sah, wie die Nasenflügel bebten und sich weiteten. Iveta stieß ein flaches Husten aus, und die scharfen Linien ihrer Backenknochen und ihres Kinns wurden langsam weicher. Ihr Onkel, der sie der Pflege der beiden Ärzte überlassen hatte, setzte seine Tirade fort.

»Kann es denn irgendeinen Zweifel geben? Er ist ohne Waffen entkommen, und hat keine Möglichkeiten, sich welche zu beschaffen. Nur ein Mann, dem keine anderen Mittel zur Verfügung stehen, tötet mit seinen bloßen Händen. Er ist ein großer, starker Kerl und könnte eine solche Tat wohl ausführen. Niemand sonst hatte einen Grund, Huon de Domville zu hassen, aber *er* hegte einen bitteren Groll gegen ihn, und dies ist seine Rache gewesen. Jetzt geht es um seinen Kopf! Jetzt muß er wie ein tollwütiger Hund gejagt und, wenn es sein muß, niedergeschossen werden, denn er stellt für jeden, der sich ihm nähert, eine Gefahr dar. Mit dieser Tat hat er sein Leben verwirkt.«

»Meine Männer sind dabei, Feld und Wald nach ihm zu durchsuchen«, sagte Prestcote kurz, »und zwar seitdem eine Patrouille gemeldet hat, daß heute früh ein Mann bei der Klostersiedlung aufgestöbert wurde. Es war zwar noch nicht hell, und sie haben ihn nur ganz kurz gesehen, aber ich für mein Teil bezweifle, daß es Lucy war. Wahrscheinlich handelte es sich eher um einen kleinen Hühnerdieb, der nachts die Höfe unsicher macht. Aber die Suche geht weiter und wird erst eingestellt werden, wenn wir ihn gefaßt haben. Ich habe alle Männer ausgeschickt, die ich entbehren kann.«

»Auch meine Männer stehen zu Eurer Verfügung«, bot Picard ihm an, »und auch die von Huon de Domville. Wir alle sind verpflichtet, seinen Mörder zu stellen. Ihr zweifelt doch gewiß nicht daran, daß Joscelin Lucy sein Mörder ist?«

»Es scheint auf der Hand zu liegen. Diese Tat scheint aus einem verzehrenden Haß geboren zu sein, und wir wissen nicht, wer als Täter außerdem in Frage käme.«

Cafael kümmerte sich weiterhin um Iveta, aber nichts von dem, was gesagt wurde, entging ihm: Weder die knappen Worte des Abtes noch Picards rachsüchtige Ausbrüche oder die besonnenen Bemerkungen, die Prestcote über die fortgesetzte und ausgeweitete Suche nach Joscelin Lucy machte – der junge Mann wurde jetzt von allen verfügbaren Männern gejagt. Plötzlich sah Cadfael, daß die Farbe in Ivetas Gesicht zurückkehrte, und er bemerkte das zarte Flattern der Augenlider und das Beben der Schatten, den die langen, goldblonden Wimpern auf die Backenknochen warfen. Sie schlug ihre irisblauen Augen auf und sah ihn mit verständnislosem Schrecken an. Ihre Lippen öffneten sich. Wie zufällig legte er seinen Finger darauf und schloß kurz seine Augen. Die Gefahr, in der Joscelin schwebte, schärfte ihre Sinne weit mehr als die fast ausweglose Situation, in der sie selbst steckte. Ihre Augenlider, die von feinen Adern durchzogen waren wie die Blüten von Glockenblumen, senkten sich wieder, und sie lag da wie eine Bewußtlose, zeigte jedoch die ersten Anzeichen des Erwachens.

»Sie kommt gleich wieder zu sich. Wir können sie jetzt hineinbringen.«

Cadfael hob sie auf, bevor Picard oder Simon oder irgendein anderer ihn daran hindern konnte.

»Wenn sie erwacht ist, sollte sie sich einige Stunden ausruhen. Es war eine tiefe Ohnmacht.« Er staunte, wie leicht sie war – gewiß wogen ihre kostbaren Gewänder mehr als sie selbst. Und obwohl Iveta, dieses zierliche Geschöpf, so heldenhaft für Joscelin Lucy eingetreten war, schien sie, was ihr eigenes Schicksal betraf, resigniert zu haben. Selbst eine Anklage wegen Diebstahls, selbst eine Zelle in der Burg spendeten ihr anscheinend Trost, wenn dadurch die unendlich viel schwerere Anklage wegen Mordes vermieden werden konnte. Wenn sie wieder zu Bewußtsein gekomen war, würde sie zwischen der Angst um Joscelins Leben, das infolge dieses Mordes tatsächlich auf dem Spiel stand, und der Hoffnung, es könne ihm gelingen, zu fliehen, da er bis jetzt ja noch auf freiem Fuß war, hin und her gerissen werden. So, wie die Dinge lagen, konnte Iveta de Massard hoffen – aber wie lange noch?

»Würdet Ihr mir den Weg zeigen, Mylady...?«

Agnes raffte ihr kostbares Gewand und ging ihm voraus in ihr eigenes Gemach im Gästehaus. Man konnte nicht behaupten, dachte Cadfael, daß ihr nichts an ihrer Nichte lag. Schließlich stellte Iveta ihr größtes Kapital dar, und ihren weltlichen Besitz zu verteidigen, war sie immer bereit. Ihr hervorstechendstes Gefühl Iveta selbst gegenüber war jedoch Ungeduld und Mißbilligung. Zu dieser Stunde hätte sie bereits verheiratet sein sollen, und damit wäre ein einträgliches Geschäft besiegelt gewesen. Andererseits stellte sie immer noch einen erheblichen Wert dar, mit all den von ihrem Vater ererbten Besitztümern, Vorrechten und Wertgegenständen, zu denen auch das Schwert und der Helm des Paladins Guimar de Massard gehörten. Beides hatten die edelmütigen Sarazenen den Kreuzrittern zurückgegeben, und beide Erbstücke waren vermutlich die einzigen Gegenstände in Ivetas Besitz, die Picard nicht begehrte.

»Legt sie hier auf das Bett.« Agnes hatte, wie ihre mißtrauisch zusammengekniffenen Augen verrieten, keineswegs vergessen, daß er der Klosterbruder war, über dessen Mitwisserschaft sie beim Abt Klage geführt hatte; aber das war nun ohne Bedeutung, da Joscelin Lucy als Mörder gesucht wurde und Agnes' Seelenfrieden nicht mehr gefährden konnte. »Gibt es noch irgend etwas, das ich tun könnte?« Iveta lag auf ihrem zugedeckten Bett und seufzte leise. So viel Gold, dachte Cadfael, – als sei sie kein Mensch, sondern ein Schmuckstück.

»Wenn Ihr mir einen kleinen Becher geben könntet, damit ich ihr etwas von diesem Kräuterauszug einflößen kann, wenn sie wieder bei Bewußtsein ist. Es ist ein gutes, bitteres Stärkungsmittel und verhindert weitere Ohnmachtsanfälle. Und außerdem wäre es, glaube ich, gut, wenn es hier etwas wärmer wäre. Ein kleiner Holzkohleofen würde ausreichen.«

Ihr blieb nichts anderes übrig, als seine Bitten zu erfüllen. Sie würde ihn, wenn auch vielleicht nicht länger als fünf Minuten, mit Iveta allein lassen müssen. Ihre Zofen hatten draußen in der Halle gewartet. Agnes verließ das Zimmer, um ihre Anweisungen zu geben.

Iveta schlug die Augen auf. Das war derselbe Bruder, der sie und Joscelin im Schuppen überrascht hatte! Auf dem Hof hatte sie seine Stimme erkannt und sich mit jenem kurzen Blick vergewissert. Als sie jetzt versuchte zu sprechen, stiegen ihr die Tränen in die Augen. Aber er hörte ihr zu.

»Sie haben mir nichts erzählt! Sie haben gesagt, er könnte für den Diebstahl zum Tode verurteilt werden...«

»Ich weiß«, sagte Cadfael.

»Sie haben gesagt, wenn ich nicht alles täte, was sie wollten, wenn ich nicht alle Fragen richtig beantwortete, so daß niemand Verdacht schöpfte, würde Huon darauf drängen, daß er gehängt würde...«

»Ja, nur ruhig. Ja, ich weiß.«

»Aber wenn ich alles so täte, wie sie es wollten, würde er freigelassen werden...«

Ja, sie war bereit gewesen, sich – ihren Körper, ihren Willen, ihre Hoffnungen – zu verkaufen, damit Joscelin gerettet würde. Auch sie besaß Mut und Entschlossenheit.

»Ihr müßt ihm helfen!« sagte sie, und ihre großen Augen leuchteten wie blaue Blumen. Ihre kleine Hand, deren Knochen so zart schienen wie die eines Vogels, schloß sich um die Cadfaels. Der Griff war erstaunlich fest. »Er ist kein Dieb und kein Mörder..., das weiß ich!«

»Ich werde tun, was in meiner Macht steht!« flüsterte Cadfael und beugte sich über sie, um sie vor Agnes, die gerade eintrat, zu verbergen. Iveta reagierte schnell – sie verstummte und lag mit geschlossenen Augen da; ihre Hand war reglos ausgestreckt wie zuvor. Erst einige Minuten später schlug sie die Augen wieder auf und antwortete leise und verwundert, als Agnes sie, mit leichter Sorge, aber ohne große Freundlichkeit, fragte, wie es ihr jetzt gehe. Cadfael gab ihr seinen bitteren, aromatischen Trank ein.

»Sie muß jetzt schlafen«, sagte er beim Gehen, denn ihm lag daran, ihr die Ruhe zu verschaffen, die sie brauchte, und ihr die Gesellschaft von Menschen zu ersparen, deren Gegenwart für sie eine Qual war. »Solche Anfälle sind eine starke Belastung für den Körper. Wenn es der Ehrwürdige Vater gestattet, werde ich vor dem Vespergottesdienst noch einmal nach ihr sehen und ihr einen Sirup bringen, der sie gut schlafen läßt.«

Dies wenigstens würden sie ihr zugestehen. Sie befand sich in ihrer Gewalt und konnte nicht entfliehen, aber im Augenblick konnte man nichts anderes mit ihr anfangen. Domville war tot, und es waren jetzt neue Erwägungen erforderlich. Man würde sich nach einem anderen geeigneten Bräutigam umsehen müssen. Nein, sie war nicht erlöst – aber sie hatte eine Atempause. Nun war Zeit, die Umstände dieses gewaltsamen Todes zu untersuchen und sich Gedanken über das Schicksal jenes unglücklichen jungen Mannes zu machen, dem die Schuld daran zugeschoben wurde. Es waren noch viele Fragen unbeantwortet, die zum Teil noch gar nicht gestellt worden waren.

Gegen Mittag kam einer der Bewaffneten, die die Felder und Gärten hinter den Häusern auf der nördlichen Seite der Klostersiedlung abgesucht hatten, zu seinem Sergeant und sagte: »Es gibt nur einen einzigen Garten in diesem ganzen Gebiet, den wir noch nicht abgesucht haben, und zwar den von Bischof de Clinton. Ich glaube, es wäre ein guter Gedanke, dort nachzusehen.« Und als man ihm vorhielt, nur ein Verrückter könne auf die Idee kommen, sich in der Höhle des Löwen zu verstecken, verteidigte er sich mit Entschiedenheit.

»Das ist gar nicht so verrückt! Stellt Euch vor, der Bursche könnte Euch hören, wie Ihr Euch über diesen Gedanken lustig macht! Wenn er sich dort versteckt hält, würde *er* derjenige sein, der darüber lacht, daß Ihr das nicht für möglich haltet. Der Ort, der nicht in Frage zu kommen scheint, ist genau der Ort, der das beste Versteck für ihn abgibt. Und vergeßt nicht, daß sein Pferd noch dort ist, und wer sollte bei diesem ganzen Durcheinander schon darauf achten, daß der Stall auch wirklich abgeschlossen ist?«

Der Sergeant mußte zugeben, daß diese Möglichkeit vielleicht doch nicht so abwegig war, und befahl seinen Männern, den Garten, die Stallungen und Schuppen, die Obstgärten, mit einem Wort: das ganze Gelände innerhalb der Mauern zu durchsuchen. Schließlich öffnete man auch den Heuschober an der rückwärtigen Mauer. Zwar fand man Joscelin Lucy nicht mehr, aber man stieß auf Spuren, die eindeutig bewiesen, daß jemand sich dort versteckt hatte: ein Stück Brot und einen halb aufgegessenen Apfel sowie einen klar erkennbaren Abdruck, den ein schlanker Körper im Heu zurückgelassen hatte. Joscelin Lucy kannte diesen Ort, und die Tür in der Gartenmauer war nicht verriegelt. Jeder konnte sich denken, wer der verschwundene Besucher gewesen war.

Der Mann, der darauf bestanden hatte, auch hier zu suchen, bekam zwar keine Belobigung für eine Festnahme, konnte sich aber Hoffnungen auf eine Beförderung machen und war alles in allem nicht unzufrieden mit dem Ausgang dieser Sache.

6

Huon de Domville lag nackt unter einem Leintuch in der Friedhofkapelle aufgebahrt, und um die Bahre herum standen der Abt, der Prior, der Sheriff, der Neffe und Knappe des Toten, Sir Godfrid Picard, der zu dieser Zeit eigentlich schon Domvilles angeheirateter Verwandter hätte sein sollen, und Bruder Cadfael.

Simon Aguilon war soeben erst von der anstrengenden Suche nach dem Mörder zurückgekehrt und trug noch immer Mantel und Handschuhe. Er sah erschöpft und sorgenvoll aus, was nur zu verständlich war, da er als nächster Verwandter des Ermordeten bestimmen mußte, was weiter zu geschehen hatte. Picard kaute auf seinem schwarzen Bart und wog die Verluste und die Möglichkeiten, die sich ihm nunmehr eröffneten, gegeneinander ab. Radulfus stand reglos da und widmete seine ganze Aufmerksamkeit dem, was Cadfael zu sagen hatte.

Der Abt war ein Mann der Welt und der Kirche. Er verfügte über einen reichen Erfahrungsschatz, hatte aber bisher keine Bekanntschaft mit jener Art von Gewalt gemacht, die für Bruder Cadfael, der Soldat und Seemann gewesen war, nichts Neues war. Was Radulfus von den meisten welterfahrenen Männern unterschied, war, daß er genau wußte, welche Lücken sein Wissen aufwies, und daher bereit war, sich von anderen belehren zu lassen. Seine erste Sorge galt der Ehre und dem Ruf seines Klosters, und in diesem Fall mußte der Gerechtigkeit Genüge getan werden. Was Prior Robert betraf, so war er als Normanne außer sich darüber, daß ein normannischer Adliger ermordet worden war. Er wollte auf seine Art ebensosehr wie Picard, daß dieses Verbrechen gesühnt wurde.

»Die Kopfverletzungen allein«, sagte Bruder Cafael und

legte seine Hand auf das gewaschene und gekämmte Haar des Toten, »wären nicht tödlich gewesen. Aber infolge des Schlages war er benommen und dem Angriff wehrlos ausgeliefert. Und nun, seht hier...« Er schlug das Leintuch zurück, so daß Domvilles breite Brust und die kräftigen Oberarme entblößt waren. »Er fiel auf den Rücken, der Kopf schlug gegen die Wurzeln des Baumes, die Arme und Beine waren ausgestreckt. So fanden wir ihn – Sheriff Prestcote wird das bestätigen. Da er bekleidet war, konnte ich nicht sehen, was ich Euch nun zeigen werde. Betrachtet die Innenseite seiner Oberarme – seht Ihr die runden blauen Flecken dort? Nun stellt Euch vor, diese Arme seien seitlich ausgestreckt, und Ihr werdet Euch denken können, woher der Bewußtlose diese Blutergüsse hatte: Sein Mörder kniete sich auf die Arme seines Opfers und erwürgte ihn.«

»Hätte der Schmerz ihn nicht aus der Bewußtlosigkeit erwachen lassen müssen?« fragte der Abt ernst. Er hatte aufmerksam zugesehen, als Cadfael mit seinen kräftigen, gebräunten Fingern die Spuren zeigte, die der Mörder hinterlassen hatte.

»Er hat gewiß versucht, sich zu wehren.« Cadfael dachte an die Furchen, die Domvilles Stiefelabsätze in den weichen Waldboden gegraben hatten. »Aber es war lediglich der Körper, der sich wehrte, so wie Verwundete zucken, wenn man ihnen weitere Verletzungen beibringt, die abzuwehren sie nicht mehr die Kraft haben. Lord Domville war besinnungslos und konnte den Angreifer nicht abwerfen. Außerdem war der Mörder stark und entschlossen. Seht hier, wo beide Daumen, einer über dem anderen, gelegen haben: der Adamsapfel ist eingedrückt.«

Er hatte bisher noch keine Gelegenheit gehabt, den Abdruck der Hände, die Domville erwürgt hatten, genauer zu untersuchen. Unterhalb des gestutzten Bartes hatte das Seil eine dunkelrote Linie hinterlassen. Das Blut war inzwischen abgewaschen worden, und die dunklen Würgemale waren deutlich zu sehen.

»Es sieht so aus, als sei der Verbrecher ein grausamer, rachsüchtiger Mann«, sagte Prestcote.

»Oder ein sehr ängstlicher«, bemerkte Cadfael. »Einer, der zu einer Verzweiflungstat greift, einer Tat, die ihm gar nicht ähnlich sieht, die ohne große Vorbereitungen ausgeführt wurde. Vielleicht wollte er Lord Domville gar nicht töten.«

»Es könnte sein, daß Ihr von ein und demselben Mann sprecht«, sagte Radulfus bedächtig. »Gibt es noch irgend etwas, das der Leichnam uns über den Mörder verraten kann?«

Cadfael bemerkte etwas, das er bis dahin übersehen hatte: Auf der linken Seite des Halses, etwa dort, wo der Mittelfinger der rechten Hand des Mörders gelegen haben mußte, war quer über dem Würgemal eine kleine Wunde zu sehen, als habe sich dort ein scharfkantiger Stein in das Fleisch gedrückt. Cadfael betrachtete die kleine, unbedeutende Wunde und kam zu dem Schluß, daß sie wahrscheinlich keineswegs unbedeutend war.

»Eine kurze Schnittwunde«, sagte er und untersuchte sie genauer. »Und gleich daneben hat sich etwas tief in die Haut eingedrückt. Der Täter trug einen Ring am mittleren oder am Ringfinger der rechten Hand. Nach der Größe des Eindrucks zu schließen muß es ein Ring mit einem großen Stein gewesen sein. Und er muß recht locker am Finger gesessen haben, denn er hat sich beim Zugreifen gedreht. Gewiß trägt der Mörder ihn am Mittelfinger, denn wenn er am Ringfinger zu lose säße, hätte er ihn gewiß auf den Mittelfinger gesteckt. Ich kann mir nicht vorstellen, wie es sonst zu einer solchen Verletzung gekommen sein könnte.« Er sah auf in die aufmerksamen Gesichter der Umstehenden. »Hat Joscelin Lucy jemals einen solchen Ring getragen?«

Picard zuckte die Schultern. Nach einigem Nachdenken sagte Simon: »Ich kann mich nicht erinnern, einen solchen Ring an ihm gesehen zu haben. Aber ich kann auch nicht mit Sicherheit sagen, daß er nie einen hatte. Ich werde Guy fragen – vielleicht weiß er es.«

»Wir werden das feststellen«, sagte der Sheriff. »Habt Ihr sonst noch etwas bemerkt?«

»Nein, sonst fällt mir nichts mehr ein. Außer, daß es sich vielleicht lohnen würde, herauszufinden, was Lord Domville zu dieser Zeit auf diesem Waldweg zu tun hatte.«

»Aber wir wissen nicht, wann der Mord verübt wurde«, gab Prestcote zu bedenken.

»Das stimmt. Wir können nicht genau sagen, wie lange er schon tot war – es bleibt ein Spielraum von mehreren Stunden. Allerdings war der Boden unter ihm feucht. Es gibt jedoch einen anderen Punkt, der von Interesse ist: Alle Zeichen deuten darauf hin... Nein, wir wollen unserer Sache nicht allzu sicher sein, darum will ich lieber sagen: Alle Zeichen *scheinen* darauf hinzudeuten, daß er auf dem Heimweg war, als er überfallen wurde. Dieser Hinterhalt wurde gelegt, bevor er die Stelle erreicht hatte. Wer immer ihm dort auflauerte und ihn dann tötete, mußte daher wissen, wo Lord Domville gewesen war und auf welchem Weg er zurückkehren würde.«

»Oder er ist ihm im Schutz der Dunkelheit gefolgt und hat dann seinen Plan in die Tat umgesetzt«, sagte der Sheriff. »Wir wissen inzwischen, daß Lucy sich in einem Heuschober im Garten des Bischofs verborgen, sein Versteck aber nach Einbruch der Dunkelheit verlassen hat. Er könnte seinem Herrn in böser Absicht gefolgt sein. Wie die ganze Dienerschaft wußte auch er, daß Domville hier im Kloster zu Abend essen würde. Es war ihm also ein leichtes, in einem Versteck auf seine Rückkehr zu warten, und als er sah, daß Domville allein weiterritt und seinen Knappen zu Bett schickte, nahm er die Gelegenheit wahr, Rache zu nehmen. Es bleibt kaum ein Zweifel, daß Lucy der Mann ist, den wir suchen.«

Es gab nichts mehr zu sagen. Überzeugt, daß seine Schlußfolgerungen richtig waren, nahm der Sheriff seine

Suche wieder auf; und angesichts der Tatsachen, dachte Cadfael, konnte man ihm keinen Vorwurf machen – der Fall schien eindeutig. Huon de Domvilles Leichnam wurde Bruder Edmund und seinen Helfern übergeben, und man erteilte Martin Bellecote, dem Tischlermeister der Stadt, den Auftrag, einen Sarg anzufertigen, denn schließlich mußte er in einem ordentlichen Sarg und mit standesgemäßer Pracht beerdigt werden – ganz gleich, ob das Begräbnis hier oder anderswo stattfinden sollte. Sein Leichnam konnte über den Mörder keine weiteren Aufschlüsse geben.

Das jedenfalls dachte Cadfael, bis er in seinem Schuppen Bruder Oswin von dem gewaltsamen Tod und der Untersuchung erzählte, als sie die Bohnen für die Aussaat im nächsten Frühjahr aussortierten. Oswin hörte aufmerksam zu. Als Cadfael geendet hatte, sagte er scheinbar zusammenhangslos: »Wie merkwürdig, daß er in einer Oktobernacht ohne Kopfbedeckung ausgeritten ist. Und dabei war er doch kahl.«

Wie vom Donner gerührt stand Cadfael mit ein paar Bohnen in der Hand da und sah seinen Gehilfen an. »Was hast du da gesagt?«

»Na ja, er war ein alter Mann, und in einer kalten Nacht auszureiten, ohne etwas auf dem Kopf...«

Ihm war sofort das einzige aufgefallen, das Cadfael entgangen war. Domville hatte das Kloster nicht barhäuptig verlassen, soviel war sicher. Cadfael hatte ihn selbst davonreiten sehen: Domville hatte eine Kappe aus feinem rotem Filz mit aufgebogenen Rändern und herabhängenden goldenen Fransen getragen. Und dennoch hatte er es versäumt, die Stelle, an der man den Leichnam gefunden hatte, danach abzusuchen oder nach ihrem Verbleib zu fragen.

»Mein Sohn«, sagte Cadfael mit einem breiten Lächeln, »ich habe dich wieder einmal unterschätzt. Erinnere mich daran, wenn ich dir das nächste Mal zu sehr auf die Finger sehe. Natürlich trug er eine Kappe, und ich sollte mich besser gleich daran machen, sie zu suchen.«

Er fragte nicht, ob er das Kloster verlassen dürfe, sondern zog es vor, die Erlaubnis vom Vormittag, sich an der Suche zu beteiligen, auch auf die weiteren Nachforschungen in dieser Sache auszudehen. Wenn er sich beeilte, blieb ihm noch genug Zeit bis zum Vespergottesdienst, und der Ort des Verbrechens war ja mit dem improvisierten Kreuz markiert.

Das Gras an der Stelle, wo Domvilles Leichnam gelegen hatte, richtete sich bereits wieder auf, aber dennoch war der Abdruck des Körpers noch schwach zu erkennen. Cadfael suchte sowohl auf dem Weg als auch unter den Bäumen zu beiden Seiten, fand aber nichts. Plötzlich fiel ein Sonnenstrahl durch die Zweige der Bäume in ein dichtes Gebüsch und ließ die goldenen Fransen der Kappe aufleuchten. Infolge ihrer modischen Machart hatte sie nicht sehr fest auf Domvilles Kopf gesessen und war, als er vom Pferd fiel, in ein drei Meter vom Weg entferntes Gebüsch geschleudert worden. Cadfael hob sie auf. Sie war nach Art eines Turbans gemacht, und die Bahnen waren gut gewunden und hatten sich nicht gelöst, so daß sie immer noch die Form einer Kappe hatte, an deren Seite das Ende der Bahn, das in goldene Fransen auslief, elegant auf die Schulter des Trägers herabhing. In den dunkelroten Falten steckte etwas, das hellblau leuchtete. Bei seinem nächtlichen Ausritt hatte Huon de Domville sich mit einigen kleinen, himmelblauen Blumen geschmückt, die an geraden, dünnen Stengeln mit zarten, grünen Blättern saßen und selbst jetzt, nach einem ganzen Tag ohne Wasser, noch nicht verwelkt waren. Cadfael zog das Sträußchen aus den Falten der Kappe und betrachtete es staunend, denn diese Pflanze war, obwohl ihre Verwandten in dieser Gegend häufig anzutreffen waren, eine Seltenheit.

Er kannte sie gut, obwohl sie selbst an den schattigen Plätzen in Wales, wo er sie gelegentlich gesehen hatte, nur hin und wieder anzutreffen war. Seines Wissens gab es hier in England keine Stelle, wo sie wuchs. Wenn er ihren Samen brauchte, um Pulver oder Aufgüsse gegen Koliken oder Nierensteine zu bereiten, mußte er auf die weniger wirksamen Unterarten dieser Blume zurückgreifen. Wie kommt, fragte er sich, während er diese spät blühenden und jetzt etwas verblaßten Blumen betrachtete, ein Sträußchen Blauer Steinsame hierher? Er wußte mit Sicherheit, daß er diese Blumen nicht an Domville gesehen hatte, als dieser das Kloster verließ.

Es war bedauerlich, daß er keine Zeit hatte, weiterzugehen, aber er mußte zurück, um am Vespergottesdienst teilzunehmen und nach Iveta zu sehen. Er war langsam sehr neugierig, was das Ziel von Domvilles nächtlichem Ausritt gewesen sein mochte. Hatte Picard nicht ganz nebenbei erwähnt, der Baron habe ein Jagdhaus in der Nähe des Großen Waldes besessen? Vielleicht führte dieser Weg direkt von der Klostersiedlung zu jenem Jagdhaus. Natürlich war es möglich, daß dieses Haus irgendwo im Wald lag, aber vielleicht lohnte es sich dennoch, den Weg, den Domville geritten war, weiter zu verfolgen. Allerdings nicht heute – das kam nicht in Frage.

Cadfael steckte die Kappe und den kleinen Blumenstrauß in die Falten seiner Kutte und machte sich auf den Rückweg. Zweifellos war es seine Pflicht, beides zusammen mit den erforderlichen Erklärungen beim Sheriff abzugeben, aber im Augenblick war er sich nicht so sicher, ob er das wirklich tun würde. Die Kappe würde er natürlich aushändigen – aus ihr ließ sich nichts ersehen, das nicht schon bekannt gewesen wäre. Mit den kleinen Blumen doch verhielt es sich anders: Domville war dort gewesen, wo sie wuchsen, und in der ganzen Grafschaft konnte es nicht mehr als *einen* solchen Ort geben. In Gwynedd, wo Cadfael aufgewachsen war, gab es nur drei Stellen, wo Blauer Steinsame wuchs, und er war überrascht festzustellen, daß es die Pflanze auch in dieser Gegend gab. Und Prestcote war zwar ein ehrenwerter und gerechter Mann, aber seine Entscheidungen waren willkürlich, und er war von Joscelins Schuld bereits überzeugt. Wer außer ihm hätte einen Grund gehabt, den Baron zu hassen? Für Cadfael jedoch stand keineswegs fest, daß der junge Mann der Mörder war. Er ließ sich nicht durch bloßes Gerede täuschen. Es gab Menschen, die zu einem Meuchelmord imstande waren, und andere, bei denen das nicht der Fall war – und niemand würde ihn vom Gegenteil überzeugen können. Jeder konnte in eine Situation geraten, in der er fähig war, jemanden zu töten, aber nicht jeder war fähig, einen heimtückischen Mord zu begehen, indem er einem anderen ein Messer in den Rücken stieß oder ein Seil über einen Weg spannte.

Er kehrte zum Kloster zurück, gab die Kappe bei dem Sergeant ab, den Prestcote am Torhaus zurückgelassen hatte, und begab sich zu seinem Schuppen, um den Mohnsaft für Iveta zu holen.

Diesmal ließen sie ihn nicht einen Augenblick lang mit ihr allein. Die Zofe Madlen, die Agnes offenbar treu ergeben war, stand immer in Hörweite und betrachtete ihn mit argwöhnischen Augen, so daß er Iveta nur durch seine Anwesenheit und die Arznei, die er ihr brachte, seines Beistandes versichern konnte. Zumindest konnten sie Blicke wechseln und versuchen, etwas aus ihnen zu lesen. Und er konnte dafür sorgen, daß sie gut und tief schlief, während er darüber nachdachte, wie er ihr – und Joscelin Lucy? – am besten helfen konnte. Sie würde sich über eine Hilfe, die sich nicht auch auf ihren Liebsten erstreckte, gewiß nicht freuen, denn schließlich war sie bereit gewesen, ihre Zukunft für sein Leben zu opfern.

Als Bruder Cadfael zum Vespergottesdienst ging, trug er die kleinen blauen Blumen noch immer in seiner Kutte bei sich.

Den ganzen Tag über hatte Bruder Mark eine unbestimmte, aber beständige Unruhe gequält. Er hatte das Gefühl, daß irgendein Ereignis seine kleine Gemeinde aufgestört hatte. Bei der Prim, zu der alle mit Ausnahme von ein oder zwei kleinen Kindern sich in der Kirche versammelten, hatte es begonnen. Nicht daß er seine Schützlinge je zählte – wenn der eine oder andere sich kränker fühlte als sonst, war er nicht verpflichtet, am Gottesdienst teilzunehmen, und so schwankte ihre Zahl von Tag zu Tag. Außerdem gab es Kranke, die selbst während dieses kurzen Gottesdienstes nicht lange still sitzen konnten, so daß es immer etwas Unruhe und Bewegung gab. Nein, es war eher so, daß es ihm vorgekommen war, als sei das Licht in dieser kleinen, eigentlich nie besonders hellen Kirche heute noch spärlicher. Unter den Kranken gab es sechs oder sieben große Männer, aber er war mit ihren Verhaltensweisen und ihrem Gang vertraut und erkannte selbst die verschleierten unter ihnen an ihren Bewegungen und ihrer Haltung.

Ein- oder zweimal während der Prim hatte er geglaubt, eine hochgewachsene, verhüllte und verschleierte Gestalt auszumachen, die ihm fremd vorkam, aber jedesmal hatte er sie wieder aus den Augen verloren. Erst gegen Ende des Gottesdienstes dämmerte es ihm, daß die anderen Kranken immer wieder ihren Platz mit dem Eindringling tauschten.

In diesem Hospiz, dessen Türen jedem offenstanden, schien ›Eindringling‹ ein unangebrachtes Wort zu sein – und doch: Wenn der Fremde wirklich ein Aussätziger gewesen wäre, für den dieser Ort eine weitere Station seiner Wanderschaft war, dann hätte er sich ja bei Bruder Mark melden können, und dieses geheimnisvolle Versteckspiel wäre nicht nötig gewesen. Aber welcher Gesunde würde auf die Idee kommen, sich hier zu verstecken? Es müßte sich schon um jemanden handeln, der völlig verzweifelt war.

Mark war beinahe davon überzeugt, daß er sich getäuscht hatte, aber als er Brot, Haferflocken und Dünnbier zum Frühstück ausgegeben hatte, mußte er, obwohl er nie nachzählte – denn wer zählt schon, was er den Armen gibt? –, feststellen, daß mehr verbraucht war als sonst. Einer seiner Schützlinge mußte ein zweites Mal gekommen sein, um das Frühstück für einen anderen zu holen.

Natürlich wußte er, daß die Männer des Sheriffs das Gebiet zwischen Saint Giles und der Stadt absuchten, und am Vormittag hatte er auch von Huon de Domvilles Tod erfahren. Die Tatsache, daß die Aussätzigen aus der Gesellschaft ausgeschlossen waren, hatte noch nie verhindert, daß sich irgendwelche Neuigkeiten herumsprachen. Was immer in der Stadt oder im Kloster passierte, war kurz darauf auch im Hospiz bekannt, und darüber, wie Huon de Domville ums Leben gekommen war und daß nach seinem entflohenen Knappen gesucht wurde, war man genau informiert. Aber Bruder Mark hatte zuviel zu tun, um solchen Gerüchten große Aufmerksamkeit zu schenken. Zunächst einmal mußte er sich wie jeden Morgen um die Kranken kümmern, und erst als jeder Verband gewechselt und jede wunde Hautstelle eingesalbt war, wandten sich seine Gedanken jener Störung zu, die ihn beunruhigte. Und selbst dann gab es noch genug andere Aufgaben, die auf ihn warteten: Er mußte Buch führen über die Spenden, die das Hospiz erhielt, eine Gruppe von einigermaßen starken Männern in den Wald von Sutton schicken, um dort Feuerholz zu sammeln (ein Recht, das der verstorbene Lord Sutton dem Hospiz verliehen hatte und das von seinem Sohn verlängert worden war), er hatte das Mittagessen zuzubereiten, die Buchführung des Superiors zu überprüfen und eine Menge anderer Dinge zu erledigen. Erst am Nachmittag kam er dazu, sich den Aufgaben zu widmen, die er freiwillig übernommen hatte. So las er einem alten Mann, der zu krank war, um sein Bett verlassen zu können, aus der Heiligen Schrift vor und erteilte Bran Unterricht im Lesen und Schreiben. Das war gewöhnlich mehr Spiel als Unterricht, denn Bran war äußerst lernbegierig. Er nahm neues Wissen so natürlich und so leicht in sich auf wie Muttermilch.

Mark hatte einen kleinen Tisch gebaut, der gerade die richtige Größe für einen Achtjährigen hatte, und heute hatte er ein altes, gereinigtes Blatt Pergament vorbereitet und die abgeschnittenen Ränder auf seinen eigenen Tisch, der neben dem Brans stand, gelegt. Der Unterricht fand in einem

Winkel der Eingangshalle statt, neben einem schmalen Fenster, durch das etwas Licht fiel. Manchmal beendeten sie den Unterricht mit Zeichenspielen auf dem unbenutzten Teil des Pergaments, bei denen Bran gewöhnlich gewann. Das Pergament konnte so lange wieder abgeschabt und neu benutzt werden, bis es schließlich zu dünn wurde.

Mark ging hinaus, um nach seinem Schüler zu suchen. Der Tag war klar, nur ein leichter Dunst milderte das Sonnenlicht. Viele der Aussätzigen standen jetzt mit ihren Klappern am Rand der Landstraße, in gebührendem Abstand zu den Reisenden, und baten um milde Gaben. Lazarus aber saß mit Mantel, Kapuze und Gesichtstuch hochaufgerichtet und reglos an seinem Lieblingsplatz bei der Mauer des Friedhofs. Bran leiste ihm Gesellschaft. Der Junge lehnte sich an seinen Oberschenkel und hielt zwischen beiden Händen ein Netz aus grobem Bindfaden, dessen Enden er zwischen den Zähnen hielt. Der alte Mann griff mit beiden Händen in das Netz und nahm es ihm ab. Die beiden spielten das alte Spiel Katzenwiege, und Bran kicherte in einem fort mit zusammengebissenen Zähnen.

Es war schön anzusehen, wie gut der alte Mann und das Kind miteinander auskamen, und Bruder Mark zögerte, das Spiel zu unterbrechen. Er wollte sich schon abwenden und sie weiterspielen lassen, aber Bran hatte ihn gesehen, ließ den Bindfaden los und rief: »Ich komme schon, Bruder Mark! Wartet doch auf mich!«

Er löste seine Finger aus dem Netz, sagte seinem Freund, der den Faden wortlos zusammenrollte, kurz adieu und rannte Mark nach. Er schob seine Hand in die seines Lehrers und hüpfte neben ihm her zum Haus.

»Wir haben uns nur die Zeit vertrieben, bis Ihr mich holen kommt«, sagte der Junge.

»Willst du nicht lieber draußen bleiben und spielen, solange das Wetter so schön ist wie jetzt? Ich würde es dir natürlich erlauben. Wir können noch den ganzen Winter über an langen Abenden am Feuer sitzen und lernen.«

»Nein, ich will Euch viel lieber zeigen, wie gut ich die Buchstaben kann, die Ihr mir beigebracht habt.«

Er hatte Bruder Mark ins Haus gezogen, sich an den Tisch gesetzt und das frische Pergamentpapier vor sich stolz glattgestrichen, und noch immer nicht war Bruder Mark aufgegangen, was er gerade gesehen hatte. Erst der Anblick der kleinen Hand, die zur Feder griff, rief es ihm ins Bewußtsein. Er zog so geräuschvoll die Luft ein, daß Bran ihn, in der Annahme, er habe etwas entweder völlig falsch oder aber unerwartet gut gemacht, fragend ansah, und Mark beeilte sich, ihm zu versichern, er mache seine Sache sehr gut.

Wie war es nur möglich gewesen, daß ihm nicht aufgefallen war, was er gesehen hatte? Dieselbe Größe, dieselbe aufrechte Haltung, dieselben breiten Schultern unter dem Mantel – alles war so, wie es sein sollte. Nur daß an den beiden Händen, von denen Bran die Katzenwiege abgenommen hatte, noch alle Finger waren. Es waren die kräftigen, faltenlosen, wohlgeformten Hände eines jungen Mannes gewesen.

Dennoch erwähnte Bruder Mark seine Entdeckung mit keinem Wort, weder gegenüber dem Superior des Hospizes noch gegenüber irgendeinem anderen, und er versuchte auch nicht, den Eindringling zur Rede zu stellen. Was ihn am meisten beeindruckte und ihn davon abhielt, etwas zu unternehmen, war die Einmütigkeit, mit der die Aussätzigen den Flüchtling aufgenommen hatten. Gewiß war kein Wort der Erklärung gefallen, und dennoch hatten sie ihm Zuflucht gewährt, weil sie erkannt hatten, daß er ebenso in Not war wie sie selbst. Und Bruder Mark würde sich hüten, die Richtigkeit ihres Urteils anzuzweifeln, solange er keine handfesten Beweise hatte.

Mit dem Einbruch der Dunkelheit kehrten die Männer von ihrer erfolglosen Suche zurück. Guy, der sich nur sehr widerwillig daran beteiligt hatte, trat mit schweren Schritten in das Zimmer, das er mit Simon teilte, zog sich die Stiefel aus und ließ sich mit einem tiefen Seufzer aufs Bett fallen.

»Dein Glück, daß dieser Kelch an dir vorübergegangen ist! Stundenlang sind wir durchs Unterholz gekrochen, haben Schweineställe durchsucht und Hühner aufgescheucht. Ich werde noch tagelang nach Mist stinken! Der Kanonikus ist extra aus der Kirche gekommen, um uns hinauszujagen, aber so weit, daß er sich selbst an der Suche beteiligt hätte, ging sein Eifer auch wieder nicht. Er ist wieder zurückgegangen, um seine Gebete zu sprechen – hoffentlich nützen sie dem Alten auch was!«

Simon, der gerade dabei war, sein bestes Wams anzuziehen, hielt inne. »Und du hast nichts von Joss gesehen?« fragte er besorgt.

»Nein, keine Spur. Und wenn, dann hätte ich in die andere Richtung gesehen und schön meinen Mund gehalten.« Guy unterdrückte ein Gähnen und streckte behaglich seine langen Beine aus. »Der Sheriff hat einen Gürtel um die Stadt gelegt, durch den nicht einmal eine Maus schlüpfen könnte. Morgen will er in nördlicher Richtung weitersuchen, und übermorgen am Bach. Ich sage dir, Simon, sie sind entschlossen, ihn zu fangen. Hast du gehört, daß sie sogar das Grundstück, das zu diesem Haus gehört, durchsucht haben? Und dabei ist herausgekommen, daß er oder irgendein anderer sich in einem der Schuppen an der Mauer versteckt hat.«

Gedankenverloren knöpfte Simon sein Wams zu. »Ja, ich habe davon gehört. Aber es scheint, als sei er längst auf und davon gewesen. Wenn er es überhaupt war.«

»Meinst du, er ist schon in Sicherheit? Warum lassen wir heute nacht nicht wenigstens den Stall offen oder bringen Briar in den großen Stall im Hof? Eine kleine Chance ist doch besser als gar keine.«

»Selbst wenn wir wüßten, wo er sein könnte... Aber ich habe nachgedacht«, sagte Simon, »und ich glaube, wir sollten dem armen Tier ein bißchen Bewegung verschaffen.

Wer weiß... vielleicht sieht mich jemand reiten, und wenn Joss es erfährt, kann er mit mir Kontakt aufnehmen.«

»Wie ich sehe, glaubst du genausowenig an seine Schuld wie ich«, bemerkte Guy, richtete sich auf und sah seinen Freund scharf an. »Das ist genauso lachhaft wie diese Sache mit der Halskette in der Satteltasche. Ich frage mich, welcher Lump von den Dienern diesen Befehl ausgeführt hat. Oder meinst du, der Alte hat das selbst erledigt? Solange ich ihn kenne, hat er sich nie gescheut, sich die Hände schmutzig zu machen.« Guy war mit zwölf Jahren als Page von seinem Vater in Domvilles Haus geschickt worden und hatte im Lauf der Zeit eine gewisse Zuneigung zu seinem schwierigen Herrn entwickelt, der seinerseits allerdings nie Anlaß gehabt hatte, ihm Schwierigkeiten zu bereiten. »Aber trotzdem – es war eine niederträchtige Art, ihn loszuwerden«, sagte er. »Und ich frage mich immer noch... Wenn Joss wirklich so wütend auf ihn war – und dazu hatte er ja allen Grund –, würde ich meine Hand dafür ins Feuer legen, daß er den Alten nicht umgebracht hat? Selbst auf diese Weise.«

»Aber ich würde jederzeit darauf schwören«, sagte Simon mit Bestimmtheit.

»Ja, du schon!« Guy stand auf und schlug seinem Freund auf die Schulter. »Wo andere glauben, *weißt* du! Paß auf, daß du nicht eines Tages auf die Nase fällst mit deinem Vertrauen. Wenn ich dich so ansehe«, fügte er hinzu und zupfte Simons Kragen zurecht, »finde ich, daß du hervorragend aussiehst. Wo willst du hin?«

»Nur ins Kloster, zu den Picards. Eine höfliche Geste – jetzt, wo das Schlimmste vorbei ist und der Staub sich etwas gesetzt hat. Sie wären fast seine Verwandten geworden, und man muß sie bei den Trauerfeierlichkeiten berücksichtigen. Es kostet mich ja nichts, Picard als meinen väterlichen Ratgeber zu betrachten, bis mein Onkel beerdigt ist. Ich werde Botschaften an meine Tante im Kloster von Wroxall und ein oder zwei entfernte Cousinen schicken müssen. Eudo kann sich dabei nützlich machen – er hat den erforderlichen blumigen Stil.«

»Ich warne dich«, sagte Guy und wandte sich zur Tür, um sich von einem Diener warmes Wasser bringen zu lassen. »Der Sheriff und Eudo werden von dir verlangen, daß du uns morgen bei unserer Suche begleitest. Sie haben es sich in den Kopf gesetzt, ihn zu hängen.«

»Ich kann es ja machen wie du und einfach in die andere Richtung sehen«, antwortete Simon und machte sich auf den Weg zu Picard, der fast sein Verwandter geworden wäre und gehofft hatte, um diese Zeit auch die Vorteile dieses Verwandtschaftsverhältnisses zu genießen.

Iveta lag in ihrem Bett. Neben ihr stand Bruder Cadfaels Mohnsaft, und seine Versicherung, dieses Mittel werde sie gut schlafen lassen, war ihr ein kleiner Trost. Aber sie wollte noch nicht schlafen. Sie genoß es, allein zu sein, auch wenn sie wußte, daß Madlen in Rufweite war. In all diesen Wochen hatte man sie nur selten allein gelassen, und die Gegenwart ihrer Bewacher war wie ein Schatten gewesen, der sich über die Sonne gelegt hatte. Nur gestern hatte man sie für ein paar Minuten ausgeschickt, sich zu zeigen, wo man sie bemerken mußte, so daß der Abt ihr seine Fragen stellen konnte. Und selbst dabei hatte man sie beobachtet, um sicherzugehen, daß sie die richtigen Antworten gab und mit ruhiger Gelassenheit bestätigte, sie sei mit dieser verhaßten Heirat einverstanden. Und dabei hatten sie die ganze Zeit gewußt, daß Joscelin nicht gefangen, sondern frei war – auch wenn seine Freiheit die eines Mannes auf der Flucht war!

Aber das war vorbei. Sie würde sich nicht mehr betrügen lassen! Wenigstens an zwei Dinge konnte sie sich klammern: Man hatte ihn noch nicht gefaßt, und sie war nicht verheiratet.

Sie hörte Schritte näher kommen. Voller unguter Ahnungen zog sie die Bettdecke bis zum Kinn. Aber als Agnes in der Tür erschien, war ihr Gesicht fast gütig, und ihre Stimme klang beinah süß – gewiß, um den Besucher zu täuschen, der hinter ihr stand. Erstaunt betrachtete Iveta diese veränderte Erscheinung.

»Bist du noch wach, mein Kind? Hier ist ein guter Freund, der sich nach deinem Befinden erkundigt hat. Darf er für einen Augenblick hereinkommen? Du bist doch noch nicht zu müde?«

Aber er war bereits eingetreten. Es war Simon, der seine besten Kleider trug und für ihren Onkel und ihre Tante seine besten Umgangsformen hervorgeholt hatte. Das mußte die beiden getäuscht haben, denn sie erlaubten ihm tatsächlich, mit ihr allein zu sein. Agnes zog sich zurück, jenes gütige Lächeln auf den Lippen, das sie für solche Gelegenheiten reserviert hatte. »Aber nur ein paar Minuten. Sie darf sich noch nicht anstrengen.«

Sie ging hinaus und schloß die Tür hinter sich. Sofort verschwand der wachsame Ausdruck aus Simons freundlichem, jungenhaften Gesicht. Er trat an Ivetas Bett, zog einen Schemel heran und setzte sich. Erfreut richtete sie sich auf. Ihre goldblonden Haare fielen in weichen Wellen über ihr leinenes Nachtgewand.

»Leise!« warnte er sie und legte den Finger an die Lippen. »Ihr müßt leise sprechen – vielleicht lauscht sie an der Tür. Man hat mich nur kurz zu Euch gelassen, damit ich Euch einen Höflichkeitsbesuch abstatten und mich nach Eurem Befinden erkundigen kann. Es tut mir leid, daß es ein solcher Schreck für Euch war. Hat Euch niemand gesagt, daß er entflohen ist?«

Sie schüttelte den Kopf. Sie hatte so viel zu sagen, daß sie fast nicht sprechen konnte. »Oh, Simon, gibt es Neuigkeiten? Er ist doch nicht...«

»Nein, es gibt weder gute noch schlechte Neuigkeiten«, sagte er schnell mit leiser Stimme. »Es hat sich nichts geändert. Er ist noch immer frei, und mit Gottes Hilfe wird er es auch bleiben. Ich weiß, sie werden nach ihm suchen – aber ich werde dasselbe tun«, sagte er bedeutungsvoll und nahm die kleine Hand, die sich zu ihm hintastete. »Nur Mut! Sie haben ihn den ganzen Tag über gesucht, und niemand hat ihn auch nur gesehen. Wer weiß – vielleicht ist er schon lange auf und davon. Er ist stark und kühn...«

»Zu kühn!« sagte sie traurig.

»Aber er hat immer noch Freunde, trotz allem, was sie ihm vorwerfen. Freunde, die nicht glauben, daß er schuldig ist!«

»Ach, Simon, wenn Ihr wüßtet, wie gut es mir tut, das zu hören!«

»Ich wollte, ich könnte mehr tun, für ihn und für Euch! Aber laßt den Kopf nicht hängen – Ihr braucht nur Geduld zu haben und zu warten. *Eine* Last ist von Euch genommen, und wenn man ihn nicht faßt, gibt es keinen Grund zur Eile. Ihr könnt warten.«

»Und Ihr glaubt wirklich, daß er das Kollier nicht gestohlen hat? Und daß er Domville nicht ermordet hat?«

»Ich *weiß*, daß er weder das eine noch das andere getan hat«, antwortete Simon bestimmt, und seine Stimme verriet jenes unbedingte Vertrauen, das Guy ihm so freundschaftlich vorgeworfen hatte. »Sein einziges Verbrechen ist, daß er geliebt hat, wo Liebe nicht erlaubt war. Oh, ich weiß!« sagte er schnell, als sie die Augen schloß und das Gesicht abwandte. »Vergebt mir, wenn ich Euch zu nahe getreten bin, aber er ist mein Freund, und wir haben keine Geheimnisse voreinander. Ich weiß, daß er Euch liebt!« Er warf einen besorgten Blick über seine Schulter und lächelte sie aufmunternd an. »Eure Tante wird gleich kommen. Ich muß gehen. Aber vergeßt nicht: Joss hat immer noch Freunde.«

»Ich werde es nicht vergessen, und ich danke Gott und Euch dafür«, sagte sie und lächelte ihn an. »Werdet Ihr wiederkommen, sobald Ihr könnt, Simon? Ihr könnt Euch nicht vorstellen, wie sehr Euer Besuch mich getröstet hat.«

»Ich werde kommen«, versprach er, beugte sich schnell zu ihr hinunter und küßte ihre Hand. »Und jetzt gute Nacht! Schlaft gut, und macht Euch keine Sorgen.«

Er war schon auf dem Weg zur Tür, als sie von Agnes geöffnet wurde. Ihr gütiger Gesichtsausdruck konnte nicht darüber hinwegtäuschen, daß ihre Augen mißtrauisch blickten. Dieser junge Mann war Huon de Domvilles Neffe, und als solchem stand ihm nun die Ehrerbietung zu, die man seinem Onkel zu Lebzeiten entgegengebracht hatte. Dennoch würde sie so lange ein wachsames Auge auf Iveta haben, bis ein einträglicher Heiratsvertrag abgeschlossen worden war.

Die Tür schloß sich. Jetzt war Iveta bereit zu schlafen. Ihr war ein Stein vom Herzen gefallen. Sie trank den süßen, dickflüssigen Schlafsirup, den Bruder Cadfael ihr gebracht hatte, und blies die Kerze aus.

Als Madlen die Tür einen Spalt öffnete und einen mißtrauischen Blick ins Zimmer warf, war Iveta bereits eingeschlafen.

Nach der Komplet bat Bruder Cadfael um eine Audienz bei Abt Radulfus. Der Abt empfing ihn in seinem Studierzimmer. Es war eine gute Zeit für ein ernstes Gespräch – es war ein ereignisreicher Tag gewesen, und nun senkte sich die Ruhe der Nacht über das Kloster.

»Ehrwürdiger Vater, ich habe Euch alles gesagt, was ich von dieser Sache weiß – alles, bis auf eines. Ihr wißt, daß ich mich mit Kräutern auskenne. In der Kappe, die ich heute fand und die ich heute abend dem Sheriff übergeben habe, steckten einige Blumen, die selbst in Wales, wo man sie hier und da findet, außergewöhnlich selten sind. Hier in England habe ich sie noch nie zuvor zu Gesicht gekommen. Und doch war Huon de Domville in der letzten Nacht seines Lebens an einem Ort, wo diese Blumen wachsen. Ich bin überzeugt, daß dieser Umstand von größter Bedeutung ist, Ehrwürdiger Vater, und ich möchte herausfinden, wo Huon de Domville am Vorabend seiner Hochzeit war und was er dort gemacht hat. Ich glaube, die Antwort auf diese Frage wird uns helfen, herauszufinden, von wem Mylord Domville ermordet wurde und warum der Mord ausgerechnet an dieser Stelle und auf diese Weise verübt wurde.«

Er hielt das kleine Sträußchen in der Hand – ein paar dürre, dünne Stengel, an denen winzige grüne Blätter und verwelkende, sternförmige Blüten saßen, die noch immer überraschend blau waren.

Der Abt betrachtete die Blumen mit Verwunderung. »Und Ihr wißt, wo diese Pflanzen wachsen und wo nicht?«

»Sie wachsen nur an sehr wenigen Stellen, nämlich dort, wo Kalkstein mit einer dünnen Schicht Erde bedeckt ist.«

»Und Ihr glaubt herausfinden zu können, wo der Ermordete die letzte Nacht verbracht hat?«

»Wir wissen, auf welchem Weg er zurückkehrte. Gewiß ist er auf demselben Weg ausgeritten, als er seinen Knappen am Tor zurückließ. Mit Eurer Erlaubnis möchte ich diesem Weg folgen und herausfinden, wo diese Blumen wachsen. Ich glaube, daß das Leben von Menschen, die sich außer jugendlichem Ungestüm und Zorn nichts haben zuschulden kommen lassen, von dieser Kleinigkeit abhängen kann.«

»Derartiges ist schon unzählige Male vorgekommen«, sagte Abt Radulfus. »Unser Anliegen ist Gerechtigkeit – die Gnade liegt bei Gott. Ihr habt meine Erlaubnis, Bruder Cadfael, in dieser Sache so lange Nachforschungen anzustellen, wie Ihr es für richtig haltet. Ich vertraue Euch.«

»Gott weiß, wie sehr ich dieses Vertrauen zu schätzen weiß«, sagte Cadfael, und das stimmte. »Und ich vertraue Euch – jetzt und in Zukunft. Was immer ich herausfinde, werde ich Euch mitteilen.«

»Nicht dem Sheriff?« fragte Radulfus und lächelte.

»Gewiß. Er wird es durch Euch erfahren, Ehrwürdiger Vater.«

Cadfael begab sich ins Dormitorium und schlief tief und fest wie ein Kind, bis die Glocke zur Frühmette rief.

7

Gegen Ende der Prim am folgenden Tag suchte Prestcote mit seinen Männern bereits die Gegend nördlich der Klostersiedlung ab. Diesmal würden sie langsam und in dichter Kette einen etwa drei Meilen langen, großen Bogen schlagen und das Gelände so gründlich durchkämmen, daß ihnen nicht einmal ein Wiesel oder ein Hase entgehen würde. Der Sheriff war entschlossen, den Mann, den er suchte, zu stellen, und er war überzeugt, daß Joscelin noch nicht durch die Maschen seines Netzes geschlüpft war, denn er hatte die Posten, die er rings um Shrewsbury aufgestellt hatte, verstärkt. Picard unterstützte ihn mit allen seinen Dienern, und der Kanonikus Eudo wies in diesem Augenblick wahrscheinlich alle, die zu Domvilles Haushalt gehörten, an, dem Sheriff zu helfen. Und obwohl zweifellos einige nur widerwillig bereit waren, sich an dieser Suche zu beteiligen, war Jagdfieber doch etwas Ansteckendes, und so waren die meisten nur zu bereit, Alarm zu geben, sollten sie den jungen Mann, der wegen Mordes gesucht wurde, aufstöbern.

Nicht zum erstenmal war Bruder Cadfael von dem sehnsüchtigen Wunsch erfüllt, Hugh Beringar möge hier sein, um den Eifer, den Prestcote an den Tag legte, etwas zu dämpfen. Der stellvertretende Sheriff war nämlich ein Mann, der sich nicht für allwissend hielt und den angesichts von Sachverhalten, die bei anderen nur einen einzigen Schluß zuzulassen schienen, ein geradezu perverses Mißtrauen überkam. Aber Hugh Beringar befand sich auf seinem eigenen Landsitz Maesbury im Norden der Grafschaft und würde gewiß nicht kommen, denn er erwartete die Geburt seines ersten Kindes, und ein solches Ereignis ist ein Höhepunkt im Leben eines jeden jungen Mannes. Nein, da war nichts zu machen – Gilbert Prestcote würde diese Sache zu Ende bringen. Und mit ihm als Sheriff, das mußte Cadfael zugeben, hatte diese Grafschaft Glück, denn er war ein ehrbarer, gerechter Mann, wenn er auch eine Vorliebe für rasche Lösungen und schnelle Aburteilungen hatte und wenig geneigt war, über das Naheliegenste hinauszusehen. Gleichwohl würde er Beweise akzeptieren, und Beweise waren es, die man jetzt brauchte.

Cadfael gab Bruder Oswin seine Anweisungen. Vor einer Woche noch hätte er ihm so viel Gartenarbeit zugewiesen, daß er den ganzen Tag beschäftigt gewesen wäre, und aus tiefsten Herzen gebetet, daß dieser Tunichtgut seinen Fuß nicht in die Kräuterküche setzte. Jetzt aber trug er ihm auf, einige Bäume zu beschneiden, ein Auge auf die Gärflasche mit Wein zu haben und eine Salbe für das Krankenquartier zuzubereiten. Diese Salbe hatten sie schon einmal gemischt, und damals hatte er Oswin jeden Arbeitsgang erklärt. Cadfael verkniff es sich, Oswin jeden Schritt noch einmal ins Gedächtnis zu rufen, und begnügte sich mit einer sanften Ermahnung.

»Ich habe volles Vertrauen zu dir«, sagte er, »und ich bin überzeugt, daß du alles richtig machen wirst.«

»Möge Gott mir meine Lüge vergeben«, sagte er leise, sobald er außer Hörweite war, »und sie in eine Wahrheit verwandeln – oder sie mir wenigstens nicht als Sünde, sondern als Verdienst anrechnen. Ich habe dir gezeigt, was zu tun ist, mein Junge, aber tun mußt du es selbst. Nun mach das beste daraus.«

Er hatte sich aller Pflichten entledigt – jetzt mußte er mit seiner Suche dort beginnen, wo Domville ums Leben gekommen war. Er schlug den kürzesten Weg dorthin ein, einen riskanten und ungewöhnlichen Weg, den er früher schon gelegentlich gegangen war, wenn er das Kloster unbemerkt verlassen wollte, um irgend etwas herauszufinden. Man konnte den Meole-Bach, außer zur Zeit der Schneeschmelze, an der Stelle, wo er den Garten des Klosters begrenzte, durchwaten, vorausgesetzt, man wußte, wohin man seine Füße zu setzen hatte. Und Cadfael kannte den Bach wie kein zweiter. Aus seinen Sandalen floß das Wasser so leicht hinaus, wie es hineinfloß, und er brauchte nur seine Kutte zu schürzen und durch den Bach zu schreiten, um sich den Umweg über die Straße zu ersparen. Als im Kloster die Kapitelversammlung beendet war, befand Cadfael sich bereits auf dem Weg, wo der Baron ermordet worden war, und schritt kräftig aus.

Diesen Teil des Weges kannte er. Er führte durch die große Schleife, die der Bach beschrieb, und bald würde Cadfael die zweite Furt erreicht haben und dann durch Wald und an Feldern vorbei nach Sutton und Beistan kommen. Diese Gegend am Rand des Großen Waldes war nur dünn besiedelt. Er konnte sich nicht vorstellen, daß Domville sehr weit geritten war oder die Nacht im Freien verbracht hatte. Gewiß war der Baron abgehärtet genug gewesen, um solche und schlimmere Strapazen auf sich zu nehmen, wenn es sein mußte, aber er hatte auch Wert auf Bequemlichkeit gelegt, wenn es sich einrichten ließ.

Bei Sutton Strange verließ der Weg den Wald und führte zwischen Feldern hindurch. Cadfael traf einen Kleinbauern, dessen Kinder er einmal gegen Ausschlag behandelt hatte, und fragte ihn, ob die Nachrichten von Domvilles Tod das Dorf bereits erreicht hätten. Das hatten sie, und der Mord war im Umkreis von Meilen das Hauptgesprächsthema. Die Dorfbewohner rechneten damit, daß die Suche nach dem Mörder schon morgen auch auf ihre Gegend ausgedehnt werden würde.

»Ich habe gehört, daß er irgendwo hier ein Jagdhaus gehabt hat«, sagte Cadfael. »Irgendwo am Waldrand, aber das ist eine ziemlich ungenaue Angabe. Kennt Ihr das Haus?«

»Das wird das Haus drüben hinter Beistan sein«, sagte der Mann und stützte sich mit verschränkten Armen auf seine Gartenmauer. »Er hat das Jagdrecht dort im Wald, aber er kommt nur selten dorthin. Ein Bursche aus der Gegend und seine Mutter kümmern sich um das Haus, wenn der

Baron nicht da ist, wie es meistens der Fall ist. Wahrscheinlich hat er woanders bessere Jagdreviere. *Hatte* sollte ich wohl sagen! Es sieht so aus, als hätte diesmal jemand *ihm* eine Falle gestellt.«

»Ja, und das gründlich«, sagte Cadfael trocken. »Wie komme ich auf dem schnellsten Weg zu diesem Haus?«

»Ihr geht nach Beistan, überquert die alte Straße und haltet Euch zwischen den Hügeln. Der Weg führt direkt zum Haus. Es liegt nicht direkt am Waldrand, eher schon im Wald, aber Ihr könnt es nicht verfehlen.«

Cadfael setzte seinen Weg zügig fort und überquerte in Beistan die alte Landstraße. Der Weg führte an einigen verstreut liegenden Bauernhöfen vorbei und zwischen zwei sanft ansteigenden Hügeln hindurch in höheres Gelände, das mit Gebüsch und Heidekraut bewachsen war. Nach etwa einer Meile hatte Cadfael den Wald erreicht. Hier und da brach weißer Fels durch den Mutterboden, und auf den Lichtungen wuchs Heidekraut, das prickelnd seine Knöchel streifte. Es war lange her, daß er sich so weit vom Kloster entfernt hatte, und wenn der Anlaß dafür nicht jener schreckliche Mord gewesen wäre, hätte er diesen Spaziergang sehr genossen.

Ganz plötzlich stand er vor dem Jagdhaus. Die Bäume rechts und links wichen zurück und gaben den Blick auf eine niedrige Einfassungsmauer und ein gedrungenes Blockhaus mit einem gemauerten Fundament frei. Am hinteren Teil der Mauer standen einige kleine Nebengebäude. An den rauhen weißen Steinen rankten sich alle möglichen Wildpflanzen empor, darunter Leinkraut, Efeu, Mauerpfeffer und Braunheil. Obwohl sie um diese Jahreszeit keine Blüten mehr trugen, erkannte Cadfael sie an ihren Blättern. Innerhalb der Mauern standen einige Obstbäume, die jedoch alt und knorrig waren, als habe jemand einmal hier einen Garten angelegt, um den sich aber schon lange niemand mehr gekümmert hatte. Vielleicht hatte ein früherer Lord aus Domvilles Familie, der Kinder hatte, dieses hübsche Häuschen zu seinem Hauptwohnsitz gemacht, und Domville selbst – ein älterer, kinderloser Mann – hatte dieses Haus dann nur in der Jagdzeit aufgesucht, und selbst dann hatte er den besseren Jagdrevieren auf seinen ausgedehnten Besitzungen den Vorzug gegeben.

Cadfael trat durch das offene Gartentor. Sofort fiel sein Blick auf einen Parthenium-Busch, der in einem Winkel in der Nähe des Gartentors wuchs. Kein Zweifel, es war ein Parthenium-Busch, und er trug selbst jetzt noch Blüten. Aber diese verstreut sitzenden, sternförmigen Blüten waren nicht goldgelb, sondern leuchtend blau. Cadfael trat näher und sah, daß die untere Hälfte der Mauer und der Boden vor ihr von zahlreichen dünnen, geraden Stengeln überwuchert waren, die lange, schmale Blätter trugen. Diese Stengel schoben sich auch durch die Zweige des Parthenium-Busches, und an ihren Enden saßen kleine, himmelblaue Blüten.

Er hatte die Stelle gefunden, wo der Blaue Steinsame wuchs, den Ort, an dem Huon de Domville die letzte Nacht seines Lebens verbracht hatte.

»Sucht Ihr jemanden, Bruder?« Die Stimme war so respektvoll, daß sie fast schon unterwürfig klang, und doch war sie so scharf wie ein gut geschliffenes Messer. Cafael wandte sich um und stellte fest, daß der Mann, der ihn angesprochen hatte, eben jene Eigenschaften zu besitzen schien. Er mußte aus einem der Schuppen an der rückwärtigen Gartenmauer gekommen sein, ein gutaussehender, kräftiger Bursche von etwa fünfunddreißig Jahren. Seine Kleider waren aus grobem Stoff, und er trat mit einer Selbstsicherheit auf, die beinah anmaßend erschien. Seine Augen glichen Kieselsteinen in einem sonnenbeschienenen Bach: Sie waren hart und klar, aber ihr Blick war unstet und ausweichend. Der Mann war braungebrannt und machte alles in allem keinen schlechten Eindruck, aber trotz seiner Ruhe schien er nicht wirklich gelassen, und trotz seiner Höflichkeit war er nicht wirklich freundlich.

»Ihr verwaltet dieses Haus für Huon de Domville?« fragte Bruder Cadfael höflich.

»Das ist richtig«, antwortete der junge Mann.

»Dann seid Ihr es, den ich suche«, fuhr Cadfael freundlich fort, »obwohl ich mir den Weg wahrscheinlich hätte sparen können. Ihr werdet bereits gehört haben – man erzählt es sich ja überall –, daß Euer Herr ermordet worden ist und im Kloster von St. Peter und St. Paul in Shrewsbury aufgebahrt ist.«

»Ja, ich habe es gestern erfahren«, sagte der Verwalter, und angesichts dieser einleuchtenden Begründung für den Besuch des Mönches entspannte sich sein Gesicht etwas, wenn auch nicht so sehr, wie man hätte erwarten können. Seine Augen blieben wachsam, seine Stimme reserviert. »Ein Vetter hat es mir erzählt, als er vom Markt in Shrewsbury zurückkehrte.«

»Und vom Haushalt Eures Herrn ist niemand hier gewesen? Hat man Euch keine Anweisungen gegeben? Ich dachte, Kanonikus Eudo könnte vielleicht jemanden geschickt haben, um Euch Bescheid zu geben. Aber natürlich sind alle noch sehr bestürzt und verwirrt. Zweifellos wird man hierher und in die anderen Häuser Eures Herrn Boten schicken, sobald die Beerdigung stattgefunden hat.«

»Zunächst hat man es sicher darauf abgesehen, den Mörder zu finden«, sagte der Mann und fuhr sich mit der Zunge über die Lippen. Er betrachtete Cadfael mit einem verstohlenem Blick. »Ich werde hier sein, wenn man mich brucht. Bis dahin stehe ich in seinen Diensten, und seine Erben können mich übernehmen oder mich entlassen. Ich halte das Haus in Ordnung, wie er es mir aufgetragen hat, und werde es in gutem Zustand übergeben. Das könnt Ihr ausrichten, Bruder. Um diesen Besitz braucht sich niemand Sorgen zu machen.« Er schlug die Augen nieder und dachte nach. »Ermordet, sagt Ihr? Seid Ihr sicher?«

»Ganz sicher«, erwiderte Cadfael. »Es scheint, als sei er nach dem Abendessen ausgeritten und auf dem Rückweg überfallen worden. Wir fanden ihn auf einem Weg, der hierher führt, und mir kam der Gedanke, er könnte hier gewesen sein. Dieses Haus gehört ja schließlich ihm.«

»Er ist nicht hier gewesen«, sagte der Verwalter bestimmt.

»Nicht ein einziges Mal, seit er vor drei Tagen nach Shrewsbury kam?«

»Nicht ein einziges Mal.«

»Und auch seine Diener und Knappen sind nicht hier gewesen?«

»Nein, niemand.«

»Er hat also keine Hochzeitsgäste hier untergebracht. Lebt Ihr allein in diesem Haus?«

»Ich kümmere mich um das Vieh und den Garten, meine Mutter hält das Haus in Ordnung. Er kam nur selten her, und dann brachte er immer seine eigenen Diener und Köche mit. Aber das letzte Mal war er vor gut vier Jahren hier.«

Das war eine glatte Lüge, wie die sternförmigen blauen Blumen bewiesen, die in der ganzen Grafschaft nur hier zu finden waren. Aber warum leugnete er so hartnäckig, daß Domville hier gewesen war? Gewiß, jeder vernünftige Mensch würde versuchen, sich aus allem herauszuhalten, wenn es um einen Mord ging, aber dieser junge Mann schien nicht zu jenen zu gehören, die leicht Angst bekamen. Dennoch war er offenbar entschlossen, zu verhindern, daß eine Verbindung zwischen diesem Haus oder irgend jemandem, der dort wohnte, hergestellt wurde.

»Und der Mörder ist noch nicht gefaßt?« Kein Zweifel – er wäre froh, wenn man den Täter ergriffen und ins Gefängnis gebracht hätte, denn dann wären sowohl die Suche nach ihm als auch alle weiteren Nachforschungen eingestellt worden.

»Noch nicht. Der Sheriff hat alle verfügbaren Männer aufgeboten, um ihn zu stellen. – Nun ja«, sagte Cadfael, »dann werde ich mich also wieder auf den Heimweg machen, obwohl ich sagen muß, daß ich es gar nicht eilig habe. Es ist ein schöner Tag, und dieser Spaziergang hat mir gut getan.

Habt Ihr vielleicht einen Becher Dünnbier und einen Platz, wo ich mich etwas ausruhen kann, bevor ich wieder aufbreche?«

Er hatte halb damit gerechnet, daß seine Bitte, das Haus betreten zu dürfen, zwar nicht auf Ablehnung, aber doch auf Widerwillen stoßen würde; aber der junge Mann besann sich offensichtlich und kam zu den Entschluß, daß es das beste sei, den Mönch einzuladen. Warum? Damit er sich mit eigenen Augen davon überzeugen konnte, daß sich niemand hier versteckte und daß man auch sonst nichts zu verbergen hatte? Was auch immer der Grund war – Cadfael nahm bereitwillig an und folgte seinem Gastgeber ins Haus.

In der dämmrigen Eingangshalle war es still, und ein starker Holzgeruch lag in der Luft. Eine kleine, rüstige alte Frau, die sehr ordentlich und sauber gekleidet war, trat aus einem Zimmer und blieb beim Anblick des Fremden überrascht, ja fast erschreckt stehen, bis ihr Sohn, mit beinah verdächtiger Eile und Eindringlichkeit, ihr erklärte, wer ihr Gast war, und warum er gekommen war.

»Tretet ein, Bruder – drinnen ist ein gemütliches Plätzchen. Wir haben nur selten hohe Herrschaften zu Gast in unserer Stube. Bring uns bitte einen Krug Dünnbier, Mutter. Der Bruder hat noch einen langen Rückweg vor sich.«

Die Stube war hell und recht gemütlich. Sie setzten sich, tranken Dünnbier und aßen Haferkekse, die die alte Frau gebracht hatte, und sprachen über das Wetter, den kommenden Winter und die traurige Verfassung, in der das Land, das vom Krieg zwischen König Stephen und der Kaiserin zerrissen war, sich befand. In Shropshire herrschte bislang noch Frieden, aber damit konnte es jederzeit vorbei sein. In Bristol hatte die Kaiserin ihre Kräfte mit denen ihres Halbbruders Robert von Gloucester vereint, und andere Fürsten hatten sich auf ihre Seite gestellt, so zum Beispiel Brian FitzCount, der Burgvogt von Wallingford, und Miles, der Festungskommandant von Gloucester. Es ging das Gerücht um, daß man in Gloucester einen Angriff auf die Stadt

Worcester plane. Die beiden Männer waren sich einig in der Hoffnung, dieser Krieg möge nicht näher rücken und Worcester möge verschont bleiben.

Aber trotz dieser harmlosen Plauderei nahm Cadfael jede Kleinigkeit wahr. Vielleicht hatte der Verwalter doch einen Fehler gemacht, als er ihn einlud, damit er sich selbst davon überzeugen konnte, daß das Haus leer und ordentlich aufgeräumt war. Denn gewiß war es nicht die alte Frau gewesen, die den schwachen Parfümduft mitgebracht hatte. Und diejenige, die dieses Parfüm getragen hatte, war vor noch nicht allzulanger Zeit hier gewesen, denn in diesem Fall hätte sich der Duft bereits verflüchtigt. Cadfael, der mit Pflanzen vertraut war, erkannte den Geruch von Jasmin.

Hier drinnen gab es für ihn nichts mehr zu entdecken. Er erhob sich und bedankte sich für die Gastfreundschaft, und der Verwalter begleitete ihn bis zum Gartentor, zweifellos um sich davon zu überzeugen, daß Cadfael den Weg einschlug, der zum Kloster führte. Es war ein reiner Zufall, daß die alte Frau genau in diesem Augenblick aus dem Stall kam und die Tür weit offenstehen ließ. Ihr Sohn sprang schnell hinzu, schloß die Tür und verriegelte sie. Aber er war nicht schnell genug gewesen.

Cadfael ließ sich nicht anmerken, daß er mehr gesehen hatte, als er sollte. Er verabschiedete sich am Gartentor, neben dem Parthenium-Busch, der nicht gelbe, sondern blaue Blüten zu tragen schien, und schlug gemessenen Schrittes den Weg ein, den er gekommen war.

In jenem Stall stand ein Pferd, das gewiß nicht in der Lage war, Huon de Domvilles nicht unerhebliches Gewicht zu tragen oder eine Jagd unter einem seiner Gefolgsmänner durchzustehen. Cadfael hatte den kleinen, zierlichen weißen Kopf und die neugierigen Augen, den geschwungenen Hals und die geflochtene Mähne gesehen und bemerkt, daß an der Innenseite der Tür ein leichtes, verziertes Zaumzeug hing. Es war ein hübsches Pony, wie es eine Dame reiten würde, und auch das verzierte Geschirr paßte besser zu einer Dame als zu einem Mann. Dennoch hätte er schwören können, daß sich in dem Jagdhaus keine Frau aufhielt, die als Besitzerin dieses Pferdes hätte in Frage kommen können. Er war ohne Vorwarnung gekommen, und man hätte keine Zeit gehabt, sie irgendwo zu verstecken. Darüber hinaus hatte man ihn ins Haus gebeten, damit er sich selbst davon überzeugen konnte, daß außer dem Verwalter und seiner Mutter niemand dort war.

Aber wenn diese Frau vermeiden wollte, daß man sie dort ausfindig machte, eine Verbindung zwischen ihr und dem Tod Domvilles herstellte, ja sie vielleicht sogar der Mitwisserschaft verdächtigte, warum hatte sie dann beschlossen, zu Fuß zu verschwinden und ihr Pferd zurückzulassen? Und wohin hätte eine Dame in dieser einsamen Gegend zu Fuß gehen können?

Cadfael kehrte nicht auf dem kürzesten Weg ins Kloster zurück, sondern ging auf dem grasüberwachsenen Pfad weiter bis zur Landstraße und bog in den Hof des Hauses ein, das der Bischof Huon de Domville zur Verfügung gestellt hatte. Der große Hof, auf dem sonst ein geschäftiges Treiben herrschte, lag still und friedlich da, denn selbst den Knechten und Dienern war befohlen worden, sich an der Suche nach Joscelin Lucy zu beteiligen. Nur die älteren Männer waren zurückgeblieben, und das paßte Cadfael gut, denn die ältesten Diener würden, ob sie es nun zugaben oder nicht, am besten über die intimen Gewohnheiten ihres Herrn Bescheid wissen, und die Abwesenheit der jüngeren Bediensteten, die ihre Augen und Ohren überall hatten, machte es wahrscheinlicher, daß Cadfael etwas in Erfahrung bringen würde.

Er suchte Domvilles Kammerdiener auf, der viele Jahre in den Diensten seines Herrn gestanden hatte und klug genug war, einzusehen, daß es ihm jetzt, da Domville tot war, nur nützen konnte, die volle Wahrheit zu sagen. Es gab hier niemanden mehr, den er zu fürchten hatte, und nur durch Offenheit würde er sich die Gunst des Sheriffs sichern können. Nach einer Übergangszeit würde er einen neuen Herrn haben. Gegen die Diener bestand kein Verdacht. Sie hatten nichts zu befürchten – warum also sollten sie irgend etwas verschweigen, das von Bedeutung sein könnte?

Der Kammerdiener war über sechzig, grauhaarig und gesetzt. Seine Augen hatten schon alles gesehen, und er besaß die in sich gekehrte, resignierte Würde, die die meisten alten Diener umgibt. Er hieß Arnulf, und er hatte die Fragen des Sheriffs ohne Zögern beantwortet. Auch jetzt war er bereit, alle weiteren Fragen, die Cadfael oder irgendein anderer ihm stellen könnten, wahrheitsgemäß zu beantworten. Mit Domvilles Tod war für ihn eine Ära zu Ende gegangen. Er würde sich auf einen neuen Herrn einstellen oder seinen Abschied nehmen müssen.

Cadfaels erste Frage war gleichwohl eine, mit der Arnulf gewiß nicht gerechnet hatte.

»Euer Herr stand in dem Ruf, eine besondere Vorliebe für Frauen zu haben. Sagt mir: Hatte er eine Geliebte, die ihm so wichtig war, oder eine neue Gefährtin, an der er solches Gefallen hatte, daß er sie nicht einmal während dieser wenigen Tage entbehren wollte, in denen er die Erbin des Massard-Vermögens heiraten wollte? Gab es eine Frau, die er hierher mitgebracht und in erreichbarer Nähe, wenn auch versteckt, untergebracht haben könnte?«

Der Mann war überrascht, solche Worte aus dem Mund eines Benediktinermönches zu hören, schien aber, nachdem er Cadfael forschend gemustert hatte, zu dem Schluß zu kommen, daß diese Frage vielleicht doch nicht so überraschend war. Sein reservierter Gesichtsausdruck verschwand. Dieser Mönch war ein Mann, der, wie er selbst, auf ein langes, erfahrungsreiches Leben zurückblicken konnte. Sie sprachen dieselbe Sprache.

»Ich weiß nicht, wie Ihr es herausgefunden habt, Bruder... Ja, es gibt eine solche Frau. Es gibt ja so viele Arten von Frauen. Ich wollte nie viel mit ihnen zu tun haben – ich hatte schon Ärger genug und wollte mir nicht noch mehr aufladen. Aber *er* konnte nicht lange ohne Frauen auskommen. Es war immer ein Kommen und Gehen, er hatte Dutzende von Geliebten! Aber es gibt eine, die anders ist. Sie bleibt, sie ist immer da, wie eine Ehefrau. Wie ein alter, bequemer Schlafrock, wie ein altes Paar Schuhe. Eine, der er nichts vorzumachen brauchte, die er nicht umschmeicheln und bei Laune halten mußte. Ich hatte immer das Gefühl«, sagte Arnulf nachdenklich und strich sich mit seinen dünnen Fingern über den Bart, »daß sie, ganz gleich, wo er war, immer in der Nähe war. Von irgendwelchen Plänen, sie hierherzubringen, weiß ich allerdings nichts. Mit diesen Dingen hatte ich nie etwas zu tun. Ich half ihm beim Anziehen, zog ihm die Stiefel aus, wenn er von der Jagd heimkehrte, und schlief im Vorzimmer, um ihm Wein zu bringen, wenn er danach verlangte. Aber für seine Frauen war ich nicht zuständig – dafür waren andere da. Was ist mit ihr? Seit wir hier sind, habe ich nichts von ihr gehört. Ich habe mir schon Gedanken gemacht.«

»Und auch von einem Damenreitpferd, einem Schimmel, wißt Ihr nichts?« fragte Cadfael. »Ein hübsches Pony, von spanischer Abstammung, würde ich sagen, soweit ich das nach einem kurzen Blick beurteilen kann. An der Stalltür hing ein mit Gold verziertes Zaumzeug.«

»Das kenne ich«, sagte Arnulf erstaunt. »Er hat es für sie gekauft. Aber auch davon sollte ich nichts wissen. Wo habt Ihr es gesehen?«

Cadfael sagte es ihm. »Aber nur das Pferd, nicht die Frau. Sie hat ihr Pferd und ihr Parfüm zurückgelassen, aber sie selbst ist verschwunden.«

»Nun ja«, sagte Arnulf nach kurzer Überlegung, »ich nehme an, sie wollte vermeiden, in die Nachforschungen über einen Mord hineingezogen zu werden. Und wenn sie in jenem Haus war und es stimmt, daß er auf dem Weg, der dorthin führt, gefunden wurde, wie man sagt, dann würde es ja so aussehen, als sei er zu ihr geritten, nachdem er sich von dem jungen Simon verabschiedet hatte. Gut möglich, daß sie Angst bekam und es für besser hielt zu verschwinden.«

»Außerdem sind der Verwalter des Hauses und seine Mutter ihr sehr ergeben«, sagte Cadfael trocken. »Sie haben sich alle Mühe gegeben, mich davon zu überzeugen, daß sie nie dort gewesen ist. Ich möchte wetten, daß der junge Mann das Pferd inzwischen an einen sicheren Ort gebracht hat.«

Etwas spät kam ihm der Gedanke, der Verwalter könnte das getan haben, um nicht nur die Dame, sondern auch sich selbst zu schützen. Wenn sie sich während der letzten Tage dort aufgehalten und auf einen Besuch ihres Herrn und Geliebten gewartet hatte, mochte sie sich die Zeit recht angenehm mit einem jüngeren, schöneren und alles in allem vielleicht sympathischeren Mann vertrieben haben, der zudem den Vorzug hatte, ständig in ihrer Nähe zu sein. Und der mochte seinerseits die begründete Angst haben, das Verhältnis könne bekannt werden, denn in diesem Fall wäre er verdächtig, Domville aus Haß und Eifersucht beseitigt zu haben. Tatsächlich fragte sich Cadfael, ob der Verwalter nicht eben dies getan hatte. Angenommen, Domville kam in jener Nacht, nachdem der junge Mann die Gunst dieser Frau so ausgiebig genossen hatte, daß er der Meinung war, sie gehöre ihm. Angenommen, Domville hatte ihm befohlen, das Haus zu verlassen, während er sich mit der Frau vergnügte, so daß ihm nichts anderes übrig geblieben war, als in ohnmächtiger Wut und Eifersucht zu warten, bis ihm plötzlich der Gedanke gekommen war, daß sein Herr ja allein zurückreiten würde und daß, wenn er den Baron nur weit genug vom Jagdhaus entfernt ermorden würde, jeder als Täter in Frage käme. So könnte es gewesen sein! Es hing sehr viel von der Frau ab. Cadfael wünschte, er wüßte mehr über sie.

»Da sie ihr Pferd zurückgelassen hat, ist jetzt die Frage, wohin sie zu Fuß von diesem entlegenen Ort gegangen sein könnte.« Die Frage war auch, warum sie es vorgezogen hatte, zu laufen. Aber das sprach er nicht aus, denn diese Frage war weit schwieriger zu beantworten als die erste.

»Das Haus, das er für sie hergerichtet hatte, – ihr Heim, könnte man sagen –, liegt in Cheshire.« Arnulf dachte nach und gab sich sichtlich Mühe, sich an Dinge zu erinnern, denen er nie große Beachtung geschenkt hatte. »Aber irgendwo in dieser Gegend hat er sie zum erstenmal gesehen. Sie war damals ein junges Mädchen, eine Schönheit vom Lande – das muß jetzt zwanzig Jahre oder länger her sein. Ja, länger. Man nannte sie Avice von Thornbury, und es hieß, ihr Vater sei dort Wagner. Ich glaube mich zu erinnern, daß sie keine Leibeigenen, sondern freie Leute waren.« Das waren die Handwerker auf den Dörfern meistens, und dennoch durften sie ihre Werkstätten ebensowenig verlassen wie die Leibeigenen das Stück Land, das sie bearbeiteten. »Sehr wahrscheinlich leben ihre Verwandten immer noch dort«, sagte Arnulf. »Ist das weit entfernt? Ich kenne mich in dieser Gegend nicht aus.«

»Nein«, sagte Cadfael, und sein Gesicht hellte sich auf, »das ist ganz in der Nähe. Ich kenne Thornbury. Dorthin könnte sie zu Fuß gegangen sein.«

Viele Gedanken gingen ihm im Kopf herum, als er das Haus des Bischofs verließ. Diese verschwundene Dame begann ihn immer mehr zu interessieren. Wenn sie seit mehr als zwanzig Jahren Domvilles feste, geduldige Geliebte gewesen war und sie eine so dauerhafte Beziehung mit ihm verband, daß sie praktisch seine Ehefrau war, dann mußte sie mindestens vierzig Jahre alt sein, einige Jahre älter, als der junge Verwalter des Jagdhauses. Aber zweifellos verfügte sie immer noch über genug Charme, um ihn zu umgarnen, wenn sie wollte. Ja, vielleicht hatten ihn Verlangen und Eifersucht dazu getrieben, den alten, hartherzigen Mann zu beseitigen, der ihr Besitzer war und zwischen ihnen stand. Aber ihr Alter ließ noch andere Schlüsse zu. Eine Frau in mittleren Jahren würde wahrscheinlich jetzt, da

Domville tot war, keinen Liebhaber mehr finden, der sie aushielt. Nach dieser Erkenntnis war sie vielleicht auf den Gedanken gekommen, sich bei ihren Verwandten, die kaum eine Meile weit entfernt wohnten, zu verstecken und dort so lange zu bleiben, wie sie es für nötig hielt.

Aber warum, warum hatte sie ein wertvolles Pferd zurückgelassen? Schließlich gehörte es doch ihr – ihr Liebhaber hatte es ihr geschenkt. Sie hätte ebensogut nach Thornbury reiten können.

Aber heute war keine Zeit mehr, diese Frage zu klären. Cadfael mußte zum Vespergottesdienst im Kloster sein und nachsehen, welche Zerstörungen oder Geniestreiche Bruder Oswin in seiner Abwesenheit gelungen waren.

Aber morgen würde er sie finden!

In Saint Giles waren zwei junge Männer damit beschäftigt, mit persönlichen Problemen fertig zu werden. Bruder Mark war inzwischen überzeugt, daß der große Aussätzige, der Lazarus, bis auf die Tatsache, daß seine Hände unversehrt waren, in allem glich, tatsächlich der Mann war, den der Sheriff mit allen verfügbaren Kräften suchte. Infolgedessen sah sich der Mönch einem recht komplizierten moralischen Dilemma gegenüber.

Er hatte von dem angeblichen Diebstahl des Kolliers gehört, fand diese Geschichte jedoch ebenso fragwürdig wie Bruder Cadfael. Es war schon zu oft vorgekommen, daß man jemandem angeblich gestohlene Wertgegenstände untergeschoben und ihn so in den Ruin oder in den Tod getrieben hatte. Das war eine einfache Methode, sich eines Feindes zu entledigen, und Bruder Mark glaubte nicht an einen Diebstahl. Und nachdem er Huon de Domville gesehen hatte, war er nicht bereit, jemanden der möglicherweise tödlichen Rache dieses Mannes auszuliefern. Dieser Mord aber war etwas anderes. Er konnte sich gut vorstellen, daß ein junger Mann, dem, wenn die Anschuldigungen tatsächlich falsch gewesen sein sollten, Unrecht geschehen war, bereit war, gegen seine Natur bis zum Äußersten zu gehen. Wie sonst sollte ihm Recht werden? Dennoch empfand Bruder Mark Abscheu über diesen Hinterhalt, diesen Mord an einem bewußtlosen und damit hilflosen Mann. Eine solche Rache war durch nichts gerechtfertigt. Bruder Mark kämpfte mit sich um eine Entscheidung. Es gab niemanden, der ihm diese Last hätte abnehmen können. Er war der einzige, der wußte, daß der Gesuchte sich in Saint Giles verbarg.

Er spielte mit dem Gedanken, den Mann direkt anzusprechen und um sein Vertrauen zu bitten, aber das erforderte eine Ungestörtheit, die unter den in dieser Gemeinschaft gegebenen Umständen nicht möglich war. Erst wenn er von der Schuld des Flüchtigen überzeugt war, würde er ihn ausliefern. Jeder Angeklagte mußte so lange als unschuldig gelten, bis man unumstößliche Beweise gegen ihn vorlegte, und dies galt um so mehr, wenn bereits sehr fragwürdige Beschuldigungen vorgebracht worden waren, die einen falschen Beiklang hatten.

Wenn sich eine Gelegenheit ergibt, mit ihm unter vier Augen zu sprechen, beschloß Bruder Mark, werde ich offen mit ihm reden und mir ein Urteil über ihn bilden. Bis dahin werde ich ihn im Auge behalten, so gut ich kann, ihn davon abhalten, etwas Verbotenes zu tun, und ihn in Schutz nehmen, solange er sich nichts zuschulden kommen läßt. Und ich werde zu Gott beten, er möge mich, auf welche Art auch immer, zum Werkzeug der Wahrheit machen.

Der Mann, dem diese Überlegungen galten, saß mit Lazarus an der Böschung der Landstraße etwa eine Viertelmeile in Richtung des Flußübergangs bei Atcham. Eigentlich war nur einer der beiden berechtigt zu betteln, aber sie baten die Vorbeigehenden nicht um milde Gaben und benutzten ihre Klappern nur, wenn ein mildtätiger Reisender Anstalten machte, zu nahe zu kommen. Mit gekreuzten Beinen saßen sie im ausgebleichten Gras unter den Bäumen. Die Haltung eines bittenden Aussätzigen war leicht zu erlernen.

»So, wie du jetzt aussiehst«, sagte Lazarus, »könntest du an den aufgestellten Posten vorbei in die Freiheit gehen. Kein Mensch würde darauf kommen, daß jemand so mutig oder so verrückt sein könnte, im Gewand eines toten Aussätzigen herumzulaufen, und kein Mensch wäre so mutig oder so verrückt, dich zu untersuchen, um herauszufinden, ob du tatsächlich ein Aussätziger bist.« Das war, für seine Verhältnisse, eine lange Ansprache gewesen, und gegen Ende stockte er, als sei die Anstrengung für seine verstümmelte Zunge zu groß.

»Ich sollte davonlaufen, meine eigene Haut retten und sie ihrem Schicksal überlassen? Das kommt nicht in Frage!« sagte Joscelin entschieden. »Ich werde hierbleiben, solange sie das Mündel eines Onkels ist, der sie ausnutzt und bereit ist, sie zu seinem eigenen Profit an irgendeinen Mann zu verkaufen. An einen, der schlimmer ist als Huon de Domville, wenn nur der Preis stimmt! Was würde mir meine Freiheit nützen, wenn ich Iveta im Stich lassen würde, jetzt, da sie mich braucht?«

»Gehe ich fehl in der Annahme«, sagte die langsame Stimme neben ihm, »daß du sie am liebsten für dich selbst hättest?«

»Keineswegs!« antwortete Joscelin leidenschaftlich. »Ich will Iveta, wie ich noch nie etwas gewollt habe, und ich werde nie etwas so sehr begehren wie sie! Und daran würde sich nichts ändern, wenn sie nicht nur kein Land, sondern auch keine Schuhe hätte. Ich würde sie begehren, wenn sie wäre, was ich nur vorgebe zu sein und was Ihr – möge Gott Euch Heilung schenken! – tatsächlich seid. Aber dennoch wäre ich schon zufrieden – nein, dankbar! –, wenn sie einen anständigen Vormund hätte, der ihr ihr Erbe nicht wegnehmen würde und sie selbst entscheiden ließe, welchen Weg sie einschlagen will. Natürlich würde ich mein Bestes tun, sie für mich zu gewinnen! Aber wenn ich sie an einen besseren Mann als mich verlieren würde, dann würde ich mich ihrer Entscheidung fügen und mich nicht beklagen.

Nein, Ihr geht nicht fehl in der Annahme, daß ich sie für mich selbst will! Ich begehre sie so sehr, daß es mich fast zerreißt!«

»Aber was kannst du für sie tun? Du wirst schließlich von allen gejagt. Hast du einen Freund, auf den du dich verlassen kannst?«

»Ja, Simon«, sagte Joscelin und lächelte. »Er glaubt nicht, daß ich etwas Böses getan habe. Er hat mir geholfen und mich versteckt, und es tut mir leid, daß ich verschwunden bin, ohne ihm ein Wort zu sagen. Wenn ich ihm jetzt eine Nachricht zukommen lassen könnte, würde er es vielleicht zuwege bringen, daß Iveta und ich uns, wie vor einigen Tagen, treffen können. Jetzt, da der Alte tot ist – ich verstehe noch immer nicht, wie das geschehen konnte! –, wird sie vielleicht nicht so scharf bewacht. Möglicherweise könnte Simon mir sogar mein Pferd bringen...«

»Und wohin«, fragte die geduldige, ruhige Stimme, »würdest du dieses Mädchen, das keine Freunde zu haben scheint, bringen, wenn du die Gelegenheit dazu hättest?«

»Darüber habe ich auch nachgedacht. Ich würde sie ins Nonnenkloster von Brewood bringen und darum bitten, daß sie dort bleiben kann, bis ihre Angelegenheiten geregelt sind und man einen anderen Vormund für sie gefunden hat. Die Nonnen würden sie nicht gegen ihren Willen ausliefern. Ich würde bis zum König gehen, wenn es sein muß. Er hat ein gutes Herz und würde dafür sorgen, daß ihr Gerechtigkeit widerfährt. Noch lieber würde ich sie zu meiner Mutter bringen«, gab er zu, »aber das würde so aussehen, als hätte ich es auf ihren Besitz abgesehen, und das könnte ich nicht ertragen. Ich werde zwei große Liegenschaften erben, ich begehre keines anderen Mannes Land, ich habe keine Schulden, und ich werde nicht zulassen, daß man schlecht über mich redet. Wenn sie mich dennoch haben will, werde ich Gott und ihr danken und glücklich sein. Aber vor allem anderen liegt mir daran, daß *sie* glücklich wird.«

Lazarus setzte seine Klapper in Gang, um einen untersetzten Mann zu warnen, der von seinem Pferd abgestiegen war und auf sie zukam. Der Mann lächelte sie an und warf ihnen eine Münze zu. Lazarus hob sie auf und dankte ihm, und der Mann winkte, stieg auf und ritt weiter.

»Es gibt noch gute Menschen«, sagte Lazarus wie zu sich selbst.

»Ja, Gott sei Dank!« sagte Joscelin mit ungewohnter Demut. »Ich habe es selbst erfahren. Ich habe Euch nie gefragt«, fuhr er zögernd fort, »ob Ihr Frau und Kinder habt. Es wäre ein Jammer, wenn Ihr immer allein gewesen wärt.«

Es trat eine längere Stille ein, aber Lazarus schwieg oft, und sein Schweigen hatte nichts Schlimmes zu bedeuten. Schließlich sagte er: »Ich hatte eine Frau – sie ist schon lange tot. Und ich hatte einen Sohn. Es war ein Segen, daß mein Schatten nie auf ihn fiel.«

Joscelin war überrascht und bestürzt. »Das dürft Ihr nicht sagen! Euer Sohn sollte stolz sein, einen Vater wie Euch zu haben.«

Der alte Mann wandte seinen Kopf und sah ihn ruhig und durchdringend an. »Er wußte nichts von meinem Schicksal«, sagte er. »Er war damals noch ein kleines Kind. Es war meine Entscheidung, mich von meiner Familie zurückzuziehen.«

Joscelin war jung und unbeholfen, aber er hatte schnell gelernt, wann er nicht tiefer in jemanden dringen durfte. Zurückblickend staunte er, wie große Fortschritte seine Erziehung während dieser zwei Tage unter den Aussätzigen gemacht hatte.

»Es gibt eine Frage, die Ihr mir nie gestellt habt«, sagte er.

»Und das werde ich auch jetzt nicht tun«, sagte Lazarus. »Es ist eine Frage, die auch du mir nicht gestellt hast, und da es kaum jemanden gibt, der etwas anderes als nein darauf antworten würde, erübrigt sie sich auch.«

Nach dem Vespergottesdienst wurde Huon de Domville im Beisein von Prior Robert, Kanonikus Eudo, Godfrid Picard und den beiden Knappen des Verstorbenen in der Friedhofkapelle des Klosters ausgesegnet. Picard und die beiden jungen Männer waren erschöpft und gereizt von der erfolglosen Suche nach Joscelin Lucy zurückgekehrt und trugen noch Mäntel und Handschuhe. Es war zu bezweifeln, daß es irgend jemandem außer Picard und Eudo leid tat, daß der mutmaßliche Mörder noch nicht gefaßt war.

Die Kerzen auf dem Altar und zu beiden Seiten des Leichnams flackerten in einem kühlen Luftzug und ließen die Schatten, die die fünf Männer warfen, tanzen. Prior Roberts schmale weiße Hand ergriff den Weihwasserwedel und besprengte den Toten mit einigen Tropfen Weihwasser. Das Kerzenlicht ließ die Wassertropfen aufblitzen und verwandelte sie in Funken, die gleich darauf wieder verloschen. Der Kanonikus Eudo nahm den Wedel als nächster, besprengte den Leichnam, sah sich nach Simon, dem einzigen anderen anwesenden Verwandten des Barons, um und reichte ihm den Weihwasserwedel. Der junge Mann streifte eilig seine Handschuhe ab, sah mit traurigem Gesicht auf den Leichnam seines Onkels herab, tauchte das Büschel würzig duftender Kräuter in das Wasser und besprengte den Toten damit.

»Ich hätte nicht geglaubt, daß ich diese traurige Pflicht so bald würde erfüllen müssen«, sagte er, wandte sich um, reichte den Weihwasserwedel Picard und trat wieder in den Schatten.

Einige Wassertropfen waren auf seinen Handrücken gefallen, und Picard sah, wie der junge Mann sie abschüttelte, als sei er über ihre Kälte erschrocken. Es war faszinierend, wie das Kerzenlicht jede Einzelheit der Hände hervorhob, die an den Handgelenken von den dunklen Ärmeln der Gewänder abgeschnitten zu sein schienen. Die Hände waren die einzigen hellen Flecken im Dämmerlicht – es war, als seien sie von einem eigenen Leben erfüllt. Sie tanzten einen rituellen Tanz und zogen aller Augen auf sich – von Picards blassen, schlanken Fingern bis zu den sonnengebräunten, glatten Händen von Guy, der als letzter an der Reihe war. Erst als die eigentliche Aussegnung beendet war, sahen alle auf und fanden Trost in den feierlichen und angespannten Gesichtern. Jeder schien tief Luft zu holen, wie ein Schwimmer, der wieder auftaucht.

Es war vorüber. Die fünf gingen auseinander – Prior Robert wollte vor dem Abendessen ein kurzes Gebet für den Toten sprechen, Kanonikus Eudo ging zum Abt, und die beiden jungen Männer führten ihre erschöpften Pferde zurück zum Haus des Bischofs, um sie trockenzureiben und zu füttern, bevor sie selbst etwas zu sich nahmen und sich ausruhten. Was Picard betraf, so verabschiedete er sich mit knappen Worten von ihnen und zog sich ins Gästehaus zurück, wo er sich mit Agnes in sein Zimmer begab, um dort unter vier Augen mit ihr zu sprechen. Er hatte ihr etwas Wichtiges mitzuteilen, etwas, das niemand sonst hören sollte.

Bran hatte so lange gebettelt, bis Bruder Mark ihm einige Streifen von dem Pergament abgeschnitten hatte, auf das der Junge mit noch ungelenker Hand seine Buchstaben malen konnte. Mark hatte sich über seinen Eifer gefreut, konnte aber nicht ahnen, daß Bran etwas anderes vorhatte, als Schreiben zu üben. Im Schlafsaal kroch er mit seiner Beute an Joscelins Seite und flüsterte ihm sein Geheimnis ins Ohr.

»Du wolltest doch eine Nachricht schicken. Lazarus hat es mir erzählt. Stimmt es, daß du wirklich Lesen und Schreiben kannst?« Er hatte Ehrfurcht vor jedem, der diese geheimnisvolle Kunst beherrschte. Er kuschelte sich noch dichter an Joscelin und flüsterte so leise, daß kein anderer ihn hören konnte. »Morgen früh, wenn Bruder Mark sich um die Wunden der anderen kümmert, könntest du sein Tintenfaß benutzen. Wenn du die Nachricht aufgeschrieben hast, könnte ich sie überbringen – du brauchst mir nur zu sagen, zu wem ich gehen muß. Auf mich wird niemand achten. Aber das beste Stück Pergament ist nicht sehr groß – es müßte eine kurze Nachricht sein.«

Joscelin zog den Jungen dichter an sich heran und schlug seinen Mantel um den mageren kleinen Körper, um ihn etwas zu wärmen. »Du bist ein sehr brauchbarer Helfer, und wenn ich jemals Ritter werden sollte, dann wirst du mein Knappe sein. Und dann wirst du Latein und Rechnen lernen und noch viele andere Dinge, die ich nicht kann. Ja, ich kann ganz leidlich schreiben. Wo hast du das Pergament?« Er betastete das schmale, aber ausreichend lange Stück, das der Junge ihm in die Hand drückte. »Das ist groß genug. Mit zwanzig Worten kann man viel sagen. Du bist der schlaueste kleine Bursche, den es je gegeben hat!«

Der Kopf des Jungen, der dank Bruder Marks Salben keine Spur der nässenden Wunden mehr aufwies, die Unterernährung und Schmutz dort hatten entstehen lassen, schmiegte sich an Joscelins Schulter, und er empfand eine liebevolle Zärtlichkeit für den Jungen. »Wenn ich auf den Nebenwegen gehe«, sagte Bran schläfrig, »kann ich bis zur Brücke kommen. Und wenn ich eine Kappe hätte, könnte ich sogar in die Stadt gehen. Du brauchst mir nur zu sagen, wem ich die Botschaft bringen soll...«

»Solltest du nicht bei deiner Mutter sein?« flüsterte Joscelin. Er wußte, daß die Frau allen Lebenswillen verloren hatte und nur darauf wartete, zu sterben. Selbst ihren Sohn hatte sie dankbar in die Obhut des heiligen Ägidius, des Schutzpatrons der Kranken und Ausgestoßenen, gegeben.

»Nein, sie schläft...« Und ihrem Kind, das jetzt ebenfalls fast schlief, eröffnete sich durch das Lernen und die Freundschaft zu einem anderen eine Welt, der sie bereits Lebewohl gesagt hatte.

»Dann komm – drück dich an mich und schlaf. Ich decke dich mit meinem Mantel zu, dann hast du es wärmer.« Der Junge bettete den Kopf in seine Armbeuge, und Joscelin war erstaunt, wieviel Freude ihm das Vertrauen bereitete, das

das Kind ihm entgegenbrachte. Noch lange, nachdem Bran eingeschlafen war, lag er wach und wunderte sich darüber, daß er jetzt, da sein Leben in Gefahr war, so viel Interesse und Energie für anderes übrig hatte. Er zerbrach sich den Kopf darüber, wie er dieses kleine, vernachlässigte Kind vor den Gefahren bewahren könnte, die er selbst durch seine Torheit heraufbeschworen hatte. Ja, er würde schreiben, und er würde versuchen, diese Nachricht Simon zukommen zu lassen – aber nicht durch dieses unschuldige Kind, das in seinem Arm schlief.

Auch Joscelin schlief schließlich ein, und die ganze Nacht hindurch wärmte er seinen kleinen Gast. In einem Winkel des Schlafsaals lag Lazarus und starrte in die Dunkelheit. Er verspürte schon lange kein Bedürfnis nach Schlaf mehr.

8

Vor Morgengrauen erhob Joscelin sich von seinem Lager. Er gab sich große Mühe, Bran, der Arme und Beine von sich gestreckt hatte und friedlich schlief, nicht zu wecken. Den weiten Mantel, mit dem er ihn zugedeckt hatte, ließ Joscelin zurück, denn die Nacht war kalt, und außerdem hätte er es nicht gewagt, sich damit der Stadt zu nähern – obwohl das Risiko, sich ohne den Schutz dieser Verkleidung zu zeigen, gewiß ebenso groß war. Er würde eben darauf achten müssen, daß niemand ihn sah. Darüber hinaus vertraute er darauf, daß ihn nördlich der Klostersiedlung niemand vermuten würde, nachdem der Sheriff und seine Männer diese Gegend vergeblich abgesucht hatten, und daß man sich heute – so hoffte er jedenfalls – auf einen anderen Abschnitt konzentrieren würde.

Er schlich sich in die Eingangshalle und nahm Bruder Marks Tintenfaß und Schreibfeder an sich. Er wollte nicht hier warten, bis es hell wurde, und eine Kerze zu entzünden, wagte er nicht. Aber das Ewige Licht über dem Altar in der Kirche würde, so schwach es auch war, ausreichen, um einige Worte zu Papier zu bringen. Er hatte seine Botschaft bereits formuliert, und es gelang ihm, sie leserlich, wenn auch nicht allzu sauber, niederzuschreiben. Die Feder kratzte und hätte zurechtgeschnitten werden müssen, aber er besaß kein Messer. Bis auf die Tatsache, daß er gesund war, unterschied ihn nun nichts mehr von den Männern und Frauen, die hier lebten – er besaß nur noch das, was er am Leib trug.

»Simon, um unserer Freundschaft willen, binde Briar in einem Gebüsch auf der anderen Seite des Baches am Kloster an und sag Iveta, sie soll nach dem Vespergottesdienst in den Kräutergarten kommen.«

Das würde ausreichen. Er mußte nur einen Weg finden, seinem Freund diese Nachricht zukommen zu lassen. Da er Simons Namen genannt hatte, durfte kein anderer sie zu Gesicht bekommen. Er bereute nun den natürlichen Impuls, seinen Brief mit einer Anrede zu beginnen, denn wenn er in die falschen Hände geriet, würde er Simon in seine Schwierigkeiten hineinziehen. Er hatte jedoch keine Möglichkeit, den verräterischen Namen abzuschneiden, und so blieb ihm nichts anderes übrig, als seine Nachricht so zu lassen, wie sie war, oder aber seinen einzigen Plan aufzugeben. Er war nun gezwungen, noch vorsichtiger und kühner vorzugehen, wenn er seinen Freund nicht gefährden wollte.

Es war kurz vor Tagesanbruch, als er aus dem Haus trat. Draußen war es ebenso still, und es herrschte dasselbe Zwielicht wie vorgestern, als er sein Versteck im Garten des Bischofs verlassen hatte. Vorsichtig schlich er sich in Richtung Stadt, immer in Deckung von Bäumen und Büschen und in einem gebührenden Abstand zur Straße. Die Gärten der Klostersiedlung zwangen ihn zu einem Umweg, aber er hatte Zeit genug und achtete darauf, kein Geräusch zu machen. Im Haus des Bischofs würde niemand aufstehen, bevor es hell war, und erst wenn die Herren gefrühstückt hatten, würden alle aufbrechen, um die Gegend nach ihm abzusuchen. Er hatte den schmalen, von Bäumen gesäumten Pfad erreicht, der von der Hauptstraße abzweigte und entlang der Einfassungsmauer des bischöflichen Grundstücks verlief, und hielt inne, um zu überlegen, wie er weiter vorgehen sollte. Die Mauer war zu hoch, um über sie hinweg sehen zu können, und wenn er schon auf einen Baum stieg, dann war es besser, einen auszuwählen, der ihm einen Blick über den inneren und äußeren Hof ermöglichte, so daß er das Treiben vor den Ställen beobachten konnte.

Seine Wahl fiel auf eine große Eiche. Er kletterte hinauf und streckte sich auf einem Ast aus, der noch so viel Laub trug, daß man ihn nicht würde sehen können. Von hier aus konnte er nach beiden Seiten spähen, und sollte er gezwungen sein, schnell zu verschwinden, dann konnte er auf den Boden springen. Im Augenblick aber blieb ihm nichts anderes übrig als zu warten. Der Tagesanbruch war zwar nicht mehr fern, aber im Osten zeigte sich erst ein schmaler grauer Streifen am Himmel. Joscelin würde das Frühstück versäumen – heute würde niemand für ihn stehlen müssen.

Schließlich wurde es Tag. Als die Dunkelheit wich, nahmen das Haus, die Mauer, die Ställe, Scheunen und Vorratshäuser langsam Gestalt an, und der Hof erwachte zum Leben. Verschlafene Diener, Bäcker, Knechte und Milchmädchen machten sich an ihre Arbeit. Küchenjungen trugen Tabletts mit frisch gebackenem Brot aus dem Backhaus ins Hauptgebäude. Es verging noch einige Zeit, bevor sich die Herrschaften zeigten. Kanonikus Eudo war der erste. Er ging zur zweiten Messe. Etwas später erschienen Simon und Guy. Beide machten keinen sehr unternehmungslustigen Eindruck und waren in ein ernstes Gespräch vertieft. Die Knechte führten die meisten der Pferde aus den Ställen. Es sah so aus, als sei die Suchmannschaft bereits zusammengestellt und werde gleich ausrücken.

Und so geschah es. Unter den Männern, die hintereinander zum Tor hinaus und in Richtung Stadt ritten, war auch Guy, der ein mißmutiges Gesicht machte. Simon jedoch ritt nicht mit ihnen. Er stand immer noch vor dem Hauptportal, sah den anderen nach und schien auf etwas zu warten. Der zweite Stall, der für die Tiere des Bischofs reserviert war, befand sich auf der anderen Seite des Gebäudes, so daß Joscelin nicht sehen konnte, was dort vor sich ging, aber er spitzte die Ohren, als er eiligen Hufschlag hörte, der sich von dort näherte. Einen Augenblick später sah er seinen Grauschimmel Briar in so scharfem Trab um die Ecke biegen, daß der schwitzende Pferdeknecht, der ihn am Halfter führte, kaum Schritt halten konnte. Simon ging auf ihn zu, klopfte dem Pferd auf Hals und Schulter und strich ihm liebkosend über die Nüstern. Dankbarkeit durchströmte Joscelin. Trotz all dieser Aufregung hatte sein Freund daran gedacht, daß der Hengst untätig im Stall stand und Bewegung brauchte. Was er zu dem Knecht sagte, war nicht zu verstehen, aber die Gesten, mit denen er auf das Pferd und dann auf das Tor zeigte, waren eindeutig: »Sattle ihn und führ ihn hinaus!«

Joscelin wartete noch etwas, um sich davon zu überzeugen, daß der Knecht den Befehl ausführte, kletterte dann von seinem Baum und schlich im Schutz der Büsche vorsichtig zur Straße, wo er das Tor im Auge behalten konnte. Und da kamen sie. Briar tänzelte ungeduldig und war kaum zu halten. Der Knecht führte ihn hinaus, band die Zügel an einen der Ringe, die vor dem Trittstein an der Mauer befestigt waren, und ging dann wieder in den Hof. Eine bessere Gelegenheit hätte sich nicht ergeben können. Sobald er den Kies unter den Füßen des Knechtes knirschen hörte, kam Joscelin hinter seinem Busch hervor und rannte an der Mauer entlang auf Briar zu, der ihn mit einem freudigen Wiehern begrüßte. Er durfte keine Zeit verlieren, aber ausgerechnet in diesem Augenblick tauchten auf der Straße drei Reiter auf, und er mußte sich mit dem Rücken zur Straße neben das Pferd stellen und die Zügel halten, als sei er einer der Knechte, der auf seinen Herrn wartete. Diese kleine Verzögerung gab ihm jedoch Gelegenheit, Briar zu beruhigen, so daß der Hengst still hielt, als Joscelin den Pergamentstreifen in seine Stirnmähne knotete.

Die Reiter waren weitergeritten, die Straße war frei, und auch auf dem Pfad zwischen den Bäumen war niemand zu sehen. Joscelin riß sich von seinem vorwurfsvoll wiehernden Hengst los, rannte wie ein Hase auf der Flucht in Deckung und blieb erst stehen, als er sich wieder ein gutes Stück in Richtung Saint Giles vorgearbeitet hatte.

Es war vollbracht, und er wagte nicht, stehenzubleiben, um zu sehen, ob Simon seine Nachricht bemerkt hatte, denn inzwischen war es taghell geworden, und die Straße war belebt. Er mußte sich so schnell wie möglich wieder den blauen Mantel überstreifen, der ihn als Aussätzigen auswies und einen besseren Schutz bot als jede Waffe, da sich ihm, aus Angst vor Ansteckung, niemand freiwillig nähern würde. Er konnte nur beten, daß sein Freund – dem der Knoten in Briars Mähne gewiß bald auffiel – den Zettel finden und tun würde, um was er ihn bat. Sein Plan, überlegte Joscelin, bot ihm wenigstens eine gewisse Sicherheit, denn wenn er sich zur verabredeten Zeit bis zu den Büschen gegenüber den Feldern des Klosters vorgearbeitet hatte und Briar nicht dort angebunden fand, dann bedeutete das, daß Simon seine Botschaft nicht gefunden hatte oder irgend etwas anderes dazwischen gekommen war. In diesem Fall würde er sich wieder zurückziehen und sich einen anderen Plan ausdenken. Aufgeben, aufgeben aber würde er nicht – nicht solange Iveta keinen anderen Vormund hatte und behandelt wurde, wie sie es verdiente.

Inzwischen aber durfte er kein Risiko eingehen und mußte die Zeit bis zum Abend ruhig und unauffällig in Saint Giles verbringen.

In einem Gestrüpp am Rand des Grundstücks, auf dem das Hospital stand, hielt er inne. Mit einem Mal wurde ihm bewußt, wie gefährlich es war, sich am hellichten Tag ohne Mantel und Gesichtstuch zu zeigen. Plötzlich kam hinter einem Gebüsch eine kleine Gestalt auf ihn zu, die unter einem Arm ein zusammengerolltes, dunkles Gewand trug, mit dem anderen seinen Oberschenkel umarmte und ihm bittere Vorwürfe machte: »Du hast mich nicht geweckt! Warum bist du weggegangen, ohne mich mitzunehmen?«

Überrascht und gerührt kniete Joscelin nieder und nahm das Kind in seine Arme. »Ich habe wachgelegen, und du hast so tief geschlafen, daß ich dich nicht wecken wollte. Ich habe die Botschaft überbracht und bin wieder zurück, und ich bitte dich um Entschuldigung. Ich weiß natürlich, daß du es mindestens ebenso gut gemacht hättest – glaub also bitte nicht, ich hätte kein Vertrauen zu dir...«

Streng hielt Bran ihm den zusammengerollten Mantel hin. »Zieh ihn an und setz die Kapuze auf! Und hier ist dein Gesichtstuch... Wie wärst du wohl wieder in das Hospital gekommen, so wie du aussiehst?« Er hatte außerdem ein großes Stück Brot mitgebracht, als Ersatz für das versäumte Frühstück. Joscelin brach es in zwei Teile und reichte dem Kind das größere Stück. Die überwältigende Zärtlichkeit, die er für das Kind empfand, ließ ihn fast laut auflachen und vertrieb all seine Sorgen.

»Was sollte ich nur ohne dich anfangen, mein kleiner Knappe? Wie du siehst, kann man mich kaum ohne Aufsicht aus dem Haus lassen. Aber jetzt verspreche ich dir, daß ich für den Rest des Tages nicht von deiner Seite weichen werde – ausgenommen natürlich die Zeit, in der Bruder Mark dir Unterricht gibt! Und du darfst bestimmen, was wir machen.«

Gehorsam zog er den Mantel an und setzte die Kapuze auf, und dann aßen sie das Brot in einträchtigem Schweigen, bevor er sein Gesicht wieder mit dem blauen Leintuch verhüllte. Hand in Hand traten sie aus dem Gebüsch und gingen zum Hospital.

Simon hatte schon fast das Torhaus des Klosters erreicht, als er den Knoten in Briars Stirnmähne bemerkte. Erbost über die Nachlässigkeit des Stallknechtes beugte er sich vor, um die Mähne glattzustreichen und entdeckte das Pergamentbällchen, das sich zwischen den Haaren verbarg. Er zügelte Briar, was diesem gar nicht gefiel, und entfaltete das Papier.

Joscelins ungelenke Schrift, die infolge des schlechten Lichts und der widerspenstigen Feder, die für die Hand eines anderen Mannes zurechtgeschnitten worden war, noch unleserlicher war als sonst, ließ sich dennoch entziffern. Simon verbarg die Botschaft rasch in seiner Hand, als fürchte er, ein anderer könne sie bemerkt haben, und sah sich nach allen Seiten um, in der Hoffnung, er könne den Absender dieser Zeilen irgendwo entdecken oder herausfinden, wie dieses Stückchen Pergament in Briars Mähne gekommen war. Zu spät! Joscelin war wieder untergetaucht. Simon wußte nicht, wo er ihn suchen oder wie er ihm eine Nachricht zukommen lassen sollte, und so blieb ihm nichts anderes übrig, als zu tun, worum sein Freund ihn gebeten hatte, und so ein Treffen vorzubereiten, zu dem Joscelin gewiß erscheinen würde.

Simon steckte das Pergament sorgfältig in den Geldbeutel an seinem Gürtel und ritt, tief in Gedanken versunken, weiter. Hinter dem Torhaus, an der Brücke über den Severn, versammelten sich die Männer des Sheriffs. Im großen Innenhof des Klosters herrschte, wie jeden Tag, geschäftiges Treiben. Die Laienbrüder waren auf dem Weg zu den Klostergärten an der Gaye oder arbeiteten im Wirtschaftshof und in den Stallungen. Bruder Edmund eilte zwischen dem Kräutergarten und der Krankenstation hin und her, und Bruder Oswald, der Almosenverwalter, teilte unter den Bettlern am Torhaus milde Gaben aus. Simon ritt durch das Tor und übergab Briars Zügel einem Knecht. Im Gästehaus bat er um eine Unteredung mit Godfrid Picard und wurde sogleich vorgelassen.

Iveta saß mit Madlen in ihrem Zimmer und stickte lustlos an einem Kissenbezug. Sie konnte nun zwar das Haus, nicht aber das Kloster verlassen. Einmal hatte sie es mit bangem Herzen versucht, aber am Tor war sie von einem der Männer ihres Onkels zurückgewiesen worden – höflich zwar, aber mit einem leichten, hämischen Lächeln, das ihr die Röte ins Gesicht trieb. Und was nützte es ihr schon, im Kloster umherzugehen, wie angenehm ein solcher kleiner Spaziergang unter anderen Umständen auch gewesen wäre, wenn Joscelin sich verstecken mußte und sie keine Möglichkeit hatte, ihm eine Nachricht zukommen zu lassen? Nein, es war besser, hier zu sitzen und auf ein Lebenszeichen von ihm zu warten – ein Lebenszeichen, das ihr neue Hoffnung auf Freiheit bringen würde. Der Bruder, der einmal ein schlimmes Gewitter abgewendet und sie ein anderes Mal so gütig in diese kalte, unfreundliche Welt zurückgeholt hatte, war ein Freund, auch wenn sie in letzter Zeit nicht mehr mit ihm hatte sprechen können. Und dann war da noch Simon. Auf ihn konnte sie sich verlassen, denn auch er glaubte nicht, daß Joscelin ein Verbrechen begangen hatte. Wenn sich eine Gelegenheit ergab, würde er ihnen helfen.

Iveta konzentrierte sich auf ihre Stickarbeit und saß ganz still, erst recht, nachdem sie den leisen Klang von Stimmen aus dem Nachbarzimmer gehört hatte. Die Wände hier waren dick und ließen kaum Geräusche durch, und sie glaubte nicht, daß Madlen irgend etwas bemerkt hatte. Daher gab Iveta sich Mühe, sich nichts anmerken zu lassen. Aber sie hatte sich nicht getäuscht: Ihr Onkel hatte eine Auseinandersetzung. Das schloß sie aus dem energischen Nachdruck in seiner Stimme, die nicht laut, sondern im Gegenteil gefährlich leise schien. Einzelne Worte waren nicht zu verstehen. Die andere Stimme klang jünger und weniger vorsichtig. Der Mann, zu dem sie gehörte, verteidigte sich leidenschaftlich, und er schien erschrocken, ja bestürzt, als sei dies aus heiterem Himmel über ihn hereingebrochen. Immer noch konnte sie keine Worte verstehen – sie ahnte lediglich, daß nebenan ein heftiger Streit im Gange war. Aber jetzt nannte die zweite Stimme einen Namen, dessen Erwähnung ihr das Herz schwer machte. Was mochte zwischen ihrem Onkel und Simon vorgefallen sein? Denn es war ja mit Sicherheit Simons Stimme, die sie hörte. Mißtraute ihr Onkel jedem jungen Mann in ihrer Nähe? Sie wußte nur zu gut, daß sie für ihn ein Kapital darstellte, das er beschützen mußte: Ihn interessierten an ihr nur die Besitztümer, die sie selbst als Belastung empfand, und der Nutzen und der Profit, den er aus ihr ziehen konnte. Und doch war Simon gestern noch ein geehrter, willkommener Gast gewesen, den Tante Agnes mit ihrem süßesten Lächeln begrüßt hatte.

Madlen stickte an einer leinenen Haube für sich selbst und achtete nicht auf das, was nebenan vor sich ging. Sie war viel älter als Iveta, und ihr Gehör war nicht so gut – wahrscheinlich hörte sie nichts weiter als ein Stimmengemurmel.

Und selbst das war jetzt verklungen. Eine Tür wurde geschlossen. Iveta glaubte, von nebenan ein neues, gedämpftes Gemurmel zu vernehmen. Dann öffnete sich nach einem kurzen, leisen Klopfen die Tür ihres eigenen Zimmers, und Simon trat ein, als habe er das Recht dazu. Iveta wußte nicht, was sie tun sollte – sie konnte ihn nur ansehen, er aber traf sogleich den richtigen Ton.

»Guten Morgen, Iveta!« sagte er unbekümmert. Und zur Zofe: »Würdet Ihr uns einen Augenblick allein lassen?«

Madlen hatte das freundliche Lächeln, mit dem Agnes Simon bedacht hatte, noch in guter Erinnerung; der junge Mann stand in der Gunst ihrer Herrin. Sie nahm ihre Näharbeit, verbeugte sich ebenso freundlich wie am Vortag und verließ das Zimmer.

Sie hatte kaum die Tür hinter sich geschlossen, als Simon schon neben Iveta kniete. Trotz seiner disziplinierten Ruhe war sein Gesicht gerötet. Er atmete heftig, und seine Nasenflügel bebten.

»Hört gut zu, Iveta, denn sie werden mich nicht mehr zu Euch lassen... Wenn sie ihnen erzählt, daß ich hier bin, werden sie mich hinauswerfen. Ich habe eine Nachricht für Euch von Joss!« Ängstlich besorgt öffnete sie den Mund zu einer Frage, aber er legte einen Finger auf ihre Lippen und flüsterte eilig: »Er bittet Euch, heute abend nach dem Vespergottesdienst in den Kräutergarten zu kommen. Ich werde sein Pferd auf der anderen Seite des Baches bereitstellen. Enttäuscht ihn nicht – auch ich werde ihn nicht enttäuschen. Habt Ihr verstanden?«

Fast sprachlos vor Verwunderung, Freude und Sorge nickte sie. »Ja! Ach, Simon, ich würde alles für ihn tun! Gott segne Euch dafür, daß Ihr ein so treuer Freund seid! Aber was ist mit Euch... Was ist passiert? Was haben sie plötzlich gegen *Euch*?«

»Ich habe Joss verteidigt. Ich habe gesagt, daß er kein Mörder und kein Dieb ist und daß ich ihn von allen Anschuldigungen reinwaschen werde, so daß sie alles werden zurücknehmen müssen, was sie gegen ihn vorgebracht haben. Sie haben mich hinausgeworfen und wollen nichts mehr mit mir zu tun haben. Aber hier ist seine Botschaft . . ., seht!« Sie erkannte die Schrift und las atemlos die Zeilen, die Joscelin niedergeschrieben hatte. Ehrfürchtig strich sie über das Pergament, als sei es eine Reliquie, gab es ihm aber schließlich widerstrebend zurück.

»Nehmt es wieder mit . . ., man könnte es finden. Ich werde tun, was er von mir erwartet, und ich danke Euch tausendmal für Eure Treue. Ach, Simon, es tut mir leid, daß wir beide Euch solche Unannehmlichkeiten bereiten . . .«

»Unannehmlichkeiten? Was für Unannehmlichkeiten?« flüsterte er. »Das macht mir nichts aus, solange ich nur *Eure* Freundschaft habe.«

»Ihr werdet sie immer haben, und mehr als Freundschaft! Ihr seid so gut zu mir gewesen – was sollte ich ohne Euch anfangen? Wenn wir fliehen können, werden wir Euch Nachricht geben, sobald wir in Sicherheit sind. Ihr werdet immer unser bester Freund sein!«

Sie drückte die Hand, mit der er sie zur Vorsicht gemahnt hatte, denn diese Geste schien mehr zu sagen als Worte, aber er machte ein warnendes Zeichen, stand mit einer fließenden Bewegung auf und trat zurück. Vor der Tür waren Schritte zu hören, und eine Hand hatte sich auf die Klinke gelegt. »Der Kräutergarten!« flüsterte er, und sie nickte ängstlich und entschlossen zugleich.

»Es freut mich, daß es Euch so viel besser geht«, sagte er förmlich, als die Tür geöffnet wurde. »Ich wollte nicht gehen, ohne kurz nach Euch gesehen zu haben.«

Mit entschlossenen Schritten betrat Picard den Raum. Sein schmales, verschlagenes Gesicht war kalt, aber nicht so kalt wie seine Stimme, wenn er seine Worte auch mit großer Höflichkeit wählte.

»Ihr seid noch da, Messire Aguilon? Meine Nichte braucht Ruhe und darf nicht gestört werden. Ich hatte gedacht, Ihr hättet es eilig, nach Hause zu kommen und Euch umzukleiden. Ihr habt versprochen, Euch heute an der Suche nach Eurem Freund zu beteiligen, und ich hoffe doch, daß Ihr Wort halten werdet.«

»Ich werde tun, was man von mir erwartet«, antwortete Simon kurz. »Allerdings nicht auf einem Pferd, das nicht mir gehört. Doch seid unbesorgt, Mylord, ich werde mich rechtzeitig beim Sheriff einfinden.«

Jetzt erschien auch Agnes, mit schmalen Lippen und mißtrauisch zusammengekniffenen Augen. Simon machte eine tiefe Verbeugung vor Iveta, erwies Agnes eine steife und förmliche Reverenz und verließ den Raum. Die Blicke der beiden Picards folgten ihm in grimmigem Schweigen, und als sich die Tür hinter ihm geschlossen hatte, musterten sie Iveta mit derselben kalten Feindseligkeit. Um die Freude, die sich in ihrem Gesicht widerspiegelte, zu verbergen, beugte sie sich tief über ihre Stickarbeit und schwieg. Eine drückende Stille trat ein, aber schließlich verließen die beiden das Zimmer und schlossen die Tür hinter sich. Sie hatten keine Frage gestellt, und Iveta war sicher, daß sie keinen Verdacht geschöpft hatten. Es war ja auch noch nie vorgekommen, daß sie sich aufgelehnt hatte. Ihr Onkel und ihre Tante konnten nicht wissen, ja nicht einmal ahnen, zu welchen heldenmütigen Taten sie sich jetzt, für Joscelin, imstande fühlte.

Gleich nach dem Frühstück war Bruder Cadfael auf einem Maultier aufgebrochen, das er sich aus den Ställen des Klosters ausgeliehen hatte, und als Iveta Joscelins Nachricht las, hatte er Beistan bereits hinter sich gelassen und näherte sich dem Jagdhaus. Der Weg nach Thornbury führte nicht direkt am Haus vorbei, sondern zweigte nach rechts ab und führte in westlicher Richtung in den Großen Wald. Die Entfernung zwischen dem Jagdhaus und dem Dorf betrug kaum mehr als eine Meile, und so war es um so unverständlicher, warum die Frau ein gutes Pferd zurückgelassen und diesen Weg zu Fuß gegangen war.

Der Wald lichtete sich, als er sich dem Dorf näherte. Es lag inmitten einer Mulde mit grünen Wiesen und ordentlich bestellten Äckern. An einigen Stellen hatten zweitgeborene Söhne den Wald gerodet, um sich auf diese Weise eine eigene Existenz aufzubauen. Über den niedrigen, aus roh behauenen Baumstämmen gezimmerten Häusern hing wie ein blauer Schleier der würzige Rauch von Holzfeuern. Das Dorf war klein, abgelegen und arm – ein Ort für Männer, die hart arbeiten konnte. Aber es gab genug Brennholz, und für die Wilderei, an der sich, wie Cadfael vermutete, die ganze männliche Bevölkerung beteiligte, war diese Gegend wie geschaffen. Auch alle Holzarten, die ein Wagner brauchte, waren reichlich vorhanden: Ulmenholz, das man für die Nabe brauchte, Eichenholz, aus dem die Speichen hergestellt wurden, und das elastische Eschenholz für den Radkranz.

Cadfael hielt sein Maultier vor dem ersten Haus an und fragte die Frau, die auf dem Hof stand und ihre Hühner fütterte, wo er den Wagner finden könne.

»Ihr sucht Ulger?« fragte sie, lehnte sich mit einem stämmigen Arm auf den Zaun und betrachtete ihn mit freundlicher Neugier. »Sein Haus steht dort drüben, hinter dem Weiher – ihr erkennt es an dem Holzstoß rechts von der Straße. Auf seinem Hof steht ein Wagen mit einem gebrochenen Rad. Wahrscheinlich ist er dabei, es zu reparieren.«

Cadfael dankte ihr und ritt weiter. Hinter dem Weiher, auf dem Enten schnatternd umherschwammen, sah er den Holzstapel, und gleich darauf stand er vor dem Haus des Wagners, an das eine mit Werkzeug gut ausgestattete Werkstatt mit einem Speicher und einer Dachstube angebaut war. Im Hof war ein Wagen aufgebockt, an dem ein Rad fehlte. Die zerbrochenen Hälften lagen auf dem Boden, mehrere Speichen waren zersplittert, und nur die eiserne Felge war unversehrt und konnte wiederverwendet werden. Eine neue Nabe aus Ulmenholz, in der bereits die Speichen steckten, lag wie ein Stern im Gras, und der Wagner, ein bärtiger, muskulöser, untersetzter Mann von etwa fünfundvierzig Jahren, bearbeitete mit einem Hohlbeil ein gekrümmtes Stück Eschenholz für den Radkranz, wobei er der Maserung folgte.

»Möge Gottes Segen auf Eurer Arbeit ruhen!« sagte Cadfael und stieg von seinem Maultier. »Wenn Ihr Ulger seid, dann seid Ihr es, den ich suche. Ich hatte allerdings einen älteren Mann erwartet.«

Der Wagner legte sein Hohlbeil beiseite und erhob sich. Dies war sein Reich, und seine Bewegungen zeugten von Selbstbewußtsein. Neugierig betrachtete er seinen Besucher. Er hatte ein rundes, gutmütiges Gesicht, das aber auch eine zurückhaltende Würde verriet. »Mein Vater hieß auch Ulger und war ebenfalls Wagner für dieses und die umliegenden Dörfer. Vielleicht war er es, den Ihr gesucht habt – aber er ist vor einigen Jahren gestorben, Gott sei seiner Seele gnädig! Die Werkstatt und das Haus gehören jetzt mir.« Und nach einer kurzen, eingehenden Musterung fuhr er fort: »Ihr kommt vom Benediktinerkloster in Shrewsbury. Auf die eine oder andere Art erfahren wir so einiges.«

»Wir haben unsere Sorgen, wie Ihr gewiß schon gehört habt«, sagte Cadfael. Er warf den Zügel über einen Zaunpfosten, schüttelte seine Kutte aus und streckte seinen Rükken. »Ich werde Euch die Wahrheit sagen, wie ich es auch von anderen erwarte. Huon de Domville wurde am Morgen seines Hochzeitstages ermordet, und in seinem Jagdhaus nicht weit von hier hatte er eine Geliebte. Auf dem Heimweg von ihr fiel er in einen Hinterhalt, und sie ist nicht mehr in jenem Haus. Man sagt, ihr Name sei Avice von Thornbury, Tochter jenes Ulger, der auch Euer Vater war. Domville hat sie in dieser Gegend kennengelernt und mitgenommen. Ich glaube nicht, daß ich Euch irgend etwas sage, das Ihr nicht schon wißt.«

Ein Schweigen trat ein. Das Gesicht des Wagners war, trotz aller naiver Offenheit, plötzlich hart geworden. Er sagte kein Wort.

»Es ist weder meine Aufgabe noch meine Absicht«, sagte Cadfael schließlich, »Eure Schwester einer Gefahr auszusetzen. Gleichwohl mag es sein, daß sie etwas weiß, das der Gerechtigkeit dienen kann. Von ihrer Aussage hängt nicht nur die Bestrafung des Schuldigen, sondern vielleicht auch das Leben eines Unschuldigen ab. Ich möchte lediglich mit ihr sprechen. Sie hat in Domvilles Jagdhaus ihr Pferd und wahrscheinlich noch andere Dinge zurückgelassen, die ihr gehören. Sie ist zu Fuß verschwunden, und ich glaube, daß sie hierher, zu ihrer Familie gegangen ist.«

»Es ist lange her«, sagte Ulger nach einem langen Schweigen, »daß ich eine Schwester hatte. Schon lange betrachtet Avice von Thornbury mich und die Meinen nicht mehr als ihre Familie.«

»Das verstehe ich«, sagte Cadfael. »Und dennoch – Blut ist dicker als Wasser. Ist sie hierher gekommen?«

Ulger sah ihn ernst an und gab sich einen Ruck. »Ja.«

»Vor zwei Tagen? Kurz nachdem sich herumgesprochen hatte, daß Huon de Domville tot ist?«

»Ja, sie kam vor zwei Tagen, am späten Nachmittag. Sie hatte von diesem Mord erfahren, aber wir wußten noch nichts davon.«

»Wenn sie hier ist«, sagte Cadfael, »muß ich mit ihr sprechen.« Er sah zum Haus, aus dem eine hübsche, robuste Frau getreten war, die bei seinem Anblick gleich wieder drinnen verschwand. In einem Winkel des Hofes war ein etwa vierzehnjähriger Junge dabei, Speichen aus Eichenholz für ein leichteres Rad abzuschleifen. Das mußten Ulgers Frau und Sohn sein. Sonst war niemand zu sehen.

»Sie ist nicht hier«, sagte Ulger. »Und in meinem Haus wäre sie auch nicht willkommen. Wir haben sie nur einoder zweimal gesehen, seit sie sich entschlossen hatte, ihrer Familie und ihrem Volk Schande zu machen und die Hure eines normannischen Barons zu werden. Als sie kam, sagte ich ihr, daß ich alles für sie tun würde, was ein Mann für seine Schwester tun sollte – mit einer Ausnahme: Ich würde sie nicht in das Haus lassen, das sie vor langer Zeit für Geld und ein bequemes Leben verlassen hat. Sie schien nicht beleidigt oder niedergeschlagen. Denkt über sie, was Ihr wollt – ich jedenfalls werde aus ihr nicht schlau. Sie bat mich höflich und ruhig um drei Dinge: Ich sollte ihr mein Pony leihen, ein einfaches Frauengewand geben, das sie anstelle ihrer schönen Kleider anziehen konnte, und mein Sohn sollte sie dorthin führen, wo sie hin wollte, und das Pferd wieder zurückbringen. Sie hatte einen Weg von drei Meilen vor sich, und dafür waren ihre leichten Schuhe nicht geeignet.«

»Und diese drei Wünsche habt Ihr ihr erfüllt?« fragte Cadfael verwundert.

»Ja. Sie legte ihr Gewand hier in der Werkstatt ab und zog ein altes Kleid von meiner Frau an. Ihre Ringe und ihre goldene Halskette gab sie meiner Frau, denn sie sagte, sie habe keine Verwendung mehr dafür, und der Schmuck könne dazu dienen, ihre Schuld bei uns abzutragen. Dann stieg sie auf das Pony, und der Junge begleitete sie zu Fuß, und vor Einbruch der Dunkelheit kam er mit dem Pferd zurück. Das ist alles, was ich weiß, denn ich habe ihr keine weiteren Fragen gestellt.«

»Ihr habt sie nicht einmal gefragt, wohin sie wollte?«

»Nicht einmal das. Aber mein Sohn hat es mir gesagt, als er wieder hier war.«

»Und wohin ist sie gegangen?«

»Zu einem Ort namens Godric's Ford. Das ist ein Stück westlich von hier im Wald.«

»Das kenne ich«, sagte Cadfael und nickte. Godric's Ford war ein kleiner Waldbauernhof, der zum Kloster der Benediktinerinnen in Polesworth gehörte. Also war Avice in das nächstgelegene Kloster geflüchtet, um im Schutz eines mächtigen und angesehenen Ordens zu warten, bis Huon de Domvilles Mörder gefaßt, sein Tod gerächt und seine Geliebte vergessen war. Es mochte gut sein, daß sie in diesem sicheren Hafen bereit war, zu sagen, was sie wußte, vorausgesetzt, sie selbst konnte in ihrem Refugium bleiben.

Cafael dankte Ulger für seine Hilfe und bestieg sein Maultier, um nach Godric's Ford zu reiten. Wenn diese Frau fürchtete, sie könne in einen Skandal und in ein Verbrechen hineingezogen werden, dann hätte sie keine bessere Entscheidung treffen können.

Und doch...! Und doch hatte sie ihr Pferd zurückgelassen und war zu Fuß gegangen. Und doch hatte sie ihre kostbaren Gewänder gegen ein einfaches Bauernkleid eingetauscht und ihren Schmuck abgelegt, um die Schulden bei ihrer Familie zu begleichen, die sie vor langer Zeit verlassen hatte...

Der Waldbauernhof in Godric's Ford lag auf einer großen Lichtung. Er bestand aus einem soliden, langen und niedrigen Haus, einer kleinen Holzkapelle und einem ordentlichen, von einer Steinmauer eingefaßten Küchen- und Obstgarten, dessen Bäume bereits die Hälfte ihrer gelb verfärbten Blätter verloren hatten. In einem frisch umgegrabenen Beet innerhalb der Mauer stand eine rundliche Novizin mittleren Alters und pflanzte Kohlsetzlinge ein. Cadfael betrachtete sie, während er durch das Tor ritt und abstieg, und ihm fiel auf, wie sicher und sparsam ihre Bewegungen waren. Nonnen wie Mönche der Benediktiner sind körperlicher Arbeit nicht abgeneigt und werden dazu angehalten, sich dem Ackerbau ebenso eifrig zu widmen wie dem Gebet. Diese Frau, deren Gesichtsfarbe rosig und gesund war, ging so umsichtig zu Werk wie eine gute Hausfrau. Sie drückte die Erde um die Setzlinge mit dem Fuß fest und klopfte sich mit ruhiger Zufriedenheit die Erde von den Händen. Sie war untersetzt und nicht sehr groß, und ihr rundes Gesicht hatte, insbesondere um Mund und Kinn, einen festen, entschlossenen Ausdruck.

Als sie Cadfael und sein Maultier bemerkte, richtete sie sich mit einem Seufzer und jener Langsamkeit auf, an der man den echten Gärtner erkennt, und musterte ihn aus klugen, braunen Augen unter fragend zusammengezogenen Brauen mit einem Blick, dem nichts zu entgehen schien.

Ohne Eile kam sie auf ihn zu.

»Gott sei mit Euch, Bruder!« sagte sie freundlich. »Kann ich irgend etwas für Euch tun?«

»Gottes Segen sei auf diesem Haus!« antwortete Cadfael förmlich. »Ich möchte mit einer Dame sprechen, die kürzlich darum gebeten hat, hier aufgenommen zu werden. Jedenfalls schließe ich das aus dem, was ich über sie in Erfahrung gebracht habe. Ihr Name ist Avice von Thornbury. Könnt Ihr mich zu ihr bringen?«

»Mit Vergnügen!« sagte die Novizin. Auf ihren rosigen Wangen erschien plötzlich ein Grübchen, um gleich darauf wieder zu verschwinden. Einen Augenblick lang hatte sich ihre reife, ruhige Schönheit gezeigt, aber jetzt sah sie wieder so schlicht und demütig aus wie zuvor. »Wenn Ihr Avice von Thornbury sucht, so habt Ihr sie gefunden. Ihr steht vor ihr.«

Sie saßen sich an einem Tisch in der kleinen, dunklen Stube des Hauses gegenüber: Ein Benediktinermönch und eine zukünfige Benediktinernonne, die sich mit gegenseitigem Interesse betrachteten. Die Mutter Superior hatte ihnen die Erlaubnis gegeben und die Tür geschlossen. Avices Auftreten war so selbstsicher, daß es erstaunlich war, daß sie überhaupt irgend jemand um Erlaubnis bat, mit ihrem Besucher sprechen zu dürfen, und noch erstaunlicher, daß sie ihre Bitte mit so ansprechender Demut vorgetragen hatte. Cadfael war jedoch bereits zu dem Schluß gekommen, daß dies nicht die letzte Überraschung sein würde, die diese Frau für ihn bereithielt.

Wo war nun die Frau, die er erwartet hatte: die verwöhnte, verdorbene Geliebte eines normannischen Barons, die es gewöhnt war, ihre Schönheit zur Schau zu stellen? Eine solche Frau hätte sich große Mühe gegeben, sich ihr hübsches Gesicht mit Salben, Schminke und geheimen Zaubersprüchen zu erhalten, sie hätte gefastet, um kein Fett anzusetzen, und versucht, ihrem Gang und ihren Bewegungen jene

Grazie zu verleihen, die die Augen der Männer auf sich zieht. Diese Frau aber hatte sich mit ihrem Alter abgefunden, sie versuchte nicht, die Falten in ihrem Gesicht und an ihrem Hals zu verbergen und den Vormarsch der grauen Strähnen aufzuhalten, die sich in ihrem braunen Haar zeigten. Sie war immer noch flink und beweglich und würde es auch immer bleiben – sie war selbstsicher und verspürte kein Bedürfnis, sich anders darzustellen als sie war. Und so, wie sie war, hatte sie es geschafft, Huon de Domville länger als zwanzig Jahre zu faszinieren.

»Ja«, beantwortete sie Cadfaels Frage bereitwillig, »ich war in Huons Jagdhaus. Ganz gleich, wo er hinging – er wollte mich immer in der Nähe haben. Ich habe im Lauf der Jahre jeden Winkel seiner Besitzungen kennengelernt.« Ihre Stimme war leise, wohltönend und so heiter-gelassen wie ihre ganze Erscheinung, und sie sprach über ihre Vergangenheit wie eine ehrbare Hausfrau, die sich nach dem Tod ihres Mannes an ruhige, häusliche Freuden erinnert, an ein Leben, in dem es keine Höhepunkte gegeben hatte.

»Und als Ihr von seinem Tod erfuhrt«, sagte Cadfael, »da hieltet Ihr es für das Beste, von dort zu verschwinden? Hat man Euch gesagt, daß es Mord war?«

»Bis zum Nachmittag jenes Tages wußte es jedermann«, antwortete sie. »Ich hatte nichts damit zu tun, und ich habe keine Ahnung, wer so etwas getan haben könnte. Ich hatte keine Angst, falls Ihr das denken solltet, Bruder Cadfael. Ich habe noch nie irgend etwas aus Angst getan.«

Das hatte sie nicht gesagt, als wolle sie sich damit brüsten, und Cadfael glaubte ihr. Er hätte sogar geschworen, daß sie in ihrem ganzen Leben noch nie Angst verspürt hatte. Sie sprach das Wort mit einer Art unbestimmter Neugier aus, so als streiche sie mit ihrer Hand über ein Schaffell, um das Gewicht und die Qualität der Wolle zu bestimmen.

»Nein, ich hatte keine Angst – vielmehr widerstrebte es mir, in einen Skandal hineingezogen zu werden. Mehr als zwanzig Jahre lang habe ich ein sehr verschwiegenes Leben geführt, und ich könnte es nicht ertragen, wenn mein Name nun auf einmal in aller Munde wäre. Und wenn etwas vorüber ist, warum noch Zeit verlieren? Ich konnte ihn nicht ins Leben zurückholen. Das war also vorbei. Ich bin jetzt vierundvierzig Jahre alt und habe eine ganze Reihe Erfahrungen gemacht. Ich glaube übrigens«, sagte sie und sah ihm gerade ins Gesicht, und die Grübchen auf ihren Wangen erschienen und verschwanden wieder, »daß dasselbe auch für Euch gilt, Bruder. Ich habe nämlich nicht das Gefühl, daß meine Erscheinung Euch so überrascht hat, wie ich dachte.«

»Offen gesagt«, sagte Cadfael, »kann ich mir niemanden vorstellen, der von Euch nicht überrascht wäre. Ja, Ihr habt recht – ich bin in der Welt herumgekommen, bevor ich mein Gelübde ablegte. Wäre es töricht von mir, anzunehmen, daß es diese Fähigkeit, andere in Erstaunen zu versetzen, war, die Huon de Domville für Euch eingenommen hat?«

»Ihr werdet es kaum glauben«, sagte Avice, lehnte sich mit einem Seufzer zurück und faltete ihre breiten, hübschen Hände vor ihrem Bauch, »aber ich kann mich kaum daran erinnern. Ich weiß jedoch noch, daß ich schlau und ehrgeizig genug war, um zuzugreifen, als jemand des Wegs kam, der mich aus jenem armseligen kleinen Dorf herausholte und bereit war, für mein Leben aufzukommen. Ich bin immer noch schlau und ehrgeizig, und ich glaube, für eine Frau meines Alters und meiner Vergangenheit ist der Entschluß, den ich gefaßt habe, der beste.«

Sie hatte weit mehr gesagt, als die Worte ausdrückten, und wußte auch sehr gut, daß er alles verstanden hatte. Sie hatte sofort erkannt, daß ein Lebensabschnitt zu Ende gegangen war, und da sie inzwischen nicht nur zu alt für eine zweite Liaison war, sondern auch zu klug, um eine solche Verbindung zu wollen, und vielleicht zu treu, um diesen Gedanken nach so vielen Jahren mit Huon de Domville überhaupt in Erwägung zu ziehen, hatte sie sich nach einem anderen Betätigungsfeld für ihre Kraft und ihre Energie umgesehen. Angesichts ihrer Vergangenheit durfte sie an eine normale Ehe nicht einmal denken. Welcher Weg stand ihr also noch offen?

»Ihr habt recht«, sagte Avice ruhig und gelassen. »Ich habe die Zeit, in der ich auf Huon wartete, gut genutzt, und ich habe oft gewartet, manchmal wochenlang. Ich kann lesen, schreiben und rechnen, ich beherrsche viele Fertigkeiten, und ich muß einsetzen, was ich habe und was ich kann. Meine Schönheit ist vergangen – sie war nie besonders bemerkenswert –, und es ist unwahrscheinlich, daß jemand mich begehrt und mich aushält. Huon hatte nie etwas an mir auszusetzen. Er war an mich gewöhnt. Wenn er anderer Frauen überdrüssig war, kam er zu mir.«

»Habt Ihr ihn geliebt?« fragte Cadfael. Sie war ihm gegenüber so offen, daß er glaubte, diese Frage stellen zu dürfen, ohne indiskret zu sein. Avice dachte lange nach.

»Nein, ich kann nicht behaupten, daß ich ihn geliebt hätte – das war nicht das, was er wollte. Nach all diesen Jahren war sicher eine gewisse Wärme zwischen uns. Wir hatten uns aneinander gewöhnt, weil wir einander entsprachen, und diese Gewöhnung ließ nicht nach. Manchmal haben wir nicht einmal miteinander geschlafen«, sagte die zukünftige Nonne nachdenklich. »Wir haben nur zusammengesessen und Wein getrunken, Schach gespielt – das hat er mir beigebracht – oder fahrenden Sängern zugehört. Oder wir haben am Kamin gesessen, er mit einem Glas Wein und ich mit einer Stickarbeit. Manchmal haben wir uns nicht einmal gestreichelt oder berührt, obwohl wir im selben Bett schliefen.«

Wie ein alter, verheirateter Lord und seine einfache, liebevolle Frau. Aber das war vorbei, und sie war ein Mensch, der Tatsachen ins Auge sah. Sie hatte aufrichtig um ihren toten Geliebten getrauert, auch wenn sie ihre weitere Zukunft plante und sich tatkräftig daran machte, ihre Pläne in die Wirklichkeit umzusetzen. Ihre Intelligenz brauchte ein Betätigungsfeld. Die Möglichkeiten, die sie in ihrer Jugend gehabt hatte, waren dahin, aber sie hatte andere gefunden.

»Und doch kam er am Vorabend seines Hochzeitstages zu Euch«, sagte Cadfael. Und die Braut ist achtzehn Jahre alt, schön, fügsam und verfügt über große Besitztümer, setzte er in Gedanken hinzu.

Sie beugte sich über den Tisch. Ihr Gesicht war sanft, und ihre Augen schienen nach innen zu blicken, als denke sie mit Verwunderung und ohne Leidenschaft über die Eigenarten der menschlichen Seele nach, die so eigensinnig ist und doch so oft den eingefahrenen Wegen folgt.

»Ja, er ist gekommen. Es war das erste Mal, seit wir hier in Shrewsbury waren, und zugleich auch das letzte Mal, daß wir uns überhaupt gesehen haben. Der Vorabend seines Hochzeitstages... Ja, eine Hochzeit ist ein Geschäft, nicht wahr? Nicht anders als ein Konkubinat! Liebe – ja, das ist etwas anderes, das hat mit beidem nichts zu tun. Ich hatte ihn erwartet. An meiner Stellung hätte sich nichts geändert, wenn Ihr versteht, was ich meine.«

Bruder Cadfael verstand. Die Geliebte, die Huon de Domville sich seit zwanzig Jahren hielt, hätte sich nicht von einer Frau verdrängen lassen, die er gekauft hatte wie alle seine Frauen und die sechsundzwanzig Jahre jünger war als sie. Sie lebten in zwei verschiedenen Welten, und die Geliebte hatte ihre eigenen Rechte.

»Er kam allein?

»Ja, allein.«

»Um welche Zeit verließ er Euch?« Jetzt kamen sie zur wichtigsten Frage. Diese ehrbare Dirne hatte gewiß nichts mit Domvilles Tod zu tun, ja sie hatte ihn nicht einmal mit seinem Verwalter betrogen, jenem eifersüchtigen, mißtrauischen und ihr vollkommen ergebenen Mann, der aus langer und sicher wohlverdienter Treue zu ihr hielt. Diese Frau wußte mit denen umzugehen, die zufällig ihre Diener waren, und hatte sie respektiert, so wie diese gelernt hatten, sie zu respektieren.

Sie überlegte genau. »Es war nach sechs Uhr morgens. Ich weiß nicht genau, wie lange nach sechs Uhr es war, aber es wurde bereits hell. Ich begleitete ihn bis zum Tor. Man konnte schon Farben unterscheiden – es muß gegen halb sieben gewesen sein. Ich ging nämlich zu dem Busch, wo der Steinsame wächst – er blüht dieses Jahr sehr spät –, pflückte einige Stengel und steckte sie ihm an seine Kappe.«

»Also war es nach sechs Uhr, und zwar eher halb sieben als Viertel nach sechs«, überlegte Cadfael laut. »Dann konnte er erst eine Viertelstunde vor der Prim, wahrscheinlich aber erst noch etwas später, an der Stelle sein, wo er ermordet wurde.«

»Das weiß ich nicht, Bruder, denn ich weiß nicht, wo diese Stelle ist. Aber es muß etwa zwanzig Minuten nach sechs gewesen sein, als er aufbrach.«

Selbst wenn er schneller geritten war, als es das Licht zuließ, mußte er eine Viertelstunde gebraucht haben, um den Ort zu erreichen, an dem sein Mörder auf ihn wartete. Die Tat selbst mußte mindestens zehn Minuten in Anspruch genommen haben. Der Mörder konnte sich also frühestens um Viertel vor sieben, wahrscheinlich aber erst erheblich später, vom Tatort entfernt haben.

Nur eine einzige wichtige Frage war noch ungeklärt. Viele andere, die Cadfael beschäftigt hatten, bevor er Avice kennengelernt und begonnen hatte, sich an allen falschen Annahmen vorbei zur Wahrheit vorzuarbeiten, hatten sich bereits erledigt. So zum Beispiel, warum sie all ihr Hab und Gut, selbst ihren Schmuck, abgelegt, ihr Pferd im Stall gelassen und alles aufgegeben hatte, mit dem Domville sie ausgestattet hatte. Zuerst hatte er gedacht, sie habe sich eilig und voller Angst verstecken wollen und sich, ohne einen klaren Gedanken zu fassen, aller Dinge entledigen wollen, die sie mit dem Toten in Verbindung hätten bringen können. Dann, als er gesehen hatte, daß sie bereits die Tracht der Novizinnen trug, hatte er es für möglich gehalten, daß sie Reue empfand und es für nötig hielt, allen weltlichen Besitz aufzugeben, bevor sie sich in ein Kloster zurückzog, um die zweite Hälfte ihres Lebens damit zu verbringen, für die erste Hälfte zu büßen. Jetzt erkannte er die Ironie, die in diesem Gedanken lag. Avice von Thornbury bereute nichts. Sie hatte gesagt, sie habe nie vor etwas Angst gehabt, und er war sicher, daß sie noch nie etwas bereut hatte. Sie hatte einen Vertrag geschlossen, und solange Huon de Domville lebte, hatte sie diesen Vertrag eingehalten. Jetzt war sie wieder ihr eigener Herr und konnte tun und lassen, was sie für richtig hielt.

Sie hatte ihren Schmuck abgelegt, wie ein alter Soldat seine Waffen ablegt, sobald er keine Verwendung mehr für sie hat, weil er beschlossen hat, das Schwert mit dem Pflug zu vertauschen. Und genau das war es, was sie jetzt tun würde. Ihr Acker würde die Wirtschaft des Klosters der Benediktinerinnen sein, und dieser Aufgabe würde sie sich gründlich und mit Erfolg annehmen. Cadfael empfand ein gewisses Mitleid mit den Nonnen, in deren Taubenschlag dieser harmlos wirkende Falke gelandet war. In drei oder vier Jahren würde sie die Mutter Superior von Godric's Ford und in zehn Jahren die Äbtissin von Polesworth sein, und sie würde nicht nur das Ansehen und den Einfluß dieses Klosters mehren, sondern auch seine finanzielle Lage verbessern. Möglicherweise würde man sie nach ihrem Tod als Heilige verehren.

Cadfael war zwar davon überzeugt, daß ihre Ehrlichkeit und Verläßlichkeit außer Zweifel standen, hielt es aber dennoch für seine Pflicht, sie darauf hinzuweisen, daß es für eine gewisse Zeit mit ihrer Ruhe vorbei sein würde, falls sie sich entschloß, eine Aussage zu machen.

»Ihr werdet verstehen«, sagte er behutsam, »daß der Sheriff in einem Prozeß auf Leben und Tod darauf bestehen wird, daß Ihr als Zeugin vor Gericht erscheint, und daß das Leben Unschuldiger von Eurer Glaubwürdigkeit abhängen wird. Seid Ihr bereit, vor Gericht dasselbe auszusagen, was Ihr mir mitgeteilt habt?«

»In meinem ganzen Leben«, antwortete Avice von Thornbury, »habe ich zumindest eine Sünde nie begangen. Besser gesagt: Ich war nie in Versuchung, sie zu begehen. Ich lüge nicht, und ich täusche niemanden. Wenn es Euer Wunsch ist, werde ich vor Gericht erscheinen und meine Aussage beschwören.«

»Dann habe ich nur noch eine einzige Frage, die Ihr mir vielleicht beantworten könnt. Wie Ihr möglicherweise bereits wißt, hat Huon de Domville all seine Diener und Knappen zu Bett geschickt, bevor er zu Euch ritt, und alle, die zu seinem Haushalt gehören, behaupten, nicht gewußt zu haben, wohin er geritten sein könnte. Und doch muß ihm derjenige, der ihm aufgelauert und ihn ermordet hat, weit genug gefolgt sein, um zu wissen, daß Domville auf demselben Weg zurückkehren würde. Noch wahrscheinlicher ist es, daß der Mörder sehr gut wußte, wohin der Baron ritt. Wer immer dieses Wissen besaß, wußte auch, daß Ihr im Jagdhaus wart. Ihr habt gesagt, daß Ihr immer sehr diskret wart, und doch muß es einen gegeben haben, der Euch und Euer Verhältnis zu Domville kannte.«

»Selbstverständlich bin ich nie ohne Begleitung gereist«, sagte sie. »Ich nehme an, einige von Huons älteren Dienern vermuteten, daß ich immer in der Nähe war, aber ob sie wußten, wo... Nein, das konnte nur derjenige wissen, der mich, zwei Tage bevor Huon und sein Gefolge in Shrewsbury eintrafen, auf seine Anweisung hierher brachte. Huon hat immer nur einen einzigen seiner Leute ins Vertrauen gezogen – warum hätten es auch mehr sein sollen? –, und während der letzten drei Jahre war es immer derselbe.«

»Dann sagt mir, wie er heißt«, sagte Bruder Cadfael.

9

An diesem Morgen konzentrierte der Sheriff seine Suche auf das Gebiet südlich des Meole-Baches. In weit auseinandergezogener Linie, jeder in Sichtweite seines Nachbarn, arbeiteten sich die Männer langsam und methodisch wie Treiber vor. Trotzdem hatten sie niemanden aufgestöbert – nirgendwo war Joscelin Lucy aus der Deckung gebrochen, um zu fliehen, und niemand, dem sie begegnet waren, hatte Ähnlichkeit mit dem Gesuchten. Nachdem sie den weniger dicht bewaldeten Teil der Bachniederung abgesucht hatten, legten sie eine Pause ein, um etwas zu essen. Die Aussätzigen von Saint Giles waren neugierig herbeigekommen und sahen aus gebührender Entfernung zu. Gilbert Prestcote war schlecht gelaunt und bemerkenswert kurz angebunden. Andere waren mit dem Ergebnis zufriedener.

»Er ist bestimmt schon über alle Berge«, sagte Guy hoffnungsvoll zu Simon, als sie am Haus des Bischofs absaßen, um ein eiliges Mittagessen einzunehmen. »Ich wollte nur, wir wüßten es genau. Die Suche nach ihm würde mir wesentlich mehr Spaß machen, wenn ich sicher sein könnte, daß wir ihn nicht finden. Ich hätte nichts dagegen, zu sehen, daß Picards Gesicht immer finsterer wird, und es würde mich regelrecht freuen, wenn sein Pferd einen Huf in ein Kaninchenloch setzen und ihn abwerfen würde. Der Sheriff tut nur seine Pflicht, ihm bleibt nichts anderes übrig, aber Picard macht freiwillig mit. Ein öffentliches Amt ist eine Sache, Rachsucht eine andere.«

»Er glaubt wirklich, daß Joss den Alten umgebracht hat«, sagte Simon schulterzuckend. »Kein Wunder, daß er ihn hängen sehen will. All seine Pläne sind zunichte gemacht, und er ist ein Mann, der Rache um jeden Preis will. Stell dir vor – er ist sogar auf mich losgegangen. Und dabei habe ich nichts weiter getan, als ihm zu widersprechen und zu sagen, daß Joscelin meiner Meinung nach weder einen Diebstahl noch einen Mord begangen hat. Seitdem bin ich bei ihm oder seiner Frau nicht mehr willkommen.«

Guy sperrte den Mund auf. »Was du nicht sagst! Wußtest du schon,daß du als sein Nachbar eingeteilt bist, wenn wir nach dem Essen weitermachen? Behalt Picard gut im Auge, mein Freund, und kehre ihm nie den Rücken zu, sonst könnte er auf Gedanken kommen. Ich würde ihm nicht trauen, und das Gebiet, das wir heute nachmittag durchsuchen werden, ist dicht bewaldet.«

Er meinte es nicht wirklich ernst. Die Erleichterung darüber, daß sein Freund noch immer nicht gefaßt war, hatte ihn übermütig gemacht. Im Augenblick galt seine Aufmerksamkeit mehr dem Teller, den er vor sich hatte, denn die Oktoberluft war kühl und konnte einen gesunden jungen Mann sehr hungrig machen.

»Wenn ich an den Blick denke, den er mir zuwarf, als er mich aus Ivetas Zimmer wies, könnte ich dir fast recht geben«, gab Simon zu. »Ich werde ihn im Auge behalten und mein Schwert schneller ziehen als er, wenn es sein muß. Wenn es dunkel wird, kann jeder nach Hause gehen, wie es ihm beliebt, und dabei werde ich darauf achten, daß ich genügend Vorsprung vor ihm habe. Außerdem«, fügte er mit einem verstohlenem Lächeln hinzu, »habe ich vor dem Vespergottesdienst noch etwas Wichtiges zu erledigen, und ich werde dafür sorgen, daß er mir dabei nicht in die Quere kommt.« Gesättigt lehnte er sich zurück. »Wo wirst du heute nachmittag sein?«

»Bei den Sergeants des Sheriffs!« Guy verzog das Gesicht und grinste. »Meinst du, man hat bemerkt, daß ich nicht mit dem Herzen dabei bin? Na ja, wenn ich in die falsche Richtung sehe, ohne daß es auffällt, kann mir ja nichts passieren. Der Sheriff ist ein anständiger Mann, aber er wird langsam ärgerlich – vor den Toren seiner Stadt ist ein Baron ermordet worden, und König Stephen wird bald davon erfahren. Kein Wunder, daß Prestcote ungeduldig wird.« Er schob die Bank, auf der er saß, zurück, reckte sich und holte tief Luft. »Bist du soweit? Dann laß uns gehen. Ich werde froh sein, wenn ich heute abend im Bett liege und Joss noch auf freiem Fuß ist.«

Sie saßen wieder auf und ritten in die Bachniederung unterhalb von Saint Giles, wo die Männer sich wieder sammelten, um das Busch- und Waldland weiter südlich langsam und gründlich abzusuchen.

Auf einem Hügel südlich der Landstraße, der einen guten Ausblick auf das breite Tal bot, standen zwei große, verhüllte Gestalten und beobachteten, wie sich die Männer dort unten sammelten und formierten. Auf den Bachwiesen war die weit auseinandergezogene Kette gut zu sehen, aber schließlich verschwand sie zwischen den Bäumen. Jeder der Männer hielt den vorgegeben Abstand zu seinen Nachbarn ein. Die Sonne arbeitete sich durch einen leichten Nebel, und als die Männer in den Wald eintauchten, leuchteten ihre Kleider zwischen den Blättern auf wie farbiger Staub, verschwanden und tauchten wieder auf, um erneut zu verschwinden. Die beiden auf dem Hügel ließen die Männer, die sich langsam südwärts vorarbeiteten, nicht aus den Augen.

»Sie werden die Suche erst gegen Einbruch der Dunkelheit abbrechen«, sagte Lazarus und ließ seinen Blick über die Wiesen schweifen, die jetzt wieder verlassen dalagen. Alles war ruhig – das Stimmengewirr war verklungen und das Farbenspiel verschwunden. Das milde Sonnenlicht ließ die beiden Wasserläufe aufblitzen. Der vordere war der Mühlkanal, der zum Klosterweiher und der Mühle führte, der hintere war der Meole-Bach, dessen Bett hier steinig und gewunden war und der im Vergleich zu der Breite, die er am Klostergarten, kaum eine Meile weiter, hatte, seltsam schmal wirkte. An einer seichten Verzweigung des Baches weiter südlich schwammen einige Gänse. Bachaufwärts, an einer tieferen, von Steinen gesäumten Stelle, war das Kind, das die Gänse hütete, mit Fischen beschäftigt.

»Der Zeitpunkt ist gut gewählt«, sagte Joscelin und holte tief Luft. »Dank des Eifers des Sheriffs wird bis zum Einbruch der Dunkelheit kein einziger Bewaffneter im ganzen Tal sein. Und bis dahin werden sie erschöpft sein. Ich könnte es nicht besser abgepaßt haben.«

»Und auch ihre Pferde werden müde sein«, sagte Lazarus trocken und sah seinen Gefährten mit seinen hellblauen Augen an. Es machte Joscelin nichts mehr aus, daß er das Gesicht des anderen nicht sehen konnte. Die Augen und die Stimme reichten aus, um ihn als Freund zu erkennen.

»Ja«, sagte Joscelin, »daran habe ich auch schon gedacht.«

»Und da er fast alle Männer und Pferde der Gegend aufgeboten hat, sind nur sehr wenige frische Pferde verfügbar.«

»Ja.«

Bran kam durch das hohe Gras auf sie zugerannt, drängte sich zwischen sie und nahm sie an der Hand. Es störte ihn nicht, daß an einer der Hände zweieinhalb Finger fehlten. Mit jedem Tag nahm der Junge etwas zu, die Knoten an seinem Hals waren so geschrumpft, daß sie kaum noch wahrnehmbar waren, und sein blondes Haar wuchs immer dichter und bedeckte die Narben, die die wunden Stellen auf seinem kleinen Kopf zurückgelassen hatten.

»Sie sind weg«, sagte er einfach. »Was machen wir jetzt?«

»Wir?« fragte Joscelin. »Ich denke, es ist höchste Zeit für deinen Unterricht bei Bruder Mark? Oder hast du heute frei?«

»Bruder Mark sagt, er muß arbeiten.« Das klang nicht so, als sei Bran sehr beeindruckt. Schließlich arbeitete Bruder Mark immer, außer wenn er schlief. Der Junge wäre sogar bereit gewesen, über diese Abfuhr etwas beleidigt zu sein, wenn er nicht diese beiden Freunde gehabt hätte, mit denen er sich die Zeit vertreiben konnte. »Du hast gesagt, du würdest heute alles tun, was ich sage«, erinnerte er Joscelin streng.

»Das stimmt«, gab Joscelin ihm recht. »Bis zum Abend. Dann habe ich nämlich auch etwas zu tun. Aber bis dahin ist ja noch viel Zeit. Also – was soll ich tun?«

»Du hast gesagt, du könntest mir aus einem Stück Brennholz ein Pferd schnitzen, wenn du ein Messer hättest.«

»Ja, das kann ich, und vielleicht auch ein kleines Geschenk für deine Mutter. Wir müssen nur ein passendes Stück Holz finden. Aber was das Messer angeht – ich bezweifle, daß sie uns in der Küche eins leihen werden, und das, mit dem Bruder Mark seine Schreibfedern zurechtschneidet, wage ich nicht zu nehmen. Da würde ich ja Kopf und Kragen riskieren«, sagte Joscelin leichthin, aber plötzlich durchfuhr ihn der Gedanke, daß sein Leben tatsächlich keinen Pfifferling mehr wert sein würde, wenn die Männer früher als erwartet zurückkehrten. Trotzdem – die wenigen Stunden bis zum Abend gehörten Bran.

»Aber ich habe ein Messer«, sagte der Junge stolz. »Ein scharfes Messer, meine Mutter hat damit Fisch ausgenommen, als ich noch klein war. Komm, wir suchen ein Stück Holz.« Die Sammler hatten die Brennholzvorräte des Hospizes aufgefüllt, und die beiden durften sich sicher ein kleines, gerade gewachsenes Stück Holz nehmen. Bran wollte beide Männer mit sich ziehen, aber Lazarus machte sich sanft los. Er ließ seinen Blick noch immer über die Wipfel der Bäume dort unten schweifen, wo das Rascheln der Männer im Unterholz inzwischen verklungen war.

»Ich habe Sir Godfrid Picard nur einmal gesehen«, sagte er nachdenklich. »Wo war er in der Kette, als sie aufbrachen?«

Erstaunt sah Joscelin ihn an. »Von hier aus war er der Vierte. Ein schlanker Mann mit dunklen Haaren und schwarzer und rostroter Kleidung. Er trug eine leuchtend rote Kappe mit einer Feder...«

»O ja...« Lazarus wandte nicht den Kopf und betrachtete noch immer unverwandt den Wald. »Ja, diese rote Kappe ist mir aufgefallen. Ein gutes Erkennungszeichen.«

Er setzte sich einige Schritte weiter ins Gras und lehnte sich an einen Baum. Als Joscelin schließlich Brans Drängen nachgab und mit ihm zum Hospiz ging, sah der alte Mann sich nicht um.

Bruder Mark hatte tatsächlich zu tun. Er war damit beschäftigt, für Fulke Reynald die Spenden an das Hospiz und die Ausgaben aufzulisten, aber da er sehr gewissenhaft war und seine Bücher immer in Ordnung waren, hätte er diese Arbeit ebensogut an einem anderen Tag erledigen können. Ihm hatte hauptsächlich daran gelegen, eine Beschäftigung zu finden, die er auf der Veranda vor der Eingangshalle ausüben konnte. Dort war das Licht gut, und er konnte seinen geheimnisvollen Gast unauffällig im Auge behalten. Es war ihm nicht entgangen, daß jener junge Mann, der kein Aussätziger war, bei Prim und Frühstück gefehlt hatte und etwas später, Hand in Hand mit Bran, wieder aufgetaucht war. Offenbar hatte sich das Kind mit ihm angefreundet. Der Anblick der beiden – der Junge versuchte fröhlich hüpfend mit dem Mann, der sich vergeblich bemühte, den Gang des alten Lazarus nachzuahmen, Schritt zu halten, und der Mann hatte seinen Kopf aufmerksam gesenkt und hielt mit seiner großen Hand sanft die des Jungen umfaßt – hatte Bruder Mark zu dem unlogischen, aber verständlichen Gedanken verleitet, ein so freundlicher und kinderlieber Mensch könne unmöglich ein Dieb oder ein Mörder sein. Er hatte von Anfang an kaum glauben können, daß dieser Mann etwas gestohlen hatte, und je länger er nun diesen Flüchtling, der bei ihm Unterschlupf gefunden hatte, beobachtete – denn es fiel ihm inzwischen nicht mehr schwer, ihn von den anderen zu unterscheiden –, desto absurder fand er die Vorstellung, er könne es hier mit einem zu tun haben, der sich für diese falsche Anschuldigung durch einen Mord gerächt hatte. Denn wenn es so war, dann hätte er sich in seiner Verkleidung davongemacht, hätte seine Klapper geschwungen und wäre längst an den Posten des

Sheriffs vorbei in die Freiheit entkommen. Nein, er mußte hier noch etwas zu erledigen haben, etwas, das ihm weit wichtiger war als sein Leben, das ja, sollte man ihn fassen, in Gefahr war.

Dennoch lastete dies Wissen schwer auf Marks Gewissen. Er allein wußte, wer sich hierhin geflüchtet hatte, er allein würde, wenn es zum Schlimmsten kam, dafür zur Rechenschaft gezogen werden, daß er diesen Mann aufgenommen hatte, ohne dem Sheriff Nachricht zu geben. Daher hatte Bruder Mark den Unbekannten seit seiner Rückkehr heute morgen nicht aus den Augen gelassen. Und bislang hatte der junge Mann es ihm auch leicht gemacht. Den ganzen Morgen hatte er sich zusammen mit Bran in der Nähe des Hospizes aufgehalten. Er hatte geholfen, das im Wald gesammelte Holz aufzustapeln und das letzte Heu, das man an der Straßenböschung geschnitten hatte, einzubringen. Er hatte mit Bran an einer ausgetrockneten Lehmpfütze gehockt und Zeichenspiele gespielt – der Lehm konnte immer wieder geglättet werden, wenn ein Spiel unter viel Gelächter beendet war. Nein, ein junger Bursche, der in Schwierigkeiten steckte und sich dennoch so rührend um ein Kind kümmerte, konnte kein Verbrecher sein, und bald mußte Mark feststellen, daß er den Mann nicht so sehr überwachen als vielmehr vor seinen Feinden zu schützen suchte.

Er hatte bemerkt, daß Joscelin und Lazarus die Straße überquert hatten und auf jenen Hügel gestiegen waren, von dem aus sie das ganze Tal überblicken und den Männern des Sheriffs zusehen konnten, und ihm war nicht entgangen, daß Joscelin mit Bran zurückkehrte, der an seiner Seite auf und ab hüpfte und in einem fort redete. Jetzt saßen die beiden an der Friedhofsmauer und schnitzten an einem Stück Holz herum, das sie aus dem Brennholzstapel gezogen hatten. Bruder Mark brauchte nur einige Schritte zu tun, um Brans Kopf sehen zu können, auf dem der blonde Haarschopf schnell nachwuchs. Das Kind beugte sich über die großen, geschickten Hände, die mit Fleiß daran arbeiteten, dem Holz eine neue Form zu geben. Hin und wieder hörte er freudiges Gelächter, und die Ursache dafür schien das zu sein, was dort Gestalt annahm. Bruder Mark dankte Gott dafür, daß er in seiner Barmherzigkeit die Armen und Ausgestoßenen nicht vergaß, und mit einem Mal wurde ihm bewußt, daß er auf der Seite dessen stand, der dem Jungen eine solche Freude machte.

Er war neugierig, was für Kunstwerke dort an der Friedhofsmauer entstehen mochten, und nach etwa einer Stunde gab er seiner menschlichen Schwäche nach und ging hin, um nachzusehen. Bran begrüßte ihn freudig und schwenkte etwas in seiner Hand. Es war ein Pferd, etwa eineinhalb Handbreit hoch, grob geschnitzt und ohne Feinheiten, aber dennoch klar erkennbar. Der mit Kapuze und Gesichtstuch verhüllte Kopf des Mannes war über eine zweite Arbeit gebeugt: Aus einem anderen Stück Holz schnitzte er den Kopf eines Kindes. Aus hellen blauen Augen warf er hin und wieder einen kurzen Blick auf Bran und konzentrierte sich dann wieder auf seine Arbeit. Seine Hände waren unversehrt, glatt, sonnengebräunt und jung. Er hatte alle Vorsicht vergessen.

Bruder Mark kehrte zu seinem Tisch zurück. Er empfand eine Verbundenheit mit dem jungen Mann, die er nicht hätte begründen können. Der kleine Kopf, der schon lebendig wirkte, bevor noch irgend etwas anderes als das Gesicht Gestalt angenommen hatte, hatte für ihn den Ausschlag gegeben.

Der Nachmittag verstrich, und langsam wurde es so dunkel, daß Mark die Zahlen, die er vor sich hatte, nicht mehr lesen konnte. Aber die Rechnungen waren ohnehin abgeschlossen, und er war sicher, daß Joscelin Lucy – dies war schließlich sein Name, warum ihn also nicht benutzen? – seine Schnitzerei ebenfalls nicht mehr erkennen konnte und seine Arbeit entweder abgebrochen oder aber Brans kleines Porträt fertiggestellt hatte. Kurz nachdem Bruder Mark die

Lampen im Haus angezündet hatte, kam der Junge hereingestürzt und schwenkte mit kleinen Begeisterungsschreien den Kopf, den sein Freund geschnitzt hatte.

»Seht nur, Bruder Mark! Das bin ich! Das hat mein Freund gemacht.«

Ja, ohne Zweifel: Das war er. Das ausdrucksvolle Gesicht des Jungen war lebendig wiedergegeben, wenn auch das zum Schnitzen ungeeignete Messer nicht alle groben Stellen im Holz hatte glätten können. Aber der Freund, der dieses kleine Kunstwerk geschaffen hatte, war nicht mit ins Haus gekommen.

»Lauf schnell zu deiner Mutter und zeig es ihr«, sagte Bruder Mark. »Das wird sie aufmuntern – sie war heute sehr niedergeschlagen. Es wird ihr sicher gefallen. Geh nur und zeig es ihr!« Bran nickte strahlend und lief hinaus. Selbst sein Gang war sicherer und schneller geworden, seit er nicht mehr ganz so mager war und regelmäßig etwas zu essen bekam.

Sobald der Junge fort war, erhob sich Bruder Mark von seinem Tisch. Die Abenddämmerung hatte eingesetzt, aber noch war es hell. Bis zum Vespergottesdienst würde noch eine Stunde vergehen. An der Friedhofsmauer saß niemand mehr. Joscelins Lucys große, hochaufgerichtete Gestalt schlenderte ohne Eile, wie einer, der einen Abendspaziergang macht, die grasbewachsene Böschung hinunter, blieb kurz stehen, um sich zu vergewissern, daß die Straße leer war, überquerte sie und ging auf den Baum zu, unter dem der alte Lazarus noch immer reglos saß.

Bruder Mark verließ seinen Platz und folgte ihm in einigem Abstand.

Lange Zeit regte sich nichts unter dem Baum. Dann bewegten sich die beiden Männer, tauschten einige Worte aus; offenbar verstanden sie sich auch, ohne viel zu sagen. Aus dem Zwielicht, in das eine verhüllte Gestalt eingetaucht war, erschien eine andere, die sich gegen den blassen Himmel abhob: Ein großer, schlanker Mann ohne Mantel und

Kapuze, der einfache, dunkle Kleider trug, so daß er mit den Schatten verschmolz. Er wandte sich wieder dem Baum zu. Mark glaubte zu erkennen, daß er sich, da der andere ihm nicht seine Wange darbot, zu einer Hand hinabbeugte. Gewiß gab er Lazarus einen Kuß, wie er unter Verwandten üblich ist.

Der weite blaue Mantel, das Kennzeichen des Aussätzigen, blieb unter dem Baum zurück. Offenbar wollte er das Hospiz von Saint Giles bei dem riskanten Unternehmen, das er vorhatte, keiner Gefahr aussetzen. Joscelin Lucy, der in diesem Augenblick nur das besaß, was er war und was er am Körper trug, ging mit langen, leichten Schritten den Hügel hinab ins Tal. Eine halbe Stunde noch bis zur Vesper, und im offenen Gelände war es immer noch gefährlich hell.

Bruder Mark wußte jetzt, was er zu tun hatte. Er schlug einen weiten Bogen um den Baum, unter dem Lazarus saß, und folgte Joscelin. Für die langen Beine des jungen Mannes stellte der Mühlkanal kein großes Hindernis dar. Mark jedoch war gezwungen, einen etwas unbeholfenen Sprung zu tun. Der Meole-Bach floß murmelnd durch sein steiniges Bett. Im trügerischen Abendlicht verschätzte sich Mark und landete mit einem Fuß im Wasser, erreichte das andere Ufer jedoch, ohne weiteren Schaden zu nehmen, und folgte Joscelin durch die Wiesen am Bach.

Auf halbem Weg zum Klostergarten bog der junge Mann plötzlich vom Bach ab und schlug sich in ein kleines Wäldchen am Rande der Wiesen. Bruder Mark tat es ihm gleich, wobei er jeden Baum als Deckung benutzte. Seine Augen hatten sich inzwischen an das Zwielicht gewöhnt, so daß er das Gefühl hatte, als werde es noch lange hell bleiben. Der Abendnebel war noch nicht aufgekommen, und die Luft war klar und rein. Zu seiner Rechten, auf der anderen Seite des Baches, hoben sich die Umrisse des Klosters mit seinen Dächern, Türmen und Mauern vom rosigen Abendhimmel ab, und die sanft ansteigenden Erbsenfelder und die Mauern und Hecken der Gärten dahinter waren gut zu erkennen.

Der Abend senkte sich herab; die Farben der Wiesenkräuter leuchteten noch einmal auf, bevor alles in verschiedene Grautöne getaucht war. Unter den Bäumen war alles dunkel, aber Mark, der sich vorsichtig voranschlich, konnte vor sich einen Schatten erkennen, der sich bewegte. Er vernahm auch schwache Geräusche: ein unruhiges Stampfen, und dann plötzlich ein leises, erregtes Wiehern, das, wie er glaubte, eilig durch eine liebkosende Hand gedämpft wurde. Er hörte ein Flüstern, kaum lauter als das Rascheln von Blättern, und dann tätschelte dieselbe Hand eine glatte, feste Schulter. Die Geräusche drücken ebenso deutlich wie Worte Freude und Hoffnung aus.

Von seinem Versteck unter den Bäumen, einige Meter entfernt, konnte Bruder Mark den silbergrauen Kopf und Hals eines Pferdes erkennen. Für ein solches nächtliches Unternehmen eignete sich diese Farbe nicht sonderlich gut. Der Verfolgte hatte also jemanden, der zu ihm hielt und ihm sein Pferd hierher gebracht hatte. Was würde als nächstes geschehen?

In diesem Augenblick ertönte vom Kloster her der leise, aber deutliche, helle Klang der Vesperglocke.

Etwa zur selben Zeit stutzte auch Bruder Cadfael beim Anblick eines hellgrauen Pferdes und hielt sein Maultier an, um es nicht aufzuscheuchen, während er überlegte, wie das Tier hierher gekommen sein könnte.

Er hatte es nicht eilig gehabt, sich zu verabschieden, denn er war der Meinung gewesen, er schulde der Mutter Superior von Godric's Ford wenigstens eine glaubwürdige Erklärung für seinen Besuch, und hatte festgestellt, daß diese nicht nur gastfreundlich, sondern auch einem Schwätzchen nicht abgeneigt war. Es kamen nur wenige Besucher dorthin, und Cadfael war immerhin ein Bruder desselben Ordens. Sie hatte ihn nicht gehen lassen wollen, bevor sie nicht alles über die gescheiterte Hochzeit und die darauf folgende Aufregung erfahren hatte, und Cadfael war seinerseits nicht geneigt gewesen, das Glas Wein, das ihm angeboten wurde, abzulehnen. So kam es, daß er etwas später aufgebrochen war, als er vorgehabt hatte.

Als er sein Maultier bestieg und zum Tor hinausritt, war Avice von Thornbury noch immer damit beschäftigt, Setzlinge einzupflanzen. Das Beet war fast voll, und sie trat die Erde um die kleinen Pflänzchen ebenso energisch und zufrieden fest wie zuvor. Mit derselben Zielstrebigkeit würde sie die Stufen der Hierarchie erklimmen, denn sie war ebenso aufrichtig und ehrlich wie ehrgeizig, würde aber kaum Rücksicht auf ihre schwächeren Schwestern nehmen, die es aus Mangel an Intelligenz, Energie und Erfahrung nicht so weit bringen würden wie sie. Sie winkte Cadfael freundlich zu, und für einen Augenblick erschienen wieder die Grübchen in ihren Wangen. Er dachte darüber nach, daß diese Spuren ehemaliger Schönheit unauslöschlich waren, und fragte sich, ob es besser für sie sein würde, dieses verschmitzte Lächeln, das auf Bischöfe irritierend wirken mußte, zu unterdrücken, oder ob es sich nicht vielmehr als eine brauchbare Waffe erweisen würde. Er mußte sich eingestehen, daß er große Achtung vor ihr hatte. Wenn sie vor Gericht mit derselben Aufrichtigkeit auftrat wie ihm gegenüber, würde niemand wagen, ihre Aussage anzuzweifeln.

Ohne Eile machte er sich auf den Heimweg und überließ das Tempo dem Maultier. Etwa zur Vesperzeit trabte er an der Stelle vorüber, an der Huon de Domville ermordet worden war. Er erkannte die Eiche wieder, und einige Minuten später, als die Wiesen am Bach bereits durch die Bäume zu sehen waren, hörte er ein raschelndes Geräusch zu seiner Rechten, das in einiger Entfernung mit ihm Schritt hielt. Die Vorsicht gebot ihm, sein Maultier anzuhalten und zu lauschen. Das Rascheln war noch immer deutlich zu hören, und wer es auch war, der da durch den Wald lief, er gab sich jedenfalls keine Mühe, seine Anwesenheit zu verbergen.

Das war beruhigend, und Cadfael setzte seinen Weg leise und mit gespitzten Ohren fort. Hier und dort, wo die Büsche in größerem Abstand standen, sah er den silbrigen Schimmer des Tieres, das ihn begleitete. Es war ein schlankes und gewiß recht schnelles Pferd, fahl wie ein Geist. In der Heiligen Schrift, dachte er, war es der Tod, der ein fahles Pferd ritt. Der Tod jedoch schien irgendwo abgestiegen zu sein, denn der reich verzierte Sattel war leer, und die Zügel hingen lose herab.

Nun stieg auch Cadfael ab, nahm das Maultier am Zügel und führte es in die Büsche auf das Pferd zu. Er lockte es leise, aber obwohl es ihn schon eine ganze Weile begleitet hatte, schien es Angst zu haben und wich vor ihm zurück. Geduldig folgte Cadfael ihm, aber sobald er zu nahe kam, trabte das graue Pferd tiefer in den Wald hinein. Hier hatten die Männer des Sheriffs am Nachmittag nach Joscelin Lucy gesucht, und gewiß waren sie erst kürzlich, gegen Einbruch der Dunkelheit, auf dem Heimweg hier vorbeigekommen. Jeder hatte sich seinen eigenen Weg gebahnt, und einer von ihnen war entweder abgeworfen worden und hatte, da er sein Pferd nicht hatte einfangen können, seinen Weg zu Fuß fortsetzen müssen, oder aber...

Plötzlich trat das Pferd mit graziösen Schritten in das vergleichsweise helle Licht einer kleinen, grasbewachsenen Lichtung, senkte den Kopf, um einige Grashalme abzurupfen, schreckte aber wieder hoch, als Cadfael näher kam, und verschwand unter den Bäumen auf der anderen Seite. Diesmal aber folgte er ihm nicht.

Auf der Lichtung lag ein Mann auf dem Rücken. Sein gelockter Bart zeigte in den Himmel, das lange schwarze Haar hing ihm in Strähnen über das Gesicht, seine Arme waren ausgebreitet, und seine Finger hatten sich ins Gras gekrallt. Seine Kappe aus rotem Brokat war zu Boden gefallen und zog nur durch die weiße Feder, die darin steckte, Cadfaels Aufmerksamkeit auf sich. Einige Schritte von der rechten Hand entfernt funkelte etwas Langes, Dünnes metallisch im

Licht der ersten Sterne. Vorsichtig tastete Bruder Cadfael danach und fand einen Dolch mit einer zwei Handbreit langen Klinge. Er strich mit dem Finger darüber, stellte fest, daß kein Blut daran war, und ließ ihn liegen, wo er war. Er würde ihn bei besserem Licht eingehender untersuchen. Im Augenblick gab es für ihn wenig mehr zu tun, als die Hand auf das Herz des Mannes zu legen. Es hatte aufgehört zu schlagen. Cadfael kniete so neben dem Toten, daß sein Schatten nicht auf ihn fiel, und versuchte, sein Gesicht zu erkennen. Selbst in diesem schlechten Licht konnte er sehen, daß es verzerrt war. Die Augen waren aus den Höhlen getreten, und die Zunge war geschwollen und zerbissen.

Wie Huon de Domville hatte irgend jemand dem Reiter des grauen Pferdes auf dem Heimweg aufgelauert, und diese Begegnung hatte Godfrid Picard nicht überlebt.

Bruder Cadfael ließ alles, wie er es vorgefunden hatte, überließ den Grauschimmel sich selbst, trieb das überraschte Maultier zur Eile und ritt, so schnell er konnte, zum Kloster zurück.

10

Iveta hatte den ganzen Tag Zeit, sich in Geduld zu üben und Berechnung zu lernen. Die Not ist eine hervorragende Lehrerin, und es war unbedingt nötig, bis zum Abend dieses Tages alle so in Sicherheit zu wiegen, daß niemand es für erforderlich hielt, jeden ihrer Schritte zu überwachen – vorausgesetzt, sie konnte das Kloster nicht verlassen. Und selbst wenn ihr das gelang, wohin hätte sie schon gehen können? Ihr Liebster wurde als Mörder gesucht, der einzige Freund, den sie besaß, hatte keinen Zugang zu ihr, und der Mönch, der so freundlich zu ihr gewesen war, war seit dem frühen Morgen nicht mehr gesehen worden. Wohin hätte sie gehen, bei wem hätte sie Zuflucht suchen sollen? Sie war ganz allein.

Während ihr rebellisches Herz den Abend herbeisehnte, hatte sie den ganzen Tag über ihre Rolle perfekt und überzeugend gespielt. Am Nachmittag hatte sie über Kopfschmerzen geklagt und mit der Begründung, die frische Luft werde ihr guttun, darum gebeten, im Garten spazierengehen zu dürfen, und da Madlen die Silberstickerei an einem Gewand ihrer Herrin ausbessern mußte, hatte man ihr gestattet, ohne Begleitung hinauszugehen. Agnes hatte verächtlich den Mund verzogen, als sie Iveta die Erlaubnis gab. Das Mädchen war so lammfromm, daß kaum zu erwarten war, daß sie irgend etwas tun würde, was das Mißfallen ihrer Tante erregte.

Mit langsamen Schritten und leidender Miene ging Iveta in den Garten und blieb sogar eine Zeitlang auf der ersten Steinbank sitzen, für den Fall, daß man ihr jemanden nachgeschickt hatte, der sie überwachen sollte; sobald sie jedoch sicher war, daß ihr niemand gefolgt war, schlüpfte sie geschwind durch eine Öffnung in der Hecke und ging über die kleine Brücke in den Kräutergarten. Die Tür des Gartenhauses stand weit offen, und drinnen war jemand bei der Arbeit. Iveta begann, an den Erfolg ihres Plans zu glauben. Natürlich hatte Bruder Cadfael einen Gehilfen. Es konnte ja vorkommen, daß während seiner Abwesenheit gewisse Arzneien plötzlich dringend gebraucht wurden. Irgend jemand mußte da sein, der sich mit diesen Mitteln auskannte und sie anzuwenden wußte, auch wenn er nicht über Bruder Cadfaels Fertigkeit und Erfahrung verfügte.

Bruder Oswin war gerade dabei, die Scherben von zwei flachen Schalen aufzusammeln, die beim Aussortieren von Samen Verwendung fanden, und schrak schuldbewußt zusammen, als er hinter sich Schritte hörte. Diese beiden Steingutschalen waren das erste, das ihm in den vergangenen drei Tagen zerbrochen war, und da sie leicht und billig herzustellen und darüber hinaus noch in reichlicher Zahl vorhanden waren, hatte er gehofft, die Scherben unbemerkt beseitigen und Stillschweigen über den Vorfall bewahren zu können. Mit einer Entschuldigung auf den Lippen wandte er sich um, aber angesichts der unerwarteten Erscheinung in der Tür blieben ihm die Worte im Hals stecken. Er riß Mund und Augen auf, und sein rosiges, argloses Gesicht erstarrte. Es war schwer zu sagen, wer tiefer errötete – Oswin oder das Mädchen.

»Ich bitte um Vergebung, wenn ich Euch bei Eurer Arbeit störe«, sagte Iveta zögernd. »Ich wollte nur fragen... Vor zwei Tagen gab mir Bruder Cadfael, als ich mich nicht wohl fühlte, einen Schlaftrunk. Er sagte, er habe ihn aus Mohn hergestellt. Kennt Ihr diesen Trunk?«

Oswin schluckte, nickte eifrig und fand endlich seine Sprache wieder. »Hier ist er, in diesem Fläschchen. Bruder Cadfael ist heute nicht hier, aber er hätte sicher nichts dagegen... Vielleicht kann ich Euch helfen? Er würde sicher wollen, daß ich Euch gebe, was Ihr braucht.«

»Würdet Ihr mir dann noch einmal eine solche Dosis geben? Ich glaube nämlich, daß ich sie heute nacht brauchen werde.«

Das war keine Lüge, sondern eher eine bewußte Irreführung, und Iveta errötete, weil sie die Bereitwilligkeit dieses blonden Jünglings, der so unschuldig war wie ein Küken, schamlos ausnutzte. »Oder vielleicht sogar die doppelte Dosis, damit es für zwei Nächte reicht? Ich weiß genau, wieviel er mir verschrieben hat.«

Bruder Oswin war so hingerissen, daß er ihr alle Arzneien gegeben hätte, die im Schuppen zu finden waren. Seine Hand zittert etwas, als er ein kleines Fläschchen füllte und mit einem Korken verschloß, und als sie schüchtern die Hand ausstreckte, um es in Empfang zu nehmen, fiel ihm gerade noch rechtzeitig – und doch schon fast zu spät für seinen Seelenfrieden – ein, daß es sich für einen Mönch ziemte, in Gegenwart einer Frau die Augen niederzuschlagen.

Es war alles sehr schnell vorbei. Sie flüsterte ihren Dank, sah nervös über ihre Schulter zurück, als fürchte sie, jemand könne sie beobachtet haben, und verbarg das Fläschchen geschickt in ihrem Ärmel. Oswins Hände und Füße schienen wieder so unbeholfen zu sein wie vor einigen Jahren, als er noch ein pickliger Junge gewesen war, aber der Blick, den sie ihm zum Abschied zuwarf, gab ihm das Gefühl, groß, männlich und schön zu sein. Zögernd trat er vor die Tür, sah ihr nach, als sie eilig über die kleine Brücke lief, und fragte sich, ob seine Entscheidung, ins Kloster einzutreten, nicht etwas voreilig gewesen war. Aber er konnte seine Meinung ja noch ändern. Bis jetzt hatte er die Ewigen Gelübde noch nicht abgelegt.

Diesmal schlug er seine Augen erst nieder, als Iveta hinter der Hecke verschwunden war. Einige Minuten lang stand er da, dachte nach und kam schließlich zu dem traurigen Ergebnis, daß es in jedem Leben Nachteile gab. Weder im Kloster noch in der Welt draußen konnte ein Mann alles haben.

Iveta lief zu der Steinbank, wo sie vor der leichten Brise

geschützt war, und saß mit gefalteten Händen und teilnahmslosem Gesicht da, als Madlen kam, um sie zu holen. Gehorsam erhob sie sich und folgte der Zofe ins Gästehaus, wo sie ohne große Begeisterung eine Stickarbeit wieder aufnahm, hinter der sie sich schon seit Wochen verschanzt hatte, wenn sie auch nicht so fleißig war, daß sie nachts auftrennen mußte, was sie tagsüber gestickt hatte, wie jene Lady Penelope, von der ihr ein fahrender Spielmann vor langer Zeit, im Haus ihres Vaters, erzählt hatte.

Sie wartete, bis das Licht nachließ und es fast Zeit war, zum Vespergottesdienst zu gehen. Agnes hatte das ausgebesserte Gewand angelegt, und Madlen flocht ihr die Haare. Während Sir Godfrid Picard mit wilder Entschlossenheit einen flüchtigen Mörder suchte, war es die Aufgabe seiner Frau, den Eindruck religiöser Hingabe aufrechtzuerhalten und den Gottesdiensten beizuwohnen, um sich ihres Ansehens bei Abt, Prior und Klosterbrüdern zu versichern.

»Du solltest dich langsam umziehen, Kind«, sagte sie und warf ihrer Nichte einen mahnenden Blick zu.

Iveta ließ ihre Hände gleichgültig in den Schoß sinken und spürte das Fläschchen an ihrem Handgelenk. »Ich glaube, ich werde heute abend nicht am Gottesdienst teilnehmen. Mein Kopf ist so schwer, und ich habe schlecht geschlafen. Ich würde lieber hierbleiben, mit Madlen zu Abend essen und früh zu Bett gehen.« Selbstverständlich würde Madlen bleiben, um sie zu bewachen, aber dafür hatte sie vorgesorgt.

Agens zuckte die Schultern. Der Ausdruck ihres scharfgeschnittenen Gesichtes verriet Geringschätzung. »Du läßt dich in letzter Zeit sehr gehen. Nun gut, dann bleib hier, wenn dir das lieber ist. Madlen wird dir einen Schlaftrunk bereiten.«

Es war geglückt. Agnes ging zum Gottesdienst, ohne Verdacht geschöpft zu haben. Die Zofe stellte in Ivetas Schlafzimmer einen kleinen Tisch auf und brachte Brot, Fleisch und warme Milch, die mit Wein und Honig vermischt war und sich ideal dazu eignete, den Geschmack von Bruder Cadfaels süßem Mohnsirup zu überdecken. Madlen mußte zwei- oder dreimal gehen, bevor alles bereitstand und sie sich mit Iveta zum Essen setzen konnte, und das Mädchen hatte genug Zeit, einen großen Schluck vom Becher der Zofe zu nehmen und ihn durch den Inhalt von Oswins Fläschchen zu ersetzen. Iveta aß wenig und nippte nur an ihrer Milch, sah aber mit Zufriedenheit, daß die Zofe ihren Becher mit offensichtlichem Genuß leerte. Auch sie hatte nicht viel gegessen, und das würde die Wirkung des Schlaftrunks noch verstärken.

Madlen trug die Teller in die Küche des Gästehauses – und kehrte nicht zurück. In ängstlicher Erregung wartete Iveta zehn Minuten und ging dann nachsehen. Die Zofe lag auf einer Bank in der Ecke der Küche und schnarchte.

Iveta nahm sich nicht die Zeit, Schuhe und Mantel anzuziehen, sondern lief so, wie sie war, in ihren leichten Schuhen hinaus in den Abend. Sie rannte wie ein junger Hase und ohne rechts oder links zu sehen, quer über den großen Hof und durch die von dunkelgrünen Hecken begrenzte Allee in den Garten. Vor ihr glitzerte das silberne Band des Baches. Sie tastete nach dem Geländer der kleinen Brücke. Die ersten Sterne funkelten am leicht dunstigen Himmel, während sich im Westen noch das letzte bleiche Licht des Tages hielt. Die Luft war kühl und frisch und berauschend wie Wein. In der Kirche wurden langsame, getragene Choräle gesungen. Sie dankte Gott und Simon, ihrem einzigen treuen Freund ...

Tief im Schatten unter dem weit herabgezogenen Dach des Schuppens im Kräutergarten wartete Joscelin. Er fing sie mit beiden Armen auf und drückte sie leidenschaftlich an sich. Sie schwiegen einen langen Augenblick, klammerten sich verzweifelt aneinander und wagten kaum zu atmen. Es herrschte vollkommene Stille, als hätten der Mühlkanal, der Meole-Bach, ja selbst der Fluß aufgehört zu fließen, als wehe kein Wind mehr, als hätten selbst die Pflanzen aufgehört zu wachsen.

Aber dann forderte die Dringlichkeit der Situation ihren Tribut, und selbst für die gestammelten Liebesschwüre blieb keine Zeit.

»Oh, Joscelin..., du bist es wirklich...«

»Meine Liebe, meine Liebste... Still, sei leise! Komm, komm schnell! Hier entlang..., nimm meine Hand!«

Sie gehorchte und folgte ihm. Er führte sie nicht den Weg, den sie gekommen war, sondern weiter vom Kloster weg durch den Kräutergarten. Sie verließen den Garten und rannten über das frisch gepflügte Erbsenfeld hinunter zum Meole-Bach. An der Hecke blieben sie einen Augenblick stehen und lauschten auf etwaige Geräusche, aber alles war still. Sie beugte sich zu seinem Ohr und flüsterte: »Wie bist du hinübergekommen? Und wie sollen wir beide...?«

»Still! Briar wartet auf der anderen Seite – hat Simon dir das nicht gesagt?«

»Aber der Sheriff hat überall Posten aufgestellt«, flüsterte sie und erschauerte. »Sie werden uns sehen.«

»Im Wald... im Dunkeln? Nein, wir werden ihnen entkommen!« Er legte seinen Arm um sie, und gemeinsam gingen sie, dicht an der Hecke entlang, den sanften Abhang hinunter auf den Bach zu.

Plötzlich wurde die Stille von einem lauten Wiehern zerrissen. Wie versteinert blieb Joscelin stehen. Unten am Ufer raschelte es im Gebüsch, Hufe stampften, ein Mann schrie auf. Verwirrte Stimmen wurden laut, und Briar sprang aus dem Dickicht ins Freie. Ein Mann hatte sich an seinen Zügel gehängt, und mindestens vier andere folgten ihm. Sie sprangen hin und her, um den Hufen des Pferdes auszuweichen, das sie zu bändigen und zu beruhigen versuchten.

Bewaffnete Männer des Sheriffs tauchten am Ufer auf und versperrten Joscelin und Iveta den Weg in die Freiheit. Dieser Fluchtweg war ihnen abgeschnitten, Briar war entdeckt worden. Ohne ein Wort wandte Joscelin sich um, zog Iveta mit sich und hastete im Schutz der Hecke den Weg zurück, den sie gekommen waren.

»Die Kirche«, flüsterte er, »die Gemeindetür...« Selbst wenn der Vespergottesdienst noch im Gange war, würden alle im Chor sitzen, und das Hauptschiff der großen Kirche würde unbeleuchtet sein. Vielleicht gelang es ihnen, die Kirche ungesehen von der Klosterseite her zu betreten und durch die Westtür wieder zu verlassen, die als einzige auf die Hauptstraße führte und nur in Zeiten von Gefahr oder Unruhen verschlossen wurde. Joscelin wußte nur zu gut, daß dies lediglich eine schwache Hoffnung war, aber wenn es zum Schlimmsten kam, konnten sie in der Kirche Asyl suchen.

Ihre rasche Flucht hatte sie verraten. Unten am Wasser, wo Briar jetzt schnaubend und zitternd stillstand, rief eine Stimme: »Dort läuft er, zum Garten! Jetzt sitzt er in der Falle! Kommt, mir nach!« Ein anderer lachte, und drei oder vier Männer liefen ohne sonderliche Eile den Abhang hinauf. Sie waren sich ihrer Beute offenbar sehr sicher.

Joscelin und Iveta flohen Hand in Hand durch den Kräutergarten, über den Mühlkanal, den Pfad zwischen den schwarzen, gestutzten Hecken entlang, hinaus in die gefährliche Weite des großen Innenhofes. Sie hatten keine Wahl – ein anderer Fluchtweg stand ihnen nicht offen. Die Dunkelheit, die sich herabgesenkt hatte, mochte es erschweren, zu erkennen, wer sie waren, aber ihre Hast konnte sie nicht verbergen. Sie sollten nie bis zur Kiche kommen. Ein bewaffneter Mann versperrte ihnen den Weg. Als sie sich dem Torhaus zuwandten, sahen sie im Licht der Fakkeln, die in den Halterungen an der Wand steckten, zwei weitere Bewaffnete auf sich zukommen. Aus dem Garten kamen siegessicher ihre Verfolger. Der erste, auf den der flackernde Schein der Fackeln fiel, war derselbe schlaue – oder gut informierte – Bursche, der seinem Offizier vorgeschlagen hatte, den Garten des Bischofs zu durchsuchen, und dafür belobigt worden war. Er hatte wieder einmal Glück. Der Sheriff und fast alle seine Männer stapften durch den Wald, und den wenigen, die er zurückgelassen hatte, war es gelungen, den Verbrecher zu stellen!

Joscelin wich mit Iveta bis zu den Stufen, die zum Portal des Gästehauses hinaufführten, zurück und stellte sich schützend vor sie. Obwohl er unbewaffnet war, ließen sich seine Verfolger Zeit, ihn zu umzingeln. Ohne seine Feinde aus den Augen zu lassen, sagte er mit gefährlicher Ruhe über seine Schulter: »Geh hinein, Liebste, und laß mich hier. Keiner wird es wagen, dich aufzuhalten oder dir etwas zuleide zu tun.«

»Nein! Ich werde dich nicht allein lassen!« flüsterte sie, begriff aber sogleich, daß sie ihn in dieser ausweglosen Situation nur behindern würde, und eilte mit einem Schluchzen die Stufen hinauf, wie er es ihr befohlen hatte. An der Tür blieb sie stehen. Sie würde keinen Schritt weiter gehen! Hier war sie ihm nicht im Weg, konnte aber sehen, was mit ihm geschah. Sie war entschlossen, an allem teilzuhaben, was ihm widerfuhr, sei es nun Strafe oder Freispruch. Aber selbst ihr kurzes Zögern wurde ihm zum Verhängnis. Er wandte den Kopf und rief ihr verzweifelt zu: »Um Gottes Willen, geh doch...!«, und jetzt, da er einen Augenblick lang abgelenkt war, nutzten seine Feinde die Chance und stürzten sich von drei Seiten auf ihn wie Hunde auf ein gestelltes Wild.

Dennoch wurde es kein leichter Sieg über einen Unbewaffneten. Bis jetzt war es erstaunlich still gewesen, nun aber brach ein Höllenlärm los: Der Sergeant schrie Befehle, Pförtner, Laienbrüder und Gäste kamen herbeigerannt, um zu sehen, was hier geschah; die einen fragten, andere antworteten – es war ein Krach, der Tote hätte aufwecken können. Der erste, der sich auf Joscelin stürzte, hatte entweder die Entfernung oder die Reaktionsschnelligkeit seines Opfers unterschätzt, denn er rannte in eine große Faust, die ihn gegen zwei seiner Kameraden zurücktaumeln ließ. Aber zwei weitere hatten ihn von der anderen Seite angegriffen, und obwohl er dem einen, der ihn am Wams festhielt, einen Ellbogen in den Bauch rammte, so daß er sich keuchend zusamenkrümmte, hielt der andere seine Kapuze mit eisernem

Griff gepackt und drehte den Stoff zusammen, um seinen Gegner durch Würgen zum Aufgeben zu zwingen. Joscelin beugte sich ruckartig vor, und obgleich es ihm nicht gelang, sich aus dem Griff zu befreien, riß der Stoff, so daß er wieder frei atmen konnte. Er trat nach dem Schienbein seines Gegners und stieß einen Wutschrei aus. Der Mann ließ ihn los und hüpfte auf einem Bein außer Reichweite. Joscelin nutzte die Chance und sprang ihm nach, griff aber nicht nach dem Mann, sondern nach dem Griff seines Dolches. Die Waffe glitt aus der Scheide, und Joscelin ließ sie in einem weiten Kreis durch die Luft fahren. Im gespenstischen Licht der Fackeln blitzte die Klinge auf.

»Jetzt kommt! Billig werdet ihr mich nicht bekommen!«

»Er will es nicht anders!« rief der Sergeant. »Zieht eure Waffen!«

Die Schwerter fuhren wie kleine Blitze aus ihren Scheiden. Der Lärm wich einer seltsamen, atemlosen Stille. In diesem Augenblick öffnete sich das Kirchenportal, und die ganze Bruderschaft trat heraus, entsetzt, am Ende des Vespergottesdienstes den Frieden ihrer Enklave auf so unerhörte Weise gestört zu sehen. Eine zornige Stimme, die es gewöhnt war, daß man ihr gehorchte, donnerte über den Hof:

»Keiner rührt sich! Nieder mit den Waffen!«

Alles erstarrte, und langsam und gehorsam wandten sich die Kämpfenden dem Sprecher zu. Abt Radulfus, dieser strenge, unbeugsame, aber ruhige Mann, stand im roten Licht der Fackeln am Rande des Kampfplatzes. Die blitzenden Augen in seinem beherrschten, wie aus Granit gehauenem Gesicht gaben ihm das Aussehen eines Racheengels. Im Vergleich zu ihm wirkte Prior Robert, trotz seines normannischen Hochmutes und seiner Würde, blaß und unbedeutend. Hinter den beiden standen sprachlos und entsetzt die Klosterbrüder und waren davon überzeugt, daß im nächsten Augenblick Blitze vom Himmel herabzucken würden.

Ivetas Beine gaben unter ihr nach. Sie ließ sich auf die oberste Stufe sinken und legte erleichtert die Stirn auf die Knie. Jetzt war der Abt da, und niemand würde sterben müssen – noch nicht. Jetzt hatte Joscelin nur noch den Tod zu fürchten, den das Gesetz rechtfertigte. Aber daran durfte sie nicht denken – nun galt es, einen Schritt nach dem anderen zu tun. Stumm und inbrünstig betete sie um ein Wunder.

Als es ihr schließlich gelungen war, das Zittern, das ihren ganzen Körper durchlief, zu unterdrücken, hob sie den Kopf und sah, daß der ganze große Innenhof des Klosters voller Menschen zu sein schien und immer mehr herbeiströmten. Gilbert Prestcote war soeben durch das Tor geritten und abgesessen, und auch die Männer, die sich an der Suche beteiligt hatten, betraten allein oder zu zweit den Hof und wunderten sich, den Übeltäter, nach dem sie die ganze Gegend abgesucht hatten, hier im Kloster zu finden. Der Sheriff brauchte einige Augenblicke, um in dem zerzausten jungen Mann in den zerrissenen Kleidern, der sich an die Wand des Gästehauses drückte, den mutmaßlichen Dieb und Mörder zu erkennen, den er zwei volle Tage lang vergeblich im Wald gesucht hatte.

Mit großen Schritten kam er herbei. »Was geht hier vor, Ehrwürdiger Vater? Hat man den Gesuchten in Eurem Kloster gestellt? Was ist vorgefallen?«

»Eben dies will ich herausfinden«, sagte Radulfus entschlossen. »Ihr sagt es: Der Gesuchte wurde in meinem Kloster gestellt und unterliegt meiner Gerichtsbarkeit. Mit Eurer Erlaubnis, Sir Gilbert – es ist mein Recht, zu untersuchen, wie es zu diesem ungeheuerlichen Vorfall kommen konnte.« Zornig wandte er sich wieder den bewaffneten Männern zu. »Steckt eure Waffen wieder ein! In meinem Kloster dulde ich weder gezogene Schwerter noch Gewaltanwendung.« Sein Blick fiel auf Joscelin, der, den Dolch in der Hand, sprungbereit an der Wand des Gästehauses stand. »Und Ihr, junger Mann – mir scheint, ich hatte bereits früher Gelegenheit, ähnliche Worte zu Euch zu sprechen und Euch zu warnen, daß dieses Kloster über einen Karzer verfügt, in den ich Euch bringen lassen werde, wenn Ihr es wagen solltet, den Griff einer Waffe auch nur zu berühren. Was habt Ihr zu Eurer Rechtfertigung zu sagen?«

Joscelin hatte inzwischen Atem geschöpft und war bereit, sich zu verteidigen. Er hob die Arme, um zu zeigen, daß keine Schwert- oder Dolchscheide an seinem Gürtel hing. »Als ich hierher kam, trug ich keine Waffe, Ehrwürdiger Vater. Seht, wie sie mich umzingelt haben! Diesen Dolch habe ich einem der Männer entrissen, als sich die Gelegenheit dazu bot, aber nicht, um einen von ihnen zu töten, sondern nur, um nicht selbst getötet zu werden. Ich wollte lediglich mein Leben und meine Freiheit schützen. Und was die Anschuldigungen gegen mich betrifft, so sage ich, daß ich nie etwas gestohlen oder einen Menschen getötet habe, und dabei werde ich bleiben, vor Euch und vor jedem anderen Gericht, solange ein Funke von Leben in mir ist.« Er war wieder außer Atem geraten, zum Teil infolge der Anstrengung des Kampfes, zum Teil aber auch vor Wut. »Erwartet Ihr etwa von mir, daß ich meinen Kopf freiwillig in die Schlinge stecke, obgleich ich nichts Böses getan habe?«

»Ich rate Euch, Euren Ton gegenüber mir und den Vertretern der weltlichen Macht zu mäßigen und Euch dem Gesetz zu unterwerfen«, erwiderte der Abt streng. »Gebt den Dolch zurück – Ihr seht ja, daß er Euch nun nichts mehr nützen kann.«

Joscelin erwiderte seinen Blick mit kampflustigem, entschlossenem Gesicht und hielt die Waffe dann mit einer abrupten Bewegung ihrem Eigentümer hin, der sie vorsichtig in Empfang nahm und in die Scheide steckte, bevor er wieder zurücktrat.

»Ehrwürdiger Vater«, sagte Joscelin, und es klang eher wie eine Forderung als wie eine Bitte, »ich bin Eurer Gnade ausgeliefert. Ich vertraue Eurem Urteil mehr als dem eines weltlichen Gerichtes. Euer Wort ist hier Gesetz, und ich habe Euch gehorcht. Befragt mich zu allem, was ich je getan habe, bevor Ihr mich dem Sheriff übergebt, und ich schwöre, daß ich Euch wahrheitsgemäß antworten werde.« Rasch fügte er hinzu: »Jedenfalls, soweit es meine eigenen Handlungen betrifft.« Er wollte diejenigen, die ihm geholfen hatten und gut zu ihm gewesen waren, nicht in Gefahr bringen.

Der Abt sah Gilbert Prestcote an, der seinen Blick mit einem nachdenklichen Lächeln erwiderte. Es bestand jetzt kein Grund zur Eile mehr – der Bursche war gefaßt und konnte nicht mehr entkommen. Der Sheriff vergab sich also nichts, wenn er sich der Autorität des Abtes beugte. »Ich füge mich in dieser Angelegenheit Euren Wünschen, Ehrwürdiger Vater, aber ich erhalte meinen Anspruch auf diesen Mann aufrecht. Er wird des Diebstahls und des Mordes beschuldigt, und es ist meine Pflicht, ihn gefangenzunehmen und ihn vor Gericht zu stellen. Und das werde ich tun – es sei denn, es gelingt ihm, Euch und mich von seiner Unschuld zu überzeugen. Doch wollen wir gerecht verfahren. Befragt ihn, wie Ihr es für richtig haltet. Das wird auch mir meine Aufgabe erleichtern. Ich ziehe es vor, einen Mann einzusperren, dessen Schuld erwiesen ist, und um so mehr würde es mich beruhigen, wenn auch Eure Zweifel ausgeräumt wären.«

Iveta hatte sich inzwischen erhoben und betrachtete ängstlich jedes Gesicht, das vom Licht der Fackeln beleuchtet wurde. Immer noch kamen neue Reiter durch das Tor und blickten verwundert auf die Szene, die sich ihren Augen darbot. Am Rand der Menge sah sie Simon, der gerade erst hinzugekommen und ebenso erstaunt und verwirrt war wie alle anderen. Neben ihm stand Guy. Auch er schien sprachlos. Das Wissen, das nicht jeder der Anwesenden Joscelin feindlich gesinnt war, beruhigte sie. Als ihr Blick dem von Agnes begegnete, die neben Prior Robert stand, schlug sie ihre Augen nicht nieder. Sie hatte sich diesmal so weit von ihrem alten Selbst entfernt, daß es kein Zurück mehr gab. Nicht sie war es, deren Verhalten Unsicherheit verriet und deren Blick sich immer häufiger auf das Torhaus richtete. Agnes musterte jeden, der dort eintrat, aber keiner war der, den sie erwartete. Sie hoffte inständig, ihr Ehemann würde bald kommen und in die Hand nehmen, was ihr in seiner Abwesenheit entglitten war. Sie hatte Angst vor dem, was sich hier noch ereignen könnte und dem nur ihr Mann Einhalt würde gebieten können.

Iveta begann die Teppen hinabzusteigen, die sie hinaufgeeilt war, als Joscelin von allen Seiten umzingelt wurde. Sehr langsam und vorsichtig ging sie, Stufe um Stufe, um die Spannung nicht zu zerreißen.

»Ihr müßt Euch darüber im klaren gewesen sein«, sagte Radulfus und musterte Joscelin mit immer noch strengem, aber nicht mehr so zornigem Gesicht, »daß der Sheriff Euch nach Eurer Flucht suchen würde. Ihr habt versprochen, Fragen, soweit sie Euch betreffen, wahrheitsgemäß zu beantworten. Wo habt Ihr Euch all diese Zeit versteckt?«

Joscelin hatte gelobt, die Wahrheit zu sagen, und dieses Versprechen mußte er halten. »Im Gewand eines Aussätzigen«, sagte er schlicht, »im Hospiz zu Saint Giles.«

Ein Murmeln, fast ein Keuchen ging durch die Menge. Gäste wie Klosterbrüder starrten wie gebannt auf diesen jungen Mann, der so verzweifelt gewesen war, an einem solchen Ort Zuflucht zu suchen. Nur der Abt blieb unbewegt und sah Joscelin ernst und forschend an.

»Ohne Hilfe hättet Ihr dort wohl kaum Aufnahme finden können. Wer hat Euch geholfen?«

»Ich habe gesagt, daß ich mich dort versteckt habe«, antwortete Joscelin standhaft, »aber nicht daß ich Hilfe gebraucht oder in Anspruch genommen hätte. Ich bin nur für meine eigenen Handlungen verantwortlich, nicht aber für die anderer.«

»Ja«, sagte der Abt nachdenklich, »und dennoch hat es den Anschein, als hättet Ihr Helfer gehabt. Zum Beispiel glaube ich nicht, daß Ihr Euch so nah am Haus Eures ehemaligen Herrn versteckt hättet – wie Ihr es offensichtlich eine Zeitlang getan habt –, wenn Euch nicht ein Freund dazu geraten und Euch dabei geholfen hätte. Auch glaube ich mich zu erinnern, daß das graue Pferd, das soeben aus dem Garten geführt wurde – dort drüben steht es und wird bewacht wie Ihr –, dasselbe ist, das Ihr bei unserer ersten Begegnung auf diesem Hof geritten habt. Ich bezweifle, daß es Euch gelungen wäre, es ohne Hilfe zurückzuholen.«

Über Joscelins Schulter hinweg sah Iveta, daß Simon einen Schritt zurück in den Schatten trat. Aber seine Sorge war völlig unbegründet. Stumm und fest erwiderte Joscelin den durchdringenden Blick des Abtes und begann dann, wenn auch etwas unsicher, zu lächeln. »Fragt mich nach dem, was *ich* getan habe.«

»Mir scheint«, unterbrach ihn der Sheriff, »daß wir jemanden befragen sollten, der in Saint Giles die Aufsicht führt. Einen gesuchten Mörder zu verstecken ist ein ernstzunehmender Verstoß gegen das Gesetz.«

Im Rücken der Menge, vom Garten her, ertönte eine bittende Stimme: »Ehrwürdiger Vater, wenn Ihr es gestattet, werde ich für Saint Giles sprechen, denn ich diene dort.«

Aller Augen richteten sich erstaunt auf den bemitleidenswerten, kleinen Mann, der demütig auf Abt Radulfus zuging. Bruder Marks Gesicht war mit Schlamm verschmiert, etwas Entengrütze zierte seine Tonsur, und seine Kutte war tropfnaß und klebte schwer an seinem schmächtigen Körper. Er bot einen lächerlichen Anblick, aber das verschmutzte, ernste Gesicht und die aufrichtigen grauen Augen strahlten doch Würde aus, und obwohl einige der Schaulustigen leise kicherten, verzog Radulfus keine Miene.

»Bruder Mark! Was hat dies zu bedeuten?«

»Ich habe nicht gleich eine Furt gefunden«, sagte Mark entschuldigend. »Es tut mir leid, daß ich so spät gekommen bin, aber ich hatte kein Pferd, das mich hätte hinübertragen können, und ich kann nicht schwimmen. Zweimal mußte ich wieder umkehren, und einmal fiel ich ins Wasser, aber beim drittenmal fand ich eine seichte Stelle. Bei Tag hätte ich nicht so lange gebraucht.«

»Ihr seid entschuldigt«, sagte Radulfus, und trotz des Ernstes seines Gesichtes und seiner Stimme schien ein Lächeln um seinen Mund zu spielen. »Es scheint, als hättet Ihr Grund zu der Annahme gehabt, man würde Euch hier brauchen, und wenn Ihr gekommen seid, um zu erklären, wie ein Gesuchter sich in Eurem Hospiz verstecken konnte, so habt Ihr den rechten Augenblick gewählt. Wußtet Ihr von der Anwesenheit dieses jungen Mannes dort?«

»Ja, Ehrwürdiger Vater«, antwortete Bruder Mark schlicht, »ich wußte davon.«

»Und seid Ihr es gewesen, der ihn aufgenommen und ihm Unterschlupf gewährt hat?«

»Nein, Ehrwürdiger Vater. Aber an jenem Tag zur Prim merkte ich, daß ein Mann mehr als gewöhnlich anwesend war.«

»Und Ihr habt mit niemandem darüber gesprochen? Ihr habt niemandem etwas von ihm erzählt?«

»Nein, Ehrwürdiger Vater, ich habe mit niemandem darüber gesprochen. Zuerst wußte ich nicht, wer er war, und konnte ihn auch nicht immer von den anderen unterscheiden, denn er trug ein Gesichtstuch. Und als mir ein Verdacht kam... Ehrwürdiger Vater, ich maße mir kein Urteil über einen anderen Menschen an und liefere ihn keiner anderen Gerechtigkeit aus als der Gottes. Also schwieg ich. Wenn ich falsch gehandelt habe, bitte ich Euch, mich zu bestrafen.«

»Und habt Ihr gewußt«, fragte der Abt mit unbewegtem Gesicht, »wer es war, der den jungen Mann in das Hospiz brachte?«

»Nein, Ehrwürdiger Vater. Ich weiß nicht einmal, ob ihm überhaupt jemand geholfen hat. Ich habe zwar gewisse Vermutungen, aber ich *weiß* es nicht. Und selbst wenn ich es wüßte«, fuhr Mark mit demütiger Offenheit fort, »könnte ich Euch keinen Namen nennen. Es steht mir nicht zu, einen anderen als mich selbst zu verraten oder anzuklagen.«

»Ihr zwei könnt Euch die Hände reichen«, sagte der Abt trocken. »Aber Ihr habt uns noch nicht erzählt, Bruder Mark, wie es kommt, daß Ihr den Meole-Bach durchwaten mußtet, und zwar bei der Verfolgung – wenn ich das recht verstanden habe – dieses jungen Mannes, der weitsichtig genug war, sich zu diesem Zweck ein Pferd zu verschaffen. Seid Ihr ihm gefolgt?«

»Ja, Ehrwürdiger Vater. Ich wußte, daß man mich dafür zur Verantwortung ziehen würde, wenn sich herausstellen sollte, daß dieser Jüngling doch nicht so unschuldig ist, wie ich dachte – und zu dieser Annahme glaubte ich, das kann ich Euch versichern, allen Grund zu haben. Daher habe ich ihn den ganzen heutigen Tag beobachtet und ihn kaum einen Moment lang aus den Augen gelassen. Als er gegen Abend seinen Mantel ablegte und zum Kloster ging, folgte ich ihm. Ich sah, daß er am Bach ein Pferd vorfand und auf ihm den Bach überquerte. Als man ihn anrief, war ich gerade im Wasser. Was den heutigen Tag betrifft, so kann ich beschwören, daß er sich nichts hat zuschulden kommen lassen.«

»Und was ist mit dem Tag, an dem er zu Euch kam?« fragte der Sheriff scharf. »Zu welcher Stunde ist er bei Euch aufgetaucht?«

Bruder Mark, der sich nur dem Abt gegenüber verantwortlich fühlte, sah diesen fragend an, und Radulfus nickte ernst, zum Zeichen, daß auch er diese Frage beantwortet haben wollte.

»Das war vor zwei Tagen, zur Prim, wie ich bereits gesagt habe«, sagte Mark. »Beim Gottesdienst ist er mir zum erstenmal aufgefallen. Aber da hatte er schon einen Mantel und ein Gesichtstuch und verhielt sich genauso wie die anderen. Ich nehme daher an, daß er schon mindestens eine viertel oder eine halbe Stunde im Hospiz gewesen sein muß.«

»Und wie wir vernommen haben«, sagte der Abt nachdenklich und wandte sich Prestcote zu, »haben Eure Patrouillien am Morgen desselben Tages bei der Klostersiedlung einen Mann aufgestöbert und seine Spur in der Nähe von Saint Giles verloren. Um welche Zeit war das?« Prestcote überlegte kurz und antwortete: »Meine Männer haben kurz vor der Prim einen Mann fliehen sehen, und bei Saint Giles ist er ihnen entkommen.«

Iveta trat eine weitere Stufe hinunter. Sie fühlte sich wie in einem Traum, in dem sie hin und her gerissen war zwischen Verzweiflung und Hoffnung. Denn die, die dort redeten, waren keine Feinde, und ihr Onkel war noch nicht gekommen, um seine Feindseligkeit, seinen blinden Haß auf Joscelin in die Waagschale zu werfen. Sie stand nur zwei Schritte hinter ihrem Geliebten und hätte mit ausgestreckter Hand über sein zerzaustes blondes Haar streichen können, fürchtete aber, ihn dadurch aus seiner gespannten Aufmerksamkeit zu reißen. Sie berührte ihn nicht. In ängstlicher Erwartung hatte sie ihre Augen auf das Torhaus gerichtet, wo jeden Moment ihr ärgster Feind erscheinen würde. Deshalb war sie es auch, die Bruder Cadfael zuerst bemerkte. Nur sie und Agnes hatten das Tor im Auge.

Das kleine Maultier, das einen geruhsamen Tag hinter sich hatte, hielt nicht viel davon, so spät noch zu so großer Eile angetrieben zu werden, und gab seinem Mißfallen dadurch Ausdruck, daß es gleich hinter dem Torhaus stehenblieb und sich weigerte, auch nur einen Schritt weiter zu tun. Bruder Cadfael, der es bis zu diesem Augenblick immer weiter angespornt hatte, betrachtete mit stummem Erstaunen die Menschenansammlung auf dem großen Innenhof. Iveta sah, daß er seinen Blick über die gespannten Gesichter schweifen ließ, und meinte fast zu spüren, wie er seine Ohren spitzte, damit ihm kein Wort entging. Cadfael bemerkte, daß Joscelin breitbeinig am Fuß der Treppe stand, sah den Sheriff und den Abt, die sich ernst ansahen, und auch den durchnäßten jungen Klosterbruder, der, wie Iveta fand, wie ein Engel sprach – ein rettender Engel, der vom Himmel herabgestiegen war und Fürsprache einlegte und den kein Sünder zu fürchten hatte.

Cadfael stieg eilig ab, übergab dem Bruder Pförtner die Zügel des Maultiers und gesellte sich zu den Schaulustigen, die ihn noch nicht bemerkt hatten. Ermutigt stieg Iveta eine weitere Stufe hinunter.

»Es hat also den Anschein«, folgerte Radulfus, »daß Ihr, junger Mann, an jenem Tag mindestens eine Viertelstunde vor der Prim im Hospiz wart, und vielleicht sogar schon eine halbe Stunde vorher.«

»Ich hatte mir, kurz bevor der Gottesdienst begann, einen Mantel verschafft«, bestätigte Joscelin vorsichtig, der jetzt das Gefühl hatte, auf dünnem Eis zu gehen.

»Und hatte man Euch gesagt, wie Ihr Euch zu verhalten hattet?«

»Ich habe der Prim schon früher beigewohnt und kenne den Ablauf.«

»Gewiß, aber Ihr mußtet doch wahrscheinlich erst über den normalen Tagesablauf in Saint Giles aufgeklärt werden«, beharrte Radulfus.

»Ich kann mich dem Verhalten meiner Umgebung anpassen, wie jeder andere«, erwiderte Joscelin.

»Gehen wir also davon aus, Ehrwürdiger Vater«, sagte Gilbert Prestcote ungeduldig, »daß er einige Zeit vor der siebenten Stunde dort war. Ich will ihm das glauben. Aber wir wissen nicht, wann genau Mylord Domville ermordet wurde.«

Bruder Cadfael hatte diese letzten Sätze gehört. Da die Zuschauer so gespannt lauschten, daß sie für seine höflichen Bitten, ihn durchzulassen, taub waren, setzte er seine Ellenbogen ein und bahnte sich einen Weg durch die Menge. Und bevor irgend jemand etwas sagen und die Frage nach dem Zeitpunkt des Todes beiseitewischen konnte, erhob er seine Stimme und rief: »Das stimmt, Mylord, aber wir können feststellen, wann er zuletzt lebend gesehen wurde.«

Die vor ihm Stehenden wichen zurück und bildeten eine Gasse, so daß er dem Abt und dem Sheriff gegenüberstand, die sich umgewandt hatten und sich stirnrunzelnd nach dem Mann umsahen, der sie unterbrochen hatte.

»Bruder Cadfael! Habt Ihr etwas hierzu zu sagen?«

»Das habe ich...« begann Cadfael, hielt aber inne, als sein Blick auf Bruder Mark fiel, der am ganzen Leib zitterte. Besorgt schüttelte er den Kopf. »Aber sollten wir nicht zunächst dafür sorgen, Ehrwürdiger Vater, daß Bruder Mark trockene Kleider und etwas Heißes zu trinken bekommt, bevor er sich noch den Tod holt?«

Radulfus nahm den Vorwurf mit Gelassenheit hin. »Ihr habt natürlich recht, ich hätte sofort dafür sorgen sollen. Jede weitere Aussage, die er vielleicht noch zu machen hat, kann warten, bis seine Zähne aufgehört haben zu klappern. Geht also, Bruder, besorgt Euch eine trockene Kutte und laßt Euch in der Küche von Bruder Petrus eine heiße Milch geben. Schnell, beeilt Euch.«

»Darf ich ihm zuvor noch eine einzige Frage stellen?« sagte Bruder Cadfael schnell. »Habe ich recht gehört, Bruder, daß du dem jungen Mann dort drüben gefolgt bist, als er hierher kam? Hast du ihn den ganzen Tag über beobachtet?«

»Seit dem frühen Morgen«, antwortete Bruder Mark, »habe ich ihn nicht länger als einige Minuten aus den Augen gelassen. Er verließ das Hospiz vor etwa einer Stunde, und ich folgte ihm hierher. Ist das von Bedeutung?« Er wollte Bruder Cadfael möglichst behilflich sein, und dessen zufriedenes Nicken wärmte ihm das Herz.

»Du hast deine Sache gut gemacht! Aber jetzt beeil dich!«

Bruder Mark verbeugte sich vor dem Abt und machte sich dankbar und zitternd auf den Weg in die Küche. Wenn Bruder Cafael fand, daß er seine Sache gut gemacht hatte, war er zufrieden.

»Und jetzt«, sagte Radulfus, »solltet Ihr vielleicht erklären, was Ihr gemeint habt, als Ihr sagtet, es ließe sich feststellen, wann Mylord Domville zuletzt gesund gesehen wurde.«

»Ich habe eine Person ausfindig gemacht«, sagte Cadfael, »die, wenn der Sheriff es wünscht, bestätigen wird, daß Huon de Domville die Nacht vor seinem Tod in seinem eigenen Jagdhaus verbracht und es erst um etwa eine Viertelstunde nach sechs Uhr morgens verlassen hat. Zu diesem Zeitpunkt war er bei bester Gesundheit und hatte vor, zur Klostersiedlung zurückzureiten. Der Weg, auf dem wir ihn gefunden haben, ist der, den er von jenem Haus aus hätte nehmen müssen. Und die Person, von der ich spreche, ist äußerst zuverlässig.«

»Wenn das, was Ihr sagt, stimmt«, sagte Prestcote nach kurzem Schweigen, »dann ist diese Aussage von größter Bedeutung. Wer ist dieser Zeuge? Nennt mir seinen Namen!«

»Es handelt sich nicht um einen Mann«, sagte Cadfael, »sondern um eine Frau. Huon de Domville verbrachte seine letzte Nacht auf Erden bei seiner langjährigen Geliebten. Ihr Name ist Avice von Thornbury.«

Wie eine plötzliche Sturmböe in ein sommerliches Weizenfeld fährt, so durchlief der Schock, den diese Mitteilung hervorrief, mit einem lauten, tiefen Seufzen die Reihen der Klosterbrüder und ließ ihre Kutten rascheln wie Getreidehalme. Am Vorabend seiner Hochzeit eine andere Frau aufzusuchen! Und das, nachdem er mit dem Abt zu Abend gegessen hatte! Für diejenigen, die sich für ein lebenslanges Zölibat entschieden hatten, hatte selbst der Gedanke an eine junge, keusche Braut etwas Beunruhigendes. Aber eine Geliebte zu besuchen, am Vorabend des Tages, da er das heilige Sakrament der Ehe empfangen sollte, und dem Gebot der Enthaltsamkeit und der ehelichen Moral zum Trotz...!

Der Sheriff war in einer anderen Welt zu Hause. Ihn interessierten keine moralischen Urteile, sondern nur Tatsachen. Auch Abt Radulfus war, nachdem das Wort einmal heraus war, nicht sonderlich aus der Fassung gebracht. Er mochte den fleischlichen Genüssen aus dem Weg gegangen sein, wußte aber nur zu gut, wie verführerisch sie waren. Die Erwähnung einer Geliebten erschütterte ihn nicht.

»Ihr werdet Euch erinnern, Ehrwürdiger Vater«, fuhr Cadfael fort, sobald wieder Stille eingetreten war, »daß ich Euch die Blüten einer Blume namens Blauer Steinsame zeigte, die der Tote an seiner Kappe trug, als er ermordet wurde. Diese Pflanze wächst an seinem Jagdhaus. Ich habe sie dort gefunden, und das bestätigt die Aussage der Frau. Sie selbst hat die Blumen an die Kappe gesteckt, als er aufbrach. Von dem Jagdhaus bis zu der Stelle, wo er getötet wurde, sind es fast zwei Meilen. Eure eigenen Männer, Sir Gilbert, haben gesagt, daß sie Joscelin Lucy mehr als eine halbe Stunde vor der Prim an der Klostersiedlung aufgestöbert haben. Daher kann er unmöglich derjenige gewesen sein, der für Huon de Domville einen Hinterhalt gelegt und ihn umgebracht hat. Als Joscelin Lucy im Hospiz Zuflucht suchte, kann der Baron nicht mehr als eine halbe Meile von seinem Jagdhaus entfernt gewesen sein.«

Iveta machte einen letzten Schritt und stellte sich neben Joscelin. Sie schob ihre Hand in die seine, und unwillkürlich drückte er sie, ohne zu merken, daß er ihr weh tat. Er holte so tief Luft, daß sie das Gefühl hatte, er habe für sie beide neuen Atem geschöpft.

Agnes reckte den Hals und sah zum Torhaus, ohne dort eine Spur des Mannes zu entdecken, den sie herbeisehnte. Ihr Gesicht war böse und verkniffen, aber sie sagte kein Wort. Iveta hatte erwartet, daß sie Bruder Cadfael und seine Zeugin, ja sogar die Aussagen der Männer des Sheriffs in Zweifel ziehen würde. Zeitangaben waren oft vage und ungenau, und es wäre nicht schwer gewesen, darauf hinzuweisen, daß eine halbe Stunde keinen sehr großen Unterschied machte. Aber Agnes blieb stumm und hielt ihr Unbehagen und ihre Wut im Zaum.

Abt Radulfus wechselte einen langen und nachdenklichen Blick mit dem Sheriff und wandte sich wieder Joscelin zu. »Ihr habt versprochen, mir die Wahrheit zu sagen. Ich werde Euch nun etwas fragen, das ich Euch bisher nicht gefragt habe: Habt Ihr irgend etwas mit dem Tod von Huon de Domville zu tun?«

»Nein, das habe ich nicht«, sagte Joscelin entschieden.

»Dann bleibt noch die Anschuldigung, die er selbst gegen Euch vorgebracht habt. Habt Ihr ihn bestohlen?«

»Nein!« In seiner Stimme schwang Verachtung mit.

Mit einem kaum merklichen Lächeln sah Radulfus den Sheriff an. »Was den Mord betrifft, so wird Bruder Cadfael Euch zu dieser Frau bringen, und Ihr werdet selbst entscheiden können, wie glaubwürdig ihre Aussage ist. Die Wahrheit dessen, was Eure eigenen Männer gesagt haben, braucht nicht in Zweifel gezogen zu werden. Mir scheint, daß der junge Mann in dieser Sache schuldlos ist.«

»Wenn sich das, was wir hier gehört haben, bestätigt«, stimmte Prestcote ihm zu, »kann er nicht der Mörder sein. Ich selbst werde die Frau befragen.« Er wandte sich an Bruder Cadfael. »Ist sie noch im Jagdhaus?«

»Nein«, antwortete Cadfael. Er genoß bereits jetzt die Aufregung, die seinen nächsten Worten folgen würde. »Sie ist bei den Benediktinerschwestern in Godric's Ford. Sie ist als Novizin in den Orden eingetreten und beabsichtigt, das Ordensgelübde abzulegen.«

Er durfte es sich als Leistung anrechnen, daß selbst Abt Radulfus zusammenzuckte; die Bruderschaft aus der Fassung zu bringen war im Vergleich dazu geradezu kinderleicht. »Und Ihr haltet sie für eine glaubwürdige Zeugin?« fragte der Abt, der seine Selbstbeherrschung im nächsten Augenblick wiedergefunden hatte, während Prior Roberts aristokratische Nase noch spitz und blau vor Schreck aussah und die Reihen der Klosterbrüder hinter ihm noch bebten.

»So glaubwürdig wie nur irgend jemand, Ehrwürdiger Vater. Der Sheriff wird selbst Gelegenheit haben, sie zu beurteilen. Ich bin davon überzeugt, daß sie – ganz gleich, wer oder was sie sein mag – weder lügt noch sich verstellt.«

Sie würde ihnen ihre ganze Lebensgeschichte erzählen, ohne sich dessen zu schämen, und sie würde auf alle, die mit ihr zu tun hatten, Eindruck machen. Was sie betraf, so hegte Cadfael keine Befürchtungen. Prestcote war ein Mann, der mit den Realitäten des Lebens vertraut war, und er würde keinen Zweifel an ihrer Glaubwürdigkeit haben. »Mylord«, sagte Cadfael, »und Ihr, Ehrwürdiger Vater..., gehe ich recht in der Annahme, daß Ihr – vorausgesetzt, die Aussage von Avice von Thornbury bestätigt sich – Joscelin Lucys Unschuld für erwiesen haltet?«

Prestcote zögerte nicht mit der Antwort. »In diesem Falle kann die Beschuldigung nicht aufrechterhalten werden.«

»Und des weiteren bestätigt Ihr, daß er heute, wie Bruder Mark uns gesagt hat, ständig überwacht worden ist und nichts unternommen hat, was irgendeinen Verdacht gegen ihn nähren könnte.«

Der Abt musterte ihn mit einem forschenden Blick. »Auch das muß bestätigt werden. Ich glaube allerdings, Bruder, Ihr habt einen besonderen Grund, unsere Aufmerksamkeit in dieser Weise darauf zu lenken. Irgend etwas Schlimmes muß sich ereignet haben.«

»Ja, Ehrwürdiger Vater – etwas, das ich Euch gleich mitgeteilt hätte, wenn bei meiner Ankunft nicht gerade diese äußerst wichtige Angelegenheit behandelt worden wäre. Glücklich der Mann, der heute den ganzen Tag über von einem anderen beobachtet wurde und nichts Böses getan hat! Denn wieder ist eine Gewalttat verübt worden, im Wald hinter Saint Giles. Vor knapp einer Stunde, als ich auf dem Heimweg war, stieß ich auf ein reiterloses Pferd, konnte es aber nicht einfangen und folgte ihm. Es führte mich auf eine Lichtung, auf der ein Toter liegt, der, wie ich glaube, wie Mylord Domville erwürgt wurde. Ich kann Euch zu dem Ort führen.«

Eine entsetzte Stille trat ein. Langsam wandte er sich Agnes zu, die mit weit aufgerissenen Augen wie versteinert dastand.

»Madam, es tut mir leid, Euch diese Nachricht bringen zu müssen, aber trotz des schwachen Lichtes läßt das Pferd, das er ritt, keinen Zweifel daran zu, daß...«

11

Für einige Augenblicke herrschte absolute Stille. Bleich und unbeweglich, als sei sie zu Eis erstarrt, stand Agnes da. Dann erwachte sie mit einem durchdringenden Schrei der Trauer und der Rache aus ihrer Erstarrung, kehrte dem Sheriff, dem Abt, ihrer Nichte und allen anderen den Rücken und stürzte mit fliegenden Röcken zwischen den versammelten Klosterbrüdern hindurch, die eilig vor ihr auseinanderwichen. Sie hatte jetzt keine Augen mehr für Joscelin Lucy – ihre rasende Wut galt einem anderen.

»Ihr... Ihr! Wo seid Ihr? Feigling, Mörder – tretet vor und seht mir ins Gesicht! Ihr, Ihr, Simon Aguilon, *Ihr* habt meinen Mann umgebracht!«

Vor ihren funkelnden Augen und ihrem anklagend ausgestrecktem Arm wich die Menge zurück.

»Bleibt stehen, niederträchtiger Mörder, und seht mich an! Hört, was ich zu sagen habe!« Gewiß hörte man sie in der ganzen Klostersiedlung und bekreuzigte sich in abergläubischer Furcht vor diesem Dämon, der gekommen war, einen Sünder zu holen. Simon stand wie angewurzelt da, zu entsetzt, so hatte es den Anschein, um auch nur einen Finger zu rühren. Mit aufgerissenem Mund starrte er sie sprachlos an, als sie sich herausfordernd vor ihm in den Weg stellte. Das rote Licht der Fackeln spiegelte sich in ihren schwarzen Augen. Neben ihm stand Guy, sah hilflos von einem zum andern und wich vor diesem unerwarteten Angriff einige Schritte zurück.

»Ihr habt ihn umgebracht! Niemand anderer als Ihr hatte Gelegenheit dazu. Euer Platz war neben ihm – ich weiß es, denn ich war dabei, als die Männer eingeteilt wurden. Sagt Ihr es, FitzJohn, damit alle es hören! Wo ist dieser Mann geritten?«

»Neben Sir Godfrid«, sagte Guy verwirrt. »Aber...«

»Neben ihm, ja... Und auf dem Heimweg, im dichten Wald, war es Euch ein leichtes, ihn zu überraschen. Spät und ohne großes Aufsehen seid Ihr zurückgekehrt, Simon Aguilon, und Ihr habt dafür gesorgt, daß mein Mann nie zurückkehren wird!«

Der Sheriff und der Abt waren, erstaunt und entsetzt wie alle anderen, näher getreten, um sich kein Wort dieser Auseinandersetzung entgehen zu lassen, machten jedoch keine Anstalten, Agnes zu unterbrechen. Sie war vernünftigen Argumenten nicht zugänglich. Das sagte auch Simon, als er seine Sprache nach einem harten Schlucken schließlich wiedergefunden hatte.

»Um Gottes willen, was habe ich getan, daß man mich derart beschuldigt? Ich habe mit seinem Tode nicht das geringste zu tun. Ich wußte nichts davon... Zuletzt habe ich Sir Godfrid Picard vor drei Stunden gesehen, und da war er bei bester Gesundheit und durchsuchte wie alle anderen den Wald. Die arme Frau weiß vor Gram nicht, was sie tut. Sie beschuldigt den erstbesten...«

»Ich beschuldige *Euch*«, schrie sie, »und das würde ich auch tun, wenn zwischen uns tausend andere stünden. Denn *Ihr* seid der Mörder, das wißt Ihr so gut wie ich! Ausreden werden Euch jetzt nichts mehr nützen!«

Verzweifelt breitete Simon die behandschuhten Hände aus und wandte sich an den Sheriff und den Abt. »Aber warum sollte ich denn auch nur daran denken, einen Mann zu töten, der mein Freund war und mit dem ich keinen Streit hatte? Welches Motiv könnte ich dafür gehabt haben? Ihr seht, daß sie nicht weiß, was sie sagt.«

»O doch, Ihr hattet Streit mit ihm«, schrie Agnes völlig außer sich, »und das wißt Ihr nur zu gut. Warum? Warum? Ihr wagt es, mich zu fragen warum? Weil er Euch im Verdacht hatte – weil er praktisch wußte, daß *Ihr* Euren Onkel Huon de Domville umgebracht habt!«

Immer ungeheuerlicher wurden ihre Anschuldigungen,

und doch wurde Simon diesmal bleich und schnappte nach Luft. Er gab sich einen Ruck und begann sich zu verteidigen. »Wie sollte ich das getan haben? Jeder weiß, daß mein Onkel mich zu Bett schickte und allein weiterritt. Ich tat, wie er mich geheißen hatte, und schlief länger als gewöhnlich... Ich wurde geweckt, als man feststellte, daß er noch nicht zurück war...«

Mit einer verächtlichen Handbewegung wischte sie seine Worte beiseite. »Ihr gingt zu Bett, ja, das will ich nicht bezweifeln. Aber dann seid Ihr wieder aufgestanden und habt Euch mitten in der Nacht aus dem Haus geschlichen, um Euren Hinterhalt zu legen. Es war Euch ein leichtes, ungesehen zu gehen und zurückzukehren, als Eure niederträchtige Tat erledigt war. Jedes große Haus hat mehrere Eingänge, und wer außer Euch durfte kommen und gehen, wie es ihm beliebte? Wer sonst hatte alle Schlüssel, die er brauchte? Wer sonst hätte vom Tod Eures Onkels mehr profitiert, wenn nicht Ihr? Und Ihr seid nicht nur sein Erbe – oh, nein! Streitet hier und jetzt ab, wenn Ihr es wagt, daß Ihr am Abend des Tages, an dem Huons Leichnam hergebracht wurde, meinen Mann aufsuchtet. Bevor Euer Onkel kalt war, kamt Ihr zu meinem Mann, um mit ihm auszuhandeln, daß Ihr Huons Platz an der Seite meiner Nichte einnehmen würdet. Nicht nur seine Bsitztümer wolltet Ihr erben, sondern auch meine Nichte und ihren Besitz. Streitet es ab, und ich werde es beweisen. Meine Zofe war dabei!«

Simon sah die Umstehenden an wie ein in die Enge getriebenes Tier und rief: »Ja, es ist wahr – warum sollte ich nicht um Ivetas Hand anhalten. Mein Besitz steht in Größe dem ihren nicht nach, und schon allein deswegen würden wir zueinander passen. Aber darüber hinaus liebe und verehre ich sei. Und Sir Godfrid hat mich nicht abgewiesen. Ich war bereit, mich in Geduld zu üben und zu warten. Er gab mir seine Einwilligung...«

Iveta drückte mit aller Kraft Joscelins Hand. Fassungslos

dachte sie an die beiden Besuche zurück, die Simon ihr abgestattet hatte. Sie hatte das Gefühl gehabt, er sei der einzige, der zu ihr hielt. Hatte er nicht versprochen, ihr zu helfen und treu zu Joscelin zu stehen? Der erste Besuch war mit Agnes' Einverständnis geschehen – sie hatte sogar gelächelt. Ihre Tante war zufrieden gewesen, daß das verloren geglaubte Vermögen nun wieder in greifbare Nähe gerückt war. Der zweite Besuch dagegen..., ja, da war es anders gewesen. Er hatte ihr gesagt, Picard habe ihn aus dem Haus gewiesen, und das, was danach geschehen war, hatte seine Worte bestätigt. Was mochte zwischen diesen beiden Besuchen vorgefallen sein, das eine derartige Veränderung bewirkt hatte?

»Ja, er gab Euch seine Einwilligung«, schrie Agnes haßerfüllt, »denn er hielt Euch für den anständigen Mann, der Ihr zu sein schient. Aber Huons Hals wies eine Wunde auf, die von einem Ring rührte, den der Mörder an seiner rechten Hand trug – das hat dieser Mönch hier gesagt, und sowohl mein Mann als auch Ihr habt es gehört. Nachdem das bekannt geworden war, hat Euch niemand mehr ohne Handschuhe gesehen, sei es draußen oder drinnen. Aber mein Mann war gestern bei Huon de Domvilles Aussegnung, und dort wart Ihr gezwungen, Euren Handschuh abzustreifen, als Ihr den Weihwasserwedel nahmt – war es nicht so? Und er war es, dem Ihr den Wedel reichtet. Er sah... nicht den Ring, nein – den hattet Ihr abgestreift, sobald der Mönch von seiner Entdeckung berichtet hatte. Aber er sah den hellen Streifen an der Stelle, wo der Ring gesessen hatte, und das viereckige weiße Mal, das der Stein hinterlassen hatte. Da fiel ihm ein, daß Ihr früher einen Ring mit einem großen Stein getragen habt, und er war töricht genug, mit Euch darüber zu sprechen und Euch seinen Verdacht auf den Kopf zuzusagen, als Ihr uns besuchtet. Er wollte nichts mit einem Mann zu tun haben, den er für einen Mörder hielt.«

Das also war der Grund für die Veränderung gewesen! Aber nicht, dachte Iveta, die durch all diese Ereignisse innerhalb weniger Tage vom Kind zur Frau gereift war, weil ein Mörder für ihren Onkel nicht als ihr Ehemann in Frage gekommen wäre – vorausgesetzt, es wäre unmöglich gewesen, daß ein Verdacht aufkam. Nein, vielmehr fürchtete Godfrid Picard, man könne ihn der Mitwisserschaft bezichtigen, sobald auch nur der Schatten eines Verdachts auf den Mann seiner Nichte fiel. Wenn er in diesem Punkt absolute Sicherheit hätte haben können, wäre es gewiß gar nicht erst zu einem Streit gekommen. Und Joscelin war noch immer gesucht worden, und es wäre immer noch möglich gewesen, ihn zu fangen... und zu hängen. Und sie hätte in ihrer Verzweiflung geglaubt, daß sie nur einen wirklichen Freund hatte: Simon Aguilon! Er hatte ihr gesagt, der Grund dafür, daß man ihn aus dem Haus gewiesen hatte, sei gewesen, daß er zu Joscelin gestanden habe. Und wer weiß – vielleicht wäre seine Rechnung nach einiger Zeit aufgegangen. Zitternd drückte Iveta sich an Joscelin.

»Und ich habe ihm noch geraten, ich habe ihn dazu gedrängt, alle Beziehungen zu diesem Mann abzubrechen!« stöhnte Agnes und rang die Hände. »Ihr wußtet nur zu gut, daß er es für seine Pflicht hielt, den Sheriff von seinem Verdacht zu unterrichten, selbst wenn er keine Beweise hatte. Ihr habt dafür gesorgt, daß er dazu keine Gelegenheit mehr hatte. Aber Ihr habt Eure Rechnung ohne mich gemacht!«

»Ihr seid verrückt!« Simon machte eine abwehrende Geste. Seine Stimme überschlug sich fast. »Wie hätte ich meinem Onkel einen Hinterhalt legen können, wenn ich doch gar nicht wußte, wohin er geritten war und was er vorhatte, und noch weniger, auf welchem Weg er zurückkehren würde? Ich hatte keine Ahnung, daß irgendwo in dieser Grafschaft eine Geliebte auf seinen nächtlichen Besuch wartete.«

Während des ganzen Wortgefechtes hatte Bruder Cadfael geschwiegen. Jetzt trat er vor und sagte: »Es gibt jemanden, der sagen wird, daß Ihr lügt, Simon Aguilon, und daß niemand besser wußte als Ihr, wohin Huon de Domville geritten ist. Das jedenfalls hat Avice von Thornbury mir erzählt, und ich nehme an, daß zwei weitere Zeugen ihre Aussage bestätigen werden, sobald sie wissen, daß sie nicht in Gefahr ist, und sie diese beiden nicht darum bittet, Stillschweigen zu bewahren. Kein anderer als Ihr wart es, dem Euer Onkel seine Gefährtin anvertraute, wenn er auf Reisen ging und sie in seiner Nähe haben wollte. Ihr habt sie zum Jagdhaus begleitet. Der Weg dorthin war Euch wohlbekannt, denn Ihr wart ihn schon einmal geritten. Huon de Domville hat immer nur einen Vertrauten in seine privaten Liebschaften eingeweiht, und während der letzten drei Jahre seid Ihr dieser Mann gewesen.«

Der Rauch der Fackeln trieb gespenstisch über die Köpfe der Menge. Agnes stieß einen Triumphschrei aus, in dem zugleich ihr ganzer Schmerz mitschwang. Mit anklagender Hand zeigte sie auf Simon. »Durchsucht ihn! Er muß den Ring bei sich tragen – er würde es nicht wagen, ihn abzulegen, aus Angst, ein anderer könnte ihn finden und seine Schlüsse daraus ziehen. Durchsucht ihn, und Ihr werdet den Ring finden. Und warum, frage ich, hätte er ihn abstreifen sollen, wenn dieser Ring nicht eine Spur am Körper eines Ermordeten hinterlassen hätte?«

Die Bewaffneten hatten das Zeichen gesehen, das der Sheriff ihnen gab, und bildeten einen engen Kreis um den Beschuldigten und seine Anklägerin. Simon war zu sehr mit Agnes beschäftigt gewesen, um diese neue Gefahr zu bemerken. Er stieß einen trotzigen Schrei aus und drehte sich auf dem Absatz um. »Ich brauche mir diese haltlosen Verdächtigungen nicht anzuhören!« rief er etwas zu schrill.

Erst jetzt bemerkte er die Bewaffneten, die Schulter an Schulter zwischen ihm und dem Tor standen, und stutzte wie ein gestellter Hirsch. Er konnte es nicht fassen, daß sein Glück sich so gewendet hatte. Verzweifelt sah er sich um.

Der Sheriff trat auf ihn zu und sagte:

»Zieht Eure Handschuhe aus!«

Es war unschön anzusehen, wie er versuchte, auszubrechen und zu fliehen, wie er sich wie eine Wildkatze wehrte, als man ihn festhielt, wie er fluchte und schrie, als man ihn packte und überwältigte. Mit Rücksicht auf den Abt schaffte man ihn mit so wenig Gewaltanwendung wie möglich zum Tor hinaus in die Klostersiedlung und durchsuchte ihn dort. Er verschränkte seine Hände, um zu verhindern, daß man ihm die Handschuhe auszog, aber es nützte ihm nichts: Als seine Hände nackt waren, leuchtete der bleiche Ring am Mittelfinger seiner rechten Hand wie frischer Schnee auf einem gepflügten Acker, und die Stelle, wo der Stein gewesen war, war deutlich zu erkennen. Er fluchte und wehrte sich, als sie sein Wams öffneten, und preßte in ohnmächtiger Wut und besinnungsloser Verzweiflung sein Kinn auf die Brust, so daß man ihm den Kopf gewaltsam in den Nacken ziehen mußte, um die Schnur, an der er den Ring um den Hals trug, lösen zu können.

Vier Männer des Sheriffs waren nötig, um ihn in eine Zelle in der Burg zu schaffen, und als er abgeführt war, herrschte auf dem großen Innenhof fassungslose Stille. Mit entsetzten, weit aufgerissenen Augen schloß Joscelin Iveta in die Arme. Er zitterte vor Erleichterung, aber er war noch zu verwirrt, um zu begreifen, welch ein schreckliches Spiel sein bester Freund mit ihm gespielt hatte. Agnes stand da wie erstarrt. Solange sie ihren Feind noch hatte sehen können, war ihr Gesicht haßerfüllt gewesen, und erst jetzt bedeckte sie ihr Gesicht mit den Händen und gab sich leise weinend ihrem einsamen Kummer hin. Wer hätte gedacht, daß sie ihren hartherzigen Mann geliebt hatte?

Die kalte, gefühllose Frau war verschwunden. Sie ließ ihre Hände fallen und schritt langsam, wie eine Schlafwandlerin, durch die Menge, die zurückwich und ihr Platz machte. An Ivetas ausgestreckter Hand ging sie vorbei, als existiere das Mädchen nicht, stieg die Stufen zum Portal des Gästehauses empor und warf noch einen Blick in die Runde, bevor sie ins Haus ging und verschwand.

»Später, wenn sie sich wieder gefangen hat, wird sie das,

was sie hier gesagt hat, wiederholen müssen«, sagte Abt Radulfus ernst. »Ihre Aussage ist von entscheidender Bedeutung. Was ihren Mann betrifft – er ist tot. Ist es jetzt, da er nicht mehr befragt werden kann, erforderlich, sie ins Verhör zu nehmen?«

»Nicht in einer Verhandlung, bei der ich den Vorsitz führe«, sagte Gilbert Prestcote trocken und wandte sich seinen Männern zu. »Bevor wir aufbrechen, um Mylord Picards Leichnam hierherzubringen, habe ich noch eine Frage an Euch, Sergeant: Wie kommt es, daß Ihr eine Wache am Bach aufgestellt hattet, während wir den Wald durchsuchten? Mir jedenfalls ist nicht zu Ohren gekommen, daß der Gesuchte hier auftauchen könnte.«

»Als Ihr mit den anderen Männern aufgebrochen wart, Mylord«, antwortete der Sergeant, »kam Jehan hier zu mir und meinte, der Gesuchte könnte doch nun, da fast alle Männer abgezogen waren, die Gelegenheit nutzen, um sich mit dieser jungen Dame zu treffen und sie zu entführen.« Er winkte den schlauen Burschen herbei, welcher schon einmal für einen guten Einfall, der fast zum Erfolg geführt hätte, belobigt worden war. Jetzt, da die Dinge eine so unerwartete Wendung genommen hatten und sein Informant sich als der Mörder erwiesen hatte, machte der Mann ein etwas unbehagliches Gesicht. »Er war es«, fuhr der Sergeant fort, »der, wie Ihr Euch erinnert, neulich die Idee hatte, der Bursche könnte sich im Garten seines Herrn versteckt halten, und als wir dort suchten, stellten wir fest, daß er tatsächlich dort gewesen war. Diesmal schien mir sein Einfall ebenso gut zu sein wie beim vorigen Mal, und daher habe ich heimlich eine Wache aufgestellt.«

»Mein Freund«, sagte Prestcote und sah den Mann recht streng an, »es hat zwar den Anschein, als habe Euch der Himmel diese Eingebungen geschenkt, aber mir scheint, daß es eher der Teufel war, der dabei seine Hand im Spiel hatte. Wann hat Aguilon Euch geraten, im Garten des Bischofs nach Lucy zu suchen? Zu welcher Stunde war das?«

Jehan war klug genug, um zu wissen, daß es das beste war, die Wahrheit zu sagen, auch wenn er kein sehr glückliches Gesicht dabei machte. »Das war, nachdem Mylord Domvilles Leichnam hierhergebracht worden war. Als Messire Aguilon in das Haus des Bischofs zurückgekehrt war, gab er mir diesen Rat. Er sagte noch, von ihm aus dürfte ich ruhig das Lob dafür einstecken, denn ihm sei es am liebsten, wenn er aus dieser ganzen Sache herausgehalten würde.«

Verzweifelt schlug Joscelin die Hände vor das Gesicht und schüttelte den Kopf. Langsam dämmerte ihm das ganze Ausmaß des Verrates, den sein Freund an ihm begangen hatte. »Aber er war es doch, der mir geholfen hat – er hat mich im Wald gefunden und mich versteckt, in bester Absicht...«

»In sehr böser Absicht!« sagte Bruder Cadfael. »Mein Sohn, Ihr habt ihm die Gelegenheit gegeben, sein Erbe früher anzutreten, als er zu hoffen gewagt hatte, und darüber hinaus sah er die Möglichkeit, die Hand dieser jungen Dame und ihren Besitz zu gewinnen. Ihr wart der beste Sündenbock, den er sich wünschen konnte: Ein zorniger junger Mann, dem Unrecht geschehen war und der auf Rache sann. Er wußte, daß Ihr der erste und einzige Verdächtige sein würdet, wenn Huon de Domville überfallen und ermordet wurde. Aber um diese Rolle zu erfüllen, mußtet Ihr auf freiem Fuß, in einem sicheren Versteck bleiben, bis der Mord verübt war. Sobald er seinen Onkel beseitigt hatte, konnte er die Männer des Sheriffs auf Eure Spur setzen. Daß Ihr Euer Versteck verlassen habt, hat seinen Plan vereitelt und Euch das Leben gerettet.«

Joscelin rieb sich die Stirn, als habe er Kopfschmerzen. »Dann meint Ihr also, er hätte mir heute nacht kaltblütig eine Falle gestellt? Und ich habe ihn für meinen einzigen Freund gehalten und um Hilfe gebeten...«

»Aber wie?« fragte Cadfael scharf. »Wie habt Ihr das fertiggebracht?«

Joscelin erzählte ihm die ganze Geschichte, erwähnte aber

weder Lazarus noch Bran oder irgendeinen anderen von denen, die ihm geholfen hatten. Eines Tages würde er das Iveta anvertrauen, vielleicht auch Bruder Cadfael – aber nicht hier, nicht jetzt.

»Dann wußte er also, daß Ihr irgendwo in der Nähe wart, aber er wußte nicht wo. Er konnte seinen bewährten Mittelsmann hier nicht losschicken, Euch festzunehmen, sondern mußte warten, bis Ihr Euch von selbst in die Hände des Sheriffs begeben würdet, und Ort und Zeit hattet Ihr selbst bestimmt. Er brauchte nichts weiter zu tun, als Eure Botschaft an diese junge Dame weiterzugeben und dafür zu sorgen, daß Euer Pferd am verabredeten Ort für Euch bereitstand – denn sonst hättet Ihr den Bach ja nicht überquert und wärt nicht in die Hände des Sheriffs gefallen. Nachdem dies erledigt war, mußte er nur noch Jehan Bescheid geben. Selbstverständlich wollte er in dieser Sache nicht selbst in Erscheinung treten«, sagte Cadfael und verzog das Gesicht, »denn seine angebliche Treue zu Euch war ja seine beste Empfehlung bei der jungen Dame.«

Joscelin konnte noch immer kaum glauben, daß sein bester Freund ihn so schmählich verraten hatte, und Cadfael beschloß, sich drastisch auszudrücken. »Nach Eurer Gefangennahme und Hinrichtung«, sagte er, »hätte Sir Godfrid Picard wohl kaum etwas dagegen gehabt, seine Nichte mit einem Mörder zu verheiraten – einem *erfolgreichen* Mörder, wohlgemerkt. Was er nicht ertragen konnte, war die Gefahr, der er bis dahin ausgesetzt war, denn wenn ans Licht kam, daß Simon der Mörder war, hätte man vielleicht vermutet, daß er mit ihm unter einer Decke steckte, und das hätte auch ihn den Kopf kosten könnnen.«

»Redet also, Jehan«, befahl der Sheriff grimmig lächelnd. »Hat Aguilon Euch den Weg zu Belobigung und Beförderung gewiesen?«

»Heute morgen«, gab Jehan unvorsichtigerweise zu, »gab er mir den Hinweis...«

»Heute *morgen*! Also bevor wir aufgebrochen waren! Und

Ihr habt niemandem etwas davon gesagt, bis ich mit den Männern ausgerückt war und Ihr das, was Ihr so schlau eingefädelt hattet, allein zu Ende bringen konntet! Ich glaube, auf eine Beförderung werdet Ihr noch eine Weile warten müssen, mein Freund. Ihr könnt von Glück sagen, daß ich Euch nicht bestrafe!«

Und in der Tat war Jehan froh, so glimpflich davongekommen zu sein, und machte sich unverzüglich aus dem Staub.

»Wir sollten jetzt den Toten holen«, sagte der Sheriff und wandte sich damit den Aufgaben zu, die jetzt erledigt werden mußten. »Wollt Ihr uns führen, Bruder? Wir werden reiten und ein zusätzliches Pferd für den Leichnam mitnehmen.«

Als die sechs Männer – unter ihnen Cadfael, dem es keineswegs mißfiel, ein gutes, kräftiges Pferd anstelle eines bescheidenen kleinen Maultiers unter sich zu haben – zum Tor hinausgeritten waren, wandte sich der Abt mit ruhigem Gesicht und gelassener Stimme an die verwirrten, fassungslosen Klosterbrüder.

»Beruhigt Euch, wascht Euch die Hände, und begebt Euch zum Abendessen. Auch heute gelten die Ordensregeln. Der Umgang mit der Welt ist uns auferlegt, um uns zu mahnen und die Festigkeit unseres Glaubens zu prüfen. Die Torheit und Schlechtigkeit der Menschen stellt Gottes Gnade nicht in Frage.«

Gehorsam gingen sie. Nach einem kurzen Blick des Abtes neigte Prior Robert den Kopf und folgte den Klosterbrüdern. Mit einem leichten, nachdenklichen Lächeln sah Radulfus die beiden jungen Leute an, die noch immer Hand in Hand dastanden und seinen Blick zweifelnd, aber standhaft erwiderten. Zu viel war zu schnell über sie hereingebrochen – sie waren wie Kinder, die gerade erst erwacht waren und nicht recht wußten, was von dem, das sie erlebt hatten, wirklich geschehen und was Traum gewesen war. Aber die

Träume waren schrecklich gewesen, und die Wirklichkeit konnte nur besser sein.

»Ich glaube, mein Sohn«, sagte der Abt sanft, »Ihr braucht Euch keine Sorgen wegen jener Beschuldigung zu machen, die Euer Herr gegen Euch vorgebracht hat. Unter den gegebenen Umständen würde kein gerechter Mann ernsthaft glauben, daß Ihr diesen Diebstahl begangen habt, und Gilbert Prestcote ist ein gerechter Mann. Ich frage mich nur«, fügte er nachdenklich hinzu, »ob es nicht vielleicht ebenfalls Aguilon war, der das Kollier in Eurer Satteltasche versteckte.«

»Das bezweifle ich, Ehrwürdiger Vater.« Selbst jetzt wollte er gegenüber einem, der ihn fast ins Verderben gestürzt hätte, nicht ungerecht sein. »Ich glaube nicht, daß er an Mord gedacht hat, bevor ich hinausgeworfen und des Diebstahls bezichtigt wurde. Es ist so, wie Bruder Cadfael gesagt hat: Durch meine Flucht war ich ein idealer Sündenbock. Nein, diesmal hatte Mylord Domville die schmutzige Arbeit wahrscheinlich selbst getan. Aber, Ehrwürdiger Vater, nicht meine Sorgen sind es, die mich belasten. Es geht um Iveta.«

Er fuhr sich mit der Zunge über die Lippen und suchte nach den geeigneten Worten, und der Abt stand schweigend und gelassen da, ohne ihm eine Hilfestellung zu geben. Iveta sah Joscelin erschrocken an, als fürchte sie, er könne gerade jetzt, da er sie rechtmäßig gewonnen hatte, so edel und töricht sein, sie wieder aufzugeben.

»Ehrwürdiger Vater, diese junge Dame ist von denen, die zu ihrem Vormund bestellt waren, auf gewissenlose Weise ausgenutzt worden. Nun ist ihr Onkel tot, und ihrer Tante würde man, selbst wenn sie in der Lage wäre, für ihre Nichte zu sorgen, nicht erlauben, einen so großen Besitz zu verwalten. Ich bitte daher Euch, Ehrwürdiger Vater, die Vormundschaft für sie zu übernehmen, denn ich weiß, daß Ihr sie so gerecht und ehrenvoll behandeln werdet, wie es ihr zukommt, und daß sie mit Euch als Vormund so glücklich werden wird, wie sie es verdient. Wenn Ihr den König darum bittet, wird er seine Zustimmung geben.«

Der Abt wartete einige Augenblicke, und ein feines Lächeln breitete sich auf seinem Gesicht aus. »Und das ist alles? Ihr erbittet nichts für Euch selbst?«

»Nichts!« erwiderte Joselin mit jener Demut, in der das mitschwang, was ihn zu dieser Äußerung bewegt hatte: der Hochmut eines Adligen.

»Aber *ich* erbitte etwas für mich«, sagte Iveta entrüstet und ließ die Hand dessen, der dem Anspruch auf sie aus Edelmut entsagt hätte, nicht los. »Ich bitte Euch, Joscelin mit Wohlgefallen als den Bewerber um meine Hand zu betrachten, der mir von allen der liebste ist, denn ich liebe ihn so, wie er mich liebt, und obwohl ich Euch, wenn Ihr mein Vormund sein wollt, verspreche, Euch in allem anderen gehorsam zu sein, werde ich nie einen anderen lieben oder heiraten.«

»Kommt«, sagte der Abt und gestattete sich ein kleines Lächeln, »ich glaube, wir sollten uns zum Abendessen in meine Gemächer begeben und gemeinsam über die Zukunft nachdenken. Es besteht kein Grund zur Eile, und es ist vieles zu regeln. Das Denken ist nach dem Gebet das beste, und ein gutes Essen und ein Glas Wein werden uns dabei helfen.«

Noch vor der Komplet brachten der Sheriff und seine Männer Godfrid Picards Leichnam ins Kloster. Sie bahrten ihn in der Friedhofskapelle auf und brachten Kerzen herbei, um seine Verletzungen zu untersuchen. Den Dolch, an dem kein Blut klebte, hatte man einige Schritte weiter im Gras gefunden, wo Cadfael ihn zuerst endeckt hatte. Nun steckte man ihn wieder in die Scheide, als man dem Toten des Schwertgehänge abnahm, und niemand dachte über den seltsamen Umstand nach, daß die Waffe unbenutzt im Gras gelegen hatte.

Der Mann war tot, und sein Mörder, der schon einen anderen Mann, obendrein einen Verwandten, umgebracht hatte, saß in der Burg von Shrewsbury hinter Schloß und Riegel. Wenn es in diesem zweiten Fall einige seltsame Umstände gab, so bemerkte sie niemand außer Cadfael, und sie verwirrten ihn ebensosehr, wie sie die Männer des Sheriffs verwirrt hätten, wenn sie sich der Mühe unterzogen hätten, sie zu untersuchen. Ein Mann war erwürgt worden, obwohl er einen Dolch bei sich trug und offenbar Zeit gehabt hatte, ihn zu ziehen. Er hatte ihn gezogen, aber nicht benutzt. Und jemand, der mit bloßen Händen tötet, tut das, weil ihm keine andere Waffe zur Verfügung steht.

Es war eine stille Nacht. Die Kerzen brannten ruhig und gaben genug Licht, um das gerötete Gesicht des Toten, seinen Hals und seine zerbissene Zunge deutlich erkennen zu können. Cafael untersuchte die Würgemale lange und eingehend, sagte aber nichts. Man richtete auch keine Fragen an ihn – nach der Untersuchung des Sheriffs bestand kein Zweifel mehr daran, daß Simon Aguilon auch diesen Mann ermordet hatte.

»Morgen werden wir eine Stute in den Wald bringen, um seinen Hengst herauszulocken«, sagte Prestcote und zog das Leintuch über Picards Gesicht. »Es ist ein edles Pferd. Wenn die Witwe es verkaufen will, kann sie in Shrewsbury einen guten Preis dafür bekommen.«

Für Cadfael gab es hier nichts mehr zu tun. Er entschuldigte sich und machte sich auf die Suche nach Bruder Mark, den er im Wärmeraum fand. Die warme Mahlzeit hatte ihm offensichtlich gut getan; er trug eine frische, trockene Kutte und war im Begriff, sich auf den Rückweg nach Saint Giles zu machen.

»Wartet einen Augenblick auf mich«, sagte Cadfael. »Ich habe etwas in Saint Giles zu erledigen und werde Euch begleiten.«

Bevor er sich dorthin begab, wollte er aber noch nach den beiden jungen Leuten sehen, die jedoch, als er sie im Empfangszimmer des Abtes fand, seines Trostes nicht zu bedürfen schienen. Sie hatten einen einflußreicheren Fürsprecher als ihn gefunden, mit dem sie offenbar ein herzliches Verhältnis verband, was möglicherweise auch auf den Genuß eines guten Weines nach den Anstrengungen der letzten Tage zurückzuführen war. So machte Cadfael also lediglich seine Aufwartung, nahm ihren überschwenglichen Dank entgegen, wechselte, während er sich vor dem Abt verbeugte, einen etwas doppeldeutigen Blick mit diesem und ließ sie mit ihren Plänen und Überlegungen allein, welche gewiß zur größten Zufriedenheit aller Beteiligten vorangingen, jedoch auch für andere, die nicht hier anwesend waren, eine gewisse Bedeutung hatten.

Sie waren zwei warmherzige Kinder, von Dankbarkeit gegenüber allen erfüllt, die zu ihnen gestanden hatten, als sie in Not waren – sehr jung, sehr verletzlich, und jetzt, da sie glücklich waren, auch sehr ungeduldig und impulsiv. Der Abt würde sie für eine Weile an einer kurzen Leine halten und Iveta in einem Nonnenkloster oder einem ihrer eigenen Herrenhäuser unter der Aufsicht einer gut beleumundeten Frau unterbringen, während er Joscelin diskret würde beobachten lassen, wenn er sich jetzt, da sein Ruf und seine Ehre wiederhergestellt waren und er selbst sein bester Bürge war, in die Dienste eines neuen Herrn begab. Aber Radulfus würde ihnen nicht im Wege stehen, denn er war zu weise, um zu versuchen, etwas zu trennen, was Gott oder seine Engel zusammengefügt hatten.

Es gab noch andere, um die Cadfael sich zu kümmern hatte, und zwar noch heute nacht, wenn sich das, was er glaubte, herausgefunden zu haben, als wahr erweisen sollte.

Er kehrte in den Wärmeraum zurück, wo Bruder Mark zufrieden und erwartungsvoll am Kamin saß. Seit er als Novize in den Orden eingetreten war, hatte er noch nie so lange am Feuer sitzen dürfen. Das war das unfreiwillige Bad im Meole-Bach wert gewesen.

»Ist alles in Ordnung?« fragte er Bruder Cadfael hoffnungsvoll, als sie im Dunkeln durch die Klostersiedlung gingen.

»Ja, alles ist in bester Ordnung«, antwortete Cadfael so zufrieden, daß Mark erleichtert seufzte und keine weiteren Fragen mehr stellte.

»Die junge Dame«, sagte Cadfael gut gelaunt, »für die ihr vor einigen Tagen um Gottes Hilfe gebeten habt, ist jetzt in besten Händen. Der Ehrwüige Vater wird sich um sie kümmern. Jetzt möchte ich im Hospiz nur noch ein paar freundliche Worte mit Lazarus wechseln, für den Fall, daß er beschließt, weiterzuziehen, bevor ich das nächste Mal dorthin komme. Ihr wißt ja, wie unstet manche dieser Kranken sind – ein frischer Wind kommt auf, und ehe man es sich versieht, sind sie schon weitergezogen.«

»Ich habe mich gefragt, ob ich ihn vielleicht zum Bleiben überreden könnte«, sagte Bruder Mark. »Er hat viel für Bran übrig, und die Mutter des Jungen wird nicht mehr lange leben. Sie hat sich schon von der Welt verabschiedet. Nicht daß ihr Sohn ihr gleichgültig wäre – aber sie hat das Gefühl, daß er sie nicht mehr braucht und daß er seine eigenen Schutzpatrone hat«, erklärte einer dieser Schutzpatrone, der sich in seiner Bescheidenheit nicht zu ihnen zählte. »Sie ist sich sicher,daß der Himmel über ihn wacht.«

Auch auf Erden, dachte Cadfael, gab es welche, die an dem Jungen interessiert waren. Zwei dankbare junge Menschen hatten im Empfangszimmer des Abtes ihre Geschichte erzählt, ohne irgend etwas zurückzuhalten oder Namen zu verschweigen. Joscelin war ein intelligenter Bursche, und mit wem er einmal Freundschaft geschlossen hatte, von dem zog er sich so schnell nicht wieder zurück. Und Iveta war in ihrer Erleichterung über den guten Ausgang der Sache bereit, jeden ins Herz zu schließen, der Joscelin geholfen hatte, sei er krank oder gesund, ein hochgestellter Mensch oder einer aus dem niederen Volk.

Stumm, reglos, geduldig, den Rücken kerzengerade an die Wand gelehnt und mit nach orientalischer Sitte gekreuzten Beinen saß Lazarus auf der Veranda vor dem Hospiz. In seinem linken Arm hielt er Bran, der unruhig schlief und Joscelins Holzpferd an seine Brust gedrückt hatte. Die kleine Lampe über dem Eingang warf ihr schwaches Licht auf seine dünnen Ärmchen, das zerzauste, blonde Haar und das verweinte Gesicht. Als Cadfael und Mark die Veranda betraten, erwachte er, rappelte sich verschlafen auf, und Lazarus hob seinen Arm und ließ ihn von der Bank klettern.

»Aber Bran!« rief Bruder Mark besorgt. »Warum bist du denn noch nicht im Bett?«

Halb erleichtert, halb vorwurfsvoll umarmte ihn der Junge, und anklagend drang seine Stimme durch die Falten der neuen, etwas weiten Kutte: »Ihr seid *beide* weggegangen! Ihr habt mich allein gelassen. Ich wußte nicht, wo ihr wart... Ich wußte nicht einmal, ob ihr zurückkommen würdet! Wo ist er jetzt?«

»Er wird bald kommen, du wirst schon sehen.« Bruder Mark nahm Bran an der Hand. Die andere Hand des Jungen griff nach dem Holzpferd, das er zunächst auf der Bank hatte liegen lassen, jetzt aber eifersüchtig wieder an sich nahm. »Komm jetzt, ich werde dich ins Bett bringen und dir alles erzählen. Deinem Freund geht es sehr gut, und er braucht sich jetzt nicht mehr zu verstecken. Alles Unrecht ist wiedergutgemacht worden. Komm, ich werde es dir erzählen, und dann wird er es dir noch einmal erzählen, wenn er das nächste Mal kommt. Er wird kommen, das verspreche ich dir.«

»Er hat gesagt, ich würde sein Knappe sein und Latein und Rechnen lernen, wenn er Ritter wird«, sagte Bran mahnend, bevor er sich schlaftrunken ins Haus führen ließ. Mark warf einen Blick zurück auf Cadfael, und nachdem dieser beruhigend genickt hatte, verschwand er mit dem Jungen im Schlafsaal.

Lazarus blieb stumm und rührte sich nicht, als Cadfael sich neben ihn setzte. Die Zeiten, da er Überraschung, Angst oder Verlangen empfunden hatte, waren schon lange vorbei. Mit seinen weitblickenden, graublauen Augen sah er in den Nachthimmel, an dem jetzt ein Strom dünner, feiner Wolken ruhig ostwärts trieb, während unten auf der Erde vollkommene Windstille herrschte.

»Ihr habt gehört«, sagte Cadfael und lehnte sich bequem zurück, »was Mark dem Kind gesagt hat. Jedes Wort davon war wahr, Gott sei Dank! Alles Unrecht ist wiedergutgemacht worden. Huon de Domvilles Mörder ist gefaßt, und er ist ohne jeden Zweifel schuldig. Das also ist vorbei. Aussicht auf Gnade besteht nicht, es sei denn, der Mörder zeigte Reue, und darauf deutet nichts hin. Er hat nicht nur seinen Onkel umgebracht, sondern auch seinen Freund, der ihm vertraute, auf niederträchtigste Weise verraten und versucht, ein unschuldiges Mädchen gewissenlos auszunutzen. Aber das ist vorüber. Ihr braucht Euch keine Sorgen mehr zu machen.«

Der Mann neben ihm sagte nichts, fragte nichts, hörte nur zu. Ruhig fuhr Cadfael fort: »Alles wird sich für sie zum Besten wenden. Ich habe keinen Zweifel daran, daß der König den Abt zu ihrem neuen Vormund bestimmen wird. Radulfus ist ein strenger und hochherziger, aber auch sehr menschlicher Mann. Sie hat nichts mehr zu befürchten, nicht einmal für einen Liebsten, der über nicht allzu viele irdische Güter verfügte. Ihr Glück, ihre Wünsche werden nicht mehr übergangen werden, als seien sie ohne Bedeutung.«

Lazarus wandte den Kopf. Das Gesichtstuch dämpfte seine tiefe Stimme, die die Worte nur mühsam und stockend formte. »Ihr sprecht nur von Domville. Was ist mit dem zweiten Mord?«

»Welcher zweite Mord?« fragte Cadfael.

»Vor über einer Stunde habe ich unten in der Bachniederung die Fackeln gesehen, als sie Godfrid Picard holten. Ich weiß, daß er tot ist. Wird man Domvilles Mörder auch für diese Tat verantwortlich machen?«

»Aguilon wird sich wegen Mordes an seinem Onkel verantworten müssen«, antwortete Cadfael, »und die Beweise gegen ihn sind erdrückend. Warum sollte man nach einem zweiten Mörder suchen? Angenommen, es würde sich erweisen, daß er mit dem Mord an Picard nichts zu tun hat – würde das etwas an seinem Schicksal ändern? Aber dieser Tat wird man ihn nicht beschuldigen. Eine solche Anklage ließe sich nicht aufrecht erhalten, denn Godfrid Picard wurde nicht ermordet.«

»Woher wollt Ihr das wissen?« fragte Lazarus wißbegierig. Seine Stimme verriet keine Angst oder Sorge.

»Picard fiel nicht in einen Hinterhalt. Als er getötet wurde, war er im Vollbesitz seiner Kräfte, aber das war nicht genug. Nein, er wurde nicht ermordet. Jemand trat ihm in den Weg und forderte ihn zum Zweikampf heraus. Picard hatte einen Dolch, sein Gegner hatte nur seine Hände. Zweifellos glaubte Picard sich im Vorteil: Ein bewaffneter Mann gegen einen unbewaffneten, ein Mann in den besten Jahren gegen einen Siebzigjährigen. Er hatte Zeit, seinen Dolch zu ziehen, aber das war auch alles. Die Waffe wurde ihm entwunden und fortgeworfen, nicht gegen ihn gerichtet. Zwei Hände reichten aus, ihn zu töten. Er hatte vergessen, wieviel Kraft ein Mensch hat, der für eine gerechte Sache kämpft.«

»Dann muß es einen schwerwiegenden Grund für diesen Streit zwischen den beiden gegeben haben«, sagte Lazarus nach einem langen Schweigen.

»Den ältesten und schwerwiegendsten: Eine Frau ist schamlos ausgenutzt worden. Aber nun ist sie gerächt. Der Himmel macht keine Fehler.«

Wieder schwiegen die beiden Männer, aber das Schweigen senkte sich leicht und sanft auf sie herab wie ein Schleier, der das Gesicht einer jungen Frau verhüllt, oder wie eine Motte, die aus dem Dunkel herbeifliegt und sich geräuschlos im Licht einer Lampe niederläßt. Die Augen des alten Mannes richteten sich wieder auf die kleinen Wölkchen, die langsam und stetig gen Osten zogen. Über ihnen leuchteten diffus einige Sterne, während die Erde im Dunkel lag. Hinter dem verwaschenen blauen Gesichtstuch glaubte Cadfael ein fast unmerkliches, beruhigtes Lächeln wahrzunehmen.

»Und nachdem Ihr so viel über diese Tat herausgefunden habt«, sagte Lazarus schließlich, »wissen andere dann nicht ebensoviel wie Ihr?«

»Keinem anderen ist aufgefallen, was ich gesehen habe«, antwortete Cadfael, »und kein anderer wird je etwas herausfinden. Die Würgemale werden verschwinden. Niemand wird Fragen stellen, und nur ich weiß, was ich weiß. Nur ich und der, der Picard getötet hat, wissen, daß der Täter an der linken Hand nur zweieinhalb Finger hat.«

Die blaugrauen Augen des alten Mannes blitzten, und unter dem weiten Gewand bewegte sich etwas. Zwei Hände kamen zum Vorschein, und im Licht der Lampe war deutlich zu sehen, daß die Rechte unversehrt, groß und sehnig war, während an der Linken der Zeigefinger, der Mittelfinger und das letzte Glied des Ringfingers fehlten. Die vernarbten Stümpfe waren trocken und schimmerten hell.

»Nachdem Ihr nun aus so wenigen Anhaltspunkten so viel geschlossen habt, Bruder«, sagte die langsame, ruhige Stimme, »verratet mir noch eines: Wie heißt der Mann, der Picard getötet hat? Ich glaube, Ihr kennt seinen Namen.«

»Das glaube ich auch«, sagte Bruder Cadfael. »Sein Name ist Guimar de Massard.«

Reglos hing die Nacht über der Klostersiedlung, der Bachniederung und dem Wald, den der Sheriff und seine Männer vergeblich durchsucht hatten. Den scharfen, graublauen Augen war es nicht schwer gefallen, Picard, der an seiner roten Kappe zu erkennen war, auszumachen und den Weg zu verfolgen, den er nahm und auf dem er wieder zum Kloster zurückkehren würde. Die Stille der Nacht stand im Gegensatz zu der Bewegung am Himmel, wo die Wolken so rastlos dahinzogen wie ein Mensch, der die Welt durchwandert und im Unbekannten verschwindet.

»Sollte ich diesen Namen kennen?« fragte Lazarus fast unhörbar.

»Mylord, auch ich war bei der Erstürmung Jerusalems dabei. Als die Stadt fiel, war ich zwanzig Jahre alt. Ich sah Euch am Tor kämpfen. Auch beim Kampf um Askalon war ich dabei, als die Fatimiden von Ägypten uns angriffen – und nach dem Blutbad, das wir Christen nach dem Fall von Jerusalem unter den Anhängern des Propheten angerichtet hatten, war ich der Meinung, sie hätten mehr Kriegsglück verdient gehabt. Niemand aber hat je sagen können, Guimar de Massard habe irgend etwas Unmenschliches oder Unehrenhaftes getan. Warum, warum seid Ihr nach jenem Kampf verschwunden? Warum habt Ihr uns, die wir Euch verehrten, warum habt Ihr Eure Frau und Euren Sohn hier in England um Euch trauern lassen? Hatten wir das denn verdient?«

»Hätte meine Frau, hätte mein Sohn es verdient gehabt, mit jenem Schicksalsschlag belastet zu werden, der mich getroffen hatte?« fragte Lazarus erregt. Die ungewohnten Worte kamen ihm nur mit Mühe über die Lippen. »Ich glaube, Bruder, Ihr kennt bereits die Antwort auf Eure Frage.«

Ja, Cadfael kannte sie. Guimar de Massard, der in Askalon verwundet und gefangengenommen worden war, hatte von den Ärzten, die ihn in der Gefangenschaft behandelten, erfahren, daß er vom Aussatz befallen war.

»Ihre Ärzte sind ausgezeichnet«, fuhr Lazarus ruhig fort, »weit besser als unsere. Und wer könnte mit den ersten Anzeichen der Krankheit besser vertraut sein als sie? Sie haben mir die Wahrheit gesagt. Sie haben getan, um was ich sie bat, und die Nachricht verbreitet, ich sei meinen Wunden erlegen. Sie taten noch mehr für mich: Sie brachten mich in eine Einsiedelei, damit ich, nachdem ich für meine Freunde gestorben war, im Land meiner Feinde mein Leben fristen und gegen die Krankheit ankämpfen konnte, wie ich früher gegen meine Gegner gekämpft hatte. Mein Helm und mein Schwert wurden auf meine Bitte hin nach Jerusalem zurückgeschickt.«

»Sie hat beides erhalten«, sagte Cadfael, »und hält Euer Erbe in Ehren. Ihr seid nicht vergessen, Mylord. Ich habe schon immer gewußt, daß die besten der Sarazenen anständiger und menschlicher sind als viele Christen.«

»Meine Feinde waren ritterlich. In den Jahren, in denen ich büßte, achteten sie mich und halfen mir, wo sie nur konnten.«

Ja, dachte Cafael, es gab einen Adel der Gesinnung, der Feindschaften zwischen Familien, Grenzen zwischen Ländern, ja selbst die scheinbar unüberbrückbare Kluft zwischen Religionen zu überwinden vermochte. Und es war gut möglich, daß Guimar de Massard sich den Kalifen der Fatimiden enger verbunden fühlte als Bohemond, Baldwin und Tankred, die sich wie ungeratene Kinder um ihre Eroberungen stritten.

»Wie lange«, fragte er, »habt Ihr gebraucht, um in Eure Heimat zu gelangen?« Es war eine lange, lange Reise quer durch Europa, die dieser Mann auf verkrüppelten Füßen unternommen hatte, und er hatte nichts weiter bei sich gehabt als eine Klapper.

»Acht Jahre. Ich bin aufgebrochen, als ich erfuhr, ein englischer Gefangener habe vom Tod meines Sohnes berichtet und gesagt, er habe ein Kind, eine Tochter, hinterlassen, die bei der Familie ihrer Mutter lebe und sonst keine Verwandten mehr habe.«

So hatte er also seine Zelle, das Refugium, in das er sich jahrelang zurückgezogen hatte, verlassen und sich mit Klapper, Mantel und Gesichtstuch auf die endlose Pilgerfahrt nach England begeben, um sich aus gebührender Entfernung mit eigenen Augen davon zu überzeugen, daß seine Enkelin glücklich war und es ihr an nichts fehlte. Statt dessen hatte er feststellen müssen, daß ihr Unrecht geschah, und mit seinen verkrüppelten Händen hatte er dieses Unrecht und das, was zwischen ihr und ihrem Glück stand, aus der Welt geschafft.

»Sie hat jetzt, was ihr zusteht«, sagte Cadfael. »Und dennoch, glaube ich, wäre ihr das Wissen, daß Ihr noch am Leben seid, lieber als ihr Anrecht auf einen großen Besitz.«

Die Stille, die nun eintrat, war lange und kalt, als sei er in ein Gebiet eingedrungen, zu dem er keinen Zutritt hatte. Dennoch sprach Cadfael unbeirrt weiter. »Das Feuer, das Euch verzehrt hat, ist erloschen, und zwar seit Jahren schon, wie mir scheint. Ihr braucht es gar nicht erst abzustreiten – ich kenne die Anzeichen. Was Gott Euch, aus Gründen, die nur er kennt, auferlegt hat, das hat er wieder von Euch genommen, und das wißt Ihr. Ihr stellt für andere Menschen keine Gefahr mehr dar. Und ganz gleich, welchen Namen Ihr in all diesen Jahren geführt habt – Ihr seid immer noch Guimar de Massard. Wenn sie schon Euer Schwert in Ehren hält, um wieviel mehr würde sie Euch selbst ehren? Warum wollt Ihr sie dieser Freude berauben? Warum wollt Ihr Euch selbst der Freude berauben, sie glücklich zu sehen und ihre Hand in die eines Mannes zu legen, der, so glaube ich, Eure Zustimmung findet?«

»Bruder«, sagte Guimar de Massard und schüttelte den Kopf, »Ihr sprecht von einer Sache, die Ihr nicht versteht. Ich bin ein toter Mann. Laßt mich und meine Legende in Frieden ruhen.«

»Und doch gab es einmal einen Lazarus«, erwiderte Cadfael ehrfurchtsvoll, »der zur Freude seiner Verwandten von den Toten auferstand.«

Wieder trat eine lange Stille ein. Die Wolken am Nachthimmel waren das einzige, was sich in der Welt der sichtbaren Dinge bewegte. Dann tauchte die unversehrte rechte Hand des alten Mannes aus den Falten seines Mantels auf und schlug die Kapuze zurück. »Und war dies das Gesicht, das seine Schwestern mit Freude erfüllte?« fragte Guimar.

Er nahm das Gesichtstuch ab und entblößte ein grausam entstelltes Antlitz: Die Lippen waren fast verschwunden, eine Wange war eingefallen, von der Nase waren nur zwei große, schwärzlich verfärbte Höhlen geblieben. Nur die leuchtenden Augen erinnerten noch an den Paladin von Jerusalem und Askalon. Cadfael sagte nichts mehr.

Lazarus bedeckte sein Gesicht wieder mit dem Tuch. Fast unmerklich kehrten Ruhe und Gelassenheit in seine Stimme zurück. »Versucht nie, den Stein vom Grab wegzurollen«, sagte er leise. »Ich bin zufrieden mit dem, was mir geblieben ist. Laßt mich in Frieden ruhen.«

»Dann muß ich Euch sagen«, sagte Cadfael nach einer langen Pause, »daß der junge Mann Euch ihr gegenüber in den höchsten Tönen gelobt hat, und daß sie ihn gebeten hat, sie, da Ihr nicht zu ihr gehen könnt, zu Euch zu bringen, damit sie Euch persönlich für Eure Güte und Eure Hilfe danken kann. Und da er ihr nichts abschlagen kann, nehme ich an, daß sie morgen früh hier sein werden.«

»Dann werden sie feststellen«, antwortete Lazarus ruhig, »daß auf uns wandernde Aussätzige, auf uns Pilger, kein Verlaß ist. Wir bleiben nie lange an einem Ort. Die Rastlosigkeit kommt über uns, und der Wind bläst uns davon wie Staub. Von uns ist nur noch ein trauriger Rest dessen geblieben, was wir einmal waren, und wir ziehen von einem Heiligenschrein zum nächsten, um Trost zu finden. Sagt ihnen, daß es nichts gibt, was sie für mich tun können.«

Langsam und vorsichtig setzte er seine verkrüppelten Füße auf den Boden und verhüllte sie mit seinem langen Gewand. »Denn für einen Toten«, sagte er, »kann man nichts mehr tun.« Er erhob sich, und auch Cadfael stand auf.

»Das einzige, um das ich Euch bitten kann, Bruder, ist, für mich zu beten.«

Ohne ein weiteres Wort wandte er sich zum Gehen. Der Absatz des Schuhs, den er sich hatte anfertigen lassen, machte ein scharfes Geräusch auf der steinernen Türschwelle und klang dann dumpf auf den Dielenbrettern im Haus. Bruder Cadfael trat von der Veranda hinaus in die Nacht. Die Wolken am Himmel, so schien es ihm, wurden nicht einfach vom Wind vorangetrieben, sondern verfolgten, ohne Eile und ohne sich aufhalten zu lassen, einen vorherbestimmten Kurs – wie der Tod.

Ja, es gab nichts, dachte er, während er durch die Nacht zum Kloster zurückging, was man für die Toten tun konnte. Die beiden jungen Leute würden statt dessen Bran ihren Dank abstatten müssen. Dieser Tote hatte für sein eigenes Begräbnis gesorgt – mochten sie sich nun also um die Lebenden kümmern. Vielleicht wurde aus dem Sohn der Bettlerin, wenn man ihn herausgefüttert, ordentlich gekleidet und in den erforderlichen Dingen unterrichtet hatte, eines Tages tatsächlich der Page und Knappe von Sir Joscelin Lucy. Es waren schon seltsamere Dinge geschehen auf dieser sonderbaren, überaus grausamen und doch auch überaus wunderbaren Welt!

Am nächsten Morgen nach der Messe kamen, mit Erlaubnis des Abtes, Iveta und Joscelin nach Saint Giles, um sich bei allen, die dort lebten, besonders aber bei zwei ganz bestimmten Menschen zu bedanken. Bran war schnell gefunden, aber der alte Aussätzige, der sich Lazarus nannte, war über Nacht verschwunden, ohne Abschied und ohne zu sagen wohin. Sie suchten ihn auf allen Straßen, die von Shrewsbury ins Land führten und erkundigten sich an allen Reliquienschreinen in den benachbarten drei Grafschaften, ob man ihn dort gesehen hatte, aber geheimnisvollerweise war er trotz seiner verkrüppelten Füße schneller als sie. Er wurde nie mehr in Shrewsbury gesehen.

Die Jungfrau im Eis

Kapitel 1

Anfang November des Jahres 1139 schlug die Flutwelle des Bürgerkrieges, der bis vor kurzem noch eher lustlos geführt worden war, plötzlich über der Stadt Worcester zusammen und schwemmte die Hälfte des Viehbestandes, der beweglichen Habe und der weiblichen Bevölkerung hinweg. Wer es vermochte, floh vor den plündernden Soldaten rechtzeitig gen Norden, um in Landgütern oder Klöstern, befestigten Städten oder Burgen, an Orten also, die Sicherheit versprachen, Zuflucht zu suchen. Gegen Mitte des Monats hatten einige Versprengte Shrewsbury erreicht und sich mit einem Seufzer der Erleichterung innerhalb der sicheren Mauern des Klosters oder der Stadt niedergelassen, um ihre Wunden zu pflegen und ihre Nöte fürs erste zu vergessen.

Abgesehen von den Alten und Kranken ging es ihnen nicht allzu schlecht, denn der Winter hatte noch nicht mit voller Macht eingesetzt. Die Wetterkundigen prophezeiten, daß noch größere Kälte kommen werde, mit schweren Schneefällen und strengen Frösten, aber bislang ruhte das Land noch abwartend unter einem milden, bewölkten Himmel. Zwar wehten launische Winde, aber Kälte und Schnee ließen noch auf sich warten.

»Gott sei gedankt!« sagte Bruder Edmund, der Vorsteher der Krankenstation, demütig. »Sonst hätten wir wohl mehr als drei beerdigen müssen.«

Es fiel ihm jedoch nicht leicht, für jeden, der dessen bedurfte, ein Bett in seinem Hospiz bereitzustellen, und für die, die keinen Platz mehr fanden, hatte man auf dem Steinfußboden der Halle in dicken Lagen Stroh aufgeschüttet. Noch vor dem Weihnachtsfest würden sie in ihre zerstörte Stadt zurückkehren, aber jetzt, teilnahmslos durch den Schock und erschöpft wie sie waren, brauchten sie all seine Pflege, und die Vorratslage des Klosters war äußerst angespannt. Einige der Flüchtlinge, die entfernte Verwandte in der Stadt hatten, waren bei diesen untergebracht worden und wurden gut versorgt. Eine schwangere Frau, deren Niederkunft kurz bevorstand, war zusammen mit ihrem Mann im Stadthaus von Hugh Beringar, dem stellvertretenden Sheriff der Grafschaft, aufgenommen worden. Seine Frau hatte darauf bestanden. Auch sie befand sich, in Begleitung ihrer Kammerzofen, der Hebamme und eines Arztes, innerhalb der schützenden Mauern der Stadt, denn sie würde ebenfalls noch vor Weihnachten niederkommen, und ihr war jede Frau willkommen, die demselben Ereignis entgegensah und sich in einer Notlage befand.

»Die Heilige Jungfrau hatte kein solches Glück«, sagte Bruder Cadfael traurig zu seinem guten Freund Hugh.

»Ah, eine Frau wie die meine gibt es nur einmal! Wenn sie nur könnte, würde Aline jeden heimatlosen Hund von der Straße hereinholen. Für dieses arme Mädchen aus Worcester ist jetzt gesorgt, und ihr fehlt nichts, was sich nicht durch genug Ruhe heilen ließe. Gut möglich, daß noch vor Weihnachten zwei Kinder hier geboren werden, denn bevor sie das Kindbett nicht gut überstanden hat, wird sie sich kaum auf den Rückmarsch machen können. Und doch würde ich sagen, daß die meisten eurer Gäste bald schon ihre Furcht überwinden und nach Hause ziehen werden.«

»Einige haben uns schon verlassen«, sagte Cadfael, »und noch mehr von den Gesunden werden in den nächsten Tagen aufbrechen. Es ist ja nur natürlich, daß sie nach Hause wollen, um nach Kräften wiederherzustellen, was zerstört wurde. Man sagt, der König sei mit einer starken Armee auf dem Weg nach Worcester. Wenn er die Garnison besser bemannt als zuvor zurückläßt, werden sie dort den Winter über in Sicherheit sein. Natürlich werden sie sich aus den östlichen Gegenden Vorräte beschaffen müssen, denn ihre eigenen dürften geplündert sein.«

Cadfael kannte den Anblick, den Gestank und die Trostlosigkeit einer geplünderten Stadt aus eigener Erfahrung, denn er war in jüngeren Jahren Seemann und Soldat gewesen, und dieses Leben hatte ihn weit herumkommen lassen. »Und nicht nur, daß sie ihre Vorräte vor Weihnachten noch wieder auffüllen wollen«, fügte er hinzu, » – auch der Winter liegt nun schon allzu deutlich in der Luft. Wenn die Straßen sicher sind, dann können sie jetzt wenigstens trockenen Fußes und warm reisen, aber wer weiß, wie hoch der Schnee in einem Monat oder gar schon in einer Woche liegen wird?«

»Ich kann beim besten Willen nicht mit Gewißheit sagen, ob die Straßen wirklich sicher sind«, sagte Beringar vorsichtig. »Hier in Shropshire haben wir alles fest in der Hand – bis jetzt! Aber aus Osten und Norden hört man besorgniserregende Gerüchte, und dann sind da noch diese Unruhen im Grenzgebiet. Wenn der König im Süden zu beschäftigt ist, wenn er sich Sorgen macht, woher er den nächsten Sold für seine Flamen nehmen soll, und seine Energie hauptsächlich darauf verschwendet, von einem Ort zum nächsten zu hasten, dann versuchen ehrgeizige Männer in entlegeneren Teilen des Landes, ihre Herrschaft auszuweiten und eigene Königreiche zu gründen. Und die unteren Adelsränge folgen diesem Beispiel.«

»In einem Land, das mit sich selbst im Kriege liegt, ist es fast unausweichlich, daß die festgefügte Ordnung dahinschwindet und ungezügelte Wildheit sich Bahn bricht«, pflichtete Cadfael ihm düster bei.

»Aber nicht hier«, erwiderte Beringar grimmig. »Prestcote führt ein hartes Regiment, und was meine Pflichten betrifft, so bin ich entschlossen, dasselbe zu tun.« Gilbert Prescote, König Stephens Sheriff in Shropshire, hatte nämlich vor, das Weihnachtsfest auf dem Hauptlandsitz seines Lehens, im Norden der Grafschaft, zu verbringen und die befestigte Garnison und die Sorge um die Einhaltung der Gesetze in der südlichen Hälfte der Grafschaft würde in den Händen Hugh Beringars liegen. Dieser Überfall auf Worcester war vielleicht nur ein Vorgeschmack auf weitere Angriffe dieser Art. Alle Städte entlang der Grenze waren gefährdet, und zwar nicht nur durch die Unternehmungen des Feindes, sondern auch durch die schwankende Gefolgstreue ihrer Schloßvögte und Burgherren. In diesem leidgeprüften Land hatte schon mehr als ein Baron seine Gefolgschaft aufgekündigt und auf einen anderen übertragen und mehr als einer würde das auch künftig tun, einige vielleicht schon zum zweiten oder dritten Mal. Kirchliche Würdenträger, Barone und andere begannen, zunächst auf ihre eigenen Interessen zu achten und dem zu folgen, der den größten Gewinn versprach. Und es würde nicht mehr lange dauern, bis einige zu dem Schluß kamen, daß ihre Interessen sich am besten wahrnehmen ließen, wenn sie allen beiden Beanspruchern des Thrones Hohn lachten und ihre Angelegenheiten auf eigene Rechnung regelten.

»Man hört, Euer Kastellan in Ludlow sei nicht besonders zuverlässig«, bemerkte Cadfael. »Zwar hat König Stephen ihm Lacy zum Lehen gegeben und ihm die Burg von Ludlow anvertraut, aber es geht das Gerücht, er schiele nach der Kaiserin. Dem Vernehmen nach war er drauf und dran, zu ihr überzulaufen – nur daß der König in der Nähe war und ein wachsames Auge auf ihn hatte.«

Alles, was Cadfael gehört hatte, war Hugh Beringar schon längst bekannt. Es gab keinen Sheriff im Land, der in diesen Zeiten nicht alle seine Informanten in Alarmbereitschaft versetzt und auf die kleinsten Anzeichen von Unruhe geachtet hätte. Sollte Josce de Dinan in Ludlow tatsächlich seinen Abfall geplant und es sich dann doch noch anders überlegt haben, so war Hugh mit seiner gegenwärtigen Festigkeit, wenn auch mit Vorbehalten, durchaus zufrieden, behielt ihn aber doch im Auge. Mißtrauen war, das war traurig genug, nur eines der kleineren Übel des Bürgerkrieges, und es war gut zu wissen, daß es zwischen erprobten Freunden noch absolutes Vertrauen geben konnte. Keiner konnte in diesen Zeiten wissen, ob er nicht plötzlich einen standhaften und treuen Gefährten brauchte, der ihm den Rücken deckte.

»Nun ja, wenn König Stephen mit einer Armee auf dem Weg nach Worcester ist, wird niemand auch nur einen Finger zum Verrat rühren, bevor er wieder abgezogen ist. Und dennoch halte ich immer Augen und Ohren offen.«

Hugh erhob sich von der Bank an der Wand von Cadfaels Schuppen, in dem er für eine kleine Weile Ruhe vor den weltlichen Geschäften dort draußen gefunden hatte. »Ich gehe jetzt nach Hause und werde mich zur Abwechslung einmal in mein eigenes Bett legen – aus dem meiner Frau hat mich meine eigene freche Nachkommenschaft vertrieben. Aber was weiß ein hingebungsvoller Klosterbruder wie Ihr schon von den Leiden eines Vaters?«

»Nur zu wahr! Das habt ihr euch selbst aufgeladen«, bemerkte Cadfael, »ihr verheirateten Männer. Ich werde zur Komplet ein Gebet für Euch sprechen.«

Zunächst jedoch ging er ins Krankenquartier, um mit Bruder Edmund ein oder zwei Patienten zu versorgen, die sich von den Mühsalen der Flucht nur langsam erholten, und um eine schlecht heilende Messerwunde neu zu verbinden. Dann erst begab er sich zur Komplet und betete für viele andere Menschen, nicht nur für seinen Freund, dessen Frau und das Kind, das bald geboren werden würde, das Kind dieses Winters.

England, das wußte er, war schon seit Jahren im bitteren Frost eines Winters gefangen. König Stephen besaß die Krone und gebot, wenn auch nicht gerade energisch, über den größten Teil des Landes. Den Westen beherrschte Kaiserin Maud, seine Rivalin, und ihr Anspruch auf den Thron war dem seinen ebenbürtig. Obwohl sie Geschwisterkinder waren, verband sie doch alles andere als geschwisterliche Liebe. In ihrem Kampf um die Macht wurde England zerrissen, und doch mußte das Leben, das Festhalten am Glauben, das zähe Ringen mit dem Schicksal weitergehen, mußte das Land jahrein, jahraus bearbeitet werden. Pflug und Egge durften nicht ruhen, und um Saat und Ernte der Früchte des Bodens mußte man sich ebenso kümmern wie hier, in Kloster und Kirche, um Saat und Ernte der Seelen. Was immer das Los einzelner Menschen war – um das Schicksal der Menschheit sorgte Bruder Cadfael sich nicht. Hughs Kind würde zu einer neuen Generation gehören, ein neuer Anfang, eine neue Bestätigung sein – ein Frühlingsanfang zur Wintersonnenwende.

Am letzten Tag im November erschien Bruder Herward, Unterprior des Benediktinerklosters von Worcester, bei der Versammlung der Mönche im Kapitelsaal des Bruderklosters St. Peter und St. Paul in Shrewsbury. Er war in der vorangegangenen Nacht angekommen und als Ehrengast in Abt Radulfus' Räumen untergebracht worden. Die meisten

Brüder wußten nichts von seiner Ankunft und fragten sich, wer dieser Mann wohl sein mochte, der hier so höflich vom Abt persönlich hineingeleitet wurde und zu seiner Rechten Platz nahm. Und diesesmal wußte auch Bruder Cadfael nicht mehr als sie.

Der Abt und sein Gast waren sehr verschieden. Radulfus war hochgewachsen und hatte eine aufrechte, energische Körperhaltung. Sein ernstes, scharfgeschnittenes Gesicht strahlte die Gelassenheit des Gelehrten aus. Wenn nötig konnte er aufbrausen, und die Betroffenen taten gut daran, sich demütig zu ducken, aber immer hatte er die Gewalt seines Temperaments unter Kontrolle. Der Mann an seiner Seite war klein und schmächtig. Er hatte eine graue Tonsur und wirkte immer noch erschöpft von der Reise, aber seine alten Augen blickten offen, und die Falten um seinen Mund verrieten Standfestigkeit und Geduld.

»Unser Bruder, Unterprior Herward aus Worcester«, sagte der Abt, »ist in einer Sache zu uns gekommen, in der ich ihm nicht zu helfen vermag. Da viele von euch hier sich um die Unglücklichen aus der Stadt gekümmert haben, die bei uns Zuflucht fanden, ist es vielleicht möglich, daß ihr etwas von ihnen erfahren habt, das dieser Sache dienlich ist. Daher habe ich ihn gebeten, sein Anliegen vor euch allen noch einmal vorzubringen.«

Der Gast erhob sich, damit ihn alle besser sehen und hören konnten. »Man hat mich geschickt, um Nachforschungen über den Verbleib zweier adliger Kinder anzustellen, die der Obhut unseres Benediktinerklosters übergeben waren und flohen, als der Angriff auf die Stadt begann. Sie sind nicht zurückgekehrt, und wir haben ihre Spuren bis zu den Grenzen der Grafschaft verfolgt. Dann haben wir sie verloren. Sie hatten die Absicht, nach Shrewsbury zu gehen, und da das Kloster die Verantwortung für sie übernommen hat, bin ich hier um festzustellen, ob sie hier angekommen sind. Der Abt hat mir gesagt, daß dies seines Wissens nicht der Fall ist. Es sei jedoch möglich, daß andere Flüchtlinge sie gesehen oder auf dem Marsch von ihnen gehört hätten und euch vielleicht davon erzählt haben. Ich wäre für jeden Hinweis dankbar, der zu ihrer Wiederauffindung führt. Dies sind ihre Namen: Das Mädchen heißt Ermina Hugonin und ist fast achtzehn Jahre alt. Sie befand sich in der Obhut unseres Nonnenklosters in Worcester. Ihr Bruder Yves Hugonin, der bei uns untergebracht war, ist erst dreizehn. Sie sind Vollwaisen, und ihr Onkel und Vormund war lange Zeit im Heiligen Land und hat erst kürzlich, nach seiner Rückkehr, von ihrem Verschwinden erfahren. Man wird verstehen«, sagte Bruder Herward und verzog schmerzlich das Gesicht, »daß wir äußerst bekümmert sind, unserem Auftrag nicht gerecht geworden zu sein, obwohl dies in Wahrheit nicht allein unser Fehler war. Es stand nicht in unserer Macht, das Geschehene abzuwenden.«

»In solchen Wirrnissen und Gefahren«, pflichtete Radulfus ihm betrübt bei, »wäre es von jedermann zuviel verlangt, alles ordnungsgemäß abzuwickeln. Aber Kinder in einem so zarten Alter...«

Zögernd fragte Bruder Edmund: »Soll das heißen, daß sie Worcester allein verlassen haben?« Er hatte nicht beabsichtigt, seine Frage anklagend oder ungläubig klingen zu lassen, aber Bruder Herward senkte demütig den Kopf angesichts des Vorwurfs, der darin mitschwang.

»Ich will weder mich noch irgendeinen meines Hauses rechtfertigen. Jedoch war der Verlauf nicht ganz so, wie ihr vielleicht annehmt. Der Angriff erfolgte am frühen Morgen, aber im Süden der Stadt wurde er zurückgeschlagen, und wir erfuhren nicht, wie heftig er war und wie starke Truppen der Feind besaß, bis er schließlich die Stadt umging und im Norden einbrach. Nun verhielt es sich so, daß Yves gerade seine Schwester besuchte und sie völlig von uns abgeschnitten waren. Lady Ermina ist, wenn ich das so sagen darf, eine eher eigenwillige junge Frau. Die Schwestern hielten es für das Beste, sich in ihrer Kirche zu versammeln und dort die Sache abzuwarten, im Vertrauen darauf, daß diese Marodeure – ihr müßt wissen, daß viele von ihnen schon betrunken und daher völlig zügellos waren – ihre Klostertracht achten und ihnen außer dem Diebstahl der wertvollsten Dinge nichts Böses antun würden. Die Schwestern also meinten, der Glaube befehle ihnen zu bleiben, aber Lady Ermina dachte anders und wollte heimlich die Stadt verlassen, wie so viele andere, und zu einem weit entfernten und sicheren Ort fliehen. Und da sie sich davon nicht abbringen ließ und ihr Bruder bei ihr war, erklärte sich eine junge Nonne, ihre Lehrerin, bereit, mit ihnen zu gehen und sie in Sicherheit zu bringen. Als die Plünderer abgezogen waren und wir die Feuer gelöscht und uns um die Toten und Verwundeten gekümmert hatten, da erst hörten wir, daß sie aus der Stadt geflohen seien und nach Shrewsbury gehen wollten. Sie waren gut ausgerüstet, wenn auch ohne Pferde, denn die wurden ausnahmslos beschlagnahmt. Das Mädchen hatte ihren Schmuck und Geld und war verständig genug, es unterwegs niemanden sehen zu lassen. Und – so leid es mir tut, das zu sagen – es war gut, daß sie geflohen sind, denn diese Männer aus Gloucester achteten die Schwestern nicht, wie diese es erhofft und geglaubt hatten, sondern plünderten und brandschatzten, raubten die jüngsten und hübschesten Novizinnen und mißhandelten die Priorin, die sie daran hindern wollte, auf das Übelste. Das Mädchen hat gut daran getan zu fliehen, und ich bete, daß sie und ihr Bruder, und mit ihnen Schwester Hilaria, sich in diesem Augenblick an einem sicheren Zufluchtsort befinden. Indes... ich weiß nichts Gewisses.«

Bruder Denis, der sich um die Unterbringung kümmerte und jeden kannte, der sich im Kloster befand, sagte bedauernd: »Ich muß euch leider sagen, daß sie ganz sicher nicht hier sind. Es ist niemand hier eingetroffen, auf den Eure Beschreibung paßt. Aber kommt mit mir und sprecht mit allen Flüchtlingen, die wir noch im Gästesaal beherbergen und den wenigen, die im Krankenquartier liegen – vielleicht können sie Euch weiterhelfen. Denn natürlich wußten wir bisher nichts von diesen jungen Leuten und haben darum auch nicht nach ihnen gefragt.«

»Andererseits könnte es sein«, warf Bruder Matthew, der Kellermeister, ein, »daß sie einen Verwandten, einen Pächter oder einen ehemaligen Diener hier in der Stadt haben und daher nicht zu uns gekommen sind, sondern sich jetzt innerhalb der Mauern befinden.«

»Das ist möglich«, stimmte Herward zu, und seine Miene

hellte sich ein wenig auf. »Aber dennoch glaube ich, daß Schwester Hilaria sie lieber hierher gebracht hätte, wo unser eigener Orden für ihre Sicherheit einsteht.«

»Wenn uns hier niemand weiterhelfen kann«, sagte der Abt energisch, »dann müssen wir als nächstes auf jeden Fall mit dem Sheriff sprechen. Er wird wissen, wer in der Stadt eingetroffen ist. Ihr habt erwähnt, Bruder, daß der Onkel der jungen Leute erst kürzlich aus Palästina zurückgekehrt ist. Gewiß hat er die Möglichkeit, sich an die hießigen Behörden zu wenden. Wie kommt es, daß er die Nachforschungen nicht persönlich anstellt? Er kann doch nicht Euch die ganze Verantwortung zuschieben!«

Bruder Herward tat einen tiefen Seufzer, der seinen schmächtigen Körper erst aufrichtete, dann aber wieder mutlos in sich zusammensinken ließ. »Ihr Onkel ist ein Ritter von Anjou – er ist mit den Kindern durch seine Schwester verwandt – und heißt Laurence d'Angers. Er ist erst kürzlich vom Kreuzzug zurückgekehrt, aber nach Gloucester, zu den Truppen der Kaiserin. Das war erst nach dem Angriff auf Worcester, und da er daran nicht teilgenommen hat, trifft ihn auch keine Schuld. Aber in unserer Stadt kann es jetzt kein Mann aus Gloucester wagen, sich zu zeigen. Der König ist mit einer großen Armee eingerückt, und er ist, nicht anders als die geplünderten Bürger der Stadt, ein zorniger Mann. Notgedrungen obliegt die Suche nach den Kindern also uns. Aber da sie selbst ja absolut unschuldig sind, werde ich diese Angelegenheit dennoch dem Sheriff vortragen.«

»Und darin werde ich Euch unterstützen«, versicherte ihm Radulfus. »Aber zunächst, da uns hier niemand Auskunft geben kann ...?« – er blickte sich fragend im Kapitelsaal um und sah nur Kopfschütteln – »... nun gut, dann müssen wir also unsere Gäste befragen. Die Namen, das jugendliche Alter, die Begleitung durch eine Nonne werden uns vielleicht weiterbringen.«

Trotzdem glaubte Bruder Cadfael nicht, als er gemeinsam mit den anderen Mönchen den Kapitelsaal verließ, daß diese Befragung etwas ergeben würde. Er hatte während der letzten Tage viel Zeit damit verbracht, Bruder Edmund bei der Unterbringung und ärztlichen Betreuung der erschöpften Flüchtlinge zu helfen und nie waren dabei drei solche Reisende erwähnt worden. Er hatte zahlreiche, arglos erzählte Geschichten von Reisenden gehört, aber keiner hatte etwas von einer Benediktinernonne und zwei adligen Kindern gesagt, die ohne männlichen Schutz auf den Straßen unterwegs waren.

Und ihr Onkel, so schien es, war Gefolgsmann der Kaiserin, so wie Gilbert Prescote ein ergebener Gefolgsmann des Königs war, und zwischen den beiden Parteien flammte wegen der Plünderung Worcesters bitterer Haß auf. Die Zeichen standen schlecht. Abt Radulfus würde dem Gesandten noch heute mit seinen Überredungskünsten zur Seite stehen, aber ob die beiden etwas für Laurence d'Angers erreichen würden, war recht zweifelhaft.

Der Sheriff empfing die Bittsteller ernst und höflich in seinen persönlichen Gemächern auf seiner Burg und hörte sich mit unbewegtem Gesicht die Geschichte an, die Herward ihm erzählte. Er war ein finsterer Mann mit schwarzen Augenbrauen und einem schwarzen Bart, und seine Miene war eher furchteinflößend als ermutigend. Aber dennoch war er auf seine strenge Art ein aufrechter Mensch, der zu seinem Wort und zu seinen Männern stand, vorausgesetzt, sie erfüllten die Anforderungen, die er an sie stellte.

»Es tut mir leid«, sagte er, als Herward geendet hatte, »von Eurem Verlust zu hören, und noch mehr tut es mir leid, Euch gleich sagen zu müssen, daß Ihr Eure Leute hier in Shrewsbury vergebens sucht. Seit jenem Angriff habe ich mich über jeden informieren lassen, der von Worcester in diese Stadt gekommen ist, und diese drei waren nicht darunter. Jetzt, da Seine Gnaden die Garnison in Worcester verstärkt hat, haben sich viele bereits wieder auf den Weg dorthin gemacht. Wenn, wie Ihr sagt, der Onkel dieser Kinder kürzlich nach England zurückgekehrt ist, und wenn er ein vermögender Mann ist – warum macht er sich dann nicht selbst auf die Suche?«

Herward hatte den Fehler begangen, bis jetzt den Namen des Edelmannes zu verschweigen. Er hatte diesen Augenblick vor sich hergeschoben. Und doch besagte der Name nichts weiter, als daß er ein Ritter sei, der auf dem Kreuzzug Ehre erworben hatte und jetzt aus dem Heiligen Land, wo zur Zeit ein unsicherer Frieden herrschte, zurückgekehrt war. Aber es half nichts – die Wahrheit mußte heraus.

»Herr«, begann Herward mit einem Seufzer, »Laurence d'Angers ist Willens und bereit, seinen Neffen und seine Nichte zu suchen. Jedoch benötigt er dafür Eure Unterstützung oder die besondere Erlaubnis Seiner Gnaden des Königs. Denn als Ritter von Anjou schuldet er der Kaiserin Maud Gefolgstreue und hat sich mit seinen Männern in Gloucester ihren Truppen angeschlossen.« Er beeilte sich fortzufahren, solange ihm das Reden gestattet war, denn der Sheriff hatte seine Augenbrauen zusammengezogen, so daß sie wie ein stählernes Band über den nunmehr zusammengekniffenen und in plötzlichem Verstehen blitzenden Augen lagen. »Er ist erst eine Woche nach dem Angriff in Gloucester eingetroffen, er hat also nicht daran teilgenommen, wußte nichts davon und kann nicht dafür zur Verantwortung gezogen werden. Er hörte, daß seine Verwandten verschollen seien, und sein ganzes Trachten geht dahin, sie zu finden und in Sicherheit zu bringen. Doch ist es für einen Mann aus Gloucester unmöglich, sich jetzt in die Nähe von Worcester zu begeben oder ohne die Zusicherung des freien Geleits das Gebiet des Königs zu betreten.«

»Also sprecht Ihr«, sagte Prescote nach einer einschüchternden Pause, »für ihn – für einen Feind des Königs.«

»Mit Verlaub, Herr«, sagte Herward energisch, »ich trete für ein junges Mädchen und einen Jungen im zarten Alter von dreizehn ein, die nichts getan haben, was sie zu Feinden von König oder Kaiserin machen könnte. Parteien und Bündnisse kümmern mich nicht. Ich bin nur in Sorge über das Schicksal zweier Kinder, die sich, als dieses Übel über uns hereinbrach, in der Obhut unseres Ordens befanden. Ist es nicht natürlich, daß wir uns für sie verantwortlich fühlen und alles tun, was unser Gewissen uns gebietet, um sie zu finden?«

»Das ist natürlich«, gab der Sheriff unumwunden zu, »und obendrein werdet Ihr als Mann aus Worcester kaum große Sympathien für die Feinde des Königs aufbringen, noch ihnen Hilfe oder Unterschlupf gewähren.«

»Wie alle anderen in Worcester haben wir unter ihnen zu leiden gehabt, Herr. König Stephen ist unser weltlicher Herrscher und als solchem schulden wir ihm die Gefolgschaft. Hier aber bin ich nur den Kindern verpflichtet. Bedenkt die Angst und die Verzweiflung, die ihren Vormund überfallen haben muß! Er bittet nur – das heißt, wir bitten in seinem Namen – um Erlaubnis, unbewaffnet das Land des Königs betreten und ungehindert nach seiner Nichte und seinem Neffen suchen zu dürfen. Ich will nicht behaupten, daß ein solcher Mann, und sei er auch unschuldig an diesem schrecklichen Überfall, selbst mit Erlaubnis seiner Gnaden und der Zusicherung des freien Geleits in unserer oder Eurer Grafschaft ganz sicher sein würde, aber dieses Risiko ist er bereit auf sich zu nehmen. Wenn Ihr ihm freies Geleit zusichert, so schwört er nur diese Suche und nichts anderes zu unternehmen. Er wird unbewaffnet kommen, in Begleitung von nur einem oder zwei Männern zu seiner Hilfe. Er wird nur danach trachten, seine Schutzbefohlenen zu finden. Zu ihrem Besten flehe ich Euch an, Herr, es zu gewähren.«

Mit verhaltener Stimme fügte Abt Radulfus hinzu: »Ich glaube, das Wort eines Kreuzritters von makellosem Ruf darf ohne Zweifel angenommen werden.«

Mit düsterer Miene und zusammengezogenen Augenbrauen erwog der Sheriff die Angelegenheit schweigend einige Minuten lang, bevor er das Ergebnis seiner kühlen Überlegungen bekanntgab: »Nein. Ich werde ihm kein freies Geleit zusichern, und wenn der König selbst hier anwesend und geneigt wäre diese Bitte zu erfüllen, würde ich ihm davon abraten. Nach allem was geschehen ist wird jeder Mann der Gegenseite, der in meinem Gebiet angetroffen wird, wie ein Kriegsgefangener, wenn nicht wie ein Spion, behandelt werden. Sollte er unter zweifelhaften Umständen aufgegriffen werden, so hat er sein Leben verwirkt, und selbst wenn er nicht im Auftrag der Feinde handeln sollte, wird er gefangengesetzt. Nicht nur seine Absichten sind dabei zu berücksichtigen. Selbst wenn ein Mann schwört, keine feindseligen Handlungen zu begehen, und treu zu seinem Schwur steht, mag er mit sich Erkenntnisse über Burgen und Garnisonen mitnehmen, die dem Feind später zugutekommen könnten. Vor allem aber ist es meine Pflicht, die Feinde des Königs zu bekämpfen und ihre Kräfte zu schwächen, wo immer sich die Gelegenheit dazu bietet, und wenn ich sie eines guten Ritters berauben kann, so werde ich das tun. Das richtet sich nicht gegen Sir Laurence d'Angers, dessen Ruf, so weit ich weiß, ganz ausgezeichnet ist. Aber er wird keinen Geleitbrief erhalten, und sollte er es wagen dennoch hierher zu kommen, dann rate ich ihm auf seinen Kopf zu achten. Zweifellos ist er nicht aus Palästina heimgekehrt, um in einem Gefängnis zu verfaulen. Wenn er dies riskieren will, so ist das seine eigene Wahl.«

»Aber das Mädchen Ermina«, begann Herward noch einmal voller Verzweiflung, »und ihr Bruder, ein bloßes Kind – sollen sie denn nicht gesucht werden?«

»Habe ich das gesagt? Sie sollen gesucht werden – dafür werde ich sorgen, so gut ich es vermag – aber durch meine eigenen Männer. Und wenn man sie findet, werden sie sicher in die Obhut ihres Onkels gegeben werden. Ich werde allen meinen Burgvögten und Offizieren Befehl geben, nach diesen dreien Ausschau zu halten und die notwendigen Nachforschungen zu unternehmen. Aber ich werde nicht zulassen, daß ein Gefolgsmann der Kaiserin seinen Fuß in das Land setzt, das ich für den König verwalte.«

Seine Miene und seine Stimme ließen erkennen, daß er zu keinen weiteren Zugeständnissen bereit war, und nun mußten sie das Beste daraus machen.

»Vermutlich würde es helfen«, schlug Radulfus mit sanfter Stimme vor, »wenn Bruder Herward Euch eine Beschreibung der drei gesuchten Personen geben würde. Obgleich ich nicht weiß, wie gut er das Mädchen oder ihre Lehrerin, die Nonne, kennt...«

»Sie haben den Jungen mehrmals besucht«, sagte Herward. »Ich kann sie alle drei beschreiben. Nach diesen Personen sollen Eure Offiziere suchen: Yves Hugonin, dreizehn Jahre alt und Erbe eines nicht unbeträchtlichen Anteils am Nachlaß seines Vaters, ist für sein Alter nicht sehr groß, hat aber eine stämmige Statur und eine aufrechte Körperhaltung. Er hat ein rundes, rosiges Gesicht, sein Haar und seine Augen sind dunkelbraun. Ich sah ihn zuletzt an dem Morgen als der Angriff begann, und da trug er ein hellblaues Wams, einen Umhang mit Kapuze in derselben Farbe und eine graue Hose. Was die Frauen angeht – Schwester Hilaria ist am besten an ihrer Ordenstracht zu erkennen – aber ich sollte wohl hinzufügen, daß sie jung ist, nicht älter als fünfundzwanzig. Sie ist eine hübsche, zierliche Frau mit graziösen Bewegungen. Das Mädchen Ermina...« Bruder Herward hielt inne und starrte über die Schulter des Sheriffs hinweg als wolle er ein Bild beschwören, das sich ihm nur selten geboten, dafür aber um so deutlicher eingeprägt hatte. »Sie wird in Kürze achtzehn sein, den genauen Tag weiß ich allerdings nicht. Sie ist dunkler als ihr Bruder, Augen und Haare sind fast schwarz, außerdem ist sie hochgewachsen und energisch... Man sagt, sie besitze Verstand, eine schnelle Auffassungsgabe und einen starken Willen.«

Das war kaum eine eingehende Beschreibung ihres Äußeren, und doch zeichneten Herwards Worte ein Bild von überraschender Klarheit. Und dies um so mehr, als er seine Schilderung mit den fast geistesabwesend, wie zu sich selbst gesprochenen Worten beendete: »Man kann mit Fug und Recht behaupten, sie sei außerordentlich schön.«

Bruder Cadfael hörte durch Hugh Beringar davon, nachdem die Kuriere zu den Burgen und Landgütern geritten waren und die Nachricht in den Dörfern verbreitet hatten, wo sie öffentlich ausgeschrieen werden sollte. Was Prescote versprochen hatte, das hielt er wortgetreu ein, bevor er sich in den Frieden seines eigenen Landgutes zurückzog, um Weihnachten mit seiner Familie zu feiern. Schon allein die Tatsache, daß der Sheriff ein Interesse an den gesuchten Geschwistern zeigte, würde ein Schutz für sie sein, sollte irgend jemand in dieser Grafschaft ihnen begegnen. Inzwischen war Herward mit einem Geleit bewaffneter Männer nach Worcester zurückgekehrt. Seine Mission war nur teilweise erfolgreich gewesen.

»Außerordentlich schön!« wiederholte Hugh und lächelte. Es war jedoch ein besorgtes und trauriges Lächeln. Ein solch willensstarkes, hübsches und mutiges Mädchen, das jetzt, bei Einbruch des Winters, in einem Land herumirrte, in dem kriegerische Auseinandersetzungen drohten, konnte nur zu leicht zu Schaden kommen.

»Auch ein Unterprior«, sagte Cadfael nachsichtig und rührte in dem blubbernden Hustensaft, den er über der Feuerstelle in seinem Schuppen kochte, »hat Augen. Aber bei ihrer Jugend wäre sie selbst dann in Gefahr, wenn sie häßlich wäre. Nun ja, ebensogut mag sie jetzt gerade in einem warmen, sicheren Zufluchtsort sitzen. Wie schade, daß ihr Onkel auf der anderen Seite steht und keine Erlaubnis bekommen kann, sie selber zu suchen.«

»Und gerade erst aus Jerusalem zurück«, warf Hugh nachdenklich ein. »Was in Worcester geschehen ist, kann man ihm beim besten Willen nicht vorwerfen. Er ist wohl erst zu kurz im Ritterdienst, um Euch bekannt zu sein?«

»Das ist eine andere Generation, mein Freund. Es ist sechsundzwanzig Jahre her, daß ich dem Heiligen Land den Rücken gekehrt habe.« Cadfael nahm den Kessel von der Feuerstelle und stellte ihn auf den gestampften Lehmboden, um ihn über Nacht langsam abkühlen zu lassen. Vorsichtig richtete er sich auf. Bis sechzig hatte er es nicht mehr weit, auch wenn man ihn für ein Dutzend Jahre jünger hielt. »Inzwischen wird dort alles anders geworden sein. Der Glanz verblaßt schnell. In welchem Hafen sagt Ihr, hat er sich eingeschifft?«

»Laut Herward in Tripoli. Ich nehme an, daß Ihr diese Stadt in Eurer stürmischen Jugend recht gut gekannt habt. Mir scheint, es gibt an dieser Küste nicht viele Städte, mit denen Ihr nicht eingehende Bekanntschaft geschlossen habt.«

»Mir persönlich gefiel St. Symeon am besten. In den Werften dort gab es immer gute Schiffszimmerleute, es hatte einen geschützten Hafen, und Antiochia lag nur ein paar Meilen flußaufwärts.«

Er hatte allen Grund, sich an Antiochia zu erinnern, denn dort hatte seine lange Laufbahn als Kreuzritter und seine Liebesaffäre mit Palästina, jenem wunderbaren, unwirtlichen, grausamen Land aus Gold und Sand und Dürre begonnen und geendet. In diesem ruhigen, und doch geschäftigen Hafen, in dem er schließlich beschlossen hatte Anker zu werfen, hatte er wenig Zeit gehabt, seine Gedanken zu jenen Lieblingsplätzen seiner Jugend zurückschweifen zu lassen. Jetzt aber hatte er die Stadt wieder deutlich vor Augen, das satte Grün des Flußtals, die willkommenen, schmalen Schattenstreifen in den Gassen, das babylonische Gewirr des Marktes. Und Mariam, die ihr Obst und Gemüse in der Straße der Segelmacher verkaufte... Ihr junges, fein geschnittenes Gesicht wurde vom gleißenden Licht der Sonne in eine Maske aus Gold und Silber verwandelt, und unter ihrem Schleier schimmerte schwarzes, glänzendes Haar. Sie hatte ihm nicht nur die Ankunft im Osten verschönt, als er noch ein grüner Junge von achtzehn Jahren war, sondern auch seinen Abschied, als er mit dreiunddreißig Jahren als erfahrener Soldat und Seemann in seine Heimat zurückkehrte. Sie war Witwe, jung, leidenschaftlich und einsam, eine Frau aus dem Volk und sicher nicht jedermanns Geschmack – dazu war sie zu dünn, zu stark, ihre Zunge zu spitz. Die Leere, die ihr Mann hinterlassen hatte, war unerträglich gewesen, und so hatte sie den jungen Fremdling mit ganzem Herzen und ganzer Seele in ihr Leben aufgenommen, damit er die Lücke füllte. Ein ganzes Jahr lang hatte er sie gekannt, dann waren die Armeen der Kreuzritter weitergezogen, um Jerusalem zu belagern. Vor ihr und nach ihr hatte es andere Frauen gegeben. Er erinnerte sich ihrer mit Dankbarkeit und ohne jedes Schuldgefühl. Er hatte Freude und Wohltaten gegeben und empfangen. Keine Frau hatte je Anlaß zur Klage über ihn gehabt. Wenn das auch vom formalen Standpunkt her eine armselige Verteidigung war, so fühlte er sich dahinter doch sicher. Er hätte es als Beleidigung aufgefaßt, wenn man von ihm verlangt hätte, er solle bereuen, eine Frau wie Mariam geliebt zu haben.

»Man hat dort Verträge geschlossen, die den Frieden sichern sollen, wenn auch nur für eine begrenzte Zeit«, sagte er nachdenklich. »Ich nehme an, ein hoher Herr aus Anjou könnte das Gefühl gehabt haben, er werde hier dringender gebraucht als dort, nun, da seine Lehensherrin in Not ist.

Nach allem, was ich gehört habe, hat der Mann einen guten Namen. Zu schade, daß er gerade dann kommt, wenn der Haß die höchsten Wellen schlägt.«

»Es ist ein Jammer, daß es zwischen anständigen Menschen überhaupt Grund zum Haß gibt«, pflichtete ihm Hugh bekümmert bei. »Ich stehe auf Seiten des Königs, und ich habe meine Wahl mit offenen Augen getroffen. Ich mag Stephen und werde ihn nicht für irgendeine Kleinigkeit im Stich lassen. Aber ebenso verständlich ist, daß ein Graf von Anjou nach Hause eilt und seiner Lehensherrin genauso loyal zur Seite steht, wie ich Stephen diene. Ach, Cadfael – was für eine Verkehrung all unserer Werte dieser Bürgerkrieg ist!«

»Nicht aller Werte«, sagte Cadfael mit Nachdruck. »Soviel ich weiß, hat es nie eine Zeit gegeben, in der das Leben leicht und friedlich war. Euer Sohn wird in einer besseren Welt aufwachsen. So – für heute bin ich fertig, und gleich wird die Glocke läuten.«

Sie gingen gemeinsam hinaus in die Kälte und Dunkelheit des Gartens und spürten auf ihren Gesichtern die ersten Schneeflocken dieses Winters. Der Wind wehte in Böen, aber hier war der Schneefall leicht. Weiter südlich setzte er, getrieben von einem Nordwestwind, heftig ein. Es war feiner, trockener Schnee, der die Nacht in einen weißen, wirbelnden Nebel verwandelte, alle Umrisse verbarg, Wege unter sich begrub und vom Wind zu glatten, sich überschlagenden Wellen geformt wurde, die sogleich wieder aufgeweht wurden, um sich erneut über das Land zu legen. Täler wurden trügerisch aufgefüllt, während sich die Hänge der Hügel glätteten. Wer klug war, blieb in seinem Haus, verschloß Türen und Fensterläden und verstopfte die Ritzen zwischen den Brettern, durch welche die dünnen weißen Finger sich bohrten. Es war der erste Schnee und der erste strenge Frost.

Gott sei Dank, dachte Cadfael und beschleunigte seine Schritte, als die Glocke zur Komplet zu läuten begann – Herward und seine Begleiter werden inzwischen ein gutes Stück des Heimweges hinter sich haben. Sie werden diesen Sturm gut überstehen.

Aber was wird aus Ermina und Yves Hugonin, die irgendwo zwischen hier und Worcester sein müssen, und was wird aus der jungen Benediktinernonne, die ihnen in ihrer edlen Unschuld angeboten hat, sie zu begleiten und zu einem sicheren Zufluchtsort zu bringen?

Kapitel 2

Ein Reisender aus dem Süden, der die Nacht im Kloster von Bromfield, das etwas mehr als zwanzig Meilen entfernt war, verbracht und das Glück gehabt hatte, wenigstens die Landstraße in passablem Zustand vorzufinden, brachte am 5. Dezember gegen Mittag eine dringende Botschaft zum Kloster von Shrewsbury. Prior Leonard von Bromfield war bis zu seiner Beförderung Mönch in Shrewsbury gewesen. Er war ein alter Freund von Bruder Cadfael und ebenfalls in den Heilkünsten bewandert.

»Während der Nacht«, berichtete der Bote, »brachten einige brave Männer aus jener Grafschaft einen verwundeten Mann zur Priorei. Er war nackt und übel zugerichtet – man hatte wohl gedacht er sei tot und ihn am Wegrand zurückgelassen. Und wirklich, er ist halbtot und in sehr schlechter Verfassung. Wenn er die ganze Nacht über in der Kälte gelegen hätte, wäre er bis zum Morgen völlig steif gefroren gewesen. Und Prior Leonard hat mich gebeten, Euch zu benachrichtigen, denn obschon man dort einige Erfahrungen in der Heilkunst besitzt, geht dieser Fall über ihre Fähigkeiten, und er sagte, Ihr hättet einige Erfahrung aus dem Krieg und vermöchtet diesen Mann vielleicht zu retten. Wenn Ihr kommen und bleiben könntet, bis er geheilt ist – oder seine arme Seele sich vom Körper trennt – so wäre das eine große Hilfe und ein starker Trost.«

»Wenn der Abt und der Prior mir Erlaubnis geben«, sagte Cadfael besorgt, »dann werde ich mit Freuden kommen. Gibt es jetzt schon so nah bei Ludlow Wegelagerer? Ist es schon so weit gekommen dort im Süden?«

»Und dabei ist der arme Mensch ein Mönch, man sieht es an der Tonsur.«

»Kommt mit mir«, sagte Cadfael. »Wir werden diese Angelegenheit Prior Robert vorlegen.«

Mitleidig hörte sich Prior Robert den Bericht des Boten an und machte keine Einwände, da ja nicht er es war, der diesen Weg in aller Eile zurückzulegen hatte, und das jetzt, da der Winter seine Macht zu entfalten begann. Er ging seinerseits zum Abt, um ihm die Bitte vorzutragen und kehrte mit dessen Einwilligung zurück.

»Der Abt erlaubt Euch, ein gutes Pferd aus den Ställen zu nehmen, denn das werdet Ihr brauchen. Ihr dürft so lange bleiben, wie Ihr es für nötig haltet, und wir werden inzwischen nach Bruder Mark aus Saint Giles schicken, denn ich glaube nicht, daß Bruder Oswin bereits genug Erfahrung besitzt, um seine Aufgabe ohne Aufsicht erfüllen zu können.«

Ernst pflichtete Cadfael ihm bei. Oswin war ein williger und ergebener Schüler, aber er besaß kaum das nötige Wissen, sich um die Winterkrankheiten zu kümmern, die in der Abwesenheit seines Lehrers auftreten könnten. Mark würde seine Aussätzigen am Rande der Stadt nur ungern verlassen, aber mit Gottes Hilfe würde es ja für nicht sehr lange sein.

»Wie steht es mit den Straßen?« fragte er den Boten, der, während Cadfael sich sein Pferd aussuchte, sein eigenes im Stall unterbrachte. »Ihr habt nicht lange hierher gebraucht, und auch ich werde mich beeilen müssen.«

»Das Schlimmste ist der Wind, Bruder, aber abgesehen von einigen gefährlichen Stellen hat er die Landstraße fast freigefegt. Nur die Nebenstraßen sind völlig verweht. Wenn Ihr gleich aufbrecht, werdet Ihr nicht allzu große Schwierigkeiten haben. Nach Süden geht es besser als nach Norden – so habt Ihr wenigstens den Wind im Rücken.«

Cadfael überlegte sorgfältig, bevor er sein Bündel packte, denn er besaß Medizinen, Salben und Fiebermittel, die sich nicht im Schrank eines jeden Krankenquartiers fanden, und die gebräuchlicheren Mittel würde er in Bromfiel vorfinden. Je weniger er mit sich führte, desto schneller würde er vorankommen. Er zog sich derbe Stiefel an, warf einen schweren Reiseumhang über seine Kutte und gürtete ihn sorgfältig an der Taille. Wäre der Grund für seine Mission nicht so schrecklich gewesen, dann hätte er sich über die Aussicht auf einen notwendigen Ausflug in die Welt und die seltene Erlaubnis, sich ein Pferd seiner Wahl im Stall auszusuchen, gefreut. Er hatte an Feldzügen in bitterer Winterkälte ebenso teilgenommen wie an solchen unter glühender Sonne, und so schreckte der Schnee ihn nicht, obwohl er weise genug war, sich vor ihm in Acht zu nehmen und ihn nicht zu unterschätzen.

Während der vier Tage seit dem ersten Schneefall war das Wetter einem bestimmten Muster gefolgt: gegen Mittag etwas Sonne, danach zunehmende Bewölkung, spät am Abend und bis in die Nacht hinein dann wieder Schneefall, und die ganze Zeit eisige Kälte. In der Gegend von Shrewsbury war nur leichter, pudriger Schnee gefallen. Das Muster der weißen Flecken auf der schwarzen Erde hatte sich, je nach Laune des Windes, ständig verändert. Aber als Cadfael weiter nach Süden kam, wurden die Felder weißer und die Gräben waren schneegefüllt. Die Zweige der Bäume waren von ihrer Last gebeugt, und gegen Mitte des Nachmittages lastete der bleifarbene Himmel mit seinen blau-schwarzen, drohenden Wolken nicht weniger schwer über der Erde. Wenn das so weiterging, würden bald die Wölfe von den Hügeln herunterkommen und hungrig um die Behausungen der Menschen streichen. Da hatten es die Igel, die den Winter unter einer Hecke verschliefen, oder die Eichhörnchen, die sich ein warmes Nest mit guten Vorräten gebaut hatten, doch wesentlich besser. Im Herbst hatte es eine gute Ernte an Nüssen und Eicheln gegeben.

Selbst allein und in der bitteren Kälte bereitete ihm das Reiten Vergnügen. Er hatte jetzt nur noch selten Gelegenheit dazu; es war eine der Freuden, die er für den Frieden des Klosters und das Gefühl, seinen eigentlichen Platz gefunden zu haben, aufgegeben hatte. In jeder Entscheidung gab es etwas, das man bedauern konnte. Er krümmte den Rücken vor dem übellaunigen Wind und sah die ersten staubfeinen Flocken an sich vorbeitreiben. Aber im warmen Schutz von Kutte und Umhang fühlte er sich geborgen. Er dachte an den Mann, der am Ende dieser Reise auf ihn wartete.

Ein Mönch, hatte der Bote gesagt. Aus Bromfield? Gewiß nicht. Wenn er zu ihnen gehört hätte, würden sie seinen Namen genannt haben. Ein Mönch, der alleine unterwegs war, mitten in der Nacht? In wessen Auftrag? Oder war er vor etwas geflohen, bevor er Räubern und Mördern in die Hände gefallen war? Auch andere mußten durch eben diese Gegend gekommen sein, auf der Flucht vor der Plünderung von Worcester, und wo waren sie jetzt? War dieser Mönch vielleicht unter Mühen und Gefahren denselben Schrecken entronnen?

Der Schnee fiel jetzt dichter. Wie zwei dünne Vorhänge aus Gischt, geteilt durch seinen breiten Rücken, wehte er zu beiden Seiten an ihm vorbei, wie die Enden eines Schals aus Mousselin, der ihn vorwärts zog. Etwa viermal hatte er im Vorbeireiten Grüße mit anderen Menschen ausgetauscht, und die hatten es nicht mehr weit gehabt. Nur wem keine andere Wahl bleibt reist bei solchem Wetter.

Es war dunkel, als er das Tor von Bromfield erreichte und die Fußbrücke über den kleinen Fluß Onny überquerte. Sein Pferd war abgekämpft. Es hatte Schaum am Hals und Schultern und Flanken zuckten irritiert. Erleichtert saß Cadfael im Schein der Fackeln im Torhaus ab und ließ einen Laienbruder die Zügel nehmen. Vor ihm lag der vertraute Hof, offener als der in Shrewsbury, und die Umrisse der Klostergebäude wurden hier und da vom goldenen Licht einer Fackel beleuchtet. Schwarz ragte die Marienkirche in der Dunkelheit auf. Angesichts der Bescheidenheit dieses Ortes wirkte sie groß und prächtig. Und aus dem Schatten der Gebäude kam Prior Leonard auf ihn zu, ein großer, langgliedriger Mann, der irgendwie wie ein Reiher wirkte: Er hatte den Kopf erwartungsvoll vorgereckt und seine Arme schlugen wie Flügel. Der Hof war tagsüber gewiß gefegt worden, aber schon war er wieder von einem dünnen, glatten Schleier aus Schnee überzogen. Morgen würden die Schuhe tief und knirschend darin einsinken, wenn der Wind nicht die Hälfte dessen, was er gebracht hatte, wieder davontrug.

»Cadfael?« Der Prior war kurzsichtig, er mußte selbst im hellen Licht des Tages blinzeln. Aber jetzt tastete er nach der Hand, die ihm ausgestreckt wurde und erkannte sie am Griff. »Gott sei Dank, daß Ihr gekommen seid! Ich fürchte das Schlimmste für ihn... aber ein solcher Ritt... kommt herein, kommt herein, ich habe Euch ein Bett machen lassen und eine Mahlzeit ist auch bereitet. Ihr müßt hungrig und müde sein.«

»Laßt mich erst nach ihm sehen«, sagte Cadfael kurz und ging zielstrebig über den leicht ansteigenden Hof. Die breiten Sohlen seiner Stiefel hinterließen deutliche Spuren im frischen Schnee. Prior Leonard ging neben ihm. Er paßte die Schritte seiner langen Beine an die kürzeren seines Freundes an und redete weiter auf ihn ein.

»Wir haben ihn in einem abgelegeneren Raum untergebracht, damit er mehr Ruhe hat. Es ist ständig jemand bei ihm. Er atmet, aber rasselnd, wie ein Mann, dessen Schädel gebrochen ist. Seit er hergebracht wurde, hat er nicht gesprochen oder die Augen geöffnet. Am ganzen Körper hat er Blutergüsse, und die werden schnell heilen. Aber jemand ist mit einem Messer auf ihn losgegangen, und er hat viel Blut verloren, wenn auch die Blutung jetzt gestillt ist. Hier entlang – in den inneren Räumen ist es nicht so kalt...«

Das Krankenquartier lag etwas abseits und geschützt im Windschatten der massigen Kirche. Sie traten ein, schlossen die schwere Tür gegen die Kälte der Nacht, und Leonard ging voraus zu der kleinen, kargen Zelle, in der neben einem Bett ein Öllämpchen brannte. Als sie eintraten, erhob sich ein junger Mönch von den Knien und trat vom Krankenbett zurück, um ihnen Platz zu machen.

Der Patient lag auf dem Rücken unter mehreren Lagen Decken, wie ein Mann auf dem Totenbett. Gewiß, er atmete, wenn auch nur unter größten Mühen, aber beim Einatmen hob sich die Decke auf seiner Brust nur kaum wahrnehmbar, und das Gesicht auf dem Kissen war bewegungslos. Die Augen waren geschlossen, die Wangen hohl unter den hervorstehenden Backenknochen blau verfärbt. Der Kopf, einschließlich der Tonsur, war bandagiert, und unterhalb des Verbandes war die Stirn geschwollen, und zwar derart, daß ein Auge fast verschwunden war. Es ließ sich schwer sagen, wie er normalerweise aussehen mochte, aber Cadfael nahm an, daß er kräftig gebaut und gewiß nicht sehr alt war, wahrscheinlich nicht älter als fünfunddreißig Jahre.

»Es ist ein Wunder«, flüsterte Leonard, »daß keine Knochen gebrochen sind. Nur, möglicherweise, der Schädel ... aber Ihr werdet ihn später gründlich untersuchen ...«

»Das werde ich besser jetzt gleich tun«, sagte Cadfael entschlossen. Er zog seinen Umhang aus, legte sein Bündel auf den Boden und machte sich ans Werk. In einer Ecke stand ein kleiner Ofen, aber als er die Hände unter die Decke steckte und Seiten, Oberschenkel und Füße betastete, fühlte er in dem Körper dennoch die Kälte des Todes. Sie hatten ihn wohl warm eingepackt, aber das war nicht genug.

»Legt Steine auf den Kamin in der Küche«, sagte Cadfael. »Wenn sie erwärmt sind, schlagt sie in Wollstoff ein. Wir werden sie unter die Decke legen und auswechseln, sobald sie abgekühlt sind. Diese Kälte kommt nicht vom Frost, sondern von seinen Verletzungen, und wenn wir sie nicht vertreiben, wird er das Bewußtsein nie wieder erlangen. Ich habe gesehen, wie Männer infolge erfahrener Schrecken oder Grausamkeiten der Welt den Rücken gekehrt haben und gestorben sind und dabei hatten sie keine tödlichen Verletzungen erlitten. Habt Ihr versucht, ihm etwas zu Essen oder zu Trinken zu geben?«

»Ja, aber er kann nicht schlucken. Sogar ein Löffel voll Wein rinnt ihm wieder aus dem Mund.« Dann mußte also der Kiefer gebrochen sein, zerschmettert durch Fausthiebe oder Keulenschläge. Wahrscheinlich waren ihm die Zähne ausgeschlagen worden. Doch nein – Cadfael hob vorsichtig die Oberlippe des Mannes an und sah die starken weißen Zähne. Sie waren regelmäßig, groß und fest zusammengebissen.

Der junge Mönch war leise aus dem Raum gegangen, um dafür zu sorgen, daß in der Küche Steine oder Ziegel erhitzt wurden. Cadfael schlug die Decken zurück und untersuchte den nackten Körper von Kopf bis Fuß. Sie hatten ihn unbekleidet gelassen und mit einem Leintuch bedeckt, damit seine vielen Wunden und Abschürfungen nur vom glatten, reinen Stoff berührt wurden. Der Messerstich unter seinem Herzen trug einen festen Verband. Cadfael löste ihn nicht; zweifellos war jede Wunde sorgfältig gereinigt und versorgt worden. Er schob jedoch seine Finger unter die oberen Falten des Verbandes und tastete nach den darunterliegenden Knochen.

»Damit wollten sie ihm den Garaus machen. Aber das Messer ist an der Rippe abgerutscht, und sie haben sich nicht die Zeit genommen, sich zu vergewissern, ob er tot war. Bei guter Gesundheit muß er ein starker Mann sein – seht euch nur seine Statur an. Die ihm dies zugefügt haben, waren mindestens zu dritt oder zu viert.«

Für die vielen Wunden, die erste Anzeichen von Entzündung aufwiesen, tat er, mit seinen seit Jahren bewährten Salben, was er konnte. Die kleineren, sauberen Abschürfungen behandelte er nicht. Zwei oder drei eifrig bemühte junge Mönche brachten die erhitzten Steine, legten sie um den geschundenen Körper, so daß sie der Haut nah waren, aber sie nicht berührten, und gingen eiligst zurück, um weitere zu erwärmen. Einen heißen Ziegelstein legten sie an die großen, knochigen Füße; denn wenn die Füße kalt sind, bleibt der ganze Körper kalt, sagte Cadfael. Schließlich der von Keulenhieben verletzte Kopf: Cadfael nahm den Verband ab, während Leonard die Schultern des Mannes stützte. Die unverkennbare Tonsur erschien. Dickes, buschiges, braunes Haar umrahmte das bloße Stück Kopfhaut, auf dem zwei oder drei immer noch leicht blutende Wunden zu erkennen waren. Der Haarwuchs war so stark und das Haar selbst so dicht, daß der dem Mönch verbliebene Kranz ihn vielleicht vor einem Schädelbruch bewahrt hatte. Vorsichtig tastete Cadfael den Kopf ab, konnte aber keine weiche Stelle finden. Also durfte man hoffen. Er seufzte erleichtert.

»Sein Verstand mag infolge der Verletzungen verwirrt sein, aber ich glaube, der Schädel ist heil. Wir werden ihn wieder verbinden, damit er bequemer liegen kann und gewärmt wird. Ich kann keinen Bruch finden.«

Als sie fertig waren, lag der Körper reglos wie zuvor; es ließ sich keine Veränderung entdecken, die nicht durch die Behandlung der beiden Männer hervorgerufen worden war. Aber die Wärme der Steine, die sofort ausgewechselt wurden, wenn sie abkühlten, zeigten ihre Wirkung. Der Körper fühlte sich weicher und menschlicher an – nun war er in der Lage zu heilen.

»Wir können ihn jetzt alleinlassen«, sagte Cadfael und betrachtete den Kranken mit einem gedankenverlorenen Stirnrunzeln. »Ich werde heute Nacht bei ihm wachen und morgen schlafen, wenn wir wissen, ob seine Heilung Fortschritte macht. Aber meiner Meinung nach wird er es überleben. Mit Eurer Erlaubnis, Prior, würde ich jetzt gern das Abendessen einnehmen, das Ihr mir versprochen habt. Vor allem aber schickt mir einen beherzten Jungen, der mir diese Stiefel auszieht – ich selber bin zu steif dazu.«

Beim Abendessen bediente Prior Leonard seinen Gast persönlich. Er machte kein Hehl aus seiner Erleichterung, daß nun ein erfahrener Arzt zur Hand war. »Ich habe nämlich weder Euer Wissen noch hatte ich je Gelegenheit, es mir anzueignen. Und ein so geschundener und übel zugerichteter Mensch ist – weiß Gott! – noch nie meiner Obhut übergeben worden. Bevor ich ihn hereinbringen ließ und versuchte, die Blutungen zu stillen und ihn vor der Kälte zu schützen, dachte ich, er sei tot. Vielleicht werden wir nie herausfinden, wie ihm all dies zugestoßen ist.«

»Wer hat ihn zu Euch gebracht?« fragte Cadfael.

»Einer unserer Pächter aus der Nähe von Henley. Reyner Dutton, ein braver Mann. Es war in jener Nacht als der erste Schnee und Frost kam und Reyner suchte nach einer verirrten Kuh, einem jener unternehmungslustigen Tiere, die immer wieder ausbrechen und Streifzüge durch die Gegend unternehmen. Er suchte mit einigen seiner Leute nach ihr. Sie fanden diesen armen Teufel am Wegrand und ließen alles stehen und liegen, um ihn so schnell wie möglich hierher zu bringen. Es war eine schreckliche Nacht – stockfinster und mit Sturmböen. Ich glaube nicht, daß er lange dort gelegen hat, sonst wäre er jetzt nicht mehr am Leben, so kalt wie es war und jetzt noch ist.«

»Und die ihn fanden haben keine Spur der Wegelagerer bemerkt? Sie selbst sind nicht aufgegriffen worden?«

»Nein. Aber man konnte nur ein paar Schritt weit sehen. Wenn andere an ihnen vorbeigekommen wären, hätten sie es nicht bemerkt. Wahrscheinlich hatten sie Glück, daß sie nicht dasselbe Schicksal erlitten, obwohl drei Männer vielleicht schon genug waren, um jeden Räuber abzuschrecken.

Sie kennen diese Gegend wie ihre Westentasche. Ein Fremder hätte irgendwo Unterschlupf suchen und warten müssen, bis man wieder etwas sehen konnte. Bei einem so starken Schneefall, mit feinen, trockenen Flocken und einem so heftigen Wind, werden die Wege täglich zweimal oder mehr verschüttet und wieder aufgedeckt. Man kann eine Meile weit gehen und sicher sein, sich an jeden markanten Punkt zu erinnern – aber auf dem Rückweg erkennt man nichts wieder.«

»Und Euer Patient – ist er hier unbekannt?«

Prior Leonard sah ihn überrascht an. »Aber nein! Ich dachte, das wüßtet Ihr. Nun, mein Bote wurde in sehr großer Eile losgeschickt – wir hatten keine Zeit für lange Erklärungen. Dieser Mann ist ein Benediktinermönch aus Pershore, der im Auftrag seines Abtes hier war. Mit jenem Kloster standen wir in Verhandlungen wegen eines Fingerknochens der Heiligen Eadburga, deren Reliquien, wie Ihr wißt, dort aufbewahrt werden, und dieser Bruder war damit betraut, ihn uns in seinem Reliquiar zu bringen. Diesen Auftrag hat er vor einigen Tagen erfüllt. In der Nacht des Ersten dieses Monats kam er hier an und blieb, um an dem Gottesdienst für die Übernahme der Reliquie teilzunehmen.«

»Wie kommt es dann«, wunderte sich Cadfael, »daß er nur einen oder zwei Tage später im Schnee aufgelesen und nackt zu Euch gebracht wurde? Offenbar seid Ihr Euren Gästen gegenüber in letzter Zeit recht nachlässig geworden, Leonard!«

»Aber er hat uns doch verlassen, Cadfael! Vorgestern sagte er, er müsse früh am folgenden Tag aufbrechen und zu seinem Kloster zurückkehren. Am nächsten Morgen machte er sich gleich nach dem Frühstück auf den Weg, und ich kann Euch versichern, daß er für den ersten Teil der Reise wohl ausgestattet war. Wir wissen ebensowenig wie Ihr, wie es geschehen konnte, daß er so nah bei uns überfallen wurde, und wie Ihr seht, kann er noch nicht sprechen und es uns erklären. Wo er sich gestern in der Zeit zwischen Morgen und finsterer Nacht aufgehalten hat, weiß niemand – gewiß jedoch nicht dort, wo er gefunden wurde, sonst würden wir uns nicht um seine Genesung kümmern sondern die Glocke für ihn läuten müssen.«

»Wie auch immer, wenigstens kennt Ihr ihn. Was wißt Ihr über ihn? Hat er Euch seinen Namen genannt?«

Der Prior zuckte mit den knochigen Schultern. »Was sagt schon ein Name über einen Mann aus? Er heißt Elyas. Er ist noch nicht lange im Kloster, glaube ich – obwohl er darüber nichts gesagt hat. Er ist ein wortkarger Mann, und insbesondere war mein Eindruck, daß er nicht über sich selber sprechen mag. Das Wetter machte ihm Sorgen. Wir hielten das für natürlich, da er sich ja nach Hause durchschlagen mußte, aber jetzt scheint mir, daß da noch mehr dahintersteckte. Er erwähnte nämlich eine Reisegruppe, die er auf dem Weg von Cleobury in Foxwood zurückgelassen hatte: ein paar Leute, die auf der Flucht aus Worcester waren. Er drängte sie, ihn hierher zu begleiten, da sie hier in Sicherheit seien, aber sie wollten weiter über die Hügel nach Shrewsbury. Das Mädchen, so sagte er, war unbeirrbar, und sie war es auch, die den Ton angab.«

»Das Mädchen?« Cadfael erstarrte und horchte auf. »Ein Mädchen gab den Ton an?«

»Anscheinend.« Leonard war überrascht, daß Cadfael dieser Sache so große Bedeutung beimaß.

»Hat er etwas über die anderen in der Gesellschaft gesagt? Erwähnte er einen Jungen? Und wurden sie von einer Nonne beaufsichtigt?« Ihm fiel auf, wie schlecht seine Worte die Beziehungen der drei untereinander bezeichneten. Es war das Mädchen, das den Ton angab!

»Nein, mehr erzählte er uns nicht. Aber ich hatte den Eindruck, daß er besorgt um sie sei, denn wie Ihr wißt fiel der Schnee erst nach seiner Ankunft bei uns; und jemand, der über diese kahlen Hügel wandert... er machte sich wohl so seine Gedanken.«

»Und Ihr glaubt, er könnte nach ihnen gesucht haben, um sich zu vergewissern, daß sie die Hügel sicher überquert hatten und auf einem gangbaren Weg nach Shrewsbury waren? Es wäre nicht so weit ab von seinem Weg gewesen.«

»Das wäre möglich«, gab Leonard zu. Weiter sagte er

nichts. Mit einem besorgten Stirnrunzeln erforschte er Cadfaels Gesicht und wartete auf eine Erklärung.

»Ich frage mich... ich frage mich, ob er sie gefunden hat – ob er sie hierher in Sicherheit bringen wollte.« Er sprach mit sich selbst, denn der Prior hatte zwar geduldig die Augen auf ihn gerichtet, verstand aber kein Wort. Und wenn es so war, dachte Cadfael, was, um Gottes Willen, ist dann aus ihnen geworden? Ihr einziger Helfer und Beschützer bewußtlos geschlagen und für tot zurückgelassen; und diese drei – wo mochten sie jetzt sein? Und doch gab es noch keinen Beweis dafür, daß es sich um die unglücklichen Hugonins und ihre junge Nonne handelte. Viele arme Menschen, unter ihnen auch Mädchen, waren vor der Plünderung von Worcester geflohen.

Auch eigenwillige Mädchen, die den Ton angaben? Nun, die wuchsen in Bauernkaten ebenso heran wie auf Schlössern, in der Stadt wie auf dem Land und in den Familien von Leibeigenen. Frauen waren so verschieden wie Männer.

»Leonard«, sagte er ernst und beugte sich über den Tisch, »Habt Ihr nicht von der Proklamation des Sheriffs gehört, in der die Rede ist von zwei verschollenen Kindern aus Worcester, die sich in Begleitung einer Nonne des dortigen Konvents befinden?«

Unbestimmt aber besorgt schüttelte der Prior den Kopf. »Nein, an eine solche Botschaft kann ich mich nicht erinnern. Wollt Ihr damit sagen, daß diese... Bruder Elyas war ganz gewiß etwas unruhig. Und Ihr glaubt, daß diese Reisenden, von denen er sprach, die Gesuchten sind?«

Cadfael erzählte ihm die ganze Geschichte: von ihrer Flucht und wie sie gesucht wurden, von der Bitte ihres Onkels, der Gefangennahme und Kerker riskierte, sollte er auf der Suche nach ihnen die Grenzen des Königreiches überschreiten. Mit wachsender Bestürzung hörte Leonard ihm zu. »Sie könnten es tatsächlich gewesen sein. Wenn dieser arme Bruder nur sprechen könnte!«

»Aber er hat ja gesprochen. Er sagte Euch, er habe sich in Foxwood von ihnen getrennt und sie seien entschlossen gewesen, die Hügel in Richtung Shrewsbury zu überqueren. Das würde bedeuten, daß sie vorhatten, am Clee vorbei nach Godstoke zu gehen, und dort befinden sie sich in dem Gebiet, das zur Priorei von Wenlock gehört. Da sind sie gut aufgehoben.«

»Aber der Weg dorthin ist ungeschützt und beschwerlich«, stöhnte der Prior verzweifelt. »Und in der folgenden Nacht kam der schwere Schneefall.«

»Wir können nicht sicher sein«, gab Cadfael vorsichtig zu bedenken. »Bisher ist es nur ein Verdacht. Ein Viertel der Bevölkerung von Worcester hat sich vor dem Massaker in diese Gegend geflüchtet. Ich sollte lieber bei unserem Patienten wachen als meine Zeit auf Spekulationen zu verschwenden. Denn nur er kann uns mehr erzählen, und außerdem: Ihn haben wir ja gefunden, er wurde uns auf die Schwelle gelegt und um ihn müssen wir uns kümmern. Geht zur Komplet, Leonard, und betet für ihn – ich werde dasselbe an seinem Lager tun. Und seid unbesorgt: Ich werde wachen, und wenn er spricht wird mir kein Wort entgehen, zu unser aller Wohl.«

Während der Nacht trat die erste plötzliche, wenn auch unendlich kleine Veränderung ein. Bruder Cadfael war seit langem daran gewöhnt, mit offenen Augen und gespitzten Ohren zu schlafen. So döste er, den Kopf auf der Brust, mit verschränkten Armen auf einem niedrigen Schemel neben dem Bett vor sich hin. Er hatte einen Ellbogen auf den hölzernen Bettrahmen gestützt, damit ihm keine Bewegung des Patienten entging. Aber schließlich war es sein Gehör, das ihn hochschrecken ließ. Mit angehaltenem Atem beugte er sich vor, denn Elyas hatte gerade den ersten langen, tiefen, freieren Atemzug getan, einen Atemzug, der den ganzen geschundenen Körper von neuem zu beleben schien. Er stöhnte über die Schmerzen, die ihn überall quälten. Das furchtbare Röcheln war schwächer geworden, und obgleich es ihm Schmerzen bereitete, zog er die Luft gierig ein wie ein Hungriger, der nach etwas Eßbarem greift. Cadfael sah, wie ein heftiger Schauder über das aufgequollene Gesicht ging und die geschwollenen Lippen öffnete. Der Kranke versuchte, sie mit seiner trockenen Zunge zu befeuchten; vor Schmerz zuckte sie wieder zurück, aber die Lippen blieben geöffnet. Die starken Zähne waren nun nicht mehr zusammengebissen. Ein tiefes, seufzendes Stöhnen entrang sich seiner Brust.

Cadfael hatte einen Krug Wein, der mit Honig gesüßt war, neben den Ofen gestellt, damit er warm blieb. Er träufelte einen kleinen Schluck zwischen die geschwollenen Lippen und sah zu seiner Befriedigung, daß das Gesicht des Bewußtlosen sich verkrampfte und die Kehle angestrengte Schluckbewegungen machte. Als er den Finger auf die wieder geschlossenen Lippen des Mannes legte, öffneten sie sich durstig. Geduldig gab Cadfael ihm, Tropfen für Tropfen, eine gehörige Portion Wein ein. Erst als schließlich keine Reaktion mehr kam, hörte Cadfael damit auf. Die kalte Bewußtlosigkeit hatte nun, da dem Körper innerlich und äußerlich etwas Wärme zugeführt worden war, langsam dem Schlaf Platz gemacht. Noch ein paar Tage Ruhe, damit sein Verstand sich wieder fangen kann, dachte Cadfael, und er wird es geschafft haben und auf dem Weg der Genesung sein. Ob er sich dann auch daran wird erinnern können, was ihm zugestoßen ist, muß sich erst noch herausstellen. Er hatte Männer gekannt, die sich, nachdem sie sich von solchen Kopfverletzungen erholt hatten, an jede Einzelheit ihrer Kindheit und der vergangenen Jahre erinnern konnten, aber nicht daran, wie es zu ihrer Verwundung gekommen war.

Er nahm den abgekühlten Stein vom Fußende des Bettes, holte einen neuen aus der Küche und setzte seine Nachtwache fort. Der Patient schlief jetzt eindeutig, aber es war ein sehr unruhiger Schlaf, unterbrochen vom Wimmern und Stöhnen und unvermittelten Schaudern, die über den ganzen großen Körper liefen. Ein- oder zweimal bemühte sich Elyas in offenkundiger Verzweiflung etwas zu sagen – Kehle, Lippen und Zunge versuchten Worte zu formen, brachten aber keine oder nur gequälte, unverständliche Laute hervor. Cadfael beugte sich dicht über ihn, damit ihm die ersten sinnvollen Worte nicht entgingen. Aber die Nacht verging, und seine Wache brachte kein Ergebnis.

Vielleicht waren es die Geräusche, mit denen der strenge Rhythmus des klösterlichen Lebens bemessen wurde, die selbst im gestörten Bewußtsein dieses Kranken eine tiefsitzende Gewohnheit ansprachen, denn als die Glocke zur Prim rief, wurde er plötzlich ruhig, seine Augenlider flatterten und wollten sich öffnen, schlossen sich aber, selbst in diesem gedämpften Licht, gleich wieder schmerzhaft. In seiner Kehle arbeitete es, er öffnete die Lippen und versuchte zu sprechen. Cadfael beugte sich vor und legte sein Ohr an den sich abmühenden Mund.

»... Wahnsinn...« sagte Elyas, oder jedenfalls glaubte Cadfael das zu hören. »Über den Clee«, stöhnte er, »in einem solchen Schneesturm...« Er warf den Kopf auf dem Kissen herum und zog vor Schmerz die Luft ein. »So jung... so eigensinnig...« Er fiel wieder in tieferen Schlaf, seine Unruhe ließ nach. Und dann sagte er mit kaum wahrnehmbarer, aber plötzlich deutlich zu verstehender Stimme: »Der Junge wäre mit mir gekommen.«

Das war alles. Wieder lag er bewegungslos und stumm.

»Er hat das Schlimmste hinter sich«, sagte Cadfael, als Prior Leonard gleich nach der Prim kam, um sich nach dem Befinden des Patienten zu erkundigen, »aber es wird wohl noch eine Weile dauern.« Ein junger Mönch mit ernstem Gesicht stand respektvoll bereit, um ihn abzulösen. »Wenn er sich bewegt, gebt ihm etwas von dem süßen Wein. Ihr werdet sehen, daß er jetzt trinken kann. Bleibt dicht bei ihm und berichtet mir von jedem Wort, das er spricht. Ich glaube nicht, daß Ihr viel für ihn tun müßt, während ich meinen Schlaf nachhole, aber dort steht ein Eimer, sollte er einen brauchen. Haltet ihn gut zugedeckt, wenn er schwitzt, aber wischt ihm das Gesicht mit einem feuchten Tuch ab, um die Hitze zu lindern. Er wird schlafen, so Gott will. Schlaf vermag mehr für ihn als irgendein Mensch.«

»Seid Ihr zufrieden mit den Fortschritten, die er macht?« fragte Leonard besorgt, als sie zusammen hinausgingen. »Wird er es schaffen?«

»Er wird sehr gut genesen, wenn man ihm Zeit und Ruhe läßt.« Cadfael gähnte. Er wollte erst frühstücken und dann bis mittags schlafen. Danach, wenn er sich erst den Kopf- und Brustverband noch einmal angesehen und all die kleineren Wunden vorsorgt hatte, die zu eitern drohten, würde er klarer sehen, wie er sowohl Bruder Elyas pflegen als auch die verschwundenen Kinder suchen könnte.

»Und hat er gesprochen? Hat er irgendetwas Zusammenhängendes gesagt?« wollte Leonard wissen.

»Er sagte etwas von einem Jungen, und daß es reiner Wahnsinn sei, die Hügel in einem solchen Schnee zu überqueren. Ja, ich glaube, er ist den beiden Hugonins und ihrer Nonne begegnet und hat versucht, sie hierher zu bringen. Aber das Mädchen bestand darauf, den Weg fortzusetzen«, sagte Cadfael. Er grübelte über diese junge Frau nach, die es sich in den Kopf gesetzt hatte, das Hügelland im Winter, und noch dazu in so gefährlichen Zeiten, zu durchqueren.

»Jung und eigensinnig«, sagte er. Aber so töricht und leichtsinnig sie auch sein mochten – diese unschuldigen Menschen durften nicht sich selbst überlassen werden. »Gebt mir etwas zu essen«, sagte Cadfael, der sich auf seine grundlegenden Bedürfnisse besann, »und dann zeigt mir mein Bett. Über die Gesuchten werden wir später nachdenken. Solange er mich braucht, werde ich mich um Bruder Elyas kümmern. Aber ich sage Euch was Ihr tun könntet, Leonard, wenn Ihr einen Gast hier habt, der heute noch nach Shrewsbury will: Tragt ihm auf, Hugh Beringar auszurichten, daß wir hier auf etwas gestoßen sind, das meiner Meinung nach die erste Spur der drei Leute ist, die er sucht.«

»Das werde ich tun«, antwortete Prior Leonard. »Es ist ein Stoffhändler aus Shrewsbury hier, der auf dem Heimweg ist, um Weihnachten im Kreis seiner Familie zu feiern. Sobald er gegessen hat, will er aufbrechen, um noch bei Tageslicht anzukommen. Ich werde ihm die Botschaft sogleich mitteilen. Ihr aber geht nur und schlaft.«

Noch vor Abend öffnete Bruder Elyas seine Augen zum zweitenmal und obwohl das Licht ihn etwas blinzeln ließ, schloß er sie nicht gleich wieder. Nach einigen Augenblikken riß er sie weit auf und betrachtete alles um ihn herum mit Verwunderung. Erst als der Prior sich über Cadfaels Schulter zu ihm herabbeugte, trat ein Schimmer des Erkennens in die Augen des Kranken. Es schien ihm, als kenne er dies Gesicht. Er öffnete die Lippen und sagte, ungläubig aber hoffnungsvoll, mit einem heiseren Flüstern: »Vater Prior...?«

»Ja, Bruder«, antwortete Leonard sanft. »Ihr seid bei uns in Bromfield, in Sicherheit. Ruht Euch aus und erholt Euch. Ihr seid schwer verwundet worden, aber nun seid Ihr unter Freunden, und es wird für Euch gesorgt. Fürchtet nichts... und wenn Ihr etwas braucht, so müßt Ihr es nur sagen.«

»Bromfield...« flüsterte Elyas stirnrunzelnd. »Dorthin wurde ich geschickt«, sagte er unruhig und versuchte den Kopf zu heben. »Das Reliquiar... es ist doch nicht verloren...?«

»Ihr habt es wohlbehalten hergebracht«, versicherte ihm Leonard. »Es steht hier auf dem Altar unserer Kirche, Ihr wart bei unserer Vigilie zugegen. Erinnert Ihr Euch nicht? Ihr habt Euren Auftrag gewissenhaft erfüllt. Ihr habt alles getan, was man von Euch erwartete.«

»Aber wie... mein Kopf schmerzt...« Seine klagende Stimme erstarb, ängstlich und schmerzvoll zog er die dunklen Brauen zusammen. »Was ist es, das auf mir lastet? Was ist mit mir geschehen?«

Behutsam schilderten sie ihm, wie er wieder von der Priorei aufgebrochen sei, um zu seinem eigenen Kloster in Pershore zurückzukehren, und wie man ihn, der zusammengeschlagen und scheinbar tot am Wegrand zurückgelassen worden war, wieder zurückgebracht hatte. Bei der Nennung des Namens ›Pershore‹ hellte sich sein Gesicht auf. Er wußte, daß er dorthin gehörte, und er erinnerte sich, von dort aufgebrochen zu sein, um den Fingerknochen der Heiligen Eadburga nach Bromfield zu bringen, wobei er den gefährlichen Weg über Worcester vermied. Sogar Bromfield selbst kam ihm nach und nach ins Bewußtsein zurück. Aber was ihm nach seinem Aufbruch widerfahren war, davon wußte er nichts. Wer immer es gewesen war, der ihn derart mißhandelt hatte, in seinen verwirrten Gedanken fand sich keine Spur von ihm. Cadfael beugte sich vor und drängte ihn sanft: »Habt Ihr sie nicht mehr wiedergesehen? Das Mädchen und den Jungen, die unbedingt über die Hügel nach Godstoke wollten? Das war unbesonnen, aber das

Mädchen war fest dazu entschlossen, und ihr jüngerer Bruder konnte sie nicht überzeugen...«

»Von welchem Mädchen und welchem Jungen sprecht Ihr?« fragte Bruder Elyas verständnislos und zog die Augenbrauen noch enger zusammen.

»Und die Nonne... erinnert Ihr Euch nicht an eine Nonne, die die beiden begleitete?«

Nein, er erinnerte sich nicht. Die Anstrengung regte ihn auf, er stocherte in seinem Gedächtnis, brachte aber nur jene tiefe Verzweiflung zutage, die mit dem Scheitern verbunden ist, und in seinem jetzigen Zustand war Scheitern gleichbedeutend mit Schuld. Alle Arten unerledigter Obliegenheiten tauchten ungreifbar hinter seinen gehetzten Augen auf und ließen sich nicht bannen. Schweiß trat ihm auf die Stirn und Cadfael wischte ihn sanft mit einem Tuch ab.

»Macht Euch keine Sorgen, sondern liegt still und überlaßt alles Gott und – unter Gottes Leitung – uns. Ihr habt Eure Aufgabe treu erfüllt. Jetzt dürft Ihr ruhen.«

Sie kümmerten sich um sein leibliches Wohl, salbten seine Wunden und Abschürfungen, flößten ihm eine Brühe ein, die aus den mageren Fleischvorräten des Klosters für das Krankenquartier bereitet worden war und außerdem Kräuter und Haferflocken enthielt, und sprachen das Abendgebet mit ihm, aber die ganze Zeit über ließen die gerunzelten Augenbrauen erkennen, daß Bruder Elyas sein Gedächtnis nach etwas durchforschte, das sich ihm entzog. In der Nacht jedoch, während jener dunklen Stunden, da der Geist die Grenzen der Welt entweder überschreitet oder vor ihnen zurückweicht, wurde der Schlafende von Erinnerungen und Träumen heimgesucht. Aber er stieß nur gemurmelte Wortfetzen hervor und das bereitete ihm offenbar solche Schmerzen, daß Cadfael, der diesen kritischen Teil der Nachtwache selbst übernommen hatte, all seine Kunst aufwandte, die Qualen aus dem Geist seines Patienten zu verbannen und ihn zurück in den heilsamen Tiefschlaf zu leiten. Vor Morgengrauen wurde Cadfael abgelöst, und Elyas schlief friedlich. Der Körper sammelte Kräfte und genas, der Geist jedoch schweifte umher und entzog sich der Erinnerung.

Cadfael schlief bis Mittag, und als er aufgestanden war, stellte er fest, daß sein Patient im Wachen ruhiger war als im Schlaf. Er war sehr gefaßt, hatte keine großen Schmerzen und wurde von einem älteren Mönch, der über eine große Erfahrung als Krankenpfleger verfügte, gut versorgt. Der Himmel war klar – es würde erst spät dunkel werden. Obwohl der Frost immer noch anhielt und es in der kommenden Nacht zweifellos wieder schneien würde, waren die Sonne und die verbleibenden hellen Stunden des Tages um diese Uhrzeit verführerisch.

»Er wird gut gepflegt«, sagte Cadfael zum Prior. »Ich kann ihn unbesorgt für ein paar Stunden allein lassen. Mein Pferd ist inzwischen ausgeruht und bis zum nächsten Schnee, oder bis erneut Wind aufkommt, werden die Wege einigermaßen frei sein. Ich werde nach Godstoke reiten und fragen, ob unsere Sorgenkinder dort angekommen sind, ob sie sich wieder auf den Weg gemacht haben und, wenn ja, auf welcher Straße. Es muß jetzt sechs Tage her sein, seit er sie in Foxwood, wie Ihr sagt, zurückgelassen hat. Wenn sie die Ländereien der Priorei von Wenlock sicher erreicht haben, dann werden sie mittlerweile wohl entweder nach Wenlock oder nach Shrewsbury gelangt sein, und niemand braucht sich mehr Sorgen zu machen. Dann werden wir endlich aufatmen können.«

Kapitel 3

Godstoke schmiegte sich tief in einen bewaldeten Taleinschnitt zwischen Hügeln und gehörte zur Priorei von Wenlock, die ein Drittel des Landes selbst bebaute. Für den Rest bestanden lebenslange Pachtverträge. Es war eine wohlhabende Siedlung, die über genügend Vorräte und Feuerholz für den Winter verfügte. Flüchtlinge, welche die kahlen Hügel erst einmal überquert und diesen geschützten Ort erreicht hatten, konnten sich hier ausruhen und erholen, bevor sie ihren Weg fortsetzten, wobei sie auf dem Land der Priorei von Gutshaus zu Gutshaus ziehen konnten.

Diese Flüchtlinge aber hatten Godstoke nie erreicht. In diesem Punkt war der Verwalter des Priors ganz sicher.

»Wir wußten, daß sie gesucht werden, aber wir hatten nicht viel Grund zu der Annahme, daß sie diesen Weg nehmen würden, anstatt den nach Ludlow oder irgendeinen anderen. Dennoch habe ich überall nachfragen lassen. Ihr könnt versichert sein, Bruder, daß sie nicht in dieser Gegend sind.«

»Zuletzt hat man sie in Foxwood gesehen«, sagte Bruder Cadfael. »Von Cleobury dorthin befanden sie sich in Begleitung eines Bruders unseres Ordens, der sie drängte, mit ihm nach Bromfield zu kommen, aber sie wollten weiter in nördlicher Richtung über die Hügel. Ich hatte den Eindruck, daß sie die Absicht hatten, zu Euch zu kommen.«

»Das würde ich auch sagen«, stimmte ihm der Verwalter zu. »Aber hier sind sie nicht angekommen.«

Cadfael dachte nach. Er war mit dieser Gegend nicht genau vertraut, aber er kannte sie gut genug, um sich zurechtzufinden. Wenn sie nicht hier durchgekommen waren, hatte es wenig Sinn, noch weiter nördlich zu suchen. Und es war zwar möglich den Weg, den sie hätten nehmen müssen, um diesen Ort zu erreichen, zurückzuverfolgen und zwischen hier und Foxwood nach Spuren von ihnen zu suchen, doch würde das bis später warten müssen. Der heutige Tag war schon zu weit fortgeschritten. Die Abenddämmerung kündigte sich bereits an und es war besser, auf dem schnellsten Weg zurückzukehren.

»Nun, so haltet die Ohren offen – es könnte sein, daß Ihr etwas von ihnen hört. Ich werde nach Bromfield zurückkehren.« Auf dem Hinweg hatte er die Hauptstraßen benutzt, aber die beschrieben einen Umweg und er hatte einen guten Orientierungssinn. »Ich nehme an, wenn ich mich von hier aus immer in südwestlicher Richtung halte, nehme ich den direktesten Weg nach Bromfield. Wie sind die Wege?«

»Ihr werdet einen Teil des Cleewaldes durchqueren müssen, aber wenn Ihr Euch ein wenig links von der untergehenden Sonne haltet, könnt Ihr den Weg nicht verfehlen. Und die Bäche sind kein Hindernis, schon gar nicht seit der Frost eingesetzt hat.«

Der Verwalter begleitete ihn ein Stück des Weges aus dem bewaldeten Talkessel hinaus und zeigte ihm den schmalen, geraden Pfad, der zwischen den sanft geschwungenen Hügeln verlief. In Cadfaels Rücken lag die breite, gedrungene Kuppe des Brown Clee, zu seiner Linken ragte der dunklere, gezackte Umriß des Titterstone Clee auf. Die Sonne hatte längst ihre Kraft verloren und hing als stumpfroter Ball hinter einem dünnen, grauen Wolkenschleier. Bis zum unvermeidlichen abendlichen Schneefall würde es noch ein oder zwei Stunden dauern. Es war windstill und sehr kalt.

Nach einer Meile Weges war er im Wald. Von den Zweigen, die dem Gewicht des gefrorenen Schnees noch standhielten, hingen dort, wo die Sonne eingefallen war, lange Eiszapfen herab, und auf dem mit einer dicken Schicht verfaulter Blätter und Tannennadeln bedeckten Boden kam sein Pferd gut voran. Zwischen den Bäumen hatte sich sogar etwas von der Wärme des Tages erhalten. Der Wald von Clee war im Besitz der Krone, aber jetzt war er sich selbst überlassen, so wie auch große Teile Englands vernachlässigt wurden, brachlagen oder von opportunistischen Provinzfürsten an sich gerissen wurden, während der König und die Kaiserin damit beschäftigt waren, um die Macht zu kämpfen. Dies war ein einsames, wildes Land, obwohl es bis zur nächsten Stadt oder Burg nur zehn Meilen waren. Es gab nur wenige gerodete Lichtungen und die lagen weit auseinander. Die wilden Tiere hatten diesen Wald für sich, aber ohne vorsorgliche Fütterung durch Menschen würde in einem solchen Winter sogar das Rotwild hungern. Das Futter, das für die Bauern zu kostbar war, um verschwendet zu werden, mochte vom Lehnsherrn ausgegeben werden, der damit die Erhaltung seines Wildbestandes in einem strengen Winter sichern wollte. Cadfael kam an einer solchen Futterstelle vorbei. Das Heu war verstreut und in den Schnee getreten und überall waren die Fährten der hungrigen Tiere zu sehen. Der Forstverwalter, dessen Familie dieses Amt seit Generationen innehatte, versah also immer noch seine Pflicht, ganz gleich welcher der beiden rivalisierenden Herrscher der Besitzer des Waldes war.

Die Sonne war kurz zwischen den Bäumen zu sehen. Sie stand jetzt sehr tief, und der Abend hing wie eine große Wolke über dem Land, obgleich das Licht am Boden immer noch ausreichte. Vor Cadfael wichen die Bäume zurück, und das Dämmerlicht des schwindenden Tages hellte sich etwas auf. Jemand hatte dem Wald eine Lichtung abgerungen und um ein geducktes Häuschen einen schmalen Garten und ein kleines Feld angelegt. Ein Mann trieb zwei oder drei Ziegen vor sich her in ein Gatter aus geflochtenen Zweigen. Als er das Knirschen von Schnee und gefrorenem Laub unter den Hufen des Pferdes hörte, sah er aufmerksam auf. Er war nicht älter als vierzig Jahre, ein stämmiger, vierschrötiger Bauer in einem braunen, handgewebten Kittel und Hosen aus selbstgegerbtem Leder. Sein einsam gelegener Besitz war gut unterhalten. Sobald er das Gatter hinter seinen Ziegen geschlossen hatte, wandte er sich um und sah dem Fremdling in aufrechter Haltung entgegen. Mit zusammengekniffenen Augen musterte er die Mönchskutte, das große, starke Pferd und das breite, wettergegerbte Gesicht unter der Kapuze.

»Gottes Segen über den Besitz und den Besitzer«, sagte Cadfael und brachte das Pferd am Gatter zum Stehen.

»Gott mit Euch, Bruder!« Seine Stimme klang tief und ruhig, aber seine Augen waren wachsam. »Wohin des Wegs?«

»Nach Bromfield, mein Freund. Bin ich hier richtig?«

»Ja, Ihr seid auf dem rechten Weg. Wenn Ihr auf ihm bleibt, kommt Ihr nach einer halben Meile an den Hopton-Bach. Den müßt Ihr überqueren und Euch danach etwas links halten, über die beiden kleineren Bäche, die in ihn münden. Nach dem zweiten gabelt sich der Weg. Nehmt den rechten Arm, der am Fuß des Hügels entlangführt, und Ihr werdet unterhalb von Ludlow an die Straße gelangen. Von dort ist es noch eine Meile bis zur Priorei.«

Er fragte nicht wie es kam, daß ein Benediktinermönch um diese Zeit einen so einsamen Weg entlangritt. Er fragte gar nichts. Trotz seiner höflichen Miene und seiner verbindlichen Worte versperrten seine breiten Schultern den Zugang zu seinem Besitz wie ein solides Tor. Nur seine Augen verrieten, daß er dort drinnen etwas vor neugierigen Blicken zu verbergen hatte, und daß er sich alles, was er sah und hörte, gut merkte, um es woanders getreulich wiederzugeben. Aber andererseits mußte einer, der sich mitten im Wald diesen kleinen Hof aufgebaut hatte, ein praktischer, rechtschaffener Mann sein.

»Habt Dank für Eure Auskunft«, sagte Cadfael. »Nun helft mir noch in einer anderen Sache, wenn Ihr könnt. Ich bin ein Mönch aus Shrewsbury und pflege jetzt im Krankenquartier der Priorei von Bromfield einen Bruder unseres Ordens aus Pershore. Unser kranker Bruder macht sich Sorgen über gewisse Leute, die er getroffen hat, als sie auf der Flucht vor der Plünderung von Worcester nach Shrewsbury waren. Sie wollten nicht mit ihm nach Bromfield kommen, sondern sich weiter nördlich, in dieser Richtung halten. Sagt mir, ob Ihr eine Spur von Ihnen gesehen habt.« Während er sie beschrieb, bekam er Zweifel an der Richtigkeit seiner Intuition, bis er bemerkte, daß der Mann einen kurzen Blick über seine Schulter zum Haus warf, bevor er ihn wieder unverwandt ansah.

»Eine solche Reisegesellschaft ist nicht durch den Wald gekommen«, sagte er bestimmt. »Und warum sollte sie auch? Dieser Weg führt in die Wildnis.«

»Reisenden in einem fremden, verschneiten Land kann es sehr wohl passieren, daß sie den Weg in die Wildnis einschlagen und sich verlaufen«, antwortete Cadfael. »Von hier ist es nicht sehr weit nach Godstoke, wo ich bereits nachgefragt habe. Nun, wenn irgendeiner von ihnen oder alle drei dieses Wegs kommen, so sagt ihnen, daß sie von der ganzen Grafschaft und allen Klöstern zwischen Worcester und Shrewsbury gesucht werden, und daß sie sicher geleitet werden sollen, wo immer sie hinwollen. Die Garnison von Worcester ist verstärkt worden, und dort macht man sich Sorgen um alle Vermißten. Dies richtet ihnen aus, wenn Ihr sie seht.«

Die wachsamen Augen sahen ihn gedankenvoll an. Der Mann nickte und sagte: »Das werde ich tun. Wenn ich sie sehe.«

Er blieb vor dem Gatter stehen bis Cadfael sein Pferd wieder in Bewegung gesetzt hatte und den Weg entlangtrabte, aber als er den Schatten der Bäume erreicht hatte und sich umsah, war der Siedler bereits in seinem Haus verschwunden, als habe er einen Auftrag, der keinen Aufschub duldete. Cadfael ritt weiter, jedoch nurmehr im Schritt, und als er außer Sicht war hielt er an und lauschte. Seine Geduld wurde durch leise, vorsichtige Geräusche hinter ihm belohnt. Jemand folgte ihm leichtfüßig und scheu – jemand, der sich bemühte unbemerkt zu bleiben – und der sich dennoch beeilte. Ein schneller Blick über die Schulter zeigte ihm die flüchtige Bewegung einer Gestalt in einem blauen Umhang, die seitlich in Deckung sprang. Gemächlich ritt er weiter und ließ seinen Verfolger näherkommen, dann zügelte er plötzlich sein Pferd und blickte offen zurück. Sofort erstarben die Geräusche, aber von den niedergebeugten, zitternden Zweigen einer jungen Buche fiel etwas Schnee.

»Du kannst herauskommen«, sagte Cadfael beruhigend. »Ich bin ein Mönch aus Shrewsbury und will niemandem etwas Böses. Der Bauer hat dir die Wahrheit gesagt.«

Der Junge trat aus seinem Versteck und stellte sich mit gespreizten Beinen auf den Weg, bereit davonzulaufen, wenn er es für richtig hielt, oder sich einem etwaigen Angriff entgegenzustellen. Er war ein kleiner, stämmiger Bursche mit einem wirren Schopf brauner Haare, mit großen, furchtlosen braunen Augen, einem edel geschwungenen Mund und einem festen Kinn, das einen Kontrast zu seinen kindlichen Pausbacken darstellte. Das hellblaue Wams und der Umhang waren jetzt etwas verschmutzt und zerknittert, so als habe er unter freiem Himmel im Wald geschlafen – was vielleicht auch der Fall war – und obwohl ein Bein seiner grauen Hose am Knie zerrissen war, trug er sie doch mit der Selbstsicherheit eines Adligen. An seinem Gürtel hing ein kleiner Dolch, dessen Scheide mit Silber verziert war. Schon allein deswegen stellte er einen Wert dar, der viele Männer in Versuchung geführt hätte. Was immer ihm vorher zugestoßen war – bei diesem einsamen Hof im Wald hatte er es gut getroffen gehabt.

»Er sagte...«, der Junge trat ein, zwei Schritte vor, faßte sich ein Herz und begann von neuem, »... er heißt Thurstan. Seine Frau und er sind gut zu mir gewesen. Er sagte, es sei jemand dagewesen, dem ich vertrauen könne, ein Benediktinermönch. Er sagte, Ihr hättet nach uns gesucht.«

»Er hat wahr gesprochen. Denn du bist, scheint mir, Yves Hugonin.«

Der Junge antwortete: »Ja. Kann ich mit Euch mitkommen nach Bromfield?«

»Aber herzlich gerne, Yves, und du wirst all denen, die nach dir suchen, sehr willkommen sein. Nachdem ihr aus Worcester geflohen seid, ist euer Onkel d'Angers aus dem Heiligen Land zurückgekehrt. Als er nach Gloucester kam, hörte er, ihr würdet vermißt, und er hat darum gebeten, euch in der ganzen Grafschaft zu suchen. Er wird hocherfreut sein zu erfahren, daß du unversehrt wieder zurück bist.«

»Mein Onkel d'Angers?« Der Gesichtsausdruck des Jungen schwankte zwischen Neugier und Zweifel. »In Gloucester? Aber... aber es waren doch Männer aus Gloucester, die...«

»Das stimmt, aber er hatte daran keinen Anteil. Zerbrich dir nicht den Kopf über die Zwistigkeiten, die ihn daran hinderten, selber nach dir zu suchen – weder du noch ich können daran etwas ändern. Aber wir haben ihm versprochen, dich sicher und unversehrt zu ihm zurückzubringen, und darauf kannst du dich verlassen. Wir sind jedoch auf der Suche nach dreien, und hier haben wir nur einen. Wo sind deine Schwester und ihre Lehrerin?«

»Ich weiß es nicht!« Es klang fast wie ein Schluchzen. Einen Augenblick lang zitterte das feste Kinn des Jungen, dann faßte er sich wieder. »Ich habe Schwester Hilaria in Sicherheit in Cleeton zurückgelassen, und ich hoffe, daß sie noch immer dort ist. Aber was hat sie wohl getan, als sie merkte, daß sie allein war...? Und meine Schwester... meine Schwester ist an all dem schuld! Sie ging in der Nacht mit ihrem Liebhaber fort. Er kam, um sie abzuholen, und ich bin sicher, daß sie ihn darum gebeten hatte. Ich wollte ihnen folgen, aber dann kam der Schnee...«

Cadfael holte tief Luft. Er war zugleich verwundert, bestürzt und erleichtert. Einer der drei Gesuchten wenigstens war gefunden, eine andere befand sich, wenn auch vielleicht beunruhigt, in Cleeton in Sicherheit, und die dritte schien, obwohl sie eine große Dummheit begangen hatte, in der Obhut von jemandem zu sein, der sie liebhatte und vermutlich nur ihr Bestes wollte. Möglicherweise nahm alles noch ein gutes Ende. Im Augenblick jedoch sah es so aus, als sei dies eine sehr lange und verwickelte Geschichte, und außerdem brach bald die Nacht herein. Der Rand der Sonne berührte bereits den Horizont, sie hatten noch einige Meilen vor sich, und sicher war es das Beste, den Jungen nach Bromfield zurückzubringen und dafür zu sorgen, daß er nicht fortlief und sich wieder verirrte.

»Komm jetzt – laß uns nach Hause gehen, bevor uns die Dunkelheit überrascht. Setz dich vor mich. Du bist nicht schwer und dein Gewicht wird dieser Bursche leicht aushalten. Stell deinen Fuß auf meinen – so...« Der Junge mußte sich hoch recken. Mit festem Griff packte er Cadfaels Hand, stieß sich vom Boden ab und setzte sich auf den Rücken des Pferdes. Mit einem großen Seufzer wich die Anspannung aus seinem Körper.

Als beurteile er kritisch sein eigenes Betragen sagte er mit leiser, rauher Stimme: »Ich habe Thurstan gedankt und Lebewohl gesagt. Die Hälfte des Geldes, das ich noch hatte, habe ich ihm gegeben, aber das war nicht sehr viel. Er sagte, daß er es weder wolle noch brauche, und daß ich willkommen gewesen sei, aber ich hatte nichts anderes, mit dem ich mich bei ihm hätte bedanken können, und ohne ihm ein Geschenk zu geben, konnte ich nicht gehen.«

»Vielleicht ergibt sich eines Tages die Gelegenheit, ihn noch einmal zu besuchen«, tröstete ihn Cadfael. Der Junge war gut erzogen – er war sich seiner Stellung und seiner Verpflichtungen wohl bewußt. Das sprach durchaus für den Unterricht, den er im Kloster genossen hatte.

»Das würde ich gerne tun«, sagte das Kind und schmiegte sich in die warme Höhle unter Cadfaels Arm. »Ich hätte ihm meinen Dolch gegeben, aber er sagte, ich würde ihn noch brauchen, und daß er mit einem solchen Ding nichts anfangen könne, weil er es nicht wagen könne, ein solches Messer offen zu tragen. Man würde denken, er habe es gestohlen.«

Vor lauter Dankbarkeit darüber, daß er selber aus der Not errettet worden war, schien er für den Augenblick seine Sorgen über die beiden Frauen, die er irgendwo im Schneegestöber verloren hatte, vergessen zu haben. Dreizehn Jahre war er alt, hatte es geheißen. Da war es sein gutes Recht froh zu sein, wenn ein anderer die Verantwortung für ihn übernahm.

»Wie lange bist du dort bei ihnen gewesen?«

»Vier Tage. Thurstan sagte, ich solle warten bis ein vertrauenswürdiger Mensch vorbeikäme, denn man erzähle sich, daß sich Räuber in den Hügeln und in den Wäldern herumtrieben, und wenn ich mich allein auf den Weg machte, könne ich mich in diesem Schnee noch einmal verlaufen. Zwei ganze Tage bin ich umhergeirrt«, sagte Yves. Er erinnerte sich deutlich an die Schrecken, die er durchgemacht hatte. »Zum Schlafen bin ich auf einen Baum geklettert, aus Angst vor Wölfen.« Er beklagte sich nicht, gab sich eher Mühe, nicht zu prahlen. Nun, das Beste war, man ließ ihn reden – so befreite sich sein Herz von Einsamkeit und Furcht, gerade wie ein Mann nach einer gefährlichen Reise seine Beine vor einem gemütlichen Feuer ausstreckt. Die Einzelheiten konnten bis später warten, wenn man ihnen die gebührende Aufmerksamkeit schenken konnte. Wenn alles gutging, konnte er sie vielleicht zu den beiden vermißten

Frauen führen, aber jetzt kam es darauf an, Bromfield zu erreichen, bevor es ganz dunkel war.

Wo die Bäume sich lichteten, kamen sie rasch voran. Im nachlassenden Licht des Tages konnten sie den Weg gut erkennen. Die ersten Schneeflocken schwebten bereits träge in der Luft, als sie sich dem Hopton-Bach näherten und das dicke Eis überquerten. Cadfael stieg ab, um das Pferd zu führen. Danach wandten sie sich weiter nach links, entfernten sich aber langsam vom Bach und kamen an den ersten der kleineren Bäche, die den langen, sanft geschwungenen Hügel zu ihrer Rechten hinunterflossen und in den Hopton einmündeten. Auch diese Bäche standen still, sie waren nun schon seit vielen Tagen zugefroren. Die Sonne war untergegangen. Unter einer bleigrauen Wolkendecke stand am westlichen Horizont nur noch ein stumpfes, feuriges Abendrot. Der Wind hatte aufgefrischt, und die Schneeflokken brannten auf ihren Gesichtern wie Nadelstiche. Der Wald war hier von verstreuten Pachtgründen und Feldern unterbrochen, und gelegentlich sah man einen rasch zusammengezimmerten Unterstand für Schafe, der sich gegen den Wind stemmte. Umrisse verschwanden zu bloßen Schatten, und das wenige verbleibende Licht wurde nur noch von der Oberfläche des Eises und den bläulichen Hügeln reflektiert, zu denen der lose Schnee aufgeweht worden war.

Der zweite Bach, still und schweigend wie die anderen, war seicht und vom Schilf gesäumt und wand sich wie eine silberne Schlange durch die Landschaft. Das Pferd scheute vor dem Eis unter sich zurück und wieder stieg Cadfael ab, um es hinüberzuführen. Die breite, glasige Oberfläche war milchig. Nur wenn man direkt auf sie hinabsah, konnte man erkennen, was darunter lag. Beim Überschreiten des Baches achtete Cadfael auf seine Schritte, denn die Sohlen seiner Stiefel waren abgenutzt und glatt. So kam es, daß er, nur einen Augenblick lang, das geisterhafte Schimmern unter dem Eis zu seiner Linken sah, kurz bevor das Pferd ausglitt, sich wieder fing und sich durch das schneebedeckte Gras am anderen Ufer hinaufkämpfte.

Cadfael hatte das Ding unter dem Eis nicht gleich erkannt und noch länger dauerte es, bis er glauben konnte, was er gesehen hatte. Eine halbe Stunde später und er hätte es überhaupt nicht erkennen können. Fünfzig Schritte weiter hielt er hinter einem Gebüsch an, und anstatt wieder aufzusteigen wie Yves es erwartet hatte, drückte er dem Jungen die Zügel in die Hand und sagte betont ruhig: »Warte hier einen Augenblick. Nein, hier brauchen wir noch nicht abzubiegen, wir haben die Weggabelung noch nicht erreicht. Ich habe dort etwas gesehen. Warte hier!«

Yves wunderte sich, aber er blieb gehorsam zurück, während Cadfael noch einmal zu dem zugefrorenen Bach hinunterging. Der Schimmer war kein Trugbild eines verirrten, vom Eis reflektierten Lichtstrahls gewesen – er war immer noch da, reglos und eingeschlossen im Eis. Cadfael kniete nieder und betrachtete das Ding genauer.

Die kurzen Haare in seinem Nacken richteten sich auf. Das war kein einjähriges Lamm, wie er einen Augenblick lang geglaubt hatte. Es war länger, ebenmäßiger, zierlich und weiß. Aus der gläsernen Umklammerung des Eises blickte ihn mit offenen Augen ein blasses, zart schimmerndes Gesicht an. Kleine, zierliche Hände waren noch kurz von der Strömung bewegt worden, bevor der Frost sie umschlossen hatte. Die Handflächen waren wie in einer flehenden Geste nach oben gekehrt und schienen neben dem Körper zu schweben. Die Blässe ihres Körpers und der weiße Stoff des zerrissenen Unterkleides – dem einzigen Kleidungsstück, das sie trug – war, so erschien es Cadfael, an der Brust mit Farbe verschmiert. Aber der Fleck war so leicht, daß er bei zu genauem Hinsehen verblaßte und verschwand. Das Gesicht war zerbrechlich, zart und jung.

Also doch ein Lamm. Ein verirrtes Jährlingslamm, ein Lamm Gottes, nackt und mißhandelt und ermordet. Achtzehn Jahre alt? Das konnte sein.

Es sah so aus, als sei Ermina Hugonin wiedergefunden und zugleich für immer verloren.

Kapitel 4

Im Augenblick konnte er hier nichts tun. Er war allein, und wenn er noch lange hier blieb, mochte der Junge kommen um nachzusehen, was ihn aufhielt. Eilig erhob er sich von den Knien und ging dorthin zurück, wo das Pferd mit den Hufen aufstampfte und den Kopf schüttelte, weil es sich nach seinem Stall sehnte. Eher neugierig als besorgt sah ihm der Junge entgegen.

»Was war denn? Ist irgendetwas nicht in Ordnung?«

»Nichts, worüber du dir Sorgen machen müßtest.« Jedenfalls noch nicht, nicht bevor du es erfahren mußt, dachte Cadfael, und bei diesem Gedanken spürte er einen Stich in seinem Herzen. Erst müssen wir dir etwas zu essen geben, dich wärmen und dir das Gefühl geben, daß dein eigenes Leben sicher ist – dann erst sollst du hiervon erfahren. »Ich dachte, ich hätte dort im Eis ein Schaf gesehen, aber ich habe mich geirrt.« Er stieg auf, griff um den Jungen herum und nahm die Zügel. »Wir sollten uns beeilen. Bis wir nach Bromfield kommen, wird es stockdunkel sein.«

An der Weggabelung hielten sie sich rechts, wie Thurstan gesagt hatte. Der Weg war gerade und leicht gangbar. Er verlief auf halber Höhe des Hügels. In Cadfaels Arm wurde der stämmige Körper des Jungen schwerer und schlaffer, der Kopf mit dem braunen Haarschopf lehnte müde an seiner Schulter. Wenn wir auch deine Schwester nicht retten konnten, dachte Cadfael in stummem Kummer und Zorn, so haben wir dich wenigstens in Sicherheit gebracht.

»Ihr habt mir noch nicht Euren Namen gesagt«, sagte Yves gähnend. »Ich weiß nicht, wie ich Euch anreden soll.«

»Ich heiße Cadfael und bin Waliser aus Trefriw. Jetzt lebe ich im Kloster von Shrewsbury, und dorthin, glaube ich, hattet ihr vor zu gehen.«

»Ja, das stimmt. Aber Ermina – das ist meine Schwester – muß immer ihren Willen durchsetzen. Ich bin viel vernünftiger als sie! Wenn sie nur auf mich gehört hätte, wären wir nie getrennt worden, und dann wären wir jetzt auch alle sicher in Shrewsbury. Ich wollte mit Bruder Elyas nach Bromfield gehen – kennt Ihr eigentlich Bruder Elyas? – und auch Schwester Hilaria war dafür, nur nicht Ermina. Sie hatte andere Pläne. Es ist alles ihre Schuld!«

Daß das stimmte, ließ sich inzwischen nicht bestreiten, dachte Bruder Cadfael bekümmert und drückte diesen unschuldigen Richter, der warm und vertrauensvoll in seinem Arm lag, an sich. Aber gewiß verdienen unsere kleinen Fehler keine solch grausame Strafe. Ohne Zeit, noch einmal alles zu überdenken, zu bereuen, ohne Gelegenheit, Fehler wiedergutzumachen. Jugend hatte für eine Unbedachtsamkeit mit dem Tod büßen müssen, wo Jugend doch Gelegenheit gegeben werden sollte, auf dem Weg zu Reife und Vernunft törichte Fehler zu begehen.

Sie gelangten an die gute, befahrene Straße zwischen Ludlow und Bromfield. »Gott sei gedankt!« rief Cadfael aus, als er die Fackeln des Torhauses erblickte – gelbe, irdische Sterne, die ihr Licht durch den dünnen, aber dichter werdenden Vorhang aus fallenden Schneeflocken warfen. »Wir sind da!«

Als sie durch das Tor ritten, bot der große Hof ihnen das unerwartete Bild hektischer Betriebsamkeit. In den Schnee waren von Hufen verschlungene Muster getreten worden, und bei den Stallungen waren zwei oder drei Burschen, die gewiß nicht zum Kloster gehörten, damit beschäftigt, Pferde abzureiben und in ihre Ställe zu führen. Neben dem Eingang zur Gästehalle stand Prior Leonard in ein ernstes Gespräch mit einem mittelgroßen, drahtigen jungen Mann vertieft, der noch Reiseumhang und Kapuze trug. Sein Rücken war dem Hof zugewandt, aber Cadfael kannte diesen Rükken inzwischen sehr gut. Hugh Beringar war persönlich erschienen, um die ersten Nachrichten über die verschwundenen Hugonins nachzuprüfen und hatte anscheinend zwei oder drei weitere Offiziere mitgebracht.

Sein Gehör war so scharf wie immer. Er wandte sich den Ankommenden zu und kam ihnen mit großen Schritten entgegen noch bevor das Pferd zum Stehen gekommen war. Der Prior folgte ihm. Er war ungeduldig und hoffnungsvoll:

Hier waren zwei zurückgekehrt, wo nur einer ausgeritten war.

Als sie vor ihm standen, war Cadfael bereits abgestiegen, und Yves war benommen und aufgeregt aus seinem Halbschlaf hochgeschreckt und machte sich bereit, mit der Selbstsicherheit eines Edelmannes jeden zu begrüßen, der ihm entgegentrat. Er stützte sich mit seinen kleinen Kinderhänden auf den Sattelknauf und ließ sich in den Schnee fallen. Für seine Größe war das ein tiefer Sprung, aber er landete sicher wie ein Akrobat und bot sich aufrecht stehend Hugh Beringars belustigtem und anerkennendem Blick dar.

»Begrüße Hugh Beringar, Yves, den stellvertretenden Sheriff dieser Grafschaft«, sagte Cadfael. »Und Prior Leonard von Bromfield, unseren Gastgeber.« Und während der Junge sich feierlich verbeugte, flüsterte er Hugh eindringlich zu: »Bringt ihn hinein und fragt ihn jetzt noch nichts!«

So geschah es. Die beiden kannten sich aus langer Erfahrung, und jeder wußte, wie er auf den anderen zu reagieren hatte. Schon bald ließ Yves sich willig ins Haus führen, wobei Leonards knochige Hand auf seiner Schulter lag. Er würde eine Mahlzeit und etwas Warmes zum Anziehen bekommen und vor dem Zubettgehen nach Kräften verwöhnt werden. Er war jung und würde diese Nacht gut schlafen. Da er im Kloster erzogen worden war, würde er vielleicht kurz erwachen, wenn die Glocke zur Mitternachtsmesse rief, aber gleich darauf wieder beruhigt in tiefen Schlaf sinken.

»Um Himmels Willen«, sagte Cadfael und tat einen großen Seufzer, sobald der Junge außer Sicht war, »kommt mit an irgendeinen ruhigen Ort, wo wir ungestört reden können. Ich habe nicht damit gerechnet, Euch persönlich hier zu finden, da Ihr doch auch zu Hause gebraucht werdet...« Beringar hatte ihn freundschaftlich beim Arm genommen und führte ihn eilig durch die Tür zu den Gemächern des Priors. Als sie an der Schwelle den Schnee von Stiefeln und Umhängen abschüttelten, sah er ihn erwartungsvoll von der Seite an. »Wir hatten nur eine schwache Spur der Gesuchten. Ich hätte nie gedacht, daß Ihr Euch deswegen auf den

Weg zu uns machen könntet, und doch habt Ihr es – Gott sei Dank! – getan.«

»Ich habe alles wohlversorgt zurückgelassen«, antwortete Hugh. Er hatte erwartet, gute Nachrichten von seinem Freund zu hören, aber der Ernst, den dieser an den Tag legte, konnte eigentlich nur auf weitere Schwierigkeiten hindeuten. »Wenn Ihr hier auch Sorgen habt, Cadfael, so dürft Ihr wenigstens über den Stand der Dinge in Shrewsbury unbesorgt sein. Am Tage Eures Aufbruchs wurde uns ein Sohn geboren – ein schöner, kräftiger Bursche, mit blonden Haaren wie seine Mutter, und beiden geht es gut. Und obendrein hat am Tag darauf auch das Mädchen aus Worcester einen Sohn bekommen. Das Haus ist voller aufgeregter Frauen, und für diese paar Tage wird mich niemand dort vermissen.«

»Oh, Hugh, das sind gute Nachrichten! Ich freue mich für euch beide.« Das war gut und passend, dachte Cadfael: Während ein Leben dahingegangen war, hatte, dem Tod zum Trotz, ein anderes begonnen. »Und es ist alles gutgegangen? Sie hatte keine schwere Geburt?«

»Nein, Aline ist gesegnet. Sie ist zu unschuldig um verstehen zu können, daß so etwas Schönes wie eine Geburt mit Schmerz verbunden sein kann, und daher verspürt sie auch keinen. Glaubt mir, selbst wenn diese Angelegenheit mich nicht in Anspruch nehmen würde, wäre ich doch fast aus meinem eigenen Haus hinausgeworfen worden. Die Nachricht Eures Priors kam sehr gelegen. Ich habe drei Männer hierher mitgebracht und weitere zweiundzwanzig bei Josce de Dinan in der Burg von Ludlow einquartiert, um sie zur Hand zu haben, sollte ich sie brauchen – und als kleine Warnung für den Fall, daß er immer noch einen Seitenwechsel in Erwägung zieht. Er wird jetzt nicht mehr den leisesten Zweifel daran hegen, daß ich ein wachsames Auge auf ihn habe. Aber jetzt«, sagte Hugh und zog einen Sessel vor den Kamin im Wohnzimmer des Priors, »will ich Eure Geschichte hören, und ich habe nicht die leiseste Ahnung, was Ihr mir erzählen werdet. Ihr kommt mit dem Jungen, den wir so verzweifelt gesucht haben, in den Hof geritten, und doch seid Ihr, obwohl Ihr strahlen solltet, bleich wie ein Laken.

Und dann wollt Ihr nichts sagen, bevor er nicht außer Hörweite ist. Nun sagt schon, wo Ihr ihn gefunden habt!«

Mit einem leisen Stöhnen lehnte Cadfael sich zurück. Er war müde und steif von der Kälte des Rittes. Es bestand jetzt keine Notwendigkeit mehr, schnell zu handeln. In der Nacht würden sie die Stelle niemals finden, besonders jetzt nicht, da der Wind aufgefrischt hatte, das Gesicht der Landschaft durch den Neuschnee verändert wurde und zugeschüttet war, was gestern noch offengelegen hatte. Er konnte es sich leisten, ruhig dazusitzen, seine Beine vom Feuer wärmen zu lassen und ohne Eile seine Geschichte zu erzählen. Vor Tagesanbruch ließ sich doch nichts unternehmen.

»Er hatte bei einem Wäldler und seiner Frau im Cleewald Unterschlupf gefunden. Sie wollten ihn nicht wieder allein fortgehen lassen, ehe nicht ein vertrauenswürdiger Reisender des Wegs kam, der ihn mitnehmen konnte. Ich erschien ihnen verläßlich, und er kam bereitwillig mit mir.«

»Aber war er dort allein? Wie schade«, sagte Hugh und verzog bekümmert das Gesicht, »daß Ihr nicht auch noch seine Schwester gefunden habt.«

Die Wärme des Feuers ließ Cadfaels Augenlider schwer werden. »Ich fürchte«, sagte er, »daß ich sie ebenfalls gefunden habe.«

Das Schweigen im Raum dauerte nicht so lange, wie es den Anschein hatte. Die Bedeutung des letzten Satzes war unübersehbar.

»Tot?« fragte Hugh direkt.

»Tot und kalt.« Kalt wie Eis, umschlossen von Eis. Der erste strenge Frost hatte ihr einen gläsernen Sarg gegeben, der ihren Körper unverändert und unversehrt gelassen hatte, so daß er den Mörder anklagen konnte.

»Erzählt mir alles«, sagte Hugh eindringlich und ruhig. Und Cadfael erzählte die ganze Geschichte. Er würde alles in Prior Leonards Gegenwart wiederholen müssen, denn auch dieser mußte helfen, den Jungen vor einem zu frühen und zu plötzlichen Wissen um seinen Verlust zu bewahren. Aber bis dahin war es eine Erleichterung, sich dieser Last, die auf seinem Herzen ruhte, zu entledigen und zu wissen, daß Hugh Beringar in dieser Angelegenheit nun ebensoviel Verantwortung trug wie er selbst.

»Könntet Ihr die Stelle wiederfinden?«

»Bei Tag, ja. Im Dunkeln hätte es keinen Zweck danach zu suchen. Es wird keine leichte Sache sein... Wir werden Äxte mitnehmen müssen, um sie aus dem Eis zu schlagen, es sei denn, wir bekommen Tauwetter.« Aber das war eine leere Hoffnung – der Frost würde so bald nicht weichen.

»Damit werden wir uns befassen, wenn es soweit ist«, sagte Hugh ernst. »Heute sollten wir den Jungen befragen – vielleicht könnten wir von ihm erfahren, wie sie dorthin gekommen ist, wo Ihr sie gefunden habt. Und wo, um Himmels Willen, ist die Nonne, die mit ihm geflohen ist?«

»Yves sagte, er habe sie in Cleeton in Sicherheit zurückgelassen. Und das Mädchen – diese arme Törin! – sei mit ihrem Liebhaber auf und davongegangen, sagt er. Aber ich habe ihm keine weiteren Fragen gestellt, denn der Tag neigte sich dem Ende zu, und mir schien es das Wichtigste, wenigstens einen sicher nach Hause zu bringen.«

»Das ist richtig, und Ihr habt gut daran getan. Laßt uns jetzt auf den Prior warten, und dann, wenn der Junge gegessen hat und sich geborgen fühlt, werden wir ihn gemeinsam befragen. Ich hoffe, daß wir alles von ihm erfahren, was er weiß – und vielleicht weiß er mehr als ihm bewußt ist – ohne ihm zu verraten, daß er seine Schwester verloren hat. Früher oder später allerdings wird er es wohl erfahren müssen«, sagte Hugh traurig. »Denn außer ihm weiß hier niemand, wie sie aussieht.«

»Aber nicht jetzt. Heute nacht soll er noch ruhig schlafen. Bevor er sie zu Gesicht bekommt, müssen wir sie erst geborgen und hergerichtet haben«, sagte Cadfael bedrückt.

Die warme Mahlzeit, das Gefühl, in Sicherheit zu sein, aber mehr noch sein natürlicher Lebensmut hatten für Yves Wunder gewirkt. Unter den wachsamen Augen von Prior Leonard und Bruder Cadfael saß er vor der Komplet im Zimmer des Priors Hugh Beringar gegenüber und erzählte ihm kurz und ohne Umschweife seine Geschichte.

»Sie ist sehr mutig«, versuchte er seine Schwester zu

rechtfertigen, »aber auch sehr eigensinnig. Auf dem ganzen Weg von Worcester hatte ich das Gefühl, daß sie ihre eigenen Pläne verfolgte und die Tatsache, daß wir fliehen mußten, ausnutzte. Anfangs mußten wir einen großen Umweg machen und kamen nur langsam voran, weil Soldatenbanden die Gegend in meilenweitem Umkreis um die Stadt unsicher machten, und so dauerte es einige Zeit, bis wir sicher in Cleobury waren. Dort blieben wir über Nacht, und in jener Nacht war auch Bruder Elyas dort. Er begleitete uns bis Foxwood und wollte, daß wir mit ihm nach Bromfield kamen, und auch ich und Schwester Hilaria wollten das. Von hier aus hätten wir unter bewaffnetem Schutz nach Shrewsbury gehen können und der Weg wäre nicht viel länger gewesen. Aber Ermina wollte nichts davon hören. Sie muß immer ihren Willen bekommen, und sie bestand darauf, über die Hügel nach Godstoke zu gehen. Es hatte keinen Zweck für mich, mich mit ihr zu streiten – sie hört nie zu und behauptet als Ältere sei sie auch die Klügere. Und wenn wir Bruder Elyas begleitet hätten, wäre sie allein über die Hügel gegangen. Es blieb uns also nichts anderes übrig, als mit ihr zu gehen.« Er schnaubte verächtlich.

»Natürlich wolltet ihr sie nicht alleinlassen«, warf Beringar verständnisvoll ein. »Also zogt ihr weiter und verbrachtet die nächste Nacht in Cleeton?«

»In der Nähe von Cleeton, in einem einsamen Bauernhaus. Ermina hatte früher ein Kindermädchen, das den Pächter des Hofes geheiratet hat, also wußten wir, daß wir dort übernachten könnten. Der Mann heißt John Druel. Wir kamen nachmittags an, und später fiel mir ein, daß Ermina den Sohn des Hauses beiseitenahm und er danach weg ging, und wir haben ihn erst abends wiedergesehen. Damals dachte ich mir nichts dabei, aber inzwischen bin ich sicher, daß sie ihn mit einer Botschaft weggeschickt hat. Das war es wohl, was sie die ganze Zeit gewollt hatte. Denn spät in der Nacht kam ein Mann mit Pferden und nahm sie mit. Ich hörte Geräusche, stand auf und sah hinaus... dort standen zwei Pferde, und er half ihr gerade in den Sattel...«

»Er?« fragte Hugh. »Kanntest du ihn?«

»Nicht dem Namen nach, aber ich habe ihn schon einmal

gesehen. Als mein Vater noch lebte, besuchte er uns manchmal, wenn eine Jagd veranstaltet wurde, oder zu Weihnachten oder Ostern. Wir hatten viele Gäste in unserem Haus, es waren immer Leute da. Er muß der Sohn oder der Neffe eines der Freunde meines Vaters sein. Ich habe ihn nicht besonders beachtet und auch er hat sich nie viel mit mir abgegeben – dazu war ich zu klein. Aber ich erinnere mich an sein Gesicht, und ich glaube ... ich *glaube*, daß er Ermina hin und wieder in Worcester besucht hat.«

Wenn das stimmte, so mußten es sehr schickliche Besuche gewesen sein, bei denen immer eine Klosterschwester zugegen war.

»Und du glaubst, daß sie ihn benachrichtigt hat, damit er kommt und sie abholt?« fragte Hugh. »Es war keine Entführung? Sie ging freiwillig mit ihm?«

»Sie ging *mit Freuden!*« antwortete Yves entrüstet. »Ich hörte wie sie lachte. Ja, sie hat nach ihm geschickt und er ist gekommen. Und das ist auch der Grund, warum sie unbedingt diesen Weg einschlagen wollte, denn sein Besitz muß ganz in der Nähe liegen, und sie wußte, daß sie ihn herbeipfeifen konnte. Sie wird eine große Mitgift bekommen.« Das war feierlich ausgesprochen, wie es sich für den Erben eines Barons geziemte, aber seine kindlichen Pausbacken waren vor Empörung gerötet. »Meine Schwester würde es nie hinnehmen, auf anständige Art verheiratet zu werden, wenn es gegen *ihren* Willen geschähe. Ich wüßte keine Regel, die sie nicht schamlos übertreten würde ...«

Sein Kinn zitterte leicht, aber sogleich unterdrückte er dieses Anzeichen von Schwäche. In diesem kleinen Jungen steckte all die stolze Überheblichkeit der Adelshäuser von Anjou und England, und er liebte seine Schwester ebenso wie er sie haßte, oder sogar noch mehr – und niemals, niemals durfte er sie stumm, mißhandelt und entblößt zu Gesicht bekommen.

Mit umsichtiger Ruhe nahm Hugh die Befragung wieder auf. »Und was hast du dann getan?« Die Erinnerung an die tatsächlichen Vorgänge riß den Jungen aus seinen Gedanken.

»Niemand sonst hatte etwas gehört«, sagte Yves, »außer

vielleicht dem Jungen, den sie mit ihrer Nachricht fortgeschickt hatte, und dem war mit Sicherheit eingeschärft worden, *nichts* zu hören. Es gab nur ein einziges Bett und in dem schlief seine Frau. Daher war ich noch angekleidet und rannte hinaus, um zu versuchen, sie aufzuhalten. Sie mag älter sein als ich, aber der Erbe meines Vaters bin ich! *Ich* bin jetzt das Oberhaupt unserer Familie.«

»Aber zu Fuß«, gab Hugh zu bedenken und erinnerte an die bedauerliche und tatsächliche Situation, »konntest du wohl kaum mit ihnen Schritt halten. Und sie waren auf und davon, bevor du ihnen etwas zurufen konntest, auf das sie hätten antworten können.«

»Nein, ich konnte nicht mit ihnen mithalten, aber ich konnte sie verfolgen. Es hatte begonnen zu schneien. Sie hinterließen Spuren, und ich wußte, daß sie nicht sehr weit reiten würden. Immerhin aber war es so weit, daß ich sie verlor!« gab er zu und biß sich auf die Lippe. Anscheinend konnte er sich nicht entscheiden, ob er den Mund weinerlich oder verächtlich verziehen sollte. »Ich verfolgte sie, solange ich ihre Spuren ausmachen konnte, aber es ging den Berg hinauf, der Wind wurde stärker und der Schnee fiel so dicht, daß die Fährte der Pferde bald zugeweht war. Ich kannte weder den Rückweg noch wußte ich, wohin es weiterging. Ich versuchte, die Richtung beizubehalten, die sie meiner Meinung nach genommen hatten, aber ich weiß nicht, wie weit oder wohin ich gegangen bin. Ich hatte mich völlig verlaufen. Die ganze Nacht irrte ich im Wald umher, und in der zweiten Nacht fand mich Thurstan und nahm mich mit zu sich nach Hause. Bruder Cadfael kann das bestätigen. Thurstan sagte, es seien Räuber in der Gegend und ich solle bei ihm bleiben bis ein vertrauenerweckender Reisender vorbeikäme. Das tat ich. Und jetzt weiß ich nicht einmal«, sagte er, und mit einemmal sah man ihm an, daß er ein Kind war, »wohin Ermina mit ihrem Liebhaber gegangen ist, oder was aus Schwester Hilaria geworden ist. Als sie aufwachte, waren wir beide fort, und ich weiß nicht, was sie getan hat. Aber John und seine Frau haben sicher dafür gesorgt, daß ihr nichts zustößt.«

»Zurück zu diesem Mann, der deine Schwester fortgebracht hat«, nahm Beringar den Faden wieder auf. »Du weißt nicht wie er heißt, aber du erinnerst dich, daß er im Haus deines Vaters zu Gast war. Wenn er seinen Besitz in den Hügeln hat, irgendwo in der Nähe von Cleeton, können wir ihn zweifellos finden. Ich nehme an, wenn dein Vater noch lebte, wäre dieser Mann ein geeigneter Ehemann für deine Schwester gewesen, falls er um ihre Hand angehalten hätte, wie es sich gehört.«

»Oh, ja«, sagte der Junge ernsthaft. »Das glaube ich ganz bestimmt. Es kommen viele junge Männer zu uns, und Ermina durfte schon mit vierzehn oder fünfzehn mit den besten von ihnen ausreiten oder auf die Jagd gehen. Sie alle kamen aus hochgestellten Familien und waren Erben großer Besitztümer. Ich habe allerdings nie darauf geachtet, welchem von ihnen sie den Vorzug gab.« Wahrscheinlich hatte er sich zu jener Zeit noch mit Spielzeugsoldaten beschäftigt und auf seinem ersten Pony reiten gelernt und hatte kein Interesse für seine Schwester und ihre Bewunderer gehabt. »Dieser hier sieht sehr gut aus«, sagte er großzügig. »Sein Haar ist viel heller als meines und er ist größer als Ihr, Herr Beringar.« Damit war er keine Ausnahme, denn auch wenn seine Muskeln und Sehnen hart wie Stahl waren, war Hugh Beringar wegen seiner bescheidenen Körpergröße schon von vielen Männern unterschätzt worden – sehr zu ihrem Nachteil übrigens. »Er wird etwa fünfundzwanzig oder sechsundzwanzig Jahre alt sein, glaube ich. Seinen Namen aber weiß ich nicht. Es waren so viele, die bei uns zu Gast waren.«

»Es gibt noch eine Sache«, sagte Cadfael, »in der Yves uns vielleicht behilflich sein kann, vorausgesetzt, ich darf ihn noch ein paar Minuten von seiner Bettruhe abhalten. Du hast doch von Bruder Elyas gesprochen, Yves, der euch in Foxwood zurückließ?«

Aufmerksam und verwundert nickte Yves.

»Bruder Elyas befindet sich hier bei uns im Krankenquartier. Nachdem er seinen Auftrag erledigt und sich wieder auf den Heimweg gemacht hatte, wurde er in der Nacht von Räubern überfallen und übel zugerichtet, und die Bauern, die ihn fanden, brachten ihn hierher, damit er gepflegt würde. Ich bin sicher, daß er genesen wird, aber er hat uns noch nichts über das erzählen können, was ihm zugestoßen ist. Die Erinnerung an die letzten Tage ist zerstört, und nur im Schlaf scheint er mit etwas zu kämpfen, das ihm auf der Seele liegt. Im Wachen erinnert er sich an nichts, aber im Schlaf hat er dich erwähnt, wenn auch nicht namentlich. ›Der Junge wäre mit mir gegangen‹, sagte er. Wenn er dich nun zu Gesicht bekäme, wohlbehalten und in Sicherheit, könnte es sein, daß dieser Anblick sein Gedächtnis wiederherstellt. Willst du mit mir kommen und es versuchen?«

Bereitwillig, wenn auch etwas befangen, erhob sich Yves und sah Beringar an, ob dieser noch irgendwelche Fragen hätte. »Es tut mir leid, daß ihm so etwas Schlimmes widerfahren ist. Er war sehr gütig... Ja, wenn ich etwas für ihn tun kann...«

Auf dem Weg zum Krankenzimmer legte er, da niemand sonst sie sehen konnte, seine Hand dankbar wie ein gehorsames Kind in die Bruder Cadfaels und überließ sich dessen tröstlich festem Zugriff.

»Du darfst dich nicht dadurch beunruhigen lassen, daß sein Gesicht verschwollen und entstellt ist. Es wird alles wieder heilen, das verspreche ich dir.«

Bruder Elyas lag stumm und reglos da, während ein junger Bruder ihm aus dem Leben des Heiligen Remigius vorlas. Die Schwellungen und Blutergüsse gingen bereits zurück. Er schien keine Schmerzen zu haben, hatte tagsüber etwas gegessen, und als zum Gottesdienst geläutet wurde, bewegten sich seine Lippen geräuschlos mit den Worten der Liturgie. Aber als Yves eingetreten war, ruhte sein Blick ohne jedes Erkennen auf dem Jungen und schweifte wieder gleichgültig in die dunklen Schatten der Ecken des Zimmers. Mit weit aufgerissenen Augen trat Yves auf Zehenspitzen an das Bett.

»Bruder Elyas, Yves ist hier, um Euch zu besuchen. Erinnert Ihr Euch an Yves? Der Junge, dem Ihr in Cleobury begegnet seid, und der Euch in Foxwood wieder verließ.«

Nein, nichts, nichts außer einem leichten Zittern im Gesicht des Patienten, das seine verzweifelte Anstrengung verriet. Yves trat noch näher heran und legte schüchtern seine

Hand auf die lange, schlaffe Hand, die auf der Bettdecke lag, aber unter seiner Berührung kalt und teilnahmslos blieb. »Es tut mir leid, daß Ihr verletzt seid. Wir sind nur ein paar Meilen zusammen gewandert... Ich wollte, wir wären die ganze Reise bei Euch geblieben...«

Bruder Elyas starrte an die Decke und zitterte. Hilflos schüttelte er den Kopf.

»Nein, laßt ihn«, sagte Cadfael seufzend. »Wenn wir ihn zu sehr drängen, regt er sich nur auf. Es macht nichts – er hat Zeit genug. Erst muß sein Körper ganz wiederhergestellt werden. Das Gedächtnis kann warten. Es war den Versuch wert, aber er ist noch nicht wieder so weit. Komm jetzt, du schläfst ja fast im Stehen ein! Wir wollen sehen, daß du ins Bett kommst.«

Cadfael, Hugh und seine Männer machten sich im Morgengrauen fertig und gingen hinaus in eine Welt, die während der Nacht erneut ein anderes Gesicht erhalten hatte. Kleine Hügel waren verschwunden, Bodensenken aufgefüllt und im schwächer werdenden Wind trugen alle Bergkuppen Fahnen aus feinem Schnee, die aussahen wie träge wippende Hutfedern. Sie hatten Äxte, eine Tragbahre, die aus zwischen zwei Stangen gespannten Lederstreifen bestand, und ein Leinentuch mitgenommen, mit dem sie den Leichnam zudecken wollten. Abgesehen von kurzen Bemerkungen, die sich auf die vor ihnen liegende schreckliche Arbeit bezogen, sagte keiner von ihnen etwas. Mit dem Anbruch des Tageslichtes hatte der Schneefall aufgehört, wie er es seit jener ersten Nacht, in der Yves sich verbissen an die Verfolgung seiner abenteuerlustigen Schwester gemacht hatte, stets getan hatte. In der darauffolgenden Nacht hatte strenger Frost eingesetzt und um diese Zeit hatte ein nächtliches Raubtier das Mädchen überfallen und ermordet, nachdem sie jetzt suchten. Das Eis, dessen war Cadfael sich sicher, hatte sie nämlich schon sehr bald, nachdem sie in den bereits zufrierenden Bach geworfen worden war, eingeschlossen.

Sie fanden sie nach einigem Suchen und Stochern im Neuschnee, fegten das Eis frei und sahen auf sie herab – ein Mädchen in einem Spiegel, eingesponnen in Glas.

»Gott im Himmel!« flüsterte Hugh. »Sie ist ja jünger als der Knabe!« Die undeutliche Gestalt erschien ihm so schmächtig, so kindlich.

Aber sie waren hier, um ihre Ruhe zu stören und sie mitzunehmen, damit sie ein christliches Begräbnis bekomme, obwohl es fast so schien, als sei das Zerbrechen des glatten Eises, das sie umschloß, ein Akt roher Gewalt. Sie gingen behutsam vor und hielten einigen Abstand zu dem zarten, gefangenen Körper. Es war harte Arbeit. Trotz der bitteren Kälte schwitzten sie, als sie das Mädchen und ihren kalten Sarg anhoben, sie wie eine Statue auf die Bahre legten, mit dem Tuch bedeckten und sie langsam zurück nach Bromfield trugen. Erst als sie den Block in der leeren, kühlen Leichenkammer der Priorei aufgebahrt hatten, begann das Eis zu schmelzen. Die schimmernden Kanten rundeten sich und das Schmelzwasser tropfte in die Rinnen, durch die das Wasser abfloß, mit dem die Toten gewaschen wurden.

Bleich und reglos lag das Mädchen in seinem weißen Leichenhemd da, und doch schien es immer menschlicher und lebendiger zu werden, dem Schmerz und dem Mitleid und der Gewalt entgegenzuwachsen – dem Schicksal, das alle Sterblichen teilen. Cadfael wagte es nicht, den Raum lange zu verlassen, denn Yves war nun auf. Er war ein neugieriger Junge und niemand konnte sagen, wo er als nächstes auftauchen würde. Er war gut erzogen und sein Betragen war ausgezeichnet, aber wegen seiner Überzeugung, er müsse bevorzugt behandelt werden, und des durchaus angemessenen Wissensdurstes eines Dreizehnjährigen war es vielleicht besser, auf der Hut zu sein.

Es war zehn Uhr vorbei und die Messe hatte begonnen, als der Eispanzer so weit geschmolzen war, daß das Mädchen zum Vorschein kam: die Spitzen der schlanken, blassen Finger und der ausgestreckten Zehen, die perlartig schimmernde Spitze ihrer Nase und die ersten lockigen Haarsträhnen, die wie feines Spitzengeflecht zu beiden Seiten ihrer Stirn herabhingen. Diese Locken erregten Cadfaels Aufmerksamkeit zuerst: Sie waren kurz. Er wickelte eine Strähne um seine Finger und stellte fest, daß ihre Länge nur für eineinhalb Windungen ausreichte. Außerdem war das

Haar nicht dunkler als dunkles Gold, und wenn es getrocknet war, würde es eher noch heller sein. Er beugte sich vor und betrachtete den ruhigen, starren Blick ihrer offenen Augen, die immer noch dünn mit Eis bedeckt waren. Sie schienen das sanfte, gebrochene Blau von Irisblüten zu haben, oder aber das dunkle Graublau von Lavendelblüten.

Als die Messe beendet war, lag das Gesicht frei. Die Luft berührte die Haut und auf Wangen und Mund begannen sich Blutergüsse dunkel abzuzeichnen. Die Spitzen ihrer kleinen Brüste tauchten aus dem glatten Eis auf und jetzt konnte Cadfael deutlich den Schmierstreifen erkennen, der sich dort, auf ihrer rechten Brust, dunkel auf Haut und Stoff abzeichnete. Er war rötlich wie ein Kratzer und zog sich kaum wahrnehmbar von der Schulter bis zur Brust. Cadfael wußte wie Blutspuren aussahen. Das Eis hatte sie umschlossen, bevor das erstarrende Wasser das Blut hatte wegwaschen können. Jetzt mochte, während das restliche Eis taute, die Spur verblassen, aber er wußte, wo sie gewesen war und wo er suchen mußte, um zu sehen, wo sie hergekommen war.

Lange vor Mittag war sie aus ihrem Gefängnis befreit. Ihre Haut fühlte sich unter seinen tastenden Fingern weicher an. Sie war jung und zierlich, und ihr kleiner, wohlgeformter Kopf war von kurzen, blonden Locken umrahmt wie von einem Heiligenschein. Sie verliehen ihr das Aussehen eines Engels auf Gemälden von der Verkündigung Mariä. Cadfael holte Prior Leonard herbei und gemeinsam kümmerten sie sich um sie. Zwar wuschen sie sie noch nicht – das würde erst geschehen, wenn Beringar den Leichnam untersucht hatte – aber sie richteten sie würdig für ihre ewige Ruhe her. Sie bedeckten den Körper bis zum Hals mit einem Leintuch und bereiteten sie für die Untersuchung vor.

Hugh Beringar trat ein und betrachtete sie schweigend. So weiß und schlank und ruhig lag sie da, jenseits der Welt der Sterblichen... Ihr Alter mochte wohl achtzehn Jahre sein. Und schön sollte sie sein, hatte man gesagt. Ja, das stimmte. Aber war dies die dunkelhaarige, eigensinnige, verzogene Tochter eines Adeligen, die trotz Winter, Krieg und allem darauf bestanden hatte, ihren Willen durchzusetzen?

»Seht her!« sagte Cadfael und schlug das Leintuch zurück, um ihnen die Falten ihres Gewandes zu zeigen, so wie sie aus dem Eis aufgetaucht waren. Der schmutzigrote Streifen zog sich von ihrer rechten Schulter über den Ausschnitt ihres Unterkleides bis zu den Falten über der rechten Brust.

»Ist sie erstochen worden?« fragte Hugh und sah Cadfael ins Gesicht.

»Sie hat keine Wunde. Seht hier!« Er zog das Gewand beiseite. Auf der bleichen Haut waren nur ein oder zwei blaßrote Punkte zu erkennen. Er wischte sie weg und es blieb keine Spur zurück. »Nein, sie wurde gewiß nicht erstochen. Das Eis hat sie sehr schnell umschlossen und diese Spuren, so schwach sie auch sein mögen, bewahrt. Aber sie hat nicht geblutet. Wenigstens«, fügte er grimmig hinzu, »nicht hier und nicht aus einer Messerwunde. Wahrscheinlicher ist, daß sie sich gegen ihn – oder sie, denn solche Bestien greifen am liebsten im Rudel an – gewehrt und ihm eine Wunde beigebracht hat. Vielleicht hat sie ihm im Kampf das Gesicht, die Hand oder das Handgelenk aufgekratzt. Denkt daran, Hugh – und auch ich werde es nicht vergessen.« Ehrfürchtig deckte er sie wieder zu. Völlig unbewegt blickten die verschleierten Augen aus dem weißen Gesicht zur gewölbten Decke des Raumes empor und während die kurzgeschnittenen Locken trockneten, begannen sie zu schimmern wie ein Heiligenschein.

»Dort sind blaue Flecken«, sagte Hugh und strich mit der Fingerspitze über ihre Backenknochen und die schwachen Verfärbungen um ihren Mund. »Aber an der Kehle sind keine Druckstellen. Sie ist nicht erwürgt worden.«

»Nein, man hat sie geschändet und dabei ist sie erstickt.«

Alle drei waren so sehr in den Anblick des toten Mädchens versunken, daß sie die Schritte nicht hörten, die sich der geschlossenen Tür des Raumes näherten. Und selbst wenn sie auf Geräusche geachtet hätten, waren diese Schritte so leicht, daß sie sie wohl überhört hätten, obgleich sie ohne Zögern und Heimlichkeit näher gekommen waren. Daß der Junge eintrat, bemerkten sie erst, als beim Öffnen der Tür das vom Schnee reflektierte Licht in den Raum fiel und Yves mit der ihm eigenen unschuldigen Selbstverständlichkeit über die Schwelle trat. Es war nicht seine Art, sich heimlich durch eine spaltbreit geöffnete Tür zu schleichen – in allen seinen Gesten und Handlungen lag der Anspruch eines Angehörigen der Oberklasse. Die Plötzlichkeit, mit der sie herumfuhren, und ihre stirnrunzelnden Mienen ließen ihn mitten in der Bewegung innehalten und kränkten ihn. Hugh und Prior Leonard traten schnell zwischen ihn und den Tisch mit der aufgebahrten Leiche.

»Du solltest nicht hierherkommen, mein Sohn«, sagte der Prior mit gedämpfter Stimme.

»Warum nicht, ehrwürdiger Vater? Niemand hat es mir verboten. Ich habe nach Bruder Cadfael gesucht.«

»Bruder Cadfael wird gleich zu dir kommen. Geh zurück in die Gästehalle und warte dort auf ihn...«

Aber es war zu spät, um ihn hinauszuschicken. Er hatte genug gesehen, um zu ahnen, was die beiden Männer mit ihren Körpern zu verdecken suchten. Das hastig über den Leichnam gezogene Leintuch, die unverkennbare Form des Körpers und das Schimmern des kurzen, hellen Haares, wo das zu eilig hochgeschlagene Tuch vom Kopf herabgerutscht war. Stumm stand er da, in seinem Gesicht regte sich kein Muskel und seine Augen blickten groß und aufmerksam.

Der Prior legte ihm sanft seine Hand auf die Schulter und schob ihn zurück zur Tür. »Komm mit mir. Was es zu sagen gibt, wirst du später hören. Jetzt ist nicht die rechte Zeit.«

Aber Yvest stand mit weit aufgerissenen Augen wie angewurzelt.

»Nein«, sagte Cadfael unerwartet, »laßt ihn herkommen.« Er kam um den Tisch herum und trat ein, zwei Schritte auf den Jungen zu. »Du bist verständig, Yves, und nach den Erfahrungen, die du auf eurer Flucht gemacht hast, hat es keinen Sinn, so zu tun, als gäbe es keine Gewalt und Gefahr und Grausamkeit auf der Welt und als müßten Menschen nicht sterben. Wir haben hier einen Leichnam, und wir wissen nicht wer es ist. Ich möchte, daß du ihn dir ansiehst, wenn du willst, und uns sagst, ob du dies Gesicht kennst. Du brauchst keine Angst zu haben – es ist kein schrecklicher Anblick.«

Entschlossen und mit gefaßtem Gesicht trat der Junge näher und betrachtete die mit dem Leichentuch bedeckte Gestalt. Seine Augen verrieten nur Ehrfurcht. Es ist zweifelhaft, dachte Cadfael, daß ihm je der Gedanke gekommen ist, dies könnte seine Schwester oder überhaupt eine Frau sein. Er hatte gesehen, daß der Blick der weit aufgerissenen Augen auf das kurze, lockige Haar gerichtet gewesen war; Yves hatte geglaubt, der Leichnam sei der eines jungen Mannes. Dennoch wäre Cadfael anders verfahren, wenn er nicht insgeheim schon sicher gewesen wäre, daß das tote Mädchen, wer immer es auch sein mochte, nicht Ermina Hugonin war. Um wen es sich in Wirklichkeit handelte, darüber konnte er nur Vermutungen anstellen. Yves aber würde es wissen.

Er schlug das Tuch über dem Gesicht zurück. Die Hände des Jungen, die er vor der Brust gefaltet hatte, verkrampften sich abrupt. Er holte tief Atem, aber für einen langen Augenblick sagte er nichts. Er zitterte leicht. Als er schließlich zu Cadfaels fragendem Gesicht aufblickte, stand in seinen weit aufgerissenen Augen verwundertes, fast ungläubiges Entsetzen.

»Aber wie kann das sein? Ich dachte ... ich verstehe nicht! Sie ...« Er brach ab, schüttelte heftig den Kopf und starrte voller Mitleid und Bestürzung wie hypnotisiert auf das Gesicht vor ihm. »Ich kenne sie, natürlich – aber wie ist es möglich, daß sie hier ist und daß sie tot ist? Das ist Schwester Hilaria, die mit uns aus Worcester geflohen ist.«

Kapitel 5

Gemeinsam geleiteten sie ihn behutsam hinaus auf den verschneiten Hof. Yves war immer noch wie vor den Kopf geschlagen und runzelte hilflos die Stirn über dieses plötzliche und unerklärliche Auftauchen der Frau, die er einige Meilen entfernt in Sicherheit, bei freundlich gesinnten Leuten, zurückgelassen hatte. Er war zunächst zu erschüttert und verwirrt, um die Bedeutung dessen, was er gesehen hatte, ermessen zu können, aber auf dem Weg zur Gästehalle traf es ihn wie ein Keulenschlag. Er blieb unvermittelt stehen, tat einen großen Schluchzer und brach zu seiner, wenn auch niemand anderes Verwunderung in Tränen aus. Prior Leonard wollte sich wie eine besorgte Glucke über ihn beugen, aber Bruder Cadfael schlug ihm aufmunternd auf die Schulter und sagte nüchtern:

»Fasse dich, mein Sohn, denn wir werden dich bald brauchen. Wir müssen einen Übeltäter fangen und ein Unrecht rächen, und wer könnte uns besser geradewegs zu dem Ort führen, an dem du Schwester Hilaria zurückgelassen hast, als du? Wo sonst sollen wir beginnen?«

Yves' Ausbruch war ebenso schnell vorbei wie er begonnen hatte. Hastig wischte er mit dem Ärmel die Tränen von seinen Wangen und sah Hugh Beringar an, um zu erforschen, was in dessen Gesicht stand. Bei ihm lag schließlich die Befehlsgewalt. Die Aufgabe der Klosterbrüder war es, Schutz zu gewähren, Rat zu erteilen und Gebete zu sprechen – Recht und Gesetz jedoch lagen in den Händen des Sheriffs. Mit Hierarchien kannte Yves sich aus. Schließlich war er nicht umsonst der Sohn eines Barons.

»Das stimmt. Ich kann Euch auf dem kürzesten Weg von Foxwood zu John Druels Hof führen. Er liegt über dem Dorf Cleeton.« Eifrig zupfte er an Hugh Beringars Ärmel. Er wußte, daß es besser war zu bitten, als zu fordern. »Darf ich mitkommen und Euch den Weg zeigen?«

»Ja, du darfst, wenn du in unserer Nähe bleibst und tust,

was man dir sagt.« Hugh hatte sich bereits entschieden, dafür hatte Cadfael gesorgt. Es war weit besser für den Jungen, mit den Männern auszureiten und etwas zu tun, als allein zurückzubleiben und sich Vorwürfe zu machen. »Wir werden ein Pony für dich finden. Also lauf, hol deinen Umhang und komm dann zu den Ställen.«

Beflügelt von dem Gedanken, etwas Nützliches tun zu können, rannte Yves davon. Gedankenvoll sah Beringar ihm nach. »Bitte geht mit ihm, ehrwürdiger Vater, und sorgt dafür, daß er etwas zu essen mitnimmt, denn es wird ein langer Tag werden, und bevor die Nacht hereinbricht wird er hungrig sein, ganz gleich wie viel er vor einer halben Stunde noch zu Mittag gegessen hat.« Und als sie ihre Schritte den Ställen zuwandten, sagte er zu Cadfael: »Ihr werdet tun, was Ihr Euch in den Kopf gesetzt habt, das weiß ich, und ich bin immer froh, Euch bei mir zu haben, sofern es die Euch Anvertrauten, ob lebend oder tot, erlauben. Aber Ihr habt in den letzten Tagen viel reiten müssen...«

»... für einen Mann meines Alters«, fiel Cadfael ihm ins Wort.

»Das habe ich nicht gesagt! Obwohl ich bezweifeln möchte, daß ein Mann Eures Alters es mit mir aufnehmen kann. Aber was ist mit Bruder Elyas?«

»Er braucht mich jetzt nicht mehr so dringend. Ich muß nur noch ein- oder zweimal am Tag nach ihm sehen und dafür sorgen, daß alles gut verheilt und er keinen Rückfall erleidet. Die Genesung seines Körpers macht gute Fortschritte. Und was sein fehlendes Erinnerungsvermögen anbelangt, so kann ich auch nichts daran ändern, indem ich hier bleibe. Es wird eines Tages von alleine wiederkommen, oder er wird aufhören, sich darüber Sorgen zu machen. Man kümmert sich gut um ihn. *Sie* hatte nicht dieses Glück!« sagte er traurig.

»Wie konntet Ihr wissen«, fragte Hugh, »daß es sich nicht um die Schwester des Jungen handelte?«

»Zuerst brachte mich das kurze Haar darauf. Vor einem Monat hatte sie Worcester verlassen. In dieser Zeit konnte es nachwachsen. Warum sollte das andere Mädchen sich die Haare abschneiden? Und dann die Farbe: Herward sagte,

Erminas Haare und Augen seien fast schwarz, jedenfalls von dunklerem Braun als die ihres Bruders. Bei dieser Frau ist das nicht der Fall. Und ich erinnere mich, daß sie sagten, auch die Nonne sei jung, nicht älter als fünfundzwanzig oder so. Nein, ich war sicher, daß er nicht das Schlimmste zu befürchten hatte. Jedenfalls bis jetzt!« fügte er nüchtern hinzu. »Nun müssen wir sie finden und dafür sorgen, daß er nie wieder ein Leichentuch von einem anderen Gesicht zurückschlagen muß, das er kennt. Ich habe dieselben Verpflichtungen wie Ihr, und ich werde Euch begleiten.«

Damit hatte Hugh Beringar gerechnet. »Dann zieht Euch Eure Stiefel an und macht Euch fertig. Inzwischen werde ich Euch eines meiner Ersatzpferde satteln. Ich bin auf alle Schwierigkeiten vorbereitet, in die Ihr mich hineinziehen könntet. Ich kenne Euch ja schließlich.«

Nach Foxwood führte eine häufig benutzte Landstraße und bis dorthin war es ein leichter Ritt, aber hinter Foxwood wurde das Gelände schwieriger und der Weg war steiler und des öfteren verschüttet. Die breite Flanke des Titterstone Clee zog sich hier bis zu einem öden Plateau hinauf und seine Spitze erhob sich zu ihrer Linken. Der Gipfel war in einer Wolke verborgen, die im Verlauf des Nachmittags immer tiefer sank. Yves ritt dicht neben Hugh. Er war mit Eifer dabei und hatte das Gefühl, wichtig zu sein.

»Wir können das Dorf rechts liegen lassen, der Hof liegt weiter oben am Berg. Hinter diesem Kamm dort, in einer kleinen Mulde, sind Johns Felder und weiter oben am Hügel hat er einen Unterstand für die Schafe.«

Plötzlich zügelte Hugh sein Pferd, saß reglos mit erhobenem Kopf und zog prüfend die Luft ein. »Riecht Ihr das auch? Was mag ein Bauer in dieser Jahreszeit zu verbrennen haben?«

Der schwache Geruch, der durch den aufkommenden Wind zu ihnen getragen wurde, verhieß nichts Gutes. Einer der bewaffneten Männer, die hinter Beringar ritten, sagte mit Bestimmtheit: »Drei oder vier Tage alt und vom Schnee bedeckt, aber es riecht nach verschmorten Balken.«

Beringar trieb sein Pferd weiter, den Weg hinauf, zwischen unter Schnee begrabenen Büschen hindurch und über den Kamm, der die Mulde umschloß. In der geschützten Senke wuchsen Bäume, die Haus, Scheune und Stall einen Windschutz boten und den Hof zum Teil verbargen. Sie konnten die Steinmauern des Schafunterstandes auf der gegenüberliegenden Seite sehen, aber erst als sie auf dem sich windenden Weg den ersten Baumgürtel durchquert hatten, bot sich ihren entsetzten Augen das Bild von John Druels Hof. Yves stieß einen unterdrückten Schreckensschrei aus und packte Bruder Cadfael am Arm.

Die Eckpfosten der rußgeschwärzten Gebäude hoben sich in starkem Kontrast von den Schneewehen ab, und was von den Balken des eingestürzten Daches und der Scheune noch übrig war, ragte verkohlt in den Himmel. Nichts lebte, nichts regte sich in diesem Bild der Zerstörung – sogar die Bäume, die dem Hof am nächsten standen, waren braun und versengt. Der Hof der Druels war des Viehs, der Vorräte und der Menschen beraubt und niedergebrannt worden.

In düsterem Schweigen durchsuchten sie die verlassenen Ruinen. Hughs Augen entging keine Einzelheit. Nur die bittere Kälte hatte verhindert, daß sich schlimmerer Gestank erhob, als der verbrannter Balken, denn unter dem Durcheinander der Trümmer fanden sie die zerstückelten Kadaver der beiden Hunde, die zum Hof gehörten. Zwar war seit dem Überfall zwei- oder dreimal neuer Schnee gefallen und hatte die Spuren überdeckt, aber es sah so aus, als habe eine Bande von mindestens zehn oder zwölf Männern diese Schandtat verübt. Sie hatten die Schafe und die Kuh davongetrieben, die Scheune und wahrscheinlich auch das Haus geplündert, wobei sie das Geflügel an den Beinen zusammengebunden hatten, denn die Federn lagen immer noch auf dem Boden und klebten an den geschwärzten Balken.

Hugh Beringar stieg ab und durchsuchte die Trümmer des Hauses und der Scheune. Seine Männer suchten das Gelände innerhalb und außerhalb der Mauern ab und stocherten in den Schneewehen.

»Sie haben sie umgebracht«, sagte Yves mit leiser, mutloser Stimme. »John und seine Frau, und Peter, und den Schafhirten – sie haben sie alle umgebracht oder sie verschleppt, wie sie Schwester Hilaria verschleppt haben.«

»Sei still!« sagte Cadfael. »Nimm nie das Schlimmste an, bevor du dich nicht gründlich umgesehen hast. Weißt du, wonach sie suchen?« Gerade sahen sich die Männer an, zuckten die Schultern und versammelten sich wieder auf dem Hof. »Leichen! Und sie haben keine gefunden. Nur die Hunde sind tot, die armen Tiere. Sie haben gut gewacht und Laut gegeben. Und wir wollen hoffen, daß sie es rechtzeitig taten.«

Durch die Überreste der Scheune bahnte sich Hugh Beringar einen Weg zu ihnen. Er klopfte seine verrußten Hände ab. »Wir können keine Toten finden. Entweder wurden sie so früh gewarnt, daß sie noch fliehen konnten oder sie sind von den Räubern verschleppt worden. Und ich möchte bezweifeln, daß Männer, die ohne Anführer in der Wildnis leben, sich mit Gefangenen belasten würden. Sie würden sie töten, aber Gefangene machen und noch dazu so einfache, arme Bauern – das glaube ich nicht. Aber woher mögen sie gekommen sein? Auf demselben Weg wie wir oder auf eigenen Pfaden, von dem Berg dort oben? Wenn es nicht mehr als zehn waren, dann hatten sie es wohl nur auf einzelne Höfe abgesehen, und das Dorf war wahrscheinlich zu stark für sie.«

»Bei der Hürde ist ein Schaf geschlachtet worden«, berichtete sein Unteroffizier, der die andere Seite der Mulde abgesucht hatte. »Auf dem Hang dort gibt es einen Querpfad. Auf dem könnten sie gekommen sein, wenn sie Cleeton umgehen und ein weniger gut verteidigtes Haus überfallen wollten.«

»Dann könnte Druel mit seiner Familie in der Richtung des Dorfes geflohen sein.« Hugh dachte nach. Stirnrunzelnd betrachtete er die Schneewehen, die alle Spuren von Menschen und Tieren überdeckt hatten. »Wenn die Hunde schon beim Diebstahl der Schafe angeschlagen haben, hatten sie vielleicht genug Zeit. Wir wollen wenigstens gehen und im Dorf nachfragen, ob sie von der Sache etwas wissen. Vielleicht sind auch alle Bewohner dieses Hofes noch am Leben«, sagte er und klopfte Yves aufmunternd auf die Schulter, »wenn sie auch all ihr Hab und Gut verloren haben.«

»Aber Schwester Hilaria ist tot«, sagte Yves. In seinen Augen war er für ihren Tod verantwortlich, und das lastete schwer auf ihm. »Wenn sie noch rechtzeitig fliehen konnten, warum haben sie dann nicht auch Schwester Hilaria gerettet?«

»Das kannst du sie fragen, wenn wir sie, mit Gottes Hilfe, gefunden haben. Ich habe Schwester Hilaria nicht vergessen. Komm jetzt – hier haben wir alles gesehen, was es zu sehen gibt.«

»Noch eine Kleinigkeit, Yves«, sagte Cadfael. »Als du in der Nacht die Pferde hörtest und aus dem Haus ranntest, um deine Schwester zu verfolgen, in welche Richtung sind sie da geritten?«

Yves drehte sich um und betrachtete die kläglichen Überreste des Hauses, das er damals verlassen hatte. »Nach rechts, dort hinter dem Haus vorbei. Dort ist ein kleiner Bach, vor ein paar Tagen war er noch nicht zugefroren – sie sind an ihm entlang den Hang hinaufgeritten. Aber nicht zur Spitze des Berges, sondern im Bogen um seine Seite herum.«

»Sehr gut! In dieser Richtung werden wir es also versuchen – allerdings nicht heute. Ich bin fertig, Hugh, wir können gehen.«

Sie saßen auf, ließen Trümmer und Zerstörung hinter sich und ritten den Weg zurück, den sie gekommen waren, durch die Bäume, über den Kamm und dann hinunter nach Cleeton. Es war ein rauhes Land, schwierig zu bewirtschaften. Die Felder brachten nur magere Ernten, aber die Gegend eignete sich gut für die Zucht jener behenden Hochlandschafe, die zwar nur mageres Fleisch, aber ausgezeichnete Wolle lieferten. An der dem Berg zugewandten Seite der Siedlung stand eine roh behauene, aber solide Palisade und hinter ihr hielt jemand Wache, denn plötzlich ertönte ein gellender, durchdringender Pfiff. Als sie das Dorf erreichten, wurden sie von drei oder vier stämmigen Männern erwartet. Hugh lächelte. Sofern sie nicht in großer Zahl und gut bewaffnet auftraten, taten Räuber gut daran, um Cleeton einen Bogen zu machen.

Er entbot ihnen den Gruß und sagte, wer er sei. Es war zu bezweifeln, daß Menschen in so abgelegenen Gegenden sich viel vom Schutz von König oder Kaiserin versprachen, aber vom Sheriff der Grafschaft konnten sie sich immerhin Unterstützung im Kampf ums Überleben erhoffen. Sie holten den Gemeindevorsteher herbei und antworteten bereitwillig auf alle Fragen. Ja, sie wüßten, daß John Druels Hof niedergebrannt worden sei. Ja, John sei hier in Sicherheit, die Dörfler kümmerten sich um ihn, er habe sein Leben gerettet, wenn er auch alles andere verloren habe. Auch seine Frau und sein Sohn seien in Sicherheit und der Schafhirt, der für ihn arbeitete, ebenfalls. Ein langbeiniger Junge rannte eifrig los, um John Druel zu holen, damit er selber die Fragen beantworten konnte.

Beim Anblick des schlanken, sehnigen Mannes sprang Yves von seinem Pferd und lief ihm entgegen, als könne er seinen Augen nicht trauen. Den Arm um die Schultern des Jungen gelegt, trat der Mann vor sie.

»Der Junge sagt, Ihr seid dort oben gewesen, Herr... wo mein Haus stand. Gott weiß, wie dankbar ich für die Barmherzigkeit dieser Menschen bin. Sie lassen uns nicht hungern, jetzt, wo wir all unser Hab und Gut verloren haben – aber was soll nun aus uns werden? Wir haben hart gearbeitet, und dann hat man uns in einer Nacht alles genommen, und das Dach über dem Kopf hat man uns angesteckt! Auch wenn alles seinen Gang geht, ist das einsame Leben dort oben hart und mühselig«, sagte er schlicht. »Aber mit Räubern wie diesen haben wir nicht gerechnet.«

»Mein Freund, ich kann dir versichern, daß auch wir nicht mit ihnen gerechnet haben«, antwortete Beringar bitter. »Eine Entschädigung für deine Verluste kann ich dir nicht anbieten, aber es mag sein, daß wir etliches deiner Habe wiederbeschaffen können, wenn wir die Übeltäter finden, die es geraubt haben. Der Junge hier war vor einigen Tagen bei dir, und seine Schwester ebenfalls...«

»Ja, und sie haben uns in der Nacht verlassen«, sagte John und sah Yves mit einem mißbilligenden Stirnrunzeln an.

»Das wissen wir. Er hat es uns erzählt, und er wenigstens hatte gute Gründe und ging auf eigene Verantwortung ein großes Risiko ein. Aber was ich von dir wissen will sind genauere Angaben über diesen Überfall. Wann ist es geschehen?«

»Zwei Nächte nachdem das Mädchen und der Junge davon sind. Es war in der Nacht des 4. in diesem Monat, aber sehr spät, gegen Morgengrauen. Wir wachten auf, weil die Hunde wie wild bellten, und stürzten hinaus, denn wir dachten, es könnten Wölfe herumstreifen. Schließlich war es sehr kalt. Die Hunde waren nämlich angekettet, Ihr versteht? Und Wölfe waren es auch, aber zweibeinige! Draußen konnten wir hinten am Hang die Schafe blöken hören und wir sahen, daß sich dort Laternen bewegten. Dann kamen sie den Hang hinunter, weil sie merkten, daß die Hunde angeschlagen hatten. Ich weiß nicht, wie viele es waren – vielleicht ein Dutzend oder mehr. Auf einen Kampf mit ihnen konnten wir uns nicht einlassen – also sind wir geflohen. Vom Kamm aus sahen wir, daß die Scheune in Flammen stand. Es wehte ein starker Wind und wir wußten, daß alles niederbrennen würde. Und hier sind wir, Herr, vollständig mittellos durch diese Räuber, aber entschlossen, einen neuen Anfang zu machen, wenn irgendein Herr uns Land geben will. Unser Leben haben wir gerettet – Gott sei gedankt!«

»Also kamen sie zunächst zu eurer Schafhürde«, sagte Hugh. »Aus welcher Richtung?«

»Von Süden«, sagte John sofort, »aber nicht von der Straße, sondern von weiter oben am Hügel. Sie kamen von oben zu uns herab.«

»Und Ihr habt keinen Verdacht, wer sie waren oder wo sie sich aufhalten? Hattet ihr denn nicht vorher schon Gerüchte gehört, daß Räuber in der Gegend seien?«

Nein, es hatte keine Warnung gegeben. Dieser Überfall war wie ein Blitz aus heiterem Himmel gekommen, zwischen der Mitternacht des 4. und dem Morgengrauen des 5. des Monats.

»Eine Frage noch«, sagte Hugh. »Du hast das Leben der Deinen und dein eigenes gerettet, aber was ist aus der Nonne aus Worcester geworden, die in der Nacht des 2. mit diesem jungen Mann und seiner Schwester bei euch war? Daß die beiden euch in der Nacht verließen, wissen wir. Was ist mit der Nonne?«

»Oh, das alles ist ihr erspart geblieben«, sagte Druel erleichtert. »In der Nacht des Überfalls brauchte ich mich um sie nicht zu kümmern. Sie hatte sich schon am Nachmittag wieder auf den Weg gemacht. Es war zwar schon recht spät, aber immer noch hell genug. Und da sie in Begleitung ging hatte ich keine Bedenken. Sie war traurig und niedergeschlagen, das arme Mädchen, als sie merkte, daß sie allein war, aber sie wußte genausowenig wie wir, wo sie nach ihren Schützlingen suchen sollte. Was blieb ihr also anderes übrig?«

»Jemand holte sie ab?« fragte Hugh.

»Ja, ein Benediktinermönch. Sie kannte ihn, denn er war schon vorher ein Teil des Weges mit ihnen gegangen und hatte sie gedrängt, ihn nach Bromfield zu begleiten, sagte sie. Und dazu drängte er sie jetzt auch wieder, und als sie ihm erzählte, daß sie alleingelassen wurde, sagte er, das sei um so mehr ein Grund, sich selbst und ihre Sorgen in die Hände anderer zu legen, die nach ihren Schützlingen suchen würden und bei denen sie in Sicherheit wäre, bis sie gefunden seien. Er war von Foxwood heraufgekommen und hatte überall nach ihr gefragt«, sagte John, um zu erklären, warum der Mönch erst zu so vorgerückter Stunde eingetroffen war. »Ich habe noch nie eine Frau so froh darüber gesehen, daß sich ein Freund ihrer annahm. Sie ging mit ihm und ich habe keinen Zweifel, daß sie Bromfield sicher erreicht hat.«

Yves war wie vor den Kopf geschlagen. »Sie hat es erreicht«, sagte Hugh nur, mehr zu sich selbst als zu den anderen. Aber sicher? Ja, wenn man den Sinn des Wortes so weit dehnte wie es nur ging ... ja, sie hatte Bromfield sicher erreicht. Unbefleckt von Sünde, gewissenhaft, mutig – wer war in diesem Augenblick sicherer als Schwester Hilaria, eine unschuldige Seele, die geradewegs in den Himmel gekommen war?

»Aber dann war da noch eine merkwürdige Sache«, sagte Druel. »Am nächsten Tag nämlich, als wir hier erzählten was geschehen war und diese Leute uns als gute Christen in ihre Häuser aufnahmen, kam ein junger Mann zu Fuß auf dem Weg, der von der Straße heraufführt, und erkundigte sich nach der Reisegesellschaft, die wir beherbergt hatten.

Er fragte, ob irgendeiner von uns etwas von einer jungen Nonne aus Worcester wüßte, die in Begleitung zweier Geschwister aus adeliger Familie auf dem Weg nach Shrewsbury sei. Wir hatten unsere eigenen Sorgen, aber wir sagten ihm alles, was wir wußten, und daß sie uns schon vor dem Überfall verlassen hätten. Er hörte uns aufmerksam zu und zog dann weiter. Zuerst zu der Ruine meines Hofes, aber wohin dann, das weiß ich nicht.«

»Und niemand hier kannte ihn?« fragte Beringar und sah die Umstehenden, die sich versammelt hatten, an. Inzwischen waren auch die Frauen herbeigekommen und hörten aufmerksam zu.

»Nein, wir haben ihn nie gesehen«, antwortete der Gemeindevorsteher mit Bestimmtheit.

»Wie sah er aus?«

»Nun, er trug braune, handgesponnene Kleider und war wohl Bauer oder Schafhirte wie alle anderen hier auch. Nicht über dreißig Jahre, eher fünf- oder sechsundzwanzig. Er war größer als Ihr, Herr, aber von Eurer Statur, schlank und sehnig. Dunkle Augen, mit einem goldenen Fleck in der Mitte – wie bei einem Falken. Und unter der Kapuze hatte er schwarzes Haar.«

Die Frauen waren näher herangetreten. Ihr Blick war ruhig, aber ihre Ohren waren gespitzt. Ihr Interesse an dem Fremden war um so deutlicher, als keine von ihnen etwas sagte oder sich anbot, eine genauere Beschreibung zu geben. Wer immer er gewesen war – auf die Frauen von Cleeton hatte er einen großen Eindruck gemacht, und sie hatten nicht die Absicht, sich die kleinste Kleinigkeit, die ihn betraf, entgehen zu lassen oder irgend etwas über ihn preiszugeben.

»Ein dunkelhäutiger Mann«, sagte Druel, »mit einer Adlernase. Ein hübscher Bursche.« Ja, das stimmt, sagten die aufmerksamen Augen der Frauen. »Da fällt mir ein: er sprach ein wenig langsam...«

Sofort hakte Beringar ein. »Als sei ihm das gemeine Englisch nicht geläufig?«

Daran hatte John noch nicht gedacht; er überlegte eine kleine Weile. »Das könnte sein. Oder vielleicht hatte er auch einen kleinen Sprachfehler.«

Nun, wenn Englisch nicht seine Muttersprache war, welche dann? Walisisch? Gut möglich, hier im Grenzland, aber warum sollte ein Waliser nach Flüchtlingen fragen? Aus Anjou also? Dann freilich lag die Sache anders.

»Wenn er sich wieder sehen läßt und ihr von ihm hört«, sagte Beringar, »so laßt es mich in Ludlow oder Bromfield wissen, und es soll euer Schaden nicht sein. Und dir, mein Freund, will ich offen sagen, daß es nur eine kleine Chance gibt, alles oder das meiste dessen, was du verloren hast, wieder herbeizuschaffen, aber einen Teil deines Viehs können wir dir wohl wiederbringen, wenn es uns gelingt, das Nest dieser Räuber aufzuspüren. Wir werden unser Bestes tun, darauf kannst du dich verlassen.«

Er wendete sein Pferd und ritt voraus auf dem Weg ins Tal. Die anderen folgten ihm, aber er hatte es nicht eilig, denn eine der jungen Frauen ging ebenfalls in diese Richtung und warf ihm über ihre Schulter bedeutungsvolle Blikke zu. Als Hugh sie erreicht hatte, ging sie neben seinem Pferd her und legte eine Hand auf den Steigbügel. Sie schien zu wissen, was sie tat, denn sie hatte sich so weit von den anderen entfernt, daß diese sie nicht hören konnten.

»Herr...«, sie sprach gedämpft und sah mit klaren blauen Augen zu ihm auf, »... ich muß Euch noch etwas über diesen schwarzhaarigen Mann erzählen, etwas, das kein anderer bemerkt hat. Ich habe vorhin nichts gesagt, aus Angst sie würden sich gegen ihn stellen, wenn sie es erfahren. Er sah sehr gut aus, ich habe ihm vertraut, auch wenn er nicht war, was er zu sein schien...«

»In welcher Hinsicht?« fragte Hugh ebenso leise.

»Er hatte seinen Umhang eng um sich geschlagen, Herr, und das war nichts besonderes, denn schließlich war es sehr kalt. Aber als er fortging, folgte ich ihm ein Stückchen und ich sah, daß die Falten des Umhangs an der linken Seite tiefer herabhingen als rechts. Er mag ein Bauernbursche gewesen sein oder auch nicht – jedenfalls trug er ein Schwert.«

»Also sind sie von hier aus gemeinsam weitergezogen«, sagte Yves, als sie den Weg zur Straße hinunterritten, auf der sie sich würden beeilen müssen, wenn sie das verbleibende Tageslicht ausnutzen wollten. Er war sehr schweigsam gewesen und hatte versucht, einen Sinn in die Enthüllungen zu bringen, die jedoch den Ablauf der Ereignisse nur noch komplizierter und verwickelter zu machen schienen. »Er kam zurück, um nach uns zu suchen und fand nur noch Schwester Hilaria. Es ging schon gegen Abend und so sind sie wohl von Dunkelheit und Schnee aufgehalten worden. Und dieselben Räuber und Mörder, die dem armen John alles genommen haben, müssen sie überfallen und liegengelassen haben, weil sie dachten, sie seien tot.«

»So hat es den Anschein«, sagte Beringar düster. »Wir sind von einem Übel befallen, das wir ausmerzen müssen, bevor es sich noch weiter ausbreiten kann. Aber was soll man von diesem Bauernburschen halten, der unter seinem Umhang ein Schwert trägt?«

»Und sich nach uns erkundigt hat!« fügte Yves voller Verwunderung hinzu. »Und dabei kenne ich niemanden, der so aussieht.«

»Wie sah der junge Herr aus, der deine Schwester mitnahm?«

»Er hatte keine schwarzen Haare und auch nichts von einem Falken. Er war blond und hatte eine eher helle Haut. Und selbst wenn er uns beide, die sie verlassen hatten, gesucht hätte, wäre er, nach der Richtung, die sie eingeschlagen hatten als ich ihnen folgte, nicht von der Straße her gekommen. Er würde sich auch nicht wie ein Bauer kleiden oder allein auftreten.«

Das klang alles sehr vernünftig. Aber natürlich gab es noch andere Möglichkeiten. Die Männer aus Gloucester mochten, beflügelt von ihren Erfolgen, verkleidete Spione in diese Gegend schicken, die nach schwachen Stellen suchen sollten. Und diesen Männern, dachte Cadfael, mochte man aufgetragen haben, nach der Nichte und dem Neffen von Laurence d'Angers zu suchen, die seit der Panik in Worcester vermißt wurden.

»Lassen wir die Sache ein wenig ruhen«, sagte Beringar halb grimmig, halb anerkennend, als freue er sich auf eine interessante Auseinandersetzung. »Wir werden sicher noch mehr von Cleetons dunklem Fremdling hören, wenn wir uns nur ruhig verhalten und uns seine Beschreibung merken.«

Sie waren nicht mehr zwei Meilen von Ludlow entfernt, als mit der Abenddämmerung der erwartete Schneefall einsetzte. Sie zogen die Umhänge enger um sich, setzten die Kapuzen auf und ritten entschlossen mit gesenkten Köpfen weiter. Ihr Ziel war nun so nah, daß sie nicht mehr fürchten mußten, den Weg zu verfehlen. An der Mauer von Ludlow verabschiedete sich Hugh von ihnen. Er wollte zu seinen Männern gehen, befahl aber zwei seiner Bewaffneten Cadfael und den Jungen das kurze Stück bis nach Bromfield zu begleiten. Auch Yves schwieg jetzt. Die Anstrengung und die frische Luft hatten ihn benommen gemacht, und obwohl er ein Stück Brot und einen Streifen harten Speck gegessen hatte, war er hungrig. Müde und mit tief ins Gesicht gezogener Kapuze saß er im Sattel, aber als sie im großen Hof der Priorei von den Pferden stiegen, waren seine Wangen frisch und rosig. Die Vesper war schon lange vorüber. Prior Leonard hatte besorgt und ungeduldig auf die Rückkehr seines Schützlings gewartet und trat hinaus in das dichte Schneetreiben, um ihn wieder unter seine Fittiche zu nehmen und ihm ein Abendessen bringen zu lassen.

Nach der Komplet traf Beringar ein, ließ sein erschöpftes Pferd zu den Ställen führen und suchte nach Cadfael, der an Bruder Elyas' Bett wachte. Der Kranke lag in seinem geheimnisvollen, entrückten und unruhigen Schlaf. Cadfael sah es Beringars Gesicht an, daß dieser schlechte Nachrichten brachte, legte seinen Finger an die Lippen und schlich in den Vorraum, wo sie miteinander reden konnten, ohne fürchten zu müssen, den Schlafenden zu stören.

»Unser Freund bei Cleeton«, sagte Hugh und lehnte sich mit einem Seufzer an die holzgetäfelte Wand, »ist nicht das einzige Opfer. Kein Zweifel – der Teufel treibt sein Unwesen unter uns! Ludlow ist in heller Aufregung. Der Vater von einem der Bogenschützen in Dinans Diensten hat einen kleinen Hof südlich von Henley, den er als Freisasse von Mortimer gepachtet hat. Sein Sohn wollte ihn heute besuchen, um zu sehen, wie es dem alten Mann in diesem Wetter geht. Der Hof liegt einsam, aber nicht einmal zwei Meilen von Ludlow entfernt. Es war dasselbe wie bei Druels Hof. Allerdings war er nicht niedergebrannt – man hätte den Rauch oder den Feuerschein bemerkt und das hätte Dinan und seine Soldaten auf den Plan gerufen. Aber es wurde alles geplündert – und dort ist niemand entkommen. Sie wurden alle hingemetzelt, bis auf einen armen Idioten, den der Bogenschütze zwischen den Trümmern fand, wo er nach etwas Eßbarem suchte.«

Cadfael starrte ihn entsetzt an. »Daß sie es wagen, so nah bei einer befestigten Stadt!«

»Sie lassen ihre Muskeln spielen, trotz der starken Garnison. Und der einzige Überlebende, der sich im Wald versteckte, bis die Plünderer abgezogen waren, mag wohl schwachsinnig sein, aber er hat alles mitangesehen, und alles, was er sagt, ergibt einen Sinn. Ich für meinen Teil halte ihn für einen guten Zeugen. Er sagt, es seien etwa zwanzig Männer gewesen und sie hätten Dolche, Äxte und Schwerter gehabt. Drei von ihnen waren beritten. Sie kamen gegen Mitternacht, und in ein paar Stunden hatten sie das Vieh zusammengetrieben und waren in der Nacht verschwunden. Er weiß nicht, wie viele Tage er hungrig und allein dort gewesen ist, aber Dinge wie Wetterumschläge versteht er sehr gut und er sagt, und läßt sich nicht davon abbringen, daß dies alles in der Nacht des ersten schweren Frostes geschehen ist, als alle Bäche zufroren.«

»Ich verstehe, was Ihr meint«, sagte Cadfael und biß gedankenverloren auf die Knöchel seiner Finger. »Dieselben zweibeinigen Wölfe? Jedenfalls war es dieselbe Nacht. Der erste strenge Frost. Gegen Mitternacht das Gemetzel und die Plünderung bei Henley... als wollten sie Dinan spotten!«

»Oder meiner«, sagte Hugh grimmig.

»Oder König Stephen! Nun gut, also sind sie etwa zwei Stunden nach Mitternacht mit ihrer Beute abgezogen. Sie konnten sich nicht beeilen, denn schließlich mußten sie das Vieh treiben und hatten Lebensmittel und Saatgut zu tragen. Kurz vor Morgengrauen überfielen sie dann John Druels Hof oben am Clee und brannten ihn nieder. Und dazwischen – meint Ihr nicht auch, Hugh? – dazwischen begegneten sie Bruder Elyas und Schwester Hilaria, und wie es bei diesem Gesindel Brauch ist, begannen sie einen netten kleinen Zeitvertreib und ließen die beiden tot oder sterbend zurück. Kann es sein, daß zwei solcher Banden in derselben Nacht ihrem schmutzigen Geschäft nachgingen? Es war eine wilde Nacht, mit einem Schneesturm, der normalerweise selbst Diebe und Vagabunden in ihren Löchern hält. Es müssen Männer sein, die diese Gegend kennen wie ihre Hosentasche, Hugh, und die weder Schnee noch Kälte von ihren Raubzügen abhalten kann.«

»Zwei solcher Banden?« fuhr Beringar aus seinen düsteren Überlegungen auf. »Nein, das kann nicht sein. Und bedenkt den Weg, den sie in jener Nacht genommen haben. Sie begannen hier, vor unserer Nase – das ist ihre größte Reichweite. Danach wandten sie sich ostwärts, überquerten die Straße – denn irgendwo dort wurde Bruder Elyas gefunden – und vor Morgengrauen umgingen sie die Flanke von Titterstone Clee, wo sie Druels Hof niederbrannten. Vielleicht gehörte das nicht einmal zu ihrem Plan... vielleicht geschah es nur aus Übermut über ihren vorherigen Erfolg. Aber sie waren auf dem Heimweg, denn bei Morgengrauen wollten sie wieder in ihrem Versteck sein. Seid Ihr derselben Meinung?«

»Ja. Und habt Ihr auch denselben Gedanken wie ich, Hugh? Yves jagt seiner Schwester nach, um sie von einer Dummheit abzuhalten. Sein Weg führt bergauf, vielleicht nicht zu derselben Stelle, mit Sicherheit aber in dieselbe Richtung, die die Räuberbande zwei Nächte später auf ihrem Heimweg eingeschlagen hat. Irgendwo in diesem Hochland liegt das Lehnsgut, zu dem seine Schwester mit ihrem Liebhaber geflohen ist. Sieht es nicht so aus, als könnte er sie an einen Ort gebracht haben, der viel zu nah bei diesem Räubernest liegt, als daß er ein sicherer Platz für sie oder ihn sein könnte?«

»Daran habe ich auch gedacht und ich habe meine Vorbereitungen bereits getroffen«, sagte Hugh mit grimmiger Zufriedenheit. »Dort oben gibt es einen breiten Streifen Hochland. Ein Teil davon ist bewaldet, ein anderer Teil besteht aus blankem Fels – das Gelände ist sogar für die Schafzucht zu karg. Die bewirtschafteten Güter liegen nicht höher als Druels Hof, und selbst dann nur in geschützten Stellen. Morgen bei Tagesanbruch werde ich mit Dinan den Weg verfolgen, den der Junge nahm. Vielleicht gelingt es uns zu finden, was er suchte: das Gut, zu dem das Mädchen gebracht wurde. Als erstes müssen wir sie dann von dort weg und in Sicherheit bringen. Dann, wenn keine Geiseln mehr in Gefahr sind, werden wir die Männer verfolgen, die sich außerhalb des Gesetzes gestellt haben.«

»Aber den Jungen laßt hier!« sagte Cadfael nachdrücklicher als er beabsichtigt hatte.

Mit einem schwachen, bedrückten Lächeln sah Beringar auf ihn herab. »Bevor er die Augen aufschlägt werden wir schon aufgebrochen sein. Glaubt Ihr wirklich, ich würde es wagen, ihn mit noch einem Leichnam zu konfrontieren, dem eines geliebten Menschen – und das, während Eure wütenden Blicke auf mir ruhen? Nein, wenn das Glück auf unserer Seite steht, werden wir ihm seine Schwester zurückbringen, entweder als Mädchen oder als Ehefrau, und dann sollen sie das unter sich ausmachen – er, sie und ihr Liebhaber! Und sollte das Glück gegen uns sein... nun, dann werden wir Euch brauchen. Aber wenn das Mädchen in Sicherheit ist, liegt die Verantwortung für alles andere bei mir, und dann mögt Ihr ruhig zu Hause bei Eurem Patienten sitzen.«

Cadfael hielt die Nacht über Wache bei Bruder Elyas, aber er brachte nichts Neues heraus. Die Barriere blieb unüberwindlich. Als gegen Morgen ein Bruder kam, um ihn abzulösen, ging er zu Bett und schlief sofort ein. Diese Gabe besaß er. Es hatte keinen Sinn, wach zu liegen und sich Sorgen über etwas zu machen, dem man sich ohnehin am nächsten Morgen stellen mußte und Sinnloses hatte er schon lange aufgegeben. Das verbrauchte zu viele Kräfte, die man sich besser für anderes aufsparte.

Er erwachte erst, als Prior Leonard ihn am frühen Nachmittag weckte. Eigentlich hatte er schon einige Stunden früher aufstehen wollen. Hugh Beringar war inzwischen von seiner Suchexpedition durch die Hügel zurück und kam müde und bleich hereingestapft, um mit Cadfael ein verspätetes Mittagessen zu teilen und ihm von seinen Nachforschungen zu berichten.

»Es gibt ein Gut namens Callowleas, das auf derselben Höhe liegt wie Druels Hof, nur muß man, um dorthin zu gelangen, ein Stück weiter um den Clee herum.« Beringar hielt inne und runzelte die Stirn über seine Wortwahl. »Es *gab* ein solches Gut! Es ist ausradiert, dem Boden gleichgemacht worden. Was wir vorfanden, war genau dasselbe wie bei Druels Hof, nur in einem größeren Ausmaß. Es war einmal ein blühendes Gut, jetzt ist es eine verschneite Öde. Viele Leichen liegen dort, niemand ist mehr am Leben. Wir haben die ersten Toten, die wir gefunden haben, nach Ludlow gebracht und Männer zurückgelassen, die die anderen aus dem Schnee bergen sollen. Keiner weiß, wie viele sie finden werden. Nach der Schneedekke zu schließen, unter der sie begraben sind, würde ich sagen, daß dieser Überfall sogar noch vor dem Beginn des Frostes stattgefunden hat.«

»Was sagt Ihr da?« Cadfael sah ihn bestürzt an. »Dann muß das ja vor den Überfällen gewesen sein, von denen wir bereits wissen, bevor Schwester Hilaria ermordet und Bruder Elyas so übel zugerichtet wurde. Aber immerhin wissen wir jetzt wenigstens, wo dieses Gut liegt und es muß ja einen Herren haben. Dinan wird alle seine Pächter kennen und es muß eine Urkunde, die alte Lacy-Urkunde, darüber geben.«

»Das stimmt. Er hat Callowleas an einen jungen Mann zum Lehen gegeben, der erst vor zwei Jahren die Nachfolge seines Vaters angetreten hat. Nach der Beschreibung seiner Person, seines Alters und seines Vermögens könnte er es sein. Er heißt Evrard Boterel. Seine Familie gehört nicht zu den führenden, ist aber angesehen. Vieles deutet darauf hin, daß er unser Mann ist.«

»Und dieses Gut liegt in der angegebenen Richtung, in die das Mädchen mit ihrem Liebhaber geflohen ist?« Das war ein bitterer Gedanke, aber Beringar wehrte mit einem Kopfschütteln die darin mitschwingende Verzweiflung ab.

»Nein, wartet! Noch wissen wir nichts Sicheres. Yves wußte den Namen des Mannes nicht. Aber selbst wenn es so ist – und davon bin ich überzeugt – müssen wir noch nicht fürchten, daß das Mädchen tot ist. Dinan sagte nämlich, daß Boterel außerdem noch das Gut Ledwyche besitzt, unten im Tal des Dogditch-Baches, und von Callowleas führt ein guter Weg dort hinunter – durch Wald, dichten Wald. Die Entfernung zwischen den beiden Häusern beträgt kaum mehr als drei Meilen. Wir sind diesen Weg ein Stück weit geritten, obwohl ich zugeben muß, daß wir wenig Hoffnung hatten, irgendwelche Spuren zu finden, selbst wenn es einigen Bewohnern von Callowleas gelungen sein sollte, in dieser Richtung zu fliehen. Aber wir hatten mehr Glück, als ich erhofft oder vielleicht verdient hatte. Seht her, dies habe ich gefunden!«

Er zog aus seinem Wams ein Netz aus feinen, goldenen Fäden, das an einem bestickten Band befestigt war. Es war ein Haarnetz, das über den aufgesteckten Haaren getragen und auf der Stirn mit einer Spange verschlossen wurde. Die Spange war verbogen, aber sie hatte sich nicht geöffnet, denn neben ihr war das bestickte Band zerrissen.

»Das fand ich im tiefen Wald, ein gutes Stück den Weg hinunter. Sie waren in Eile – wer immer die Leute waren, die diesen Weg genommen haben – und brachen durch dichtes Unterholz, um auf dem schnellsten Weg den Hang hinab nach unten zu kommen. Viele abgebrochene Zweige deuten darauf hin. Ich sage ›sie‹, aber ich schätze, es war nur ein Pferd mit zwei Reitern. Das Netz hatte sich in einem herabhängenden Ast verfangen und so hat sie es verloren. Und da wir also hoffen dürfen, daß die Besitzerin dem Überfall glücklich entkommen ist, dürfen wir es wohl Yves zeigen und ihm sagen, unter welchen Umständen wir es gefunden haben. Wenn er es als ihr Haarnetz wiedererkennt, dann werde ich mich auf den Weg nach Ledwyche machen und sehen, ob das Glück immer noch auf unserer Seite ist.«

Yves zögerte keine Sekunde. Als sein Blick auf das goldene Haarnetz fiel, öffneten sich seine Augen weit und er rief eifrig und hoffnungsvoll: »Das gehört meiner Schwester! Es war zu kostbar, um es auf der Reise zu tragen, aber ich wußte, daß sie es dabei hatte. Für *ihn* würde sie es aufsetzen. Wo habt Ihr es gefunden?«

Kapitel 6

Diesmal nahmen sie Yves mit; zum einen, weil er, obwohl er, Hugh Beringars Befehl zurückzubleiben wohl widerspruchslos befolgt hätte, während der Zeit des Wartens unglücklich und rastlos gewesen wäre, zum anderen, weil er Erminas Liebhaber, wenn sie ihn fanden, identifizieren konnte. Außerdem ging es hier um ein Mitglied seiner Familie, deren Oberhaupt er tatsächlich war, und er hatte das Recht, an der Suche nach seiner verschwundenen Schwester teilzunehmen, jetzt, da man wußte, daß sie sehr wahrscheinlich am Leben war.

»Aber das ist ja derselbe Weg, auf dem wir von Thurstans Waldhütte gekommen sind«, sagte er, als sie bei der Brücke über den Corve von der Landstraße abbogen. »Müssen wir diesen Weg gehen?«

»Ja, ein Stück weit. Wir werden an der Stelle vorbeikommen, an die du und ich lieber nicht zurückkehren würden«, sagte Cadfael, der das Unbehagen des Jungen spürte. »Aber wir brauchen unsere Augen nicht abzuwenden. Es lauert nichts Böses dort auf uns. Erde, Wasser und Luft haben mit den Verbrechen der Menschen nichts zu tun.« Und mit einem aufmerksamen, aber vorsichtigen Seitenblick auf das ernste Gesicht des Jungen fügte er hinzu: »Du darfst trauern, aber du darfst nicht damit hadern, daß sie tot ist. Dort, wo sie jetzt ist, war sie willkommen.«

»Sie war die Beste von uns«, brach es plötzlich aus Yves hervor. »Ihr kanntet sie nicht! Nie hat sie die Beherrschung verloren, immer war sie geduldig, gütig und sehr tapfer. Und sie war viel schöner als Ermina!«

Er war erst dreizehn, aber seine Erziehung und Begabung machten ihn vielleicht etwas älter an Jahren, und er war viele Tage gemeinsam mit der ruhigen, sanften Schwester Hilaria marschiert, hatte sie aus der Nähe erleben können. Und wenn er zum erstenmal in seinem Leben eine reifere Liebe verspürt hat, so war sie gewiß unschuldiger und argloser

Natur gewesen, selbst jetzt, nachdem ihn dieser Verlust betroffen hatte. Nein, Yves hatte keinen Schaden erlitten. Er schien in den vergangenen beiden Tagen gewachsen zu sein und begonnen zu haben, seine Kindheit mit großen Schritten hinter sich zu lassen.

Er wendete seinen Blick nicht ab, als sie den Bach erreichten, aber er war schweigsam und blieb es, bis sie auch den zweiten Bach überquert hatten; dort hielten sie sich nach rechts und der Wald lichtete sich. Die freie Sicht weckte sein Interesse an seiner Umgebung. Mit glänzenden Augen sah er sich um. Die Wintersonne, unter deren Wärme wieder schlanke Eiszapfen an den Ästen und Zweigen gewachsen waren, war bereits untergegangen, aber es war noch hell und die Luft war still. Das Muster aus Schwarz, Weiß und dunklem Grün erzeugte ein eigentümlich melancholisches Bild.

Sie überschritten den noch immer zugefrorenen Hopton-Bach eine halbe Meile unterhalb der Stelle, an der sie ihn auf dem Weg von Godstoke überquert hatten. »Wir müssen damals ganz in der Nähe gewesen sein«, sagte Yves, verwundert bei dem Gedanken, daß er an jenem Tag, ohne es zu wissen, seiner Schwester ganz nah gewesen war.

»Wir haben noch etwa eine Meile zu gehen.«

»Ich hoffe, daß sie dort ist!«

»Das hoffen wir alle«, entgegnete Hugh.

Sie erreichten Ledwyche über einen leichten Hügelkamm, und als sie aus dem Wald traten, sahen sie vor sich am Fuß des Abhangs den Ledwyche-Bach, in den alle anderen Bäche dieser Gegend flossen und der viele Meilen weiter südlich in den Teme mündete. Auf der anderen Seite des Baches stieg das Gelände wieder an und dort, direkt gegenüber, ragte der riesige, dunkle Umriß des Titterstone Clee auf, dessen Gipfel durch tiefhängende Wolken verborgen war. Das Tal war an allen Seiten vor rauhen Winden geschützt. Rings um das Gut waren die Bäume gefällt worden, nur an einigen Stellen hatte man sie als Windschutz für Vieh und Felder stehengelassen. Vom Hügelkamm sahen sie hinab auf eine beeindruckende Ansammlung von Häusern: Das Gutshaus selbst war lang, hatte ein steil geneigtes Dach und überragte die geduckten Nebengebäude. Alle Häuser, auch die Scheune, das Vorratshaus und die Ställe, wurden von einer Palisade umschlossen. Es war ein ansehnlicher Besitz und stellte in diesen gesetzlosen Zeiten gewiß eine große Versuchung für gierige Räuber dar, war aber vielleicht etwas zu gut bemannt, um eine leichte Beute zu sein.

Allem Anschein nach machte sich der Herr des Gutes jedoch Sorgen um seinen Besitz, denn als sie näherkamen konnten sie sehen, daß auf der schmalen Holzbrücke, die auf der anderen Seite des Gutshauses über den Bach führte, Männer emsig damit beschäftigt waren, eine Sperre aus Baumstämmen zu errichten, und über dem alten, nachgedunkelten Holz der Palisade – insbesondere auf der östlichen Seite – leuchtete das weiße, frische Holz der erst kürzlich angebrachten Verstärkungen. Der Besitzer rüstete zur Verteidigung.

»Sie sind mit Sicherheit hier«, sagte Hugh Beringar und betrachtete alles. »Der Mann, der hier lebt, ist gewarnt und hat nicht vor, sich ein zweites Mal überraschen zu lassen.«

Voller Hoffnung ritten sie auf das offene Tor in der Palisade zu, die hier, im Westen, noch immer nur brusthoch war. Aber auch diese Seite war gut bewacht, denn in der Toröffnung erschien ein Bogenschütze und rief sie an. Sein Bogen war gespannt und wenn er auch keinen Pfeil eingelegt hatte, so hatte er doch einen Köcher über der Schulter.

Er war ein gewitzter Bursche und hatte die gute Ausrüstung der Bewaffneten, die hinter Beringar ritten, so rasch eingeschätzt, daß ein höfliches Lächeln auf seinem eben noch mißtrauischen Gesicht erschien, bevor Beringar ihm noch seinen Namen und seinen Titel zurufen konnten.

»Ihr seid herzlich willkommen, Herr. Der Stellvertreter des Sheriffs kommt zur rechten Zeit. Wenn unser Herr gewußt hätte, daß Ihr in der Nähe seid, hätte er nach Euch geschickt. Denn selber konnte er nicht gut kommen... Aber kommt herein, Herr, kommt herein! Mein Junge hier wird gleich dem Verwalter Bescheid geben.«

Der Junge rannte bereits über den zerstampften Schnee im Hof. Als sie die gepflasterte Auffahrt zur großen Eingangstür des Gutshauses hinaufgeritten waren, kam der

Verwalter, ein stämmiger Mann mit rötlichem Bart und kahlem Kopf, hinausgeeilt, um sie zu begrüßen.

»Ich suche Evrard Boterel«, sagte Hugh. Der Schnee fiel von seinen Stiefeln, als er abstieg. »Ist er hier?«

»Ja, Herr, aber er ist nicht bei guter Gesundheit. Ein schweres Fieber hat ihn gepackt, aber nun kommt er langsam wieder zu Kräften. Ich werde Euch zu ihm bringen.«

Er ging die steilen Stufen hinauf voran. Hugh Beringar folgte ihm und hinter ihm kamen Cadfael und Yves. In der großen Eingangshalle herrschte um diese Zeit, da sich kaum jemand in ihr aufhielt und nur wenige Lampen Licht verbreiteten, ein trübes Zwielicht. Ein niedergebranntes Feuer im großen Kamin gab nur wenig Wärme ab. Alle Männer des Hauses arbeiteten an den Verteidigungsanlagen. Hinter einer Stellwand klapperte eine Matrone mittleren Alters mit ihrem Schlüsselbund und durch die Küchentür warfen ein paar Mädchen verstohlene Blicke und flüsterten miteinander.

Mit einer ehrerbietigen Geste öffnete der Verwalter am Ende der Halle die Tür zu einem kleinen Zimmer, in dem ein Mann matt in einem großen, gepolsterten Sessel saß. Auf einem Tisch an seiner Seite standen eine Flasche Wein und ein rußendes Öllämpchen. Die Läden eines kleinen Fensters waren geöffnet, aber das in den Raum fallende Licht ließ bereits nach und die gelbe Flamme der Lampe warf trügerische Schatten. In ihrem dämmerigen Licht konnten sie das Gesicht des Mannes, das sich ihnen zuwandte als sie den Raum betraten, kaum erkennen.

»Die Männer des Sheriffs sind von Ludlow gekommen, Herr.« Der Verwalter hatte seiner rauhen Stimme jenen sanften Ton gegeben, die man einem Kind oder einem Schwerkranken gegenüber verwendet. »Herr Hugh Beringar wünscht Euch zu sehen. Ihr könnt jetzt unbesorgt sein – wenn wir dessen bedürfen, wird er uns helfen.«

Eine lange, muskulöse aber etwas unsichere Hand griff nach dem Lämpchen, um Gastgeber und Gäste besser zu beleuchten. Eine kurzatmige, leise Stimme sagte: »Ihr seid herzlich willkommen, Herr. Weiß Gott, Eure Hilfe kommt uns sehr gelegen.« Und zum Verwalter sagte er: »Bringt mehr Licht und einige Erfrischungen.« Es kostete ihn Anstrengung sich vorzubeugen. »Es tut mir leid, Euch so begrüßen zu müssen. Man hat mir gesagt, ich hätte einige Tage im Fieber gelegen. Das habe ich nun überstanden, aber ich bin schwächer als es mir lieb ist.«

»Das sehe ich, zu meinem Bedauern«, antwortete Beringar. »Ich bin wegen einer anderen Sache mit meinen Männern nach Süden gekommen, aber der Zufall hat mich zu Eurem Gut oben in Callowleas geführt, und ich habe gesehen, welches Unglück dort über Euch gekommen ist. Ich freue mich, daß Ihr, und wenigstens einige Eurer Leute, dem Massaker lebend entkommen seid, und ich bin entschlossen das Mordgesindel, das Euch dies zugefügt hat, aufzuspüren und auszuräuchern. Ich sehe, daß Ihr Euch auf einen Angriff vorbereitet.«

»Wir tun, was wir können.«

Eine Frau brachte Kerzen, steckte sie schweigend in die Halter an den Wänden und verschwand. Ihr Licht schien alle im Raum einander näherrücken zu lassen. Mit großen Augen sahen sie sich an. Yves, der steif und breitbeinig neben Cadfael stand, der Sproß eines adligen Geschlechts, bereit, seinen Feind anzugreifen, griff plötzlich nach Cadfaels Ärmel und trat unsicher von einem Fuß auf den anderen.

Der Mann in dem großen Sessel sah nicht älter aus als vierundzwanzig oder fünfundzwanzig Jahre. Die Kissen waren hinuntergerutscht als er sich vorlehnte. Im helleren Licht wirkte sein Gesicht bleich und hohlwangig und seine dunklen, großen Augen, unter denen tiefe Ringe standen, glänzten noch vom Fieber. Das Liegen auf den Kissen hatte sein dickes blondes Haar zerwühlt. Aber zweifellos war er ein großer, gutaussehender Mann von gewinnendem Äußeren und bei guter Gesundheit sicher sehr kräftig. Er war angekleidet und gestiefelt. Offenbar war er tagsüber bei seinen Männern gewesen. Das hätte er nicht tun sollen, denn seine Stiefel waren dunkel und naß von geschmolzenem Schnee. Er neigte den Kopf und betrachtete seine drei Besucher aufmerksam und als sein Blick auf den Jungen fiel, stutzte er. Er war sich nicht sicher. Er schüttelte leicht den Kopf, sah noch einmal genauer hin und versank stirnrunzelnd in Nachdenken.

»Ihr kennt den Jungen?« fragte Hugh leise. »Das ist Yves Hugonin, der seine vermißte Schwester sucht. Wir wären Euch sehr dankbar, wenn Ihr uns helfen könntet. Ich glaube nämlich, daß Ihr nicht allein von Callowleas geflüchtet seid. An einem Ast über dem Weg, der von dort hierher führt, haben wir dies gefunden.« Er zog ein Knäuel goldener Fäden hervor, das sich auf seiner Hand zu einer feingesponnenen Haube entfaltete. »Erkennt Ihr es wieder?«

»Nur zu gut!« erwiderte Evrard Boterel mürrisch und schloß einen Augenblick lang die Augen. Als er sie wieder aufschlug sah er Yves gerade ins Gesicht. »Du bist ihr jüngerer Bruder! Vergib mir, daß ich dich nicht gleich erkannt habe. Seit du kein Kind mehr bist, habe ich dich nur einmal gesehen, glaube ich. Ja, dies gehört ihr.«

»Ihr habt sie hierhergebracht«, sagte Hugh. Es war keine Frage sondern eine Feststellung. »Ihr habt sie vor dem Angriff in Sicherheit gebracht.«

»Ja – in Sicherheit! Ja, ich habe sie hierhergebracht.« Kleine Schweißperlen standen auf Evrards hoher Stirn, aber seine Augen waren klar.

»Wir haben nach ihr und ihren Begleitern gesucht«, sagte Beringar, »seit der Unterprior von Worcester nach Shrewsbury kam und nach ihnen fragte, da alle drei nach ihrer Flucht verschollen waren. Wenn sie hier ist, so laßt sie kommen.«

»Sie ist nicht hier«, sagte Boterel bedrückt. »Und ich weiß auch nicht, wo sie ist. Während der ganzen letzten Tage haben ich und meine Männer nach ihr gesucht.« Er stützte seine großen Hände auf die Armlehnen des Sessels und stand mühsam auf. »Ich werde Euch alles erzählen«, sagte er.

Während er ihnen berichtete, ging er auf und ab – ein hagerer junger Mann mit unbezähmbarer Energie, aber geschwächt durch seine Krankheit.

»Ich war ein häufiger und gern gesehener Gast im Hause ihres Vaters. Der Junge kann das bestätigen. Sie wurde mit jedem Tag schöner, und ich liebte sie. Ich liebte sie und ich liebe sie noch immer! Nachdem ihre Eltern gestorben waren, ritt ich dreimal nach Worcester um sie zu besuchen. Dabei verhielt ich mich so schicklich, wie man es von mir erwartete und hatte niemals böse Absichten. Ich wollte um ihre Hand anhalten, wenn der rechte Zeitpunkt gekommen war. Denn ihr Vormund ist ja jetzt ihr Onkel, und er ist im Heiligen Land. Wir konnten nur auf seine Rückkehr warten. Als ich von der Plünderung Worcesters erfuhr, betete ich, es möge ihr gelungen sein zu entkommen. Ich hatte keinen Gedanken an meinen eigenen Vorteil und wußte auch nicht, daß sie in diese Gegend geflohen war, bis sie den Jungen aus Cleeton zu mir schickte...«

»An welchem Tag war das?« unterbrach ihn Beringar.

»Am 2. des Monats. Sie ließ mir ausrichten, ich solle in der Nacht kommen und sie holen – sie würde mich erwarten. Von anderen Personen in ihrer Begleitung war keine Rede. Ich wußte nur, was sie mir hatte sagen lassen und so tat ich, worum sie mich gebeten hatte: Ich ritt zu ihr und brachte sie nach Callowleas. Sie hatte mich überrumpelt«, sagte er und sah sich rechtfertigend um, »aber mehr als alles andere in der Welt wollte ich sie heiraten und das wollte auch sie. So brachte ich sie dorthin und erwies ihr alle Ehre und mit ihrer Einwilligung schickte ich nach einem Priester, der uns trauen sollte. Aber schon in der nächsten Nacht, noch bevor er uns erreichte, wurden wir überfallen.«

»Ich habe die Trümmer gesehen, die sie hinterlassen haben«, sagte Beringar. »Aus welcher Richtung kamen sie? Wie viele waren es?«

»Zu viele für uns! Sie waren im Hof und im Haus, bevor wir wußten, was geschehen war. Ich weiß nicht, ob sie über den Kamm oder um den Hügel herum über uns hergefallen sind, denn sie überrannten fast die Hälfte der Palisaden und griffen uns von oben und von Osten her an. Weiß der Himmel – vielleicht war ich so von Ermina eingenommen, daß ich das Gut nicht so streng bewachen ließ, wie ich es hätte tun sollen. Aber es hatte keine Warnung gegeben, wir hatten bis dahin nichts von irgendwelchen Banditen in der Gegend gehört. Es war wie ein Blitz aus heiterem Himmel. Ich kann nur schätzen wie viele es waren, aber sicher mehr als dreißig und sie waren gut bewaffnet. Sie waren uns doppelt überlegen – wir waren noch träge vom Abendessen und leicht zu überraschen. Wir taten, was wir konnten. Auch ich habe Verwundungen abbekommen...« Es war Cadfael bereits aufgefallen, daß er den linken Arm und die Schulter schonte. Ein Rechtshänder würde immer diese Seite angreifen, um das Herz des Gegners zu treffen. »Ich mußte Ermina retten. Mehr zu unternehmen wagte ich nicht. Ich holte sie und wir ritten davon. Der Weg ins Tal war noch offen. Sie waren zu beschäftigt, um uns zu verfolgen.« Er verzog schmerzhaft das Gesicht. »So sind wir schließlich sicher hierher gelangt.«

»Und dann? Wie kommt es, daß Ihr sie wieder verloren habt?«

»Ihr könnt mich nicht schlimmer anklagen als ich es selber schon getan habe«, sagte Boterel niedergeschlagen. »Ich schäme mich, dem Jungen hier ins Gesicht zu sehen und ich gebe zu, daß es meine eigene Schuld war. Daß ich zuviel Blut verloren hatte und so schwach war, daß ich mich fast nicht rühren konnte, ist keine Entschuldigung – auch wenn es wahr ist. Ich werde nicht versuchen, mich zu rechtfertigen; mag mein Quacksalber für mich reden. Aber am folgenden Tag hatte sich die Wunde in meiner Schulter verschlimmert und ich bekam Fieber. Gegen Abend, als ich für eine Weile klare Gedanken fassen konnte, fragte ich nach ihr und man sagte mir, sie sei krank vor Furcht gewesen um ihren Bruder, den sie in dem Haus, wo ich sie abholte, zurückgelassen hatte. Nun, da sie wußte, daß die Räuberbanden diese Gegend unsicher machten, wollte sie nicht ruhen, bis sie ihn in Sicherheit wußte und so hatte sie gegen Mittag ein Pferd genommen, um nach Cleeton zu reiten und nach ihm zu fragen. Und sie ist nicht zurückgekehrt.«

»Und Ihr seid ihr nicht gefolgt!« sagte Yves anklagend. Stocksteif und bebend stand er neben Cadfael. »Ihr habt sie gehen lassen und seid selbst zu Hause geblieben, um Eure Wunden zu pflegen!«

»Weder das eine noch das andere«, antwortete Boterel reumütig und leise. »Ich habe sie nicht gehen *lassen*, denn ich wußte ja gar nicht, daß sie fort war. Und als ich es erfuhr

– das können dir die Leute hier bestätigen – da stand ich auf von meinem Lager und machte mich auf die Suche nach ihr. Es waren die Kälte der Nacht, glaube ich, die Reibung des rauhen Stoffes auf der Wunde und die Anstrengung des Rittes, die mich so krank werden ließen. Ich schäme mich, es zu sagen, aber ich wurde ohnmächtig und fiel aus dem Sattel, und die Männer, die ich mitgenommen hatte, mußten mich den Weg, den ich geritten war, zurücktragen. Ich bin nie nach Cleeton gekommen.«

»Das war Euer Glück«, bemerkte Beringar, »denn in derselben Nacht wurde das Haus, das sie aufsuchen wollte, überfallen und niedergebrannt und die Familie, die dort wohnte, vertrieben.«

»Das habe ich inzwischen auch erfahren. Glaubt Ihr etwa, ich hätte alles auf sich beruhen lassen und keine Anstrengung unternommen sie zu finden? Aber sie war nicht dort, als der Hof angegriffen wurde. Das müßt auch Ihr wissen, wenn Ihr dort gewesen seid und mit denen gesprochen habt, die sie beherbergt haben. Sie ist nie dort angekommen. Ich habe die ganze Zeit Männer ausgeschickt, die nach ihr suchen sollten, wenn ich auch selbst zitternd mit Fieberträumen im Bett lag und zu nichts nutze war. Aber jetzt, da ich wieder stehen kann, werde ich die Suche selber fortsetzen. So lange, bis ich sie gefunden habe!« sagte er entschlossen und biß die Zähne aufeinander.

Es gab hier nichts mehr für sie zu tun; mit Schuldzuweisungen war nichts gewonnen. Das Mädchen hatte diese ganze verhängnisvolle Entwicklung in Gang gesetzt. Zweimal hatte sie unbedacht gehandelt: das erste Mal, als sie mit ihrem Liebhaber durchgebrannt war und das zweite Mal, als sie sich, da er verwundet war, allein auf den Weg machte und versuchte, die Folgen ihrer Unbedachtsamkeit wieder gutzumachen.

»Wenn Ihr irgendetwas von ihr hört«, sagte Beringar, »dann schickt einen Boten nach Bromfield, wo ich mich einquartiert habe, oder nach Ludlow, wo meine Männer untergebracht sind.«

»Das werde ich tun, Herr, verlaßt Euch darauf.« Boterel ließ sich wieder in die zerdrückten Kissen sinken, zuckte vor

Schmerz zusammen und schob vorsichtig seine Schulter zurecht.

»Soll ich Euch die Wunde frisch verbinden, bevor wir gehen?« fragte Bruder Cadfael. »Ich sehe, daß sie Euch Schmerzen bereitet. Es ist gut möglich, daß der Wundschorf am Verband festklebt und das kann böse Folgen haben. Habt Ihr einen Arzt, der sich um Euch kümmert?«

Erstaunt über die Anteilnahme sah ihn der junge Mann mit großen Augen an. »Ich nenne ihn meinen Quacksalber. Es ist zwar kein Arzt, aber er hat einige Erfahrungen im Umgang mit Verletzungen. Ich glaube, er hat mich bisher recht gut versorgt. Kennt Ihr Euch in diesen Dingen aus, Bruder?«

»Wie Euer Mann habe ich einige Erfahrung. Ich habe es schon öfter mit Wunden zu tun gehabt, die sich entzündet hatten. Womit hat er Euch behandelt?« Er war neugierig, welche Arzneien andere verwendeten und auf einem Wandbord sah er sauberes Leinen und einen Tontopf, der eine Salbe enthielt.

Cadfael hob den Deckel ab und roch den grünlichen Inhalt. »Tausendgüldenkraut, glaube ich, und gelbe Nessel – beides gute Kräuter. Er kennt sich aus. Mehr würde ich kaum für Euch tun können. Aber da er gerade nicht da ist und Ihr Schmerzen habt, darf ich Euch verbinden?«

Gehorsam lehnte Boterel sich zurück und ließ sich behandeln. Cadfael öffnete die Bänder, mit denen das Wams des jungen Mannes zusammengeschnürt war, legte vorsichtig die Schulter frei und schob den weiten Ärmel des Hemdes so weit hinunter, daß der Verwundete den Arm herausziehen konnte.

»Ihr seid heute aufgewesen und herumgelaufen. Der Verband hat Falten bekommen und das Blut in ihm ist getrocknet – kein Wunder, daß er Euch Schmerzen bereitet. Ihr tätet besser daran, ein oder zwei Tage zu ruhen.« Er sprach jetzt wie ein Arzt: nüchtern, vertrauenerweckend, ja sogar etwas streng. Sein Patient hörte willig zu und ließ sich den Verband abnehmen, der die Schulter und den Oberarm bedeckte. Die letzten Windungen des Stoffes waren blutverkrustet. Ein dünner, dunkler Blutstreifen, der zu den Seiten hin verblaßte, markierte einen langen Schnitt von einer Stelle über dem Herzen bis zur Unterseite des Arms. Hier ging Cadfael äußerst behutsam vor und stützte den Arm. Langsam legte er die Wunde unter dem verkrusteten Verband frei.

Der Hieb hätte tödlich sein können, war aber nach außen abgelenkt worden und hatte den Arm getroffen. Die Wunde war weder tief noch gefährlich, aber vermutlich hatte es eine Weile gedauert, bis die Blutung gestillt war und da er noch in derselben Nacht eilig zu Pferd hatte fliehen müssen, war es kein Wunder, daß er durch den Blutverlust geschwächt war. Die Verletzung verheilte jetzt zufriedenstellend von beiden Enden her, aber sie hatte gewiß – sei es durch Erschöpfung oder durch etwas Schmutz, der hineingelangt war – geeitert, und auch jetzt noch sah das offenliegende Fleisch rötlich und gereizt aus. Cadfael reinigte die Wunde mit einem Zipfel des Leintuchs, trug frische Salbe auf und legte einen neuen Verband an. Die ganze Zeit über sah ihn der bleiche junge Mann, ohne einmal zu zucken, stumm und verwundert an.

»Sonst habt Ihr keine Wunden?« fragte Cadfael, während er die letzten Lagen des Verbandes anlegte. »Nun, dann schont diesen Arm noch ein oder zwei Tage und macht Euch keine Sorgen, denn wir verfolgen ja dasselbe Ziel wie Ihr. Wenn die Sonne scheint, dürft Ihr gegen Mittag an die frische Luft gehen, aber hütet Euch vor Kälte und gebt Eurem Körper Zeit zum Heilen. So, nun schlüpft in den Ärmel... Ihr tätet auch gut daran, diese Stiefel auszuziehen. Packt Euch warm ein und macht es Euch gemütlich.«

Die müden Augen folgten ihm als er aufstand. Erst als sie sich anschickten zu gehen, fand Boterel Worte des Dankes.

»Ihr seid ein begnadeter Arzt, Bruder. Ich fühle mich schon viel besser. Gott sei mit Euch!«

Als sie hinaus zu ihren Pferden gingen, hatte die Abenddämmerung bereits eingesetzt. Yves war verwirrt. Er hatte die Absicht gehabt, den Liebhaber seiner Schwester zur Rede zu stellen, aber nun empfand er, fast gegen seinen Willen, Symphathie für ihn. Wunden, Schmerzen, Krankheit waren ihm neu. Bis zum Schrecken der Plünderung von

Worcester hatte er das Leben eines behüteten Kindes geführt. Er machte sich Sorgen um seine Schwester und war gleichzeitig tief enttäuscht von ihr, und er wollte nicht, daß ein anderer diese Last für ihn trug.

»Was er gesagt hat stimmt«, sagte Bruder Cadfael als sie das Tal hinter sich ließen und bergab auf den Wald zuritten. »Er hat eine Verwundung über dem Herzen, die später wieder aufgebrochen ist und sich durch etwas Schmutz entzündet hat. Er hat ganz sicher Fieber gehabt und ist sehr geschwächt. Sein Zustand bestätigt seine Worte.«

»Aber das Mädchen haben wir immer noch nicht gefunden«, bemerkte Beringar.

Am Abendhimmel begannen sich Wolken zu sammeln, die sich immer tiefer herabsenkten, und ein drohender Wind kam auf. Sie ritten so schnell sie konnten, um Bromfield zu erreichen, bevor der Schneefall einsetzte.

Kapitel 7

In dieser Nacht schwoll der Wind nach der Vesper zum Sturm an, und die Schneeflocken, die zuerst noch ziellos in der Luft getanzt hatten, verwandelten sich in winzige Geschosse, die vom Sturm waagrecht vorwärts gepeitscht wurden, gegen Mauern prallten und sich dort zu hohen Schneewehen auftürmten. Nach dem Abendessen, als Bruder Cadfael über den großen Hof eilte, um im Krankenquartier nach seinem Patienten zu sehen, schien die Welt nur noch aus einer wirbelnden, blendenden Masse von Schneeflocken zu bestehen, die immer dichter fielen. Ja, heute Nacht würde es einen Schneesturm geben. Vielleicht würde das Mordgesindel wieder unterwegs sein. Diese Männer kannten sich in dieser Gegend ausgezeichnet aus, und ein Wetter, vor dem unschuldige Menschen sich in ihre Häuser verkrochen, schreckte sie nicht.

Bruder Elyas hatte heute zum erstenmal aufstehen dürfen und nun saß er, gegen die Kissen gelehnt, in seinem Bett. In seiner weiten Kutte wirkte er abgemagert und ausgezehrt. Seine Kopfwunden waren bereits zugeheilt und die Genesung des Körpers machte gute Fortschritte, aber sein Geist schien nicht dieselbe Kraft zu besitzen. Mit stummer Ergebenheit tat er alles, worum man ihn bat, mit leiser, teilnahmsloser Stimme bedankte er sich demütig für alles, was für ihn getan wurde, aber immer wieder starrte er mit tief in den Höhlen liegenden Augen und gerunzelter Stirn ins Leere, als könne er dort den Teil seiner selbst sehen, der ihm entrissen worden war und den er nicht zurückholen konnte. Nur im Schlaf, und besonders wenn er einschlief oder erwachte, schien er erschüttert und erregt, als habe sich zwischen Wachen und jenem todesähnlichen Zustand der Schleier über dem verlorengegangenen Teil seines Gedächtnisses bewegt, ohne jedoch gelüftet zu werden.

Yves war Cadfael über den Hof gefolgt. Unruhig und besorgt wartete er vor der Tür des Krankenzimmers, als Cadfael heraustrat.

»Solltest du nicht im Bett sein, Yves? Du hast schließlich einen langen, anstrengenden Tag hinter dir.«

»Ich will noch nicht schlafen«, sagte der Junge. »Ich bin gar nicht müde. Laßt mich doch bis nach der Komplet bei ihm sitzen. Ich möchte auch etwas tun.« Und wirklich – es mochte sein, daß dies das Beste für ihn war: etwas für jemand anderen tun. Bruder Elyas einen Kräutertrank einzuflößen würde ihn in seinen eigenen Sorgen und Enttäuschungen vielleicht etwas trösten. »Hat er immer noch nichts gesagt, was uns weiterhelfen kann? Erinnert er sich nicht an uns?«

»Noch nicht. Manchmal ruft er im Schlaf einen Namen, aber das ist niemand, den du kennen könntest.« Er rief nach ihr wie nach einer, die er für immer verloren hatte, und aus seiner Stimme sprach Trauer, aber keine Sorge – sie mußte jenseits von Hunger und Schmerz sein. »Hunydd. Wenn er tief schläft ruft er nach Hunydd.«

»Was für ein seltsamer Name«, sagte Yves verwundert. »Ist das ein Mann oder eine Frau?«

»Es ist ein walisischer Frauenname. Ich glaube, sie war seine Frau, aber ich bin mir dessen nicht sicher. Und er hat sie sehr geliebt – zu sehr, um Frieden zu finden, wenn sie erst vor ein paar Monaten gestorben ist. Prior Leonard sagt, er sei noch nicht lange im Kloster. Vielleicht hat er versucht, einem Schmerz zu entkommen, den er allein nicht ertragen konnte und mußte dann feststellen, daß das in einer Gemeinschaft von Brüdern nicht leichter war.«

Yves sah ihn ernst und geradeheraus an. Es war der Blick eines Erwachsenen. Auch wenn er diese Dinge selber noch nicht empfand, so konnte er sie doch vestehen. Cadfael klopfte ihm freundlich auf die Schulter. »Gut, setz dich zu ihm, wenn du willst. Nach der Komplet werde ich mit jemandem kommen, der dich ablösen soll. Ich werde in der Nähe sein, falls du mich brauchen solltest.«

Elyas döste, öffnete kurz die Augen und döste weiter. Yves saß still neben seinem Bett und achtete auf jede Veränderung in dem starken und edlen, aber abgezehrten Gesicht.

Bereitwillig war er zur Stelle, wenn der Kranke um etwas zu trinken bat oder Hilfe brauchte, um sich umzudrehen und bequemer hinzulegen. Wenn er wach war, versuchte der Junge vorsichtig den Mann, der sich ihm ja nicht ganz verschlossen hatte, zu erreichen, indem er unverfänglich über die bittere Kälte dieses Winters sprach oder über den Tagesablauf im Kloster. Mit tief in den Höhlen liegenden Augen betrachtete Bruder Elyas ihn aufmerksam, aber wie aus weiter Entfernung.

»Seltsam«, sagte er plötzlich. Durch sein langes Schweigen war seine Stimme krächzend und leise. »Ich habe das Gefühl, ich sollte dich kennen. Aber du bist kein Klosterbruder.«

»Ihr seid mir schon einmal begegnet«, sagte Yves eifrig und voller Hoffnung. »Wir sind ein Weilchen zusammen marschiert, erinnert Ihr Euch? Von Cleobury bis Foxwood. Mein Name ist Yves Hugonin.«

Nein, der Name sagte ihm gar nichts. Aber der Anblick des Gesichtes schien irgend etwas in seinem verschütteten Gedächtnis anzusprechen. »Es lag Schnee in der Luft«, sagte er. »Ich sollte ein Reliquiar hierher bringen und sie sagen, das hätte ich auch getan. Sie sagen! Ich weiß nur, was sie mir sagen.«

»Aber Ihr werdet Euch wieder erinnern«, sagte Yves ernst. »Es wird Euch alles wieder einfallen. Ihr dürft ihnen glauben, was sie sagen. Niemand hier versucht, Euch zu täuschen. Soll ich Euch noch mehr erzählen? Die Wahrheit, soweit ich sie weiß?«

Der Mann machte ein erstauntes, zweifelndes Gesicht. Er ließ keine Ablehnung erkennen. Yves beugte sich vor und begann ernst und eifrig zu erzählen, was geschehen war.

»Ihr kamt aus Pershore, aber auf einem Umweg, um nicht über Worcester gehen zu müssen. Und wir waren aus Worcester geflohen und wollten nach Shrewsbury. In Cleobury haben wir alle übernachtet, und Ihr wolltet, daß wir mit Euch nach Bromfield kämen, weil das der nächste sichere Ort sei, und ich wollte mit Euch gehen, aber meine Schwester war dagegen. Sie wollte weiter über die Hügel marschieren. So haben wir uns in Foxwood getrennt.« Das Gesicht auf dem Kissen zeigte keine Reaktion. Still und geduldig hoffend schien es auf etwas zu warten. Der Wind rüttelte an den schweren Fensterläden und blies winzig kleine Schneeflocken herein, die sofort schmolzen. Die Kerze flakkerte. Das durchdringende, klagende Heulen des Sturmes drang in den Raum.

»Aber du bist hier«, sagte Elyas unvermittelt, »immer noch weit von Shrewsbury entfernt. Und ganz allein! Wie kommt es, daß du allein bist?«

»Wir wurden getrennt.« Yves wurde unruhig, aber wenn der Kranke begann, so verständige Fragen zu stellen, waren die Fäden seiner Erinnerung vielleicht dabei, sich wieder miteinander zu verknüpfen und ihm das ganze Bild der Ereignisse zu präsentieren. Es war besser, wenn er nicht nur das Gute, sondern auch das Schlechte erfuhr, da er ja nur ein unschuldiges Opfer war und das Wissen vielleicht zu seiner Heilung beitragen konnte. »Freundliche Bauern haben mich aufgenommen und dann hat Bruder Cadfael mich hierhergebracht. Aber meine Schwester... wir suchen sie immer noch. Es war ihr eigener Wille, uns zu verlassen!« Er konnte diesen Ausruf nicht unterdrücken, aber weiter wollte er in seinen Beschuldigungen nicht gehen. »Ich bin sicher, daß ihr nichts geschehen ist«, sagte er mannhaft.

»Aber da war noch eine Dritte«, sagte Bruder Elyas so leise, so nach innen gekehrt, als spreche er mit sich selbst. »Da war eine Nonne...« Und jetzt sah er nicht mehr Yves an, sondern starrte mit weit aufgerissenen Augen an die Decke. Sein Mund zuckte erregt.

»Schwester Hilaria«, sagte Yves, der ebenfalls zu zittern begonnen hatte.

»Eine Nonne unseres Ordens...« Elyas stützte beide Hände auf den Bettrahmen und setzte sich mit einem Ruck auf. In den Tiefen seiner gehetzten Augen regte sich etwas, ein gelbliches, irres Licht; zu hell, um nur eine Wiederspiegelung des Kerzenscheins zu sein. »Schwester Hilaria...« sagte er, und jetzt endlich hatte er einen Namen gefunden, der ihm etwas sagte – etwas so Schreckliches, daß Yves ihn mit beiden Händen an den Schultern packte und ihn wieder in die Kissen zu drücken versuchte.

»Ihr dürft Euch keine Vorwürfe machen – sie ist nicht verloren, sie ist hier, man hat sie sorgfältig hergerichtet und aufgebahrt. Man darf sie nicht zurückwünschen, sie ist bei Gott.« Gewiß hatten sie es ihm schon erzählt, aber vielleicht hatte er es nicht verstanden. Man konnte den Tod nicht verbergen. Natürlich würde er trauern, aber das war gestattet. Aber du darfst nicht damit hadern, daß sie uns verlassen hat, hatte Bruder Cadfael gesagt.

Bruder Elyas stieß einen schrecklichen, verzweifelten Laut aus, der aber so leise war, daß das Heulen des Windes ihn fast übertönte. Er ballte die Hände zu großen, knochigen Fäusten und schlug sich an die Brust.

»Tot! Tot? Dahingerafft in ihrer Jugend, in ihrer Schönheit – und sie hat mir vertraut! Tot! Oh, warum stürzt das Haus nicht ein und begräbt mich Unglücklichen unter sich, damit ich nie mehr einer Menschenseele unter die Augen kommen muß...!«

So schnell sprudelten die Worte aus ihm heraus, daß das, was er rief, nur halb verständlich war. Yves in seiner Bestürzung hörte kaum richtig hin. Er wollte nur diese Lawine, die er ungewollt losgetreten hatte, zum Stehen bringen. Er legte einen Arm um Bruder Elyas' Brust und redete ihm zu, sich doch wieder hinzulegen. Mit aller Kraft stemmte er sich gegen den Körper des verwirrten Mönches.

»Beruhigt Euch doch, nein, Ihr dürft Euch nicht so aufregen! Legt Euch hin, Ihr seid noch zu schwach um aufzustehen... Nein, nicht, Ihr macht mir Angst! Legt Euch doch hin!«

Steif aufgerichtet saß Bruder Elyas im Bett. Er starrte blicklos in die Ferne, hatte beide Hände an die Brust gepreßt und flüsterte Worte, die Gebete sein mochten, Selbstvorwürfe oder fiebrige, verworrene Erinnerungsfetzen. Gegen die Besessenheit, die von ihm Besitz ergriffen hatte, konnte Yves' ganze Kraft nichts ausrichten. Elyas wußte nicht einmal mehr, daß er da war. Wenn er mit jemandem sprach, so war es Gott oder irgendein unsichtbares Wesen.

Yves sprang auf und lief hinaus, um Hilfe zu holen. Er schloß die Tür hinter sich. So schnell er konnte rannte er aus dem Krankenquartier durch das Schneegestöber auf dem

Hof, hinüber zum Klostergebäude und dem geheizten Raum, wo die anderen jetzt sein würden. Er stolperte und fiel hin, befreite sich zitternd aus einer Schneewehe und wischte sich den Schnee aus dem Gesicht. Überall um ihn herum war fedriger Schnee, aber es war kalt, kalt, und der Wind, der ihm die Flocken ins Gesicht blies, schnitt wie Messer. Er stolperte bis zur Tür der Kirche und blieb stehen. Von drinnen ertönte Gesang. Es war schon später, als er gedacht hatte. Die Komplet hatte bereits begonnen.

Er war zu genau in den Regeln unterwiesen worden, um zu wissen, daß er auf keinen Fall die Messe unterbrechen und um Hilfe rufen durfte. Einige Augenblicke lang hielt er inne, um Atem zu schöpfen und den Schnee von den Kleidern zu schütteln. Die Komplet dauerte nicht lange. Er konnte zurückgehen und versuchen, den verwirrten Patienten zu beruhigen bis die Messe beendet war. Dann würde er genug Leute zur Verfügung haben, die ihm helfen konnten. Er mußte Bruder Elyas nur noch eine Viertelstunde lang hinhalten.

Er wandte sich um und kämpfte sich durch die Schneewehen zurück. Auf dem Hof nahmen ihm die wirbelnden Schneeflocken fast die Sicht. Er zog den Kopf ein wie ein kleiner Kampfstier und stemmte sich gegen den Wind an.

Die Außentür des Krankenquartiers stand weit offen, aber er war sich nicht sicher, ob er in seiner Eile nicht vielleicht vergessen hatte, sie zu schließen. Er stolperte über den Gang, stützte sich dabei mit beiden Händen ab und wischte sich den Schnee aus dem Gesicht. Als er sah, daß auch die Tür des Krankenzimmers weit geöffnet war, blieb er mit einem Ruck stehen.

Das Zimmer war leer und die Bettdecken lagen auf dem Boden. Bruder Elyas' Sandalen, die ordentlich neben dem Kopfende des Bettes gestanden hatten, waren verschwunden, ebenso wie Bruder Elyas. So wie er im Bett gelegen hatte – in seiner Ordenstracht, aber ohne Mantel oder Umhang – war er in die Nacht dieses 9. Dezembers verschwunden, in einen Schneesturm wie dem in jener Nacht, als er seine fast tödlichen Verletzungen erlitten hatte und Schwester Hilaria umgebracht worden war. Schwester Hilaria – der einzige Name, der ihn an diesem stillen Ort erreicht hatte.

Yves rannte den Gang zurück zur Eingangstür und hinaus in den Sturm. Und dort waren Spuren, die er zuvor nicht gesehen hatte, weil er nicht mit ihnen gerechnet hatte. Bald würden sie zugeschneit sein, aber noch waren sie zu erkennen: die Abdrücke großer Füße, die die Stufen hinunter und über den Hof führten, nicht zur Kirche, nein – geradewegs zum Torhaus. Und der Bruder Pförtner war zur Komplet in der Kirche...

Man hörte immer noch Gesang, und Elyas konnte noch nicht weit sein. Eilig holte Yves seinen Umhang aus dem Vorraum der Gästehalle und rannte dann mit großen Sätzen wie ein aufgeschreckter Hase zum Torhaus. Die Spuren füllten sich rasch mit Schnee, schon waren sie nur noch flache Vertiefungen in der weißen Fläche, die im Schein der wenigen brennenden Fackeln lediglich an den Schatten ihrer Ränder zu erkennen waren. Aber sie führten durch das Tor. Die Welt draußen bestand nur aus wirbelndem Weiß und mit seinen kurzen Beinen kam er in dem tiefen Schnee nur langsam voran, aber er kämpfte sich unermüdlich weiter. Die Spuren führten nach rechts und Yves folgte ihnen.

Ein Stück weit die Straße hinunter blieb er stehen. Wohin er sich auch wandte – das Schneetreiben sah überall gleich aus. Er hatte die Richtung verloren, aber ein wenig weiter bergab, dort, wo noch immer die Furchen des Weges schwach zu erkennen waren, sah er, als der Sturm zufällig die Schneeflocken beiseite wirbelte und den Blick freigab, einen schwarzen Schatten. Ohne ihn aus den Augen zu lassen, machte er sich an die Verfolgung.

Es dauerte lange, bis er ihn eingeholt hatte. Elyas ging unglaublich schnell. Er schritt weit aus und pflügte durch den Schnee, so daß er eine tiefe Furche hinterließ. Ein Kranker, barhäuptig und in Sandalen – nur tiefe Leidenschaft und Verzweiflung konnten ihm diese Kraft geben. Obendrein, und das ängstigte Yves sogar noch mehr, schien er zu wissen, wohin er wollte oder vielleicht wurde er auch von einem geheimnisvollen Ort angezogen, ohne es zu wissen oder zu wollen. Die Spur, die er hinterließ, war schnurgerade.

Trotzdem holte Yves ihn schließlich ein. Mit jedem Schritt kam er ihm näher, bis er die Hand ausstrecken und den weiten Ärmel der schwarzen Kutte packen konnte. Der Arm schwang weiter, als sei Elyas sich des Gewichtes, das an ihm hing, überhaupt nicht bewußt. Fast gelang es ihm, sich loszureißen, aber Yves klammerte sich mit beiden Händen fest, trat der vorwärts drängenden Gestalt in den Weg, schlang die Arme um den Mann und hielt ihn fest. Mit aller Kraft stemmte er sich gegen ihn und sah durch den blendenden Schnee hinauf in ein Gesicht, das so kalt und unbeweglich war wie eine Totenmaske.

»Bruder Elyas, kommt zurück mit mir! Ihr müßt umkehren – hier draußen werdet Ihr sterben!«

Unerbittlich ging Bruder Elyas weiter und schob den Jungen vor sich her. Er war behindert, aber er ließ sich nicht aufhalten. Yves ließ nicht los und ging mit ihm, aber er zerrte an ihm und sprach beschwörend auf ihn ein: »Ihr seid krank, Ihr solltet im Bett sein. Kommt zurück mit mir! Wohin wollt Ihr denn? Kehrt um, ich führe Euch nach Hause...«

Aber vielleicht wollte er nirgendwo hin, vielleicht wollte er nur vor etwas oder jemandem fliehen, vor sich selbst oder vor irgend etwas, das wie ein Blitz über ihn gekommen war und ihn in den Wahnsinn getrieben hatte. Yves beschwor ihn keuchend und unablässig, aber es hatte keinen Sinn. Es blieb ihm nichts anderes übrig, als mit ihm zu gehen. Er packte den schwarzen Ärmel mit festem Griff und versuchte, mit Bruder Elyas Schritt zu halten. Wenn sie an einem Haus vorbeikamen oder jemandem begegneten, der so spät noch unterwegs war, konnte er um Hilfe bitten. Irgendwann mußte der Kranke ja einmal ermüden und sich jeder Hilfe überlassen, die ihm angeboten wurde. Aber wer würde in einer solchen Nacht schon draußen sein? Nur ein armer Verrückter und sein Pfleger! Doch er hatte selbst angeboten, sich um Bruder Elyas zu kümmern und er würde ihn jetzt nicht im Stich lassen. Und wenn er ihn schon nicht vor sich selbst schützen konnte, so wollte er wenigstens die Strafe dafür mit ihm teilen. Und seltsam: Bald schon bewegten sie sich wie eine einzige Person und obwohl sein Gesicht ausdruckslos blieb und seine Gedanken nicht verriet, legte Bruder Elyas einen Arm um Yves Schultern und zog ihn an sich. Sie tauschten jene kleinen, instinktiven Gesten aus, die gegenseitige Zuneigung ausdrücken und linderten so die Mühsal des Gehens, die Kälte und das Gefühl der Einsamkeit.

Yves hatte keine Ahnung, wo sie waren, aber er wußte, daß sie schon vor langem die Straße verlassen hatten. Er glaubte, daß sie eine Brücke überquert hatten und das konnte keine andere gewesen sein als die über den Corve. Also waren sie auf dem Weg ins Hochland. Da hatten sie schlechte Aussichten, ein Haus zu finden, selbst wenn der Schneefall aufhörte und sie sehen konnten, wohin sie gingen.

Aber Bruder Elyas schien den Weg zu kennen oder zu jenem Ort geleitet zu werden, den aufzusuchen ihm keine andere Wahl blieb, mit einem schrecklichen, bußfertigen Entschluß im Herzen, den nur er kannte. Ein unter Schnee begrabenes Dickicht von Dornbüschen riß an ihren Kleidern. Es umschloß eine flache Mulde im Hang. Yves stolperte gegen etwas Hartes, Dunkles und schürfte seine Knöchel an rauhem Holz auf. Es war eine niedrige aber solide Hütte, die Schafhirten mit trächtigen Schafen Unterschlupf gewähren sollte und außerdem zur Lagerung von Heu und Stroh diente. Die Tür war mit einem schweren Riegel verschlossen, aber Bruder Elyas zog ihn auf und öffnete sie. Sie traten hinein ins Dunkel. Elyas mußte sich bücken, um nicht mit dem Kopf anzustoßen. Der Wind schob die Tür zu. Sie schloß dicht und plötzlich war es um sie dunkel und verhältnismäßig still. Nach dem Schneesturm war es hier drinnen fast warm, und der Duft alten aber trockenen Heus, das unter ihren Füßen raschelte, versprach ein warmes Lager. Yves schüttelte den Schnee von seinen Kleidern und schöpfte neue Hoffnung. Hier konnte Bruder Elyas die Nacht überleben. Und morgen, bevor er aufwacht, dachte der Junge, kann ich mich hinausschleichen, die Tür verriegeln und jemanden suchen, der mir hilft oder mit einer Nachricht zum Kloster geht. Bis hierhin bin ich mit ihm gegangen und jetzt werde ich ihn nicht wieder verlieren.

Bruder Elyas war zurückgetreten. Yves hörte das Rascheln des Heus, als der Mann sich darauf niederließ. Das Heulen des Sturmes wurde immer leiser, bis es nur noch ein klagendes Stöhnen war. Eine Hand ausgestreckt kroch Yves voran, bis er die schneebedeckte Schulter des Mönches berührte. Der Pilger hatte seinen seltsamen Schrein erreicht und lag auf den Knien. Yves strich den Schnee von der schwarzen Kutte und bemerkte, daß Elyas zitterte, als unterdrücke er mit aller Kraft ein tiefes, verzweifeltes Schluchzen. Hier, in dieser Finsternis, schien das, was zwischen ihnen war, sie noch stärker aneinander zu binden. Der knieende Mann flüsterte fast unhörbar vor sich hin und wenn auch die Worte nicht zu verstehen waren, so war die Verzweiflung, die in ihnen mitschwang, nur zu deutlich.

Tastend stellte Yves fest, daß neben ihm ein Heuhaufen war. Er legte einen Arm um die angespannten Schultern und versuchte, Elyas aufs Lager zu ziehen, aber er hatte lange zu kämpfen. Endlich entspannte sich der sehnige Körper des Mönches und sank, ob aus Erschöpfung oder aus Gehorsam dem Flehen des Jungen gegenüber, mit einem erstickten Stöhnen in sich zusammen. Elyas lag lang hingestreckt auf dem Bauch, sein Kopf ruhte auf seinen Armen, und Yves häufte rechts und links von ihm Heu auf, um wenigstens seine Körperwärme zu bewahren. Dann legte er sich neben ihn.

Nach einer Weile hörte er an dem tiefen, regelmäßigen Atmen, daß Elyas schlief.

Die Arme um ihn geschlungen und entschlossen nicht zu schlafen schmiegte Yves sich dicht an ihn. Er war müde, er fror und er mußte nachdenken, aber er war wie betäubt und konnte keinen klaren Gedanken fassen. Er wollte sich nicht an die Worte erinnern, die Bruder Elyas gesprochen hatte und noch weniger wollte er wissen, was sie bedeuteten, denn was immer es auch sein mochte – es mußte schrecklich sein. Alles, was er für diesen gebrochenen Mann tun konnte, für den er die Verantwortung übernommen hatte und zu dem er eine so seltsame, beharrliche Zuneigung empfand, war, dafür zu sorgen, daß er nicht wieder aufspringen, hinausgehen und sich verlaufen konnte. Und im

Morgengrauen mußte er losgehen und Hilfe holen. Und dazu mußte er wach bleiben.

Dennoch war er beinahe eingedöst, als er plötzlich von einer Stimme neben sich hochgeschreckt wurde. Elyas flüsterte jetzt nicht mehr, aber die Arme, auf denen sein Gesicht ruhte, dämpften seine Worte.

»Schwester... meine Schwester... vergib mir meine Schwäche, meine Todsünde – mit der ich deinen Tod auf mich geladen habe!« Und nach einer langen Pause: »Hunydd... sie war wie du, genauso warm und vertrauensvoll in meinen Armen... ein halbes Jahr Hunger und dann plötzlich dieses Sehnen – ich konnte es nicht ertragen, dieses Brennen in Leib und Seele!«

Die Arme um Elyas geschlungen, unfähig sich zu rühren und unfähig wegzuhören, lag Yves da.

»Nein, vergib mir nicht! Wie kann ich es wagen, darum zu bitten? Soll die Erde sich öffnen und mich verschlingen... ich bin verzagt, wankelmütig, unwürdig!«

Noch eine Pause, länger diesmal. Bruder Elyas schlief, und im Schlaf sprangen ihn die nun gnadenlos erinnerten Bilder an und ließen ihn gequält aufschreien. Er warf sich hin und her. Noch nie hatte Yves einem solchen Schrecken gegenübergestanden und noch nie hatte er ein so bedingungsloses Mitleid empfunden.

»Sie hat sich an mich geschmiegt... sie empfand gar keine Furcht! Gnädiger Gott – ich bin ein Mann aus Fleisch und Blut, ich habe eines Mannes Körper und Begierden!« rief Bruder Elyas mit einem unterdrückten Schmerzensschrei. »Und sie, die mir vertraut hat, ist nun tot...«

Kapitel 8

Nach der Komplet wollte Bruder Cadfael noch einmal nach Elyas sehen. Er war in Begleitung eines jungen Bruders, der Yves ablösen sollte. Die Tür stand weit offen, das Bett war zerwühlt, das Zimmer leer.

Natürlich mochte es noch andere, weniger dramatische Erklärungen dafür geben als die, die sich ihm aufdrängte, aber Cadfael eilte geradewegs wieder zur Außentür und suchte im Hof nach Spuren, auf die er vorhin nicht geachtet hatte. Nach der Komplet hatten zahlreiche Füße dort ihre Abdrücke hinterlassen, und auch sie füllten sich schnell wieder mit neuem Schnee, aber man konnte immer noch sehen, daß jemand vom Krankenquartier zum Torhaus gegangen war. Die Spuren waren bloße Tupfer in der glatten, weißen Fläche, aber sie waren zu erkennen. Und auch der Junge war verschwunden! Was mochte nur im Krankenzimmer vorgefallen sein, das Bruder Elyas nach seiner langen Teilnahmslosigkeit zu einer so unvernünftigen und gefährlichen Tat veranlaßt hatte? Wenn ihm in seinem verwirrten Kopf der Gedanke gekommen war, er müsse etwas Drastisches unternehmen, dann war ein Halbwüchsiger gewiß nicht in der Lage ihn aufzuhalten und sehr wahrscheinlich würde es Yves' Stolz nicht zulassen, jemanden im Stich zu lassen, für den er, und sei es auch noch so kurz, die Verantwortung übernommen hatte. Cadfael hatte mittlerweile das Gefühl, Yves schon recht gut zu kennen.

»Geh auf dem schnellsten Weg zur Gästehalle«, befahl er dem jungen Mönch, »und berichte Hugh Beringar, was geschehen ist. Sieh nach, ob sie nicht dort sind. Ich werde Prior Leonard benachrichtigen und dann werden wir das ganze Haus absuchen.«

Leonard nahm die Neuigkeiten mit Bestürzung auf und ließ das ganze Kloster, die Wirtschaftsgebäude und auch die Scheune sofort von seinen Mönchen durchsuchen. Hugh Beringar erschien, angetan mit Stiefeln und Umhang, in resignierter Erwartung des Schlimmsten und war gegenüber jedem, der ihm begegnete, kurz angebunden. Nun, da die Vertreter der weltlichen wie der kirchlichen Macht sich der Sache angenommen hatten, dauerte die Suche nicht lang. Sie blieb erfolglos.

»Es ist alles nur meine Schuld«, sagte Cadfael bitter. »Ich habe den armen Kerl einem Jungen anvertraut, dem es nicht viel besser ging. Ich hätte es ahnen können. Aber ich verstehe nicht, wie es dazu kommen konnte und was sie getrieben hat. Ich hätte jedoch mit allen beiden nicht das kleinste Risiko eingehen dürfen. Die beiden verzweifeltsten Menschen in diesem Haus... man hätte sie ständig im Auge behalten sollen und nun sind sie durch meine Torheit beide verschwunden.«

Beringar war bereits dabei, die Männer auszuschicken, die er ins Kloster mitgenommen hatte.

»Einer reitet nach Ludlow, bis zum Stadttor. Vielleicht sind sie dort – wenn nicht, so soll man sie, wenn sie später dort vorbeikommen, in Obhut nehmen. Und du reitest mit ihm, aber nur bis zur Burg. Dort nimm dir zehn Männer und warte mit ihnen auf mich am Stadttor. Wecke auch Dinan, er soll mitkommen. Der Junge ist der Sohn eines Mannes, den er gekannt haben muß und der Neffe von einem, mit dem er schon bald Bekanntschaft machen könnte. In diesem Wetter werde ich keine Männer riskieren, indem ich sie weiter als eine Meile ausschicke, jedenfalls nicht allein. Aber ich glaube nicht, daß die beiden weit gekommen sind.« Entschlossen wandte er sich Cadfael zu und schlug ihm hart auf die Schulter. »Und Ihr, mein Lieber, hört besser auf, diese überheblichen Dummheiten von Euch zu geben! Der Mann schien ruhig und fügsam, und der Junge mußte beschäftigt werden und war, wie Ihr sehr gut wißt, durchaus vertrauenswürdig. Wenn wir sie jetzt noch einmal suchen müssen, so ist das nicht Eure Schuld. Maßt Euch nicht an, an Gottes Stelle Lob und Tadel zu verteilen, selbst wenn Ihr den Tadel auf Euer eigenes Haupt ladet. Auch das ist eine Art von Hochmut. Doch nun kommt! Wir wollen sehen, ob wir die beiden nicht aus dieser kalten Hölle heimführen können. Aber ich sage auch Euch, was ich meinen Männern in Ludlow sagen werde: Entfernt Euch nicht zu weit, bleibt in Verbindung und kehrt möglichst genau nach einer Stunde um. Ich will in diesem Schneesturm nicht noch weitere Männer verlieren. Wenn wir bis zum Morgengrauen nichts gefunden haben, werden wir verstärkt weitersuchen.«

Nach diesen Anweisungen traten sie hinaus in den Sturm, um, immer zu zweit, nach den Vermißten zu suchen. Der Gedanke, daß diese ebenfalls zu zweit gegangen waren, stellte, zumindest für Cadfael, einen schwachen Trost dar. Ein Mann allein konnte aufgeben und sich der Kälte und dem Tod überlassen, während zwei sich stützen, einander helfen und das Durchhaltevermögen stärken konnten. Unter widrigen Bedingungen ist die größte Hilfe zum Überleben die Gegenwart eines anderen Menschen.

Cadfael hatte sich Beringars ungeduldige Ermahnung zu Herzen genommen und schöpfte Zuversicht daraus. Es war nur zu einfach, sich von ehrlich gemeinter Sorge um einen geliebten Menschen in das überhebliche Gefühl hineinzusteigern, daß man die Aufgabe und die Pflicht eines Beschützers vor allen Gefahren habe – und damit maßte man sich eine Stellung an, die allein Gott vorbehalten war. Sich vorzuwerfen, daß man nicht unfehlbar sei, bedeutete, sich zum Gott aufzuschwingen. Nun gut, dachte Cadfael, der sich immer gern belehren ließ, vielleicht ein etwas sophistisches Argument, aber es könnte sein, daß ich es eines Tages noch einmal selber anführen kann. Ich werde es mir merken!

Blindlings stolperte er, einen stämmigen jungen Novizen neben sich, nordwärts über den Corve. Sie tasteten sich durch das kalte, weiße Wirbeln und Cadfael wußte, daß es sinnlos war. Sie mochten noch so gründlich in den Schneewehen stochern – gegen dieses Unwetter, das alles mit einem weißen Tuch zudeckte, waren sie machtlos.

Als sie das Gefühl hatten, daß die festgesetzte Zeit verstrichen war und ihre Mühen wenig Aussicht auf Erfolg haben würden, kehrten sie resigniert nach Bromfield zurück. Der Pförtner hatte, damit die Suchenden sich nicht selbst verirrten, im Schutz des Torbogens frische Kieferfackeln aufgesteckt und von Zeit zu Zeit ließ er als zusätzliche Orientierungshilfe die Glocke läuten. Schneebedeckt, müde und mit leeren Händen kamen die Männer zurück. Bevor er zu Bett ging, nahm Cadfael an der Frühmette und der Laudes teil. Die Regeln des klösterlichen Lebens durften nicht ganz und gar gebrochen werden, selbst wenn es darum ging, das Leben Unschuldiger zu retten. Vor Morgengrauen konnte nichts unternommen werden. Jedenfalls nicht von Menschen. Aber Gott wußte, wo die Vermißten waren und es konnte nicht schaden, ihn um Hilfe zu bitten und die Unzulänglichkeit menschlichen Strebens zuzugeben.

Er erwachte, als die Glocke zur Prim rief und ging mit den anderen durch die winterliche Dunkelheit in die kalte Kirche. Wie seit Tagen schon hatte der Schneefall mit dem ersten Morgengrauen aufgehört und ehe es noch richtig hell wurde, gab das Licht, das von den weißen Flächen reflektiert wurde, allen Dingen ein blasses, geisterhaft durchscheinendes Aussehen. Nach der Messe bahnte Cadfael sich allein einen Weg zum Torhaus. Die Welt um ihn herum war eine weiße Wüste, aus der die schwarzen Umrisse von Mauern und Gebäuden herausragten, aber der Pförtner hatte voller Hoffnung seine Fackeln im Torbogen brennen lassen, und sie warfen ihr warmes, rötliches Licht auf das Mauerwerk und die Welt dort draußen. Um eine abgebrannte Fakkel zu ersetzen, war er durch die in das große Tor eingesetzte Tür hinausgetreten, und als Cadfael das Torhaus erreichte, war der Pförtner gerade wieder hereingekommen und schüttelte im Schutz des gewölbten Ganges den Schnee von den Kleidern, bevor er die Tür wieder hinter sich schloß.

So kam es, daß der Pförtner der Welt dort draußen den Rücken kehrte und nur Cadfael bemerkte, was sich dort tat. Die eingesetzte Tür war ziemlich hoch, um auch Berittene durchzulassen und der Pförtner war klein und schmächtig und bückte sich gerade, um seine Kutte vom Schnee zu befreien. Hinter ihm, nicht weit vor dem Tor, tauchten aus dem Zwielicht unversehens zwei Gesichter im flackernden Schein der Fackeln auf. Cadfael konnte sie deutlich erkennen. Ihr plötzliches Erscheinen und ihre Schönheit raubten ihm einen Augenblick lang den Atem. Es schien, als habe ein Wunder sie dorthin gezaubert. Aber dies waren keine

Besucher aus einer anderen Welt – sie waren gewöhnliche Menschen aus Fleisch und Blut. Das Mädchen hatte die Kapuze zurückgestreift, sodaß der wilde Schopf ihrer dunklen Haare im rötlichen Licht schimmerte. Sie hatte eine hohe, faltenlose Stirn, geschwungene schwarze Augenbrauen und große, dunkle Augen, die zu sehr leuchteten, um schwarz sein zu können, sondern eher von einem dunklen, rötlichen Braun sein mußten. Trotz ihrer einfachen, bäuerlichen Kleidung waren die Haltung ihres Kopfes und die gebieterische Geradheit ihres Blickes von einer Art, um die Königinnen sie beneidet hätten. Die feingeschnittenen Backenknochen, die vollen, ausdrucksstarken Lippen und das energische Kinn gaben ihrem Gesicht etwas so Ebenmäßiges, daß Cadfael es in Gedanken mit seinen Fingerspitzen liebkoste, wie früher so manches andere Gesicht. Alte Erinnerungen stiegen in ihm auf, und er erschauerte.

Das andere Gesicht war hinter und über ihrer linken Schulter, seine Wange berührte fast ihre Augenbraue. Sie war hochgewachsen, aber der Mann hinter ihr war größer als sie und beugte sich schützend und wachsam über sie, um sein Gesicht dicht an das ihre zu bringen. Es war lang und offen, mit einer hohen Stirn, einer schmalen Nase, einem feingeschwungenen Mund und den großen, furchtlosen, golden blitzenden Augen eines Falken. Sein edel geformter Kopf war mit dichtem, blauschwarzem Haar bedeckt, das sich an den Schläfen kräuselte. Cadfael stellte sich dieses Gesicht mit einem spitzen Kinnbart und einem Schnurrbart über diesem noblen Mund vor. Genau so hatten die stolzen Syrer in ihren Rüstungen ausgesehen, die ihre Truppen zum Angriff führten, damals, vor Antiochia. Dieses Gesicht hatte dieselbe dunkle Farbe, dieselbe kantige Form, so als sei es aus Bronze gegossen, aber es war nach normannischer Art glattrasiert, das dichte Haar war geschnitten, und der Mann trug, wie die Bauern dieser Gegend, erdbraune Kleidung aus einem groben, handgesponnenen Stoff.

Nun ja, das gab es – das Aufblitzen göttlichen Geistes: die Unglücklichen, Begnadeten, in eine Welt geboren, in der sie keinen Platz hatten; die Heiligen und Gelehrten, die als

Hirten die Schweine im Wald mit Eicheln mästeten; die Soldatenkönige, die als jüngste Söhne in einer Familie von leibeigenen Hungerleidern zur Welt kamen und als Kinder die Krähen von den Feldern verjagen mußten. Und woanders zog man in Königspalästen dumpfe Sklaven-Bastarde heran, die an die Macht gelangten, so unwürdig sie dessen auch sein mochten und über Männer herrschten, die tausendmal mehr wert waren als sie.

Aber dieser hier würde nicht scheitern. Man brauchte nur einen Blick auf die golden blitzenden Augen unter den schwarzen Wimpern zu werfen, um sicher zu sein, daß der Wille, der sich in ihnen verbarg, ihm den Weg ebnen würde, wohin er sich auch wenden mochte.

Dies alles geschah in den wenigen Sekunden, in denen der Pförtner den Schnee von seiner Kutte schüttelte. Im nächsten Augenblick schon war er eingetreten und hatte die Tür hinter sich geschlossen, gerade als die beiden jungen Menschen wenige Schritte hinter ihm auf das Tor zugingen, in der offenbaren Absicht, um Einlaß zu bitten.

Bruder Cadfael schloß die Augen, öffnete sie hoffnungsvoll wieder und schloß sie abermals, um die eben gesehenen Bilder, die beinahe eine Sinnestäuschung hätten sein können, noch einmal vor seinem inneren Auge vorbeiziehen zu lassen. Was für Träume konnten einen heimsuchen im trügerischen Zwielicht eines bitterkalten Wintermorgens, und noch dazu hier, wo die Fackeln ein angenehmes, warmes Licht verbreiteten!

Er hatte erst drei weitere Schritte durch den tiefen Schnee getan und der Pförtner wollte gerade die Tür zu seiner Kammer öffnen, als am Tor geläutet wurde.

Verdutzt wandte der Pförtner sich um. Er war zunächst damit beschäftigt gewesen, neue Fackeln in die Halter an der Wand zu setzen und hatte sich dann beeilt, wieder in den Windschatten des Tores zu kommen, und so hatte er in der Dunkelheit draußen nichts bemerkt. Erst als er sich zum Tor umgewandt hatte, waren die beiden – wenn sie nicht bloße Erscheinungen waren! – in den Lichtkreis der Fackeln getreten. Er zuckte ergeben die Schultern und stapfte zurück zu dem vergitterten Fensterchen, durch das er sehen konnte, wer vor der Tür stand. Was er dort sah, schien ihn sogar noch mehr in Erstaunen zu versetzen, aber er zögerte keinen Augenblick: Der große Riegel wurde zurückgeschoben und die hohe Tür schwang auf.

Dort stand sie, hochgewachsen, bescheiden und dennoch selbstbewußt, in einem zu großen, verblichenen Gewand aus braunem, handgewebten Stoff und einem kurzen, groben Umhang, dessen ausgefranste Kapuze sie von ihrem Kopf gestreift hatte, so daß das dunkle Haar ihr bis auf die Schultern fiel. Der kalte Wind hatte ihre Wangen gerötet, aber sonst war ihre Haut weiß und glatt wie Elfenbein.

»Darf ich eintreten und für eine Weile bei Euch Zuflucht suchen?« sagte sie mit sanfter Stimme und demütigem Gesicht. Die ruhige Selbstsicherheit, die aus ihrer Haltung sprach, konnte sie jedoch nicht verbergen. »Durch Kälte, Mißgeschick und die Wirren des Krieges komme ich allein. Ich glaube, Ihr habt bereits nach mir gesucht. Mein Name ist Ermina Hugonin.«

Während der Pförtner sie aufgeregt in seine Kammer führte und sich beeilte, Prior Leonard und Hugh Beringar davon in Kenntnis zu setzen, daß das vermißte Mädchen am Tor des Klosters aufgetaucht sei, verlor Bruder Cadfael keine Zeit und trat hinaus auf die Straße, um einen Blick auf die Umgebung zu werfen. Aber dort war allem Anschein nach keine Menschenseele. In der Nähe standen Dickichte und Gehölze, in denen ein junger, behender Mann geschwind untertauchen konnte, und entweder war ihr Begleiter dort verschwunden oder der Falke hatte sich in die Luft geschwungen und war davongeflogen. Was die Spuren im Schnee anbelangte, so waren schon zu dieser frühen Stunde einige Bauern am Tor des Klosters vorbeigegangen, die Schafe auszugraben oder Vieh zu füttern hatten, und wie sollte man die Spuren eines bestimmten Mannes unter denen der anderen finden? Wenn sie auch nicht die volle Wahrheit gesagt hatte, so hatte sie doch nicht gelogen: ins Kloster war sie allein gekommen. Aber obwohl nur eine geläutet hatte, um eingelassen zu werden, hatten zwei sich dem Tor genähert.

Aber warum sollte ein Mann, der ein vermißtes Mädchen der sicheren Obhut des Klosters anvertraute, sich scheuen, sein Gesicht zu zeigen? Und warum, überlegte Cadfael, sollte der einzige, der von der Existenz dieses Mannes wußte, die anderen im Kloster von dieser Tatsache nicht unterrichten? Aber andererseits – warum sollte er, bevor er nicht guten Grund dazu hatte? Es war besser, sich zunächst anzuhören, was diese Dame zu erzählen hatte und alles gut zu überdenken.

Tief in Gedanken versunken ging er zurück zum Zimmer des Pförtners, der das Mädchen inzwischen gebeten hatte, beim Feuer Platz zu nehmen, das er kräftig schürte. In sich gekehrt und still saß sie da. Von ihren nassen Schuhen und Kleidern stieg langsam Dampf auf.

»Gehört Ihr auch zu diesem Kloster, Bruder?« fragte sie und betrachtete ihn mit ihren dunklen Augen.

»Nein, ich bin ein Mönch aus Shrewsbury. Ich bin hier, um einen kranken Bruder zu pflegen.« Er fragte sich, ob sie schon von dem Überfall auf Bruder Elyas gehört hatte, aber da sie nicht erkennen ließ, daß sie etwas von einem verletzten Mönch wußte, erwähnte er den Namen nicht. Sollte sie erst allen ihre eigene Geschichte erzählen, in Anwesenheit des Priors und Hugh Beringars – dann würde er wissen, woran er mit ihr war. »Wißt Ihr, wie verzweifelt man Euch gesucht hat, seit Ihr aus Worcester geflohen seid? Hugh Beringar, der stellvertretende Sheriff dieser Grafschaft, ist unter anderem deswegen hier in Bromfield.«

»Das habe ich gehört«, sagte sie. »Der Wäldler, der mich beherbergt hat, hat es mir erzählt. Von ihm weiß ich auch, daß mein Bruder hierher gefunden hat, während ich nach ihm suchte. Und erst jetzt, da ich selber hier bin, erfahre ich, daß er wieder verschwunden ist, und daß die Männer die halbe Nacht nach ihm gesucht haben. Überall erzählt man sich davon. Ich fürchte, Ihr habt einen schlechten Tausch gemacht«, sagte sie mit plötzlich aufwallender Bitterkeit, »indem ihr mich gefunden und Yves verloren habt. Denn schließlich war ich ja diejenige, die Euch so viel Mühe bereitet hat.«

»Gestern abend noch, zur Komplet«, sagte Bruder Cadfael ruhig, »war Euer Bruder hier in Sicherheit und bei bester

Gesundheit. Es besteht kein Grund zu der Annahme, daß wir ihn nicht wieder finden werden, denn er kann nicht weit sein. Die Männer des Sheriffs in Ludlow haben heute nacht noch ihre Befehle erhalten und werden sich jetzt bereits aufgemacht haben. Auch Hugh Beringar wird sich auf die Suche machen, sobald er sich davon überzeugt hat, daß es Euch gut geht und Ihr ihm erzählt habt, was Euch widerfahren ist.«

In diesem Moment trat Beringar ein. Die Mönche hatten eilig einen Weg freigeschaufelt, damit das Mädchen möglichst trockenen Fußes zur Gästehalle gehen konnte. Prior Leonard gab Anweisung, ihr eine Mahlzeit zuzubereiten und führte sie zu einem Sessel am Kamin. Er bedauerte, daß kein weiblicher Gast im Hause war, so daß man ihr keine trockenen Frauenkleider geben konnte.

»Dafür wird gesorgt werden«, sagte Beringar kurz. »In Josce de Dinans Haus sind Frauen genug – ich werde von dort alles Nötige holen lassen. Aber Ihr solltet diese nassen Kleider lieber ablegen, mein Fräulein, und Euch, wenn es sein muß, eine Novizenkutte anziehen. Habt Ihr nur das, was Ihr am Leibe tragt?«

»Ich habe alles, was ich hatte, gegen dies und die Gastfreundschaft eingetauscht, die mir ohne einen Gedanken an Bezahlung entgegengebracht wurde«, sagte sie gleichmütig. »Ich habe jedoch noch immer etwas Geld bei mir und kann also für ein Kleid bezahlen.«

Sie gaben ihr die Kutte und die Sandalen eines Novizen und zogen sich zurück, damit sie sich umziehen konnte. Als sie die Tür öffnete und sie ins Zimmer bat, geschah das mit der Würde einer Gräfin, die ihre Gäste willkommen heißt. Sie hatte ihr dunkles Haar gekämmt und nun kräuselte es sich, während es trocknete, über ihren Schultern zu Locken und hing wie schwere, schimmernde Vorhänge zu beiden Seiten ihres Gesichts herab. In der schwarzen Kutte, die sie an der Taille mit einem Gürtel zugeschnürt hatte, setzte sie sich in ihren Sessel und sah sie an. Sie war zweifellos der schönste Novize, den es in Bromfield je gegeben hatte. Ihre nassen Kleider hatte sie auf einer Bank neben dem Kamin ausgebreitet.

»Vater Prior und Herr Beringar«, begann sie, »um es kurz zu machen: Ich habe Euch und vielen anderen große Unannehmlichkeiten bereitet, dessen bin ich mir wohl bewußt. Das war nicht meine Absicht, aber es ist so. Nun bin ich gekommen, um mein Möglichstes zu tun, dies wiedergutzumachen und muß hören, daß mein Bruder, der hier in Sicherheit war und den ich hoffte hier zu treffen, in der letzten Nacht das Kloster verlassen hat und wieder verschwunden ist. An diesem, wie an allem anderen, kann ich nur mir allein die Schuld geben und sagen, daß es mir leid tut. Wenn ich irgend etwas tun kann, um die Suche nach ihm zu erleichtern ...«

»Es gibt nur eins, womit Ihr uns helfen könnt«, sagte Beringar streng, »und das ist, uns wenigstens eine Sorge abzunehmen: Bleibt hier und setzt keinen Fuß außerhalb des Hauses, bis wir Euren Bruder gefunden und zu Euch zurückgebracht haben. Nur so können wir gewiß sein, daß wenigstens *Ihr* in Sicherheit seid und nicht wieder verlorengeht.«

»Das fällt mir schwer, aber ich werde tun, was Ihr befehlt. Zumindest bis auf weiteres«, fügte sie hinzu und schob ihre Unterlippe vor.

»Dann gibt es noch ein paar Dinge, die ich jetzt, in aller Kürze, von Euch erfahren muß – der Rest kann warten. Ich bin nur zum Teil wegen Euch hergekommen. Es gehört zu meinen Aufgaben, für die Aufrechterhaltung des königlichen Friedens zu sorgen und Ihr, so glaube ich, wißt nur zu gut, daß man in dieser Gegend des königlichen Friedens spottet. Von Yves wissen wir, daß Ihr ihn und Schwester Hilaria in Cleeton zurückgelassen habt und Evrard Boterel habt wissen lassen, er solle kommen und Euch zu seinem Gut Callowleas bringen. Wir haben gesehen, was von Callowleas noch übrig ist und wir sind nach Ledwyche gegangen, um nach Euch zu suchen. Dort hörten wir von Boterel, Ihr seiet sicher mit ihm dort angekommen, jedoch wieder ausgeritten, um nach denen zu suchen, die Ihr verlassen hattet, während ihn das Fieber seiner Wunden, die er sich im Kampf zugezogen hatte, ans Bett fesselte. Was in Callowleas geschehen war, konnte auch woanders passieren – kein Wunder also, daß Ihr Euch schwere Sorgen machtet.«

Sie biß sich auf die Unterlippe, zog die Augenbrauen zusammen und sah ihm gerade ins Gesicht. »Da Evrard Euch all dies schon erzählt hat, brauche ich es nur noch zu bestätigen. Ich hoffe, er befindet sich auf dem Weg der Genesung. Ja, ich hatte Angst um sie. Dazu hatte ich allen Grund.«

»Was geschah mit Euch? Boterel hat uns gesagt, Ihr seiet nicht zurückgekehrt und als das Fieber nachließ und er feststellte, daß Ihr fort wart, hat er unablässig nach Euch gesucht. Es war töricht von Euch, alleine fortzureiten.«

Ein trauriges Lächeln spielte um ihren Mund. Sie hatte ihre Torheit bereits zugegeben. »Ich bin sicher, daß er überall nach mir gesucht hat. Jetzt kann er beruhigt sein. Nein, ich habe Cleeton nicht erreicht. Ich kenne mich in dieser Gegend nicht aus, und dann brach die Nacht herein und es begann zu schneien... In der Dunkelheit verirrte ich mich hoffnungslos, das Pferd scheute und ging durch, und ich fiel herab. Glücklicherweise fanden mich ein Wäldler und seine Frau und nahmen mich bei sich auf. Mein Leben lang werde ich ihnen dankbar dafür sein. Ich erzählte ihnen von Yves und daß ich mir Sorgen um ihn machte, und der Mann sagte, er werde nach Cleeton gehen und dort nach ihm fragen. Er kam zurück und berichtete, Johns Hof sei eine Nacht nach Callowleas überfallen worden und Yves werde schon seit jener Nacht vermißt, in der ich meinen größten Fehler beging.« Als sie dies sagte, warf sie stolz ihren Kopf zurück und richtete sich hoch auf. Mit blitzenden Augen sah sie sich um, als wolle sie sich verbitten, daß einer der Anwesenden in ihre Selbstverdammung mit einstimme oder aber versuche, sie zu begütigen. »Gott sei Dank konnten Johns und seine Familie heil entkommen. Und was ihre Verluste angeht, so betrachte ich sie als meine Schulden und werde sie dafür entschädigen. Doch eine Sache, die ich aus Cleeton hörte, beruhigte mich«, sagte sie, und aus ihrer Stimme sprach Wärme und Zuneigung, »denn man sagte mir, Schwester Hilaria sei lange bevor die Räuber kamen fortgegangen. Jener gute Mönch aus Pershore war in seiner Sorge um uns gekommen und hatte sie mitgenommen.«

Sie war so froh über diesen einen Trost, daß sie das lastende Schweigen gar nicht bemerkte. Eine Unschuldige wenigstens war der Lawine des Unheils entgangen, die ihre leichtfertige Eskapade in Gang gebracht hatte.

»Die ganze Zeit, während der ich bei ihnen war, haben wir gehofft, etwas von Yves zu hören. Wie konnte ich irgend etwas unternehmen, ohne zu wissen, wie es ihm geht? Erst gestern morgen erfuhren wir, daß er hier sei, in Sicherheit. So bin ich gekommen.«

»Gerade rechtzeitig«, bemerkte Beringar, »um zu hören, daß er wieder vermißt wird. Nun, ich glaube, er wird es nicht lange bleiben, und wenn ich jetzt so unhöflich bin, Euch zu verlassen, so nur, um mich auf die Suche nach ihm zu machen.«

Cadfael fragte sanft: »Habt Ihr den Weg hierher allein gefunden?«

Sie warf den Kopf herum und sah ihn mit ihren großen Augen herausfordernd an. Ihr Gesicht war wachsam und ruhig.

»Robert, der Sohn des Wäldlers, hat mich geführt.«

»Ich werde mich auch mit diesem Mordgesindel befassen, das sich irgendwo in diesen Hügeln verbirgt und Euch in Callowleas und Druel auf seinem Hof überfallen hat«, sagte Beringar. »Ich werde mir so viele Männer besorgen, daß ich jeden Meter des Hochlands absuchen kann. Aber zunächst müssen wir unsere beiden Vermißten finden.« Mit einem Ruck stand er auf und bedeutete Cadfael mit einer Kopfbewegung und hochgezogenen Augenbrauen, mit ihm hinaus auf den Gang zu kommen.

»Es sieht so aus, als wüßte das Mädchen nichts von Schwester Hilaria und Bruder Elyas. Dinan hat seine Männer zusammenrufen lassen und mit ihnen und meinen eigenen muß ich mich jetzt auf die Suche machen. Ich habe keine Zeit, ihr die schlimme Nachricht schonend beizubringen. Bleibt hier bei ihr, Cadfael, sorgt dafür, daß sie nicht wieder davonläuft und erzählt ihr alles. Sie muß es erfahren. Je mehr Wahrheiten wir zusammenfügen können, desto schneller werden wir dieses Räubernest ausgeräuchert haben und desto schneller kann ich wieder zu Hause sein und mit Aline und meinem Sohn Weihnachten feiern.«

Sie war hungrig, aber sie hatte wohl auch von Natur aus

einen gesunden Appetit, dachte Cadfael. Durch viel Bewegung blieb sie gertenschlank. Sie aß mit Genuß, aber ihr Gesichtsausdruck blieb wachsam, gedankenverloren und verschlossen. Cadfael ließ sie in Ruhe, bis sie sich schließlich mit einem zufriedenen Seufzer zurücklehnte. Sie hatte ihre Stirn noch immer gerunzelt und ihre Augen schienen eher nach innen zu blicken. Doch dann sah sie ihn ganz plötzlich forschend an.

»Ihr wart es, der Yves gefunden und hergebracht hat? Das jedenfalls sagte der Vater Prior.«

»Nur durch Zufall«, antwortete Cadfael.

»Nein, nicht nur durch Zufall. Ihr habt ja nach ihm gesucht.« Das sprach für ihn; ihr Gesicht wurde weicher. »Wo war das? War er sehr elend?«

»Er war in jeder Beziehung ein junger Gentleman, der sich sehr gut in der Hand hat. Und gleich Euch hatte er Gelegenheit festzustellen, daß einfache Bauern gütig und gastfreundlich sein können, ohne eine Bezahlung zu erwarten.«

»Und seitdem haben er und Ihr mich gesucht, während ich ihn suchte! O Gott!« sagte sie leise und mit ehrfürchtigem Entsetzen. »All dies ist nur meine Schuld. Und eine solche Verirrung! Ich wußte nicht, was ich tat. Ich habe mich seitdem so verändert!«

»Dann wollt Ihr nicht mehr Evrard Boterel heiraten?« fragte Cadfael mild.

»Nein«, antwortete sie ebenso ruhig. »Das ist vorbei. Ich glaubte ihn zu lieben – ich glaubte es wirklich. Es war eine Kinderei, aber dieser bitterkalte Winter ist wirklich, und diese Räuber dort oben sind wirklich, und der Tod ist wirklich, und er steht immer neben uns, und ich habe durch meine Dummheit meinen Bruder in Gefahr gebracht und weiß jetzt, daß mein Bruder für mich weit mehr ist als Evrard mir je bedeutet hat. Aber sagt ihm das nicht, wenn er zurück ist«, sagte sie schnell. »Er ist schon eitel genug. War er es, der Euch erzählte, was ich getan habe?«

»Ja. Und er erzählte auch, wie er versuchte, Euch zu folgen und sich verlief, und wie er von dem Waldbauern aufgenommen wurde, bei dem ich ihn schließlich fand.«

»Und hat er mir die Schuld für all dies gegeben?«

»Hättet Ihr dies nicht getan, an seiner Stelle?«

»Es kommt mir vor, als sei dies alles schon so lange her«, sagte sie verwundert, »und ich habe mich so verändert. Wie kann es sein, daß ich so viel Unheil anrichtete, ohne es zu wollen? Wenigstens war ich erleichtert, als ich hörte, daß der gute Klosterbruder aus Pershore – hätte ich doch nur auf ihn gehört! – zurückgekommen war, um nach uns zu suchen und Schwester Hilaria mitgenommen hatte. Waren sie noch hier als Ihr aus Shrewsbury ankamt? Ist sie weitergereist oder zurückgekehrt nach Worcester?«

Sie hatte eine einfache Frage gestellt, auf die er jedoch nicht vorbereitet war und die folgende Stille hing wie eine Drohung über ihnen. Sie begriff sehr schnell. Er brauchte nur wenige Sekunden, um sich seine Worte zurechtzulegen, aber das war schon zu lang. Sie hatte sich aufgesetzt und starrte ihn an. In ihren Augen lag eine dunkle Ahnung.

»Was verheimlicht Ihr mir?«

Er konnte nicht mehr zurück – sie mußte die Wahrheit erfahren. »Etwas, das Ihr nicht gern hören werdet und das mir schwerfällt, Euch zu sagen«, sagte Bruder Cadfael schlicht. »In der Nacht, in der die Räuber Druels Hof niederbrannten, hatten sie schon ein einsam gelegenes Gehöft, kaum zwei Meilen von Ludlow entfernt, heimgesucht. Es scheint, als wären sie zwischen diesen beiden Überfällen, auf dem Weg zu ihrem Unterschlupf, durch eine grausame Fügung des Schicksals den beiden begegnet, nach denen Ihr eben gefragt habt. Als sie Druels Hof verließen war es bereits Abend. Es war eine schlimme Nacht, mit starkem Wind und schwerem Schneefall. Möglicherweise hatten sie sich verirrt. Vielleicht waren sie auch auf der Suche nach einem Unterschlupf, in dem sie warten konnten, bis der Sturm sich gelegt hatte. So fielen sie Dieben und Mördern in die Hände.«

Ihr Gesicht war wie versteinert. Verzweifelt grub sie ihre Finger in die Armlehnen ihres Stuhls, so daß die Knöchel weiß wurden. Kaum hörbar flüsterte sie: »Tot?«

»Bruder Elyas war kaum noch am Leben, als man ihn hierher brachte. Gestern abend hielt Euer Bruder Wache an seinem Krankenlager, bevor sie beide, aus Gründen, die ich nicht einmal erraten kann, in die Nacht verschwanden. Schwester Hilaria fanden wir tot.«

Einen langen Augenblick sagte sie nichts – sie weinte nicht, sie schrie nicht, sie begehrte nicht auf. Sie barg allen Kummer, alle Schuld, alle ohnmächtige Wut in sich und wollte nichts davon zeigen. Nach einer Weile fragte sie mit leiser, tonloser Stimme: »Wo ist sie?«

»Wir haben sie hier in der Kirche aufgebahrt, bis sie beerdigt werden kann. Die Kälte hat den Boden so hart werden lassen, daß man kein Grab ausheben kann. Vielleicht möchten auch die Schwestern in Worcester, daß sie dorthin überführt wird, sobald dies möglich ist. Bis dahin wird der Prior eine Gruft in der Kirche für sie zur Verfügung stellen.«

»Erzählt mir, was mit ihr geschehen ist«, bat Ermina leise aber entschlossen. »Es ist besser, alles zu wissen, als Vorstellungen ausgeliefert zu sein.«

Mit einfachen, klaren Worten schilderte er ihr, wie die Nonne ums Leben gekommen war. Als er geendet hatte, erwachte sie aus der Reglosigkeit, in der sie verharrt hatte und fragte: »Wollt Ihr mich zu ihr führen? Ich würde sie gern noch einmal sehen.«

Wortlos und ohne Zögern stand er auf und ging voraus. Sie war dankbar für die Bereitwilligkeit, mit der er ihre Bitte erfüllte und er wußte, daß er in ihrer Achtung gestiegen war. Dennoch würde sie sich von dem, was sie für ihre Pflicht hielt, nicht zurückhalten oder abschirmen lassen. In der Kapelle, in der Schwester Hilaria in ihrem Sarg lag, den die Mönche in ihrer Werkstatt gebaut und mit Blei ausgekleidet hatten, war es fast ebenso kalt wie draußen und der Leichnam hatte nichts von seiner heiteren Schönheit verloren. Der Sarg war noch nicht geschlossen. Ermina stand lange reglos davor und betrachtete das Gesicht der Toten; dann bedeckte sie es wieder mit dem weißen Leintuch.

»Ich habe sie sehr geliebt«, sagte sie, »und ich habe sie getötet. Ihr Tod ist meine Schuld.«

»Nein, nichts dergleichen«, sagte Cadfael mit Bestimmtheit. »Ihr dürft Euch nicht mehr aufladen, als Euch zusteht. Was Ihr selbst getan habt, das dürft Ihr bereuen, beichten und büßen, auf daß Eure Seele gereinigt werde, aber Ihr dürft nicht die Schuld eines anderen auf Euch nehmen oder Gottes Recht anzweifeln, der oberste Richter zu sein. Dies war das Werk eines Mannes, eines Schänders und Mörders und er, nur er wird sich dafür zu rechtfertigen haben. Durch welche Taten anderer Menschen auch immer unsere Schwester seinen Weg gekreuzt hat *er* gab seinen Händen den Befehl, sie zu mißhandeln und zu töten, er und kein anderer! An *ihm* soll ihr Tod gesühnt werden!«

Zum erstenmal überkam sie ein Zittern und als sie sprechen wollte, hatte sie ihre Stimme nicht unter Kontrolle und mußte erst nach Fassung ringen.

»Aber wenn ich mir diese törichte Hochzeit nicht in den Kopf gesetz hätte, wenn ich mit Bruder Elyas direkt hier nach Bromfield gekommen wäre, dann könnte sie jetzt noch leben...«

»Wissen wir das? Hättet Ihr dann nicht auch den Mördern in die Hände fallen können? Mein Kind, wenn die Menschen während der letzten fünf Jahrhunderte nicht getan hätten, was sie getan haben, hätten die Dinge sich gewiß anders entwickelt – aber wäre das unbedingt besser gewesen? Es hat keinen Sinn, sich den Kopf über ›Wenn‹ und ›Falls‹ zu zerbrechen. Wir müssen von dort ausgehen, wo wir stehen, die Verantwortung für unsere Sünden übernehmen und unser Schicksal in Gottes Hand legen.«

Plötzlich brach Ermina in haltloses Weinen aus, aber sie wollte nicht, daß er ihre Tränen sah. Sie stürzte davon und warf sich zitternd vor dem Altar auf die Knie. Dort verharrte sie lange Zeit. Er ging ihr nicht nach, sondern wartete geduldig, bis sie sich erhob. Als sie zurückkam, war ihr Gesicht verweint aber gefaßt. Sie sah müde, sehr jung und verwundbar aus.

»Kommt zurück ans Feuer«, sagte Cadfael. »Ihr werdet Euch hier nur erkälten.«

Fügsam ging sie mit, froh, wieder am warmen Kamin sitzen zu können. Sie hörte auf zu zittern, sank in den Sessel zurück und schloß ihre Augen halb, aber als er eine Bewegung machte, als wolle er gehen, sah sie schnell auf. »Bruder Cadfael, als der Bote aus Worcester sich nach uns erkundigte, erwähnte er da, daß unser Onkel d'Angers in England sei?«

»Ja. Und nicht nur in England, sondern in Gloucester, bei den Truppen der Kaiserin.« Das war es, worauf sie hinausgewollt hatte, aber sie hatte sich lieber behutsam vortasten wollen. »Er bat offen und ehrlich darum, das Gebiet des Königs betreten zu dürfen, um Euch zu suchen, aber die Erlaubnis dazu wurde verweigert. Der Sheriff versprach, mit seinen eigenen Männern nach Euch Ausschau zu halten, aber er wollte keinen Gefolgsmann der Kaiserin in seine Grafschaft lassen.«

»Und sollte man einen solchen hier, auf der Suche nach uns, finden und gefangennehmen – was würde dann mit ihm geschehen?«

»Er würde behandelt werden wie ein Kriegsgefangener. Es ist die Pflicht des Sheriffs, die Kriegsmacht der Feinde des Königs zu schwächen, indem er jeden, der zu ihnen gehört, gefangennimmt, wenn sich die Gelegenheit dazu bietet. Das müßt Ihr verstehen. Ein Ritter weniger für die Kaiserin ist einer mehr für den König.« Er bemerkte ihren zweifelnden und ängstlichen Blick und lächelte. »Das ist die Pflicht des Sheriffs. Meine Pflichten lauten anders. Unter ehrenwerten Männern und aufrechten Christen kann ich, auf welcher Seite auch immer, keine Feinde entdecken. Ich habe mich anderen Regeln unterworfen. Zwischen mir und einem Mann, der nichts weiter tut, als Kinder in Sicherheit zu bringen und ihrem getreuen Vormund zuzuführen, besteht keine Feindschaft.«

Sie runzelte leicht die Stirn, als er das Wort ›Kinder‹ aussprach, dann aber lachte sie, mit verärgerter Offenheit, über ihr eigenes kindisches Verhalten. »Dann würdet Ihr einen solchen Mann also nicht einmal Eurem Freund ausliefern?«

Cadfael nahm ihr gegenüber Platz und setzte sich bequem hin, denn er hatte den Eindruck, daß sie etwas auf dem Herzen hatte, dessen sie sich entledigen wollte. »Ich habe Euch gesagt, daß ich in dieser Sache für niemanden Partei ergreife, und Hugh Beringar würde von mir nicht erwarten, daß ich in allen Dingen auf seiner Seite stehe. Er tut seine Pflicht und ich die meine. Aber ich will Euch nicht verschweigen, daß er bereits von der Anwesenheit eines Fremden in dieser Gegend weiß, eines Fremden, der sich in Cleeton nach den Dreien erkundigt hat, die gemeinsam aus Worcester geflohen sind. Seiner Kleidung nach zu schließen ein Bauer, so heißt es – jung und hochgewachsen, mit den Augen eines Falken und einer Hakennase, schwarzen Haaren und dunkler Haut.« Sie hörte ihm aufmerksam zu, biß sich auf die Unterlippe und wurde abwechselnd blaß und rot. »Und er trug ein Schwert unter seinem Umhang«, fügte Cadfael hinzu.

Sie saß reglos da und dachte nach. Das Gesicht über ihrer Schulter, das er im Licht der Fackeln vor dem Torhaus gesehen hatte, stand Cadfael deutlich vor Augen, und offenbar hatte auch sie es keineswegs vergessen. Einen Augenblick lang glaubte er, sie würde Ausflüchte machen, den Mann verleugnen und behaupten, ihr Führer sei der gewesen, für den sie ihn ausgegeben hatte: der Sohn eines Wäldlers. Aber dann beugte sie sich vor und begann mit ungestümem Eifer zu sprechen.

»Ich werde Euch alles erzählen! Und ich werde noch nicht einmal Stillschweigen von Euch verlangen, denn ich weiß, das wird nicht nötig sein. Ihr werdet ihn nicht verraten. Es stimmt, was ich gesagt habe: Ein Waldbauer und seine Frau haben mich aufgenommen und mir geholfen. Aber am zweiten Tag kam ein junger Mann und fragte nach einer Gesellschaft wie der, in der ich gereist war, bevor sie durch meine Schuld auseinanderbrach. Ich trug dieselben Kleider wie heute morgen, als wir uns begegneten, und doch erkannte er mich, und auch ich wußte, in wessen Auftrag er kam, denn alles an ihm verriet seine adlige Abstammung. Er sprach ein etwas stockendes Englisch, aber fließendes Französisch, und er erzählte mir, mein Onkel sei zurückgekehrt und befinde sich in Gloucester bei der Kaiserin. Er habe ihn heimlich geschickt, damit er uns finde und sicher zu ihm bringe. Dies und nicht mehr ist sein Auftrag, aber er ist von großer Gefahr umgeben, denn er kann jederzeit in die Hände des Sheriffs fallen.«

»Das ist bis jetzt nicht geschehen«, sagte Cadfael gelassen. »Es ist gut möglich, daß er ihnen bis zum Schluß durch die Finger schlüpfen und Euch mit sich nach Gloucester nehmen kann.«

»Aber nicht ohne Yves. Ich werde nicht ohne meinen Bruder gehen, und das weiß er. Und ich wollte auch nicht herkommen, aber er hielt es für besser. ›Gebt mir das Gefühl‹, so sagte er, ›daß wenigstens Ihr in Sicherheit seid, und überlaßt die weitere Suche mir.‹ So habe ich getan, um was er mich bat und werde es auch weiterhin tun. Aber ich könnte es nicht ertragen, wenn er, nur weil er helfen wollte, in die Hände des Königs fallen und endlos lang in einem Kerker schmachten sollte.«

»Rechnet nicht immer mit dem Schlimmsten«, munterte Cadfael sie auf. »Erwartet nur das Beste, verhaltet Euch so, daß es eintreten kann und überlaßt alles andere Gott. Aber Ihr habt Eurem Helden noch keinen Namen gegeben.« Nein keinen Namen – aber er hatte ein Gesicht und ein sehr bemerkenswertes dazu.

Sie besaß die Leichtigkeit der Jugend, die tiefen Schmerz empfinden kann, aber auch Hoffnung, Freude und die Hingabe an einen Helden. Der bloße Gedanke an ihren Beschützer hatte sie aus den tiefen Schatten der Schuld und des Todes emporgehoben, und als sie jetzt von ihm sprach, strahlten ihre Augen. »Er heißt Olivier de Bretagne. So wird er wegen seiner Abstammung in seiner Heimat genannt. Er ist nämlich in Syrien geboren, und seine Mutter war Syrerin, aber sein Vater war ein fränkischer Kreuzritter aus England. Er nahm den Glauben seines Vaters an, und um sich dessen Leuten anzuschließen, machte er sich auf den Weg nach Jerusalem. Dort trat er vor sechs Jahren in den Dienst meines Onkels und ist ein bevorzugter Ritter. Er hat ihn hierher nach England begleitet, und wen anders als ihn sollte man mit diesem Auftrag betrauen?«

»Und obwohl er sich hier kaum auskennt und nicht fließend Englisch sprechen kann«, sagte Cadfael anerkennend, »hatte er keine Angst, sich in diese unruhige Gegend, ins Gebiet der Feinde seines Herren zu begeben?«

»Er hat vor nichts Angst! Er ist die Tapferkeit in Person! Oh, Bruder Cadfael, wenn Ihr wüßtet, wie großartig er ist! Wenn Ihr ihn nur kennenlernen könntet – es bliebe Euch gar nichts anderes übrig, als sein Freund zu werden!«

Cadfael erwähnte mit keinem Wort, daß er ihn gesehen, daß diese erste Begegnung bereits stattgefunden hatte, wenn sie auch nur kurz gewesen war – wie die flüchtige Erinnerung an einen Traum. Eine wehmütige Wärme stieg in ihm auf, als er daran dachte, daß noch ein anderer einsamer Mann, der das Kreuz trug, irgendwo in diesem brennenden Land aus Sonne und Meer und Sand eine Frau gefunden hatte, die er liebte und die ihn nicht weniger geliebt haben mußte, denn sie hatte ihm einen solchen Sohn geschenkt. Im Osten gab es viele solcher Sprößlinge ungleicher Eltern. Es war kein Wunder, daß einer von ihnen den väterlichen Glauben angenommen und den Weg in das Land seines Vaters gefunden hatte. Wer die Eltern dieses jungen Mannes gewesen waren, spielte eigentlich keine Rolle.

»Ich gebe Euch das Versprechen, um das Ihr nicht gebeten habt«, sagte Bruder Cadfael. »Ich werde Olivier nicht verraten, und ich werde nichts tun, um ihn auszuliefern. In Eurer und seiner Not werde ich Euer Freund sein.«

Kapitel 9

Yves schreckte hoch. Durch den leichten Schlaf, der ihn schließlich doch übermannt hatte, waren Geräusche an sein Ohr gedrungen, so schwach und entfernt, daß er glaubte, sie geträumt zu haben. Neben ihm schlief Bruder Elyas tief und erschöpft, zu tief, um träumen zu können und für eine kurze Zeit im Frieden mit sich selbst. Sein Atem ging ruhig und regelmäßig. Der Junge fühlte mehr, als daß er hörte, wie gut Elyas diese Nacht überstanden hatte, in der er hätte umkommen können. Er klammerte sich an das Leben, auch wenn es ihm Qual bereitete.

Dennoch war Yves sicher, daß er etwas gehört hatte: Menschen. Der Wind war es nicht gewesen, denn der hatte sich gelegt, aber als er jetzt völlig regungslos dasaß und angestrengt lauschte, herrschte ringsum nur absolute Stille. Nichts ist stiller als eine tiefverschneite Landschaft, bis Menschen den Bann brechen. Und da war es wieder, kaum hörbar und weit entfernt, aber keine Einbildung: ein leises Stimmengemurmel, nur ein Fetzen, und gleich wieder vorbei. Und dann, einige Augenblicke später, das schwache Klirren von Metall, vielleicht das Zaumzeug eines Pferdes. Steif und vorsichtig um den Schlafenden nicht zu wecken, stand Yves auf und tastete sich den Weg zur Tür. Draußen herrschte noch jenes graue Zwielicht, das der Morgendämmerung vorangeht, aber das vom Schnee reflektierte Licht gab einen gespenstischen Schein. Die Nacht neigte sich ihrem Ende zu – es waren Leute unterwegs. Leute mit Pferden! Yves schloß die Tür der Hütte, verriegelte sie jedoch nicht und begann, sich so schnell wie möglich durch den tiefen Schnee zu kämpfen, damit die Männer nicht vorbeigezogen waren, bevor er sie um Hilfe bitten konnte.

Irgendwo am Fuß des Hanges, hinter einem Dickicht verschneiter Büsche und einer Gruppe von Bäumen, die gebeugt und weiß dastanden wie müde alte Männer, lachte jemand, und wieder ertönte das Klingeln eines Pferdegeschirrs. Die Wanderer kamen, wie er gehofft hatte, aus der Richtung von Ludlow und Bromfield. Voller Angst, sie könnten vorbeiziehen und die Hütte gar nicht bemerken, stürzte Yves stolpernd durch den knietiefen Schnee den Hang hinunter, stieß auf eine Bodenerhebung, die der Wind fast freigefegt hatte und begann zu rennen. Er umging das Dickicht, arbeitete sich durch einige Büsche und tastete sich mit ausgestreckten Händen durch die Dunkelheit unter den dicht beieinanderstehenden Bäumen. Die Stimmen kamen näher, laut und ungedämpft. Die einzelnen Worte konnte er noch immer nicht verstehen, aber ihr Klang ließ ihn Hoffnung schöpfen. Jemand begann zu singen, ein anderer machte eine laute Bemerkung und dann ertönte Gelächter. Darüber war Yves ungehalten, ja fast empört. Wenn diese Männer zu einem Suchtrupp gehörten, so klangen sie nicht allzu eifrig. Aber selbst wenn es nicht, wie er angenommen hatte, Hugh Beringars Männer waren – was machte das schon? Jedenfalls waren es Männer, und sie konnten ihm helfen.

Seine Augen hatten sich inzwischen an das gespenstische Zwielicht gewöhnt und als er aus dem Gebüsch trat, gewahrte er zwischen den Bäumen schattenhafte Bewegungen. Als er auf die weit auseinandergezogene Kette der Männer zurannte, sah er, daß es mehr waren, als er angenommen hatte – mindestens zehn oder zwölf. Drei Pferde und vier hochbeladene Lastponys stießen kleine Atemwölkchen aus. Selbst in diesem schlechten Licht erkannte er die Umrisse von Schwertern, Äxten und Bögen. Es war vor Morgengrauen, und diese Männer waren schwer bewaffnet, aber sie marschierten nicht diszipliniert wie Hugh Beringars Bewaffnete. Sie sahen verwildert und ausgelassen aus – und sie waren rußverschmiert. Ein leichter aber unverkennbarer Brandgeruch ging von ihnen aus, und die Lastponys waren mit Getreidesäcken, Weinschläuchen, Töpfen, Kleiderbündeln und zwei geschlachteten Schafen bepackt.

Sein Herz tat einen Sprung. Hastig versuchte er wieder in Deckung zu gehen, aber man hatte ihn schon bemerkt. Einer der Unberittenen stieß eine Art Jagdruf aus und rannte zu den Bäumen, um ihm den Rückweg abzuschneiden. Ein anderer antwortete und jetzt waren es schon zwei, die ihm mit ausgestreckten Armen und breitem Grinsen den Fluchtweg versperrten. Einen Augenblick später war er von einem halben Dutzend Männer umzingelt. Er versuchte, den Ring zu durchbrechen und in die entgegengesetzte Richtung der Hütte zu fliehen, denn instinktiv wußte er, daß er, was immer auch mit ihm geschah, den dort oben schlafenden Bruder Elyas auf keinen Fall verraten durfte. Aber mit einer fast trägen Bewegung wurde ein langer Arm ausgestreckt, eine Hand packte ihn an der Kapuzenspitze und einem Büschel Haare und schleppte ihn schmerzhaft zum Pfad.

»Sieh mal einer an!« krächzte der Mann und drehte ihn an seinen Haaren herum. »Was treibt ein Vögelchen wie du um diese Zeit hier draußen?«

Yves versuchte loszukommen, merkte aber schnell, daß das keinen Zweck hatte. Seine Würde verbot es ihm, sich zu winden oder zu betteln. So hielt er unter dem Zugriff der großen Hand still und sagte mit glaubwürdiger Festigkeit: »Laßt mich los! Ihr tut mir weh. Ich habe Euch noch nichts getan!«

»Vorwitzigen Vögelchen dreht man den Hals um«, sagte einer und vollführte mit kräftigen, schmutzigen Händen die Geste des Wringens. »Besonders wenn sie mit dem Schnabel hacken.«

Der berittene Anführer des Zuges hatte angehalten und sah zurück. Mit lauter, gebieterischer Stimme rief er: »Wen habt ihr da gefangen? Bringt ihn her und laßt ihn mich ansehen! Ich will nicht, daß Späher uns in der Stadt verraten.«

Gehorsam packten sie Yves und zerrten ihn dorthin, wo das größte der drei Pferde stand. Das Tier war fast ganz weiß und deutlich zu erkennen, von dem Mann auf seinem Rücken jedoch war nur ein hoch aufragender, schwarzer Schatten zu sehen. Als er sich bequemer im Sattel zurechtsetzte, um den Gefangenen besser betrachten zu können, fiel ein verirrter Strahl des trügerischen Zwielichts auf die Ringe seines Kettenhemds und wurde mit kleinen Lichtblitzen reflektiert. Abgesessen mochte er nicht sehr groß sein, aber die Breite seiner Schultern und die Löwenmähne, die seinen Kopf bedeckte und sich in einem buschigen Bart fortsetzte, der ihm auf die Brust hing, ließen ihn riesig wirken. Es sah aus, als sei er mit seinem Pferd verwachsen, so daß beide einen einzigen, gewaltigen Körper zu bilden schienen. Seine Erscheinung war um so furchterregender, als sein Gesicht nur ein dunkler Fleck war, von dem sich nichts ablesen ließ.

»Bringt ihn näher«, befahl er ungeduldig. »Stellt ihn hierher, an mein Knie, damit ich ihn besser sehen kann!«

Kräftige Hände rissen Yves' Kopf an den Haaren zurück. Er richtete sich auf, biß die Zähne zusammen und starrte schweigend hinauf zu dem Schatten über sich.

»Wer bist du, Junge? Wie heißt du?« Das war nicht die Stimme eines gewöhnlichen Bauern, sondern die eines Adligen, der es gewöhnt war, daß man ihm gehorchte.

»Man nennt mich Jehan«, log Yves und gab sich Mühe, sich nicht durch seine Aussprache zu verraten.

»Was hast du um diese Zeit hier zu suchen? Bist du allein?«

»Ja, Herr. Mein Vater hat dort drüben Schafe.« Er zeigte in die entgegengesetzte Richtung, in der, wie er hoffte, Bruder Elyas immer noch schlief. »Gestern haben sich einige verirrt, und wir haben uns in aller Frühe aufgemacht, um sie zu suchen. Vater schickte mich hierhin und ging selbst dort entlang. Ich bin kein Späher, was sollte ich auch ausspähen? Wir kümmern uns nur um unsere Schafe.«

»So! Ein Schafhirte, wie? Und ein sehr hübscher Schafhirte obendrein«, sagte die Stimme spöttisch. »In Kleidern aus teurem Stoff, die viel gekostet haben müssen, als sie neu waren. Also noch einmal: wer bist du?«

»Ich habe die Wahrheit gesagt, Herr! Ich bin nur Jehan, Schafhirte aus Whitbache...« Das war das einzige Gut, das er weiter im Westen und auf dieser Seite des Corve kannte. Er hatte keine Ahnung, warum die Männer um ihn in heiseres Gelächter ausbrachen, und beim Klang des kurzen, harten Lachens des Mannes über ihm stockte ihm das Blut in den Adern. Seine eigene Angst machte ihn wütend. Er biß sich auf die Lippen und sah hinauf in das dunkle Gesicht. »Ihr habt kein Recht mich festzuhalten. Ich habe nichts Böses getan. Sagt Euren Männern, sie sollen mich loslassen.«

Statt dessen sagte der Anführer interessiert aber ungerührt: »Gebt mir das Spielzeug, das er an seinem Gürtel trägt. Ich will doch einmal sehen, womit unsere Schafhirten den Wölfen dieses Jahr zuleibe rücken.«

Das Zerren an seinem Umhang hatte Yves Gürtel freigelegt, an dem sein kleiner Dolch hing. Einer der Männer nahm ihn ihm ab und reichte ihn dem Reiter.

»Ah, sie bevorzugen Silber«, sagte der Anführer spöttisch, »mit im Griff eingelegten kostbaren Edelsteinen. Sehr schön!« Er sah auf und bemerkte, daß sich der Himmel im Osten heller färbte. »Wir haben nicht genug Zeit, ihn hier zum Sprechen zu bringen, und meine Füße werden kalt. Nehmt ihn mit! Aber lebend! Ihr könnt euren Spaß mit ihm treiben, aber bringt ihn nicht um. Er könnte wertvoll für uns sein.«

Er warf sein Pferd herum und ritt weiter. Die beiden anderen Reiter folgten dicht hinter ihm. Yves war der Willkür der anderen Räuber ausgeliefert. Zu keinem Zeitpunkt hatte er die geringste Chance zur Flucht. So hoch schätzten sie ihn – oder die Befehle ihres Anführers – ein, daß immer drei von ihnen in seiner unmittelbaren Nähe waren. Mit seinem eigenen Gürtel banden sie ihm die Arme knapp über dem Ellenbogen an den Körper und zogen den Riemen, obwohl er an der Taille gut dreißig Zentimeter zu lang war, so fest an, daß es schmerzte. Seine Hände wurden, Handflächen zusammengelegt, mit einer kurzen Schnur gefesselt, und schließlich knüpften sie noch eine Schlinge in ein langes Seil, legten sie ihm um den Hals und befestigten das andere Ende am Packsattel des hintersten Lastponys. Die Schlinge würde sich zuziehen, wenn er nicht Schritt hielt, aber wenn er sich beeilte, konnte er die gefesselten Hände gerade so hoch heben, daß er das Seil ergreifen und den Zug auf die Schlinge mäßigen konnte, damit er noch Luft bekam. Er konnte jedoch nicht hoch genug reichen, um die Hand in die Schlinge selbst legen und am Zuziehen hindern zu können. Er war gewitzt genug um zu wissen, daß sie, sollte er hinfallen, anhalten und ihn wieder auf die Beine stellen würden. Ihnen war befohlen worden, ihn dorthin zu bringen, wo ihr Anführer hinritt, und zwar lebend und in nicht allzu schlechter Verfassung. Aber wenn sie ihn auch nicht töten durften, so machte es ihnen doch Spaß die erteilte Erlaubnis, ihr Spiel mit ihm zu treiben, voll auszuschöpfen.

Als sie ihm die Schlinge umlegten, hatte er versucht, durch Schulterbewegungen eine Falte seines Umhangs zwischen sie und seinen Hals zu schieben, aber einer der Räuber hatte nur laut gelacht, ihn am Ohr gezogen und den Stoff wieder glatt gestrichen. In diesem Moment war Yves eingefallen, daß die Verschlußspange des Umhangs unter dem Kragen verborgen war. Sie war sehr alt, eine sächsische Arbeit, mit einer langen Nadel, die einzige Waffe, die er jetzt noch besaß, und sie hatten sie nicht entdeckt.

»Nun flieg, Vögelchen!« sagte der Mann, der ihn zuerst gepackt hatte und bog sich vor Lachen. »Aber vergiß nicht, daß du angebunden bist. Nur zur Sicherheit, damit du uns nicht davonfliegst.« Und damit ging er an die Spitze des Zuges, um dem Anführer zu folgen. Müde, ängstlich und wütend blieb Yves zitternd und benommen stehen, so daß der erste Ruck an der Leine ihm fast den Hals zuschnürte. Keuchend sprang er vorwärts und umklammerte das Seil, um wieder zu Atem zu kommen. Wildes Gelächter belohnte seine Bemühungen.

Bald aber fand er heraus, daß ihre Späße nicht so gefährlich waren, wie er gedacht hatte. Ihre schwere Beute zwang sie nämlich, so langsam zu marschieren, daß er keine großen Schwierigkeiten hatte, Schritt zu halten. Sie waren schwer beladen, er dagegen brauchte nichts zu tragen und konnte sich, als er die letzten Reste seiner Müdigkeit abgeschüttelt hatte, schneller bewegen als sie. Während der ersten Minuten bemühte er sich, ihnen Gelegenheit zum Lachen zu geben, indem er zurückblieb und sich dann wieder beeilte, damit sich die Schlinge an seinem Hals nicht zuzog. Dadurch machte er sich mit dem Pony, an das er angebunden war, vertraut. Die Ladung des Tieres bestand aus zwei schweren Getreidesäcken, die zu beiden Seiten herabhingen, zwei ebensogroßen Schläuchen aus Ziegenhaut, die sicher Wein enthielten und hinter den Säcken befestigt waren, einem Kleiderbündel und einigen Töpfen, die obenauf geschnürt waren. Wenn er dicht aufschloß, berührte seine

Wange fast das Haar des Ziegenschlauches auf seiner Seite. Er war prall gefüllt und roch nach der Flüssigkeit, die er enthielt. Außerdem fand er sich, wenn er so dicht bei dem Pony ging, am Ende des langsamen Zuges und war vor den Männern weiter vorn durch die Last verborgen. Und obwohl sie den Pfad zu gut kannten, um von den Schneeverwehungen allzusehr aufgehalten zu werden, bereitete ihnen das Vorwärtskommen dennoch soviel Mühe, daß sie bald vergaßen, hinter sich zu sehen.

Im Schutz der schwankenden Last hob Yves seine gefesselten Hände so hoch er konnte und tastete unter dem Kragen seines Umhangs nach der Spange. Niemand konnte ihn sehen. Er schmiegte sich eng an das Pony, das stetig, geduldig ausschritt. Schließlich berührten seine zitternden Finger das Metall, und er versuchte, den Sicherungsring der Nadel zu lösen, damit er sie aus dem Stoff ziehen konnte. Seine grausam fest gebundenen Arme schmerzten, seine Finger wurden langsam taub. Verbissen setzte er seine Bemühungen fort und begann, die Nadel Stück für Stück herauszuziehen. Er befürchtete, er könnte sie aus purer Erschöpfung fallenlassen, wenn er sie schließlich aus den Falten des Umhangs befreit hatte. Wenn er sie erst in Händen hielt und die Arme sinkenlassen konnte bis er sie wieder gebrauchte, dann würde er seinen Plan auch in die Tat umsetzen können.

Der Verschluß löste sich und fast wäre ihm die runde Spange aus der Hand gerutscht. Verzweifelt schloß er beide Hände um sie. Die Nadel stach ihm in den Finger. Er war fast dankbar für den Schmerz, ließ seine bleichen Hände sinken, so daß das Blut in seine schmerzenden Arme fließen konnte und fühlte es aus der Wunde über seine Finger hinablaufen. Er wartete, bis er wieder Kraft in seinen Händen spürte, in denen er jetzt das kostbare Ding hielt, das scharf war wie ein Dolch. Einige Minuten lang verbarg er es zwischen seinen Handflächen. Er bewegte seine Finger, bis sie wieder gelenkig waren, dann erst wagte er, an die Ausführung seines Plans zu gehen.

Der gefüllte Ziegenschlauch schwang neben seiner Wange hin und her, und im Zwielicht der Morgendämmerung waren seine Bewegungen kaum auszumachen. Das Leder war zäh, obwohl es hier und da kahlgescheuert und an einigen Stellen schon weich und ausgebeult war, aber die Nadel der Spange war aus einem harten Metall und stand einige Zentimeter über den Ring hinaus. Er brauchte einige Sekunden, um sie am tiefsten Punkt in den hin- und herschaukelnden Ziegenschlauch zu stechen. Im entscheidenden Augenblick schwang er immer wieder von ihm weg, aber er lehnte sich mit der Schulter daran, um ihn festzuhalten und schließlich drang die Nadel ein.

Zu seiner Zufriedenheit sah er, daß ein dunkelroter Strahl aus dem Schlauch spritzte, als er sie wieder herauszog und hoffnungsvoll, ja fast erlöst, betrachtete er die plötzliche rote Spur, die sich im Weiß zu seinen Füßen fast wie Blut ausnahm. Nach dem ersten Spritzer schloß das Loch sich zunächst wieder, aber durch den Druck des Weines blieb es gerade so weit geöffnet, daß die rote Flüßigkeit in kleinen Tropfen herausfloß. Jedenfalls würde es reichen. Er brauchte nicht zu befürchten, daß der Wein im Schnee versickern und die Spur damit unauffindbar sein würde, denn es war so kalt, daß es sofort gefror. Und so, spärlich tröpfelnd, würde der Inhalt des Schlauches lange reichen. Lange genug, hoffte er. Um zu verhindern, daß die Tropfen zu langsam fielen, um eine verwendbare Spur darzustellen, drückte er von Zeit zu Zeit auf das Leder und preßte einen kleinen Strahl heraus, der etwaigen Verfolgern bestätigen sollte, daß sie noch immer auf der richtigen Fährte waren.

Der Morgen war nun angebrochen. Um sie herum war alles grau und still, und Dunst zog herauf, der es unmöglich machte, Entfernungen abzuschätzen. Es war ein kalter Morgen. In der vagen Hoffnung, Futter zu finden, kreisten einige hungrige Vögel in der Luft. Die Räuber hatten den Zeitpunkt für ihre Rückkehr so gewählt, daß sie ihr Versteck erreichten, bevor es richtig hell war. Wenn sie es jetzt nicht mehr weit hatten, dachte Yves, würden sie den Verlust des Weines aus dem Schlauch bei ihrer Ankunft für natürlichen Schwund halten. Schon seit einiger Zeit hatte der Weg bergauf geführt. Sie befanden sich jetzt im kargen, unwirtlichen Hochland, das den Titterstone Clee umgab. Selbst im dichten Dunst kannten sie den Weg und wußten, daß sie ihrem Versteck näherkamen; sie freuten sich auf etwas zu essen, die Ruhe und die Sicherheit ihres Verstecks, begannen die Lasttiere anzutreiben und schlugen eine schnellere Gangart an.

Yves dachte an seine wertvolle Spange und schaffte es, sie in den Saum seines kurzen Wamses zu stecken, wo man sie nicht sehen konnte. So konnte er mit seinen gefesselten Händen wieder nach dem Seil greifen, dessen Schlinge sich unangenehm um seinen Hals zuzog, wenn er etwas zurückblieb und sich daran festhalten. Es konnte jetzt nicht mehr weit sein. Sie hatten Heimatluft gewittert.

Immer weiter aufsteigend traten sie plötzlich aus der kahlen, nebligen Ödnis, in der das Auge selbst auf kurze Entfernung keine Umrisse wahrnehmen konnte, zwischen eng beieinanderstehende, niedrige Bäume, hinter denen, gerade noch erkennbar, steile Felsen aufragten. Dann schien es, als träten sie auf ein Gipfelplateau und vor ihnen erhob sich eine hohe Palisade mit einem schmalen Tor darin. Dahinter stand ein massiver dunkler Turm. Es war eine Wache aufgestellt und als sie sich näherten, wurde das Tor geöffnet.

Im Inneren hatte man entlang der Palisade primitive Hütten errichtet. Es herrschte rege Betriebsamkeit. Direkt neben dem Turm stand ein langes, flaches Haus. Yves hörte das Muhen von Kühen und das klagende Blöken von Schafen. Alles war aus Holz, neu errichtet und roh behauen, aber solide gebaut und ausgezeichnet bemannt. Kein Wunder, daß die Räuber so unbesorgt durch die Nacht zogen – sie bauten auf ihre zahlenmäßige Stärke und die Stärke ihrer geheimen Festung.

Bevor sie das Tor durchschritten, hatte Yves daran gedacht, zurückzubleiben und sich von dem tropfenden Weinschlauch fernzuhalten. Taumelnd, als sei er völlig erschöpft und ausgepumpt, schleppte er sich hinein. Er hatte nicht mehr auf den Schlauch gedrückt, seit er die Palisade erblickte, so daß nur noch einzelne kleine Tröpfchen herabfielen, als sie auf dem verschneiten Hof anhielten. Ein leckender Schlauch war nichts besonderes und wenigstens war der zweite dicht. Er hatte Glück, denn der Mann, der ihn gefangen hatte, band das Seil eilig los und zog ihn an der Schlinge um seinen Hals davon, bevor irgendjemand die dünne rote Spur bemerken und ein Geschrei darüber beginnen konnte, daß der halbe Inhalt des Schlauches auf dem Weg verschwunden war.

Yves ließ sich davonzerren und stolperte gehorsam die Stufen hinauf, die zum Eingang der langen Halle führten. Beißender Rauch, Wärme und ohrenbetäubender Lärm schlugen ihm entgegen. An den Wänden brannten Fackeln aus frischem, harzigem Holz und auf einer gemauerten Feuerstelle in der Mitte des Raumes flackerte ein großes Feuer. Mindestens zwanzig Stimmen lärmten laut und ausgelassen im Dunst. Hier fühlte man sich sicher. Es gab fast keine Möbel, nur einige grobe Bänke, große Tische, die auf Böcken ruhten und rohe Baumstämme. In diesem Durcheinander von Männern wandten sich viele grinsend nach dem kleinen Gefangenen um.

Am Ende der Halle stand eine niedrige Plattform, und hier steckten Kerzen in hohen Ständern, waren Teppiche aufgehängt und geschnitzte Stühle um einen Tisch aufgestellt, der mit Essen, Trinkhörnern und Bierkrügen beladen war. An ihm saßen drei Männer. Eine große Faust packte Yves ohne viel Umstände am Kragen, hob ihn auf die Plattform und warf ihn zu Füßen des Mannes, der am Ende des Tisches saß. Fast wäre er auf sein Gesicht geschlagen, aber er konnte den Sturz mit seinen gefesselten Händen abfangen und rang einen Augenblick lang nach Atem.

»Hier ist der Schafhirte, heil und unversehrt, wie befohlen. Wir laden gerade die Beute ab. Alles ist ruhig. Auf dem Weg hierher war keine Menschenseele zu sehen.«

Trotzig stand Yves auf. Er holte tief Atem und zwang das Zittern aus seinen Beinen, bevor er dem Anführer dieser nächtlichen Räuber ins Gesicht sah.

Zu Pferd, als er ihn im Zwielicht des anbrechenden Tages hoch überragt hatte, war ihm der Mann riesig vorgekommen. Jetzt, da er sich bequem in seinen großen Stuhl zurückgelehnt hatte, wirkte er nicht übermäßig groß. Er war jedoch sehr kräftig, mit breiten Schultern und einem mächtigen Brustkorb. Er sah gut aus, wenn auch auf eine wilde

Art. Hier, im Schein der Kerzen, war seine Ähnlichkeit mit einem Löwen noch unverkennbarer, denn das lange, gelockte Haar und der schimmernde, wuchernde Bart waren goldbraun und die großen Augen, die scharf wie die einer Katze unter schweren, halbgeschlossenen Lidern hervorschauten, hatten dieselbe Farbe. Der Bart ließ die vollen, stolz geschwungenen Lippen frei. Schweigend betrachtete der Anführer Yves von Kopf bis Fuß, während Yves den Blick standhaft erwiderte. Eher aus Klugheit als aus Angst sagte auch er nichts. Es konnte schlimmer kommen als jetzt. Wenigstens waren sie nun beutebeladen von einem weiteren Raubzug zurück, aßen und tranken und waren sehr mit sich zufrieden. Der Löwe schien guter Laune zu sein. Wenn sein Lächeln auch höhnisch war, so war es doch ein Lächeln.

»Bindet ihn los«, sagte er.

Der Gürtel um Yves' schmerzende Arme wurde gelöst und die Fesseln von seinen Händen genommen. Er rieb seine tauben Handgelenke bis das Blut wieder durch sie strömte, hielt seine Augen aufmerksam auf das Gesicht des Löwen gerichtet und wartete ab. Hinter seinem Rücken drängten sich grinsend einige Räuber, um das Schauspiel zu verfolgen.

»Ich hoffe, es hat dir auf dem Weg nicht die Sprache verschlagen«, sagte der Bärtige liebenswürdig.

»Nein, Herr. Ich kann sprechen wenn ich etwas zu sagen habe.«

»Dann kann ich dir nur raten, dir jetzt gleich etwas einfallen zu lassen. Und zwar etwas, das dichter bei der Wahrheit liegt als das, was du mir dort unten hast aufbinden wollen.«

Yves hatte das Gefühl, daß Kühnheit hier nicht schaden konnte. Auf jeden Fall durfte er sich keine Angst anmerken lassen. »Ich habe Hunger, Herr«, sagte er also geradeheraus, »und das ist nicht gelogen. Ich nehme an, daß Ihr als Ehrenmann Wert darauf legt, Euren hochgestellten Gästen etwas zu essen zu geben.«

Der Löwe warf den Kopf in den Nacken und brach in ein schallendes Gelächter aus, in das die anderen einstimmten. »Das klingt wie ein Geständnis. Also bist du aus adligem

Geblüt? Dann sprich nur weiter und du wirst etwas zu essen bekommen. Aber keine Geschichte von verirrten Schafen! Wer bist du?«

Er wollte die Wahrheit hören. Und trotz seiner gegenwärtigen guten Laune war es ihm gleichgültig, welche Mittel er einsetzen mußte, um zu bekommen, was er wollte, sollte sich ihm jemand widersetzen. Yves überlegte einige Sekunden zu lang, was er sagen sollte und bekam einen Vorgeschmack dessen, was ihn erwartete, wenn er sich weiterhin weigerte zu reden. Ein langer Arm griff nach seinem Handgelenk und zwang ihn mit einer kleinen Drehung schmerzhaft auf die Knie. Die andere Hand packte seine Haare und riß ihm den Kopf in den Nacken, so daß er zu dem immer noch ruhig lächelnden Gesicht aufsehen mußte.

»Wenn ich frage, ist man gut beraten, mir zu antworten. Wer bist du?«

»Laßt mich los und ich werde es Euch sagen«, antwortete Yves mit zusammengebissenen Zähnen.

»Erst rede, Bursche, und dann werde ich dich vielleicht loslassen. Möglicherweise bekommst du dann auch etwas zu essen. Du magst ein kleines, stolzes Adelsküken sein, aber so manchem Hahn, der zu laut gekräht hat, hat man schon den Hals umgedreht.«

Yves schob sich ein wenig zur Seite, um den Schmerz erträglicher zu machen, holte tief Atem, damit seine Stimme nicht zitterte und sagte, wer er war. Dies war weder der geeignete Augenblick für unsinnigen Heldenmut noch für trotziges Beharren auf seiner Würde.

»Ich heiße Yves Hugonin und bin adliger Abstammung.«

Der Bärtige ließ ihn los und lehnte sich wieder in seinem Sessel zurück. Sein Gesichtsausdruck hatte sich nicht verändert. Er war keineswegs wütend gewesen – nicht Wut, sondern kalte Berechnung bestimmte alle seine Handlungen. Raubtiere empfinden beim Töten keinen Haß, allerdings auch keine Reue.

»Ein Hugonin, was? Und was hattest du vor, Yves Hugonin, als wir dich dort unten aufgelesen haben, am frühen Morgen eines kalten Wintertages?«

»Ich wollte versuchen, nach Ludlow zu gelangen«, antwortete Yves. Er erhob sich von den Knien und strich sich das Haar aus dem Gesicht. Er durfte nicht verraten, daß er nicht allein dort gewesen war; vorsichtig suchte er sich seinen Weg zwischen Wahrheit und Lüge. »Ich war auf der Klosterschule in Worcester. Die Mönche wollten nicht, daß mir beim Kampf um die Stadt etwas zustieß und schickten mich fort, als Worcester angegriffen wurde. Ich floh mit einigen anderen Leuten, und wir versuchten, eine Stadt zu erreichen, in der wir sicher waren, aber durch den Sturm wurden wir getrennt. Ich wurde von Bauern aufgenommen und versuchte, mich, so gut ich konnte, nach Ludlow durchzuschlagen.«

Hoffentlich klang seine Geschichte überzeugend. Er wollte nicht gezwungen sein, Einzelheiten zu erfinden. Mit Unbehagen dachte er an das Gelächter, mit dem sie seine Behauptung begrüßt hatten, er wohne in Whitbache. Warum hatten sie da nur gelacht?

»Und wo hast du dann die letzte Nacht verbracht? Doch nicht im Freien?«

»Nein, in einer Hütte in den Hügeln. Ich dachte, ich würde vor Abend noch nach Ludlow kommen, aber dann begann es zu schneien, und ich habe mich verlaufen. Als dann der Wind nachließ und es aufhörte zu schneien«, fuhr er fort, damit niemand ihn unterbrach und hierzu weitere Fragen stellte, »ging ich weiter. Und dann hörte ich Euch und dachte, Ihr könntet mir den rechten Weg zeigen.«

Der Bärtige betrachtete ihn nachdenklich. Um seinen Mund spielte ein beunruhigendes, kaltes Lächeln. »Und da bist du nun, hast ein solides Dach über dem Kopf, ein Feuer, an dem du dich wärmen kannst und bekommst zu essen und zu trinken, wenn du dich anständig benimmst. Das alles hat natürlich seinen Preis ... Hugonin! Und Worcester ... Bist du der Sohn von Geoffrey Hugonin, der vor ein paar Jahren gestorben ist? Die meisten seiner Ländereien lagen, soweit ich mich erinnere, in jener Grafschaft.«

»Ja, ich bin sein Sohn und Erbe.«

»Aha! Dann dürfte die Bezahlung für deinen Aufenthalt hier keine Schwierigkeiten bereiten.« Die halbgeschlossenen Augen blitzten zufrieden. »Und wer ist der Vormund

Eurer Lordschaft? Und warum läßt er dich allein und schlecht ausgerüstet in dieser Kälte herumstreunen?«

»Er ist erst kürzlich aus dem Heiligen Land nach England zurückgekehrt und wußte nichts davon. Ihr findet ihn in Gloucester, wenn Ihr ihn benachrichtigen wollt. Er steht auf der Seite der Kaiserin.« Der Löwe zuckte ungerührt die Schultern. In diesem Bürgerkrieg gehörte er keiner Partei an und für wen andere kämpften war ihm völlig gleichgültig. Die einzige Seite, auf der er stand, war seine eigene – etwas anderes kam für ihn nicht in Betracht. Aber gewiß würde er von Parteigängern des Königs ebenso gern Lösegeld fordern wie von denen der Kaiserin. »Sein Name ist Laurence d'Angers«, sagte Yves. »Er ist der Bruder meiner Mutter.« Diesen Namen vernahm man mit Befriedigung – er war hier wohl bekannt. »Er wird ein stattliches Lösegeld für mich bezahlen.«

»Bist du dir da so sicher?« Der Bärtige lachte. »Nicht immer sind Onkel versessen darauf, Neffen freizukaufen, denen eines Tages ein großes Vermögen zufallen wird. Man hat schon von welchen gehört, die ihre Verwandten lieber in den Händen der Entführer ließen, um sie so loszuwerden und selber an das Erbe zu gelangen.«

»Das könnte er nicht«, erwiderte Yves, »denn ich habe noch eine Schwester und sie ist nicht in Eurer Gewalt.« Die Sorge um sie stieg plötzlich erneut in ihm auf. Er wußte nicht, wo sie jetzt war und möglicherweise steckte sie in einer ebenso verzweifelten Situation wie er selbst, aber er zwang seine Stimme zur Ruhe und ließ sich nichts anmerken. »Außerdem ist mein Onkel ein Ehrenmann«, sagte er steif. »Er wird mich ohne zu zögern auslösen. Vorausgesetzt ich bleibe unverletzt und am Leben«, fügte er nachdrücklich hinzu.«

»Kein Haar soll dir gekrümmt werden«, sagte der Löwenmähnige lachend, »vorausgesetzt der Preis stimmt.« Er winkte dem Burschen, der neben Yves stand. »Ich übergebe ihn dir. Gib ihm etwas zu essen und laß ihn sich beim Feuer wärmen, aber wenn du ihn entkommen läßt, wirst du mit dem Kopf dafür bezahlen. Schließ ihn im Turm ein, sobald er gegessen hat. Er ist mehr wert als der ganze Plunder, den wir in Whitbache erbeutet haben.«

Bruder Elyas tauchte aus dem traumlosen Frieden des Schlafes auf zu den Träumen, die ihn im Wachen quälten. Es war Tag, durch die Ritzen zwischen den Balken der Hütte fielen kalte, weiße Streifen des Morgenlichts. Er war allein. Aber da war noch jemand gewesen, das wußte er. Ein Junge... ein Junge hatte ihn beharrlich begleitet und neben ihm im Heu gelegen. Er hatte die Wärme des Körpers neben sich gespürt. Jetzt war niemand mehr da. Bruder Elyas vermißte ihn. Im Schnee hatten sie sich gegenseitig gestützt und nicht allein die Kälte und die Grausamkeit des Sturmes zu lindern versucht. Was immer aus ihm geworden war, er mußte den Jungen finden und dafür sorgen, daß ihm nichts zustieß. Kinder hatten ein Recht zu leben – ein Recht, das viele Erwachsenen durch Torheiten, durch Verfehlungen, durch Sünden verwirkt hatten. Seine eigene Seele war verdammt, aber der Junge war rein und unschuldig und durfte Tod und Gefahren nicht ausgesetzt werden.

Elyas stand auf und öffnete die Tür. Unter dem Dachüberhang, wo der Wind den meisten Schnee davongeweht und nur eine dünne Schicht zurückgelassen hatte, waren die Spuren der kleinen Füße deutlich zu sehen. Windböen hatten nur einige Flocken hineingeweht. Die Spuren führten nach rechts, den Hang hinunter und dort, im tiefen Schnee hatte der kleine Körper eine tiefe Furche hinterlassen, die sich um ein Gebüsch herum und in eine Baumgruppe zog.

Elyas folgte der Spur des Jungen. Hinter den Bäumen fand er einen nach Osten leicht ansteigenden Pfad. Pferde und Unberittene waren hier gegangen, genug, um einen Weg freizuhalten. Sie waren aus westlicher Richtung gekommen. Hatten sie den Jungen nach Osten mitgenommen? Es hatte keinen Sinn, hier nach den Fußspuren eines Kindes zu suchen, aber offenbar war er den Hang hinabgerannt und hatte sich durch den tiefen Schnee gekämpft, um zu ihnen zu stoßen.

In seinem selbst für Kälte und Schmerz undurchdringlichen Traum, der nur von der Erinnerung an den Jungen beherrscht wurde, wandte sich Bruder Elyas gen Osten und folgte dem Pfad, auf dem die unbekannte Reisegesellschaft gegangen war. Die Furche, die sich durch die öde Wildnis, durch Schneewehen und verschneite Mulden zog, war leicht zu verfolgen. Dieser sich schlängelnde Weg war sicher älter als alle anderen in dieser Gegend. Er war so angelegt, daß der Aufstieg leicht und auch für Pferde möglich war. In einem weiten Bogen wand er sich den Berg hinauf. Nach etwa dreihundert Schritten bemerkte Bruder Elyas den ersten roten Fleck im Schnee.

Jemand hatte geblutet. Zwar nur wenig, aber danach kamen weitere rote Tröpfchen, und nach einigen Schritten fand er den nächsten roten Fleck. Vom langsam aufsteigenden Nebel verhangen ging die Sonne auf. Auf der Oberfläche des Schnees war die rote Flüssigkeit gefroren. Selbst die kraftlose Mittagssonne würde sie nicht auftauen, aber der Wind würde vielleicht Schnee darüberwehen. Bruder Elyas folgte dem Weg, auf dem jemand Blut vergossen hatte. Blutvergießen konnte durch Blut gesühnt werden. Wenn jemand dem Jungen etwas zugefügt hatte, dann mochte ein Mann, der seine Seele bereits der Verzweiflung und dem Tod überantwortet hatte, doch noch zu etwas nütze sein.

Die nur mit Sandalen bekleideten Füße stapften durch den Schnee. Unempfindlich gegen Kälte, Schmerz und Furcht machte Bruder Elyas sich auf die Suche nach Yves.

Kapitel 10

Nach dem Hochamt trat Bruder Cadfael mit Prior Leonard aus der Kirche in die Sonne, die selbst jetzt, um die Mittagszeit, nur blaß und kraftlos schien. Die vom Wind aufgetürmten Schneemassen glitzerten. Einige Pächter der Priorei hatten sich gemeldet, um bei der Suche nach den beiden Vermißten zu helfen, solange das Tageslicht noch ausreichte und kein Schnee fiel. Prior Leonard deutete auf einen von ihnen, einen großen, breitschultrigen Burschen in mittleren Jahren mit roten Haaren, in denen sich die ersten Spuren von Grau zeigten. Er hatte das wettergegerbte Gesicht und die klaren blauen Augen eines Bergbewohners.

»Das ist Reyner Dutton. Er hat Bruder Elyas zu uns gebracht, als er ihn verletzt am Straßenrand fand. Was wird er nun von uns denken, da wir doch nicht in der Lage waren, ordentlich für diesen unglücklichen Mann zu sorgen.«

»Euch trifft dabei keine Schuld«, sagte Cadfael niedergeschlagen. »Wenn irgend jemand einen Fehler gemacht hat, dann war ich es.« Nachdenklich betrachtete er Reyners mächtige Erscheinung. »Wißt Ihr, Leonard, ich habe mir einige Gedanken über diese Flucht gemacht. Wer von uns hätte das nicht! Es sieht so aus, als habe Elyas, nachdem irgend etwas ihn aufgerüttelt hat, mit großer Entschlossenheit gehandelt. Er ist nicht einfach aus dem Bett gestiegen und herumgeirrt. In kaum einer Viertelstunde waren sie verschwunden. Und offensichtlich konnte ihn der Junge nicht davon abhalten – er hatte sich etwas in den Kopf gesetzt und war fest entschlossen es auszuführen. Ja, er verfolgte eine bestimmte Absicht. Vielleicht war es etwas völlig Unsinniges, aber ihm war es wichtig. Könnte es nicht sein, daß er sich plötzlich an den Überfall erinnerte, bei dem er fast getötet worden wäre und sich zu dem Ort aufmachte, an dem er stattfand? Das war doch das Letzte, was er wußte, bevor man ihm das Gedächtnis und beinahe auch das Leben raubte. Vielleicht wollte er in seiner Umnachtung den Faden dort wieder aufnehmen.«

Prior Leonard wiegte zweifelnd den Kopf, gab dann aber doch zu: »Es könnte sein. Aber wäre es nicht möglich, daß er sich an den Auftrag erinnerte, mit dem er von Pershore hierhergeschickt wurde und sich jetzt auf den Weg dorthin gemacht hat? Ein Mann in seinem Zustand könnte so handeln.«

»Dabei fällt mir ein«, sagte Cadfael ernst, »daß ich die Stelle, wo Elyas überfallen wurde, nie gesehen habe. Aber sie kann nicht weit von dem Ort entfernt sein, wo man unsere Schwester umgebracht hat. Und das wiederum gibt mir zu denken.« Aber er verschwieg, was er so sonderbar daran fand, denn Leonard war fast noch ein Kind gewesen, als er ins Kloster eintrat und auch jetzt noch umgab ihn eine heitere, unschuldige Zufriedenheit. Es bestand keine Notwendigkeit, ihn mit der Überlegung zu beunruhigen, daß in der Nacht, in der Hilaria getötet worden war, ein ebenso starker Schneesturm getobt hatte wie in der vergangenen Nacht, und daß sich selbst Lust unter diesen Umständen nur im Schutz eines, wenn auch noch so bescheidenen Daches Bahn bricht. In der Nähe ihres eisigen Grabes hatte Bruder Cadfael keine Hütte bemerkt. Ein Bett aus Schnee und Eis und eine Decke aus Sturmwind waren nicht gerade die einladendsten Umstände für eine Schändung. »Eigentlich wollte ich nach dem Essen mit den anderen gehen«, sagte Cadfael, »aber wie wäre es, wenn Reyner mich zu der Stelle führen würde, wo er Bruder Elyas gefunden hat? Man könnte ebenso gut dort wie irgendwo anders mit der Suche beginnen.«

»Das stimmt«, nickte der Prior, »wenn Ihr sicher seid, daß das Mädchen hierbleibt und nichts auf eigene Faust unternimmt...«

»Sie wird hierbleiben«, sagte Cadfael zuversichtlich, »und Euch keine Schwierigkeiten bereiten.« Allerdings nicht, weil er sie darum gebeten hatte. Sie würde gehorsam warten, weil ihr strahlender junger Held, ein gewisser Olivier, es so wollte. »Kommt, wir wollen den Mann fragen, ob er mich führen will.«

Der Prior holte den Pächter aus der Gruppe der anderen

Männer, bevor sie zum Torhaus hinausmarschierten und stellte ihn Bruder Cadfael vor. Offenbar hatte Reyner ein gutes Verhältnis zu seinem Herrn und war mit jedem Plan einverstanden, den Leonard vorschlug.

»Ich führe Euch gern dorthin, Bruder. Der arme Mann – nun ist er schon wieder dort draußen in der Wildnis, wo er doch schon einmal fast erfroren wäre. Und dabei war er schon auf dem Weg der Besserung. Es muß ihn eine Verrücktheit überkommen haben, daß er in so einer Nacht hinauswollte.«

»Solltet Ihr nicht besser zwei von unseren Mauleseln nehmen?« fragte der Prior. »Die Stelle ist gewiß recht nah, aber wer weiß, wie weit Ihr werdet laufen müssen, wenn Ihr eine Spur findet? Und seit Ihr hergekommen seid, Cadfael, hat Euer Pferd nicht viel im Stall gestanden. Unsere Tiere sind ausgeruht und ausdauernd.« Das war ein Angebot, das man besser nicht ausschlug. Ob beritten oder zu Fuß – sie würden nur langsam vorankommen. Dann also besser beritten. Cadfael ging ins Haus, um schnell noch etwas zu essen, kehrte zurück und half Reyner beim Satteln der Maultiere. Sie hielten sich in östlicher Richtung, auf der mittlerweile bereits gut begehbaren Straße. Das Tageslicht würde vielleicht noch vier Stunden vorhalten, danach mußten sie mit dem Einbruch der Dunkelheit und möglicherweise auch mit erneuten Schneefällen rechnen. Sie ließen Ludlows rechts liegen und folgten weiter der Straße. Der Himmel vor ihnen hing schwer und grau, obwohl dort, wo sie jetzt waren, schwach die Sonne schien.

»Ihr habt ihn doch nicht am Rand der Landstraße gefunden?« fragte Cadfael, als Reyner keine Anstalten machte abzubiegen.

»Ganz in der Nähe der Straße, Bruder, nur ein Stück weiter nördlich. Wir kamen den Hang hinunter, unterhalb des lichten Waldes und stolperten geradezu über ihn. Er lag einfach nackt im Schnee. Ich würde es mir sehr zu Herzen nehmen«, sagte Reyner mit Nachdruck, »wenn wir ihn nun verlieren würden, nachdem er bis jetzt alles überstanden hat, das kann ich Euch sagen. Als wir ihn fanden, stand er mit einem Fuß im Grab. Einen guten Mann vor dem Tod zu bewahren und diesen Teufeln, die ihn mit aller Gewalt umbringen wollten, eine Nase zu drehen, das hat mir gutgetan! Aber mit Gottes Hilfe werden wir ihn auch ein zweitesmal retten. Ich habe gehört, daß ein Junge mit ihm gegangen ist«, sagte Reyner und sah Cadfael mit seinen blauen Augen an. »Der Junge, der schon früher vermißt wurde. Jetzt wird er auch wieder gesucht. Das nenne ich anständig, wenn so ein Bursche, wo er den anderen schon nicht von einer Dummheit abhalten kann, sich wenigstens nicht abschütteln läßt, sondern bei ihm bleibt. Jeder Bauer in dieser Gegend sucht nach den beiden. – Wir sind jetzt fast da, Bruder. Hier müssen wir links von der Straße herunter.«

Es war nicht mehr weit. Nur einige Minuten von der Straße entfernt war eine flache, von Büschen umstandene Mulde. Etwas weiter oben am Hang, an ihrer Nordseite, standen zwei große Weißdornbüsche.

»Genau hier haben wir ihn gefunden«, sagte Reyner.

Der Weg hatte sich gelohnt. Cadfael sah sich vor einige Probleme gestellt. Ja, es paßte alles in das Bild, das er sich von jener Mondnacht gemacht hatte. Die Räuber waren auf dem Rückweg von ihrem ersten Überfall südlich der Straße gewesen und hatten sie, wie es schien, irgendwo hier überquert, um auf einem ihnen bekannten Pfad unbemerkt in die Wildnis um den Titterstone Clee aufzusteigen. Es war gut möglich, daß sie zufällig auf Bruder Elyas gestoßen waren und ihn eher zum Vergnügen als wegen seiner Kutte umbringen wollten, obwohl sie freilich gegen eine Plünderung des vermeintlichen Leichnams nichts einzuwenden hatten. Nun gut – aber wo war dann Schwester Hilaria zu dieser Zeit gewesen?

Cadfael sah nach Norden auf die sanft geschwungenen Hügel, durch die er, Yves vor sich auf dem Sattel, geritten war. Irgendwo dort oben, ein gutes Stück von der Straße entfernt, war der Bach, in dem er Schwester Hilaria gefunden hatte. Er schätzte, daß die Stelle eine Meile nordöstlich von hier lag.

»Komm mit Reyner. Da ist etwas, das ich mir noch einmal ansehen möchte.«

Da der Wind einen Teil des Schnees, der in der Nacht gefallen war, weggefegt hatte, kamen die Maultiere gut voran. Cadfael orientierte sich nach seinem Gedächtnis und es stellte sich heraus, daß er die richtige Richtung eingeschlagen hatte. Unter den Hufen dröhnte das Eis eines kleinen, zugefrorenen Baches. In den windgeschützten Mulden waren niedrige Bäume und Büsche unter Massen von Schnee begraben. Sie stiegen immer weiter hinauf. Die Straße war längst nicht mehr zu sehen; das wellige, verschneite Gelände verbarg sie vor ihren Blicken. Sie stießen etwas unterhalb von der Stelle, an der Schwester Hilaria gelegen hatte, auf den Zufluß des Ledwyche-Baches und folgten seinem sanft ansteigenden Verlauf, bis sie vor dem unverkennbaren, sargförmigen Loch im Eis standen. Obwohl der Schnee der vergangenen Nacht die scharfen Kanten abgerundet hatte, war das Loch deutlich zu erkennen. Hier hatten die Mörder sich ihrer Leiche entledigt.

Und von hier bis zu der Stelle, an der Bruder Elyas überfallen und als tot liegengelassen worden war, betrug die Entfernung mehr als eine Meile!

Nein, nicht hier, dachte Cadfael und ließ die Augen über die Umgebung schweifen, die fast so öde und kahl war wie der zerklüftete Clee. Hier war es nicht geschehen. Sie war erst nachher hierhergebracht worden. Aber warum? Die Räuber hatten doch sonst ihre Opfer immer dort zurückgelassen, wo sie sie überfallen hatten und sich nicht die Mühe gemacht, ihre Leichen zu verbergen. Und von wo hatte man sie hierhergebracht? Irgendwo in der Nähe mußte es eine Art Unterstand geben.

»Hier oben weidet man wahrscheinlich eher Schafe als Rinder«, sagte er und betrachtete die weiter oben gelegenen Hänge.

»Das stimmt, aber die meisten haben die Bauern jetzt nach Hause geholt. Einen solchen Winter haben wir seit zehn Jahren nicht mehr gehabt.«

»Dann muß es doch für die Schafhirten hier irgendwo ein oder zwei Hütten geben. Weißt du, wo die nächstgelegene ist?«

»Ja, ein Stück weit den Querweg nach Bromfield hinunter, vielleicht eine halbe Meile von hier.« Das mußte derselbe Weg sein, den Cadfael mit Yves geritten war, als sie von Thurstans Hof im Wald nach Bromfield zurückkehrten. Er konnte sich nicht erinnern, damals eine solche Hütte bemerkt zu haben, aber immerhin war es ja auch schon gegend Abend gewesen.

»Dann laß uns dorthin gehen«, sagte er und lenkte sein Maultier in diese Richtung.

Sie waren bereits etwas mehr als eine halbe Meile geritten, als Reyner auf eine flache Mulde links unterhalb des Pfades deutete. Das Dach der Hütte war fast völlig unter den Schneemassen verborgen. Nur die gerade Linie des Schattens, die es warf, verriet, daß hier etwas von Menschenhand Gebautes stand. Sie ritten hinunter, um an die Südseite der Hütte zu gelangen, in der auch die Tür war und stellten fest, daß diese weit aufgerissen war. An der Höhe des in der letzten Nacht gefallenen Schnees, der auf der Schwelle lag, konnten sie sehen, daß die Tür erst einige Stunden offengestanden haben konnte, denn im Inneren der Hütte lag, abgesehen von den feinen Kristallen, die durch die Ritzen geweht worden waren, kein Schnee.

Cadfael blieb vor der Tür stehen. An zwei Stellen, dicht beieinander, hatte ein Fuß den Schnee plattgetreten, der sich vor der Tür aufgetürmt hatte, als sie noch geschlossen gewesen war. An den Dachbalken hingen Eiszapfen und an den vergangenen Tagen war es gegen Mittag so warm gewesen, daß sie eine kurze Zeitlang getropft hatten und dann, gegen Abend, wieder gefroren waren, denn die Hütte lag nach Süden und wurde gegen Norden durch den dicht dahinterliegenden Hang geschützt. Vor Cadfaels Augen fiel ein Tropfen zu Boden, und er sah die Reihe kleiner schwarzer Punkte im Schnee unter dem überhängenden Dach, den der Wind in der Nacht zum Teil schon weggefegt hatte. An der Ecke der Hütte hatten die Tropfen ein etwas größeres Loch gemacht, in dem etwas Rundes, Braunes zu sehen war, das weder verdorrtes Gras noch Erde war. Cadfael ging zu der Stelle und stocherte mit der Stiefelspitze im Schnee.

Frost erhält alles so, wie es ist. Die Sonne der vorangegangenen Tage hatte nur so viel Kraft gehabt, daß das Tauwasser lediglich die Spitze dieses Haufens Pferdedung freigelegt hatte. Wenn der nächste Schnee ihn zugedeckt hatte, würde der Frost wieder alles versiegeln. Aber das Loch, das die Tropfen des Tauwassers gemacht hatten, war zu tief, um an einem Tag entstanden zu sein – dafür war die Sonne zu schwach. Es war unmöglich, mit Genauigkeit zu sagen, wann hier ein Pferd gestanden hatte, aber Cadfael schätzte, daß es fünf oder sechs Tage her war. War es angebunden gewesen? Die Balken der Hütte waren roh behauen, und das tiefe, weit vorstehende Dach wurde von Stützen getragen, an denen man leicht Zügel festbinden konnte.

Er hätte das helle, fast weiße Haar, das sich etwas über Augenhöhe im rauhen Holz an der Ecke der Hütte verfangen hatte, vielleicht nicht bemerkt, wenn es sich nicht in einem plötzlichen Windstoß bewegt hätte. Vorher war es im Schnee, der dort klebte, festgefroren gewesen, aber der Wind hatte es losgerissen und ließ es nun hin- und herflattern. Vorsichtig löste er es von den Holzsplittern und strich mit den Fingern darüber: einige dicke, rauhe, blaß-gelbe Haare. Das Pferd, das hier angebunden gewesen war, hatte Schulter und Mähne an der Ecke der Hütte gescheuert und dabei eine Spur zurückgelassen.

Dies war die Hütte, die dem Bach, in dem er Hilaria gefunden hatte, am nächsten lag. Und wenn man ein Pferd hatte, konnte man den Leichnam eines ermordeten Mädchens ohne große Mühe dorthin schaffen. Aber vielleicht war er zu voreilig. Er wollte lieber sehen, was dieser Ort ihm sonst noch verraten konnte, bevor er solche überstürzten Schlüsse zog.

Er barg die Pferdehaare sorgfältig in seiner Kutte und betrat das Innere der Hütte. Hier drinnen war es etwas weniger kalt als draußen und der schwache, trockene Duft des aufgeschütteten Heus prickelte in seiner Nase. Hinter ihm stand Reyner und beobachtete jede seiner Bewegungen schweigend und aufmerksam.

Jemand hatte im vergangenen Jahr eine gute Heuernte eingefahren und verwahrte in dieser Hütte noch immer große Vorräte. Ein warmes Lager im Heu, darüber ein solides Dach – ja, jeder, der in der Nacht herumirrte, würde für einen solchen Unterschlupf dankbar sein. Und in der vergangenen Nacht war offenbar jemand hiergewesen, denn der Heuhaufen war vom Gewicht eines großen Körpers niedergedrückt worden. So mochte es auch in anderen Nächten gewesen sein... Nur daß dann zwei Menschen hier gewesen waren. Ja, das war wohl der Ort, den er gesucht hatte. Und doch war auch diese Hütte mindestens eine halbe Meile von der Stelle entfernt, an der man Bruder Elyas halbtot gefunden hatte, und die Räuber waren auf dem Heimweg gewesen und hatten gewiß nicht eine halbe Meile menschenleerer Hügellandschaft durchstreift.

»Glaubt Ihr«, fragte Reyner, »daß die beiden, die wir suchen, letzte Nacht hier waren? Denn irgend jemand ist ja hier gewesen, und der Schnee auf der Schwelle ist von zwei Füßen zertrampelt.«

»Es könnte sein«, sagte Cadfael in Gedanken versunken. »Wir wollen es hoffen, denn wer immer auch hier war, ist, wie es aussieht, heute morgen lebend und gesund wieder fortgegangen und hat Spuren hinterlassen, denen wir gleich folgen werden, sobald wir alles gefunden haben, was es hier zu finden gibt.«

»Was können wir hier schon finden, wo sie doch weg sind?« Aber Reyner beobachtete Cadfaels Konzentration mit Respekt und half sogar selber bei der Suche. Er kam herein, sah sich mit scharfen Augen um und schob mit dem Fuß den großen Heuhaufen auseinander. »Wenn sie es bis hierhin geschafft haben, hatten sie kein schlechtes Bett. Vielleicht ist ihnen doch nichts Ernsthaftes zugestoßen.« Sein Stochern im Heuhaufen hatte eine große Staubwolke aufgewirbelt und ein Stückchen schwarzen Stoffs freigelegt, das vorher tief im Heu verborgen gewesen war. Er bückte sich, zog daran und brachte ein langes schwarzes Kleidungsstück zum Vorschein, das sich, zerknittert und staubig, in seinen Händen entfaltete. Verwundert hielt er es hoch. »Was ist das? Wer wirft einen so guten Umhang weg?«

Cadfael nahm ihm das Kleidungsstück ab und hielt es mit ausgestreckten Armen hoch, um es genauer zu betrachten. Es war ein einfacher Reiseumhang aus rauhem, schwarzem

Stoff, wie ihn die Benediktiner trugen. Der Umhang eines Mannes, eines Mönches. Gehörte er Bruder Elyas?

Wortlos ließ er ihn fallen und wühlte, wie ein Terrier, der eine Ratte verfolgt, mit beiden Händen im Heuhaufen, bis er auf den gestampften Lehmboden stieß. Dort, tief unten verborgen, lag noch mehr schwarzer, zusammengerollter Stoff. Als er das Bündel herauszog und ausschüttelte, fiel ein zusammengeknülltes, weißes Bällchen heraus. Er bückte sich danach, strich es glatt und erkannte, daß es das weiße, leinene Brusttuch einer Nonne war. Es war jetzt schmutzig und zerknittert. Und als er den schwarzen Stoff aufhob, stellte er fest, daß es eine schlankgeschnittene Kutte, die mit einem Gürtel geschnürt wurde und ein kurzer Umhang aus demselben Material war. All das war sorgfältig verborgen worden, damit kein Schafhirte zufällig darauf stieß, ehe nicht das ganze Heu aufgebraucht war.

Cadfael breitete das Ordensgewand auf dem Boden aus und befühlte Schulter, Ärmel und Brust auf der rechten Seite. Tastend fand er Spuren, die für seine Augen auf dem schwarzen Stoff nicht auszumachen gewesen waren. Auf der rechten Seite der Brust war ein steifer Fleck von der Größe einer Männerhand. Als er sie befühlte, bröckelten kleine Teilchen von den verklebten Fäden ab. Die Falten an der Schulter und am Ärmel wiesen kleinere Flecken und Streifen derselben Art auf.

»Blut?« fragte Reyner, der ihm verwundert zusah.

Cadfael gab keine Antwort. Grimmig rollte er Kutte und Umhang zusammen, steckte das Brusttuch hinein und nahm das Bündel unter seinen Arm. »Komm, laß uns sehen, wohin diejenigen, die die Nacht hier verbracht haben, gegangen sind.«

Wohin die beiden letzten Benutzer der Hütte sich gewandt hatten, war leicht zu erkennen. Von der dünnen Schneedecke vor der Hüttentür, in der die Abdrücke großer und kleiner Füße sich deutlich abzeichneten, führten zwei Spuren den Hang hinunter und vereinigten sich dort. Die sie hinterlassen hatten, waren zunächst durch nicht allzu tiefen Schnee gestapft und hatten sich dann durch Verwehungen, in denen ihnen der Schnee bis zu den Knien und der Hüfte reichte, bis zu einem Gebüsch und einer kleinen Baumgruppe weiter unten vorgearbeitet. Cadfael und Reyner folgten den Spuren. Sie führten die Maultiere am Zügel und hielten sich in dem Pfad, den die beiden anderen getreten hatten. Er verlief um das Gebüsch herum und durch die Baumgruppe, deren Äste einigen Schnee aufgefangen hatten. Dahinter, auf einer ebenen Fläche, stießen die beiden Verfolger auf die Spuren von Männern und Pferden, die von Westen nach Osten führten. Cadfael verfolgte den Lauf der Spuren in östlicher Richtung mit den Augen, bis er sie in der Entfernung nicht mehr ausmachen konnte. Dort senkte sich dieser Weg in das Tal mit den Bächen hinab, aber wenn er dieselbe Richtung beibehielt, mußte er auf der anderen Seite geradewegs in die Wildnis um den Titterstone Clee aufsteigen.

»Haben wir, als wir von der Straße kamen, diese Spuren gekreuzt? Sieh nur, wie gerade sie nach Osten führen! Wir sind von unten gekommen und weiter hinaufgestiegen. Wir *müssen* sie gekreuzt haben.«

»Aber da haben wir nicht nach solchen Spuren gesucht«, gab Reyner zu bedenken. Hier und dort vermag sie auch der Wind verweht haben.«

»Gewiß, das kann sein.« Vorhin war er nur darauf bedacht gewesen, die Stelle zu finden, wo Schester Hilaria im Eis gelegen war und hatte dem Boden und irgendwelchen Spuren keine Beachtung geschenkt. »Nun, dann wollen wir sehen, was dies hier ist. Wer immer diese Männer auch waren – sie haben angehalten und einige sind einen Bogen gelaufen, hier, wo die von oben Kommenden aus der Baumgruppe herausgetreten sind.«

»Und hier hat ein Reiter sein Pferd angehalten«, sagte Reyner, der einige Schritte weiter den Boden untersucht hatte. »Dann hat er sein Pferd gewendet und ist weiter geritten. Und auch die anderen sind weitergegangen. Laßt uns ihnen ein Stückchen folgen.«

Schon nach dreihundert Schritten stießen sie auf den ersten Blutfleck, der den Anfang einer Kette roter Tropfen markierte. Ein Stückchen weiter leuchtete ihnen der zweite Fleck entgegen, und dahinter setzte sich die Reihe kleiner Tropfen fort. Die Kälte des Schnees hatte die Farbe gut bewahrt. Es war jetzt um Mittag, und das helle Licht des Tages würde nicht mehr lange anhalten, aber jetzt war es hell genug, daß sie die düsteren Umrisse des Clee, auf den dieser alte Pfad genau zuhielt, direkt vor sich sehen konnten. Abweisend, wild und einsam ragte er auf – ein ideales Versteck für Räuber.

»Mein Freund«, sagte Cadfael, ohne seine Augen von dem finster drohenden Berg abzuwenden, »ich halte es für das Beste, daß wir uns hier trennen. Soweit ich erkennen kann, stammen diese Spuren aus der letzten Nacht. Einige Pferde und viele Männer sind hier gegangen, und Blut ist in den Schnee getropft. Es könnte von geschlachteten Schafen stammen oder von verwundeten Männern. Die Bande, die wir ausräuchern müssen, versteckt sich irgendwo dort oben, und wenn sie gestern Nacht nicht einen ihrer mörderischen Raubzüge unternommen hat, lese ich diese Spuren falsch. Irgendwo in dieser Gegend muß es einen Hof geben, wo man Tote aufbahrt und Verwundete verbindet oder zumindest den Verlust von Vorräten und Gerätschaften beklagt. Du kehrst um, Reyner, folgst den Spuren dorthin, wo diese Männer gestern geplündert und geraubt haben und benachrichtigst Hugh Beringar, damit er rettet, was noch zu retten ist. Falls er noch nicht zurück sein sollte, gehst du nach Ludlow und berichtest Josce de Dinan – er hat ebenso viel zu verlieren wie jeder andere.«

»Und was werdet Ihr tun, Bruder?« fragte Reyner zögernd.

»Ich werde vorausgehen und die Spuren weiterverfolgen. Ob sie nun die beiden, die wir suchen, mitgeschleppt haben oder nicht – dies ist die beste Gelegenheit herauszufinden, wo sie ihr Versteck haben. Mach dir keine Sorgen!« sagte er als er sah, daß sein Begleiter die Stirn runzelte und unschlüssig dastand. »Ich werde schon auf mich aufpassen, schließlich bin ich kein unerfahrener Jüngling. Aber hier, nimm dies mit und übergib es Prior Leonard zur Aufbewahrung bis ich zurück bin.« Er zog die Strähne des fahlen Pferdehaars hervor, die, wie er wußte, ein sehr wichtiger Hinweis war und steckte sie in die Mitte des Kleiderbündels. »Sag ihm, daß ich heute abend zurück sein werde.«

Schon nach einer Viertelmeile kreuzte er die Spuren, die Reyner und sein eigener Maulesel auf dem Weg zum Bach hinterlassen hatten. Der Wind hatte hier feinen Schnee über den Pfad geweht. Hätte er jedoch darauf geachtet, dann hätte er bemerken müssen, daß hier Männer und Pferde gegangen waren, obwohl er sich sicher nichts Böses dabei gedacht hätte, denn der Schnee hatte auch die Kette der roten Punkte überdeckt.

Ab hier ging es jetzt leicht bergab, über den Ledwyche-Bach und seinen nordöstlichen Zufluß, den Dogditch-Bach. Der Weg schlängelte sich zwischen Anwesen hindurch, ohne ihnen jedoch zu nahe zu kommen und begann wieder anzusteigen. Dies mußte eine uralte Straße sein. Immer bemüht um eine möglichst geringe Steigung zog sie sich durch das hügelige Gelände, bis sie schließlich steiler werden mußte, um den drohenden Gipfel zu erklimmen, jenen kahlen, zerklüfteten Berg, auf dem, zwischen jäh aufragenden Steilwänden, nur kümmerliches Gras und trügerisches Moos wuchs.

Der Clee bestand auf dieser Seite nur aus Steilwänden, auf die für kurze Momente streifiges Sonnenlicht fiel. Dort konnte der Weg gewiß nicht hinaufführen, und doch hielt er immer noch gerade auf die Felswand zu. Bald mußte er entweder nach rechts oder nach links abbiegen und immer weiter zusteigend den Berg umrunden. Cadfael dachte an den Überfall auf John Druels Hof. Wahrscheinlich würde der Weg also rechts um den Berg herumführen, denn so waren sie mit Sicherheit in jener Nacht zurückgekehrt. Cleeton hatten sie unterhalb liegenlassen – es war zu groß und zu gut bewacht, um so kurz vor Tagesanbruch eine leichte, schnelle Beute sein zu können.

Einige Minuten später bestätigte sich seine Vermutung, denn der Pfad bog nach rechts ab und folgte dem Verlauf eines kleinen, jetzt zugefrorenen Baches, der sich weiter oben am Berg in eine mit vereistem Moos bewachsene Höhlung ergoß, um die der Pfad einen Bogen schlug. Die zerklüftete Masse des Berges lag jetzt zu seiner Linken, wurde seinen Blicken jedoch oft durch die Felsformationen entzogen, seltener auch durch kleine Gruppen verkrüppelter Bäume, zwischen denen hindurch der Weg führte. In einer weiten Kurve stieg er immer weiter auf, bis er unter sich in einer Mulde die traurigen Überreste von Druels Hof sah. Wenig später war er noch höher und konnte die Ruinen nicht mehr sehen.

In der felsigen Bergflanke zu seiner Linken erschien unerwartet ein Spalt, so schmal, daß Cadfael ihn übersehen hätte, wenn die Spur der roten Tropfen nicht in ihm verschwunden wäre. Der Eischnitt war tief und dunkel. Hier hinein fiel fast kein Licht und es war völlig windstill. In dieser geschützten Lage wuchsen kleine Kräuter und es gab so viel Erde, daß hier auch gedrungene, stämmige Bäume standen. Bis zum Gipfel konnte es nicht mehr weit sein und auf dem Weg hierher hatte Cadfael den Berg halb umrundet. Was immer am Ende dieses Zugangs lag, mußte im Rücken durch die Steilwände der Südwestseite geschützt sein, und wahrscheinlich konnten nur Vögel auf einem anderen Weg als diesem dorthin gelangen.

In der dünnen, klaren Luft konnte man Geräusche über weite Entfernungen hören. Als Cadfael tief in dem Einschnitt stehenblieb, um zu überlegen, was er jetzt tun sollte, vernahm er leise den regelmäßigen Rhythmus eines metallischen Klingens. Irgendwo dort oben war ein Schmied bei der Arbeit. Kurz darauf drang leise, aber unverkennbar, das Brüllen von Kühen an sein Ohr.

Wenn dies der Zugang zu ihrem Lager war, so wurde er wahrscheinlich gut bewacht, und da er sich jetzt bereits in Hörweite befand, konnte es nicht mehr weit sein. Er saß ab, führte sein Maultier unter die Bäume und band es dort an. Er zweifelte nicht mehr daran, daß er das Versteck der Räuber gefunden hatte, die die ganze Gegend bis nach Ludlow mit ihren Plünderungen heimgesucht hatten. Wer sonst konnte sich hier, in dieser beherrschenden, gut versteckten Lage eingerichtet haben?

Wenn er es auch nicht wagen durfte weiterzureiten, so konnte er doch versuchen sich anzuschleichen. Geräuschlos ging er zwischen den Bäumen weiter, über deren Kronen der graue Himmel schimmerte. In diesen Himmel ragte der kantige dunkle Umriß eines hölzernen Turms auf. Cadfael näherte sich der Quelle des Baches, der diesen tiefen Einschnitt gegraben hatte, und vor ihm, dort wo der Baumbestand zu Ende war, öffnete sich ein felsiges, schneebedecktes Plateau. Er sah die Palisade und die Dächer der Hütten, die sie umschloß und den langen Giebel der Halle, an deren Ende der Turm stand. Um dem Sturm zu widerstehen, war er solide gebaut und nicht besonders hoch, aber immerhin hoch genug, um das ganze Plateau zu beherrschen. Die Umrisse der Palisade und des Turms hoben sich dunkel vom Himmel ab. Von hinten brauchten die Männer dort nichts zu befürchten, denn dort fielen die Felsen steil ab. Wahrscheinlich, dachte Cadfael, war der Turm aus der Entfernung nicht von den dunklen Felsen zu unterscheiden, auf denen er stand.

Er verharrte dort eine Weile und prägte sich ein, was er sah und hörte, denn Hugh Beringar würde möglichst viele Einzelheiten wissen wollen. Die Palisade war hoch und ihre Pfähle an den Enden zugespitzt, und aus der Tatsache, daß hinter ihr Köpfe auftauchten und wieder verschwanden, schloß er, daß es in regelmäßigen Abständen Plattformen, wenn nicht gar einen durchgehenden Wehrgang gab. Wenn er auch keine einzelnen Worte verstehen konnte, so vernahm er doch deutlich die Stimmen der Männer dort drinnen; es wurde gerufen, gelacht, ja sogar gesungen. Der Waffenschmied schlug auf den Amboß, Kühe schrien, Schafe blökten – die Geräusche des geschäftigen Treibens dort drinnen klangen sorglos. Die Männer dort hatten keine Angst. Sie fühlten sich der staatlichen Macht dieses geschundenen, vom Krieg zerrissenen Landes durchaus ebenbürtig. Der Anführer mußte die gesetzlosen, rastlosen, herrenlosen Männer aus zwei oder drei Grafschaften um sich geschart haben, die mit Vergnügen gesehen hatten, daß England sich im Bruderkrieg zerfleischte und hilflos ihrem Zugriff preisgegeben war.

Der wolkige Himmel senkte sich immer tiefer herab. Cadfael kehrte zu seinem Maultier zurück und führte es vorsichtig, immer im Schutz der Bäume, hinunter und aus dem Einschnitt heraus. Dort blieb er eine Weile lauschend stehen, bevor er in den Sattel stieg. Er verfolgte den Weg zurück, den er gekommen war und begegnete keiner Menschenseele, bis er den Fuß des Berges erreicht hatte. Dort hätte er links zu der Landstraße abbiegen können, die von Cleobury kam, aber er wollte lieber weiter auf dem Weg zurückreiten, den auch die Räuber benutzten. Er mußte ihn sich gut einprägen, denn wenn wie gewöhnlich in der Nacht wieder Schnee fiel, würde er nur schwer wieder zu finden sein.

Es war schon dunkel, als er eine Meile vor Bromfield die Landstraße erreichte. Dankbar und müde brachte er das letzte Stück Weges hinter sich.

Hugh Beringar traf erst nach der Komplet ein; müde, hungrig und trotz der Kälte verschwitzt von den Anstrengungen des Tages. Als Cadfael gleich nach dem Gottesdienst zu ihm ging, saß Beringar bei einem späten Nachtessen.

»So habt Ihr es also gefunden? Hat Reyner Euch berichtet, wo der Überfall gestern Nacht stattgefunden hat?« Beringars grimmiger Gesichtsausdruck beantwortete seine Fragen.

»Er berichtete mir auch, daß Ihr herausbekommen wolltet, wohin die Spuren führen. Offen gestanden habe ich nicht damit gerechnet, daß Ihr – wenn überhaupt! – vor mir und unversehrt zurücksein würdet. Müßt Ihr denn immer derjenige sein, der seine Hand ins Wespennest steckt?«

»Wo haben sie gestern Nacht zugeschlagen?«

»In Whitbache, knapp zwei Meilen nördlich von Ludlow, und sie haben sich aufgeführt, als gehöre das Gut ihnen.« Das paßte. Von Whitbache führte der Weg nach Titterstone Clee an der Hütte vorbei über den alten Pfad, den Cadfael erkundet hatte. »Als Euer Bote kam, war ich in Ludlow und so nahm ich Dinan mit. Sie haben sämtliche Häuser niedergebrannt und alle, die ihnen in die Hände fielen, niedergemacht. Zwei Frauen konnten mit ihren Säuglingen in den Wald entkommen – sie sind nur mitgenommen durch die Kälte und den Schrecken. Aber der Rest... Ein Mann und zwei junge Burschen werden es vielleicht überleben, sie sind schwer verletzt. Alle anderen sind tot. Es sind Dinans Leute, er wird sich darum kümmern. Wenn sich die Gelegenheit bietet, wird er ihr Blut rächen.«

»Ihr und er sollt Eure Gelegenheit bekommen«, sagte Cadfael. »Reyner Dutton hat Euch gefunden, und auch ich habe ausfindig gemacht, wonach ich suchte.«

Beringar hatte sich müde an die Wand gelehnt. Jetzt setzte er sich mit einem schnellen Ruck auf und in seine Augen trat ein Funkeln. »Habt Ihr die Räuberhöhle entdeckt? Redet!«

Cadfael erzählte ihm seine Geschichte in allen Einzelheiten. Je klarer das Bild der Schwierigkeiten, vor denen sie standen, sich abzeichnete, desto größer war ihre Chance, sie mit möglichst geringen Verlusten zu lösen. Denn leicht würde es nicht sein.

»Soweit ich es sehen konnte, gibt es nur einen einzigen Zugang. Hinter der Festung steigt der Boden bis zum Rand des Plateaus noch etwas an. Ich konnte nicht erkennen, ob die Palisade sich dort fortsetzt, aber mit diesem Abgrund in ihrem Rücken hielten sie das wahrscheinlich nicht für nötig. Ich würde sagen, daß man im Sommer dort hinaufklettern könnte, aber jetzt, in Schnee und Eis, wird das keiner wagen. Und bei diesen Männern muß man damit rechnen, daß sie Steine und Felsbrocken bereitgelegt haben, für den Fall, daß es doch jemand versucht.«

»Ist die Stellung tatsächlich so stark? Ich frage mich, wie sie das alles im Geheimen bauen konnten.«

»Wer geht schon in diese abgelegene, karge Gegend? Gewiß, an den Hängen weiter unten gibt es ein paar Höfe, aber dort oben hat ein ehrlicher Mann nichts verloren. Dort gibt es nicht einmal magere Weiden. Und außerdem verfügen sie über eine kleine Armee, dem Bodensatz von Gott weiß wie vielen Grafschaften Mittelenglands. Nein, an Arbeitskräften haben sie keinen Mangel – und unter ihnen der Clee-Wald, um sie herum nichts als Steine, das einzige, was es dort oben in Hülle und Fülle gibt. Ihr wißt so gut wie ich, wie schnell eine Festung gebaut werden kann, wenn es sein muß – vorausgesetzt, man hat genug Holz.«

»Aber entflohene Leibeigene, die zu Räubern geworden sind, Taschendiebe, die man aus der Stadt gejagt hat und dergleichen Gesindel bauen sich keine Festung, sondern graben sich eine Höhle im Wald«, sagte Beringar. »Ich würde nur zu gerne wissen, wer dort das Kommando führt! Das kann kein kleiner Dieb sein.«

»Wenn Gott will, werden wir es morgen herausfinden«, antwortete Cadfael.

»*Wir?*« Gedankenverloren bedachte ihn Beringar mit einem kurzen Lächeln. »Ich dachte, Ihr hättet den Waffen abgeschworen, Bruder! Glaubt Ihr, daß unsere beiden Vermißten dort sind?«

»Die Spuren deuten darauf hin. Es ist nicht sicher, ob die beiden, die in der Hütte geschlafen haben und den Hang hinab zu den Männern gerannt sind, tatsächlich Yves und Elyas waren, aber es waren ein Mann und ein Junge, und ich wüßte nicht von einem anderen solchen Paar, das seit gestern Nacht vermißt wird. Ja, ich glaube, daß sie in die Hände der Räuber gefallen sind. Bewaffnet oder unbewaffnet, Hugh – ich werde morgen mit Euch kommen, um sie dort herauszuholen.«

Beringar sah ihm gerade ins Gesicht und sprach offen aus, was er dachte: »Meint Ihr denn, sie würden sich mit Elyas belasten? Ja, mit dem Jungen vielleicht – seine Kleider weisen ihn als einen wertvollen Gefangenen aus. Aber ein besitzloser Mönch, der in geistiger Umnachtung durch die Gegend irrt? Sie haben ihn schon einmal fast totgeschlagen. Könnt Ihr Euch vorstellen, daß sie zögern würden, das ein zweitesmal zu tun?«

»Wenn sie sich seiner entledigt hätten«, sagte Cadfael bestimmt, »hätte ich seine Leiche gefunden. Aber das war nicht der Fall. Ich sehe keinen anderen Weg, die Wahrheit herauszufinden, Hugh, als zu denjenigen zu gehen, die sie kennen und sie aus ihnen heraufzupressen.«

»Das werden wir tun«, antwortete Beringar. »Bei Morgengrauen werde ich in die Stadt gehen und außer meinen eigenen alle Männer unter mein Kommando nehmen, die Josce de Dinan aufbringen kann. Er schuldet mir Gefolgschaft und ich werde dafür sorgen, daß ich bekomme, was mir zusteht. Er kann dieses gesetzlose Treiben ebensowenig dulden wie König Stephen.«

»Zu dumm«, bedauerte Cadfael, »daß wir sie nicht bei Morgengrauen angreifen können, aber dadurch würden wir einen ganzen Tag verlieren. Außerdem sind wir mehr auf das Tageslicht angewiesen als sie, denn schließlich kennen sie das Gelände viel besser als wir.« In Gedanken plante er schon den Angriff. Das hatte zwar schon seit Jahren nicht mehr zu seinen Aufgaben gehört, aber bei der Aussicht auf eine Schlacht packte ihn wieder sein alter Kampfgeist. Er sah, daß Beringar lächelte und schämte sich. »Verzeiht, ich vergesse mich. Ich bin eben ein sündiger Mensch.« Er wandte seine Gedanken wieder dem zu, was seine Aufgabe war: der Fürsorge bedrängter Seelen. »Ich muß Euch noch etwas zeigen, obwohl es vielleicht nicht im direkten Zusammenhang mit diesem Räubernest steht.«

Auf dem Tisch rollte er das schwarze Kleiderbündel auf, das er mitgebracht hatte und zog das verknitterte weiße Brusttuch und die langen Pferdehaare heraus. »Das war in der Hütte, tief unter dem Heu vergraben. Wenn Reyner den Heuhaufen nicht auseinandergetreten hätte, wären wir nie darauf gestoßen. Aber seht es Euch selbst an. Und dies hatte sich draußen, an einer Ecke der Hütte, im Holz verfangen und gleich daneben lag ein Haufen Pferdedung.«

Mit derselben Genauigkeit wie von der Entdeckung der Festung auf dem Berg berichtete er von seinem Fund in der Hütte. Er brauchte Hilfe bei der Lösung dieses Rätsels. Aufmerksam, mit gerunzelter Stirn, hörte Beringar zu und betrachtete die Sachen auf dem Tisch. Seine Müdigkeit war von ihm abgefallen. Sorgfältig erwog er die Bedeutung dessen, was Cadfael ihm sagte.

»Seine *und* ihre Kleider?« fragte er, als Cadfael geendet hatte. »Dann waren sie also gemeinsam dort.«

»Ja, das schließe ich auch daraus.«

»Aber er wurde doch in einiger Entfernung der Hütte aufgefunden. Er war nackt, ohne seine Kutte – und doch war sein Umhang in der Hütte. Und wenn Ihr recht habt, dann kehrte Elyas in seiner Verwirrung an eben diesen Ort zurück. Aber warum? Was trieb ihn dorthin?«

»Das verstehe ich auch noch nicht«, antwortete Cadfael. »Aber ich glaube, daß wir es, mit Gottes Hilfe, noch herausbekommen werden.«

»Und die Kleider waren versteckt – gut versteckt, sagt

Ihr. Sie hätten unbemerkt bis zum Frühling dort liegen können und dann hätten sie ein Rätsel dargestellt, das niemand mehr zu lösen vermocht hätte. Aber haben denn diese Bestien jemals versucht, die Spuren ihrer Taten zu verbergen, Cadfael? Ich glaube nicht. Im Gegenteil – ihre Verbrechen liegen immer offen zutage.«

»Weil diese Teufel sich ihrer Taten nicht schämen«, bemerkte Cadfael.

»Aber vielleicht haben sie doch Angst. Trotzdem, alles in allem ergibt es keinen Sinn. Ich weiß einfach nicht, was ich davon halten soll. Zwar habe ich Vermutungen, aber die machen mich nicht gerade glücklich«, gab Beringar bedrückt zu.

»Mich auch nicht«, erwiderte Cadfael. »Aber ich habe Zeit. Der Sinn wird sich ergeben, wenn wir mehr herausgefunden haben.« Und störrisch fügte er hinzu: »Und das Ergebnis wird vielleicht gar nicht so schlimm sein, wie wir annehmen, denn ich kann einfach nicht glauben, daß Gut und Böse so eng miteinander verbunden werden können, daß es unmöglich ist, sie wieder zu trennen.«

Keiner der beiden hatte bemerkt, daß die Tür zu dem kleinen Vorraum der Gästehalle, in dem Hugh Beringar sein Essen eingenommen hatte, geöffnet und wieder geschlossen worden war. Aber als Cadfael mit dem Kleiderbündel unter dem Arm aus dem Raum trat, stand draußen, in dem mit Steinen ausgelegten Gang, das große, dunkelhaarige Mädchen. Die Augen in ihrem blassen Gesicht waren müde, stolz und besorgt, und ihr schwarzes Haar bedeckte ihre Schultern wie eine große, bauschige Wolke. Ihr flehender, forschender Blick verriet ihm, daß sie, da sie Stimmen gehört hatte, in aller Unschuld eingetreten und voller Entsetzen über das, was sie dort gesehen hatte, wieder hinausgegangen war. In die Schatten gedrückt hatte sie auf ihn gewartet. Sie zitterte, als er sie am Arm nahm und eilig in die Halle führte, in der noch ein zusammengesunkenes Feuer brannte. Die Glut war so zusammengekehrt worden, daß sie noch bis zum Morgen glimmen würde. Es war dunkel, nur der Schein des Feuers gab ein spärliches Licht. Hier, geborgen im Halbdunkel, atmete sie auf und entspannte sich etwas. Er beugte sich vor und schürte behutsam das Feuer, das rot aufglühte und neue Wärme verbreitete.

»Setzt Euch her und wärmt Euch, mein Kind. Ja, setzt Euch nur bequem hin und habt keine Angst. Heute morgen noch war Yves gesund und munter, und morgen werden wir ihn wieder zurückbringen, wenn es menschenmöglich ist – Ihr habt mein Wort darauf.« Die Hand, mit der sie seinen Ärmel gepackt hatte, ließ langsam los. Sie lehnte ihren Kopf an die Wand und streckte ihre Füße dem Feuer entgegen. Sie war barfuß und trug das Bauernkleid, in dem sie am Tor erschienen war.

»Warum schlaft Ihr noch nicht, mein Kind? Könnt Ihr denn nichts uns überlassen? Oder wenn schon nicht uns, so wenigstens Gott?«

»Gott hat es zugelassen, daß sie starb«, sagte Ermina und schauderte. »Das sind ihre Sachen – ich kenne sie – ich habe sie an ihr gesehen! Das ist Hilarias Brusttuch und ihre Kutte. Wo war Gott, als sie geschändet und ermordet wurde?«

»Nichts von alledem ist Gott entgangen«, erwiderte Cadfael, »und er hat einen Platz an seiner Seite für eine kleine, makellose Heilige geschaffen. Wollt Ihr sie von dort zurückwünschen?«

Ohne sie zu berühren setzte er sich neben sie. Er respektierte ihren Schmerz und ihre Bitterkeit. Sie hatte all dies in Gang gesetzt und jetzt brauchte sie behutsamen Beistand, damit sie ihrer selbstzerstörerischen Wut nicht ausgeliefert war.

»Es sind doch ihre Sachen, oder nicht? Ich konnte nicht schlafen. Ich wollte sehen, ob irgend jemand Neuigkeiten hatte und dann hörte ich dort Eure Stimmen. Ich habe nicht gelauscht. Ich habe nur die Tür geöffnet und gesehen, was auf dem Tisch lag.«

»Ihr habt nichts Schlimmes getan«, sagte er sanft. »Und ich werde Euch alles sagen, was ich weiß, wie es Euch zusteht. Aber ich sage Euch noch einmal: Ihr dürft nicht die Schuld für eine Tat auf Euch nehmen, die ein anderer begangen hat. Eure eigenen Handlungen, ja – dafür seid Ihr verantwortlich. Aber dieser Tod, wer immer ihn verschuldet hat, soll Euer Gewissen nicht belasten. Wollt Ihr mir nun zuhören?«

»Ja«, antwortete sie fügsam und doch gleichzeitig unnachgiebig. »Aber wenn ich schon die Schuld nicht auf mich nehmen darf, so bin ich doch aus adligem Geschlecht und fordere Rache.«

»Auch die, so steht geschrieben, liegt bei Gott.«

»Aber sie ist eine Pflicht, die ich meiner Familie gegenüber habe. So jedenfalls bin ich erzogen worden.«

Diese Regeln waren nicht weniger bindend als die Ordensregeln, nach denen er lebte und sie richtete sich ebenso streng nach ihnen, wie er nach den seinen. In diesem Moment, da er neben ihr saß und ihre Entschlossenheit spürte, war er sich nicht einmal sicher, ob er ihr Verlangen nicht teilte. Wenn es etwas gab, das sie trennte, so war es doch nichts Großes. Gemeinsam aber waren ihnen, so überlegte er, der Durst nach Gerechtigkeit, die sie, als Angehörige einer anderen Klasse, Rache nannte. Cadfael schwieg. Eine derart glühende Leidenschaft mochte alles hinwegfegen, was sich ihr in den Weg stellte, sie mochte jedoch auch abkühlen und etwas von ihrer Wildheit verlieren. Sollte sie ihren eigenen Weg finden – wenn sie erst ganz erwachsen war, mochte sich ihr heftiges Temperament vielleicht langsam legen und dann würde sie sich mit den Realitäten des Lebens abfinden.

»Würdet Ihr mir ihre Kleider zeigen?« fragte sie fast demütig. »Ich möchte ihre Kutte noch einmal berühren. Ich weiß, daß Ihr sie hier habt.« Ja, fast demütig suchte sie einen Weg zum Ziel, das sie verfolgte. Demut würde für sie immer nur ein Mittel zum Zweck sein. Aber an ihrer tief empfundenen Liebe für eine verlorene Freundin konnte kein Zweifel bestehen.

»Ja, sie sind hier«, sagte Cadfael und breitete das Bündel auf der Bank zwischen ihnen aus. Den Umhang, der Bruder Elyas gehörte, legte er beiseite. Das kleine Haarbüschel fiel aus den Falten vor ihre Füße und zuckte in der Zugluft, die über den Boden strich, wie etwas Lebendiges. Sie hob es auf und betrachtete es stirnrunzelnd einige Augenblicke lang bevor sie Cadfael fragend ansah.

»Und dies?«

»Unter dem Dach der Hütte war einige Zeit lang ein Pferd angebunden. Unter dem Schnee haben wir Pferdedung gefunden, und diese Haare hatten sich im Holz verfangen, an dem es seine Mähne gescheuert hatte.«

»War das in derselben Nacht?« fragte sie.

»Wer kann das wissen? Aber der Dung lag tief unter dem Schnee und er war nicht frisch. Es könnte jene Nacht gewesen sein.«

»Ist es weit bis zu der Stelle, wo Ihr sie gefunden habt?«

»So weit, daß kein Mann freiwillig eine Leiche dort hintragen würde, selbst wenn er dadurch ein Verbrechen vertuschen wollte... außer, wenn er ein Pferd besitzt.«

»Ja«, sagte sie, »das waren auch meine Gedanken.« Vorsichtig legte sie die Pferdehaare beiseite und hob das Gewand auf. Er sah ihr zu, wie sie es über ihre Knie breitete und leicht mit den Händen die Falten glattstrich. Ihre Finger kamen an die verkrusteten Stellen, hielten an dem Fleck auf der rechten Brust inne, verfolgten die Falten, die von ihm ausgingen und kehrten wieder zu ihm zurück.

»Ist das Blut?« fragte sie verwundert. »Aber sie hat doch gar nicht geblutet. Ihr habt mir erzählt, wie sie umgekommen ist.«

»Das stimmt. Dies Blut kann nicht von ihr stammen. Aber dennoch ist es Blut. Ich habe auch schwache Blutspuren an ihrem Körper gefunden, obwohl sie keine Verletzung aufwies.«

»Schwache Spuren!« sagte Ermina und sah ihn an. Ihre dunklen Augen blitzten. Sie legte ihre Hand auf die steife, verklebte Stelle auf der Brust des Gewandes und spreizte die Finger, um den ganzen Fleck zu bedecken, der mehr war als eine schwache Spur. Dann stammte das Blut also nicht von ihr, sondern von einem anderen... »Sein Blut? Das Blut des Mannes, der sie umgebracht hat? Sehr gut – dann muß sie ihn verwundet haben! Und doch... Ich hätte ihm die Augen ausgekratzt, aber sie? Sie war so zart und sanft...«

Plötzlich saß sie ganz still. Nachdenklich hatte sie das Kleid mit beiden Händen an ihre Brust gedrückt. So würde es aussehen, wenn sie selber es trüge. Der Schein der roten

Glut beleuchtete ihr Gesicht und schimmerte als Spiegelbild in ihren Augen. Endlich erhob sie sich ruhig, schüttelte das Gewand aus, faltete es sorgsam zusammen und strich noch einmal mit der Hand darüber.

»Darf ich dies behalten? Nur so lange«, fügte sie mit überlegter Betonung hinzu, »bis es gebraucht wird, um den Mörder damit zu konfrontieren ...?«

Kapitel 11

Im ersten Licht des Tages ritt Hugh Beringar von Bromfield nach Ludlow, um dort die Männer zu holen, die er auf den Marsch mitnehmen wollte, und Bruder Cadfael zog seine Stiefel an, schürzte seine Kutte, um bequemer reiten zu können, warf sich seinen Umhang um und ging mit ihm. Er würde die Männer führen, aber außerdem hatte er seinen Beutel mit Verbandsstoff und Salben gefüllt, denn bevor der Tag zur Neige ging, würde er vielleicht viele frische Wunden zu behandeln haben.

Bei ihrem Aufbruch ließ Ermina sich nicht sehen und darüber war er erleichtert, denn das bedeutete, daß sie noch tief und friedlich schlafen mußte. Er wußte nicht warum, aber ihre angespannte Verschlossenheit bereitete ihm Sorgen. Es war nicht nur die Angst um ihren Bruder, die ihr Herz belastete und auch nicht der Kummer und die Schuld, die sie bereits gebeichtet hatte und büßen wollte. Die gesammelte, ruhige Entschlossenheit, mit der sie ihn in der Nacht zuvor, Schwester Hilarias Gewand an die Brust gedrückt, verlassen hatte, stand ihm noch deutlich vor Augen. Sie hatte etwas von einem gesalbten, gewappneten jungen Ritter an sich gehabt, der sich am Vorabend seiner ersten Schlacht auf die Nachtwache vorbereitet.

Gottlob schien Olivier de Bretagne einen Weg gefunden zu haben, ihren Gehorsam zu erreichen, indem er eine noch unreife Liebe in ihrem Herzen wachrief. Auf seinen Befehl würde sie, ganz gegen ihre Natur, ruhig und tatenlos hierbleiben und das Handeln anderen überlassen. Aber warum nur hatte Cadfael dann das Gefühl, daß sie sich für ihre erste Schlacht rüstete?

Sie selbst aber mußten jetzt ihre eigene Schlacht kämpfen und gewinnen.

An der Spitze der Männer, die Beringar gefordert hatte, kam Josce de Dinan aus der Burg von Ludlow. Er saß auf einem guten Pferd; ein großer, kräftig gebauter Mann mittleren Alters, mit einem rötlichen Gesicht. Beringar hatte insbesondere um Bogenschützen gebeten, und er bekam sie. In diesen Grafschaften entlang der Grenze gab es viele Männer, die den kurzen Bogen zu handhaben wußten, und Cadfael schätzte, daß es vom Rand des Baumbestandes, am Ende des Einschnittes, bis zur Palisade gerade einen Pfeilschuß weit war. Aus dem Schutz der Bäume heraus konnten sie, indem sie die Verteidiger auf dem Wehrgang beschossen, einem Angriff Deckung geben. Zu dumm, daß nur ein Viertel des Plateaus, dort wo der Eingang der Schlucht einen Windschutz bot, mit Bäumen bestanden war, aber auch sie wurden zum Gipfel hin immer kleiner und verkrüppelter. Die Offenheit des Geländes bereitete Cadfael Sorgen. Die da drinnen würden auch Bogenschützen haben und Schießscharten, durch die sie schießen konnten, ohne sich den Pfeilen der Angreifer auszusetzen. Die Feinde waren gut vorbereitet – darüber gab er sich keinen Illusionen hin. Wer immer diese Festung dort oben errichtet hatte, kannte sein Geschäft, und nach dem sorglosen Treiben zu urteilen, dessen Geräusche an Cadfaels Ohr gedrungen waren, verfügte er über eine zahlenmäßig starke Mannschaft.

Der Marsch war leichter als sie erwartet hatten. In der vergangenen Nacht hatte es später begonnen zu schneien und früher wieder aufgehört als in den letzten Tagen. Auch der Wind war nicht so stark gewesen und Cadfael hatte sich den Verlauf des Weges gut eingeprägt. Die Luft war immer noch kalt und, jedenfalls hier unten, sehr klar. Die Spitzen der Berge jedoch waren in einen dünnen, weißen Nebel gehüllt. Das konnte ein Vorteil für sie sein, wenn sie sich ihrem Ziel näherten, denn dadurch blieben wenigstens ihre Bewegungen verborgen.

»Wenn sie heute Nacht einen Raubzug unternommen haben«, sagte Cadfael, »dann werden sie sich an einem solchen Morgen beeilt haben, früh und ungesehen in ihr Lager zu kommen. Wenn der Winter eine solche Atempause einlegt, stehen die Bauern beizeiten auf. Diese Nachträuber haben bei ihren Überfällen zwar Spuren hinterlassen, aber außer ihren Opfern hat sie bis jetzt noch niemand zu Gesicht bekommen. Sie töten jeden, der ihnen zufällig über den

Weg läuft, außer wenn sie glauben, er sei von Wert für sie. Aber nachdem sie erst vorgestern Nacht fette Beute gemacht haben, sind sie gestern vielleicht gar nicht erst ausgezogen. Wenn das stimmt, dann sind sie wach und ausgeruht und nicht so betrunken wie nach einem gelungenen Überfall, und das ist schlecht.«

Er ritt an der Spitze, Beringar zu seiner Seite, hinter dem Josce de Dinan einen Schritt zurückgeblieben war. Dinan war in jeder Hinsicht ein zu großer Mann, um Wert darauf zu legen, daß sein Pferd mit dem Beringars auf gleicher Höhe war, ohne sich darüber zu ärgern, daß er unter dem Kommando eines jüngeren und weniger erfahrenen Mannes stand. Er hatte es nicht nötig, seinen Wert durch solche Dinge unter Beweis zu stellen. Cadfael mochte ihn. Er hatte diesen angeblich wankelmütigen Verbündeten noch nie zuvor gesehen, aber er hielt ihn für einen fähigen Mann, den man nur ungern verlor.

»Vielleicht haben sie Wachen am Weg aufgestellt«, sagte Beringar.

Cadfael dachte nach und bezweifelte das. »Am Fuß des Berges, ja selbst auf halber Höhe wäre eine Wache zu weit vom Lager entfernt, um die anderen rechtzeitig warnen zu können und zu abgeschnitten, um selber vor einem Angriff sicher zu sein. Der beste Schutz des Zugangs ist, daß er gewöhnlich wohl übersehen wird, weil er so schmal ist und aussieht, als würde er im Fels enden. Ich habe ihn nur entdeckt, weil ich der Spur gefolgt bin. Jetzt allerdings weiß ich, wo er ist. Bis dorthin aber ist der Weg offen. Ich glaube, sie verlassen sich auf ihr Versteck und, wenn es entdeckt werden sollte, auf ihre Stärke.«

Die Landschaft um sie herum war öde und menschenleer. Der große Berg vor ihnen, dessen Spitze in Wolken lag, ragte als stahlblauer Schatten auf. Cadfael betrachtete die verschneite Gegend mit zusammengekniffenen Augen und führte den Zug nach seinem Gedächtnis. An manchen Stellen hatte der Schnee der vergangenen Nacht die Spuren ausgelöscht, aber hier und da waren immer noch flache, halb zugeschneite Vertiefungen zu erkennen. Als sie dem Felsmassiv näher kamen, verlangsamte er das Tempo, legte den Kopf in den Nacken und versuchte, mit seinen Augen den Dunst, der den Gipfel umgab, zu durchdringen. Er konnte keinen dunklen, viereckigen Umriß erkennen, obwohl die Felskante selbst undeutlich durch den Nebel auszumachen war. Wenn er den Turm nicht sehen konnte, dann bestand die Hoffnung, daß auch kein Wächter dort oben die heranrückenden Männer bemerkt hatte, obwohl sie in beträchtlicher Stärke durch offenes Gelände zogen. Aber es war besser, diesen Abschnitt des Weges so schnell hinter sich zu bringen und um die erste Kurve des sich hinaufschraubenden Weges zu gelangen.

Als sie nach dem langen, nicht sehr steilen Aufstieg die Stelle erreicht hatten, an der sich in den Felsen zu ihrer Linken der Spalt öffnete, ließ Hugh Beringar die Männer anhalten und schickte Späher aus. Kein lebendes Wesen regte sich hier oben, außer einigen Vögeln, die in der Luft kreisten. Der Felsspalt war so schmal, daß es aussah, als führe er nirgendwohin und ende bereits nach einigen Schritten.

»Wie bei den meisten Bergbächen«, sagte Cadfael, »wird der Spalt bis zur Quelle des Baches immer breiter. Es stehen viele Bäume dort, aber nach oben hin werden sie immer kleiner.«

Die Männer marschierten durch die Enge und verteilten sich zu beiden Seiten unter den Bäumen. Der Nebel hatte sich etwas gelichtet, als Hugh Beringar im Schutz der am weitesten oben stehenden Bäume über die felsige, verschneite, hier und da mit spärlichem Gras bewachsene Fläche zu der Palisade hinübersah. Wenn nur ein Mann sich sehen ließ, würde drinnen sofort Alarm gegeben werden. Jenseits der Bäume gab es keine Deckung mehr. Und Cadfael sah mit Sorge, daß die Entfernung größer war, als er geglaubt hatte, groß genug jedenfalls, um die Reihen eines jeden Angreifers zu lichten, wenn es in dieser Festung Bogenschützen und Wachen gab.

Josce de Dinan betrachtete die Palisade und den massigen Turm. »Ihr habt doch nicht etwa vor sie aufzurufen, sich zu ergeben? Ich sehe jedenfalls keinen Anlaß dazu und es sprechen gute Gründe dagegen.«

Das war auch Beringars Meinung. Warum sollte man das

Moment der Überraschung aus der Hand geben, wenn es ihnen doch gelungen war, ihre Bogenschützen und Bewaffneten über den kümmerlichen Bogen der Baumdeckung zu verteilen, ohne bemerkt worden zu sein. Wenn sie auch nur die halbe Entfernung bis zur Palisade hinter sich bringen konnten, bevor die Bogenschützen aus dem Wehrgang zu schießen begannen, konnten sie einige Verluste vermeiden.

»Nein. Diese Männer haben gnadenlos geplündert und gemordet, und ich bin ihnen nichts schuldig. Wir müssen unsere Kräfte möglichst gut einsetzen und sie angreifen, bevor sie noch recht wissen, wie ihnen geschieht.«

Die Bogenschützen verteilten sich unter den Bäumen, die Fußsoldaten postierte er in drei Gruppen am Rand des Waldes und zwischen ihnen, in zwei Abteilungen, die wenigen Berittenen. Sie sollten auf das Tor zureiten, es einrammen und so den Fußsoldaten den Weg bahnen.

Als alle Vorbereitungen abgeschlossen waren, trat eine tiefe Stille ein. Dann preschte Hugh Beringar mit erhobenem Arm als Anführer der einen berittenen Abteilung vor, während rechts von ihm auch Dinan aus der Deckung brach und auf das Tor zustürmte. Die Fußsoldaten folgten ihnen, die Bogenschützen gaben eine Salve ab und schossen dann auf jeden Verteidiger, der sich hinter der Palisade zeigte. Cadfael, der bei den Bogenschützen geblieben war, wunderte sich, daß bei dem Angriff nur das Getrappel der Pferdehufe zu hören war, und auch das wurde durch den Schnee gedämpft. Aber schon im nächsten Augenblick wurde in der Festung Alarm gegeben. Männer rannten durcheinander, besetzten die Schießscharten und ließen einen Pfeilhagel auf die Angreifer niedergehen. Aber die erste Attacke war fast erfolgreich gewesen, denn das Tor hatte offengestanden und als die Wachen die Flügel schlossen, hatten Beringar, Dinan und fünf oder sechs andere es bereits erreicht. Im Schutz des toten Winkels der Verteidiger auf dem Wehrgang bemühten sie sich mit aller Kraft, das Tor einzudrücken.

Drinnen eilten Männer herbei, stemmten sich gegen die Torflügel und versuchten, sie zu verriegeln, und das Durcheinander aus Befehlen und kopflosem Gerenne wogte hin und her wie Wasser auf einem sinkenden Schiff in stürmischer See. Das massive Tor stand einen Spaltbreit offen. Es bebte und die heranstürmenden Fußsoldaten warfen sich dagegen, um es aufzubrechen.

Plötzlich donnerte hoch über ihnen eine Stimme. »Halt dort unten! Männer des Königs oder was immer ihr sein mögt, steht still und seht, was ich hier habe! Seht her, sage ich! Zieht ab oder nehmt den Tod dieses Kindes auf euer Gewissen!«

Innerhalb und außerhalb der Befestigung fuhren alle Köpfe herum und jedermann starrte auf die Spitze des Turms. Auf beiden Seiten verharrten die Bogenschützen mit gespannten Bogen. Schwerter und Lanzen wurden gesenkt. Von einer mächtigen Hand am Rücken festgehalten stand Yves zwischen zwei hölzernen Zinnen der Brustwehr. Neben ihm erschien das rasende Gesicht eines Mannes, dessen goldbraunes, langes Haar und gewaltiger Bart sich in einem launischen Wind bewegte, der unten kaum wahrnehmbar war. Eine bewehrte Hand hielt dem Jungen einen Dolch an die Kehle.

»Seht ihr ihn?« brüllte der Löwe. Seine Augen funkelten wütend. »Wollt ihr ihn haben? Lebend? Dann zieht ab! Zieht euch außer Reichweite, außer Sichtweite zurück, oder ich schneide ihm die Kehle durch und werfe ihn euch hinunter!«

Mit dem Schwert in der Hand, das er gezogen hatte, um es durch den immer größer werdenden Spalt zwischen den Torflügeln zu stoßen, sah Hugh Beringar hinauf. Sein Gesicht war bleich und starr. Yves stand stocksteif. Er sah weder nach unten noch nach oben, sondern geradeaus ins Leere und gab keinen Laut von sich.

»Ich kenne Euch nicht«, antwortete Beringar langsam und ohne die Stimme zu erheben, »aber im Namen des Königs sage ich Euch, daß Ihr hier und überall friedlos seid. Wenn Ihr dem Jungen ein Haar krümmt, werde ich Euch persönlich mit Eurem Kopf dafür büßen lassen. Also nehmt Vernunft an. Kommt herunter und ergebt Euch mit Euren Männern. Dann, und nur dann, dürft Ihr auf Gnade hoffen.«

»Und ich sage Euch: Geht mir mit Eurem Pöbelhaufen aus

den Augen, jetzt gleich, ohne Widerrede oder Ihr bekommt dieses Schweinchen hier tot und ausgeblutet, fertig zum Braten! Nun, wird's bald? Geht! Soll ich Euch zeigen, daß ich es ernst meine?« Die Spitze des Dolches drang in die Haut ein. In der klaren Luft sahen sie eine Blutblase, die größer wurde, platzte und als kleiner Tropfen Yves' Hals herabrann.

Wortlos stieß Beringar sein Schwert in die Scheide, bestieg sein Pferd und winkte allen seinen Männern, sich von der Palisade in den Schutz der Bäume zurückzuziehen, wo sie außer Sicht waren. Das tobende Gelächter hinter ihm hatte einige Ähnlichkeit mit dem hungrigen Brüllen eines Löwen.

Die Bogenschützen und die zurückgebliebenen Männer hatten die Drohung vernommen und sich weit zurückgezogen. In bedrücktem Schweigen versammelte man sich unter den Bäumen. Dies war ein Patt. Sie wußten, daß sie nicht angreifen durften, aber der zu allem entschlossene Mann auf dem Turm konnte ebenso gewiß sein, daß sie nicht abziehen würden.

»Wenn Ihr ihn auch nicht kennt, so kenne doch ich ihn«, sagte Josce de Dinan. »Er ist ein illegitimer Abkömmling eines der jüngeren Söhne der Lacys. Sein Bruder wurde durch die Heirat seines Vaters legalisiert und ist einer meiner Lehensmänner. Dieser hier hat einige Jahre lang in Frankreich für Normandie und gegen Anjou gekämpft. Weil er Linkshänder ist, nennt man ihn Alain le Gaucher.« Auch diejenigen, die den Mann jetzt zum erstenmal gesehen hatten, mußten nicht eigens darauf hingewiesen werden. Es war die linke Hand gewesen, die den Dolch an die Kehle des Jungen gehalten und kaltblütig mit der Spitze die Haut geritzt hatte.

Die Faust, die seine Kleider am Rücken gepackt hielt und deren harte Knöchel schmerzhaft auf sein Rückgrat drückten, hob Yves hoch und setzte ihn hart auf der Turmplattform ab. Er spürte den Stoß bis in den Kopf und riß die Augen auf. Er hatte sich eben so angestrengt, keinen Ton von sich zu geben, daß er auf seine Zunge gebissen hatte und das Blut jetzt warm in seinen Mund lief. Er schluckte es hinunter und stellte seine zitternden Füße fest auf den Boden. Den kleinen Blutstropfen, der ihm den Hals hinabrann, beachtete er nicht. Er begann bereits zu trocknen.

Noch nie hatte er solche Angst gehabt und noch nie war er so grob behandelt worden. Plötzlich hatte ihn der Anführer am Genick gepackt, ihn die gewundene Treppe in den dunklen, fensterlosen Turm geschleppt und ihn schließlich über eine senkrecht stehende Leiter und durch eine schwere Falltür in das blendende Tageslicht auf die Plattform gezerrt. Die Stimme des Löwen hatte in seinen Ohren gedröhnt und seine Faust ihn auf die Brustwehr gehoben, mit einer wütenden Bewegung, die ihn ebenso gut hätte hinabschleudern können. Instinktiv hatte er sich gehütet, einen Laut von sich zu geben. Jetzt, nachdem der Mann ihn ebenso plötzlich wieder losgelassen hatte, fühlte er, daß seine Beine unter ihm nachgaben und versteifte sie ärgerlich. Immer noch schwieg er. Daß er sich zu keinem Schreckensschrei hatte hinreißen lassen, erfüllte ihn mit Stolz, und nun stand er verbissen da und wartete darauf, daß sein heftig klopfendes Herz sich beruhigte. Es war schon eine Leistung, daß er sich überhaupt aufrecht halten konnte.

Alain le Gaucher stützte seine Hände auf die hölzernen Zinnen und verfolgte mit grimmigem Blick den Rückzug der Belagerer in den bewaldeten Einschnitt. Die drei Männer, die ihm auf den Turm gefolgt waren, warteten auf seine Befehle, ebenso wie Yves, der sich dazu zwang, nicht zusammenzuzucken, als der bärenstarke Mann sich zu ihm umdrehte und die funkelnden Augen ihn berechnend musterten.

»Also ist dieses Balg doch etwas wert, wenn auch kein Geld! Ein Grund mehr, gut auf ihn aufzupassen – wir werden ihn noch gut gebrauchen können. O nein, ich weiß, sie haben sich nicht weit zurückgezogen. Sie werden erst abziehen, wenn sie es auf jede nur mögliche Weise probiert haben und jeder Versuch durch ein kleines Messer am Hals dieses Schweinchens vereitelt worden ist. Jetzt werden sie nach unserer Pfeife tanzen müssen! Ja, Bürschchen, für uns bist du so viel wert wie eine ganze Armee.«

Yves fand diese Worte wenig beruhigend. Er war jetzt, da ihr Versteck entdeckt war, als Geisel für sie unersetzlich und daher würden sie kein Lösegeld für ihn fordern. Sie konnten sich nun nicht mehr verstecken und die Geheimhaltung ihrer nächtlichen Überfälle dadurch sichern, daß sie, wie sie es zuvor getan hatten, jeden Zeugen niedermachten. Aber zumindest für eine Weile konnten sie die Drohung, ihren Gefangenen zu töten, wiederholen und sich mit seinem Leben freies Geleit erkaufen, um eine andere Gegend zu suchen. Aber nein – Hugh Beringar würde nicht so ohne weiteres aufgeben und er würde auch eine Geisel keinen Augenblick länger in ihren Händen lassen, als es sein mußte. Wenn auch nicht durch einen Frontalangriff, so würde er doch einen Weg finden, in dieses Räubernest einzudringen. Yves klammerte sich nach Kräften an diesen Gedanken, schwieg beharrlich und verzog keine Miene.

»Guarin, du bleibst hier bei ihm. Vor Einbruch der Dunkelheit lasse ich dich ablösen. Er wird dir keine Schwierigkeiten machen. Was kann er schon tun, außer über die Brustwehr klettern und sich unten den Schädel zerschmettern? Und ich schätze, er ist noch nicht so verrückt vor Angst, daß er diesen Ausweg wählt. Wer weiß, vielleicht gefällt es ihm mit der Zeit bei uns – was, Kleiner?« Er stieß Yves einen Finger in die Rippen und lachte. »Halte deinen Dolch bereit. Wenn sie sich sehen lassen, wenn du merkst, daß einer von ihnen sich anschleicht, rufst du ihn an und wiederholst die Drohung. Und wenn sie darauf nicht reagieren«, sagte er und ließ seine Zähne wie eine Falle zusammenschnappen, »laß ihn bluten! Wenn es hart auf hart geht, komme ich selber herauf. Mir werden sie glauben!«

Der Mann, der Guarin hieß, nickte und grinste. Vielsagend lockerte er den Dolch in seiner Scheide.

»Die anderen kommen mit mir hinunter. Wir müssen uns besser vorbereiten. Wir brauchen Wachen an allen Seiten. Sie werden auf jede nur mögliche Weise versuchen hereinzukommen, bevor sie vor Kälte aufgeben. Der Sheriff, der in einem solchen Winter im Freien übernachtet, ist noch nicht geboren. Sie werden es nicht länger als eine Nacht aushalten.«

In die Falltür war ein Ring eingelassen, an dem man sie hochziehen konnte. Er packte ihn mit seiner großen Hand, hob die Tür so mühelos, als sei sie aus Papier und ließ sie mit einem dumpfen Krachen auf die Bretter der Plattform fallen. Man hörte das Klappern der eisernen Riegel, mit der sie an der Unterseite verschlossen werden konnte.

»Zur Sicherheit werde ich die Tür verriegeln. Keine Sorge, ich werde dir etwas zu essen bringen und dich heute abend ablösen lassen. Aber mit diesem Küken gehe ich kein Risiko ein. Er ist zu wertvoll für uns, um ihn aufs Spiel zu setzen.« So entschlossen wie er ihm das Messer an die Kehle gesetzt hatte, schlug er Yves jetzt im Vorbeigehen auf die Schulter und stieg über die Leiter nach unten. Geschwind folgten ihm seine Männer. Guarin schloß die Falltür, und sie hörten beide, wie unten die Riegel vorgelegt wurden und der letzte Mann die Leiter hinunterkletterte.

Allein auf ihrer luftigen Plattform aus roh behauenen Balken sahen die beiden sich an. Die Luft war schneidend kalt und unter ihren Füßen knirschte gefrorener Schnee. Yves leckte sich getrocknetes Blut von der Lippe und sah sich nach der geschütztesten Stelle um. Der Turm war so gebaut, daß er hoch genug war, um eine möglichst weite Aussicht zu bieten, ohne allzu auffällig über die Felsen hinauszuragen. Die Schießscharten zwischen den Zinnen reichten Yves bis zur Brust. Er konnte sich etwas hinüberlehnen und nach allen Seiten sehen, aber nach hinten, zum Abgrund hin, war nur die Kante des Plateaus und dahinter, weit unten, das Tiefland zu erkennen. Diese Plattform hier oben war zu offen und ungeschützt, um bequem zu sein und Wind und Wetter konnten ihnen hier ungehindert zusetzen. Immerhin jedoch war es heute wenigstens nicht so kalt wie an den Tagen zuvor.

So weit er sehen konnte regte sich nichts, nur unten im Hof herrschte rege Betriebsamkeit: An jedem Beobachtungspunkt stand eine Wache und alle Schießscharten waren mit Bogenschützen besetzt. Von den Männern des Königs war nichts zu sehen. Yves suchte sich einen schneefreien, windgeschützten Winkel, setzte sich, den Rücken gegen die hölzerne Brustwehr gelehnt, auf die Bohlen und umfaßte seine Knie mit den Armen. Je niedriger er sich zusammenkauerte, desto weniger Wärme verlor er. Und Wärme war das, was er nun am dringendsten brauchte. Nicht anders allerdings ging es Guarin.

Er war keiner von den Schlechtesten, dieser Guarin. Yves hatte inzwischen viele der Männer in der engeren Umgebung des Anführers beobachtet und wußte, welchen von ihnen es Vergnügen bereitete, andere zu quälen und zu verletzen, bis sie sich vor Schmerzen wanden und um Gnade bettelten. Von denen gab es mehr als genug, aber dieser Guarin gehörte nicht zu ihnen. Der Junge hatte sogar herausgefunden, wie einige von ihnen zu den Räubern gestoßen waren und konnte die Schlimmsten von den Besten unterscheiden. Da waren die, welche aus freien Stücken Wegelagerer, Mörder und Diebe geworden waren und davon lebten, ihre Mitmenschen zu berauben. Andere waren kleine Taschendiebe und Betrüger, die vor der Strafe, die ihnen in der Stadt drohte, geflohen waren und hier Zuflucht gesucht hatten, wo selbst ihre Fertigkeiten Verwendung fanden. Wieder andere waren entlaufene Leibeigene, die sich wütend gegen Tyrannei aufgelehnt und sich so gegen das Gesetz gestellt hatten. Einige waren jüngere Söhne aus guter Familie oder Adlige ohne Land, die als Glücksritter zu dieser Bande gefunden hatten. Und auch ein paar Krüppel gab es, die vorher ehrliche Arbeit geleistet hatten und davongejagt worden waren, da man sie nicht mehr gebrauchen konnte; aber dies waren nur wenige, sie gehörten eigentlich nicht zu diesem Gesindel. Durch widrige Umstände waren sie hier gelandet und nun saßen sie in einer Falle, aus der sie keinen Ausweg sahen.

Guarin war ein großer, einfältiger, unbekümmerter Mann, dem nichts an Grausamkeiten lag. Soweit Yves es beurteilen konnte, hatte er gegen rauben, plündern und brandschatzen nichts einzuwenden, solange er nicht selber zu töten brauchte. Er zog mit den anderen mit und tanzte nicht aus der Reihe, aber wenn es sich vermeiden ließ, vergoß er selber lieber kein Blut. Dennoch würde er seinen Befehlen gehorchen. Er sah keine andere Möglichkeit, sich einen Anteil an der Beute, Essen und Trinken, ein Dach über dem Kopf und einen Platz am Feuer zu sichern. Wenn sein Führer ihm befahl zu töten, dann würde er es ohne zu zögern tun.

Um sie herum wurde es heller. Die bittere Kälte hatte zwar noch nicht nachgelassen, aber ein Umschwung lag bereits in der Luft. Am frühen Nachmittag klopfte jemand an die Falltür, öffnete die Riegel und stieg mit einem Sack voll Brot und Fleisch und einem Krug mit warmem, gewürztem Bier für den Wächter aus dem nach Holz duftenden Dunkel des Turmes zu ihnen herauf. Das Essen reichte für zwei und Guarin gab seinem Gefangenen etwas davon ab. Da sie über die Vorräte von mindestens vier Höfen verfügten, brauchten sie an den Mahlzeiten nicht zu sparen.

Das Essen und das warme Bier halfen eine Zeitlang, aber im Verlauf der nächsten Stunden kroch ihnen die Kälte wieder in die Glieder. Guarin ging auf und ab, um sich zu wärmen und nach allen Richtungen Ausschau zu halten. Er beachtete seinen Gefangenen nicht, warf ihm nur hin und wieder einen Blick zu, der Yves daran erinnerte, daß er hilflos war und gut daran tat, keinen Fluchtversuch zu machen. Eine Weile fiel er in einen unruhigen Halbschlaf, aber als er erwachte, war er so kalt und steif, daß er aufstehen, mit den Füßen stampfen und mit den Armen schlagen mußte, um sein Blut wieder in Bewegung zu bringen. Sein Bewacher lachte darüber und ließ ihn nach Herzenslust herumspringen. Was konnte er schon unternehmen?

Die Abenddämmerung setzte ein. Yves ging hinter Guarin auf dem Turm auf und ab und sah durch die Schießscharten auf eine Welt herab, in der es nur Feinde zu geben schien. Besonders auf der dem Abgrund zugewandten Seite des Turms lehnte er sich weit vor, konnte aber nur die Felskante und das Land weit unten erkennen. Auf dieser Seite des viereckigen Turms war sonst nichts außer dem Himmel zu sehen. Aber in der östlichen Ecke fand Yves einen Vorsprung im Holz, auf den er, als Guarin ihm den Rücken wandte, seinen Fuß stellen konnte, um eine bessere Sicht zu haben. Unter ihm war eine ebene Felsfläche und als er sich gefährlich weit vorbeugte, konnte er sehen, daß die Palisade sich nicht ganz um die Festung herumzog, sondern am Abgrund endete. Dort aber fiel die Steilwand nicht senkrecht ab – er konnte einige schneebedeckte Felsvorsprünge erkennen. Kein Lebenszeichen, wohin er sich auch wandte. Es sah so aus, als hätten ihn die Freunde, auf die er sich verließ, im Stich gelassen.

Aber etwas regte sich dort im Schnee, etwas war dort draußen auf dem Felsen. Yves glaubte seinen Augen nicht zu trauen als er sah, daß sich auf einem der Felsvorsprünge etwas bewegte. Einen Augenblick lang zeigte sich der Umriß eines Kopfes, das dunkle Gesicht eines Mannes, der die nächste Etappe einer einsamen, gefährlichen Kletterpartie berechnete. Im nächsten Moment war dort, zehn Meter unterhalb der Stelle, an der die Palisade an den Abgrund stieß, nichts mehr zu sehen als Fels und Schnee. So sehr Yves seine Augen auch anstrengte – er konnte keine Bewegung mehr wahrnehmen.

Er hörte hinter sich einen Fluch und beeilte sich, von seinem Ausguck herunterzuspringen, noch bevor Guarin ihn packte und durchschüttelte. »Was hast du eigentlich vor? Du Dummkopf, dort kannst du nicht hinunter.« Er lachte bei dem Gedanken daran, sah aber glücklicherweise nicht in die Richtung, in die Yves geblickt hatte. »Wenn du da hinunterspringen willst, kannst du dir genausogut den Hals durchschneiden lassen.«

Er ging auf und ab, ohne die Schulter des Jungen loszulassen, als glaube er wirklich, seinem Gefangenen könne es sonst gelingen zu entfliehen. Das würde ihn teuer zu stehen kommen. Yves ließ sich herumstoßen und jammerte ein wenig über die rauhe Behandlung, um den Mann bei Laune zu halten und ihn abzulenken.

Jetzt war er sich nämlich sicher, daß er sich nicht getäuscht hatte: Dort unten in den Felsen war ein Mann. Ein Mann, der seine dunkle Kleidung unter einem weißen Leintuch verborgen hatte, damit er im Schnee nicht auszumachen war, der auf gefahrvolle Weise dorthin geklettert war, und zwar gewiß nicht vom Fuß des Berges, sondern Stück für Stück von der Stelle aus, an der die Bäume an den Abgrund stießen. Er hatte sich immer etwas unterhalb der Felskante gehalten und arbeitete sich langsam an der Palisade vorbei zu dem Teil der Festung vor, die nicht bewacht wurde, weil man die Steilwand für unüberwindlich hielt. Und er war so diszipliniert, daß er sich auch in dieser eisigen Kälte langsam bewegen und selbst zu Eis erstarren konnte, um mit Schnee und Stein zu verschmelzen. Jetzt wartete er auf die Dunkelheit, bevor er es wagen konnte, den letzten, gefährlichsten Abschnitt seines Unternehmens hinter sich zu bringen.

Willig ging Yves dorthin, wohin die Hand an seiner Schulter ihn schob und ließ sich durch nichts anmerken, daß er nicht im Stich gelassen war, daß ein Held sein Leben für ihn aufs Spiel setzte und daß er selber Heldenmut aufbringen mußte, damit alles sich zum Guten wendete. Nein, er durfte nicht versagen.

Dunkelheit hatte sie umschlossen und nun war es Guarin, der sich beklagte. Schließlich kam seine Ablösung die Leiter hinaufgestiegen, schob die Riegel zurück und stieß die Falltür auf, um auf die Plattform zu klettern.

Sein neuer Bewacher gehörte zu der unangenehmen Sorte: ein pockennarbiger Bursche mit einem struppigen Bart, einer breiten Nase, großen Fäusten und schmutzigen Fingernägeln, die schmerzhaft kneifen konnten. Die Begegnungen mit ihm hatten Yves bereits blaue Flecken eingetragen und als er ihn aus der Tiefe auf der Plattform auftauchen sah, biß er sich in düsterer Vorahnung auf die Unterlippe. Er wußte nicht, wie der Mann hieß. Vielleicht war er ungetauft und hatte keine richtigen Eltern gehabt, so daß er nie bei einem Namen, sondern nur mit irgendeinem Beinamen gerufen wurde.

Auch Guarin mochte ihn nicht allzusehr. Er fluchte darüber, daß die Ablösung so spät kam, wo sie doch schon vor Einbruch der Dunkelheit hätte erfolgen müssen. Die beiden Männer knurrten sich an, bevor Guarin die Leiter hinunterstieg und so hatte Yves Gelegenheit, sich in seinen geschützten Winkel zu drücken, um seine Anwesenheit nicht zu deutlich in Erinnerung zu rufen. Ihm stand eine Prüfung bevor. Aber irgendwo dort draußen, nicht mehr weit entfernt, war jemand, der ihm zu Hilfe kam.

Brummelnd kletterte Guarin die lange Leiter hinunter und Yves hörte, daß die Riegel vorgelegt wurden. Die Männer hatten ihre Befehle. Er war jetzt allein mit diesem unberechenbaren Mörder, der so weit gehen würde, wie es die Anordnungen seines Anführers erlaubten. Er würde es nicht wagen, Yves zu töten oder zu verstümmeln, aber ganz sicher glaubte er Erlaubnis zu haben, ihn zu quälen.

Seinen Rücken dem Wind zugekehrt, kauerte Yves sich in die Ecke. Sein neuer Bewacher ließ keinen Zweifel daran, daß er keine Sympathien für ihn empfand. Er gab Yves die Schuld dran, daß er eine ungemütliche Nacht hier oben in der klirrenden Kälte verbringen mußte, anstatt sich unten am Feuer wärmen zu können.

»Verdammtes Balg«, knurrte er und trat im Vorbeigehen nach den Beinen des Jungen, »wir hätten dir gleich dort, wo du uns über den Weg gelaufen bist, den Hals durchschneiden sollen! Hätten die Soldaten dich tot gefunden, dann hätten sie nicht weiter nach dir gesucht und wir könnten hier immer noch ein schönes Leben führen.« Das war wohl richtig, mußte Yves zugeben, als er seine Füße einzog und sich tiefer in die Ecke verkroch. Er machte sich so klein wie möglich und sagte nichts, aber anstatt ihn zu besänftigen, schien sein Schweigen den Mann nur noch mehr in Wut zu bringen.

»Wenn es nach mir ginge, würdest du den Krähen zum Fraß an diesen Zinnen hängen. Und glaub nur nicht, daß du diesem Schicksal entgehen kannst. Jeder Handel, den wir eingehen, kann widerrufen werden, wenn wir erst einmal in Sicherheit sind! Was könnte uns davon abhalten, dir die Kehle durchzuschneiden, auch wenn wir uns freies Geleit mit deinem Leben erkauft haben? Los, du Ratte, antworte mir!«

Wieder trat er zu und stieß dem Jungen seinen Zeh in die Seite. Obwohl Yves sich schnell zur Seite gerollt hatte, gelang es ihm nicht ganz, dem Tritt auszuweichen. Vor Schmerz und Wut schrie er auf.

»Was euch davon abhalten könnte?« rief er. »Die Tatsache, daß euer Anführer sich noch dunkel an seine Erziehung erinnert und einen Rest von Ehre im Leib hat. Und du tust gut daran, seinen Befehlen aufs Wort zu gehorchen, denn im Augenblick bin ich für ihn weit wertvoller als du. *Dich* könnte er leichten Herzens an einer Zinne aufknüpfen, ohne dabei einen Verlust zu empfinden.« Er wußte, daß das dumm war, aber er war es leid, vernünftig und gegen seine Natur zu handeln. Er sah die große Hand, die ihn am Haar packen wollte und tauchte unter ihr hinweg. Auf diesem begrenzten Raum würde er wohl schließlich in die Enge getrieben werden, aber er war schneller und leichter als sein Gegner und auf jeden Fall war es wärmer, wenn man sich bewegte als wenn man stillsaß. Der Mann folgte ihm. Er war schlau genug, nur leise zu fluchen, denn wenn hier oben Lärm entstand, würde jemand heraufkommen und nachsehen, was der Grund dafür war. So murmelte er seine Verwünschungen, während er, mit den Armen rudernd, versuchte, Yves zu fangen. »So, du wirst unverschämt, kleine Ratte? Reißt das Maul auf, wo ich dir mit einer Hand den Hals umdrehen könnte? Ich muß dich wohl am Leben lassen, aber die Knochen kann ich dir immerhin brechen! Oder dir die Zähne in deinen großen Hals schieben!«

Als Yves ihm ein zweites Mal entschlüpfte sah er, daß sich hinter dem Rücken des Verfolgers die schwere Falltür langsam zu heben begann. Sie hatten ihre Aufmerksamkeit zu sehr aufeinander konzentriert, um zu bemerken, daß die Riegel, allerdings ungewöhnlich leise und vorsichtig, zurückgeschoben worden waren. Den Kopf, der sich nun aus dem Dunkel des Turmes in das abendliche Zwielicht schob, hatte Yves noch nie zuvor gesehen und so lautlos stieg der Mann auf die Plattform, daß das Herz des Jungen vor verzweifelter Hoffnung einen Sprung tat. Instinktiv wußte er beim ersten Anblick des Mannes, daß dieser nicht zu der Bande von Mördern und Dieben gehören konnte. Gerade setzte er den Fuß auf die Bohlen und richtete sich auf und wenn der Bewacher sich umdrehte, würde er dem anderen gerade ins Gesicht sehen. Nein, umdrehen durfte sich dieser tobende Kerl jetzt nicht! Aber wenn Yves ihm jetzt auswich, würde er das tun, damit er ihn zu fassen bekam und ihn schlagen konnte.

Yves glitt auf dem gefrorenen Schnee aus, oder jedenfalls schien es so, und eine riesige Faust traf ihn an der Brust und warf ihn hart gegen die Brustwehr. Die andere packte sein Haar und riß ihm den Kopf zurück. Der Rohling spuckte ihm ins Gesicht und lachte triumphierend. Yves konnte sich nicht wehren und versuchte, so gut er konnte, auszuweichen, aber er sah, daß der Fremde sich zu seiner vollen Größe aufrichtete und geräuschlos, ohne Eile die Falltür wieder schloß, wobei er die beiden, die an der Brustwehr miteinander kämpften, nicht aus den Augen ließ. Offenbar vergaß er über der Rettung nicht, die notwendigen Vorsichtsmaßnahmen zu treffen. Über dieses große Lob schwoll Yves' Herz vor Bewunderung und Dankbarkeit, denn gerade war ihm zu verstehen gegeben worden, daß seine Vorstellung verstanden worden und er nicht mehr ein bloßes Opfer war, sondern ein Verbündeter in diesem seltsamen, geheimen Unternehmen.

Er sah, daß der Mann einen schnellen, lautlosen Schritt auf sie zu machte, aber dann wurde sein Kopf von einem heftigen Schlag auf die Wange zur Seite gerissen und gleich darauf traf ihn ein zweiter von der anderen Seite, der ihn schwindlig und halb bewußtlos machte. Um sicherzugehen, brach er in verzweifeltes Winseln aus – nicht allzu laut, aber laut genug, um die Geräusche des anderen zu überdecken, der jetzt schon ganz nah sein mußte: »Nein, nicht! Ihr tut mir weh! Laßt mich los! Es tut mir leid, es tut mit leid... Bitte, schlagt mich nicht...« In seiner Stimme lag etwas Triumphierendes, aber dieser Mensch bemerkte es nicht. Gehässig lachte er leise vor sich hin.

Er lachte immer noch, als sich ein langer Arm vor sein Gesicht legte, ihm den Mund verschloß und ihn rücklings auf die Bohlen warf. Der langbeinige, kräftige Jüngling ließ sich auf ihn fallen, stieß ihm ein Knie in den Bauch und nahm ihm dadurch den Atem. Dann riß er ihm den spitzen Helm ab und zog seinen Kopf hoch, um ihn gleich darauf mit unvermuteter Kraft auf die Bohlen zu schlagen. Steif und stumm wie ein toter Fisch lag Yves' Bewacher auf dem Boden.

Wie ein junger Falke stürzte Yves aufgeregt hinzu und löste den Gürtel, an dem Schwert und Dolch des Bewachers hingen. Seine Hände zitterten, aber er ging eifrig zu Werk, zog den Gürtel aus dem Waffengehänge und gab ihn dem Fremden, der ruhig und geduldig darauf gewartet hatte und nun die Oberarme des Räubers damit fesselte, so daß die Hände auf dem Rücken lagen, bevor er seinen jungen Helfer genauer betrachtete. Hier oben auf dem Turm leuchteten nur die Sterne, aber in ihrem klaren, reinen Licht war es unverkennbar, daß er lächelte. Er griff in die Brust seines braunen Wamses aus handgesponnenem Stoff, zog ein zusammengerolltes Stück weißes Leinen hervor und hielt es Yves hin.

»Wisch dir dein Gesicht ab«, sagte eine ruhige, leise Stimme, in der Lächeln und Anerkennung mitschwangen, »bevor ich diesem Schreihals den Mund damit stopfe.«

Kapitel 12

Fasziniert und ehrfürchtig schweigend wischte Yves sich den Speichel aus dem Gesicht. Er wandte seine Augen keinen Moment lang von dem Gesicht des Mannes, der auf der anderen Seite des hingestreckten Körpers seines Feindes kniete. Seine Zähne leuchteten weiß im schwachen Licht der Sterne und seine Augen schimmerten wie Bernstein. Die Kapuze war zurückgeglitten und enthüllte zerzaustes Haar, das jedoch nicht gelockt war, sondern sich wie eine eng anliegende Kappe an den schön geformten, edlen Kopf schmiegte. Jede Linie seines Gesichtes und jede Geste verriet seine Kühnheit und Jugend. Yves sah ihn an und war hingerissen. Er hatte schon vorher Idole verehrt, unter anderem seinen Vater, aber hier war ein neuer Held, der jung und vor allem greifbar war.

»Gib her!« sagte sein neuer Verbündeter kurz und schnippte mit den Fingern nach dem Leinentuch. Yves beeilte sich, es ihm zu reichen. Ein Ende des Tuches wurde Yves' bewußtlosem Bewacher in den Mund geschoben, der Rest wurde ihm um den Kopf gewickelt, damit er, wenn er erwachte, nichts hören und sehen konnte. Das andere Ende schließlich knotete der Mann an dem Gürtel fest, mit dem bereits die Arme des überwältigten Räubers gefesselt waren. Um auch seine Beine binden zu können, zogen sie die Lederriemen aus seinem Wams, schnürten seine Füße bei den Knöcheln zusammen und bogen sie so weit zurück, daß sie mit dem Rest der Riemen auch seine Hände auf dem Rücken fesseln konnten. Schließlich lag er da wie eines jener kompakten, verschnürten Bündel, die man Lastponys auflegt. Mit großen Augen bestaunte Yves die Umsicht, die sein neuer Freund dabei an den Tag legte.

Einen Augenblick lang sahen sie einander zufrieden an. Yves öffnete den Mund, um etwas zu sagen, aber der andere legte einen Finger warnend an die immer noch lächelnden Lippen.

»Warte!« sagte die tiefe, gelassene Stimme halblaut. Ein Flüstern läßt sich nicht identifizieren, aber es ist gefährlich weit zu hören. Dieses gedämpfte Murmeln jedoch drang nur an das Ohr des Jungen. »Laß uns sehen, ob wir auf dem Weg fliehen können, den ich gekommen bin.«

Yves gehorchte wie verzaubert. Bebend duckte er sich zusammen und lauschte angestrengt. Der andere lag, ein Ohr an das Holz gepreßt, auf der Falltür, öffnete sie nach einigen Augenblicken vorsichtig einen Spaltbreit und sah hinab in das nach Holz duftende Dunkel des Turmes. Vom Hof und vom Wehrgang draußen hörte man die Bewegungen und Stimmen des alarmbereiten Lagers, aber unten, zwischen dem Schatten der Balken, war alles still und ruhig.

»Jetzt können wir es versuchen. Bleib dicht hinter mir und tu alles, was ich tue.«

Er hob die Falltür auf und kletterte, behende wie eine Katze, die Leiter hinunter. Yves folgte ihm. Im Dämmerlicht des Absatzes, den sie nun erreicht hatten, hielten sie inne und drückten sich in den dunkelsten Winkel, aber nichts Bedrohliches regte sich. Von hier aus führten rohe, aber festgefügte Stufen weiter hinunter. Bald hatten sie das mittlere Stockwerk des Turms erreicht und konnten das Stimmengewirr und die Geräusche hören, die von reger Geschäftigkeit im großen Saal zeugten und durch die Ritzen einer großen Tür das Flackern des Feuers und der Fackeln dort unten sehen. Eine Treppe noch und dann würden sie den Fuß des Turms erreicht haben. Dort war auch der Saal und nur eine Tür würde sie von Alain le Gaucher und seiner Bande trennen. Der Jüngling zog Yves mit seinem langen Arm an sich und hielt ihn fest. Wachsam beobachtend und horchend stand er da. Das Fundament des Turms bestand zur Hälfte aus Felsen, zur anderen Hälfte aus gestampfter Erde und die Luft, die von dort zu ihnen hinaufstrich, war kälter als die zwischen den Holzwänden weiter oben. Angstvoll beugte Yves sich vor und sah in einer Ecke dort unten eine steinerne Nische, von der ein starker Zugwind zu ihnen heraufwehte. Das mußte die schmale Tür sein, die hinaus in die Nacht führte und durch die sein Retter in den Turm gelangt war. Wenn sie es schafften, sie unbemerkt zu erreichen, dann mochte ihnen die Flucht aus dem Räubernest auf diesem Weg gelingen. Mit diesem außergewöhnlichen Mann als Führer würde er sich nicht einmal fürchten, die Steilwand bei Nacht zu durchklettern. Was einer allein fertiggebracht hatte, das konnten auch zwei gemeinsam zuwege bringen.

Die erste Stufe der letzten Treppe verriet sie. Bis dahin war alles glattgegangen, aber sobald ein Fuß dieses krumme Brett berührte, gab es mit einem lauten Klappen nach und durch den Hall in den Winkeln des Treppenhauses wurde dieses Geräusch noch verstärkt. Aus dem Saal erscholl ein Alarmruf, man hörte das Trappeln von Füßen und dann wurde die große Tür aufgerissen und im Feuerschein stürzten bewaffnete Männer heraus.

»Zurück!« rief der Fremde sofort, drehte sich ohne zu zögern um, packte den Jungen und hob ihn die Treppe hinauf, die sie gerade heruntergeschlichen waren. »Auf das Dach, schnell!« Es gab keinen anderen Fluchtweg und es konnte nur einen Moment dauern, bis sich die Augen der Männer aus dem hellbeleuchteten Saal an die Dunkelheit gewöhnt hatten. Und dieser Augenblick war bereits vergangen – der erste stieß wütend einen lauten Alarmruf aus und stürzte, gefolgt von drei oder vier anderen, hinter ihnen her. Das Geschrei wehte die beiden Flüchtenden gleichsam die Stufen hinauf.

Am Ende der langen Treppe, vor der Leiter, wurde Yves gepackt und auf die halbe Höhe zur geöffneten Falltür hinaufgeworfen, und das war die Länge eines großen Mannes. Er griff in die Sprossen der Leiter und kletterte hinauf, sah jedoch zögernd über seine Schulter, denn er wollte seinen Kameraden nicht allein dort unten zurücklassen. Der aber befahl ihm in scharfem Ton: »Los! Geh hinauf, schnell!« In aller Eile stieg er zu der Plattform hinauf, legte sich neben der Falltür auf den Bauch und sah aufgeregt hinab. Im Gewirr der Schatten, das durch das Sternenlicht über der geöffneten Falltür nur wenig erhellt wurde, erkannte er den ersten Verfolger, der mit gezogenem Schwert die schmalen Stufen hinaufstürmte. Es war ein großer Mann, dessen massiger Körper denen, die ihm folgten, die Sicht nahm.

Bis zu diesem Augenblick hatte Yves gar nicht gemerkt, daß sein Verbündeter eine Waffe trug. Das Schwert, das sie seinem Bewacher abgenommen hatten, lag noch immer hier auf dem Dach. Yves hatte nur sein Messer an sich genommen und es als Ersatz für den Dolch, den man ihm abgenommen hatte, stolz an seinem Gürtel befestigt. Unten flammte eine Klinge auf wie ein entfernter Blitz. Sie schwang sich durch die Dunkelheit und zog auf ihrer gekrümmten Bahn ein Nachglimmen aus Sternenlicht hinter sich her. Der Räuber schrie wütend auf. Sein kurzes Schwert wurde ihm aus der Hand geschlagen und fiel polternd auf den Boden. Im nächsten Augenblick traf ihn ein gestiefelter Fuß an der Brust und stieß ihn, während er noch um sein Gleichgewicht kämpfte, die Treppe hinab. Donnernd fiel er hintenüber und da die Treppe schmal war und kein Geländer hatte, wurden zwei oder drei der Männer von ihrem schwergewichtigen Anführer mitgerissen und mindestens einer stürzte durch das Treppenhaus in die Tiefe.

Ohne sie weiter zu beachten, machte der Jüngling einen großen Satz die Leiter hinauf und war einen Moment später neben Yves. Er warf das funkelnde Schwert auf das Eis der Plattform, ergriff mit kräftigen Händen die Leiter und zog sie hinauf. Als Yves verstand, was er vorhatte, packte er zu und half ihm. Er war wieder zu Atem gekommen und zog mit aller Kraft. Es gelang. Die Leiter war nicht fest verankert gewesen, sondern an Fuß- und Kopfende nur von Balken gestützt worden. Lange bevor der erste Angreifer unten wütend versuchen konnte sie festzuhalten, war sie außer Reichweite selbst des größten Mannes.

Als das Fußende der Leiter über der Falltür erschien, ließen sie sie auf die Plattform fallen. Klirrend zerbarst das Eis. Wutschreie drangen zu ihnen hinauf und Yves wollte schon die Falltür über ihnen schließen, aber sein Verbündeter winkte ihn beiseite und gehorsam trat der Junge zurück. Was immer sein Held tat, würde gut und richtig sein.

Und lächelnd, obwohl sein Lächeln im Dunkel kaum zu

sehen war, packte sein Held einfach ihren Gefangenen, der nun an seinen Fesseln zerrte, schleppte ihn zur Falltür und richtete ihn sorgfältig auf, damit er nicht kopfüber fiel. Dann gab er ihm einen fast sanften Stoß, so daß er auf seine Freunde stürzte und zwei oder drei von ihnen unter sich begrub. Die Falltür schlug zu und dämpfte ihre Schmerzens- und Schreckensschreie.

»Und jetzt Beeilung!« Die ruhige Stimme klang fast tadelnd. »Her mit der Leiter, hierher, über die Falltür. So! Jetzt legst du dich auf das Ende und ich auf dieses hier, dann werden sie die Tür kaum öffnen können.«

Wie befohlen legte Yves sich bäuchlings auf die Leiter. So lag er lange da, den Kopf in den Armen vergraben, keuchend und zitternd. Die Bohlen unter ihm bebten vom Lärm der Männer, die ein Stockwerk tiefer in ohnmächtiger Wut tobten – die Falltür war für sie unerreichbar, zwei Meter über ihren Köpfen. Und selbst wenn sie Geräte herbeischafften, auf die sie sich stellen konnten, würden sie nichts ausrichten können. Die Tür schloß so dicht, daß keine Lanzenspitze und kein Schwert durch ihre Ritzen gestoßen werden konnte. Und auch wenn sie mit einer Axt einschlugen, konnte immer nur ein einzelner hinaufklettern und die beiden oben auf der Plattform waren wachsam und bewaffnet. Mit angehaltenem Atem und gespreizten Armen und Beinen lag Yves auf der Leiter und machte sich schwer. Trotz der bitteren Kälte war er schweißüberströmt.

»Sieh einmal auf, mein Kleiner«, sagte die Stimme am anderen Ende der Leiter beinah fröhlich, »und zeig mir noch einmal dein Gesicht, auch wenn es schmutzig und zerschunden ist. Laß mich sehen, was meine Mühen mir eingetragen haben!«

Yves hob den Kopf und blickte verwirrt in ein Gesicht mit hellen, golden schimmernden Augen und einem strahlenden, zufriedenen Lächeln. Es war ein junges, ovales Gesicht unter dem enganliegenden, dichten schwarzen Haar, mit hohen Backenknochen, dünnen schwarzen Augenbrauen, geschwungenen Lippen und einer schmalen, wie ein Krummsäbel gebogenen Nase. Nach normannischer Sitte trug der Jüngling keinen Bart und seine dunkle, glänzende Haut war glatt wie die eines Mädchens.

»Sei ganz beruhigt. Laß sie nur toben – sie werden es bald aufgeben. Wenn wir auch nicht an ihnen vorbeigekommen sind, so können sie auch nicht an uns heran. Jetzt haben wir Zeit zum Nachdenken. Nur halte dich unterhalb der Brustwehr. Sie kennen sich hier aus und haben vielleicht Bogenschützen aufgestellt, die es auf vorwitzige Köpfe abgesehen haben.«

»Und wenn sie Feuer an den Turm legen um uns herauszutreiben?« fragte Yves. Seine Stimme zitterte vor Aufregung und Furcht.

»Nein, so dumm werden sie nicht sein. Der Saal würde mitverbrennen. Außerdem – warum sollten sie etwas Übereiltes tun, wo sie doch wissen, daß wir nicht hinauskönnen? Wir sind ihre Gefangenen, ob hier draußen in der Kälte oder unten bei ihnen in einer Zelle – das läßt sich nicht bestreiten. Du und ich, Messire Yves Hugonin, wir müssen uns jetzt etwas einfallen lassen.« Er neigte den Kopf und gebot mit erhobener Hand Schweigen, um auf das Stimmengewirr unten zu lauschen, das zu einem gedämpften, verschwörerischen Gemurmel geworden war. »Sie haben sich beruhigt. Wir sitzen hier oben in der Falle und sie werden uns einfach frieren lassen. Sie werden woanders benötigt und brauchen nur ein paar Männer als Wache zurücklassen. Sie können warten bis wir aufgeben.«

Er sprach diese Worte mit Gelassenheit – der Gang der Ereignisse schien ihm nicht die geringsten Sorgen zu bereiten. Unter ihnen entfernte sich das Gemurmel und erstarb dann ganz. Er hatte die Situation richtig eingeschätzt: Alain le Gaucher wußte, daß er sich auf die wichtigsten Aufgaben konzentrieren mußte und alle seine Männer an der Palisade gebraucht wurden. Sollten seine Gefangenen, wenn sie auch Herren über eine Plattform waren, die nicht größer war als einige Schritte im Geviert, ihre Herrschaft ruhig noch ein wenig genießen. Bald schon würde die Kälte sie hilflos machen und vielleicht auch töten. Was immer sie auch taten, sie konnten nicht entkommen.

Unten herrschte drohende Stille. Aber die Kälte, das ließ

sich nicht leugnen, kroch ihnen in die Glieder und der tiefste, finsterste, kälteste Teil der Nacht stand ihnen noch bevor.

Der Jüngling entspannte sich wieder, wandte sich dem Jungen zu und streckte seinen Arm aus. »Komm her, wir wollen uns wärmen, so gut es geht. Komm! Bald werden wir uns bewegen können, aber jetzt müssen wir diese Falltür zur Hölle noch ein wenig zuhalten. Und dabei können wir nachdenken, was wir als nächstes tun.« Dankbar kroch Yves zu ihm und schmiegte sich an ihn. Sie rückten ein wenig hin und her, bis sie eine bequeme Stellung gefunden hatten und der Kälte möglichst wenig Angriffspunkte boten. Yves atmete tief ein und legte seinen Kopf fast scheu an die Schulter seines Helden.

»Ihr kennt mich«, sagte er zögernd. »Aber ich weiß nicht, wer Ihr seid.«

»Du sollst es erfahren, Yves. Ich hatte noch keine Gelegenheit, mich vorzustellen, wie es sich gehört. Für alle außer dir, mein Freund, bin ich Robert, der Sohn eines der Wäldler im Clee-Wald. Du aber...«, er wandte den Kopf, sah in die großen, ernsten Augen des Jungen und lächelte, »du aber darfst wissen, wer ich wirklich bin, wenn ich mich darauf verlassen kann, daß du mich nicht verrätst. Ich bin einer der jüngsten und geringsten Ritter deines Onkels Laurence d'Angers. Mein Name ist Olivier de Bretagne. Mein Herr wartet ungeduldig in Gloucester auf Nachricht von mir. Ich wurde geschickt, dich zu finden und ich habe dich gefunden. Und du kannst gewiß sein, daß ich dich jetzt nicht mehr verlieren werde.«

Yves war sprachlos, hin- und hergerissen zwischen Staunen, Freude und Besorgtheit. »Ist das wirklich wahr? Mein Onkel hat Euch geschickt, um uns zu finden und zu ihm zu bringen? In Bromfield sagte man, er suche uns – meine Schwester und mich.« Der Gedanke an Ermina machte ihn zittern. Was half es schon, daß er gefunden war, wenn sie immer noch vermißt wurde? »Sie – meine Schwester... sie hat uns verlassen! Ich weiß nicht, wo sie ist!« Er ließ seinen Worten einen verzweifelten Seufzer folgen.

»Ah, da habe ich dir also etwas voraus, denn *ich* weiß, wo

sie ist! Mach dir keine Sorgen um Ermina. Sie ist wohlbehalten und sicher in Bromfield. Es ist wahr, glaub mir! Würde ich dich anlügen? Ich habe sie selbst dorthin gebracht, um euch zusammenzubringen, aber noch bevor wir am Tor ankamen erfuhr ich, daß du schon wieder davon warst.«

»Ich konnte nichts dafür, ich mußte...«

Es war fast zuviel auf einmal. Yves schluckte seine Verwunderung hinunter und riß sich zusammen. Jetzt, da er sich keine Sorgen mehr um Ermina machen mußte, nahm er in der Gefahr, in der er sich befand, Zuflucht zu bitteren Anklagen gegen sie, dafür daß sie ihn und so viele andere in diese Situation gebracht hatte. »Ihr kennt sie nicht! Sie will auf niemanden hören«, sagte er empört. »Wenn sie erfährt, daß ich verschwunden bin, ist sie zu allem fähig! An all dem ist nur sie allein schuld und wenn sie es sich in den Kopf setzt, wird sie wieder irgendeine Dummheit begehen. Ich kenne sie besser als Ihr!«

Er führte Oliviers leises, freundliches Lachen auf das allzu große Vertrauen des jungen Mannes zu Ermina zurück. »Sie wird gehorchen! Keine Sorge, sie wird in Bromfield warten. Aber bevor ich dir meine Geschichte erzähle, solltest du mir, glaube ich, deine erzählen. Schütte nur dein Herz aus! Das ist jetzt die beste Gelegenheit, wir dürfen uns ohnehin noch nicht von hier wegrühren. Da unten ist jemand.« Yves hatte nichts gehört.

»Ihr seid aus Worcester geflohen, das weiß ich, und ich weiß auch, wie deine Schwester euch verlassen hat, und warum. Sie hat es mir frei und offen erzählt. Und wenn es dich beruhigt: Nein, sie hat nicht geheiratet und hat es auch nicht vor, sondern ist froh, aus einem dummen Fehler mit heiler Haut herausgekommen zu sein. Aber was war mit dir, nachdem sie verschwunden war?«

Yves lehnte sich an den groben Stoff über Oliviers Schulter und erzählte die ganze Geschichte: Wie er erst im Wald umhergeirrt war, wie Prior Leonard und Bruder Cadfael sich in Bromfield um ihn gekümmert hatten, von Schwester Hilarias tragischem Tod und wie er sich mit dem armen, umnachteten Bruder Elyas durch den Schneesturm gekämpft hatte.

»Und dort habe ich ihn zurückgelassen, ohne daran zu denken...«

Yves verstummte. Ihm fielen die Worte ein, die Bruder Elyas gesprochen hatte, als sie nebeneinander in der Hütte gelegen hatten. Das war etwas, das er niemandem, nicht einmal diesem strahlenden Helden sagen durfte. »Ich habe Angst um ihn. Aber ich habe die Tür nicht verriegelt. Glaubt Ihr, sie werden ihn rechtzeitig finden?«

»Da bin ich ganz sicher«, sagte Olivier beruhigend. »Euer Gott kümmert sich um die geistig Verwirrten und sorgt dafür, daß die Verlorenen gefunden werden.«

Yves fiel sofort auf, wie seltsam Olivier sich ausgedrückt hatte. »*Unser* Gott?« sagte er und sah fragend auf, zu dem dunklen Gesicht dicht über ihm.

»Oh, es ist auch meiner. Allerdings bin ich erst auf gewissen Umwegen zum Christentum gekommen. Meine Mutter war eine Muselmanin aus Syrien, mein Vater ein Kreuzritter aus dem Gefolge von Robert von Normandie. Er kam aus England und kehrte wieder hierhin zurück, noch bevor ich geboren wurde. Als ich aus dem Knabenalter heraus war, nahm ich seinen Glauben an und ging nach Jerusalem zu den Kreuzrittern. Dort trat ich in den Dienst deines Onkels und als er nach England zurückkehrte, ging ich mit ihm. Ich bin ein Christ wie du, aber während du in diesen Glauben hineingeboren wurdest, habe ich ihn aus freien Stücken gewählt. Ich habe das Gefühl, Yves, daß du deinen Bruder Elyas wohlbehalten wiedersehen wirst, trotz der kalten Nacht, die ihr verbracht habt. Wir sollten unsere Köpfe lieber anstrengen, um einen Weg zu finden, wie wir von hier entkommen können.«

»Wie seid Ihr hier hereingekommen?« wunderte sich Yves. »Wie konntet Ihr überhaupt wissen, daß ich hier bin?«

»Ich wußte es nicht, bis dieser Räuberhauptmann dich auf die Zinnen stellte und dir ein Messer an die Kehle hielt. Aber ich sah sie aus einiger Entfernung mit ihrer Beute vorbeimarschieren und dachte, es könne sich lohnen, eine solche Gesellschaft von Räubern zu ihrem Versteck zu verfolgen. Sie verübten ihre Überfälle bei Nacht und bei Nacht bist du auch verlorengegangen... Es bestand die Möglichkeit, daß sie Gefangene machten, sofern sie sich einen Gewinn davon versprachen.«

»Dann habt Ihr auch gesehen... dann wißt Ihr auch, daß unsere Freunde mit bewaffneten Männern hier sind«, sagte Yves, dem plötzlich eine neue, wunderbare Idee gekommen war.

»*Deine* Freund, gewiß, aber meine? Ohne sie beleidigen zu wollen: Diesen Freunden sollte ich besser nicht in die Hände fallen. Hast du nicht verstanden, daß ich ein Gefolgsmann deines Onkels bin? Und der wiederum steht in den Diensten der Kaiserin Maud. Ich habe keine Lust, vom Sheriff gefaßt und ins Gefängnis geworfen zu werden. Allerdings schulde ich deinen Freunden einen Gefallen, denn nur im Schutz ihres Angriffs, als dieses Ungeziefer das Tor verteidigte, ist es mir gelungen, mich unbemerkt über die Felsen anzuschleichen. Ohne diese Ablenkung hätte ich das nie geschafft. Und als ich erst im Dunkeln innerhalb der Palisade war, sah ich nicht anders aus als einer dieser Räuber. Ich habe gesehen, wie deine Wache abgelöst wurde und wußte, wo sie dich gefangenhielten.«

»Dann wußtet Ihr auch, daß ihre Drohung mich zu töten der einzige Grund dafür war, daß Hugh Beringar seine Männer zurückrief. Er hat sich nicht weit zurückgezogen, das weiß ich. So leicht gibt er nicht auf. Und jetzt hält mir niemand mehr ein Messer an die Kehle und es gibt keinen Grund, warum sie nicht angreifen sollten!«

Olivier begriff, worauf er hinauswollte und sah ihn belustigt und anerkennend an. Sein Blick wanderte nachdenklich von dem Schwert des Bewachers, das in seiner Scheide an der Brustwehr lag, zu dem verbeulten, spitzen Helm, der in einer Ecke nicht weit davon entfernt gerollt war. Der verschmitzte Blick seiner tiefliegenden, bernsteinfarbenen Augen unter schwarzen Wimpern kehrte zu Yves zurück.

»Schade, daß wir keine Trompete haben, um das Angriffssignal zu geben. Aber immerhin haben wir eine sehr brauchbare Trommel. Also – setz dich an die Brustwehr und sieh zu, was du damit ausrichten kannst. Ich werde hier Wache stehen. Sie werden nur wenige Minuten Zeit haben, diese Bohlen mit Äxten hier durchzuhacken. Danach werden sie woanders gebraucht werden – vorausgesetzt deine Freunde dort draußen begreifen genauso schnell wie du.«

Kapitel 13

Bruder Cadfael hatte den ganzen Tag damit zugebracht, von einem Ende des Baumgürtels zum anderen und wieder zurück zu kriechen und jeden Meter des Geländes zwischen ihm und der Palisade zu studieren. Er suchte nach jeder noch so dürftigen Deckung, in deren Schutz man sich, wenn es erst dunkel geworden war, näher an die Festung heranarbeiten konnte. Hugh Beringar hatte seinen Männern verboten, sich offen zu zeigen. Er hatte sie im Wald verteilt und war sehr darauf bedacht, daß die Räuber sie nicht zu Gesicht bekamen. Alain le Gaucher konnte nicht hinaus und der Sheriff konnte nicht hinein. Beringar knirschte, in ohnmächtiger Wut über diese festgefahrene Situation, mit den Zähnen. Natürlich hatten die da drinnen genug Vorräte an gestohlenem Fleisch und Getreide – genug jedenfalls, um es eine ganze Weile aushalten zu können. Sie auszuhungern würde lange dauern und dabei würde der Junge zuerst zu leiden haben. Le Gaucher mochte willens sein, ihn im Tausch gegen freies Geleit für sich und alle seine Männer auszuliefern, aber damit setzte man nur eine andere Gegend dieser Plage aus. Es gab einfach keinen Ausweg aus dieser Zwangslage! Hugh Beringars Aufgabe war es, in dieser Grafschaft für Recht und Gesetz zu sorgen und dazu war er fest entschlossen.

Aus den Reihen seiner Männer hatte er die herausgesucht, die im Hochland geboren und aufgewachsen waren und klettern konnten. Mit ihnen hatte er das Plateau durch seinen schmalen Zugang verlassen und rings um den Gipfel nach Stellen gesucht, die die Möglichkeit boten hinaufzuklettern, ohne von oben gesehen zu werden und so von hinten in das Lager zu gelangen. Der leichte Anstieg des Plateaus hinter der Festung gab Deckung, aber von unten sah man, daß dort eine Steilwand war, an der nur Vögel einen Felsvorsprung finden konnten. Es blieb nur eine einzige Stelle, aber dort konnten sie nicht vorgehen, ohne gesehen zu werden und das Leben des Jungen aufs Spiel zu setzen: Dort, wo die Palisade endete, mochte gerade genug Platz sein, um einen Mann vorbeizulassen, sofern er keine Angst vor großen Höhen hatte. Aber um dorthin zu kommen, mußte man einen breiten Streifen offenen Geländes überqueren und das bedeutete eine Gefahr für Yves und den sicheren Tod für denjenigen, der dieses Unternehmen wagte.

Im Schutz der Dunkelheit mochte es vielleicht glücken. Wenn die Schneedecke das Vorgehen auch erschwerte, so durchbrachen doch hier und da blanke Felsen die weiße Fläche. Aber als die Nacht hereinbrach, war der Himmel wolkenlos und in der klaren Frostluft leuchtete das Licht der Sterne hell auf dem Schnee. In der einzigen Nacht, in der sie sich Schneegestöber mit Sturm gewünscht hätten, durch das die Sicht beeinträchtigt und dunkle Kleidung unter einem schützenden Schleier verborgen worden wäre, regte sich kein Lüftchen, und keine einzige Schneeflocke fiel vom Himmel. Und die Stille war so groß, daß sogar das Knacken eines trockenen Zweiges, auf den man trat, wahrscheinlich bis zur Palisade zu hören war.

Cadfael lauschte gerade mißmutig in diese Stille hinein, als sie plötzlich mit einer solchen Gewalt zerrissen wurde, daß er erschreckt zusammenfuhr. Ein lautes, metallisches Scheppern, wie das einer großen, schlecht gemachten Glokke, erklang auf dem Plateau, Schlag um Schlag ein gnadenloses Getöse, das nicht aufhörte – durchdringend, fordernd, kaum zu ertragen. Unter den Bäumen sprangen Männer auf und gingen so nah wie möglich an den Waldrand, um zu sehen, was sich in der Festung tat. Und ebenso erhob sich innerhalb der Palisaden ein Lärm und ein Geschrei, aus dem Cadfael schloß, daß diese Musik nicht von den Belagerten stammte, daß dies kein geplantes Manöver war und daß man es dort weder begrüßte noch verstand. Wenn dort drinnen etwas schiefgegangen war, dann konnten sie hier draußen vielleicht einen Gewinn daraus ziehen.

Das Scheppern kam von der Spitze des Turms. Jemand dort oben hieb auf einen Schild oder irgendwie improvisierten Gong. Aber warum sollte jemand im Lager so durchdringenden Alarm geben, wenn doch gar kein Angriff drohte? Und das Geschrei, das dieser Lärm im Lager hervorrief, war, wenn auch durch die Entfernung gedämpft und in einzelnen Worten nicht verständlich, unverkennbar aufgebracht und wütend. Eine laute Stimme, die nur le Gaucher gehören konnte, brüllte Befehle. Gewiß hatte sich angesichts dieser unerwarteten Entwicklung alle Aufmerksamkeit von den Feinden draußen abgewandt.

Cadfael handelte ohne lange zu überlegen. In der Mitte zwischen dem Wald und der Palisade befand sich ein Felshöcker, ein kleiner schwarzer Punkt in der eintönig weißen Fläche. Auf diesen Felsen rannte er aus der Deckung der Bäume zu und warf sich hinter ihn der Länge nach hin, sodaß er in seiner schwarzen Kutte, wenn er bewegungslos verharrte, mit dem Stein verschmolz und nicht auszumachen war. Er bezweifelte ohnehin, daß noch jemand dem Gelände vor der Palisade große Aufmerksamkeit schenkte. Das unablässige Scheppern dauerte weiter an, obwohl die Hand, die sich da rührte, langsam ermüden mußte. Vorsichtig hob Cadfael den Kopf und beobachtete die gezackte Krone des Turms, die sich deutlich vom Nachthimmel abhob. Der Rhythmus des mißtönenden Klapperns kam ins Stolpern und wurde langsamer, und als es für einen Augenblick aufhörte, sah Cadfael einen Kopf, der vorsichtig durch eine Schießscharte Ausschau hielt. Er hörte jetzt, gedämpft durch die dicken Stämme, aus denen der Turm bestand, ein dumpfes Krachen und Splittern von Holz, so als gehe jemand mit einer Axt zu Werk. Ein zweites Mal erschien der Kopf. »Yves!« rief Cadfael und winkte. Vor dem Schnee war sein scharzer Ärmel gut zu sehen.

Er bezweifelte, daß man ihn dort oben hören konnte, obwohl die klare Luft alle Geräusche unverzerrt weitertrug. Bestimmt aber konnte man ihn sehen. Die kleine Gestalt auf dem Turm – sie überragte kaum die Brustwehr – reckte sich einen Augenblick lang vor und schrie mit vor Erregung schriller Stimme: »Kommt! Greift an! Wir haben den Turm! Wir sind zu zweit und bewaffnet!« Dann verschwand sie wieder hinter einer Zinne und keinen Augenblick zu früh, denn mindestens ein Bogenschütze hatte die gezackte Turmkrone beobachtet und sein Pfeil traf den Rand der Brustwehr und blieb zitternd dort stecken.

Trotzig wurde das scheppernde Trommeln auf dem Turm wieder aufgenommen.

Ohne an die Gefahr zu denken, sprang Bruder Cadfael von seinem Platz hinter dem Felsen auf und rannte auf die Bäume zu. Mindestens ein Pfeil wurde ihm hinterhergeschickt, erreichte ihn jedoch nicht mehr. Bruder Cadfael war leicht erstaunt als er hörte, daß der zischende Flug des Pfeiles im Schnee hinter ihm endete. Anscheinend war er immer noch schneller als er gedacht hatte, zumindest wenn er um sein eigenes Leben und das vieler anderer rannte. Atemlos tauchte er in die Deckung der Bäume und stand Beringar gegenüber. An der Unruhe am Waldrand erkannte er, daß Hugh diese wenigen Minuten gut genutzt hatte, denn seine Männer hatten kampfbereit Aufstellung genommen und warteten nur auf seinen Befehl.

»Gebt das Signal zum Angriff!« keuchte Cadfael. »Der Lärm kommt von Yves. Er sagt, er hätte den Turm besetzt. Jemand hat sich zu ihm durchgeschlagen – weiß der Himmel, wie er das geschafft hat. Die einzige Gefahr ist jetzt, daß wir zu spät kommen.«

Es gab keinen weiteren Aufschub. Beringar eilte davon und schwang sich in den Sattel, ohne ein weiteres Wort zu verlieren. Er führte den linken Flügel und Josce de Dinan den rechten, und zusammen stürmten sie unter den Bäumen hervor und ritten auf das Tor von Alain le Gauchers Festung zu, während alle Fußsoldaten hinterherrannten, so schnell sie konnten. Zahlreiche Fackeln wurden entzündet, mit denen man die Nebengebäude in Brand stecken wollte.

Bruder Cadfael, den man so formlos zurückgelassen hatte, blieb noch eine Weile stehen, um wieder zu Atem zu kommen und erinnerte sich dann fast ärgerlich an die Tatsache, daß er dem Gebrauch von Waffen schon lange abgeschworen hatte. Dennoch – kein Gelübde hinderte ihn daran, bewaffneten Männern unbewaffnet zu folgen. Als die Speerspitze des Angriffs das Tor erreichte und sich dagegen warf, begann Bruder Cadfael zielstrebig, über das verschneite Plateau zu marschieren, das jetzt von den Spuren vieler Hufe und vieler Füße gezeichnet war.

Trotz des Lärms, den er machte, hörte Yves den Angriff der Männer des Sheriffs und fühlte den Turm erzittern, als sie das Tor einrammten und die Querbalken splitternd zerbrachen. Der Hof hallte wider von den Kämpfen Mann gegen Mann, aber da konnte er nichts machen; doch hier bebten und ächzten die Bohlen zu seinen Füßen unter wütenden Axtschlägen, die von unten geführt wurden, und Olivier stand mit gezogenem Schwert und gespreizten Beinen auf der Leiter und blockierte die Falltür mit seinem Gewicht. Die Leiter hob sich bei jedem Schlag, aber solange sie auf der Falltür lag, konnte diese nicht geöffnet werden. Und selbst wenn man sie aufbrach, mußte als erstes eine Hand oder ein Kopf zum Vorschein kommen und sich Oliviers Schwert aussetzen, und in diesem Fall würde Olivier keine Gnade kennen. Angespannt stand er breitbeinig über dem Zugang, durch den der Feind kommen mußte. Immer wieder verlagerte er sein Gewicht, jederzeit bereit, mit seinem Schwert zuzustoßen, sobald sich die Gelegenheit dazu bot.

Yves ließ seinen schmerzenden Arm sinken und den Stahlhelm zwischen seinen Füßen davonrollen, aber dann überlegte er es sich anders, bückte sich und setzte ihn auf. Warum sollte man nicht jeden nur möglichen Schutz in Anspruch nehmen? Er vergaß auch nicht, sich unter die Kante der Brustwehr zu ducken, als er, nachdem er seine verkrampfte Hand ausgeschüttelt hatte, das Schwert nahm und zu Olivier eilte. Er stellte sich auf die Leiter, um das Gewicht, das auf der Falltür ruhte, zu vergrößern. Es zeigten sich schon Risse im Holz und oben wie unten flogen Splitter umher, aber noch gab es keine Stelle, durch die man ein Schwert hätte stoßen können.

»Sie werden es nicht schaffen«, sagte Olivier beruhigend.

»Hörst du das?« Alain le Gauchers mächtige Stimme dröhnte durch das dunkle Treppenhaus des Turms. »Er ruft seine Hunde zurück, sie werden unten noch dringender gebraucht.«

Noch einmal schlug die Axt zu, mit einem gewaltigen Hieb, der eine bereits gesplitterte Bohle durchdrang, so daß unter der Leiter plötzlich ein großes Stück der blitzenden Schneide zu sehen war. Aber damit war der Angriff auf die

Turmplattform beendet. Der Mann, der den Schlag geführt hatte, konnte seine Axt nur unter Mühen aus dem Holz ziehen. Er fluchte, schlug aber nicht noch einmal zu. Sie hörten das Stampfen von Stiefeln auf der Treppe und dann war im Turm alles ruhig. Unten im Hof herrschte Durcheinander aus Kampfgeschrei und Waffenlärm, aber hier oben, unter dem friedlichen, sternenübersäten Himmel, standen die beiden da und sahen sich an. Nun, da die unmittelbare Bedrohung abgewendet war, fiel plötzlich die Spannung von ihnen ab.

»Nicht, daß er seinen schmutzigen Trick nicht noch einmal versuchen würde«, sagte Olivier und steckte sein Schwert in die Scheide, »wenn er dich nur in die Finger bekommen könnte. Aber wenn er seine Zeit darauf verschwendet, sich einen Weg hier herauf freizuschlagen, wird er verlieren, was dein Leben ihm retten könnte. Er wird versuchen, den Angriff zurückzuschlagen, bevor er sich wieder uns zuwendet.«

»Das wird ihm nicht gelingen!« antwortete Yves voller Überzeugung. »Hört Ihr? Sie sind schon im Hof. Nun werden sie nicht mehr zurückweichen, sie haben ihn in der Falle.« Vorsichtig warf er durch eine Schießscharte einen Blick auf das Kampfgetümmel. Der ganze Hof wimmelte von kämpfenden Männern – es war ein wogendes Auf und Ab, wie eine stürmische See bei Nacht, beleuchtet nur von den wenigen noch brennenden Fackeln. »Sie haben das Torhaus angezündet und die Pferde und das Vieh hinausgetrieben. Und jetzt holen sie die Bogenschützen vom Wehrgang... Sollten wir ihnen nicht zur Hilfe eilen?«

»Nein«, entschied Olivier bestimmt. »Nur wenn wir müssen. Wenn du jetzt gefangengenommen wirst, war alles umsonst. Das Beste, was du für deine Freunde tun kannst, ist, dich von dort fernzuhalten, damit diesem Räuberhauptmann nicht die einzige Waffe in die Hände fällt, mit der er seinen Kopf retten kann.«

Das war nur vernünftig, wenn auch schwer einzusehen für einen aufgeregten Jungen, der sich danach sehnte, Heldentaten zu vollbringen. Aber wenn Olivier es so anordnete, würde Yves sich daran halten.

»Du wirst ein andermal ein Held sein dürfen«, tröstete ihn Olivier, »wenn weniger auf dem Spiel steht und du nur dein eigenes Leben riskierst. Aber deine Aufgabe besteht jetzt darin, geduldig zu warten, auch wenn es dich hart ankommt. Und da wir jetzt Zeit haben, aber vielleicht in Kürze schon sehr in Eile sein werden, hör mir gut zu: Wenn wir befreit sind und alles vorbei ist, werde ich dich verlassen. Geh zurück zu deiner Schwester nach Bromfield und gib deinen Freunden die Genugtuung, euch beide wohlbehalten wieder vereint zu haben. Ich bezweifle nicht, daß sie euch unter dem Schutz bewaffneter Männer zu eurem Onkel nach Gloucester bringen würden, wie sie versprochen haben. Aber ich habe es mir nun einmal in den Kopf gesetzt, meinen Auftrag zu erfüllen und euch selber dorthin zu bringen, wie es mir befohlen wurde. Dies ist meine Aufgabe und ich werde sie zu Ende bringen.«

»Aber wie wollt Ihr das machen?« fragte Yves besorgt.

»Mit eurer Hilfe – und der gewisser anderer Leute, die ich kenne. Gebt mir zwei Tage und ich werde mit Pferden und Proviant zur Stelle sein. Wenn alles gutgeht, werde ich euch übermorgen Nacht in Bromfield abholen und zwar nach der Komplet, wenn die Brüder sich anschicken, zu Bett zu gehen und glauben werden, daß auch ihr schlaft. Frag jetzt nichts mehr – sag ihr nur, daß ich kommen werde. Und wenn ich gezwungen sein sollte, den Männern des Sheriffs Rede und Antwort zu stehen oder wenn man, nachdem ich verschwunden bin, dich fragen sollte... sag mir, Yves, wer war der Mann, der sich hierher zu dir durchgeschlagen hat?«

Yves verstand. Ohne zu zögern antwortete er: »Es war Robert, der Sohn des Wäldlers, der Ermina nach Bromfield gebracht hat und auf seiner Suche nach mir zufällig hierherkam.« Aber zweifelnd fügte er hinzu: »Sie werden sich allerdings fragen, wie ein Wäldler so etwas zustandebringen konnte, wo doch auch die Männer des Sheriffs schon auf der Suche waren. Außer«, fuhr er fort und verzog verächtlich den Mund, »sie denken, daß jeder Mann sein Leben für Ermina aufs Spiel setzen würde, nur weil sie schön ist. Sie *ist* schön«, gab er großzügig zu, »aber das weiß sie nur zu gut und setzt es bedenkenlos ein. Laßt Euch von ihr nicht zum Narren halten!«

Olivier sah auf das Getümmel im Hof herab, wo eine lange Feuerzunge vom brennenden Torhaus auf das Dach eines der Vorratshäuser übergesprungen war. So konnte der Junge das leise Lächeln, das um seinen Mund spielte, nicht sehen. »Laß sie nur glauben, ich sei Erminas ergebener Sklave, wenn sie das überzeugt«, sagte er. »Erzähl ihnen, was du willst, solange es nur seinen Zweck erfüllt. Überbring ihr meine Nachricht und sorge dafür, daß ihr bereit seid, wenn ich komme.«

»Ja, das werde ich!« schwor Yves. »Ich werde alles tun, was Ihr mir sagt.«

Sie sahen zu, wie das Feuer sich an der Palisade entlang von Dach zu Dach ausbreitete, während der Kampf mit unverminderter Heftigkeit weiterging. Die Räuberbande verfügte über mehr Männer, als man gedacht hatte und viele von ihnen waren erfahrene, gute Kämpfer. Mit Unbehagen sahen Yves und Olivier von ihrem Aussichtspunkt aus, daß das Feuer immer näher auf das große Haus zukroch. Wenn es den Turm erreichte, würde das zugige, hölzerne Treppenhaus wie ein Kamin wirken und der Fluchtweg wäre ihnen versperrt. Schon jetzt übertönte das funkensprühende Krachen der Balken den Lärm des Kampfes.

»Jetzt wird es gefährlich«, sagte Olivier stirnrunzelnd. »Wir sollten besser dem Teufel unten die Stirn bieten als zu warten, bis er zu uns hinaufkommt.«

Sie schoben die Leiter beiseite und öffneten die zerhauene Falltür. Splitter lösten sich und fielen hinab und aus dem Dunkel des Treppenhauses stieg, noch schwach wie ein Hauch, eine dünne Rauchwolke zu ihnen empor. Olivier ließ gar nicht erst die Leiter hinunter, sondern schwang sich durch die Öffnung und sprang leichtfüßig auf den Treppenabsatz. Als Yves ihm folgte, fing er ihn auf und setzte ihn lautlos ab. Eine Hand nach hinten gestreckt, um den Jungen dicht bei sich zu behalten, machte sich Olivier an den Abstieg. Hier war die Luft noch immer kalt, aber von irgendwo her kam stetiger Rauch, der die Stufen hinter einem Schleier verbarg, so daß sie sich ihren Weg Schritt für Schritt ertasten mußten. Der Kampflärm wurde schwächer, bis er nur noch ein von den dicken Wänden gedämpftes Summen war. Auch als sie den Felsboden erreicht hatten, auf dem der Turm errichtet war und im kümmerlichen Schein der wenigen Fackeln und des niedergebrannten Herdfeuers die Umrisse der angelehnten großen Tür zum Saal sahen, hörten sie drinnen keinen Schritt und keine Stimmen. Alle Räuber waren wohl draußen auf dem Hof und kämpften gegen die Männer des Sheriffs oder – und das war inzwischen ebenso wahrscheinlich – sie versuchten, den Kreis ihrer Angreifer irgendwie zu durchbrechen und zu entfliehen.

Olivier ging zu der kleinen Außentür, durch die er in den Turm gelangt war, hob den schweren Riegel und zog, aber die Tür gab nicht nach. Er stemmte einen Fuß gegen die Wand und zog mit aller Kraft, aber die Tür blieb verschlossen.

»Diese Teufel! Sie haben sie von außen verriegelt, als wir dort oben in der Falle saßen. Durch die Halle. Und bleib dicht hinter mir!«

Aus Angst, ein mißtrauischer oder verwundeter Räuber könnte dort noch auf sie lauern, schoben sie die große Tür zum Saal vorsichtig ein Stück weiter auf und schlüpften so geräuschlos wie möglich hindurch. Aber beim Öffnen der Tür entstand Zug und plötzlich sprang in der hinteren Ecke des Raumes eine Flamme hoch und kroch auf die Deckenbalken zu. Glühende Splitter fielen auf Alain le Gauchers Gobelinsessel und brannten dort wie drei oder vier kleine Knospen, die sich zu großen, feuerroten Blüten öffneten. Die gelbroten Flammen waren das einzige, was sie durch den Rauch erkennen konnten, der den Saal so schnell füllte wie das Feuer sich ausbreitete. Sie tasteten sich ihren Weg durch ein verlassenes Durcheinander aus umgefallenen Bänken, Essensresten, umgestürzten Tischen, herabgefallenen Wandbehängen und fast erloschenen Fackeln, deren Qualm den Rauch noch verstärkte, der in ihren Augen brannte und ihnen den Atem nahm. Vor ihnen, jenseits dieses Chaos, trieb durch die halbgeöffnete Haupttür des Saales, zusammen mit der kalten Nachtluft, das Geschrei der kämpfenden Männer zu ihnen herein. Ein einzelner Stern, unglaublich klar und weit entfernt, war durch den Türspalt zu sehen. Ihre Augen brannten und tränten. Sie bedeckten ihr Gesicht mit den Ärmeln und rannten auf die Tür zu.

Sie hatten sie schon fast erreicht, als eine Flamme einen Deckenbalken ergriff, funkensprühend auf seiner ungehobelten Oberfläche vorwärts schoß und auf den rauhen, handgewebten Vorhang übergriff, der Zugluft ausschließen sollte, wenn die Türen geschlossen und alle im Haus versammelt waren. Der trockene Stoff ging sofort in Flammen auf und fiel wie ein großes Kissen aus Feuer vor ihnen zu Boden. Olivier stieß ihn mit dem Fuß beiseite, packte Yves und schwang ihn um die lodernden Flammen herum in Richtung Tür.

»Raus! Geh hinaus und versteck dich!«

Wenn Yves aufs Wort gehorcht hätte, wäre er vielleicht nicht bemerkt worden, aber als er die Tür erreicht hatte und vor sich die Stufen zum Hof und das Kampfgetümmel sah, drehte er sich besorgt um, aus Angst, das jetzt mannshoch brennende Feuer könnte Olivier den Weg abgeschnitten haben. Sein Zögern brachte ihn und seine Freunde um alles, was sie bisher erreicht hatten, denn mehr als die Hälfte des Hofes war jetzt in Beringars Hand, die Überreste der Bande waren zu einem verbissen kämpfenden Haufen in der Nähe des Saals zusammengedrängt worden. Und während Yves seinen Feinden den Rücken kehrte und überlegte, ob er zurückrennen und seinem Freund helfen sollte, führte Alain le Gaucher einen wütenden Rundschlag gegen die Männer des Sheriffs, die ihn immer weiter zu den Stufen seiner eigenen Halle getrieben hatten und sprang rückwärts die breite, hölzerne Treppe hinauf. Fast wären sie Rücken an Rücken zusammengestoßen. Yves wollte davonrennen, aber es war zu spät. Eine große Hand packte ihn am Haar und ein zorniges Triumphgefühl übertönte sogar das Kampfgetöse und das Krachen der zerbrechenden Balken. Im nächsten Augenblick hatte le Gaucher seinen Rücken an den Türstock gedrückt, um vor Angriffen von hinten sicher zu sein und hielt den Jungen an sich gepreßt. Er drückte ihm sein nacktes, bereits rot gefärbtes Schwert an die Kehle.

»Halt, keiner rührt sich! Legt die Waffen nieder und zieht ab!« brüllte er und seine Löwenmähne schimmerte und leuchtete im flackernden Schein des Feuers. »Zurück! Noch weiter! Macht Platz vor mir! Wenn irgendeiner auch nur seinen Bogen spannt, wird diese kleine Ratte sterben. Da habe ich also meine Freiheit! Also, Gefolgsmann des Königs, wo bist du? Was gibst du mir für sein Leben? Ich fordere ein frisches Pferd und freies Geleit, sonst schneide ich ihm die Kehle durch und ihr habt sein Leben auf dem Gewissen!«

Hugh Beringar trat vor und sah le Gaucher gerade ins Gesicht. »Geht zurück«, sagte er ohne den Kopf zu wenden. »Tut was er sagt.«

Schritt für Schritt traten alle, Räuber wie Soldaten, zurück, so daß vor der Halle eine zertrampelte, blutbespritzte, freie Fläche entstand.

Auch Beringar machte Platz, hielt sich jedoch weiter vor ihnen. Was blieb ihm auch anderes übrig? Der Mann hielt den Kopf des Jungen an seine Brust gepreßt, die Schneide seines Schwertes ruhte auf Yves' Kehle. Eine falsche Bewegung und er mußte sterben. Ein paar Männer der Bande schlichen sich beiseite und auf das Tor zu, in der Hoffnung fliehen zu können, solange noch alle Augen auf die beiden dort oben auf der Treppe gerichtet waren. Die Wache am Tor würde sie aufhalten, aber wer sollte diesen rücksichtslosen, zu allem entschlossenen Verbrecher aufhalten? Alle wichen vor ihm zurück.

Nein, nicht alle! Eine seltsame Gestalt drängte sich durch die Menge der Männer, die sie erst bemerkten, als sie auf dem freien Platz vor ihnen stand. Sie ging humpelnd und schwankend, aber ohne innezuhalten, auf die Treppe zu. Es war ein großer, abgezehrter Mann in einer schwarzen Kutte, deren Kapuze auf seine Schultern zurückgefallen war. Der zuckende Widerschein des Feuers beleuchtete ihn. Zwei rote Narben zogen sich über seine Tonsur. Seine nur mit Sandalen bekleideten Füße hinterließen eine Blutspur und auch auf der Stirn hatte er eine blutende Wunde, die von einem Sturz auf einen Stein herrührte. Aus seinem blassen Gesicht sahen große, hohle Augen Alain le Gaucher an. Der Mann zeigte anklagend mit dem Finger auf ihn und schrie mit lauter, befehlender Stimme: »Laßt den Jungen los! Ich bin gekommen, ihn zu holen. Er gehört mir!«

Le Gaucher hatte nur Hugh Beringar im Auge gehabt und bemerkte den Mann erst jetzt. Sein Kopf fuhr herum. Er war wütend, daß jemand das Schweigen brach, das er herbeigeführt hatte und es wagte, den freien Raum zu betreten, den er gefordert hatte.

Ein jäher Schrecken durchfuhr ihn und wenn er auch nicht lange anhielt, so doch lange genug. Einen Moment lang glaubte Alain le Gaucher, ein Toter komme auf ihn zu – schrecklich, unverletzlich und furchtlos. Er sah die Wunden, die er selbst ihm beigebracht hatte, das leichenblasse Gesicht des von ihm Ermordeten – und vergaß seine Geisel. Kraftlos ließ er das Schwert sinken. Zwar wußte er schon im nächsten Augenblick wieder ohne jeden Zweifel, daß Tote nicht wieder aufstehen und kam mit einem wütenden Schrei zur Besinnung, aber sein Vorteil war verspielt: Yves war unter seinem Arm hinweggetaucht und sprang die Treppe hinunter.

Auf seiner kopflosen Flucht stieß er mit einem Mann zusammen, an dessen Wärme und Halt er sich keuchend klammerte und schloß die Augen. »Sei ganz beruhigt, du bist jetzt in Sicherheit«, hörte er Bruder Cadfaels Stimme an seinem Ohr. »Komm mit und hilf mir mit Bruder Elyas, denn jetzt, da er dich gefunden hat, wird er ohne dich nirgendwohin gehen. Komm, wir wollen ihn von hier wegbringen und sehen, was wir für ihn tun können.«

Immer noch keuchend und zitternd schlug Yves die Augen auf, drehte sich um und sah hinauf zu der Tür, die in den Saal führte. »Mein Freund ist noch da drinnen... der, der mir geholfen hat!«

Er brach ab und stieß einen tiefen, hoffnungsvollen und zugleich ängstlichen Seufzer aus. Denn in dem Augenblick, als Yves sich befreit hatte, war Hugh Beringar losgestürzt, um mit Alain le Gaucher zu kämpfen. Aber ein anderer kam ihm zuvor. Rußverschmiert, versengt und das Schwert in der Hand, tauchte Olivier aus dem Rauch und dem flackernden Dunkel der Türöffnung auf, sprang an le Gaucher vorbei, um mehr Platz zu haben und schlug ihm dabei mit der flachen Seite seines Schwertes auf die Wange, um ihn zum Zweikampf zu fordern. Mit wehender Mähne fuhr der Anführer der Räuber herum. Wieder senkte sich lastendes Schweigen herab, das zuvor durch Rufe der Verwunderung über das Erscheinen von Bruder Elyas unterbrochen worden war. Alle hörten die klare Stimme, die rief: »Jetzt kämpft mit einem Mann!«

Yves würde jetzt durch nichts von der Stelle zu rühren sein, nicht bevor dieser letzte Zweikampf beendet war. Cadfael hatte den Arm um ihn gelegt, aber das wäre gar nicht nötig gewesen, denn der Junge klammerte sich mit verzweifelter Anspannung an ihm fest. Bruder Elyas, der völlig aus der Fassung gebracht war, sah sich nach dem Jungen um und kam schmerzvoll hinkend auf ihn zu, um ihn zu trösten und sich trösten zu lassen; und Yves ließ Cadfael, ohne seine bewundernden Augen einen Moment lang von Olivier abzuwenden, mit einer Hand los und legte sie in die von Elyas, die er nun ebenso fest drückte. Für ihn hing jetzt alles von diesem Kampf, Mann gegen Mann, ab. Er zitterte von Kopf bis Fuß vor Aufregung. Cadfael und Elyas spürten das und ließen sich anstecken. Auch ihre Blicke waren auf diesen hochgewachsenen, schlanken, behenden Jüngling gerichtet, der breitbeinig auf der Treppe stand. Trotz des verrußten Gesichtes und seiner einfachen, bäuerlichen Kleidung erkannte Cadfael ihn wieder.

Niemand trat zwischen die beiden, nicht einmal Hugh Beringar, der aufgrund seines Amtes hätte einschreiten können. Bis dieses Duell vorüber war, würde es zwischen seinen Männern und diesen Dieben und Mördern keinen weiteren Kampf geben. Es war etwas in dieser Herausforderung, das sich jede Einmischung verbat.

Es schien ein sehr ungleicher Kampf zu sein, denn le Gaucher übertraf seinen Gegner an Alter, Gewicht und Erfahrung um das Doppelte, wenn er ihm auch an Reichweite und Schnelligkeit unterlegen war. Und er währte nicht lange. Nachdem le Gaucher seinen Herausforderer mit einem kurzen Blick eingeschätzt hatte, begann er mit regelmäßigen, harten Schlägen auf ihn einzudringen, in der Absicht, den Jüngling die Treppe hinunter zurückzudrängen. Aber nach langen, immer wütenderen Attacken war der Junge – obendrein offenbar nur ein Bauernbursche – keinen Fußbreit zurückgewichen und wehrte alle niedersausenden Streiche mit seinem Schwert ab. Er stand da und schien fast entspannt, während sein Gegner seine Kraft durch fruchtlose Angriffe verausgabte. Starr und mit weit aufgerissenen Augen sah Yves zu. Elyas hielt stumm seine Hand und zitterte vor der Spannung, die sich auf ihn übertrug. Und auch Bruder Cadfael beobachtete Olivier und erinnerte sich an Übungen, die er fast schon vergessen hatte – eine Art der Schwertführung, die aus dem Zusammenprall von Ost und West entstanden war und Elemente von beiden enthielt.

Nichts konnte Olivier in Verlegenheit bringen. Wenn er einen Fußbreit zurückwich, so machte er ihn im nächsten Augenblick schon wieder wett und rückte gleich darauf weiter vor. Nun war es le Gaucher, der zur Treppe zurückgetrieben wurde. Erfolglos versuchte er, sein Schicksal abzuwenden.

Noch einmal griff er mit aller Kraft an. Sein Fuß stand auf dem vereisten Rand der obersten Stufe und sein Sprung war zu kraftvoll. Er glitt mit seinem hinteren Fuß aus und verlor das Gleichgewicht. Wie ein Leopard stürzte sich Olivier auf ihn und trieb seinem Feind das Schwert durch das zerrissene Kettenhemd tief in die Brust. Die Klinge drang bis zur Hälfte ihrer Länge ein und breitbeinig stehend gelang es ihm nur mit Mühe, sie wieder herauszuziehen.

Die Leiche des Löwen fiel mit ausgebreiteten Armen zurück, landete drei Stufen tiefer, rollte langsam, mit furchtbarer Erhabenheit, die Stufen hinunter und blieb schließlich, mit dem Gesicht nach unten, vor Hugh Beringars Füßen liegen. Rotes Blut ergoß sich aus der Brustwunde in den zertrampelten Schnee.

Kapitel 14

Beim Anblick ihres toten Anführers wußten sie, daß es vorbei war. Sie liefen in alle Richtungen auseinander. Einige versuchten einen Fluchtweg zu finden, andere kämpften, bis sie getötet wurden; einige suchten vergeblich ihr Heil in Verhandlungen, während andere sich ergaben und hofften, dadurch Gnade zu finden. Es wurden über sechzig Gefangene gemacht. Die Toten mußten beiseite geschafft und eine Menge Gegenstände und Vorräte gerettet werden, bevor alles in Flammen aufging. Eine ansehnliche Herde gestohlener Schafe und Kühe wurde gefüttert und getränkt, damit man sie zu Tal treiben konnte. Da die Gefangenen seiner Gerichtsbarkeit unterstanden, nahm Dinan sie in Gewahrsam. Und dieses Mal zweifelte niemand daran, daß er sich an das Gesetz halten würde, denn schließlich hatten sich ihre Taten auch gegen ihn und sein Lehen gerichtet.

Das Feuer breitete sich weiter aus und als alles bewegliche Gut gerettet war, wurden die noch unversehrten Gebäude in Brand gesetzt. Die Festung stand abseits der Bäume auf gewachsenem Fels und wenn sie bis zum Boden niederbrannte, konnte nichts anderes Schaden nehmen. Während ihrer kurzen, unrühmlichen Existenz, war sie ein Schandfleck dieser Gegend gewesen und die Narbe, die ihre Zerstörung hinterließ, würde langsam verwachsen.

Das Seltsamste aber, wenn es auch die meisten im Getümmel nicht bemerkt hatten, war das Verschwinden des Unbekannten, nur wenige Minuten nachdem er den Anführer der Räuber getötet hatte. Aller Augen hatten den Zweikampf verfolgt und als sie aus ihrer Benommenheit erwachten, herrschte um sie herum allgemeines Durcheinander aus Flucht und Gefangennahme. Nein, niemand hatte gesehen, wie der junge Bauernbursche sich heimlich in die Nacht davongestohlen hatte.

»Er hat sich in Luft aufgelöst«, sagte Hugh Beringar, »und dabei hätte ich ihn gerne näher kennengelernt. Und ohne eine Nachricht zu hinterlassen, wo wir ihn finden können. Dabei schuldet der König ihm doch einen Dank, den sich jeder verständige Mann nur zu gerne sichern würde. Yves, du bist der einzige, der mit ihm gesprochen hat. Wer ist dieser junge Held?«

Nachdem alle Anspannung von ihm abgefallen war und er sich nach den schrecklichen Erlebnissen, die er durchgemacht hatte, in Sicherheit befand, war Yves müde und benommen. Aber er erinnerte sich an das, was ihm eingeschärft worden war und sah Beringar arglos und offen an. »Das war der Sohn des Wäldlers, der Ermina aufgenommen hat. Von ihm wurde sie auch nach Bromfield gebracht. Er hat mir gesagt, daß sie dort sei. Bis dahin wußte ich nichts davon. Stimmt das? Ist sie wirklich dort?«

»Ja, es stimmt, sie ist in Sicherheit. Und wie heißt dieser Sohn des Wäldlers? Außerdem würde mich interessieren«, sagte Beringar nachdenklich, »wo er gelernt hat, so mit dem Schwert umzugehen.«

»Er heißt Robert. Er sagte mir, daß er nach mir gesucht habe, weil er es Ermina versprochen hatte und daß er die Räuber auf ihrem Heimweg beobachtet und hierher verfolgt habe. Mehr weiß ich auch nicht über ihn«, antwortete Yves standhaft – und wenn er dabei errötete, so konnte es in der Dunkelheit niemand sehen.

»In diesen Wäldern scheint es recht bemerkenswerte Männer zu geben«, bemerkte Beringar. Aber er stellte keine weiteren Fragen.

»Und nun«, sagte Bruder Cadfael, der an seine eigenen Pflichten dachte, »gebt mir vier gute Männer und die gestohlenen Pferde, denn im Stall des Klosters werden sie es besser haben als hier oben, wo alles niedergebrannt ist. Außerdem müssen diese beiden hier ins Bett. Ich werde Euch meine Arzneien hierlassen. Für Bruder Elyas müssen wir eine Bahre herrichten und ihn für den Transport in Decken packen.«

»Nehmt Euch, was Ihr braucht«, sagte Beringar. Außer den in dieser Gegend gebräuchlichen Hochlandponys, mit denen die Beute tranportiert worden war, hatten sie im Stall sieben Pferde gefunden. »Sie sind alle gestohlen – oder jedenfalls die meisten von ihnen«, bemerkte Beringar, als er sie begutachtete. »Ich werde dafür sorgen, daß Dinan alles beschlagnahmte Gut unter denen verteilt, die Verluste hatten. Was die Pferde angeht, so mögen ihre Besitzer sie in Bromfield abholen. Das Vieh und die Schafe werden wir später nach Ludlow treiben, wenn der Bauer in Cleeton sich seine eigenen herausgesucht hat. Aber jetzt bringt Bruder Elyas so schnell wie möglich nach Hause, sonst könnte es sein Tod sein. Es ist ein Wunder, daß er überhaupt noch am Leben ist.«

Cadfael gab seinen Helfern die nötigen Anweisungen, suchte aus dem Haufen der Gegenstände, die man aus dem brennenden Saal gerettet hatte, Decken für Bruder Elyas heraus und ließ eine Trage bauen, die zwischen zwei Pferden aufgehängt wurde. Er dachte auch daran, von dem Futter, das man aus den Vorratshäusern geborgen hatte, zwei Säcke mitzunehmen, für den Fall, daß das unerwartete Eintreffen von sieben Pferden in Bromfield Schwierigkeiten aufwerfen könnte. Die Kraft und Energie, die Elyas im entscheidenden Moment durchströmt hatte, war verebbt, sobald er sein Werk getan und den Jungen gerettet hatte. Nun ließ er fügsam alles mit sich geschehen und hing, halbtot vor Kälte, zwischen Teilnahmslosigkeit und Erschöpfung. Cadfael behielt ihn besorgt im Auge. Wenn es nicht gelang, sein inneres Feuer wieder zu entfachen und ihn mit derselben Lebenskraft zu erfüllen, die ihn beseelt hatte, als er Yves bedroht sah, würde Elyas sterben.

Wie schon einmal setzte Cadfael Yves vor sich auf den Sattel, denn der Junge war nun so müde, daß er beim Gehen ins Stolpern geriet und wenn man ihn allein reiten ließ, würde er wahrscheinlich im Sattel einschlafen. Er war in eine dicke Decke gehüllt und noch bevor sie, so schnell wie es die Dunkelheit zuließ, den Bergpfad hinunter in ebenerdiges Gelände geritten waren, lag sein Kinn auf seiner Brust und sein Atem ging tief und ruhig. Sanft rückte Cadfael ihn zurecht, so daß Yves' Kopf an seiner Schulter ruhte. Der Junge streckte sich ein wenig, vergrub sein Gesicht in den Falten von Bruder Cadfaels Kutte und schlief den ganzen Weg nach Bromfield.

Als sie den Berg hinter sich gelassen hatten, sah Cadfael sich noch einmal um. Gekrönt von dem Feuer auf seinem Gipfel, ragte er dunkel auf. Beringar und Dinan würden den Rest der Nacht damit beschäftigt sein, ihre Gefangenen zusammenzutreiben und das Vieh erst nach Cleeton, wo John Druel seine eigenen Tiere heraussuchen konnte und dann weiter nach Ludlow zu bringen. Der Schrecken war vorüber, und es hatte weniger Verluste gegeben, als man erwartet hatte. Ja, fürs erste war es vorbei, dachte Cadfael. Diese Grafschaft mochte nun vielleicht Ruhe haben, wenn Prescote und Hugh auch in Zukunft mit fester Hand durchgriffen. Aber wo Könige sich um die Krone streiten, würden geringere Männer nur ihren Vorteil zu sichern suchen, ohne Skrupel und ohne Gnade.

Und wo das geschah, fuhr er mit seinen Überlegungen fort, schob man diesen Männern die Schuld an allen Verbrechen zu, die im meilenweiten Umkreis verübt worden waren, obwohl sie manche davon vielleicht gar nicht begangen hatten. Auch Verbrecher sollten nur für die Taten büßen, die sie auf dem Gewissen hatten. Und Alain le Gaucher würde sich nun nie mehr verteidigen und sagen können: »Ich habe viele Verbrechen begangen – aber nicht dies, nicht die Schändung und Ermordung einer jungen Nonne.«

Zur Prim erreichten sie Bromfield und ritten durch das Tor auf den freigefegten Hof. Es war kein Schnee gefallen in dieser Nacht. Ein Wetterumschwung kündigte sich an und gegen Mittag mochte es vielleicht sogar kurz tauen. Yves erwachte, gähnte und reckte sich, dann fiel ihm wieder ein, was in den vergangenen Stunden geschehen war. Im nächsten Moment war er hellwach, warf seine Decke ab und sprang vom Pferd, um Bruder Elyas in sein Bett zu helfen. Beringars Bewaffnete brachten die Pferde in die Ställe und Bruder Cadfael warf einen Blick zur Gästehalle und sah, daß die Tür aufgerissen wurde und Ermina auf den dämmrigen Hof starrte.

Im Schein der Fackel über der Tür sah ihr Gesicht sehr verletzlich aus – Angst vermischte sich mit Hoffnung. Sie hatte die Pferde gehört und war so wie sie war – barfuß, mit aufgelöstem Haar – herbeigestürzt. Ihr Blick fiel auf Yves, der gerade Bruder Elyas' Bahre losband. Ihr Gesicht entspannte sich und plötzlich ging so viel Freude und Dankbarkeit von ihm aus, daß Bruder Cadfael seine Augen nicht von ihm abwenden konnte. Die sorgenvollen Schatten hoben sich hinweg wie ein auffliegender Vogel und waren verschwunden: Ihr Bruder war am Leben.

Vielleicht war es ganz gut, daß Yves von seinem Schützling und Retter so in Anspruch genommen war, denn so hatte er sie noch nicht bemerkt. Und Cadfael war gar nicht überrascht, als sie nicht auf ihn zustürzte und ihn in die Arme schloß, sondern leise wieder ins Haus trat und die Tür schloß.

Also beeilte er sich auch nicht, den Jungen aus dem kleinen Krankenzimmer zu holen, in das man Bruder Elyas gebracht hatte und auch Yves ließ sich Zeit, seine Schwester zu begrüßen. Er wußte ja, daß sie hier auf ihn wartete, das hatte man ihm immer wieder versichert. Sie brauchten beide etwas Zeit, sich auf ihr Wiedersehen vorzubereiten. Zunächst verband Cadfael Bruder Elyas' wunde, halberfrorene Füße, packte sie in Wollstoff und umgab sie mit angewärmten Ziegelsteinen. Er wusch ihm Gesicht und Hände, flößte ihm mit Honig gesüßten Wein ein und deckte ihn mit den leichtesten Decken zu, die verfügbar waren. Erst dann legte er seine Hand auf Yves Schulter und führte ihn zur Gästehalle.

Als Bruder Cadfael mit Yves eintrat, saß sie am Kamin und änderte, nach ihrem Gesichtsausdruck zu urteilen, recht widerwillig ein Kleid, das man ihr aus Ludlow gebracht hatte. Sie legte es beiseite und erhob sich. Vielleicht las sie in dem trotzigen Mund und dem geraden Blick ihres Bruders einen stummen Vorwurf, denn sie ging ihm mit schnellen Schritten entgegen und gab ihm einen kühlen, mütterlich tadelnden Begrüßungskuß.

»Da hast du ja was Schönes angerichtet«, sagte sie streng, »in einer solchen Nacht einfach davonzulaufen, ohne jemandem Bescheid zu sagen.«

»Das solltest du eher von *dir* sagen! Du hast das alles doch angefangen!« gab Yves von oben herab zurück. »*Ich* habe mein Unternehmen erfolgreich abgeschlossen. *Du* bist in der Nacht verschwunden, ohne jemandem Bescheid zu sagen und unverrichteter Dinge, aber so hochtrabend wie eh und je, zurückgekehrt. Du solltest den Mund lieber nicht so voll nehmen. *Wir* hatten wichtigere Dinge zu tun.«

»Ihr habt euch gewiß viel zu erzählen«, sagte Bruder Cadfael, der es vorzog, diese geschwisterlichen Sticheleien zu überhören, »und dazu werdet ihr noch genug Gelegenheit haben. Aber Yves muß jetzt ins Bett – er hat einige Nächte hinter sich, die selbst einen erwachsenen Mann erschöpft hätten. Als Arzt ordne ich an, daß er sich erst einmal ausschläft.«

Bereitwillig ging sie darauf ein, wenn sie auch immer noch die Stirn runzelte. Sie hatte ihm das Bett bereits gemacht – wahrscheinlich hatte sie die Decke selbst glattgestrichen – und würde sich um ihn kümmern wie eine Glukke um ihr Kücken. Wenn er dann schlief, würde sie wohl fürsorglich an seinem Bett sitzen und etwas zu essen bereithalten, wenn er erwachte. Aber nie, nie würde sie zugeben, daß sie sich Sorgen um ihn gemacht, ja sogar geweint und ihre überstürzte Flucht bitter bereut hatte. Und das war auch gut so, denn der Junge wäre sicher erschreckt und peinlich berührt, sollte sie je den Kopf vor ihm neigen und um Verzeihung bitten.

»Dann wollen wir also bis heute abend ruhen«, sagte Cadfael zufrieden, verließ den Raum und überließ es ihnen, einen Waffenstillstand auszuhandeln. Er setzte sich für eine Weile an Bruder Elyas' Bett, sah, daß dieser in einem totenähnlichen, aber tiefen Schlaf lag und legte sich selber schlafen. Selbst ein Arzt bedarf von Zeit zu Zeit dieser einfachen Medizin.

Er hatte Prior Leonard gebeten, ihn zur Vesper wecken zu lassen und kurz vor dem Gottesdienst erschien Ermina bei ihm. Hugh Beringar war noch nicht zurückgekehrt – zweifellos hatte er noch in Ludlow mit der Unterbringung der Gefangenen und der Lagerung der Güter zu tun, die man vom Clee heruntergebracht hatte. Dieser Tag bedeutete eine Atempause, in der man für die Erlösung von vergangenen

Gefahren dankte, sich aber auch auf Aufgaben vorbereitete, die noch warteten.

»Bruder Cadfael«, sagte Ermina, die sehr schlicht, ernst und still in der Tür zu seinem Zimmer im Krankenquartier stand, »Yves möchte Euch sehen. Irgend etwas bedrückt ihn noch und ich weiß, daß er es gerade mir nicht sagen wird. Aber mit Euch will er sprechen. Werdet Ihr nach der Vesper zu ihm kommen? Er wird dann schon gegessen haben und Euch erwarten.«

»Ja, sagt ihm, daß ich kommen werde«, sagte Cadfael.

»Und da ist noch etwas«, sagte sie zögernd. »Die Pferde, die Ihr heute morgen mitgebracht habt... stammen sie aus dem Versteck der Räuber?«

»Ja. Sie gehören zu den Höfen, die sie überfallen haben. Hugh Beringar benachrichtigt alle, die Verluste erlitten haben, damit sie kommen und sich ihr Eigentum wieder holen. Das Vieh und die Schafe sind in Ludlow. Vermutlich hat John Druel sich seine Tiere schon herausgesucht. Die Pferde habe ich mir nur ausgeliehen. Sie waren ausgeruht und ich brauchte sie für den Transport des Kranken. Aber warum fragst du? Was beschäftigt dich so daran?«

»Ich glaube, eines davon gehört Evrard.« Es war lange her, seit sie seinen Namen ausgesprochen hatte. Er klang ungewohnt für sie, so als habe sie sich nach langen Jahren des Vergessens wieder an ihn erinnert. »Wird auch er benachrichtigt werden?«

»Gewiß. Callowleas wurde geplündert und unter den geretteten Sachen wird einiges sein, das ihm gehört.«

»Ich hoffe, es erzählt ihm niemand, daß ich hier bin«, sagte Ermina, »wenn er es nicht schon weiß. Er kann ruhig wissen, daß ich in Sicherheit bin, aber ich will nicht, daß er damit rechnet, mich hier zu sehen.«

Daran war nichts Seltsames. Sie hatte diese ganze Episode hinter sich gelassen und wollte sich die Peinlichkeit und den Schmerz ersparen, Boterel gegenübertreten und um etwas herumreden zu müssen, das schon längst tot war.

»Ich glaube, daß man allen nur dieselbe Nachricht zukommen läßt«, sagte Cadfael, »nämlich, daß sie kommen und Anspruch auf ihr gestohlenes Eigentum erheben sollen.

Und sie werden kommen. Es ist traurig, daß es Verluste gegeben hat, die niemand ersetzen kann.«

»Ja«, antwortete sie, »das ist sehr traurig. Die Toten können wir ihnen nicht zurückgeben – nur ihr Vieh.«

Als Yves aus seinem langen Schlaf erwachte, war alle Angst um sein Leben und das seiner Schwester von ihm abgefallen – und er war felsenfest davon überzeugt, daß Olivier jedes Wunder vollbringen konnte. Er wusch und kämmte sich, wie es sich an einem solchen Tag des Dankes gehörte und stellte mit überraschter Anerkennung fest, daß Ermina, während er geschlafen hatte, den Riß im Knie seiner Hose geflickt, sein einziges Hemd gewaschen und es am Feuer zum Trocknen aufgehängt hatte. Erst jetzt fiel ihm auf, daß ihre Worte nicht immer mit ihren Taten übereinstimmten.

Und dann stieg das ungeklärte Problem mit Bruder Elyas wieder in ihm auf. Er hatte es nicht vergessen, sondern nur beiseitegeschoben, solange er um sein Leben hatte fürchten müssen, aber nun nahm es ihn völlig in Anspruch. Es wurde so dinglich und nahm so gewaltige Formen an, daß er es nicht mehr für sich behalten konnte und obwohl Hugh Beringar ein zugänglicher, freundlicher Mann war, vertrat er auch das Gesetz und war dadurch gebunden. Nicht so dagegen Bruder Cadfael – bei ihm würde er Mitgefühl und ein offenes Ohr finden.

Yves hatte gerade seine Mahlzeit beeendet, als Cadfael eintrat. Taktvoll ging Ermina mit ihrer Näharbeit in die große Halle, wo es besseres Licht gab und ließ sie allein.

Yves wußte nicht, wo er anfangen sollte und entschied sich für den direkten Weg: Kopfüber tauchte er in die Kälte und den Schrecken seiner Erinnerung ein. »Bruder Cadfael«, stieß er unglücklich hervor, »ich habe Angst um Bruder Elyas. Ich möchte mit Euch darüber sprechen. Ich weiß nicht, was wir tun sollen. Ihr seid der Erste, mit dem ich darüber spreche. Er hat mir etwas gesagt – nein, er hat nicht zu *mir* gesprochen, er hat nicht *mir* etwas gesagt, aber ich habe es trotzdem gehört. Ich hatte keine andere Wahl, ich mußte es einfach hören!«

»Du hast noch keine Zeit gehabt, mir zu berichten, was in

jener Nacht geschehen ist, als du ihm folgtest«, sagte Cadfael ruhig. »Also erzähle es mir jetzt. Aber erst will ich dir einiges sagen, das du noch nicht weißt – das könnte dir helfen. Ich weiß, wohin er dich geführt hat und ich weiß, daß du ihn in der Hütte zurückgelassen hast, um Hilfe zu suchen und in die Hände der Räuber und Mörder gefallen bist. Hat er dort in der Hütte die Dinge gesagt, die dich so beunruhigen?«

»Er hat im Schlaf gesprochen«, sagte Yves unglücklich. »Es gehört sich nicht zu lauschen, wenn jemand im Schlaf spricht, aber ich konnte nichts dafür. Ich hatte solche Angst um ihn, ich mußte wissen, ob ich ihm irgendwie helfen konnte... Auch vorher schon, als ich an seinem Bett saß... es geschah alles, weil ich von Schwester Hilaria anfing und ihm sagte, daß sie tot sei. Alles andere schien ihn nicht zu berühren, aber als ich ihren Namen nannte... es war schrecklich! Ganz so, als habe er bis dahin gar nicht gewußt, daß sie tot war und doch nahm er die Schuld dafür auf sich. Er rief das Haus an, einzustürzen und ihn unter sich zu begraben. Und dann stand er auf... ich konnte ihn nicht aufhalten. Ich wollte Euch holen, aber alle waren bei der Komplet.«

»Und dann ranntest du zu ihm zurück«, sagte Cadfael sanft, »und er war fort. Da bist du ihm nachgegangen.«

»Ich mußte... schließlich sollte ich mich ja um ihn kümmern. Ich dachte, irgendwann würde er schon müde werden und dann könnte ich ihn zurückführen, aber so war es nicht. Was blieb mir also anderes übrig, als mit ihm zu gehen?«

»Und er führte dich zu der Hütte – ja, das haben wir herausgefunden. Und dort sagte er die Worte, die dich so quälen. Hab keine Angst sie auszusprechen. Bei allem, was du getan hast, wolltest du nur sein Bestes. Sei darum getrost – auch dies wird zu seinem Besten sein.«

»Aber er sagte, daß er es gewesen sei, der Schwester Hilaria umgebracht hat!« flüsterte Yves, der bei dem bloßen Gedanken daran zitterte.

Cadfaels Schweigen ließ ihn in verzweifelte Tränen ausbrechen. »Er war so gequält, so zerrissen... wie können wir ihn als Mörder ausliefern? Und doch dürfen wir die Wahrheit nicht verschweigen! Das hat er selber gesagt. Aber ich bin sicher, daß er nicht schlecht ist, sondern gut. Oh, Bruder Cadfael, was sollen wir nur tun?«

Cadfael beugte sich über den schmalen Tisch und nahm die zu Fäusten geballten Hände des Jungen in die seinen. »Sieh mich an, Yves, und ich werde dir sagen, was wir tun sollen: Du mußt deine Angst überwinden und versuchen, dich an seine genauen Worte und alle Einzelheiten zu erinnern, wenn du kannst. ›Er sagte, daß er es gewesen sei, der Schwester Hilaria umgebracht hat.‹ Hat er das wirklich gesagt? Oder hast du das aus dem, was er sagte, nur abgeleitet? Wiederhole mir seine genauen Worte und ich werde aus ihnen – und nur aus ihnen! – meine Schlüsse ziehen. Laß uns gleich damit anfangen! Erinnere dich an die Nacht in der Hütte. Elyas hat im Schlaf gesprochen. Erzähl mir davon. Laß dir Zeit, wir haben keine Eile.«

Yves wischte sich die Tränen mit seinem Ärmel von der Wange und sah Cadfael zweifelnd, aber vertrauensvoll an. Gehorsam ließ er seine Gedanken zurückschweifen, biß sich auf seine zitternde Unterlippe und begann stockend: »Ich glaube, ich war eingeschlafen, obwohl ich wach bleiben wollte. Er hatte sein Gesicht auf die Arme gelegt, aber ich konnte seine Stimme deutlich verstehen. Er sagte: ›Meine Schwester, vergib mir meine Schwäche, meine Todsünde – mir, der ich deinen Tod auf mich geladen habe!‹ Ja, das hat er gesagt, Wort für Wort, ich bin ganz sicher. ›Mir, der ich deinen Tod auf mich geladen habe!‹« Zitternd hielt er inne. Er befürchtete, dies könne schon genug gewesen sein. Aber Bruder Cadfael hielt seine Hände, nickte verstehend und wartete.

»Ja, und weiter?«

»Und dann – erinnert Ihr Euch, wie er Hunydd rief? Und wie Ihr sagtet, das sei seine Frau gewesen, die gestorben war? Das Nächste, was er sagte, war: ›Hunydd! Sie war wie du, genauso warm und vertrauensvoll in meinen Armen. Ein halbes Jahr Hunger‹, sagte er, ›und dann plötzlich dieses Sehnen. *Ich konnte es nicht ertragen*‹, sagte er, *›dieses Brennen in Leib und Seele ...‹«*

Die Worte fielen ihm jetzt alle wieder ein, als hätten sie sich tief in sein Gedächtnis eingegraben. Bis jetzt hatte er sich gewünscht, sie zu vergessen, aber nun, da er sich an sie erinnern wollte, hatte er sie wieder deutlich im Ohr.

»Weiter. Was kam dann?«

»Dann veränderte er sich und er sagte: ›Nein, vergib mir nicht! Soll die Erde sich öffnen und mich verschlingen. Ich bin verzagt, wankelmütig, unwürdig...‹« Es entstand eine lange Pause, wie in jener Nacht, bevor Bruder Elyas seine Verfehlung hinausgeschrien hatte. »Er sagte: ›Sie hat sich an mich geschmiegt, sie empfand gar keine Furcht.‹ Und dann sagte er: ›Gnädiger Gott, ich bin ein Mann aus Fleisch und Blut, ich habe eines Mannes Körper und Begierden. Und sie, die mir vertraut hat‹, sagte er, ›ist nun tot!‹«

Mit bleichem Gesicht sah er Bruder Cadfael an. Er wunderte sich, daß dieser so ruhig und gedankenvoll dasaß und ihn ernst anlächelte.

»Glaubt Ihr mir nicht? Ich habe Euch die Wahrheit gesagt – genauso ist es gewesen.«

»Ja, ich glaube dir. Gewiß hat er das alles gesagt. Aber denk einmal nach: Sein Reiseumhang lag in der Hütte, zusammen mit ihrem Gewand und ihrem Umhang. Aber alle Kleidungsstücke waren versteckt! Und sie ist von dort weggebracht und in einen Bach geworfen worden und auch ihn fand man in einiger Entfernung der Hütte. Wenn er dich nicht dorthin geführt hätte, würden wir nichts von diesen Dingen erfahren haben. Natürlich glaube ich dir, aber darum mußt du trotzdem die Dinge erwägen, die ich dir erzählt habe. Man darf nicht behaupten, daß eine Sache sich so und so verhält, indem man nur einen Teil der Tatsachen berücksichtigt – und selbst wenn es sich um ein solches Geständnis handelt – und andere beiseite läßt, weil man sie nicht erklären kann. Wenn es um Leben und Tod geht, muß man eine Antwort finden, die alles erklärt.«

Mutlos sah Yves ihn an. Er verstand zwar die Worte, vermochte jedoch keine Hoffnung auf Hilfe in ihnen zu sehen. »Aber wie können wir eine solche Antwort finden? Und wenn wir sie finden und es ist die falsche...« Er brach ab und begann erneut zu zittern.

»Die Wahrheit ist nie die falsche Antwort. Wir werden sie herausfinden, Yves, und zwar indem wir denjenigen fragen, der sie kennt.« Er erhob sich und bedeutete dem Jungen, ihm zu folgen.

»Wir werden jetzt zu Bruder Elyas gehen und noch einmal mit ihm reden.« Stumm und schwach wie zuvor lag Elyas da; und doch hatte er sich verändert, denn seine Augen waren geöffnet. Sie blickten wach und illusionslos – und in ihnen stand der große Schmerz, den er in sich barg und für den es keine Heilung gab. Er hatte sein Gedächtnis wiedererlangt, aber es hatte ihm nur Leid gebracht. Er erkannte sie, als sie sich zu beiden Seiten seines Bettes setzten. Der Junge war völlig durcheinander und fürchtete sich vor dem, was jetzt kommen mußte, aber Cadfael machte einen ruhigen, vertrauenerweckenden Eindruck und hatte etwas zu trinken und frische Verände für die erfrorenen Füße mitgebracht. Zumindest körperlich profitierte Bruder Elyas von seiner großen Kraft, über die er als Mann in den besten Jahren verfügte. Er atmete frei und leicht und würde nicht einmal einen Zeh verlieren. Allein sein leidgeplagter Geist wehrte sich gegen die Genesung.

»Von dem Jungen hier habe ich erfahren«, sagte Cadfael ohne Umschweife, »daß Ihr den verlorenen Teil Eures Gedächtnisses wiedergefunden habt. Das ist gut. Jeder Mann sollte über seine ganze Vergangenheit verfügen können – es ist schade um jeden Teil, den man vergißt. Nun, da Ihr wieder wißt was in jener Nacht geschah, als man Euch halbtot im Schnee fand, könnt Ihr als ganzer und nicht als halber Mann ins Leben zurückkehren. Dieser Junge hier ist der lebende Beweis dafür, daß Ihr gestern Nacht gebraucht wurdet und daß die Welt Euch auch noch weiterhin brauchen wird.«

Mit tief in den Höhlen liegenden Augen sah der Kranke ihn an. In seinem Gesicht standen Schmerz und Bitterkeit.

»Ich bin in der Hütte gewesen«, fuhr Cadfael fort. »Ich weiß, daß Ihr und Schwester Hilaria dort Zuflucht gesucht habt, als der Schneesturm seinen Höhepunkt erreichte. Es war eine schlimme Nacht, eine der kältesten in diesem schlimmen Monat. Es wird jetzt milder und bald werden wir

Tauwetter haben. Aber in jener Nacht war es so bitterkalt; und zwei Menschen, die von diesem Wetter draußen überrascht wurden, mußten sich gegenseitig wärmen. Und so mußtet Ihr sie in Eure Arme nehmen, damit sie nicht erfror.« Die dunklen Augen waren lebendig geworden und auch in dem verwirrten Geist war Interesse erwacht. »Auch ich«, sagte Cadfael mit Bedacht, »bin in meinem Leben mit vielen Frauen zusammen gewesen und nie widerwillig oder ohne daß Liebe zwischen uns gewesen wäre. Ich weiß, wovon ich spreche.«

Bruder Elyas war seinen Worten gefolgt. Kaum hörbar, mit einer durch das lange Schweigen heiseren Stimme, sagte er: »Sie ist tot. Der Junge hat es mir gesagt. Und ich trage die Schuld daran. Laßt mich ihr folgen, damit ich mich ihr zu Füßen werfen kann. Sie war so schön und sie vertraute mir. So zart und weich lag sie in meinen Armen, sie klammerte sich an mich, sie vertraute mir... o Gott!« rief Bruder Elyas. »Mußtest du mich so schwer prüfen – mich, der ich so hungrig und leer war? Ich konnte dieses Brennen nicht mehr ertragen...!«

»Das kann ich verstehen«, erwiderte Cadfael. »Auch ich hätte es nicht ertragen können. Ich hätte ebenso gehandelt wie Ihr. Aus Angst um sie und aus Sorge um mein Seelenheil – obwohl das freilich kein sehr edles Motiv ist – hätte ich sie dort schlafen lassen und wäre hinausgegangen in Schnee und Kälte, weit weg von ihr, um die Nacht hindurch zu wachen und erst im Morgengrauen zu ihr zurückzukehren, um mit ihr weiter zu gehen, ans Ziel unserer Reise. So wie Ihr es getan habt.«

Plötzlich verstand Yves. Er beugte sich vor und wartete mit angehaltenem Atem auf die Antwort. Und Bruder Elyas warf gequält den Kopf auf dem Kissen hin und her und klagte laut: »O Gott, warum habe ich sie verlassen? Daß ich nicht die Standhaftigkeit und die Stärke des Glaubens hatte, diese Sehnsucht zu ertragen...! Wo war der Friede, den man mir versprach? Ich schlich mich davon und ließ sie allein. Und nun ist sie tot!«

»Die Toten sind in Gottes Hand«, sagte Cadfael, »sowohl Hunydd als auch Hilaria. Ihr dürft sie nicht zurückwünschen. Ihr habt jemanden, der bei Gott für Euch eintritt. Glaubt Ihr denn, sie habe vergessen, daß Ihr sie mit Eurem Umhang zugedeckt habt, bevor Ihr hinausgegangen seid, daß Ihr, nur mit Eurer Kutte bekleidet, vor ihr geflohen seid und Euch lieber während der langen Stunden bis zum Morgen der bitteren Kälte ausgesetzt habt? Es war eine mörderische Nacht.«

»Aber es hat ihr weder geholfen, noch hat es sie gerettet«, erwiderte Bruder Elyas hart. »Ich hätte die Festigkeit des Glaubens haben sollen, der Versuchung zu widerstehen und trotz des Feuers in mir bei ihr zu bleiben...«

»Das macht mit Eurem Beichtvater aus«, sagte Cadfael bestimmt, »wenn Ihr soweit wiederhergestellt seid, daß Ihr nach Pershore zurückkehren könnt. Aber Ihr sollt nicht, Ihr dürft nicht mehr Schuld auf Euch nehmen, als er Euch zuweist. Alles, was Ihr tatet, habt Ihr aus Sorge um sie getan. Für Eure Verfehlungen werdet Ihr sühnen – was aber ohne Fehl war, müßt Ihr anerkennen. Es ist nicht sicher, daß die Dinge einen anderen Verlauf genommen hätten, wenn Ihr bei ihr geblieben wärt.«

»Schlimmstenfalls wäre ich mit ihr gestorben«, flüsterte Bruder Elyas.

»Aber innerlich seid Ihr ja mit ihr gestorben! Ihr wurdet in jener Nacht einem gewaltsamen Tod ausgeliefert, so wie Ihr Euch dem Tod durch die Kälte bereits ausgeliefert hattet. Und wenn Ihr von beiden errettet wurdet und erkennen müßt, daß Ihr in diesem Leben noch viele leidvolle Jahre vor Euch habt«, sagte Cadfael, »dann weil Gott will, daß Ihr lebt und leidet. Hütet Euch davor, mit Eurem Los zu hadern. Sagt nun, vor Gott und uns, die wir Euch zuhören, daß Ihr sie lebend verlassen habt und vorhattet, am Morgen – wenn Ihr dann noch lebtet – zu ihr zurückzukehren und sie wohlbehalten bis zum Ziel ihres Weges zu begleiten. Was könnte man mehr von Euch erwarten?«

»Mehr Mut«, klagte der abgezehrte Mann und verzog das Gesicht zu einem bitteren, aber menschlichen Lächeln. »Es war alles so, wie Ihr gesagt habt. Ich habe in guter Absicht gehandelt. Gott möge mir vergeben, daß es so schlecht ausgegangen ist.«

Demut glättete die tiefen Falten in seinem Gesicht und aus seiner bis dahin klagenden Stimme klang jetzt Ergebenheit. Jetzt gab es nichts mehr, wonach er in seinem Gedächtnis graben mußte, um es beichten zu können – es war alles gesagt und verstanden worden. Bruder Elyas streckte seinen langen Körper, erbebte und fand seinen Frieden. Seine Schwäche half ihm dabei und widerstandslos sank er in Schlaf. Er schloß die schweren Lider; die Falten auf der Stirn, um den Mund und um die tiefen Augenhöhlen verschwanden. Langsam schwebte er hinab in die unendlichen Tiefen von Buße und Vergebung.

»Ist das wirklich die Wahrheit?« fragte Yves mit einem ehrfürchtigen Flüstern, sobald sie leise die Tür hinter sich geschlossen hatten.

»Ja, ganz gewiß. Er hat eine leidenschaftliche Seele, verlangt zuviel von sich und schätzt das, was er geben kann, gering. Ohne seinen Umhang trotzte er lieber der kalten Nacht und dem furchtbaren Schnee, als Schwester Hilaria seiner Begehrlichkeit auszusetzen, auch wenn er sie unterdrückte. Er wird leben und seine Seele wird Frieden mit seinem Körper schließen. Allerdings wird das seine Zeit dauern«, sagte Bruder Cadfael nachsichtig.

Wenn ein dreizehnjähriger Junge wenig von all diesem begreifen oder es nur als einer verstehen konnte, der die Theorie kennt, die Praxis jedoch nie erfahren hat, so ließ Yves es sich nicht anmerken. In den Augen, mit denen er Bruder Cadfael ansah, lag Verständnis. Er war beruhigt, dankbar und glücklich, daß ihm auch diese letzte Last von der Seele genommen war.

»Dann ist sie also doch diesen Räubern in die Hände gefallen«, sagte er. »Sie war allein, nachdem Bruder Elyas sie verlassen hatte.«

Cadfael schüttelte den Kopf. »Sie haben Bruder Elyas gefunden und wollten ihn erschlagen, wie es wohl ihre Gewohnheit bei jedem war, der ihnen bei ihren Raubzügen über den Weg lief und sie verraten konnte. Aber Schwester Hilaria – nein, das glaube ich nicht. In jener Nacht haben sie noch vor Morgengrauen bei Druels Hof zugeschlagen.

Ich glaube nicht, daß sie einen Umweg von einer halben Meile gemacht haben, um zu der Hütte zu gehen. Warum sollten sie auch? Sie wußten ja nicht, daß es dort etwas gab, das den Weg lohnte. Und außerdem hätten sie sich nicht die Mühe gemacht, ihren Leichnam zu verstecken und auch die Kleider hätten sie mitgenommen. Nein es kam jemand zu der Hütte, weil sie tatsächlich auf seinem Weg lag und ich denke, er ging hinein, weil der Schneesturm wütend tobte und er dachte, er könne dort abwarten, bis das Schlimmste vorüber sei.«

»Aber das hätte jeder sein können«, rief Yves aufgebracht über diese Ohnmacht der Gerechtigkeit, »und wir werden nie herausfinden, wer es war.«

Aber Cadfael dachte daran, daß es eine Person gab, die wußte, wer der Mörder war. Morgen würde man weitersehen. Aber davon sagte er nichts. »Nun, wenigstens brauchst du dir um Bruder Elyas keine Sorgen mehr zu machen«, bemerkte er statt dessen. »Seine Sünden sind ihm so gut wie erlassen und er wird leben und wirken und unserem Orden Ehre machen. Wenn du noch nicht müde bist, darfst du dich für eine Weile zu ihm setzen. Er hat im rechten Augenblick Anspruch auf dich erhoben und solange du hier bist, magst du dich um ihn kümmern.«

Ermina saß in der Halle vor dem Feuer und nähte noch immer am Ärmel ihres Kleides. Sie arbeitet gegen die Zeit, dachte Cadfael, als sie nur kurz aufsah und sich gleich wieder ohne großes Geschick ihrer ungewohnten Tätigkeit widmete. Das Lächeln, das sie ihm zuwarf, war ernst und verhalten.

»Mit Yves ist alles in Ordnung«, sagte Cadfael einfach. »Er hat sich Gedanken über etwas gemacht, das Bruder Elyas im Schlaf gesagt hat. Es klang wie ein Mordgeständnis, aber in Wirklichkeit war es etwas ganz anderes.« Er erzählte ihr die ganze Geschichte. Warum auch nicht? Vor seinen Augen war sie zu einer Frau geworden, die sich plötzlich Verpflichtungen gegenübersah und sich ihnen tapfer stellte. »Es lastet jetzt nichts mehr auf seiner Seele, außer der Angst, daß der wahre Mörder unentdeckt bleiben könnte.«

»Er braucht keine Angst zu haben«, sagte Ermina, sah auf und lächelte – ein anderes Lächeln diesmal, geheimnisvoll und zuversichtlich. »Gottes Gerechtigkeit muß unfehlbar sein. Es wäre Sünde, daran zu zweifeln.«

Cadfael ging nicht weiter darauf ein. »Jedenfalls wird er jetzt bereit und willens sein, sich wieder auf den Weg zu machen. Ja, er wird darauf brennen. Dein Olivier hat einen Verehrer, der ihm bis ans Ende der Welt folgen würde.« Ihre funkelnden, stolzen Augen sahen ihn durchdringend an; in ihren Tiefen ließ der Feuerschein rote Funken aufglühen.

»Er hat zwei«, sagte sie.

»Wann wollt ihr aufbrechen?«

In ihrem Gesicht malte sich weder Überraschung noch Bestürzung. »Wie habt Ihr das herausbekommen«, fragte sie neugierig.

»Würde jemand wie er seine Arbeit unvollendet lassen und gestatten, daß die beiden, die zu finden er ausgeschickt wurde, von jemand anderem zurückgebracht werden – und sei es auch noch so ritterlich? Natürlich wird er seinen Auftrag getreu erfüllen wollen. Nichts anderes erwartet man von ihm.«

»Wollt Ihr ihn daran hindern?« Aber sogleich wischte sie diese Bemerkung mit der Hand, die die Nadel hielt, beiseite. »Entschuldigt! Ich weiß, das werdet Ihr nicht tun. Ihr habt ihn jetzt mit eigenen Augen gesehen und wißt, was für ein Mann er ist! Er hat mir durch Yves Bescheid geben lassen. Morgen, wenn die Mönche nach der Komplet zu Bett gehen, wird er kommen.«

Cadfael überlegte kurz und sagte dann: »Ich würde so lange warten, bis die Brüder zur Frühmette und Laudes gegangen sind, denn dann wird der Pförtner mit den anderen in der Kirche sein. Und bis zur Prim ist dann alles ruhig. So könnt ihr beide vor dem Ritt noch etwas schlafen. Ich werde euch wecken und zum Tor hinausgeleiten. Wenn er während der Komplet kommt, kann ich ihn hineinholen, bis es Zeit ist zu gehen. Vorausgesetzt natürlich, ihr vertraut mir.«

»Ich danke Euch für Euer Angebot«, sagte sie ohne zu zögern. »Wir werden Euren Rat befolgen.«

»Und Ihr«, sagte Bruder Cadfael und sah die Naht mit jedem heftigen Stich länger werden, »werdet Ihr morgen nacht ebenso bereit sein wie Yves, von hier aufzubrechen?«

Wieder sah sie ihn an, ruhig diesmal, ohne etwas zu verbergen oder zu offenbaren. Das langsam niederbrennende Feuer ließ abermals die roten Funken in ihren Augen aufglühen, ihr Gesicht jedoch blieb eine ausdruckslose Maske. »Ja, ich werde bereit sein«, sagte sie und beugte sich wieder über ihre Näharbeit, bevor sie hinzufügte: »Morgen wir alles getan sein.«

Kapitel 15

Die Nacht war sternklar und still, und es gab kaum Frost. Mit dem Sonnenaufgang ging die zweite Nacht zu Ende, in der es nicht geschneit hatte. Die Schneewehen begannen zu schmelzen, noch bevor jenes langsame Tauwetter einsetzte, das die Wege gemächlich, fast unmerklich, von Schnee befreit und keine Überschwemmungen verursacht.

Nachdem er den Abtransport einer erstaunlichen Menge gestohlener Güter und die völlige Zerstörung der niedergebrannten Festung beaufsichtigt hatte, war Hugh Beringar spät am Abend zurückgekehrt. In den Trümmern der Hütten entlang der Palisade hatte man die Leichen zweier ermordeter Gefangener gefunden, die so lange gefoltert worden waren, bis sie alles von Wert hergegeben hatten. Drei weitere Gefangene hatten diese Behandlung überlebt. Sie wurden jetzt in Ludlow gepflegt, wo Josce de Dinan auch die überlebenden Räuber in Ketten gelegt hatte. Von den Männern des Sheriffs waren achtzehn verwundet und noch mehr hatten kleinere Kratzer abbekommen, aber es hatte keinen Toten gegeben. Die Eroberung des Räubernestes hätte größere Opfer fordern können.

Freudestrahlend und erleichtert ging Prior Leonard über den kühlen, aber sonnenbeschienenen Hof. Die Gegend war von einer Plage befreit, die beiden Vermißten befanden sich wohlbehalten im Kloster und Bruder Elyas lag sprachlos vor Verwunderung und Dankbarkeit in seinem Bett und hatte wieder neuen Mut gefaßt, sich einem von Freude oder auch von Schmerz erfüllten Leben zu stellen. Seine Augen waren jetzt klar und geduldig; Tadel und Ermahnungen nahm er demütig und ergeben an. Sein Körper würde bald ebenso genesen sein wie sein Geist.

Nach dem Hochamt trafen bald die Besitzer der Pferde ein, wie sich auch zweifellos die Eigentümer der Kühe und Schafe in Ludlow versammelten. Gewiß würden einige der Tiere von zwei Männern beansprucht werden; Streitigkeiten würden aufkommen und Nachbarn herbeigerufen werden, die die fraglichen Stücke Vieh identifizieren mußten. Aber da es sich hier nur um sieben Pferde handelte, gab es für Gierige im Kloster nichts zu holen. Pferde kennen ihren Besitzer ebenso gut wie umgekehrt. Auch die Kühe in Ludlow wußten wahrscheinlich selbst, wohin sie gehörten.

Einer der ersten war John Druel, der den ganzen Weg von Cleeton gelaufen war. Er brauchte seinen Besitz gar nicht erst nachzuweisen, denn der kräftige, braune Hochlandhengst wieherte ihm entgegen, kaum daß der Bauer die Pferdekoppel betreten hatte. Er beschnupperte Johns Ohr und der umarmte den Hals des Hengstes, untersuchte ihn am ganzen Körper und weinte, sein Gesicht an den Kopf des Pferdes gelegt. Dies war sein einziges Pferd und für ihn stellte es ein Vermögen dar. Yves hatte ihn kommen sehen und war losgerannt, um Ermina zu holen. Beide eilten aus dem Haus, um den Bauern zu begrüßen und sich bei ihm, soweit es ihre Mittel noch erlaubten, mit Geschenken zu bedanken.

Eine Frau aus Whitbache nahm das Pferd ihres toten Mannes mit und ein schmaler, ernster Junge von demselben Gut kam scheu und demütig, um ein stämmiges Arbeitspferd zu holen, das nur widerstrebend mitging. Es wollte seinen Herren, nahm aber dann schließlich doch, mit einem fast menschlichen Seufzer, mit dessen Sohn vorlieb.

Erst als die Mönche im Refektorium ihr Mittagsmahl eingenommen hatten und Bruder Cadfael wieder in das gleißende Sonnenlicht auf den Hof getreten war, ritt Evrard Boterel durch das Tor, stieg von seinem Pferd und sah sich suchend nach jemandem um, an den er sich wenden konnte. Er war immer noch etwas abgemagert und blaß vom Fieber, aber seinen energischen Bewegungen und dem hellen Glanz seiner Augen konnte man entnehmen, daß er bereits fast gänzlich wiederhergestellt war. Mit hoch erhobenem Kopf und gebieterischem Blick stand er da und runzelte leicht die Stirn, daß kein Stallbursche herbeigeeilt kam, um ihm die Zügel abzunehmen. Er war ein schöner junger Mann, blond wie die Mähne seines Pferdes und wußte nur zu gut, welchen Eindruck sein Äußeres und sein Adelsstand auf andere machte. Ein solcher Mann mochte jungen Frauen wohl gefallen. Was hatte er nur getan, um die Gunst Erminas wieder zu verlieren? Die Realität hatte, nach ihren Worten, die idyllischen Fantasien grausam zerstört. Schön – aber war das der Grund?

Freundlich lächelnd kam Prior Leonard mit seinen weit ausgreifenden Schritten dem Gast über den Hof entgegen, um ihn höflich zu begrüßen und zu den Ställen zu führen. Einer von Beringars Männern, der gerade nichts zu tun hatte und das gesattelte Pferd unversorgt da stehen sah, kam, um die Zügel zu nehmen, die Boterel ihm ohne hinzusehen wie einem Diener in die Hand drückte, bevor er mit dem Prior zu den Ställen ging.

Er war allein gekommen. Wenn er tatsächlich ein gestohlenes Pferd abholen wollte, so würde er es auf dem Heimweg am Zügel führen müssen.

Tief in Gedanken begab Bruder Cadfael sich zur Gästehalle und sah Ermina in ihrem Bauernkleid aus der Tür treten und schnell und leichtfüßig zur Kirche hinübergehen. Unter dem Arm hatte sie ein zusammengerolltes Bündel. Sie verschwand im düsteren Schatten der Kirche als ihr ehemaliger Verlobter in der Dunkelheit der Ställe verschwunden war. Yves würde gewiß am Bett von Bruder Elyas sitzen, seinem eifersüchtig gehüteten Patienten und Schützling, um den er sich mit besitzergreifendem Eifer kümmerte. Er war außer Sicht und außer Gefahr. Sollten hier Pfeile fliegen, dann konnte er nicht getroffen werden.

Ohne Eile trat Cadfael auf den freigefegten Hof und ging auf das Portal der Kirche zu, berechnete seine Geschwindigkeit jedoch so, daß er mit Evrard Boterel und Hugh Beringar zusammentreffen mußte, die von den Ställen zum Tor gingen. Auch sie ließen sich Zeit und Boterel war offenbar bester Laune; der stellvertretende Sheriff neben ihm bot einen stattlichen Anblick. Hinter ihnen führte ein Stallbursche eine schöne, kastanienbraune Stute.

Vor dem offenen, dunklen Portal der Kirche, an der Stelle, an der ihre Wege sich kreuzen würden, blieb Cadfael stehen, so daß auch sie anhielten. Boterel erkannte den Bruder, der in Ledwyche nach seinen Wunden gesehen hatte und bedankte sich bei ihm.

»Ich freue mich zu sehen, daß Ihr wieder zu Kräften gekommen seid«, sagte Cadfael höflich. Er warf Beringar einen Blick zu, neugierig, ob er das wartende Pferd bemerkt hatte, das der Mann auf dem Hof auf- und abführte, wobei er ihm auf den Hals klopfte und seinen edlen Gang bewunderte. Beringars Augen entging nicht viel, aber seine Miene verriet nichts von seinen Gedanken. Cadfael hatte eine Ahnung. Eigentlich sollte er sich hier nicht einmischen, aber sein Instinkt trieb ihn, sich dieser Sache anzunehmen, die noch nicht aufgeklärt war.

»Ich danke Euch, Bruder. Es geht mir tatsächlich besser, ich bin schon fast ganz genesen«, antwortete Boterel lächelnd.

»Ihr habt mir nichts zu danken«, sagte Cadfael. »Aber habt Ihr Gott schon gedankt? Es wäre doch nur gerecht, wenn einer, der vor dem Tod errettet wurde und einen so wertvollen Besitz wie diese Stute wiedererlangt hat, für diese Gnaden Dank sagt. So viele sind in den Kämpfen und Wirren ums Leben gekommen – ehrbare Männer und unschuldige Jungfrauen.« Durch die offene Tür der Kirche sah er einen Schatten sich bewegen, der jedoch sogleich wieder reglos verharrte. »Ich bitte Euch, kommt mit mir in die Kirche und sprecht ein Gebet für diese weniger Glücklichen – auch für die, die wir hier vor ihrer Beerdigung aufgebahrt haben.«

Er fürchtete schon, zu viel gesagt zu haben und war erleichtert, als er sah, daß Boterel sich selbstbewußt und gelassen dem Portal zuwandte. Auf seinem Gesicht lag das leichte Lächeln eines Mannes, der der harmlosen Bitte eines Dieners Gottes mit einer kleinen Geste nachkommt.

»Aber natürlich, Bruder!« Warum auch nicht? Diese oder andere Mönche hatten sich um die Todesopfer eines jeden Raubüberfalls gekümmert und so war es kaum verwunderlich, wenn eines von ihnen jetzt aufgebahrt war. Unbekümmert stieg er die steinernen Stufen hinauf und betrat das dämmrige, kalte Kirchenschiff. Cadfael ging dicht hinter ihm und Hugh Beringar folgte ihnen, die dunklen Augenbrauen zusammengezogen, bis zur Schwelle, wo er stehenblieb und den Rückweg versperrte.

Nach der gleißenden Helle des vom Schnee reflektierten Sonnenlichts konnten sie hier drinnen einen Augenblick lang nichts sehen. Der weite, kalte, dämmrige Raum umschloß sie, das Ewige Licht über dem Altar sah aus wie ein sehr kleines, weit entferntes, feuriges Auge; und sonst fiel nur noch Licht durch die schmalen Fenster, in blassen Streifen auf den Boden aus Stein.

Plötzlich erlosch das rote Auge des Altarlichtes. Sie mußte die wenigen Schritte vom Einsegnungsaltar bis zu ihnen ganz rasch gegangen sein, aber ihre Bewegungen waren lautlos und in der vorübergehenden Dunkelheit unsichtbar gewesen. Gleitend, geräuschlos kam sie auf Evrard Boterel zu, die flehende Geste ihrer ausgestreckten Hand verwandelte sich urplötzlich in eine bittere Anklage. Zunächst konnte er kaum erkennen, was sich dort vor ihm, im Dämmerlicht, bewegte, aber dann trat sie in den ersten hellen Lichtstrahl: eine schlanke Benediktinernonne, die Kapuze und Schleier tief über das Gesicht gezogen hatte. An ihrer Kutte hafteten Halme des Heus aus der Hütte, auf der rechten Brust und Schulter war ein rostroter, steifer Fleck aus getrocknetem Blut. Das bleiche Licht umfing sie und brachte alles deutlich zum Vorschein, auch das Blut am Ärmel, mit dem sie sich besudelt hatte, als sie sich gegen ihn wehrte und seine frische Wunde wieder aufriß, während er auf ihr lag. Lautlos glitt sie auf ihn zu.

Er machte einen Satz zurück, prallte gegen Bruder Cadfael und stieß einen gedämpften Schrei des Grauens aus. Mit einer Hand bekreuzigte er sich vor dieser schrecklichen Erscheinung. Unter der tiefen Kapuze funkelten ihn große Augen an und immer noch kam sie näher.

»Nein... nein! Hinweg! Du bist tot...«

Nur ein ersticktes Flüstern kam aus seiner Kehle. So mochte ihre Stimme geklungen haben, als er ihr seine Hände um den Hals legte. Dennoch war es so laut, daß Cadfael es gehört hatte. Und damit hatte er sich verraten, auch wenn er im nächsten Moment schon seine Fassung wiedererlangt hatte und sich aufrichtete, um dieser Herausforderung zu begegnen. Dicht vor ihm stand sie jetzt im Licht – ein Wesen aus Fleisch und Blut, greifbar und verletzlich.

»Was ist das für eine Posse? Habt ihr jetzt auch Verrückte bei Euch aufgenommen? Wer ist das?«

Sie streifte die Kapuze zurück, riß das Brusttuch ab und schüttelte ihr fülliges schwarzes Haar, daß es über die blutverschmierte Schulter von Schwester Hilarias Kutte fiel. Mit einem wilden, wie aus Stein gehauenen Gesicht und funkelnden Augen stand Ermina Hugonin vor ihm.

Auf diese Erscheinung war er ebensowenig vorbereitet wie auf die vorherige. Er hatte nichts mehr von ihr gehört und so vielleicht angenommen, sie liege tot unter irgendeiner Schneewehe im Wald und könne ihm nicht mehr gefährlich werden. Vielleicht hatte er gedacht, daß ihn nichts, was sie gegen ihn vorbringen könnte, gefährden könne, wenigstens nicht in dieser Welt – und um eine andere kümmerte er sich nicht. Eben war er einen Schritt vor ihr zurückgewichen, aber weiter konnte er nicht, denn Cadfael und Beringar standen rechts und links zwischen ihm und der Kirchentür. Aber entschlossen riß er sich zusammen und sah sie, als Entgegnung auf diese unerklärliche Anklage, mit verletztem, verwirrtem Gesicht vorwurfsvoll an.

»Ermina! Was hat das zu bedeuten? Warum hast du mich nicht benachrichtigen lassen, daß du am Leben bist? Und was soll dieses Narrenspiel? Habe ich das verdient? Du weißt doch, daß ich und meine Leute dich unablässig gesucht haben!«

»Das weiß ich«, sagte sie. Ihre Stimme war leise, hart und so kalt wie Eis, das Schwester Hilaria umschlossen hatte. »Und wenn Ihr mich gefunden hättet und kein Zeuge dabeigewesen wäre, hätte ich das Schicksal meiner Freundin teilen müssen, denn Ihr wußtet ja, daß Ihr mich nie dazu bringen würdet, Euch zu heiraten. Verheiratet oder tot – eine andere Möglichkeit durfte für mich nicht bestehen, denn sonst hätte ich mehr sagen können, als für Euren Frieden und Eure Ehre gut war. Dabei habe ich hier nicht ein Wort gesagt, das Euch belasten könnte, denn schließlich hatte ich diese Sache ins Rollen gebracht und trug dafür genausoviel Verantwortung wie Ihr. Aber nachdem ich jetzt weiß, was ich weiß, und in ihrem Namen... ja, ja, ja, – tausendmal klage ich Euch, Evrard Boterel, als Mörder und Schänder von Schwester Hilaria an!«

»Du hast deinen Verstand verloren!« schrie er in dem Versuch, ihre Anklage beiseite zu fegen. »Wer ist diese Frau, von der du sprichst? Ich kenne keine solche Person! Seit du mich verlassen hast, habe ich verwundet mit Fieber im Bett gelegen. Alle meine Leute können das bestätigen...«

»Oh, nein – nein! Nicht in jener Nacht! Ihr seid mir nachgeritten, um Eure Ehre zu retten und mich zurückzuholen und zum Schweigen zu bringen, sei es durch Heirat oder Mord. Leugnet es nicht! Ich habe Euch ausreiten sehen! Meint Ihr denn, ich sei so dumm zu glauben, daß ich Euch zu Fuß entkommen könnte? Oder so kopflos vor Angst, wie ein Hase davonzulaufen und Spuren für Euch zu hinterlassen? Ich ging nur bis zum Wald in Richtung der Straße nach Ludlow, wohin ich wie ihr annahmt fliehen würde, aber dann schlug ich einen Bogen zurück und versteckte mich die halbe Nacht bei den Baumstämmen, die Ihr für Eure feige Schutzmauer hattet schlagen lassen. Ich sah Euch ausreiten, Evrard, und ich sah Euch zurückkehren – Eure Wunde war aufgebrochen und es floß Blut heraus. Erst als man Euch hinein und in Euer Bett gebracht hatte und der ärgste Schneesturm vorüber war, brach ich auf und ich wußte, daß ich nun, da es nur noch eine Stunde bis zum Anbruch der Dämmerung war, keinen Verfolger zu befürchten hatte. Und während ich mich vor Euch versteckte, habt Ihr sie umgebracht!« stieß sie hervor. Ihre Augen brannten wie die Flammen eines Dornenfeuers. »Auf dem Rückweg von einer ergebnislosen Jagd fandet Ihr eine einsame Frau und habt Euch an ihr schadlos gehalten für das, was ich Euch getan hatte und für das, was Ihr mit mir nicht tun konntet. Wir beide haben sie getötet!« schluchzte Ermina. »Ihr und ich – wir beide! Ich bin ebenso schuldig wie Ihr!«

»Was sagst du da?« Er hatte wieder Mut gefaßt und etwas Selbstsicherheit gewonnen. Wenn sie ihn angeschrien hätte, würde er beruhigend, besorgt auf sie eingeredet haben, aber auch in ihrer mit kalter Gewißheit vorgebrachten Anklage fand er einen Ansatzpunkt zu seiner Verteidigung. »Natürlich bin ich dir nachgeritten – ich konnte dich ja nicht da draußen erfrieren lassen. Weil meine Wunde mich so geschwächt hatte, bin ich vom Pferd gefallen und dabei brach sie wieder auf und blutete, das stimmt. Aber alles andere? Die ganze Nacht, so lange ich konnte, habe ich nach dir gesucht und nirgendwo habe ich angehalten. Willst du mir nun vorwerfen, daß ich blutend und mit leeren Händen zurückkehrte, ich weiß nichts von dieser Frau, von der du sprichst...«

»Nichts?« sagte Cadfael neben ihm. »Nichts von einer Schafshütte am Weg, den Ihr genommen haben müßt, von der Straße nach Ludlow zurück nach Ledwyche? Ich kenne sie, ich bin den Weg in umgekehrter Richtung geritten. Und Ihr wißt nichts von einer jungen Nonne, die dort, zugedeckt mit dem Umhang eines braven Mannes, schlafend im Heu lag? Nichts von einem zufrierenden Bach, der Euch danach, auf dem Heimweg, wie gerufen kam? Es war kein Sturz vom Pferd, der Eure Wunde wieder aufbrechen ließ, sondern ihr verbissener Kampf um ihre Ehre in jener kalten Nacht, als Ihr glaubtet, Eure Wut und Lust an ihr austoben zu können, da eine andere, Eurem Ehrgeiz angemessenere Frau, Euch entkommen war. Und nichts von den Reisemänteln und der Kutte, die unter dem Heu verborgen waren, damit die Schuld an dieser Untat denen gegeben würde, die all die anderen himmelschreienden Verbrechen verübt haben? Alle anderen außer diesem?«

Im bleichen, kalten Licht erschien alles wie aus Stein gehauen, die Schatten wichen zurück und ließen alles überdeutlich hervortreten. Es war erst kurz nach Mittag und draußen schien die Sonne. Hier in der Kirche war es kalt und fahl. Wie eine Statue stand Ermina da und sah die drei Männer vor sich schweigend an. Sie hatte getan, was sie tun mußte.

»Das ist Unsinn«, sagte Boterel mühsam, als habe er mit einem großen Gewicht zu kämpfen. »Als ich ausritt, trug ich einen Verband über der Wunde, die ich beim Angriff auf Callowleas erhielt und als ich zurückkam, war er durchgeblutet. Was ist dabei? Eine kalte Nacht mit Schneesturm und ich fiel vom Pferd. Aber diese Frau, diese Nonne, die Schafhütte – davon weiß ich nichts. Ich bin nie dort gewesen, ich weiß nicht einmal, wo sie ist...«

»Aber ich bin dort gewesen«, sagte Bruder Cadfael, »und habe im Schnee Pferdedung gefunden. Ein großes Pferd war dort angebunden, denn im rauhen Holz unter den Dachbalken hatten sich einige Haare seiner Mähne verfangen. Hier sind sie!« In seiner Hand hielt er die helle Strähne des Pferdehaars. »Soll ich sie mit denen Eures Wallachs da draußen vergleichen? Sollen wir Euch auf Schwester Hilarias Gewand legen und nachsehen, ob Eure Wunde sich auf der Höhe ihrer blutbefleckten Schulter befindet? Sie hat nicht geblutet, wohl aber Eure Wunde. Ich habe sie ja untersucht.«

Für einen langen Augenblick stand Evrard Boterel reglos und hochaufgerichtet wie eine Marionette zwischen der Frau und den beiden anderen Männern. Dann sank er mit einem langen verzweifelten Seufzer in sich zusammen und kniete, die Fäuste auf die Brust gepreßt, auf dem Boden. Sein blondes Haar war ihm ins Gesicht gefallen, das nun der hellste Fleck in diesem Lichtstreifen war, in dem er kniete.

»O Gott, vergib mir, vergib mir... ich wollte sie nur zum Schweigen bringen, ich wollte sie nicht töten... ich wollte sie nicht töten...«

»Es kann sogar sein, daß das stimmt«, sagte Ermina. Sie saß zusammengesunken und reglos vor dem Kamin in der Gästehalle. Ihre Tränen waren getrocknet und in ihr war nur eine tiefe Erschöpfung. »Vielleicht wollte er sie wirklich nicht töten. Es könnte sein, daß er die Wahrheit gesprochen hat.«

Und dies hatte er gesagt, als er schließlich aus seiner Verzweiflung erwacht war und versuchte, seinen Fall so günstig wie möglich zu schildern, um sein Leben zu retten: Wegen des Schneesturms hatte er seine Suche abgebrochen und war gezwungen gewesen, im Schutz der Hütte zu warten, bis das Wetter sich etwas beruhigt. Er hatte nicht damit gerechnet, irgendjemanden dort vorzufinden, aber als er sah, daß ihm hier eine schlafende Frau ausgeliefert war, hatte er die Wut, die Verachtung für alle Frauen, die Ermina in ihm geweckt hatte, an ihr ausgelassen. Als sie erwacht war und sich gegen ihn wehrte, war er nicht sanft mit ihr umgegangen – aber er hatte sie nicht töten wollen! Nur zum Schweigen bringen, mit den Röcken ihres Gewandes, die er auf ihren Mund preßte. Und dann lag sie steif und leblos da und er konnte sie nicht wiederbeleben. Er zog ihr das Gewand aus, versteckte die Kleider unter dem Heu und nahm ihren Leichnam mit bis zum Bach, damit es so aussah, als sei sie ein weiteres Opfer der Räuber, die Callowleas geplündert hatten.

»... wo er sich seine verräterische Wunde zugezogen hat«, sagte Bruder Cadfael und sah sie an. Sie verzog ihr bleiches Gesicht zu einem bitteren Lächeln. Wie eine schmerzhafte Grimasse zuckte es um ihren Mund.

»So hat er es Euch geschildert, ich weiß! Und wer wollte es bezweifeln! In heldenhaftem Kampf um sein Gut und seine Leute ist er verwundet worden! Aber ich sage Euch: Er hat nicht einmal sein Schwert gezogen – er ließ seine Leute dahinschlachten und floh wie eine Ratte. Und mich zwang er, mit ihm zu gehen! Unter meinen Ahnen ist nicht einer, der in einer solchen Lage geflohen wäre und seine Leute hätte sterben lassen! Das hat er mir angetan und das kann ich ihm nicht vergeben. Und ich hatte geglaubt, ihn zu lieben! Ich werde Euch sagen, wie er zu der Wunde gekommen ist, die ihn am Ende verriet: Während des ganzen ersten Tages in Ledwyche trieb er seine Männer an, Bäume für Palisaden zu fällen und da war er noch völlig unversehrt. Und den ganzen Tag über hatte ich nachgedacht. Er hatte Schande über mich gebracht und als er gegen Abend zu mir kam sagte ich ihm, daß ich ihn nicht heiraten würde, daß ich mit einem Feigling wie ihm nichts zu tun haben wollte. Bis dahin war er ständig um mich besorgt gewesen und hatte mich nicht angerührt, aber als er sah, daß er mich und meine Mitgift verlieren würde, änderte sich sein Verhalten sehr schnell.«

Cadfael verstand. Wenn die Ehe erst durch eine heimliche Vergewaltigung vollzogen war, würden die meisten Familien diese Tatsache lieber notgedrungen anerkennen, als einen häßlichen Skandal und eine Fehde heraufzubeschwören. Es war nichts Ungewöhliches, daß ein Mann erst eine Frau mit Gewalt nahm, um sie danach zu heiraten.

»Ich trage einen Dolch bei mir«, sagte sie grimmig, »auch jetzt. Ich habe ihm diese Wunde beigebracht. Ich wollte sein Herz treffen, aber die Klinge glitt ab und riß eine Wunde in Brust und Oberarm. Nun, Ihr habt sie ja gesehen...« Sie betrachtete die zusammengefaltete Kutte, die neben ihr auf der Bank lag. »Und während er noch tobte, fluchte und blutete und seine Leute herbeigerannt kamen, um ihn zu verbinden, schlüpfte ich hinaus in die Nacht und rannte davon. Ich wußte, daß er mich verfolgen würde. Nach diesem Vorfall konnte er es sich nicht leisten, mich entkommen zu lassen. Er mußte mich heiraten oder mich töten. Natürlich dachte er, daß ich versuchen würde, die Straße und die Stadt zu erreichen. In diese Richtung lief ich auch, aber nur bis der Wald meine Spuren verdeckte – dann kehrte ich in einem großen Bogen zurück und versteckte mich. Ich sagte Euch ja, daß ich ihn, schwach wie er war und sehr wütend, ausreiten sah, so wie ich es mir gedacht hatte.«

»Allein?«

»Natürlich war er allein. Er wollte keinen Zeugen dabeihaben, wenn er mich ermordete oder vergewaltigte. Seine Leute hatten den Befehl, auf dem Gut zu bleiben. Und ich sah, wie er mit durchgeblutetem Verband zurückkam, obwohl ich mir damals nichts dabei dachte, außer daß er sich wahrscheinlich überanstrengt hatte.« Ihr schauderte bei dem Gedanken an die Anstrengung, bei der seine Wunde wieder aufgebrochen war. »Als er sah, daß ich ihm entkommen war, ließ er seine Wut an der ersten Frau aus, die ihm begegnete und rächte sich. Ich hätte es ihm nicht vorwerfen können, wenn es mich getroffen hätte. Schließlich war ich, die ich ihm entkommen war, der Grund für all dies gewesen. Aber sie... was hat sie ihm getan?«

Das war die ewige Frage, auf die es keine Antwort gab. Warum müssen Unschuldige leiden?

»Und doch«, sagte sie zweifelnd, »was er sagt, könnte wahr sein. Er ist es nicht gewöhnt, abgewiesen zu werden und das hat ihn blind vor Wut gemacht... Er hat einen aufbrausenden Charakter. Früher einmal habe ich ihn dafür bewundert...«

Ja, es mochte sein, daß er ohne Absicht getötet und danach in seiner Panik versucht hatte, die Spuren seiner Tat zu verwischen. Es mochte aber auch sein, daß er nach kaltblütiger Überlegung zu dem Schluß gelangt war, eine Tote könne ihn nicht mehr anklagen und Schwester Hilaria darum für immer zum Schweigen gebracht hatte. Das würden jetzt die Männer zu entscheiden haben, die in dieser Welt zu Gericht sitzen.

»Erzählt Yves nichts von alledem!« sagte Ermina. »Ich werde das tun, wenn die Zeit dazu reif ist. Aber nicht hier und nicht jetzt!«

Nein, es bestand keine Notwendigkeit, dem Jungen etwas von dem Kampf zu erzählen, der nun vorüber war. Evrard Boterel war unter Bewachung nach Ludlow gebracht worden und auf dem großen Hof des Klosters deutete nichts darauf hin, daß ein Verbrechen aufgeklärt worden war. Ganz langsam, fast heimlich, kehrte Frieden in Bromfield ein. In weniger als einer halben Stunde war es Zeit, zum Vespergottesdienst zu gehen.

»Nach dem Abendessen solltet Ihr zu Bett gehen und einige Stunden schlafen – der Junge auch«, sagte Cadfael. »Ich werde nach eurem Ritter Ausschau halten und ihn einlassen.«

Er hatte seine Worte gewählt. Sie hatten dieselbe Wirkung wie das Tauwetter, das draußen eingesetzt hatte. Ermina hob ihren Kopf und sah ihn an; ihr Gesicht war wie eine aufblühende Knospe und vor der Freude, die sie ausstrahlte, schmolz alle bittere, schuldbeladene Traurigkeit, alle Reue über ihre Torheit dahin und fiel von ihr ab. Sie hatte dem Tod und ihrer Vergangenheit den Rücken zugekehrt und sich sehnsüchtig der Zukunft und dem Leben zugewandt. Er glaubte nicht, daß sie diesesmal einen Fehler beging. Keine Macht der Welt würde jetzt imstande sein, sie von ihrer Entscheidung abzubringen.

Zur Komplet hatte sich in dem für die Gemeinde bestimmten Teil der Kirche eine kleine Schar von Gläubigen versammelt. Etwa ein Dutzend Bauern aus der Gegend waren gekommen, um dem Herrn für die Erlösung vom Terror der Räuberbande Dank zu sagen. Auch das Wetter steuerte seinen Teil zur allgemeinen Stimmung der Freude bei: Der Himmel war sternenklar und es lag kaum Frost in der Luft. Für Leute, die sich auf eine Reise begeben wollten, war es keine schlechte Nacht.

Cadfael wußte inzwischen, worauf er achten mußte, aber dennoch dauerte es ein wenig, bis er den demütig gebeugten, schwarzhaarigen Kopf entdeckt hatte, nach dem er Ausschau hielt. Es war bewundernswert, daß ein so außergewöhnlicher Mensch sich so unscheinbar machen konnte. Als die Komplet zu Ende war und Cadfael die Bauern zählte, die die Kirche verließen, wunderte er sich nicht im geringsten, daß einer dabei fehlte. Olivier besaß nicht nur die Fähigkeit, das Aussehen eines einfachen Bauernburschen anzunehmen, er konnte auch geräuschlos in den Schatten verschwinden und dort so unbeweglich verharren wie die steinernen Mauern um ihn herum.

Alle waren gegangen – die Bauern nach Hause, die Klosterbrüder in den geheizten Raum, in dem sie noch eine halbe Stunde beisammensaßen, bevor sie zu Bett gingen. In der kühlen, dunklen Kirche war es völlig still.

»Ihr könnt unbesorgt herauskommen, Olivier«, sagte Bruder Cadfael. »Eure Schützlinge schlafen noch bis Mitternacht und haben mich gebeten, mich um Euch zu kümmern.«

Die schlanke, geschmeidige Gestalt eines jungen Mannes trat aus dem Schatten. Er war ohne Waffe – bevor er diesen heiligen Ort betrat, hatte er sein Schwert abgelegt. Seine Schritte waren geräuschlos wie die einer Katze. »Ihr kennt mich?«

»Sie hat mir von Euch erzählt. Wenn der Junge Euch geschworen hat zu schweigen, so könnt Ihr beruhigt sein. Er hat sein Wort gehalten. Sie aber hat mich ins Vertrauen gezogen.«

»Dann kann ich dasselbe tun«, sagte der junge Mann und trat näher. »Ich sehe Euch kommen und gehen wie es Euch beliebt. Genießt Ihr hier besondere Privilegien?«

»Ich bin aus Shrewsbury und gehöre nicht zu diesem Kloster. Ich bin nur hier, um einen Kranken zu pflegen, daher halte ich mich nicht an alle Ordensregeln. Bei dem Kampf auf dem Clee habt Ihr ihn gesehen – es ist der verwirrte Bruder, der sich in Lebensgefahr begab und dadurch Yves die Gelegenheit gab zu entkommen.«

»Ich stehe hoch in seiner Schuld«, sagte Olivier mit leiser, fester, ernster Stimme. »Und ich glaube, auch in Eurer, denn Ihr müßt der Bruder sein, bei dem er danach Zuflucht gesucht hat, derselbe, von dem er mir erzählt hat, er habe ihn ursprünglich hierher in Sicherheit gebracht. An Euren Namen aber kann ich mich nicht erinnern.«

»Ich heiße Cadfael. Wartet einen Moment, ich will nachsehen, ob alle anderen im Haus sind...« Im schwachen Schein der letzten Fackeln lag der Hof still und leer da. Die freigefegten, dunklen Pfade bildeten ein Muster im weißen Schnee. »Kommt!« sagte Cadfael. »Ich weiß einen wärmeren, wenn auch keinen so geweihten Ort, wo wir warten können. Ich halte es für das Beste, daß Ihr erst aufbrecht, wenn die Brüder sich zur Mitternachtsmette und Laudes versammelt haben, denn dann wird auch der Pförtner in der Kirche sein und ich werde euch ungesehen zum Tor hinauslassen können. Wo habt Ihr Eure Pferde?«

»In einem Versteck ganz in der Nähe«, antwortete Olivier ruhig. »Ein Junge, dessen Eltern beim Überfall auf Whitbache ermordet worden sind, begleitet mich. Er paßt auf sie auf und wartet auf uns. Ich werde mit Euch kommen... Bruder Cadfael.« Er sprach den ungewohnten Namen tastend und fehlerhaft aus. Fast unhörbar lachend legte er seine Hand in die Hand Bruder Cadfaels und ließ sich von ihm durch die Dunkelheit führen. So traten sie Hand in Hand aus der Kirche und gingen durch das Gewirr der sich kreuzenden Pfade zum Krankenquartier des Klosters.

Im Schlaf bot Bruder Elyas' große, ruhige Gestalt einen beeindruckenden Anblick. Er lag auf dem Rücken, seine Hände waren entspannt auf der Brust gefaltet und sein Gesicht hatte einen schönen, heiteren Ausdruck. Er sah aus wie eine in Stein gemeißelte Figur auf dem Deckel eines Sarkophags, die das Andenken des Toten, der darin ruht, ehren und verschönern soll. Aber dieser Mann lebte, er atmete tief und regelmäßig und die Lider über seinen Augen waren so friedlich geschlossen wie die eines Kindes. Bruder Elyas sammelte in sich die göttliche Kraft, die Geist und Körper heilt und hatte es aufgegeben, eine Schuld auf sich zu nehmen, die ihm nicht gebührte.

Nein, um Bruder Elyas brauchte man sich keine Sorgen mehr zu machen. Cadfael schloß die Tür zum Krankenzimmer und setzte sich mit seinem Gast in den dämmrigen Vorraum. Bis zur Mitternachtsmette waren es noch etwa zwei Stunden.

Zu dieser späten Stunde strahlte der kleine, kahle Raum, der nur von einer Kerze erleuchtet war, eine Atmosphäre geheimer Vertraulichkeit aus. Schweigend setzten sie sich, der junge und der alte Mann und betrachteten einander mit offener, wohlwollender Neugierde. Langes Schweigen bereitete ihnen kein Unbehagen und wenn sie sprachen, klangen ihre Stimmen sanft, leise und bedächtig. Es war, als ob sie sich schon ein Leben lang kannten. Ein Leben lang? Der eine von ihnen konnte nicht älter sein als fünf- oder sechsundzwanzig und er war ein Fremdling aus einem fremden Land.

»Ihr habt einen gefährlichen Weg vor Euch«, sagte Cadfael. »An Eurer Stelle würde ich die Landstraße nach Leominster verlassen und einen Bogen um Hereford schlagen.« Er wurde eifriger, schilderte die Route, die ihm die beste zu sein schien, im einzelnen und zeichnete mit einem Stück Holzkohle sogar einen ungefähren Plan der Wege, soweit er sich an sie erinnern konnte, auf den Steinboden. Der junge Mann beugte sich vor, sah aufmerksam zu und hob mit einer schwungvollen Bewegung und einem strahlenden Lächeln den Kopf, um Cadfaels Gesicht von nahem zu betrachten. Alles an ihm war fremd und erregend und doch bemerkte Bruder Cadfael immer wieder mit angehaltenem Atem etwas Altvertrautes, das jedoch schon so lange zurücklag, daß das Bild entschwand, bevor er es festhalten und in seinem Gedächtnis nach dem Ursprung forschen konnte.

»Ihr seid sehr gütig«, sagte Olivier, und sein Lächeln war gleichzeitig herausfordernd und belustigt, »und doch wißt Ihr nichts von mir! Wie könnt Ihr sicher sein, daß Ihr mir trauen könnt und daß ich kein Späher für meinen Herrn und die Kaiserin bin?«

»Oh, ich weiß mehr über Euch, als Ihr wahrscheinlich denkt. Ich weiß, daß Ihr Olivier de Bretagne heißt und daß Ihr mit Laurence d'Angers aus Tripoli gekommen seid. Ich weiß, daß Ihr ihm sechs Jahre gedient habt und er mehr Vertrauen in Euch setzt als in jeden anderen seiner Ritter. Ihr seid in Syrien geboren, der Sohn einer syrischen Mutter und eines fränkischen Ritters, und seid nach Jerusalem gegangen, um den Glauben Eures Vaters anzunehmen und Euch den Franken anzuschließen.« Und ich weiß noch mehr, fuhr er in Gedanken fort und dachte an das hingerissene Gesicht des Mädchens und die begeisterte Stimme, mit der sie ihren Ritter pries. Ich weiß, daß Ermina Hugonin, eine stolze Frau, dich in ihr Herz geschlossen hat und nicht so einfach wieder verlassen wird und an dem Blick deiner braunen Augen und dem Blut, das dir zu Kopf schießt, erkenne ich, daß auch du sie liebst und weißt, daß du nicht weniger wert bist als sie. Du wirst nicht zulassen, daß ein anderer aus den Umständen deiner Geburt eine Schranke zwischen euch errichtet. Nur ein Onkel, der vor nichts zurückschreckt, könnte sich euch in den Weg stellen.

»Sie hat Euch wahrlich in ihr Vertrauen gezogen!« sagte Olivier ernst und feierlich.

»Das darf sie auch, ebenso wie Ihr. Ihr seid mit einem ehrenvollen Auftrag hierhergekommen und habt ihn hervorragend erfüllt. Ich stehe auf Eurer Seite und auf der dieser beiden Geschwister. Ich habe gesehen, wie beherzt Ihr und sie seid.«

»Aber dennoch«, wandte Olivier ein und lächelte traurig, »hat sie Euch und sich selbst etwas vorgemacht. Jeder fränkische Soldat, der sich am Kreuzzug beteiligte, kann in ihren Augen nur ein edler Ritter gewesen sein. Aber die meisten waren von der Erbfolge ausgeschlossene, jüngere Söhne, romantisch veranlagte Bauernburschen oder Vagabunden, die gesucht wurden, weil sie gestohlen, geraubt oder den Opferstock einer Kirche geplündert hatten und dem Zugriff des Sheriffs gerade noch entkommen konnten. Sie waren nicht schlechter als die meisten anderen Männer, aber auch nicht besser. Und nicht einmal jeder Ritter mit Pferd und Lanze war ein Gottfried von Bouillon oder ein Guimar de Massard. Mein Vater war kein Ritter, sondern ein einfacher Soldat in Robert von Normandies' Armee. Und meine Mutter war eine arme Witwe, die eine Bude auf dem Markt von Antiochia hatte. Ich bin ein uneheliches Kind, eine Mischung aus zwei Völkern, zwei Religionen, eine Erinnerung an die Zeit vor ihrer Trennung. Aber trotzdem war sie wunderschön und liebevoll und er war tapfer und gütig – und ich glaube, daß ich gute Eltern gehabt habe und jedem anderen ebenbürtig bin. Das werde ich Erminas Familie darlegen und sie werden mich anerkennen und sie mir zur Frau geben!« Seine tiefe, sanfte Stimme war eindringlich geworden und sein Falkengesicht erglühte in leidenschaftlichem Ernst. Als er geendet hatte, holte er tief Atem und lächelte. »Ich weiß nicht, warum ich Euch all dies erzähle. Vielleicht, weil ich weiß, daß Ihr Euch gut um sie gekümmert habt und ihr eine Zukunft wünscht, die sie verdient. Ich möchte, daß Ihr gut von mir denkt.«

»Ich bin selbst nur ein einfacher Mann«, sagte Cadfael beruhigend, »und gute Männer habe ich in Bauernkaten ebenso gefunden wie an Fürstenhöfen. Ist Eure Mutter tot?«

»Ja. Sonst hätte ich sie nie verlassen. Ich war vierzehn Jahre alt als sie starb.«

»Und Euer Vater?«

»Ich habe ihn nie gesehen und er mich auch nicht. Gleich nach ihrer letzten Begegnung schiffte er sich von St. Symeon nach England ein. Er hat nie erfahren, daß sie einen Sohn von ihm hatte. Seit er nach Syrien gekommen war, hatten sie sich geliebt. Sie hat mir niemals seinen Namen gesagt, aber sie sprach oft von ihm und nur Gutes. Es kann kein Fehl an einer Beziehung sein«, sagte Olivier gedankenvoll, »die sie mit so viel Stolz und Liebe erfüllte.«

»Die Hälfte der Menschheit findet ohne den Segen der Kirche zueinander«, sagte Cadfael, überrascht über seine eigenen Gedanken. »Und es ist nicht unbedingt die schlechtere Hälfte. Wenigstens wird dabei nicht um das Brautgeld geschachert und der Wert von Ländereien über den der Frau gestellt.«

Olivier sah auf. Plötzlich wurde ihm bewußt, was für ein seltsames Gespräch sie führten und er lachte leise, um den Schlafenden nebenan nicht zu stören. »Diese Mauern hören ungewöhnliche Bekenntnisse, Bruder, und ich erfahre erst jetzt, wieviel Freiheit der Benediktinerorden bietet. Ihr klingt fast so, als sprächt Ihr aus Erfahrung.«

»Vierzig Jahre war ich draußen in der Welt«, antwortete Cadfael einfach, »bevor ich Zuflucht zu den Regeln dieses Ordens nahm. Ich war Soldat, Seemann und Sünder. Sogar am Kreuzzug habe ich teilgenommen! Das wenigstens war eine edle Sache, wenn auch die Wirklichkeit hinter meinen Erwartungen zurückblieb. Damals war ich noch jung. Ich habe Tripoli, Antiochia und Jerusalem gesehen. Aber das ist alles schon so lange her – es wird sich viel geändert haben.«

Ja, es war lange her ... vor siebenundzwanzig Jahren hatte er dieses Land wieder verlassen!

Der junge Mann freute sich, einen Gesprächspartner gefunden zu haben, der so weit in der Welt herumgekommen war und wurde gesprächig. Trotz der Hingabe an seinen neuen Glauben und seinem Ehrgeiz, sich als Ritter zu bewähren, sehnte sich ein Teil von ihm nach seiner Heimat. Er begann, von der königlichen Stadt und vergangenen Feldzügen zu erzählen, fragte Cadfael wißbegierig nach Ereignissen, die lange vor seiner Geburt stattgefunden hatten und pries den Zauber der Orte, an die sie sich gemeinsam erinnerten.

»Ich frage mich allerdings«, sagte Cadfael und verzog das Gesicht bei dem Gedanken daran, wie oft die Franken durch ihr Versprechen ihr hochgestecktes Ziel verraten hatten und wie oft ihm die Heiden, gegen die sie gekämpft hatten, als die Edleren und Mutigeren erschienen waren, »ich frage mich, ob es Euch, der Ihr im Islam großgeworden seid, leicht gefallen ist, diesen Glauben aufzugeben – und sei es auch, um Eurem Vater zu folgen.« Noch während er sprach war er aufgestanden. Die Zeit des Wartens mußte jetzt bald vorbei sein. »Ich sollte die beiden wecken. Es kann nicht mehr lange dauern, bis die Glocke zur Mitternachtsmette ruft.«

»Es ist mir nicht leicht gefallen«, antwortete Olivier, dem

jetzt zu seiner Verwunderung bewußt wurde, wie selten diese Zweifel ihn heimgesucht hatten. »Ich war lange Zeit wie zerrissen. Es war schließlich meine Mutter, die den Ausschlag gab. Trotz der Verschiedenheit unserer Sprachen trug sie denselben Namen wie Eure Jungfrau Maria...«

Hinter Cadfaels Rücken wurde die Tür zu dem kleinen Zimmer ganz leise geöffnet. Als er sich umdrehte sah er, daß Ermina, mit gerötetem Gesicht und schlaftrunken wie ein Kind, in der Tür stand.

»... sie hieß Mariam«, sagte Olivier.

»Yves habe ich schon geweckt«, flüsterte Ermina. »Ich bin fertig.«

Der Schlaf hatte die Qual des vergangenen Tages aus ihrem Gesicht getilgt und ihre großen, klaren Augen ruhten auf Olivier. Als er ihre Stimme hörte, fuhr sein Kopf hoch und er erwiderte ihren Blick so offen und frei, als hätten sie sich gerade umarmt. Cadfael stand wie verzaubert. Nicht der Name seiner Mutter, den Olivier genannt hatte, schlug ihn in seinen Bann, sondern diese stürmische Kopfbewegung, das weiche Licht auf Stirn und Wangen, das freie, unverhüllte Aufflammen der Liebe, welches das stolze Gesicht des Mannes für einen Augenblick in das einer Frau verwandelte, das Gesicht einer Frau, an das Cadfael sich nach siebenundzwanzig Jahren noch erinnerte.

Wie im Traum wandte er sich ab, ließ sie allein und ging, um dem schlaftrunkenen Yves bei den Vorbereitungen für ihre Reise zu helfen.

Als die Klosterbrüder in der Mitternachtsmette waren, ließ er sie zum Tor hinaus. Das Mädchen verabschiedete sich ernst und voller Würde und bat ihn, für sie zu beten. Yves schlief immer noch halb und gab Bruder Cadfael einen Kuß, wie er zwischen einem verehrten Erwachsenen und einem Kind zum Abschied üblich ist und der junge Mann tat es ihm unschuldig – und in Anbetracht der Tatsache, daß sie sich vielleicht ein Leben lang nicht wiedersehen würden nach und bot ihm die Wange dar. Ihr Aufbruch erforderte Stille und Heimlichkeit und so wunderte er sich nicht über Cadfaels Schweigen.

Cadfael sah ihnen nicht nach, sondern schloß das Tor und ging zurück an Bruder Elyas' Bett, um den Jubel, der ihn erfüllte, still zu genießen. Nunc dimittis! Er hatte nichts zu sagen, nichts zu offenbaren brauchen, es bestand kein Grund, den Kurs, den Olivier steuerte, zu korrigieren. Was sollte er auch jetzt mit einem Vater? Aber ich habe ihn gesehen, frohlockte Cadfael, ich habe ihn an der Hand durch die Dunkelheit geführt, wir haben zusammengesessen und über vergangene Zeiten gesprochen, ich habe ihn geküßt, ich darf stolz auf ihn sein, jetzt und für den Rest meines Lebens. Mariam und ich haben dieser Welt einen wunderbaren Mann geschenkt und was macht es da, ob diese Augen ihn jemals wiedersehen? Und doch könnte es geschehen – noch in dieser Welt! Wer weiß?

Friedlich schritt die Nacht voran. Er schlief im Sitzen ein und träumte von unvorstellbaren und unverdienten Gnaden, bis ihn die Glocke zur Prim rief.

Er hielt es für ratsam, der erste zu sein, der das Fehlen der Hugonins bemerkt und einen halbherzigen Alarm gibt. Eine Suche wurde begonnen, aber die Gäste blieben verschwunden und es war nicht die Aufgabe der Brüder, sie zu verfolgen und einzufangen. Die einzige Sorge, die Prior Leonard jetzt noch bewegte, war, ob die Flüchtigen vor Gefahren sicher wären und wohlbehalten zu ihrem Onkel zurückkehren würden. Tatsächlich nahm Prior Leonard die ganze Sache mit einer Gelassenheit auf, die Cadfael leicht verdächtig fand, obwohl sie ihren Ursprung auch in der allgemein gehobenen Stimmung haben mochte, die auch ihn nicht unberührt ließ. Die Entdeckung, daß Ermina ihre Ringe abgelegt und zusammen mit der sorgsam gefalteten Nonnenkutte auf Schwester Hilarias verschlossenen Sarg gelegt hatte, sprach die Geschwister vom Vorwurf der Undankbarkeit frei.

»Aber was der stellvertretende Sheriff dazu sagen wird, ist eine andere Sache«, seufzte Prior Leonard und schüttelte sorgenvoll den Kopf.

Hugh Beringar erschien erst kurz vor dem Hochamt und vernahm die Nachricht mit einem seinem Amt entsprechenden, angemessenen Unwillen, um jedoch gleich darauf die Sache achselzuckend als weniger wichtig abzutun. Schließlich hatte er bedeutendere Aufgaben erfolgreich zu Ende geführt.

»Nun, wenigstens haben sie uns einen bewaffneten Geleitzug erspart und wenn sie wohlbehalten zu d'Angers zurückkehren, ist es um so besser, wenn es auf seine Kosten geschieht. Wir haben dieses Räubernest ausgeräuchert und heute morgen einen Mörder nach Shrewsbury überstellt – und das war hier mein Hauptanliegen. Ich werde meinen Männern gleich folgen. Und Ihr, Cadfael, könnt ebensogut mit mir reiten, denn ich habe den Eindruck, daß Eure Aufgabe hier genauso abgeschlossen ist, wie meine.«

Davon war auch Bruder Cadfael überzeugt. Elyas brauchte ihn nicht mehr und es war unnötig, hier, wo die drei gewesen waren, zu verweilen. Gegen Mittag sattelte er sein Pferd, verabschiedete sich von Leonard und ritt mit Hugh Beringar nach Shrewsbury.

Der Himmel war bedeckt, aber freundlich und die Luft war kalt, aber still und klar. Ein guter Tag, um zufrieden heimzukehren. Schon lange waren sie nicht mehr ruhig und ohne Eile, Seite an Seite, geritten und zwischen ihnen herrschte, im Sprechen wie im Schweigen, ein stilles Einverständnis.

»Also habt Ihr es geschafft, die Kinder ohne Schwierigkeiten auf den Weg zu schicken«, sagte Beringar unschuldig. »Ich dachte mir doch, daß ich das unbesorgt Euch überlassen könnte.«

Cadfael maß ihn mit einem sanft tadelnden Blick, war aber nicht sonderlich überrascht. »Ich hätte es wissen sollen! Ich dachte mir doch, daß Ihr Euch mit einemmal recht rar gemacht habt. Für einen stellvertretenden Sheriff, der wie Ihr in dem Ruf steht, sein wachsames Auge überall zu haben, hätte es wohl schlecht ausgesehen, friedlich zu schlafen, während sich seine Geiseln heimlich nach Gloucester davonmachen.« Ganz zu schweigen von ihrem Begleiter, dachte er. Aber das sagte er nicht. Beringar hatte gesehen, über welche Fähigkeiten dieser angebliche Sohn eines Wäldlers verfügte und vielleicht ahnte er auch, warum dieser plötzlich aufgetaucht war. Nur seinen Namen und seine Abstammung kannte er nicht. Eines Tages, wenn der Krieg vorüber und England wieder vereint war, sollte Beringar erfahren, was Cadfael in seinem Herzen barg. Aber jetzt noch nicht! Noch war dieses Gefühl des himmlischen Segens zu frisch, noch wollte er diese wunderbare Gnade in seinem Inneren bewahren und auskosten. »Man wird kaum erwarten können«, sagte er, »daß Ihr das Öffnen und Schließen des Klosters in Bromfield von Ludlow aus hättet hören können. – Wolltet Ihr also Boterel nicht in Dinans Gewahrsam zurücklassen?«

»Ich war ganz und gar nicht sicher, daß es in der Nacht nicht zu einer zweiten Flucht kommen könnte«, antwortete Beringar. »Boterel ist Dinans Lehnsmann. Wir haben sein Geständnis, aber es ist mir lieber, wenn er sicher hinter Schloß und Riegel in der Burg von Shrewsbury sitzt.«

»Was meint Ihr: Wird man ihn hängen?«

»Ich bezweifle es. Aber das sollen die Richter entscheiden. Meine Aufgabe ist es, mein Möglichstes zu tun, damit die Straßen sicher sind und Mörder gefangen werden. Ehrliche Männer, Frauen und Kinder sollen, was mich betrifft, ungehindert gehen, wohin sie wollen.«

Sie hatten jetzt mehr als die Hälfte des Weges nach Shrewsbury hinter sich. Es war noch hell und Beringar trieb sein Pferd zu schnellerer Gangart an. Immer wieder schweifte sein Blick ungeduldig nach vorn, wo sich bald die Kuppeltürme der Stadtmauer abzeichnen mußten. Aline würde tief in den Vorbereitungen auf das Weihnachtsfest stecken und ihn stolz und liebevoll erwarten.

»Mein Sohn wird in dieser Zeit meiner Abwesenheit unglaublich gewachsen sein. Es muß ihnen allen gut gehen, sonst hätte Constance nach mir geschickt. Und Ihr habt meinen Sohn noch nicht einmal gesehen, Cadfael!«

Aber meinen Sohn habe ich gesehen, dachte Cadfael bewegt, auch wenn Ihr nichts davon wißt.

»Er hat lange, starke Glieder – er wird einmal einen Kopf größer sein als sein Vater...«

Er *ist* einen Kopf größer als sein Vater, antwortete Cadfael bei sich, sogar mehr als einen Kopf größer. Und was für wunderbare Kinder werden diese beiden, mein Sohn und seine herrliche Frau, haben – schöne, mutige Menschen!

»Ihr müßt ihn Euch unbedingt ansehen! Ein Sohn, auf den man stolz sein kann!«

Schweigend und wunschlos glücklich ritt Cadfael dahin und kostete seine Verzauberung innerlich jubelnd und zugleich demütig aus. Noch elf Tage bis zum Weihnachtsfest, über dem nun kein Schatten mehr hing, sondern ein großes Licht. Es war eine Zeit der Geburt und der Zeugung – und wie großartig wurde sie in diesem Jahr gefeiert: mit dem Sohn der jungen Frau aus Worcester, dem Sohn von Aline und Hugh, dem Sohn von Mariam, dem Menschensohn...

Ja, ein Sohn, auf den man stolz sein konnte! Amen!

Ellis Peters
Meisterin des historischen Kriminalromans

Ellis Peters hat in ihren erfolgreichsten Büchern, den historischen Kriminalromanen um Bruder Cadfael, zwei ihrer Leidenschaften verbunden: das Schreiben und die Geschichte.
Mit der Geschichte verbindet die 1913 in England geborene Autorin ein lebenslanges Interesse. Auch das Schreiben hat Edith Pargeter, so der richtige Name von Ellis Peters, schon früh begonnen. Im Alter von 23 Jahren veröffentlichte sie 1936 ihren ersten Roman; zu dieser Zeit war sie noch als Apothekenhelferin beschäftigt. Während des Zweiten Weltkriegs war sie für den Women's Royal Naval Service tätig. Danach ging sie nicht mehr in ihren ursprünglichen Beruf zurück, sondern widmete sich ganz dem Schreiben. Nebenbei übersetzte sie Bücher aus dem Tschechischen ins Englische.
1951 begann sie eine Serie von Kriminalromanen um den Polizei-Inspektor George Felse; bis 1978 erschienen dreizehn Romane mit dieser Hauptfigur. Und für ihre neue Karriere als Krimiautorin änderte sie auch ihren Namen: Aus Edith Pargeter wurde Ellis Peters.
Der ganz große Erfolg für die bereits erfolgreiche Schriftstellerin kam 1977 mit ihrem ersten Roman um die Gestalt des Bruder Cadfael: *Im Namen der Heiligen.* Knapp 20 historische Kriminalgeschichten, in deren Mittelpunkt Bruder Cadfael steht, sind inzwischen erschienen, und auch das britische Fernsehen nimmt sich der Figur an. Wichtig ist der Autorin, deutlich zu machen, daß die Menschen des Mittelalters in vielem den Menschen des 20. Jahrhunderts gar nicht so fern stehen: »Ich denke, daß die menschliche Natur sehr ähnlich war, ebenso gut und ebenso schlecht. Ich habe versucht, die Bücher aus der Sicht einer Person zu schreiben, die dort war und alles ganz normal fand.«
Wie gut ihr das gelungen ist, zeigt die große Zahl von Lesern, die sie begeistert. Die Romane sind in rund 20 Ländern der Welt erschienen und wurden in mehr als 15 Sprachen übersetzt. In ihrer Freizeit widmet sich Ellis Peters der Geschichte und schafft sich damit die Ausgangsbasis für weitere historische Romane.

Verzeichnis lieferbarer Titel

Der Aufstand auf dem Jahrmarkt (01/6820)
Bruder Cadfael und das fremde Mädchen (01/8669)
Bruder Cadfael und das Geheimnis der schönen Toten
Bruder Cadfael und der Ketzerlehrling (01/8803)
Ein ganz besonderer Fall (01/8004)
Ein Leichnam zuviel (01/6523)
Der geheimnisvolle Eremit (01/8230)
Der Hochzeitsmord (01/6908)
Im Namen der Heiligen (01/6475)
Die indische Natter
Die Jungfrau im Eis (01/6629)
Lösegeld für einen Toten (01/7823)
Das Mönchskraut (01/6702)
Mörderische Weihnacht (01/8103)
Pilger des Hasses (01/8382)
Die Primadonna lachte
Der Rosenmord (01/8188)
Des Teufels Novize (01/7710)
Der Tod und die lachende Jungfrau
Zuflucht im Kloster (01/7617)

2 bzw. 3 Romane in einem Band:
Bruder Cadfael – Im Namen der Heiligen/Ein Leichnam zuviel (23/92)
Cadfael – Das Mönchskraut/Der Aufstand auf dem Jahrmarkt (23/104)

Die Bandnummern der Heyne-Taschenbücher sind jeweils in Klammern angegeben.